Peter Huber

M·H

Armand d'Oudel

Carl Oskar Renner

Der Müllner-Peter von Sachrang

Carl Oskar Renner

Der Müllner-Peter von Sachrang

rosenheimer

Meiner Frau, dem spiritus rector meines Lebens

13., überarbeitete Auflage

www.rosenheimer.com

Titelbild: Franz von Defregger
Layout und Satz: BuchBetrieb Peggy Stelling, Leipzig
Das auf Seite 2 abgebildete Mühlrad befindet sich auf einer Steinplatte im Anwesen vom Müllner-Peter in Sachrang.
Autor und Verlag danken allen, die geholfen haben das Buch auszustatten.
Druck und Bindung: GGP Media GmbH, Pößneck
Printed in Germany

ISBN 978-3-475-54213-8

Inhalt

Die von Lilien

Das Haus mit der schweren eichenen Wappentür und dem kupfernen Türklopfer am Viktualienmarkt in München steht heute nicht mehr. Damals, als es noch stand – im Jahr 1785 –, zählte es mit zu den schönsten der Stadt. Kein Wunder: Es gehörte dem Baronengeschlecht von Lilien.

In jenem Jahr nun, einen Tag nach dem Todessprung der Fanny von Ickstatt aus dem obersten Fenster des Nordturmes der Frauenkirche, betraten ein Jesuit und ein neunzehnjähriger Student das beschriebene Haus mit der Wappentür. Während sie sachte auf der breiten knarrenden Treppe empor stiegen, sagte der Pater: »Ich möchte dir noch raten, nicht gar so maulfaul zu sein, wenn dich die Baronin rufen wird; es macht sonst *une mauvaise impression.*«

»Ich will mich bemühen, Pater!«, entgegnete der junge Mann.

»Na aber selbstverständlich! Du wartest im Vorzimmer, derweil werde ich die Sache mit der Herrschaft vorbesprechen.«

So betraten sie das Vorzimmer. Auf den Zeigern der marmornen Kaminuhr spiegelte sich die hereinstrahlende Morgensonne.

Aus der gegenüberliegenden Tür trat ein Mädchen heraus: »*Ah, bonjour, Père Massart*!«

»*Bonjour, Demoiselle!*«, antwortete der Jesuit. »Sind die Herrschaften schon wach?«

»Exzellenz sind von der gestrigen Jagd noch nicht zurückgekehrt.«

»Schade!«

»Herr Pater werden von der gnädigen Frau Baronin erwartet. Darf ich melden?«

»Bitte!«

Das Mädchen, gekleidet wie ein Ritterfräulein, huschte zurück. Pater Massart legte seinem Schützling die Hand auf den Arm: »Also, Peter, etwas mehr Esprit, hm?«

»Ja, Pater!«

»Ja, Pater!«, wiederholte der andere mit fast vorwurfsvollem Ton in der Stimme und fuhr fort: »Warum denn alles so hölzern? Bist wie einer von des Preußen-Friedrichs Langen Kerlen. Fehlte nur noch, dass du strammstehst …«

»Die gnädigste Frau Baronin lässt bitten!« Das Mädchen sprach's und wandte sich mit artiger Verbeugung zur Seite. Dann schloss sich die Tür. Der junge Mann stand allein im Vorzimmer.

Drinnen aber begann ein Gespräch, das der damaligen Zeit entsprechend in den hohen Gesellschaftskreisen halb französisch geführt wurde. Zudem besaß Frau Baronin von Lilien das oft beneidete Talent, über Nichtigkeiten mit der verschwenderischen Wichtigkeit von Staatsaktionen zu sprechen.

»Oh la la, quelle surprise, mon reverend Père Massart!«

»Je vous salue très affectueusement, gnädigste Frau Baronin! Darf ich nach dem werten Befinden fragen?«

»Ça va, mon reverend, man ist zufrieden! Die leidigen Umständ' rechnet man eben nicht mit!«

»Leidige Umständ'? Ich habe doch recht gehört?«

»Ja, stellen Sie sich vor, der Skandal, die Schande!«

»Oh!«

»Dass uns die Ickstatt so was antun konnte! *Non, non, non, c'est abominable*!«

»Gnädigste Frau Baronin reden in Enigmen; die Ickstatt? Mademoiselle Fanny von Ickstatt?«

»Mais oui, die Fanny! Stürzt sie sich doch gestern von der Frauenkirche herunter. Natürlich tot! Und dabei steht ihre Familie unserem Hause nahe. *Oh mon dieu!* Welche Schande! *Non, non, non*!«

»Selbstmord? Weiß man die Ursache?«

»Besser, man erführe sie nicht! Oh, die Schande würde nur noch schändlicher! Aber *entre nous* ...«

Dem Jesuiten wurde dieser Diskurs ungemütlich. Darum setzte er der eben begonnenen Lüftung des Geheimnisses mit hartem Ausdruck einen Schlusspunkt: »Ich verstehe – Also, Frau Baronin, ich bin gekommen ...«

Die redefreudige Dame begriff – zum Teil, denn sie fiel dem Pater ins Wort: *»Oh mille fois pardon, mon Père,* ich ließ Sie zu uns bitten und nun belästige ich Sie mit solchen Dingen! Aber die Ickstatt hat mich vollkommen derangiert, vollkommen, vollkommen! *Imaginez-vous* die Schande, wenn unter den Trauerschleifen auch das Wappen des Barons von Lilien, unser Wappen, erscheint! Unausdenkbar, *mon tres reverend Père,* unausdenkbar!«

Mit würdevoll kalter Miene erwiderte der Jesuit: »Das arme Fräulein! Möge ihr der Herr ein milder Richter sein!«

Die Baronin fühlte sich durch diese abermalige Abweisung verletzt: »Ja, lassen wir das!« Dann holte sie tief Atem.

Nun begann der Jesuit mit sachlicher Ruhe: »Baronin, ich habe also unter unseren Rhetorikern herumgeschaut. Ich glaube, den besten Korrepetitor für den jungen Herrn Sohn gefunden zu haben. Er ist neunzehn Jahre alt, möchte vielleicht Priester werden, heißt Peter Huber.«

»Doch wohl nicht ein Bürgerlicher!«

»Madame, ich habe diesen Einwand erwartet.«

Die Baronin verschränkte die Arme über der Brust und neigte den Kopf nieder, sodass ihr Doppelkinn glänzend über der Halskrause erschien: »Aber, Pater, ich kann doch unseren Sohn, einen von Lilien, nicht in die Hände eines Bürgerlichen geben! Das können wir doch nicht! Was würde man von dem Hause Lilien halten! Ein Bürgerlicher, *oh non, non, non*!«

Der Jesuit ließ sich in seiner Ruhe nicht stören: »Der junge Mann vereinigt in sich die Vorzüge eines feinen Charakters mit denen eines genialen Geistes. Außerdem spricht er Französisch, Englisch und Italienisch, und seine Manieren sind ohne Tadel.«

Gequält erwiderte die Frau: »Das Letztere versöhnt.«

»*Eh bien*, ich habe mir erlaubt ihn vorzustellen. Wenn Madame gütigst befehlen wollen?«

Die Baronin rief dem Mädchen ins Nebenzimmer zu, dass Monsieur kommen möge und fragte den Jesuiten: »Wie heißt er gleich?«

»Huber, Madame, Peter Huber.«

Spöttisch verzog sie den Mund: »*Ah mon dieu*, Huber, Huber, jeder zweite Domestique heißt Huber!«

Weiter kam sie nicht, denn dieser trat jetzt ein, neigte sich über die dargebotene Hand, wobei ihm das dunkle Haar an den Schläfen hereinfiel, und sagte mit klarem Ausdruck: »Ich küsse die Hand, gnädigste Frau Baronin!«, indem er einen Handkuss andeutete. Madame war vom ersten Eindruck nicht unbefriedigt. Peter Huber fuhr fort: »Pater Massart führte mich in das Haus derer von Lilien; er wird für mich sprechen, Frau Baronin!«

Spitzig und mit etwas hochgezogener Nase meinte die Frau: »Ist Er ein Bürgerlicher?«

»Ja, Madame! Peter Huber.«

»Hat Er vielleicht in seiner Bekanntschaft oder Verwandtschaft einen Adligen?«

»Nein, Madame!«

»*C'est domage*, das ist schade!«

Peter Huber empfand diese Bemerkung wie einen Schlag ins Gesicht. Er biss die Zähne aufeinander, dass man auf seinen Wangen die Kaumuskeln spielen sah, und schwieg.

»Warum antwortet Er nicht?«

»Ich danke, Madame!«

Fistelnd und die Beleidigte markierend, rief die Baronin: »Wieso dankt Er?«

Ruhig und aufrecht stand der junge Mann da, kniff die Augen ein wenig zusammen und erwiderte: »Der Mann, den eine Dame grundlos beleidigt, dankt und geht!« Er verneigte sich wieder und wandte sich der Tür zu.

»*Oh la la*, das ist sogar eingebildet!«, keifte ihm die Baronin nach, während der Jesuit, bloßgestellt, ihm nachging und auf ihn einredete: »Peter, du wirst doch einen Spaß verstehen! Bedenke ...«

Da tat sich die Tür auf. Lautes Männerlachen und Mädchengekicher und schwere Schritte drangen aus dem Vorzimmer. Der Baron trat ein.

»Guten Morgen, meine Herrschaften! Ja zum Kuckuck! Hat sich die Baronin einen jungen Mann bestellt? Und den Beichtvater gleich dazu? Hahaha!«

Während sich der Jesuit und Peter Huber tief verbeugten, antwortete die Frau: »Wie kann man so reden, Baron von Lilien! So gewöhnlich, Baron von Lilien!«

Nun betrat die ganze Jagdgesellschaft das Zimmer, der Junker und das Fräulein mit lachenden Gesichtern, die der kühle Morgen und der gute Frühtrunk frisch gerötet hatten.

»Setzt euch nieder. Kinder, setzt euch nieder!«, sagte der Baron. »Catharine, lass Wein bringen! Meine Kehle, pfui Teufel, ist wie eine rostige Säbelscheide!«

Während das Zimmermädchen diesem Auftrag nachkam, drängte sich die Baronin an ihren Gemahl und flüsterte: »Baron von Lilien, ich bitte! Wir haben Leute!«

»Aber was, teure Gesponsin, der Jesuit ist gewiss kein Kostverächter. Und Er, junger Mann, komm Er her, Er gefällt mir! Was will Er?«

Peter trat näher; alle sahen ihn an und schwiegen. »Exzellenz, ich war als Korrepetitor für Ihren Herrn Sohn vorgesehen.«

»Ausgezeichnet! Stramme Kerle mag ich gern um mich haben. Er bleibt! Kann Er schießen?« – »Ja, Exzellenz!« – »Wieso? Woher ist Er?« – »Von Sachrang im Gebirg, Exzellenz!« – »Ja, dort sind die Wilddiebe daheim. Ganz ausgezeichnet! Baronin, der einzig richtige Korrepetitor! Hat ihn unser Borgias schon gesehen?«

»Aber, lieber Baron …«

»Kein Aber! Weiß schon, was dein Hemmschuh ist. – Junger Mann, wie heißt Er? Heißt Er vielleicht Oberhuber oder Hinterhuber?«

»Mit Verlaub, Exzellenz: Peter Huber.«

»Na, da haben wir's ja! – Pater Massart, kann er was, dieser Peter Huber?«

»Halten zu Gnaden, Exzellenz, Huber rechtfertigt unsere schönsten Hoffnungen.«

»Also, teure Baronin, er kann was! Schießen kann er, Latein und Griechisch kann er; versteht Er vielleicht auch was von Musik, Peter Huber aus Sachrang?«

Da klärte sich das Gesicht des jungen Mannes auf: »Mit Verlaub, Exzellenz, ich liebe die Musik!«

»Ei, ei, ei! Was hat seine Stimme plötzlich für einen zarten Klang? Mir scheint, Peter Huber, die Musik ist seine Liebste! Also versuche Er's gleich mit unserer Tochter! – Terry, hopp, und nimm deine Geige! Peter Huber, dort ist die Harfe!«

Aus dem Kreise der jungen Leute löste sich ein Mädchen im Reitkleid und führte unter dem Jubel der Übrigen den jungen Mann in den dunklen Hintergrund des Zimmers, wo auch ein vergoldetes weißes Spinett stand. Die befohlenen Instrumente wurden gleichgestimmt, dann erklang ein kleines Tiroler Stückchen. Das Edelfräulein errötete während des temperamentvollen Spiels, Peter Huber aber saß hinter der Harfe, den schwarzen Schopf seitlich den flimmernden Saiten zugeneigt. Manchmal schaute er zu seiner Partnerin auf, als wollte er an ihr eine stumme Bestätigung der Zufriedenheit wahrnehmen. Sie aber lächelte. Denn von den drei Meistern, bei denen sie bisher gelernt hatte, vermochte keiner die Harfe besser zu spielen als dieser junge Mann; nur dass der obendrein eine schwungvolle Kraft besaß.

»Bravo, bravo, c'est merveilleux! C'est magnifique!«, erscholl es ringsum, als sie zu Ende waren. Selbst die allergnädigste Frau Baronin konnte ihre auf Stelzen schreitende Anerkennung nicht versagen.

»Da schaut her!«, brüllte der von Lilien in die allgemeine Begeisterung hinein. »Große Dinge geschehen im raschen Zugriff! Meine Herrschaften, hier ist Wein! Teure Baronin, du lächelst; ja, lächle nur und komm an meine Seite, du Glanz meines Lebens!« Und zu Peter Huber gewandt: »Junger Mann, ich mache Sie hiermit auch zum Korrepetitor für Musik! Einverstanden, Fräulein Terry?«

»Avec plaisir, Herr Papa!«, erwiderte mit frohem Gesicht die Tochter.

Ein Jahr später, 1786, feierte Karl Theodor, Kurfürst von Bayern seinen Geburtstag in der Amalienburg, die im Nymphenburger Schlosspark steht. Es war das Jahr als von Frankreich die ersten Stimmen der späteren Revolution vereinzelt herüberdrangen und in Österreich dem

Kaiser Josef II. bis dahin unerhörte Neuerungen proklamierte.

Die Amalienburg, ein Kleinod der Hochkunst des Barock, wurde – wie es damals so der Brauch war – von einem Kurialen verwaltet. In diesem Jahre war die hohe Ehre dem Baron Darius von Lilien zugefallen.

Ein lauschiger Abend. Rings auf den weißkiesigen Parkwegen sah man kleinere und größere Grüppchen dahinwandeln; die einen lachten, kicherten, andere sahen sich verliebt und stumm in die Augen. Duft von Jasmin drang betäubend aus den Büschen. Duft von Flieder entströmte den Riechfläschlein der Damen.

Man hörte aus dem Hundezwinger der Amalienburg, die damals als Jagdschloss betrachtet wurde, das heftige Gebell der Meute. Dort führte Darius von Lilien soeben einen seiner berühmten und häufig nachgeahmten Dialoge mit dem Oberjäger Christophorus Brummer.

»Christophorus, rufe Er eine Anzahl Knechte! Man führe die gesamte Meute fort und verbleibe auswärts, bis das herrschaftliche Souper beendet ist!«

»À votre service, Exzellenz!«, antwortete der Angeredete und wandte sich zum Gehen.

»Christophorus, was läuft Er denn davon? Habe ich ihm gesagt, dass Er davonlaufen soll?«

»Pardon, Exzellenz!«

»Also, Christophorus: Im Spiegelsaal alles in Ordnung?«

»In Ordnung.«

»Löffel abgezählt?«

»Abgezählt.«

»Kerzen brennen?«

»Brennen.«

»Reservekerzen?«

»Reservekerzen.«

»Weine bereitgestellt?«

»Kalt und warm.«

»Küche in Ordnung?«

»In Ordnung.«

»Christophorus, ich bessere ihm sein Salaire um zwanzig Gulden auf, wenn diese Festivität zu unserer Zufriedenheit verläuft.«

»Zuviel der Gnade, Exzellenz!«

»Christophorus, und merke Er sich: dass mir während der Tafelmusik ja nicht mit dem Geschirr geklappert wird! Schärfe Er das allen Domestiken ein! Potz Donner und Doria, ich reiße ansonst einem jeden die Ohren aus!«

»Die Ohren aus, Exzellenz!«

»Er muss nämlich wissen, Christophorus – so trete Er doch näher, ich will's ihm zuflüstern –, heut wird unsere Tochter Terry die Ehre haben, vor dem durchlauchtigsten Herrn Kurfürsten zu musizieren. Versteht Er's nun?«

»Oh, Exzellenz, dann will ich gleich selber das Geschäft des Ohrenausreißens besorgen!«

»Gehe Er, Christophorus, die ersten Gäste kommen!«

Auf der rechten Seite hinter dem Schloss zieht sich ein schattiger Weg beim Pan vorbei. Auf diesem Wege spazierte Terry von Lilien und ließ sich von Peter Huber an der Hand führen. – Peter Huber hatte nun seit einem Jahr den jungen Herrn Borgias von Lilien in den klassischen Sprachen unterrichtet, was ihm dank seiner Ruhe und pädagogischen Feinfühligkeit erfolgreich gelungen war. Nebenher, aber nicht nur nebenbei, war auf Spinett, Harfe, Viola und Zither nicht minder emsig musiziert worden. Wie gern und, ach wie heimlich steigen doch auf den Tonleitern Herzen einander entgegen! Terry jedenfalls konnte dies von dem ihrigen sagen, sagte es auch, aber ganz leise und nur zu sich allein.

»Papa will, dass unser Spiel heute ein Erfolg wird.«

»Unser Spiel? Baronesse meinen Ihr Spiel.«

»Papa denkt eben nur an das Äußere, an das Äußerliche. Seitdem ihn der Herr Kurfürst zum Verwalter der Amalienburg gemacht hat, zählt bloß noch Jagen, Feste arrangieren, Bischöfe empfangen, Kurtisanen unterhalten. Daheim ist er immer bloß für ein paar Stunden, gleichsam auf Besuch. Deshalb wird auch Mama so eigen. Muss man da nicht eigen werden? – Geben Sie mir doch Recht und schweigen Sie nicht fortwährend!«

Peter Huber schaute auf den abendlich geröteten Himmel und zuckte leicht mit den Schultern: »Alles eine Folge unserer Gesellschaftsordnung.«

Barsch erwiderte das Mädchen, das eine Kundgebung seines Mitleids erwartet hatte: »Was heißt das wieder?«

Huber fuhr fort: »Alles ist Zwang. Wer auf der Leiter eine Sprosse höher kam, versucht eilfertig dem, der unter ihm steht, auf den Kopf zu treten. So tritt der Große den Kleinen, der Reiche den Armen, und den Letzten beißen alle Hunde; das sind in dem Falle wir, die Bauern. Indes, Baronesse, der Uhrenzeiger ist schon vorgerückt, es gärt! Der Geist der Aufklärung bricht durch: Der große Kaiser in Wien hat seine Bauern von der Leibeigenschaft befreit!«

Entrüstet blieb Terry stehen: »Wie können Sie, ausgerechnet Sie, für den Kirchenstürmer Joseph eine Lanze brechen? Sie wollen doch Priester werden?« Lauernd blickte sie ihn von der Seite an.

Nach einer längeren Pause entgegnete er tonlos: »Pardon, Baronesse, ich sollte.«

»Sie wollen also nicht?«, und fügt leise hinzu: »Haben Sie ein Mädchen gern?«

Peter Huber antwortete und sein Wort klang trocken wie eine Scherbe: »Muss da immer gleich das Weib die Ursache sein?«

Erschreckt, im Innern betroffen, replizierte die Baronesse: »Muss nicht, aber …«

Der junge Mann unterbrach sie und schaute ihr geradeaus ins Gesicht: »Ich will Ihnen etwas sagen, Baronesse: Schauen Sie sich diesen Pan hier an, wie friedlich er daliegt und seine Ziege hütet. Ich mag mich nicht auf die Leiter stellen und von obenher treten lassen. Ich gehe heim ins Gebirge, wo mein Vater eine Mühle hat. Dort werde ich Mehlbutten über die steile Treppe tragen. Und nächtens, wenn ich aufgeschüttet habe, werde ich in der Müllerstube sitzen, Harfe spielen und Bücher lesen. Ich werde frei sein, frei wie dieser Gott Pan mit seiner Ziege.«

»Man könnte Sie beneiden, wenn man Sie nicht bedauern müsste!«

»Bedauern? Charmant gesprochen, Baronesse! Warum bedauern?«

»Ein solches Genie – ein Müllerbursch! Studieren Sie doch Medizin oder Jura oder meinetwegen Philosophie!«

Peter zog ihre kleine Hand an seine Lippen und lächelte: »Das alles will ich tun, aber nicht als Vorgespann einer Staatskarosse.«

Da traten dem Edelfräulein gar ein paar Tränen in die Augen: »Peter, bitte, bleiben Sie in München!«

Er jedoch schüttelte sich das schwarze Haar in den Nacken zurück und wandte sich um: »Baronesse, mir scheint, wir müssen umkehren; unser letztes gemeinsames Konzert wird bald beginnen …«

Der Spiegelsaal der Amalienburg hatte sich inzwischen mit Gästen gefüllt, Damen und Herren von Rang und Namen, unter ihnen durch seinen Purpur deutlich erkennbar der päpstliche Nuntius Monsignore Ventinuglio. Ihn begleitete der untergebene Pater Massart, dem die Betreuung der Priesteramtskandidaten anvertraut war. Obwohl sich damals fast der gesamte Adel Bayerns der Kirche ergeben zeigte, erregte Ventinuglio durch seine betonte Art dennoch den geheimen Unmut aller. Er wirkte im bunten Gewimmel der Herrschaften wie ein roter Hahn; und wer genau hingesehen hätte, würde gemerkt haben, wie sich die meisten an seiner Nähe durch besonders ausgesuchte Höflichkeit vorbeidrückten.

Auf den Stufen der Eingangstür erschien jetzt der Annonceur in weiß-himmelblauer Livre und klopfte mit seinem vergoldeten Stab auf das Eichenparkett. Die Herrschaften wandten sich ihren vorgeschriebenen Plätzen zu und hörten auf zu reden.

»Unser durchläuchtigster Herr, Karl Theodor, Pfalzgraf bei Rhein, in Ober- und Niederbayern, Herzog des Heiligen Römischen Reichs Erztruchsess und Kurfürst!« Der Annonceur rief's in den Saal. Während des sich erhebenden Beifalls trat der Kurfürst in Begleitung des Barons von Lilien ein und begab sich, nach allen Seiten freundlich lächelnd, auf seinen Platz. Abgestuft nach Würde und Amt setzten sich die Gäste nieder, angefangen vom Nuntius bis hinunter zum jüngsten Freifräulein.

Nun begann Darius von Lilien, dem der Hals angelaufen war wie einem Truthahn, seine mühsam eingelernte, von der Gattin verfasste Begrüßungsrede:

»Hohes Haus! Es hat unserem durchläuchtigsten Herrn Kurfürsten gefallen, anlässlich seines dreiundvierzigsten Geburtsfestes einen Teil seines hochverdienten Adels und hoher Würdenträger um sich zu versammeln. Als Verwalter dieses Schlosses mache ich von meinen hausväterlichen Rechten Gebrauch und begrüße das Hohe Haus im Namen unseres gnädigsten Herrn. In einer Zeit wie dieser, wo es in aller Welt brodelt und braust, wo Aufklärung und Illuminatentum an den überlieferten und heiligen Grundfesten unserer Gesellschaftsordnung rütteln, tut es doppelt not, dass die seit Jahrhunderten kulturtragenden Kreise der geistlichen und weltlichen Hierarchie zusammenhalten, ihre Rechte wahren, ihre Prärogativen schützen. Es dürfte dem Hohen Hause bekannt sein, welch üble Postillen aus dem befreundeten Frankreich über die Grenze an unser Ohr dringen. Wir sind erschüttert und entsetzt, wenn wir hören, dass ein comte de Mirabeau, ein Bischof Talleyrand sich zu Sprechern des gemeinen Haufens machen und gegen das Feudalrecht in Frankreich und in aller Welt eifern, gegen jenes Recht, das unsere Väter und Urväter mühsam geformt haben und von tausenden Segnungen unserer heiligen Mutter Kirche betauen ließen. Hohes Haus, wir wollen uns mit Entrüstung von solchen Abtrünnigen wenden und uns im Entschluss der Einigkeit und Zusammengehörigkeit festigen, zu unserem Fürstenhaus stehen, in unverbrüchlicher Treue und Kraft. Es lebe unser Recht! Es lebe unser Fürst!«

Der mächtige Applaus war ehrlich, insbesondere von seiten der Geistlichkeit.

Nun stand Karl Theodor auf. Er liebte es nicht in der Öffentlichkeit deutsch zu sprechen – er war auch kein Redner. Bei den Bayern ist er zeitlebens nie richtig warm geworden. Er entgegnete französisch: *»Mesdames, Messeigneurs, à une telle eloquence de notre baron il n'y a rien à ajouter.* Wir wünschen *bon amusement!«*

Man klatschte wieder eifrig in die Hände, weil sich das gehörte. Darauf setzte langsam der übliche Gesellschaftstrubel mit gegenseitigen Begrüßungen und Handküssen ein.

Auf einmal kam Terry zum Papa gelaufen: »Peter tut nicht mit!«

Darius, noch erhitzt von der Wucht seiner Worte, fuhr diesen an: »Er ist wohl wahnsinnig, Peter Huber!«

Die entwaffnend ruhige Antwort: »Vielleicht haben Exzellenz einen Spitzel bei der Hand; lassen Sie mich abführen!«

Warum weigerte sich der junge Mann? Er fühlte sich durch die Rede des Barons beschimpft. Er selbst gehöre nämlich auch zu dem »gemeinen Haufen«, von dem der Baron gesprochen habe. Er sei ein Bürgerlicher, ja nicht einmal dies; ein Bauer sei er aus dem gottverlassensten Winkel Bayerns. Allerdings sei er trotzdem ein Mensch und in diesem Punkte um nichts weniger als die Herrschaften vom Adel. Dieses Bewusstsein sei zwar in den Augen der Herren frevelhaft, immerhin gebe es ihm die Berechtigung, sich nicht zum Steigbügel adliger Emanzipation machen zu lassen. Er habe geglaubt, mit Terry gemeinsam der Kunst zu dienen, die alle Menschen adle. Darin habe er sich jedoch geirrt; denn nach den Worten Seiner Exzellenz gebe es keinen anderen Adel, als den der Geburt– alles andere sei »illuminiert.« – »Aber gottlob, dass es Erleuchtete gibt, Exzellenz!«

Mit dieser Erklärung war aus der sonst so feierlichen Ruhe Peters ein ungeahntes Temperament aufgebrochen, das den Baron aufhorchen ließ: »Peter Huber aus Sachrang, nun kennt Er mich ein Jahr, verkehrt täglich in meinem Hause, speist an meinem Tische und denkt einen solchen Stiefel, pardon, ich rede soldatisch! Ich hätte ihn für klüger gehalten, wahrhaftig, und für reifer! Weiß Er, was Diplomatie ist? Wenn ja, dann schaue Er sich die Gäste da drin an und urteile selbst, ob ich anders reden durfte!«

Peter Huber war wieder in seine gewohnte Ruhe zurückgefallen. Mit einer leichten Verneigung erwiderte er: »Exzellenz, mit Verlaub, darf man denn schwarz und weiß sein?«

Der Baron fasste ihn an der Schulter: »Peter, da, unter der Weste, da hat man nur eine Farbe; aber es gibt viele

Westen, und je bunter die Kollektion, desto besser! Doch das kann Er noch nicht verdauen, ich werde mit ihm später darüber reden; und noch später wird ihn das Leben selbst belehren. Jetzt mache Er aber keine Fisimatenten, sondern spiele Er anständig wie immer! *Entendu?* – Ich kündige euch an, Kinder!«

Ein Gongschlag ertönte im Saal, es wurde ruhig, alle schauten zum Vestibül hin, unter dessen gewölbtem Gardinenbogen der Baron stand. Er lächelte: »Selbst auf die Gefahr, dass das Hohe Haus unseren Eifer in etwas tadeln sollte: Unsere Tochter Terry von Lilien will sich die Ehre nehmen und diese Festivität mit Musik verschönen.« Darauf der übliche Beifall.

Das Edelfräulein, ganz in weiß und duftigem himmelblau, schwebte herein; dahinter in schwarzem Samt wie ein Schatten der große Gebirgler Peter Huber. Er schlug am Spinett einen Akkord leise an, Terry stimmte das A ihrer Geige. Dann wandte sie sich mit dem vorgeschriebenen Knicks dem Kurfürsten zu und sprach: »Aus dem Adelaide-Konzert von Monsieur Wolfgang Amadäus Mozart.«

Das Spiel begann, schwungvoll und jung wie der junge Mozart.

Karl Theodor hatte viel Sinn für Musik und noch mehr für schöne Frauen. So neigte er sich sichtlich dem Nuntius zu und raunte: »Ein schönes Paar, diese beiden.«

Der Nuntius erwiderte: »Wie Tristan und Isolde.«

Darauf der Kurfürst: »Wenn die in der Ehe auch einmal so nett harmonieren wie hier, dann gibt's ein feines Konzertchen.«

»*En effet,* Hoheit! Sind sie wohl einander verlobt? Ich kenne den jungen Herrn nicht.«

»Ich auch nicht. Vielleicht kann es uns ja Père Massart sagen.«

»Unser Konversationslexikon!« Selbstgefällig lächelnd, wandte sich Ventinuglio dem Jesuiten zu: »Wie heißt der charmante Partner der Baronesse von Lilien?«

»Oh, Monsignore, mein *enfant terrible*! Ein simpler Müllerssohn aus dem Gebirg, er heißt Peter Huber, aber ein Genie! Ich hatte die Hoffnung, er werde Theologie studieren. Glaube es aber nicht mehr! Der Geist der Aufklärung, die Ingolstädter Illuminaten und die Musik …«

»Ist er mit Lilien liiert?«

»Nicht wahrscheinlich, Monsignore! Denn selbst wenn von Seiten des Fräuleins der Wunsch da wäre, und man kann es nicht leugnen: Er ist da, so hat doch dieser Huber einen unbändigen Stolz.«

»Oho, interessant! Der Stolz des kleinen Mannes! – Den Burschen möchte ich sprechen!«

»Wie befehlen, Monsignore!«

Ventinuglio kehrte sich dem Kurfürsten zu: »Hoheit, der Partner der Baronesse ist bloß ein Bürgerlicher. *Instructeur et cetera* …«

»*Domage*! Gäbe ein reizendes Pärchen!«

Der Kurfürst sprach's und ließ kein Auge von Terry ab. Der Nuntius hingegen musterte den jungen Mann.

Es war gewiss ein herrliches Bild. Die zarten Finger des Edelfräuleins glichen Falterfühlern. Mit emsiger Geschäftigkeit hüpften sie auf der braunen Violine auf und nieder. Dabei bog sich das Mädchen ganz leicht in der Taille und unterstrich mit dieser spontanen Gebärde den Wohlklang des meisterlichen Werkes. Peter Huber jedoch folgte mit exakter Aufmerksamkeit jeder kleinsten Nuance seiner Partnerin. Bisweilen fiel ihm das dunkle Haar an den Schläfen herein. Dann schüttelte er kurz, warf den Kopf zurück und schaute dabei stets einen Augenblick auf Terry, fast als wollte er von ihrem Gesicht inspiriert werden.

Diese beiden jungen Menschen – das erkannte jedermann im Saale – waren aufeinander abgestimmt wie ihre Instrumente. Selbsttätig und zugleich in künstlerischer Harmonie verstrickt. Ob sich wohl auch die beiden Herzen in dieser Harmonie verfangen haben? Karl Theodor fragte sich im Stillen und lächelte bejahend zu seiner eigenen Frage. Er war ein Gourmant von feinen Sitten und konnte sich auch am Genusse anderer freuen, fast so sehr, als genösse er immer wieder selbst.

Das Konzert verklang, der letzte Akkord verstummte und ein mächtiger Beifall erhob sich. Die Kerzen am Lüster und an den Wänden flackerten in freudiger Erregung mit. Darius von Lilien legte seine schweren Arme um die Schultern der beiden Künstler und schrie, nachdem sie ins Vestibül zurückgegangen waren: »Kinder, Kinder! Großartig! Der Kurfürst strahlt übers ganze Gesicht!«

Da trat auch schon der Annonceur herein und wandte sich an den Baron: »Pardon, Exzellenz! Die Baronesse von Lilien zu Seiner Hoheit, und Monsieur zu Monsignore, dem Hochwürdigen Herrn Nuntius!«

»Allez-y et bonne chance!« Damit geleitete Darius die Gerufenen bis zur Saaltüre.

Während nun das Fräulein die artigsten Komplimente zu hören bekam und dazu das vorläufige Versprechen, dass man sich ihrer bei Hofe noch näher erinnern werde, wobei die Blicke der Hoheit öfters auf dem Dekolleté haften blieben, nahm die Unterredung Peter Hubers mit Ventinuglio einen nicht ganz glücklichen Verlauf.

Es war damals Brauch, dass sich der Laie zur Begrüßung eines Kirchenfürsten aufs linke Knie niederlassen und dem Würdenträger den großen Fingerring küssen musste. Pater Massart, der auf Peter Huber unter dem Türbogen des Vestibüls gewartet hatte, raunte ihm diesen zeremoniellen Akt noch leise zu, worauf jedoch

Huber verneinend den Kopf schüttelte. Dann standen sie vor dem Nuntius.

»Meine untertänigste Verehrung, Monsignore!« Der junge Mann verbeugte sich tief. Dann sahen sie einander in die Augen. Die Taktlosigkeit Hubers, ein allgemein gültiges Zeremoniell zu missachten, was selbst unter dem höchsten Adel niemand gewagt hätte, ließ den Nuntius blass werden: »Weiß Er seinem Nuntius nicht mit dem gebührenden Gruße der Ehrfurcht zu begegnen?«

Peter verneigte sich abermals: »Verzeihung, Monsignore, ich beuge mein Knie vor Gott und seinem Priester im Dienste Gottes – nicht aber, wenn er bei Tische ist.«

»Glänzend, glänzend, Er hat Grundsätze! Nur ist Er für seine Grundsätze noch etwas zu jung, junger Mann!«

Peter schoss das Blut in den Hals. Eine halbe Stunde vor dem hatte ihm der Baron von Lilien Unklugheit und Unreife vorgehalten; jetzt machte der Nuntius seine Jugend zum Vorwurf.

»Pardon, Monsignore, ich weiß nicht, ob meine selige Mutter eine Rüge verdient, weil sie mich nicht früher zur Welt geboren hat!«

Ventinuglio horchte: Das war Affront, Widerstand. Wer solches unternahm, hatte dazu eine Begründung. »Wir spüren in seinen Worten eine Widersetzlichkeit. Peter Huber, dafür schuldet Er uns eine Erklärung!«

»Monsignore, ich habe die Visitenkarte Euer Gnaden gesehen. Darauf steht die Kirche als Frau, fahrend über geduckte Menschenleiber. Wer sich unter Wagenräder hinducken muss, ist ein Sklave. Christus hat uns nicht zu Sklaven gemacht, sondern zu Gottes Kindern.«

Unsicher schaute der Nuntius auf den Pater Massart, der wie eine in schwarz gekleidete Marmorstatue beiseite stand. Der Jesuit, dem die harte Schule seines Ordens für alle Situationen die rechte Diskretion mitgegeben hatte, neigte sein Haupt einige Zentimeter nach vorne, senkte die Augen und sprach mit der ihm eigenen würdevollen Unnahbarkeit: »Verzeihen, Monsignore!« Damit brachte er sowohl die Berechtigung der spontanen Anklage des jungen Mannes, als auch die Bitte um berechtigte Vergebung zum Ausdruck. Das merkte Ventinuglio. Er antwortete: »Peter Huber, Er hat uns gemaßregelt; wir danken ihm! Er soll der erste sein, der von uns eine andere Visitenkarte erhält.«

Da beugte Peter Huber das linke Knie und küsste dem Nuntius den großen goldenen Fingerring.

In der Mühle

Es ist uns nicht vollkommen bekannt geworden, auf welche Art und Weise sich die Lösung Peter Hubers aus dem Kreise der für das Priestertum auserlesenen Kandidaten vollzogen hat. Aus den Umständen kann mit viel Wahrscheinlichkeit geschlossen werden, dass Peter nicht imstande war, seinen übermäßigen Drang nach Freiheit dem heiligen Gehorsam zu unterwerfen. Der Verzicht auf den Beruf der Auserwählten mag ihm nicht leicht gefallen sein; denn damit zertrat er einen letzten Willen seiner verstorbenen Mutter und die Sehnsucht des alten Vaters, nicht zuletzt auch eine langgehegte Erwartung seiner Heimatgemeinde Sachrang.

Seit nämlich der zwölfjährige Müllner-Peter das Dorf verlassen hatte und nach München gezogen war, um Theologie zu studieren, war in den armen frommen Gebirgsbauern eine persönliche Anteilnahme am Leben dieses jungen Menschen erwacht. Er war einer der Ihrigen, und die Gnadenfülle, die einmal durch seine geweihten

Hände strömen sollte, musste an erster Stelle sie selbst berühren – dazu war er doch einer ihres Stammes. Seine Vorfahren hatten Männer und Frauen ihres Blutes geheiratet, man war also verwandt mit ihm, und darum besaß man auch ein Recht auf die Verheißung seiner Zukunft.

Wir können den jähen Bruch und den wehtuenden Riss kaum mitfühlen, den alle Bewohner von Sachrang empfanden, als sich die Kunde verbreitete, dass der Müllner-Peter von München zurückgekehrt sei und kein Geistlicher werden wolle, sondern die Mühle seines Vaters, des alten Müllner-Schorsch, übernehmen werde.

Alle waren beleidigt, empört. Nun hassten sie ihn, der sie enttäuscht hatte, und drückten seinem Vater ein unverhohlenes Beileid aus, fast so, als hätte er seinen Sohn zu Grabe getragen. Das tat dem alten Schorsch ebenso weh wie die beschämende Heimkehr des Kindes. Noch dazu bohrte es in ihm, dass der Bub nicht reden wollte. Wiederholt hatte er ihn nach den Ursachen dieses Umbruchs befragt, unvermittelt und auf Umwegen, doch ohne Erfolg. Der Peter war heimgekommen, hatte den Hut an den Holznagel hinter der Tür gehängt und gesagt, dass er ohne Schimpf und Schande von München fortgegangen sei und von nun an ein rechter Müllerbursch und ein ordentlicher Sägewerker sein wolle, wenn's dem Vater recht sei.

Nun, das war ihm natürlich recht. Denn der andere, der noch zu Hause war, der Thomas, du lieber Himmel!, der war nicht viel wert. Der hatte nur das Musizieren im Kopf, ließ Säge und Mühle stundenlang leerlaufen und saß stattdessen über seinen Notenblättern. Wenn ihn jemand abgelöst hätte, wären zwei Wünsche auf einmal erfüllt, nämlich der seine und der des Vaters. Ob aber der Peter nun der Rechte wäre? Freilich, er war groß und kräftig und von Kindsbeinen auf mit der Müllerei vertraut. Aber die Leute!

Erst vor etlichen Tagen hatte der Ertlbauer vom Noppenberg, ein ordentlicher Bauer und eine gute Kundschaft, mit unverhohlener Gehässigkeit gefragt, wie sich denn der geistliche Herr Müllerbursch anlasse. Sie warfen allen Groll auf den Peter und würden lieber zwei Stunden weiter in die Aschauer Mühle fahren, als dass sie den leben ließen, der sie so enttäuscht hatte. – Die sorgenvollen Gedanken des Vaters waren nicht unberechtigt.

Als Peter am ersten Sonntag nach seiner Heimkehr vormittags zum Gottesdienst gegangen war, hatte sich niemand zu ihm in die lange Bank gesetzt, obwohl in den Gängen alle eng beisammen standen. Nach der Messe aber stauten sie sich am Kirchhof. Und als auch er herauskam, brachen sie ihre sonst so lauten Gespräche ab und brummten und tuschelten wie über einen öffentlichen Sünder.

Seitdem ging Peter sonntags nicht mehr in die Dorfkirche, sondern stieg zur alten Ölbergkapelle hinauf, die gegenüber seinem Vaterhaus am Berghang lag. Diese Kapelle war ein uraltes Heiligtum, der Sage nach von einem irischen Mönch über der Opferstätte der einst heidnischen Bewohner dieser Bergwälder erbaut.

Dieses Gotteshaus, seit Jahrzehnten von den Chiemseer Bischöfen dem heiligen Dienst entzogen, war seitdem völlig verwahrlost. Fliegenhungrige Spinnen hatten in den Fenstern ihre Netze gespannt, und unter dem morschen Schindeldach nisteten die Tauben. Eine Orgel stand noch da, ein ganz altes Werk, verstimmt, verschmutzt und verquollen. Den Blasbalg hatten die wandernden Waldmäuse bis auf jene kleinen Restchen aufgezehrt, die unter den Kappennägeln eingeklemmt waren.

Als der Müllner-Peter an jenem Oktobersonntag dort hinaufstieg, während unten auf dem Gemeindewege die Kirchengänger vorüberwanderten, war sein junges gärendes Herz bitter. Was hatte er ihnen denn angetan, den

Männern mit den Händen in den Hosentaschen und den Weibern mit den großen Betbüchern unterm Arm?

Weil ihr's euch eingebildet hattet, sollte ich ein Geistlicher werden; was wisst denn ihr, was ein Geistlicher, ein Priester ist! Ja wenn ich ein solcher hätt' werden können, wie ihr ihn euch vorstellt – ein wenig lateinisch singen, ein wenig von der Kanzel herunterschimpfen und abends beim Kegelschieben im Wirtshaus mit euch herumduzen. Wenn ich das gekonnt hätt', weiß Gott, ich wär's geworden und nichts wär' leichter gewesen als das! Aber das hab ich eben nicht gekonnt. Und das andere, das bedächtige Sprossenklettern auf der Hühnersteige der Fürstengunst, das hab ich nicht gewollt! Jetzt wisst ihr's! Nein, ihr wisst's nicht! Ist mir auch egal, ob ihr's wisst oder nicht! Ich weiß es und ich werde von nun an in dieser verkommenen Kapelle meinen Sonntag heiligen.

Peter schob die morsche Tür beiseite. Sie knarrte und schreckte die Vögel unter den Dachsparren auf.

Später betrat er von außen her den kleinen Chorraum. Er klappte den Spieltisch der Orgel auf und griff über die fünf Oktaven. Die meisten Tasten blieben unbeweglich, einige gaben nach – dann knisterte es irgendwo und husch! stoben ein paar Mäuse in die Ecken. Aha, dachte Peter, und dann sah er die Verheerung mit dem Blasbalg. Er überprüfte die Orgelpfeifen. Sie waren noch alle da, in den Windladen fraß der Wurm. Von den metallenen hob er einige heraus, das D, das F und das A. Er blies sie hintereinander an und dann alle gemeinsam. Wie das klang! Noch einmal blies er, blies, bis ihm der Atem ausging. Und dabei hörte er die hohen, ganz feinen Töne mit und die grollenden Bassstimmen, hörte das gewitterartige Brummen der Sechzehnfuß-Pfeifen, die in dieser kleinen Orgel gar nicht standen. Ja, und dann hörte er niederrieselnde Kadenzen und rauschende Kaskaden und wiederum weich hinflutende Melodien, und immer wieder blies er seine drei Töne.

Er kam heim. Als sie gegessen hatten und vom Tisch aufgestanden waren, begann Peter ein Gespräch mit dem Knecht Thomas.

Thomas, mit dem merkwürdigen Zunamen Krautnudel, war seit etwa zehn Jahren in der Mühle. Peter hatte ihn schon gekannt, noch ehe er zum Studium nach München geschickt worden war. Denn schon damals hatte er gern bei ihm in der Müllerstube gesessen und hatte zugeschaut, wie er aus Birnbaum schöne Figuren schnitzte, nicht zu reden von den seltsamen Landschaften ohne Berge und ohne Hügel, die er mit Kohlestiften an die Wände seiner Schlafkammer gemalt hatte. Peter hatte diese Bilder erst vor einigen Tagen wieder gesehen und sich an ihnen erfreut. Es mussten wohl jene Gegenden sein, aus denen Thomas kam.

Thomas war nämlich ein Zugereister, ein Franzose oder, wie man sagte, ein Emigrant. Damals, vor neun Jahren, war er noch ein junger Bursche gewesen, hatte nur wenig D eutsch verstanden und fast nichts zu reden vermocht. Inzwischen war ihm aber mit der eifrigen Lektüre in Gebetbüchern, andere gab es in der Mühle nicht, eine beachtliche salbungsvolle Geläufigkeit des Ausdrucks zuteil geworden.

Peter redete Thomas an: »Wenn du einige Stunden Zeit hast, Thomas, könntest du mir helfen.«

»Was soll ich helfen, *Monsieur Pierre*?«

»Du musst mit mir gehn, hinauf zur Ölbergkapelle.«

»Soll ich helfen beten? Wahrlich ich habe gebetet in heiliger Messe, eine Stund, und gehört eine Predigt, auch eine Stunde, sind zwei Stunden, *Monsieur Pierre*! Reicht aus für eine Woche!«

»Geh, Thomas, wer redet vom Beten!«

»*Pardon, Monsieur,* wir gehen zur Kapelle!« Und er lachte.

So schritten sie langsam von der Mühle quer durchs Tal und stiegen den Hang hinauf. Peter erklärte Thomas seine Bewunderung für die Bilder in der Schlafkammer.

»*C'est la patrie,* Monsieur, und wer kann schon die Heimat vergessen?«

»Dass du dann zu uns in die Berge gekommen bist, wo doch deine Heimat in der Ebene zu liegen scheint?«

»*Oh, Monsieur,* leichter verkriecht sich das Mäuschen im Steinhaufen, leichter verbirgt sich der Räuber im Gebirge.«

»Hast du eine Übeltat auf dem Gewissen?«

»*Que voulez-vous?* Wer kein Sünder ist, der möge auf mich werfen den ersten Stein. Ich war siebzehn Jahre alt. In Torigny, einem unwichtigen Ortchen der Normandie, galt ich als ein charmanter junger Mann. Da starb das Weib des Grafen Guy de Matignon. Er trauerte eine kleine Zeit, dann machte er mich zum Verwalter in seiner Kanzlei und reiste über Land, um ein anderes Weib zu suchen. Nach etlichen Monaten brachte er aus dem Süden ein reizendes Liebchen mit, das noch ein junges Mägdlein war, *justement* achtzehn – und bei ihm zählten sie fast ein halbes Jahrhundert. Was soll ich sagen, *Monsieur*? Es vergingen etliche Wochen, da versuchte die kleine Gräfin, wie in der Bibel bereits das Weib des Potifar, mich zu versuchen. Ich handelte aber nicht wie einst der ägyptische Joseph und ließ es geschehen. *Voilà, Monsieur, c'est la vie!* Und wieder nach ein paar Wochen, da kam Guy de Matignon beim Morgengrauen von der Jagd heimgeschlichen. Ich sprang über den Balkon und fiel zu den Goldfischen in den Teich. Das war nicht schlecht, doch die Frau Gräfin hatte mein Gewand. Ich flüchtete über die Wiesen und kam glücklich in einen Wald. Hier sammelte eine alte Frau Laub für die

Ziegen. Als sie mich sah, erschrak sie und hielt sich die Hände vor das faltige Gesicht. Da zog ich ihr die Jacke und den Rock aus und verhüllte meinen Kopf mit ihrem Schultertuch. Nach vielen Tagen war ich in Dieppe am Meer. Da hörte ich, dass sie mich suchten.

Matignon gelüstete es nach meiner Haut. Ich verkroch mich zwei Tage, dann fassten mich die Spitzel am Hafen. Wochenlang ließen sie mich fasten, dann verurteilten sie mich auf eine Galeere.

Aber ich war zum Rudern nicht fähig, so ketteten sie mich nicht an. *Grace à Dieu!* Zwei Wochen später legten wir bei Dunkercken an. Ich hüpfte ihnen davon, was bei dem *commerce florissant* in dieser Stadt leicht gelang. Sie fanden mich nicht wieder. Fast ein ganzes Jahr lang habe ich habe dann noch vieles getan, *Monsieur Pierre*, das nicht gut war. *Eh bien*, ich habe zu mir gesagt, *on recommence*! Und so kam ich zu euch. *C'est tout*!«

Thomas schwieg und blieb stehen.

Peter gab ihm die Hand und sagte: »Thomas, ich danke dir! Wenn's Gott gefällt, dann wollen wir viele Jahre beisammen sein.«

Da bekam der Knecht feuchte Augen, so hatte in Sachrang noch niemand zu ihm gesprochen.

Thomas war geschickt, in den neun Jahren seiner Tätigkeit als Müller und Säger hatte er das bewiesen. Vater Schorsch, der Alte, hielt große Stücke auf ihn und vertraute ihm ohne Bedenken.

Peter führte ihn auf den Orgelboden der Ölbergkapelle und zeigte ihm die große Verwüstung, die sich in dem einst beachtlichen Instrument breitgemacht hatte. Thomas erkannte seine eigene Aufgabe in der Erneuerung sämtlicher Windladen. Sie bauten die Windladen und den Blasbalg aus, numerierten die Pfeifen und stellten sie gruppenweise zusammen. Die ganz kleinen vom Flauto-

Register bündelten sie mit einem Strohband und legten sie behutsam in eine Kiste. Dann krochen sie in die Mechanik hinein und entfernten aus den Drähten die noch warmen Mäusenester.

Den beiden Männern stand der Schweiß auf der Stirn, und ihr üppiger schwarzer Haarwuchs war grau gestäubt, gerade als wären sie aus der Mühle gekommen. So war es Abend geworden.

Als sie heimkamen, hatte Ursula bereits den Abendtisch gedeckt. Sie aßen mit ihr allein, denn der Vater war in die Dorfwirtschaft gegangen, und der Bruder spielte wie gewöhnlich mit dem Schlosskaplan und den Schulmeistern auf Hohenaschau Quartettmusik. Die Ursel zählte zwar noch nicht vierzehn Winter, versah aber die Hauswirtschaft mit mütterlich ererbter Geschäftigkeit und Umsicht. Alle Männer aus der Mühle, der Vater eingeschlossen, verehrten sie und gingen mit ihr um wie mit einem Rauschgoldengel – behutsam und schützend. Das wusste sie auch. Und so strahlte sie jene kindliche Reife aus, die – weil nicht kopiert, sondern unter einer Aufgabe gewachsen – Achtung fordert. Sie war auch die eigentliche Ursache, weshalb es zwischen dem Vater und dem heimgekehrten Peter zu keiner offenen Auseinandersetzung gekommen war, denn sie behandelte den Bruder mit ausgesuchter Verehrung und Liebe. Der Vater merkte das und schluckte deshalb viele Fragen ungefragt hinunter. Der schöne Friede im Haus war mehr wert als das Wissen um Dinge, die man vielleicht nicht einmal richtig verstehen konnte.

Es kam der Winter. Seit Menschengedenken war er nicht so schneereich gewesen wie in diesem Jahr 1786. In den Wäldern zu beiden Seiten des Sachranger Tales knallte und krachte es Tag und Nacht. Der Vater meinte immer wieder mit jammervollem Ausdruck, kein Mensch könne den Schaden ermessen, den dieser Schneebruch verursachte, und erst im Frühjahr werde man das Greuel der Verwüstung sehen.

Im kommenden Frühjahr würden draußen die aufgespaltenen, geschlitzten und abgedrehten Baumleichen liegen, die man nicht einmal als Brennholz nehmen mag, weil man an ihnen die Handsägen zerreißt!

Wie wäre es denn? ... – Ganz plötzlich kam Peter die Idee in den Sinn –, wie wäre es, wenn man diese Katastrophe in den Wäldern mit der Sorge der Ahnen verbände? Man behaut die verdrehten Stämme roh und schichtet sie nebeneinander ins Mühlbett. So entsteht eine glatte Sohle und man hat das Gerinn beschleunigt. Beschleunigung aber ist Erhöhung der Stoßkraft, ist Steigerung der Energie! Und daran hat's schon immer gefehlt. Doch wer bezahlt die Zimmerleute, die zum Behauen so vielen Holzes nötig sind? Peter dachte weiter. Gelingt es, ins Sägegatter ein zweites Blatt zu hängen, kann man die Stämme mitten durchlaufen lassen, und sie sind glatter, als der beste Zimmermann sie zuhauen kann.

Die Säge stand seit altersher stets als zweite im Rang. Nicht ihr, sondern der Mühle dankte man es, dass die Müller im Aschacher Grund einen guten Batzen Gold in der Truhe hatten. Wenn also aus der Sache mit den zwei Sägeblättern etwas werden sollte, dann eben nur im Frühjahr. Bis dahin mussten die Stämme aus dem Walde herein sein: ein unmäßiges Stück Arbeit. Wer soll das vollbringen?

Wer anders, als er, der Peter, mit dem Thomas Krautnudel, vorausgesetzt, dass der Vater tagsüber die Mühle versehen könnte. Nun, darüber, wie überhaupt über das ganze Projektum, musste mit dem Vater eingehend gesprochen werden.

Die Unterredung geschah dann zwei Tage später. Der alte Müller ließ seinen Sohn ganz zu Ende reden und unterbrach ihn nicht. Und er schwieg noch eine ganze Weile, als Peter schon fertig war. Dann drehte er sich halb zu ihm hin, legte seine runzlige Hand auf das Knie des Sohnes und sagte: »Peter, hätt' net denkt, dass du so viel Lieb zu unserem Sach hast. Und ich könnt mir net denken, weg'n was dös net gehn sollt. Aber dös braucht noch übaschlafen!«

In den folgenden Tagen nahmen alle im Haus wahr, dass mit dem alten Schorsch eine Wandlung vor sich ging: Er wurde jünger. Sein müder Schritt schien sich zu festigen, seine dunklen Augen hatten mehr Licht, sogar seine krummen Schultern strafften sich.

Fünf volle Tage fuhr der alte Schorsch so fort. Am sechsten begab er sich vom Wohnhaus hinunter zur Mühle, die als ein eigenes Gebäude noch ungefähr zweihundert Fuß hinter der Säge lag, und trat in die Müllerstube ein, wo Peter und der Knecht Thomas mit der Ausbesserung von Orgelteilen beschäftigt waren. Er schickte den Knecht hinaus und setzte sich dem Sohne gegenüber. In diesem Hinsetzen lag Feierlichkeit – so etwa setzen sich Bischöfe hin, wenn sie ihren brokatenen Ornat anhaben. Dem Peter war das nicht entgangen, erwartungsvoll schaute er den Vater an.

»Also, Peter, dös mit derer Mühlbachg'schicht geht net. Eigentli' ganget's schon, nacha müsseten aber die Bam gleich jetzt aus'm Holz 'raus. Und dös kann neamand machen. Bei dem Schnee und bei derer Hundswitterung kann dös neamand machen!«

Peter überlegte. Nach all den langen Tagen, nach denen sich der Vater so intensiv mit dem Projekt beschäftigt hatte, hatte er eine günstigere Entscheidung erwartet. Nun, der Vater musste es ja wissen. Sein Wort allein galt in diesen Dingen. Etwas anderes aber war die Begründung, die er angeführt hatte, hierauf konnte geantwortet werden.

»Ja mei, Vater!«, sagte er also, »wann's sonst nix wär, wie die Bam, nacha is dös net schlimm. Oder moanst net, dass i's mit'm Thomas fertig brächt?«

»Der Thomas kunnt's scho, aber du net. Du bist koa Holzknecht net, Peter, und von dir mag i dös a net hab'n. Oder moanst, i lass di noch besser auslachen? Du bist mei Bua und du kriegst amoi mei Sach, dös woaß i. Nacha derf ma aber a net arbeiten wie a Knecht, dös ghört si net.«

»Und wenn ma mit'm Thomas noch ein'n andern dingen tät?

»In Sachrang kriegst jetzt koan Hund net.«

»Und wann i oan kriagat tät, Vater?«

»Ja, dös wär was anders! Aber glaub mir's, du kriegst koan, in Sachrang net und drüber der Grenz a net.«

Damit war die Angelegenheit des Mühlbaches als erledigt zu betrachten.

Der rote Franto

Ihn hatte der böhmische Wind über den Wald hergeweht. Das war vor etwa zehn Jahren gewesen, damals, als man den Müllner-Peter just zum Studium in die Hauptstadt schickte. Der rote Franto, ein fester Dreißiger, hatte die bildhübsche schwarze Anja, sein junges Weib, mitgebracht. Beim Ertlbauern drüben am Noppenberg hatten sie sich als Knecht und Magd verdungen. Das ging einige Jahre sehr gut.

Was aber dann geschehen war, hatte man nie richtig erfahren. Nur munkelten die Leute, dass sich der Ertlbauer an der Anja vergriffen hätte, und sie hätte sich darauf selbst etwas angetan. Jedenfalls sei sie eines jämmerlichen Todes gestorben. Dieses Gerede schien aber schon deshalb nicht recht glaubwürdig, weil der Franto weiterhin als Knecht am Noppenberg verblieben war.

Etwas anderes jedoch: Seit jener Zeit ging es mit der Wirtschaft beim Ertlbauer abwärts, erschreckend abwärts. Die Kühe fielen von der Milch, beim Kalben gab's Unglück über Unglück, die Pferde verdarben eins nach dem anderen, sogar das Federvieh wurde rebellisch, strich in die Saaten und Wälder und wurde von Fuchs und Marder gefressen. Der Ertlbauer ließ seuchenkundige Männer und Rutengänger kommen, sogar der Pfarrer war zweimal am Noppenberg gewesen und hatte Exorzismen gegen den Widersacher der gesamten Kreatur gebetet, doch half alles nichts.

Um dieselbe Zeit aber erkrankte Franto das linke Auge, sodass er sich's zubinden musste. Auch verließ er damals den Hof und zimmerte sich auf der Alm unter der Hochries – am Monte Solo, wie er sagte – eine Blockhütte. Einigen Ziegen und einem Esel baute er daneben einen Stall. Er begann aus Draht Siebe, Seier und Mausfallen zu flechten. Diese Kunstfertigkeit hatten ihm seine böhmischen Ahnen mitgegeben. Hatte er einiges vollbracht, so lud er das Zeug wie einen Turm auf den Esel, überließ die Ziegen der freien Bergnatur und zog in die Täler des Chiemgaues zu den Bauern, Müllern und Metzgern. Sie kauften ihm die Werke seiner Hände ab. Da und dort strickte er ihnen auch die großen irdenen Töpfe mit Draht ein. So bekamen sie keine Sprünge, oder wenn sie schon solche hatten, rannen sie nicht mehr aus. Man sah den einäugigen Franto überall gern, obwohl ihm das rote Haar und der rötere Bart ein erschreckendes Aussehen gaben. Zudem ließ er sich Bart und Haar seit seinem Auszug beim Ertlbauern nicht mehr schneiden. Ein wilderes Gesicht als seines konnte man sich kaum vorstellen. Weil man jedoch seine gediegene Arbeit schätzte, übersah man das andere mit dem in solchen Fällen stillschweigenden Bedauern, dass unser Herrgott eben auch missgebildete Menschen in die Welt eingehen ließe, damit die wohlgestalteten dadurch besser auffielen.

Mit seiner periodischen Wiederkehr hatte sich auf den einzelnen Höfen natürlich auch das Gerücht von dem grausamen Tod seiner jungen Frau und der geheimnisvollen Viehseuche beim Ertlbauern verbreitet, noch dazu, dass die Seuche nachgelassen hätte, als er vom Hof gegangen war. Die meisten zwar nahmen dieses Gerücht so hin, wie es Vernünftige tun, nämlich, dass das Unerklärliche selbst durch die dümmste Behauptung erklärt wird, weil diese gewöhnlich die einzige ist. Es gab aber auch andere, namentlich die Weibsleute, die hinter dem roten Haar und Frantos stets verbundenen Auge doch ein Böstum witterten. Dazu kam, dass er allen versteckt neugierigen Fragen, die sie ihm stellten, mit Schweigen begegnete. Auch über sein einsames Wohnen und Werken hoch unter dem Joch der Hochries versagte er jegliche Auskunft.

Dieser Schleier des Geheimnisvollen, der sich innerhalb kurzer Zeit um Franto legte, wurde noch dadurch verdichtet, dass der Rote hier und dort bisweilen einer guten Bäuerin oder einem sonst ehrsamen Mann ganz verborgene Sünden ungefragt ins Gesicht gesagt hatte, und dies mit der lallenden unwiderstehlichen Stimme eines Kindes. Darum sprach man ihm bald ein höheres Wissen zu und scheute sich auch nicht, ihn des Verkehrs mit finsteren Mächten zu bezichtigen. Es war ja doch erst einige Jahre her, dass man die letzten Hexen und Hexeriche verbrannt hatte.

Der rote Franto aber scherte sich nicht darum, was sie hinter seinem Rücken tuschelten. Er bot ihnen seine Ware, sie kauften, und er nahm ihr Geld, wenn sie sich auch hinter der Tür bekreuzigten, sobald sie ihm die Hand zum Abschied gegeben hatten.

Sobald der Turm seines Esels verkauft war, belud er den Rücken des Grauen mit Drahtrollen und zog wieder heim.

Nun war Franto vierzig Jahre alt und ein gesunder und sehr kräftiger Mann.

An einem jener grausigen Novemberabende stand der Rote mit seinem Esel vor der Mühle im Aschacher Grund zu Sachrang. Er brachte einen guten Sack Korn zum Umtausch. Der Knecht Thomas Krautnudel sollte Peter um Mitternacht ablösen und hatte sich bis dahin ins Bett gelegt und schlief. Peter hatte gerade wieder aufgeschüttet und saß in der Müllerstube. Er wusste im Augenblick nicht, was er machen sollte, und griff deshalb zur alten Harfe, die in der Ecke stand. Er spielte eigene Gedanken und sah sich in diesen Gedanken zurückversetzt nach München, auf den Söller des Hauses derer von Lilien.

Ein Jahr war er dort ein- und ausgegangen, als wäre er der große Sohn gewesen. Auf jenem Söller hatte er mit seinem Schützling in den warmen Sommertagen gesessen und zusammen mit den lateinischen und griechischen Vokabeln gegen das widerspenstige kleine Gehirn gekämpft, das sie partout nicht aufnehmen wollte. Harte Stunden, in denen es der Geduld von Engeln bedurfte.

Er vergaß aber auch die anderen Stunden am Söller nicht, wo er mit Terry die Dramen von Racine und Corneille gelesen, wo er ebenfalls eine alte Harfe in den Händen gehalten hatte und ihrem Spiel auf der Viola von Stradivarius ein feinsinnig mitfühlender Begleiter gewesen war. Und dann: Er konnte jenen ersten Tag ebensowenig vergessen wie die vielen folgenden, an dem er das hauchdünne Werben Terrys vernommen hatte, das in die harte Brust um so tiefer hineindrang, je zarter es war. Auf diesen ersten und all die anderen Tage waren in den Nächten Überlegungen voller Hin und Her gefolgt. Dies waren

Nächte ohne Sicht und ohne Gesicht und reichten bis in den aufgrauenden Morgen.

Terry, dass du neben deiner kultivierten Seele nicht mehr Verstand hattest! Wie konntest du in einer Zeit, da der arme Gebirgler leibeigen war, solchen Träumen Raum geben, wie konntest du sie aussprechen? Gewiss, du betrachtetest den Menschen auch ein bisschen von innen her und die Welt, in der du lebtest, stand im Widerspruch zu den Tagen, durch die du schrittest. So mag dein Vater gewesen sein, als ihn noch nicht das höfische Zwielicht verdorben hatte, als er noch nicht die vielen Westen trug ... Aber Zwielicht blendet!

Da holperte der Franto die steile Treppe herauf und trat in die Müllerstube. Ganz jäh verklang auf der Harfe ein Diskord, der noch seiner Auflösung, seiner Erlösung bedurft hätte.

Der Einäugige stand, in einen dunkelbraunen Schafpelz gehüllt, vor der weißbestaubten Tür wie ein Bär, oder auch wie ein Löwe. Denn der rote Bart und das Haar, das strähnig unter der Pelzkappe vorquoll, verschmolzen mit der ganzen Gestalt zu fast majestätischer Wildheit. Peter kannte wohl den Mann, obwohl er ihn seit vielen Jahren nicht mehr gesehen hatte, nur war er im ersten Augenblick erschrocken über soviel Härte und Kraft, die sich da in die Müllerstube hereinwälzte. Dieses eine Auge, in welchem jetzt der unstete Schimmer des Kienspans flackerte, war vulkanartig und stand auf wie ein Krater.

Weil Peter nicht gleich reden konnte, trat der böhmische Franto näher und verzog seinen Mund zu einem kleinen Lächeln. Dieses Lächeln versöhnte sofort mit dem übrigen Aussehen des Mannes.

»Das ist also der Müllner-Peter«, sagte er und setzte sich auf einen Hocker, »der böse Müllner-Peter hat ihnen im Dorf drüben einen Strich durch die Rechnung gemacht!«

Und wieder zeigte er seine lächelnden Zähne.

Peter wusste nicht recht, was er dazu sagen sollte, und stellte umständlich und in aller Ruhe die Harfe in die Stubenecke. Der Rote fuhr fort: »Hast den frommen Teufeln eins ausgewischt, Peter. Die brauchen halt immer ein Licht vor der Nase, wenn's auch gleich ein Irrwisch ist. Selber denken, das können sie nicht, dazu sind sie zu faul. Ihnen gönn ich's, dass du sie geleimt hast. Aber für dich war's nicht gut; hätt'st durchhalten sollen, Peter! Ich mein, durchhalten beim Pfarrerwerden, oder durchhalten beim Mädel. So hast du die Flinte erst ins eine, dann ins andere Kornfeld geschmissen und bist davongelaufen. Das ist dein Stern, du wirst noch oft davonlaufen, wenn's gilt auszuhalten oder dreinzuschlagen. Sie werden dein Licht vergessen, weil es nur in dir selber groß sein wird. Nach außen wird's nicht viel Schein geben, das kommt vom Davonlaufen.«

Woher weiß der, was niemand weiß?, dachte Peter und sah dem Franto in dessen Auge.

Der rückte mit seinem Hocker näher und stemmte die Ellbogen auf den Tisch: »Mach dir keine Müh, Peter! Es gibt Dinge zwischen Himmel und Erde, von denen wir nur den Schatten auf der Wand sehen, und selbst die sind noch verzerrt. Du brauchst von mir nur soviel zu wissen, dass ich dir nahe bin. Sag dem Vater, er soll mir von morgen an den Thomas schicken, dann werden wir den Schneebruch ausholzen. Und wenn er meint, das ginge nicht wegen dem Ertlbauern, dann sag ihm: Der Ertlbauer habe zwar seine Zeche noch lange nicht bezahlt, doch sei sie genau angekreidet, und ich hätte sie ihm vorläufig aufgeschoben – deinetwegen. Dieses Letztere brauchst du aber dem Vater nicht zu sagen, weil er's eh nicht versteht. So, und jetzt gib mir mein Mehl und die Kleie! Ich hab noch einen guten Weg, bis ich unter Dach bin.«

Peter nahm den Kornsack und entleerte ihn in den Getreidespeicher. Er wog dem Franto das Umtauschmehl und die Kleie zurecht, empfing von ihm die Mahlmitze und trug dann den Sack und das Säckchen die Treppe hinunter. Der Schneesturm hatte den Esel vor der Türe auf der einen Seite ganz weiß gestäubt. Franto gab dem blinzelnden Grauen eine Handvoll Hafer aus der Pelztasche und riemte das Mehl an die Traggurte. Darauf wandte er sich noch einmal an Peter, der die ganze Zeit kein Wort gesprochen hatte: »Du hast nur die eine Wahl: Entweder du hasst sie dein Leben lang, dann wirst du gehässig und der Hass frisst dich selber auf, oder du fängst an sie zu ertragen, so wie sie sind. Nicht weil sie so sind, sondern weil sie nicht anders sein können. Und dann hilf ihnen anders zu werden! Du kannst das nämlich. Oder meinst du, nur die auf der Kanzel hätten die Aufgabe, an der Verbesserung der Welt mitzutun? Wir alle sind aufgerufen, jeder auf seine Art und so, wie's uns der Herr eingibt. Gute Nacht!«

Peter blieb stehen und sah den beiden nach. Bald waren sie von der wilden Nacht und dem sausenden Sturm verschluckt.

Der alte Müllner-Schorsch konnte sich nur schweren Herzens bewegen lassen, den roten Franto in seine Dienste zu nehmen. Denn der Ertlbauer gehörte zu seiner besten Kundschaft, und der hatte auf den Franto eine maßlose Wut. Und nur weil der alte Mann selbst mit ganzer Seele an dem Plan des Sohns hing und in dieser Jahreszeit keinen anderen für die schwere Arbeit bekommen hätte, ließ er es geschehen.

Der Thomas wurde also ins Holz geschickt.

Es war dem Müllner-Vater gar nicht recht, dass sein Peter mit dem Roten in Berührung gekommen war und wie es schien, für den Kerl sogar noch allerhand übrig hatte.

Das Unbehagen des Vaters wurde bis zur Bestürzung gesteigert, als der Thomas Krautnudel am Abend aus dem Holz kam und zu erzählen begann. Der Franto, so erzählte er, hatte auf ihn im Hohlweg hinter dem Kreuzbild gewartet. Wie ein Berggeist hatte er dagestanden mit zwei Äxten, Säge und Ketten. Dann hatte er dem Thomas gesagt, er solle nicht an seiner Seite, sondern immer hinter ihm gehen und ja nicht nach vorne kommen. Dann waren sie linker Hand ins tiefverschneite Holz eingebogen. In diesem Augenblick habe nun der Franto etwas an seinem Gesicht herumgemacht und – es sei fürchterlich anzusehen gewesen – da habe sich der Schnee vor seinen Füßen niedergesenkt, als ob jemand mit einem gewaltigen Feuer über ihn hergekommen wäre. So seien sie ganz mühelos dahingegangen, bis sie vor dem ersten geborstenen Baum gestanden wären. Da habe ihm der Franto gesagt, er solle sich umdrehen. Er habe sich umgedreht, und als er sich wieder zugekehrt habe, sei es rings um den Stamm herum gewesen wie zur Zeit der Schneeschmelze im Frühjahr, und sie hätten ein schönes Arbeiten gehabt. Und so sei es bei jedem Baum gewesen, den sie geschält und ausgeästet hatten.

Alle verharrten still. Der alte Müller hielt das Gerede des Krautnudel nur für Sprücheklopferei. Peter fragte sich: Vielleicht gibt es doch so etwas wie den bösen Blick, von dem in der Psychologie die Rede gewesen war? Die Ursel aber, sonst ein tapferes Mädchen, wagte nicht in den Keller hinunterzugehen und den Männern das abendliche Bier zu holen. So ging Thomas, der durch sein Erlebnis überhaupt nicht befangen war. Er fand die Zusammenarbeit mit dem Roten interessant und erklärte, als er das Bier gebracht hatte, dass man bei diesem Arbeitstempo in einem halben Monat mit der Ausforstung fertig sein werde. Denn wenn der Franto, ein Kerl von unbändiger Kraft, seine fünfzehnpfündige Axt in den vor Frost klingenden Stamm hineinschleuderte, erbebten alle Bäume ringsum.

»Was meinst du«, fragte Peter, »wie wir bei dem Wetter das geschlagene Holz vom Berg herunterholen sollen?«

In seiner wendigen Art erwiderte der Franzose: »Wer das kann, was der Franto kann, dem darf auch dieser Transport kein Rätsel sein.«

Die Hausbewohner begaben sich zur Ruhe und Peter ging hinab zur Mühle. Als er bei der Säge vorbeikam, trat der Rote hinter einem Holzstoß hervor: »Guten Abend, Peter! Brauchst nicht zu erschrecken, du nicht, wenn euch auch der Krautnudel allerhand von mir erzählt hat. Weil ich aber heut nicht mehr heimgehen will, hab ich mir gedacht, ich verbringe die Nacht bei dir. Du wirst ja sowieso der einzige Mensch in Sachrang sein, der in dieser Nacht wacht. Oder hast du etwas dagegen, Peter?«

Peter überlegte, dann erwiderte er: »Ich selber hab nichts dagegen, nur weiß ich nicht, ob's meinem Vater recht ist, wenn ich …«

»Deinem Vater ist's nicht recht, das weiß ich, aber nicht seinetwegen ist's ihm nicht recht, sondern wegen dem Ertlbauern. Den scheut nämlich dein Vater wie die Henne den Fuchs. Und dabei ist der Noppenberger ein erbärmlicher Wicht, ein feiger. Ich will dich aber nicht in Verlegenheit bringen, Peter, es wär weiß Gott nicht das erste Mal, dass ich im Scheunenstroh genächtigt hätt.«

»Das braucht's nicht!«, entgegnete der junge Mann. So gingen sie in die Mühle.

Obwohl Peter durch den Bericht des Knechtes noch befangen war, reizte ihn doch die eigenartige Düsternis, die sich um den einäugigen Wilden gesponnen hatte. Und nicht nur das. Die vorabendliche Unterredung mit ihm hatte in seinem Herzen ein ganz bestimmtes Gefühl des Vertrauens ausgelöst, so ähnlich, wie man es zur Mutter hat, wenn sie mit einem lieben Blick in einen versteckten Winkel der Seele hineingeschaut und dort eine kleine Unordnung entdeckt hat. Die Mutter schimpft nicht, ist auch nicht ungehalten, ihre Mahnungen sind fast wie freundliche Fragen, die zum Bessermachen einladen. So hatte Peter die Worte Frantos empfunden.

Er schickte ihn also in die Müllerstube voraus, während er selbst noch einiges an Getreide aufzuschütten hatte. Als er dann die Stube betrat, sah er, dass sich der Rote bereits am Kachelofen zu schaffen gemacht und ein dumpf lummerndes Feuer darin entfacht hatte. Sein Pelz und die braune Mütze hingen schon an der Tür. Offenbar beabsichtigte er, die Nacht schlaflos mit ihm in der Mühle zu verbringen.

Der junge Mann hockte sich an den Tisch.

»Ja, Peter, wie schön wär wohl das Leben, wenn es sich die Menschen nicht gegenseitig nur so schwer machen täten! Aber da gönnt einer dem anderen das Schwarze unterm Nagel nicht. Dass ich einmal ein sauberes Weib hatte, was war das denn die Sache des Ertlbauern? Das ging ihn doch gar nichts an. Wir haben, mein Weib und ich, unsere ehrliche Arbeit getan – dafür hatte er uns zu entlohnen gehabt, und im übrigen musste er meine Anja in Ruhe lassen.«

»Hat er das nicht getan?«, fragte Peter, neugierig.

Der Rote ringelte sich zusammen, ähnlich einer Blindschleiche, der man auf die Schwanzspitze tritt: »Du hast keine Ahnung von der List, die dem Noppenberger hinter den Ohren hängt! Wie ein verfressener Täuberich hat er um die Anja herumgegurrt, bis er sie eingesponnen hatte. Sie war noch jung und zu dumm und hat zu Anfang gar nicht gemerkt, worauf das alles hinaus soll. Und als sie es merkte und ihm auf der Tenne ein paar Ohrfeigen gab, da hatte er sie schon in seinen Krallen.

Er hat ihr, wie der Satan auf dem Berge, ins Ohr geraunt, er werde alles, was bereits geschehen war, mir sagen, ihrem Manne. Ich aber würde sie hinauswerfen, und er, er brauche sie dann auch nicht mehr. Denn was sei sie ihm wert ohne ihren Mann, gar nichts! So möge sie sehen, wie sie mit sich allein fertig werde.

Und weil sich die Anja mehr vor mir schämte, als vor sich selber, ist sie ihm willens gewesen, bis er sie geschwängert hatte. Dann war er aufgegangen wie ein Sturmwind: Dafür solle sie sich bei mir bedanken, er habe einen Knecht und eine Magd gedungen, aber keine Hecke dazu, und er werde uns alle hinausschmeißen, so wie man einen zerbrochenen Topf auf den Anger schmeißt. Da verzweifelte das armselige Weib und legte Hand an sich selber, um die verbotene Frucht zu beseitigen. Dabei hat sie sich eine Herzblutader zerrissen. Als es zu spät war, hab ich die ganze Geschichte von ihr erfahren. Darauf hab ich den Noppenberger hinter der Feldscheune zur Rede gestellt. Er hat's geleugnet, reinweg alles hat er geleugnet, und mit der Faust hat er mir einen Hieb auf dieses Auge da gegeben.

In diesem Moment, Peter – ich weiß nicht, ob du das verstehen kannst –, ist alle Wut und aller Zorn in mir zusammengeronnen und hat sich in das blaugeschlagene Auge gezwängt. Seitdem ist dieses Auge böse. Der Blick ist so böse, dass er alles Schöne und Lebendige, das er trifft, zerstört. Deswegen muss ich das Auge verbinden.

Mein Herz ist gut geblieben, ich glaub, es ist seit Anjas bitterem Tod sogar noch ein weniges besser geworden. Nur für den Ertlbauern hat mich unser Herrgott als Strafgericht erkoren. Und ich werde, solange ich atmen kann, mit meinem bösen Auge hinter ihm her sein wie der Würgeengel. Sonst aber bin ich nicht schlecht, Peter, jedenfalls um nichts schlechter als die anderen. Und dir bin ich gut.«

Der Rote schwieg und löste sich aus seiner Verkrampfung. Peter schüttelte den Kopf und schwieg auch. Nach einer Weile fragte er: »Warum bist du mir gut, Franto?«

»Zum Gutsein braucht man doch keinen Grund, Peter! Hat man euch das in eurer Pfarrerschule zu München nicht gesagt?«

»Das schon, aber wieso komme gerade ich dazu? Du könntest ja auch dem Ertlbauern gut sein, der ist dir nicht so fremd wie ich.«

Der Rote sprang auf und ging zur Tür. Er machte sie rasch auf. Dahinter stand der alte Schorsch.

»Komm nur herein, Müllner-Vater«, sprach der Franto. »Ihr seid hier daheim. Ich bin es, der nicht hergehört und sich eingeschlichen hat.«

»Stimmt!«, erwiderte der Alte, »und dös mag i net!«

»Es ist Euer gutes Recht, Müllner-Vater, wenn Ihr mich nausschmeißt, und wenn ich Euch so dastehn seh, bezweifle ich nicht, dass Ihr das auch tun wollt.«

»Vom Aussischmeißn war keine Red' net!«, antwortete der Alte. »Aber i mag nix hinterm Rücken!«

»Ihr mögt nichts hinterm Rücken, Vater Schorsch, das ist richtig. Nehmt mir mein Wort nicht krumm, aber Ihr lasst Euch scheint's lieber den Dreck vom Ertlbauern gradaus ins Gesicht blasen.«

»Mir blast niemand Dreck ins G'sicht, kein Ertlbauer und kein Franto net! Was ihr zwei mitanand habts, dös is euer ureigene Sach und Sorg', und scheniert mi net. Aber denn Peter, mein'n Buam, lassts stad! Wann du mir 's Holz schlagst, ist's recht und du kriegst dein Salär ...«

»Nur soll ich den Peter in Ruh lassen! Gut, Müllner-Vater! Ich hab's ehrlich gemeint mit dem Peter, die Zeit ist noch nicht reif, noch lange nicht. Aber das merk dir, Alter: Einmal wird sie reif sein, die Zeit, und einmal wird mich der Peter brauchen wie das Salz in die Suppe. Dann bin ich da. Ob dann du auch noch da sein wirst, weiß ich nicht, ist mir auch ganz egal. Jedenfalls schlag ich vorab dein Holz, nicht deinetwegen, Schorsch, und gar nicht wegen dem Salär, sondern wegen dem Peter. Denn das, was der Peter in die Hand nimmt, für die anderen in die Hand nimmt, das wird ihm glücken. Nur im Eigenen hat er keine glückliche Hand. Behüt Euch Gott!«

Den zweien in der Müllerstube wurde das Atmen schwer, und lange rührten sie sich nicht von der Stelle, bis sich der alte Schorsch mit der Hand über die Augen wischte und kopfschüttelnd sagte: »In dem steckt a Engel oder a Teifl oder alle zwoa mitanand!«

Als der Christtag jenes Jahres herangekommen war, lagen alle Stämme am Hang hinter der Mühle. Der rote Franto hatte sie nicht bloß auf seine Art gefällt, sondern auch ebenso zu Tal gebracht. Für den Knecht Thomas waren das abwechslungsreiche Wochen gewesen. Denn viele kannten den Franto, kannten oder ahnten auch seine Kräfte und hatten eine bange Scheu vor ihm. Krautnudel war unter allen der einzige, der den Roten ohne Angst bewunderte.

Scheidung der Geister

Inzwischen war in Sachrang eine Welle der Entrüstung gegen die Müllersleute aufgestanden. Es hatte sich herumgesprochen, dass der Müllner-Schorsch den roten Franto in Dienst genommen und durch ihn auf unerklärliche Art das Holz hatte fällen lassen. Der gottesfürchtige Müllner mit dem Teufel! Ja freilich! Wie konnte es denn auch anders sein, wenn man einen Sohn im Haus hatte, der einmal ein Pfarrer werden sollte und von dieser hohen Berufung abgekommen war! Und anstatt Reue und Demut zu bekennen, mied der Bengel Kirche und Gottesacker und lebte dahin wie ein Heide. Dagegen kramte er in der alten Kapelle am Hang herum.

Wenn die Leute sonntags ihrer Christenpflicht nachgingen und dort vorbeikamen, hörten sie in der Kapelle ein Gegrunze und Gepfeife, als ob der Leibhaftige einen Tanz aufführte. Was hat er denn bloß dort zu schaffen, der Taugenichts? Dass die Kapelle auf Müllers Acker steht, ist noch lange kein Grund, dass der Peter und der Krautnudel darin umgehen dürfen, wie sie wollen.

Johann Georg Aiblinger, Pfarrvikar in Sachrang, war ein guter Siebziger und versah seinen Posten bei den Gebirglern so wie jeder andere seiner Berufskollegen. Taufe und Tod wechselten im Kreislauf des Jahres die Gesichter der Menschen aus, im übrigen aber ging alles seinen gewohnten Gang.

Mit dem Auftreten dieses Müllner-Peter hatte sich das geändert. Das biedere Bauernvolk war unruhig geworden. Unruhe aber, so sagt schon Rodericius in seinen geistlichen Übungen, ist das Brutnest böser Taten. Dem Übel musste also zu Leibe gerückt werden, ehe es sich noch weiter ausbreiten mochte.

Vikar Aiblinger hatte seinen Freund, den Chirurgus Rusegger von Tirol drüben, zu sich gebeten und die Angelegenheit mit ihm besprochen. Eben waren sie mit dem Mittagessen fertig, das heute, an Mariä Lichtmess, etwas besser ausgefallen war. Nun wollten sie den Müllner-Peter sehen, der vom Mesner geholt wurde.

In der hirschledernen Bundhose, die schon der Großvater mit Stolz getragen hatte, betrat Peter das Pfarrhaus. Das Resei, des Vikars feste Hauswirtin, meldete den jungen Mann oben in der Kammer an.

»Komm nur herauf, Müllner-Peter! Der Herr Chirurgus und ich und wollten uns mit dir ein wenig unterhalten.«

Peter musste sich den zwei Herren gegenüber in einen ledernen Armstuhl setzen. Der Chirurgus schenkte ihm ein Glas Südtiroler ein. »Prost, Müllner-Peter!«, sagte der Vikar und stieß mit seinem jungen Gaste an.

Dann begann er: »Ich will weiter keine Umschweife machen, Peter. Seit du wieder in Sachrang bist, stimmt etwas nicht mehr in der gläubigen Gemeinde.« Er machte eine Pause. Peter Huber schwieg.

»Mir kommt es vor, als ob die Leut an dir ein Ärgernis nehmen täten«. Wieder machte er eine Pause, und Peter schwieg wieder.

»Ist dir das nicht schon selber aufgefallen, Müllner-Peter?«

Das war eine direkte Frage, darauf musste geantwortet werden. Peter Huber kreuzte seine Arme vor der Brust und stemmte sie auf den schweren Eichentisch. Mit ruhiger Stimme und langsamer Betonung jedes Wortes sagte er: »Meine Herren, ich bin noch zu jung, um gewöhnt zu sein, vor Sittenrichtern zu sitzen und kluge Rede und Antwort zu stehen. Nur möchte ich sagen, dass ich in Sachrang mein uraltes Heimatrecht habe. Mit demselben Recht also, mit welchem andere verlangen, ich solle gehen, könnte ich verlangen, dass sie selber sich aus dem Staub machen. Habe ich einem Unrecht getan, dann soll er nach Prien vor den kurfürstlich pfalz-bayerischen Herrschaftsrichter gehen und mich verklagen. Wenn nicht, soll man mich und meinen Vater in Ruhe lassen!«

Da schnappte Vikar Aiblinger nach Luft und der Chirurgus rümpfte die Nase. Aiblinger fuhr nach einer Weile fort: »So war's ja nicht gemeint, Müllner-Peter. Von Unrechttun ist keine Red. Du bist ein gescheiter junger

Mensch, das weiß ich, und dass du nicht in München geblieben bist, das geht mich nichts an. Aber die Leut, du hörst es doch selber, was die Leut raunzen!«

»Herr Vikar Aiblinger, was die Leut sagen, das hat mich in München nicht geniert und geniert mich ebensowenig in Sachrang.«

»Das ist kein schlechter Standpunkt, Müllner-Peter, heißt es ja doch beim Asketen, dass die Menschenfurcht vieler Laster Ursache sei. Aber dass du den Feiertag entheiligst, das lässt das öffentliche Ärgernis gar sehr berechtigt erscheinen, und meine Pflicht ist es dem Abhilfe zu tun.«

»Sie nehmen Ihre Pflicht mit Recht wahr, Hochwürdiger Herr. Besser wär es allerdings gewesen, wenn Sie Ihre Pflicht vor vier Monaten auch wahrgenommen hätten, als man mich aus dem Gotteshaus gedrängt hat. Oder gingen Sie, Herr Vikar, in eine Kirche, wenn die anderen Gläubigen von Ihnen wegtreten, als hätten Sie die Krätze? Ich verstehe freilich, dass Sie damals Ihrer Pflicht nicht Genüge tun konnten, da es viel schwerer ist, die ganze gläubige Herde zu maßregeln, als ein einziges junges Schaf.Ich bitte um Pardon, dass ich dies ausgesprochen habe! Ich hätte es nicht gesagt, wären Sie nicht mit dem Hinweis auf Ihre Pflicht gekommen. Wenn es nämlich um die Pflichten des Richters geht, dann heißt der erste Grundsatz: *Audiatur et altera pars!* Auch die andere Seite soll gehört werden! Diesen anderen Teil haben Sie jetzt gehört, Hochwürdiger Herr. – Und um Ihnen gleich die Frage vorwegzunehmen, was ich jetzt mit dem Krautnudel in der Ölbergkapelle zu schaffen habe, so gebe ich Ihnen zu wissen, dass wir dort Ordnung geschaffen haben und eben dabei sind die Orgel zu richten. Ich will mich nämlich so lange an dieser heiligen Stätte mit Kirchenmusik erfreuen, wie es mir verwehrt sein wird, das allgemeine Gotteshaus zu betreten.«

Peter Huber legte die Hände, in denen es fieberte, auf die Armstützen des Sessels und lehnte sich zurück. Der Vikar schaute vor sich hin. Ihm wollte gar kein Gedanke einfallen, den er jetzt hätte anbringen können. Da ergriff der Chirurgus Rusegger das Glas, lächelte freundlich und sagte: »Prost, Müllner-Peter! Mich geht ja euer Tun nichts an, eigentlich gar nichts. Nachdem ich euch jetzt gehört habe, muss ich sagen, dass ein ehrenwerter Mann um keinen Stutzen anders handeln tät, als ihr gehandelt habt. Jedenfalls hab ich vor euch einen veritablen Respekt!«

Da hob der Vikar seine Hände wie bei der Predigt auf und sagte: »Mein Gott, das ist es ja! Ich selber hab ganz den gleichen Respekt vor dem Lausebengel!«

»Ja Kruzitürken! Dann ist doch alles in Ordnung!«, schrie der Chirurgus, »was wollen wir also noch?« Der Vikar pendelte mit dem Kopfe hin und her und erwiderte: »In Ordnung ist es leider noch nicht. Ich mein, wie soll ich die Leut beruhigen? Kann mich doch nicht auf die Kanzel hinstellen und sagen: »Seid nicht dickköpfig, liebe Christen, und rückt jetzt wieder an den Müllner-Peter heran! «

»Das geht freilich nicht«, entgegnete Rusegger.

»Wie wär's denn aber, wenn wir jetzt unsere Pelze anziehen und mit dem Peter quer durchs ganze Dorf zur Ölbergkapelle marschieren täten? Die Leut werden sich die Hälse ausrenken, wenn sie den Vikar und den Arzt mit dem Peter in Unterhaltung dahintrotten sehen.«

»So ist's recht!«, sagte in freudiger Erregung der Geistliche. »Das hilft mehr, als wenn man's der ganzen Pfarrgemeinde auf den Kopf zusagt!«

Die Bauern hatten gegessen und hockten mit ihren Familien auf der warmen Ofenbank. Hatte da und dort der Redestrom zu stocken begonnen, so kam jetzt auf einmal Aufruhr in die Stuben. Vor allem waren es die Frauen und Mädchen, die an die kleinen Fenster rannten. Weil sie nicht ganz ihren Augen trauten, klinkten sie ganz sachte die Haustüren auf und sahen den Dreien verwundert und kopfschüttelnd nach. Ja, war es denn wirklich die Möglichkeit? Der Vikar und der Arzt mit dem abgefallenen Müllner-Peter? Was hat's denn da bloß gegeben? Und wie herzlich sie plaudern! Sicherlich schaun sie sich jetzt die Kapelln an. Am Ende wird's dann heißen: Der Müllner-Peter, liebe Leut, hat sich um eine gute Sach verdient gemacht!

Dass er aber in München bei seiner geistlichen Sach nicht ausgehalten hat, das ist dann vergessen. Ja, lasst's uns doch unsere Ruh! Die Großkopferten halten allweil zusammen! – Diese und ähnliche Erwägungen waren binnen einer halben Stunde in allen Häusern zu Sachrang im Umlauf.

Die Drei wateten durch den Schnee den Hang zur Kapelle hinan. Schon von Weitem vernahmen sie Hämmern und Pochen. »Dass ist unser Krautnudel, ein trefflicher Helfer«, sagte Peter Huber. Dann traten sie ein.

Thomas hatte die Herren schon von Weitem kommen sehen und grinste nun übers ganze Gesicht: »*Oh, là là, messieurs, bonjour, bonjour!* Welche *surprise*! Wenn ich jetzt einen Likör hätt, würd ich servieren den besten Tropfen!« – Da griff der Chirurgus in seinen Pelzsack, zog eine Flasche hervor und winkte die Männer hinaus: »Dafür kann ich mit einem Trunk aufwarten, Thomas! Da trink! Muss nicht gerade Likör sein, ein selbstgebrannter Korn tuts auch!« – Der Franzose tat einen guten Zug und schnalzte mit den Fingern.

Nun erklärte Peter: Er deutet auf die neuen Windladen und den Blasbalg, den der Vater gestiftet hatte. Alles lag noch kunterbunt herum wie in einer Rumpelkammer. Aber man kam jeden Sonntag ein Stück weiter. In einem halben Jahr würde man so ziemlich alles gerichtet haben. Dann dürfte dieses alte Orgelwerk mit seiner respektablen Klangfülle kaum hinter der Pfarrkirche zurückstehen.

Sangesfreudige Buben und Mädchen werden dann aus dem Dorfe hier zusammenkommen. Man wird mit ihnen Vesperpsalmen singen und Messen einlernen. »Und dann, Herr Vikar, dürfen Sie Ihre Haubenlerchen und Bierbässe pensionieren, weil Ihnen ein junges Lied zu Gottes Ehr verfügbar ist!«

»Bravo, bravo!«, schrie da der Krautnudel und klatschte in die Hände. Der Chirurgus aber packte den Peter: »Du bist doch ein ausgemachter Prachtlümmel! Schade, dass du keinen Hackbrettschläger brauchen kannst, ich stünde dir von Stund ab zur Verfügung!«

»Danke, Herr Rusegger, darüber lässt sich reden. In der Kirchenmusik hat das Hackbrett zwar keinen Platz, doch werden wohl auch andere Lieder gesungen. Ich glaub nämlich, als der König David tanzte, hat er sich selber eine Hackbrettmusik dazugemacht.« – Da lachten sie alle miteinander.

Während der Thomas Krautnudel weiter werkelte, begaben sich die drei anderen zur Mühle. Denn der Vikar hatte sich erkundigt, was der Peter sonst noch treibe. Der wollte ihm nun das neue Gatter zeigen mit den zwei Sägeblättern, das er eigens für seine Bäume gebaut hatte. Und er berichtete den beiden Herren seinen Plan über die Verbesserung des Mühlbachs und die daraus erhoffte größere Leistung von Säge und Mühle. – »Es ist klar«, sagte der Vikar Aiblinger lächelnd, »wenn du solche Dinge in München studiert hast, konnte dir die Sacra Scientia nicht munden!«

»Hochwürdiger Herr, dazu braucht es kein Studium, sondern bloß eine Portion Hausverstand – den allerdings hab ich in München nicht verloren, Gott sei Dank!«

Mit lebhafter Freude betrachteten die Herren, was der Müllner-Sohn geplant und geschafft hatte. Als sie vors Wohnhaus kamen, lud sie Peter auf ein Weilchen zum Aufwärmen in die Stube. Gern gingen sie mit, denn in der Säge, wo keine Sonne schien, dafür aber der scharfe Wind durch alle Ritzen pfiff, waren ihnen die Zehen und Finger starr geworden.

Als sie über die zwei Mühlsteine, die vor der Haustüre als Stufen lagen, hinanstiegen, kam ihnen von drinnen her der alte Müllner-Schorsch entgegen: »Ja, grüaß Gott, die Herren! Gibt's denn dös auch, dass der Hochwürden Herr Vikar zu mir kommt! Und der Herr Chirurgus! Ja geht's doch gleich in d' Stubn bei derer Kältn! Der Ertlbauer ist auch grad da. Ursel, magst net gleich a Bier holn? Geh halt, Ursel, die Herren trinkn doch gwis a kloans Schöpperl!«

In der niedrigen Wohnstube stand der Tabakqualm nebeldick. Aus diesem trat der Ertlbauer, ein rüstiger, gutgewachsener Mann, den fröstelnden Gästen grüßend entgegen. Er reichte Peter nicht die Hand und tat, als hätte er ihn gar nicht gesehen. Während nun der junge Müller den zwei Herren aus den Pelzen half, brachte die Ursel in irdenen Krügeln das Bier auf den weißen Ahorntisch.

»Ihr habt einen ordentlichen Gehilfen, Müllner-Schorsch. Dem macht's nicht so leicht einer nach«, sagte der Chirurgus.

»Und ein wahrer Künstler! Was er aus derer Ölbergkapelln machen will, wird noch ein Segen werden für die ganze Gemeinde!«, fügte der Vikar Aiblinger hinzu.

»Ich bin schon arg froh, dass er wieder da is, der Peter!«, gab der alte Müller freudig zu.

Da schob der Ertlbauer seine Pfeife in den linken Mundwinkel und schnarrte: »Gehilfen hat er grad gnug, der Müllner-Schorsch! «

»Ja, freilich«, entgegnete der Vikar, »der Thomas Krautnudel ist sicherlich ein gutwilliger Geselle!«

»Den mein i net, Hochwürden! Den Roten!« Wie ein gereizter Kater fauchte das der Ertlbauer heraus.

»Den roten Franto?«, fragte der Rusegger. »Habt Ihr den auch eingestellt, Müllner-Schorsch?«

Der alte Mann wurde verlegen und sagte ganz sanft und fast leise: »Eingstellt net, Herr Chirurgus, er hat uns bloß beim Holzmachen g'holfen.«

Da lachte der Ertlbauer hell auf. Hässlich und feindselig war dieses Lachen. Das merkten die anderen und schauten fragend auf ihn hin. Der spuckte den Pfeifensaft in die Stube und fuhr dann fort: »Ja, meine Herren, bei dem hoasst's, er ist auf'n Hund kemma, und beim Müllner-Schorsch hoasst's, er ist auf'n Roten kemma. Pfui Teifi!« – Und wieder spuckte er weg.

Es entstand eine peinliche Stille. Die Gäste erinnerten sich, dass der Franto einmal auf dem Noppenberg bei diesem Ertlbauern gewesen und dass dessen Weib dort elend verkommen war. Sie erinnerten sich auch des Geredes, das damals ganz heimlich seinen Lauf durchs Dorf genommen hatte. Heimlich deswegen, weil niemand den reichen Ertlbauern zum Feind haben wollte. Dieser hatte von jenem Gerede nichts wahrgenommen und war in dem Gefühl gewachsen, niemand wisse um seine Schande. Deshalb trat er so beherzt gegen den roten Franto auf.

»I tat mi schama, wann i der Müllner-Schorsch war!« Giftig warf er dieses Wort hin.

Da rann dem Peter alles Blut zum Herzen. Er wurde bleich vor Zorn und sagte verhalten: »I woass net, wer sich mehrer schama sollt, der Vater oder der Ertlbauer!«

Wie der das hörte, verschlug es ihm die Stimme. Er begann rot anzulaufen, sprang auf und stotterte: »Dös sagst du mir? Du rotziger Paternostergimpl, abgsprungener!«

Wie ein Tiger stürzte Peter dem Bauern an den Hals, drehte ihn um und schleifte ihn, ohne dass der auf die Beine kommen konnte, zur Tür hinaus. Von den Mühlsteinen vor dem Haustor warf er ihn mit einem Tritt hinüber in den aufgeschaufelten Schneehaufen und sagte: »Hör i a oanzigs Wort, Ertlbauer, nacha offenbar i dei Schand!«

Das war so schnell gegangen, dass die in der Stube drin noch gar keine Zeit gehabt hatten ein Wort zu sagen. Als daher der Peter wieder eintrat, blickte ihn der alte Müller bedenklich an: »Bua, hat dös sei müssn?«

»Es hat, Vater!«, erwiderte Peter und setzte sich auf die Ofenbank. Dann wandte er sich dem Vikar und dem Chirurgus zu und sagte: »Ich bitte vielmals Pardon, meine Herren, aber wer so viel Dreck am Stecken hat wie der, muss auf das Recht verzichten andere zu richten. Ich bitte auch, diese Szene als nicht gesehen zu betrachten!«

Wieder war es nun der Arzt, der seiner Bewunderung Luft machen musste: »Müllner-Peter, dass du auch noch dieses derbe Stück Bayerntum unter deiner Weste trägst, hätt ich nicht gedacht. Du bist ein ganzer Kerl und nichts Unechtes ist daran. Was aber den Ertlbauern betrifft, so hab ich meine eigene Meinung, ich war nämlich dabei, als die Anja starb. Mehr ist dazu von mir nicht zu sagen.«

Vikar Johann Georg Aiblinger seufzte hörbar: »Es ist schon ein Kreuz auf derer Welt! Wie einfach wär dies armselige Leben und wie viel leichter erträglich, wenn die Leut einander in Ruh lassen täten! Die Erde ist doch, weiß Gott, groß genug, dass ein jeder sein leidlich Auskommen hätt. Aber der ganze Hader und Zank rührt bloß von der lausigen Missgunst her. Und doch hätt ein jeder soviel vor der eigenen Türe wegzufegen!«

»Jetzt haben wir a gute Kundschaft verlorn!«, bemerkte der alte Schorsch von der Ofenbank her. – »Dafür kriegt ihr zehn andere!«, entgegnete der Rusegger. »Oder meint

Ihr, Müllner-Vater, die Leut richten sich nach dem Ertlbauern? Nach dem richten sich bloß die, denen er ein Geld geborgt hat. Die haben freilich Angst vor ihm und müssen nach seiner Pfeife tanzen. Was aber die anderen angeht, so schert sich kein Kuckuck um den Noppenberger. Das lasst Euch gesagt sein!«

Nun wandte sich die Ursel dazwischen: »Wann ihr net trinkt, wirds Bier warm!« – »Ja, dann trinken wir halt!«, sagte der Vikar und hob sein Krügel. »Auf Euer Wohl und Alter, Müllner-Vater!«

»Und auf deine Unternehmungen und Ideen, Peter!«, sprach der Chirurgus. Die vier Männer stießen an und tranken. Da sagte der Rusegger: »Hab gedacht, ich komme in ein musikalisches Haus, derweil hocken alle da wie die Buddhas!«

Da lächelte der Müllner-Peter: »Ich weiß nicht, wie man nach der Szene gleich Lust haben könnte zum Singen!«

Doch holte er aus der Küche die Gitarre. Verwundert fragte der Vikar Aiblinger:

»Sag, Peter, welches Instrument spielst du denn eigentlich nicht?«

»Ja mei, Hochwürdiger Herr«, erwiderte der, »mir hat der liebe Herrgott ein gutes Ohr gegeben, und wer das hat, der tut sich leicht mit der Musik.«

Dann setzte er sich zur Schwester auf die Bank hin, schlug einige Akkorde an und sang mit ihr im Balladenton, ähnlich den Fahrenden auf den Ritterburgen.

Die Ursel hatte eine Stimme wie ein Glöcklein.

»Solch wunderbares Stimmchen«, sagte der Vikar, »warum vermisse ich das auf dem Kirchenchor?«

Das Mädchen wurde feuerrot und erwiderte nichts.

»Weg'n dem Peter, Herr Hochwürden«, sagte der alte Müller darauf mit unbeholfener Handbewegung, »weil si die zwoa arg gut leidn könna.«

Darauf der Vikar: »Ich kanns verstehen, Müllner-Vater. Aber von jetzt an ist das anders, gell, Ursula?«

»Gott sei Lob und Dank!«, sagte der Alte, und die Ursel sprach ganz schüchtern: »Ja!«

»Ich kenne doch so manches alte Volkslied«, bemerkte der Chirurgus, »aber dieses da hab ich noch nicht gehört. Wo in aller Welt habt ihr das denn bloß aufgegabelt?« – Die Ursel lächelte den Peter an, und der zupfte ein wenig verlegen an der Gitarre: »Herr Rusegger, das Liedl ist nicht alt und ist auch kein Volkslied. Niemand auf der Welt singt's, außer wir beide, und das auch erst seit etlichen Wochen.«

»Ja, Kruzitürken, Müllner-Peter, wenn du's selber gemacht hast, nachher bist du ja ein veritables Genie!«

»Bis zum Genie ist ein weiter Weg!«, erwiderte Peter.

Der alte Schorsch aber freute sich an seinen Kindern.

Die Herren blieben noch ein Weilchen und äußerten ihre Bewunderung über die Verbesserung des Mühlgrabens. Als sie dann gingen, sagte der Chirurgus Rusegger: »Müllner-Peter, du machst mir eine große Freud, wenn du mich besuchst. Je öfter, desto lieber!«

Die Einladung des Herrn Chirurgus Rusegger sollte sich früher erfüllen, als man gedacht hatte.

Eine Woche nach dem hohen Besuch in der Mühle legte sich Ursula zu Bett. Sie klagte über Kopfweh. Alle Mühlenbewohner nahmen Anteil, spürten sie doch gleich am eigenen Leibe, dass die kluge Emsigkeit des Mädchens fehlte. Die alte Nanni, die Magd, sauste umher, als wollte sie alles über den Haufen rennen, die Hilfe des Mädchens fehlte aber an jeder Stelle. Da klappte es in der Küche nicht, im Keller fehlte das Bier, im Stall schrie das hungrige Vieh – von der allgemeinen Unordnung nicht zu reden.

Peter machte der Schwester Strümpfe mit essigsaurer Tonerde. Diese schafften wohl für die eine oder andere Stunde ein wenig Erleichterung. Danach aber stieg das Fieber nur um so hitziger wieder an.

Am Abend des zweiten Tages – Ursula fantasierte und schlug mit den Händen um sich – schnallte Peter die Schneereifen an und machte sich auf den Weg über die Grenze. Es war stockfinstere Nacht, als er den Chirurgus Rusegger weckte. So, die Ursula? Wie alt sie jetzt sei? – Knapp über vierzehn. – Aha, nun ja, das liebe, gute, manchmal leider auch dumme Blut! Der Chirurgus kleidete sich an, packte allerhand Scheren und Fläschchen zusammen und tat sich den damit angefüllten Lederbeutel um die Schultern.

In den Morgenstunden waren sie in der Mühle. Die Ursula hatte das Bewusstsein verloren. Thomas Krautnudel und der Vater konnten ihrer nur mit Mühe Herr werden. Alle drei schwitzten wie zur Hochsommerzeit im Heu.

Rusegger nahm zunächst einen kleinen Aderlass vor. Darauf beruhigte sich das Mädchen, kam aber noch nicht zu Bewusstsein. Dann zog er ein dickes Buch aus seinem Beutel und begann zu blättern und zu lesen. Da stand es:

»Das Geblüt der jungen Weibsen, wenn sie vor der Zeit reif geworden sind, gleicht dem gärenden Wein in der Flasche, dessen Dünste zu Kopf steigen und die Sinne benebeln. Ein ordentlicher Chirurgus belässt es bei einem, höchstens zwei Aderlässen. Man bereite aus den Blättern des Stechapfels einen leichten Trunk und verabreiche hiervon täglich ein Quartel. So bewirkt er im Geblüt einen sanften Gang. Da die Blätter des Stechapfels ein helles Gift enthalten, beachte man, dass der Trunk auch wirklich leicht sei. Im übrigen aber wäre solch einer jungen Weibsen als bestes Medikament ein Mann anzuraten, was sich aufgrund religöser Gründe nicht immer durchführen lässt.«

Ja freilich, was hier Franz Home in seinen Grundsätzen der Arzneiwissenschaft schrieb, das kannte der Chirurgus Rusegger. Die Müllner-Ursel war ja schließlich nicht das erste Mädchen, das hier in diesen Gebirgsdörfern ein welsches Heißblut hatte. Dieses Blut, durch die Jahrhunderte herauf angeerbt, stammte wohl noch von den Zeiten her, als hier die Römer hausten und brach in der einen oder anderen Generation wieder durch.

Was nützte aber all dieses Wissen, wenn man nicht helfen konnte! Den Stechapfeltrunk, mein Gott!, den hatte der Chirurgus schon oft angewandt und hatte erfahren, dass er just ein wenig zu beschwichtigen vermochte, mehr aber nicht. Kind, du bist unter einer falschen Sonne geboren!, dachte er sich und schaute das ruhende Mädchen mitleidig an.

Peter hatte von rückwärts in dem dicken Buch mitgelesen. »Was gedenken Sie nun zu tun, Herr Rusegger?«, fragte er leise.

Der nahm den jungen Mann beim Arm und ging mit ihm aus der Kammer hinaus auf die Altane.

»Peter, es ist vielleicht beschämend für mich, aber es gibt einen, der in dem Fall mehr weiß als ich, und das ist der rote Franto. Dir kann ich das sagen, weil du mit dem Roten gut stehst. Dir wird er auch etwas von seiner Mixtur geben. Denn ich kenne die Mixtur und weiß, dass er sie selber braut. Niemand sonst ist in der Wohltätigkeit der Bergkräuter so erfahren wie er. Wenn's dir also nichts verschlägt, so nimm euren Knecht mit und geh zum Franto hinauf. Ich bleibe bei der Ursel, bis ihr wiederkommt.«

»Ich geh allein!«, sagte Peter und drückte dem Chirurgus mit einem Gefühl von Dankbarkeit den Arm.

Der Aufstieg zum Monte Solo durch den verschneiten Wald und über die verharschten Latschen war hart. Gottlob, dass es keinen Schneesturm gab! So gelangte Peter, gerade als die Sonne im Mittag stand auf die Alm unter der Hochries. Hier stand, hinter einem mächtigen abgebrochenen Felsbrocken hingeduckt, die Hütte des roten Franto. Eigentlich waren es zwei Blockhäuschen, deren Wände der Bewohner rings mit Steinen verkleidet und mit dichtem Moos ausgefüllt hatte. Der Schneewind hatte wie zum Schutz drei hohe scharfe Wechten aufgeblasen, die wie versteinerte Wellenkämme da ruhten. Durch die eine hatte sich Franto ein Tor geschaufelt, um einen freien Abzug zu haben, wenn es mit dem Wetter – so etwas konnte man nie voraus wissen – einmal dumm hergehen sollte.

Unter diesem Schneeportal stand er nun und schaute seinem hart atmenden Gast entgegen.

»Wen es bei dieser Jahreszeit zu mir treibt, den plagt die Not. Grüß dich, Peter! Was willst du?«

»Grüß Gott, Franto! Unsere Ursel …«

»Aha, dann schickt dich also dieser Tiroler Schweineschneider!«

»Der Rusegger hat gesagt, du hättest eine Mixtur.«

»Die hab ich. Aber komm erst herein in meine Höhle und zieh dir das Zeug aus.«

Höhle, hatte der Rote gesagt. Gewiss, das Häuschen bot innen nicht mehr Raum als vier Schäferkarren. Alles aber befand sich ordentlich an seinem Platz: Seitlich neben dem Lehmherd stand ein Gestell mit Töpfen und Holznäpfen, in einfaches Birkenkreuz ohne Gestalt hing über der Tür und rechts daneben das Bild eines Frauenkopfes mit reichem Haar.

»Das ist die Anja«, erläuterte der Rote, als er Peters Blick darauf gerichtet sah, »siebenundneunzigmal habe ich sie gemalt, ehe ich sie so getroffen hatte, wie sie war.«

»Sie muss schöne Augen gehabt haben«, erwiderte der junge Mann und trat näher. Der Rote wandte sich ab, wischte mit der Hand an seiner Nase und bejahte tonlos.

Dann begann er die Mixtur zu bereiten. Peter sah zu, wie der Rote aus mehreren Flaschen einige Tropfen da, einige dort vermischte und mit einer anderen Flüssigkeit vermengte. Als er ein Fläschchen bereitet hatte, sagte er mit dem Blick zum Fenster hin: »Wenn du was wert bist, junger Müllner, dann sollst du das ganze Zeug da haben. Denn drunten im Tal gibt's manchen, der abkratzen muss von dieser Welt, weil niemand da ist, der ihn heilen könnte. Hab nichts gegen den Rusegger, er ist ein guter Chirurgus, und wo es was zu brennen und schneiden gibt, dort steht er seinen Mann. Aber weißt du, heilen, gesund machen, noch ehe es zum Schneiden und Brennen kommt, das kann er nicht. Das können überhaupt wenige. Und warum? Weil sie hier in der Natur unseres Herrgotts herumtappen wie die Blinden. Alles Leben auf unserem Erdboden kommt von Sonne, Wind und Regen. Dieses Leben ist wie in kleinen Speichern in den Blüten und Blättern, in den Reisern und Wurzeln. Wer's aus denen herausholt, kann's an die Kranken weitergeben. Wer holt's aber schon heraus? Ein paar alte Weiber und ein paar närrische Wurzelmänner. Man lacht sie aus und spottet. Doch die sind's, die hinter dem Leben einherspuren. Wenn du das Gespött nicht scheust, Peter, dann will ich dir auf dieser Spur ein wenig voranhelfen. Mir hebt's die Seele jedes Mal ein Stücklein zum Herrgott hinauf, wenn ich seh, dass ich da einen Schmerz vertrieben hab oder dort dem Tod in die Quer gekommen bin. Ich tät dir dieses Gefühl auch gönnen, wenn du's magst.«

Der junge Mann strahlte: »Wenn du meinst, Franto, dass ich mich recht dazu anstelle, dann wär ich dir sehr dankbar. Schon von Jugend an hab ich helfen wollen.«

»Dann geb ich dir also das ganze Zeug mit und das Büchlein dazu. Hier steht aufgeschrieben, bei welchem Leiden und wieviel du nehmen musst. Ich hab alles probiert und es stimmt. Wenn dich die Neugierigen aber fragen, dann kannst du ihnen sagen, was du willst, nur nicht, dass du's von mir hast. Brauchst du aber sonst was, dann steigst du herauf zu mir, oder ich selber komme hinunter zu dir.«

Der rote Franto packte den Mörser und schob einen Teil der Mixturen hinein. Alles andere wickelte er säuberlich in ein Stück Leinwand. Peter Huber zog sein trockenes Gewand wieder an und hängte sich das ganze Bündel an einem Riemen über die Schultern. Draußen vor der Tür stieg er dann in die Schneeschuhe.

»So, Müllner-Peter!«, sagte der Rote und legte seine schwere Hand auf den Arm des Gastes. »Vielleicht dauert's eine ganze Weile, eh wir uns wiedersehen. Du sollst aber nie glauben, dass der Franto ein Lump war. Er ist bloß ein wenig anders als die anderen, weil ihn die anderen anders gemacht haben – ein Lump ist er deswegen nicht, und dich vergessen wird er auch nicht. Und jetzt hab ich noch eine Mahnung für dich. Hör sie dir gut an, die Mahnung! Willst du dir Leid ersparen, dann sei stets auf der Hut vorm Ertlbauern seiner Sippe! Geh nun in Gottes Namen!«

Sie drückten die Hände. Peter Huber stapfte davon. Der Rote schaute ihm unter seinem Schneegewölbe nach, bis er hinter den ersten Latschen verschwunden war.

Die Sonne hatte sich schon längst hinter dem Noppenberg zur Ruhe begeben, als der junge Müller das Haus betrat. Zunächst legte er das schwere Bündel und das nasse Zeug in seine Kammer; dann ging er zur Schwester hinüber.

Ein zweiter Aderlass war notwendig gewesen. Nun atmete der Chirurgus erleichtert auf, als er das Fläschchen sah. Er wandte sich schnell zum alten Schorsch hin, der wie ein Häuflein Elend in einem Sessel hockte und den

Rosenkranz betete: »Müllner-Vater, jetzt haben wir's! In acht Tagen springt die Ursel wieder herum wie eine Rehgeiß.«

Der Alte nickte, während sich sein runzliges Gesicht verklärte, und betete weiter.

Rusegger, mit der Mixtur des roten Franto vertraut, rührte ein Tränklein zusammen und gab es der Kranken. Nach einiger Zeit setzte die Wirkung ein. Den alten Müller und den Knecht Thomas Krautnudel wies er an in ihre Betten zu gehen, er werde dem Peter noch einige Ratschläge geben und dann ebenfalls verschwinden.

Als die zwei Männer gegangen waren, erzählte Peter dem Arzt einiges von dem, was er beim Roten gesehen hatte. Von dem Bündel und seinem Inhalt sagte er nichts. Beim Abschied fragte er den Chirurgus, ob er ihm nicht das dicke Buch für einige Tage leihen möchte.

»Und noch zehn andere dazu!«, erwiderte dieser. »Es tät nämlich gar nicht schaden, wenn diesseits der Grenze auch einer wär, zu dem die Leut bei einem kleineren Leiden gehen könnten. So aber lassen sie das Kleine meist anstehen, weil sie den weiten Weg zu mir scheuen, bis aus dem Kleinen ein Großes geworden ist – oder bis es überhaupt zu spät ist.«

»Wollen Sie mich zum Quacksalber machen, Herr Rusegger?«, entgegnete Peter lächelnd.

»Quacksalber hin, Quacksalber her! Ist die Mutter nicht etwa auch Arzt, wenn sie dem Kind das Blut stillt, die Wunde verbindet, den hitzigen Tee gibt und Umschläge macht? Zum Quacksalber wird einer alleweil nur, wenn er seine Grenzen überschreitet. Ich meine, du hast ein gutes Hirn im Kopf, mit dem du dir manches erarbeiten könntest, was den armen Bergbauern zu Nutzen wär. Das sind doch alle miteinand arme Luder: Jung wachsens auf wie die Schwammerl, alt verreckens wie die Hund.

Anders ist's bei den Großkopferten, die für jedes Glied einen speziellen Medicus haben. Und dabei ist doch der Bauer um nichts weniger ein Mensch, als etwa der Herr Baron. In den Städten und an den Höfen, da scharen sie sich zusammen, die Herren Chirurgi, und machen gleich eine bedenkliche Miene, wenn das Fräulein Comptesse etwas blass erscheint. Ich pfeif auf alle ärztliche Wissenschaft, die nicht dort anpackt, wo's gefährlich werden kann.«

»Herr Rusegger, man möchte meinen, Sie seien von der Aufklärung infiziert. Dergleichen muss ausgerottet werden, heißt's zu München.«

»Ausrotten? Die Wahrheit rottet man nie aus, man bindet ihr höchstens das Maul zu. Jetzt geh ich, Peter. Gute Nacht!«

Den ganze Februar hütete Peter Huber das Krankenbett seiner Schwester. So geduldig Ursula war, so hartnäckige aber war auch ihr Blut. Es gehorchte nur zögernd der guten Mixtur des roten Franto, bis es endlich doch unterlag.

In dieser Zeit war Peter kaum in die Mühle gekommen und hatte die Säge und die Kapelle überhaupt nicht betreten. Dafür entstand jedoch in seiner Kammer eine große Arbeit. Aus gutem Papier hatte er sich ein dickes Rezeptbuch gebunden und darin zunächst alle schriftlichen Anweisungen des Roten säuberlich niedergeschrieben.

Mit dem Frühling erholte sich die Ursula und war wieder rührig im Hause. Die Leute im Dorf, die von ihrer schlimmen Krankheit gehört hatten, erzählten sich, dass es der Peter, ihr Bruder, gewesen sei, der das Mädchen auf die Beine gebracht hätte. Tage und Nächte lang wäre er an ihrem Alkoven gehockt und hätte ihr Mixturen und Pasten gekocht.

Der Ertlbauer habe zwar da und dort geäußert, es gehe in der Mühle nicht mit rechten Dingen zu, seitdem der

Rote dortselbst Wesens gehabt habe. Andererseits hieß es, der Ertlbauer sei gehässig, und übrigens wisse man ja nicht, was es zwischen ihm und dem Müllner-Peter gegeben habe. Denn dass er jetzt auf einmal bis Aschau in die Mühle fahre und dabei jedesmal einen ganzen Tag verliere, nachdem er jahrzehntelang beim Huber-Schorsch gemahlen hätte, könne ebenso daher kommen, dass er vom Schorsch oder vom Peter vor die Tür gesetzt worden sei. Der Peter sei jedenfalls ein kluger Kopf. Dass er kein Hochwürden hatte werden wolle, müsse schon eine ordentliche Ursache gehabt haben, sonst wär der Herr Vikar Aiblinger niemals mit ihm in der Ölbergkapelle und sogar in der Mühle gewesen.

So braute sich in den Köpfen der Sachranger Bauern über den Müllner-Peter nach den bösen ein gutes Gerücht zum anderen, bis der junge Mann schließlich in ihrer Gunst ebenso hoch stand, als sie ihn vorher in die Tiefen ihrer Missgunst gezerrt hatten. Es wurden sogar da und dort Stimmen laut, dass man den Peter in den Tagen der Krankheit viel lieber sehen würde als den Chirurgus Rusegger, denn der sei ein Grobian. Vom Peter dagegen könne man sicher ein liebenswürdiges Verständnis erwarten, da er darin ganz seiner verstorbenen Mutter, der guten alten Hupf-Margret, gleiche. Die sei ja aus lauter Lieb und Gutsein zusammengesetzt gewesen.

Von diesem Gerede erfuhr Peter Huber nichts.

Er werkte jetzt tüchtig in der Säge. Denn langsam schwoll der Bach an, sodass man Säge und Mühle zugleich laufen lassen konnte.

Einen Baumstamm nach dem anderen spannte er in sein neues Gatter und beschnitt ihn doppelseitig, wie es für die Ausschalung des Mühlbachbettes notwendig war. Zwischenhinein besprach er sich mit dem Vater über die Räumungskosten des Bettes und wählte mit ihm die

Handwerker aus, die man im Sommer werde herholen müssen, um das Werk glücklich zum Ende zu bringen. Durch diese Tätigkeit trat der Orgelbau in der Kapelle am Hang stark in den Hintergrund. Sonntags hielt sich nämlich der Peter meist in seiner Kammer auf und schrieb in sein Rezeptbuch, was er aus den ärztlichen Büchern studiert hatte.

Da kam Anfang April an einem sonnigen Mittag der Posthalter von Aschau daher und brachte einen versiegelten Brief an den hochgeachteten Herrn Peter Huber z Sachrang im Gebirge. Der Brief war vor etlichen Tagen direkt mit der Taxis'schen Reichspost aus München gekommen. Peter saß am Esstisch in der Stube, als er den Brief empfing. Und als er das Siegel betrachtete, wurde er feuerrot im Gesicht, stand auf und begab sich in seine Kammer. Der Vater und die Ursel schauten einander fragend an.

Peter las das Schreiben, das von der Baronesse Terry von Lilien in einer Stunde tiefster Enttäuschung verfasst worden war. Jetzt, da er sich in einer Zeit hoher Aktivität befand und nicht im Entferntesten an seine Münchener Jahre zurückdachte, kam dieser Brief wie ein Fremdling in sein seelisches Haus, ungebeten und unerwünscht. Freilich, Terry gehörte zu den Besten ihres Geschlechts und war bei Hofe sicherlich ein selten reines Blümchen.

Aber was interessierte ihn das? Er wusste, dass es zwischen ihr und ihm keine Brücke gab. Sie wusste es zwar auch, wollte es aber nicht gern für wahr haben und täuschte sich immer wieder darüber hinweg. Wie oft hatte er ihr das in aller Form und Feinheit gesagt! Umsonst! Aus diesem Brief sprach ihr sauberes Herz. Warum aber sprach es zu ihm, dem Müllner-Peter in Sachrang, von dem doch wirklich kein Echo zu erwarten war – in Anbetracht der Umstände.

Diese Umstände, die unüberwindbar waren, konnten nicht aus der Welt geschafft werden. Gewiss, sie allein und sonst nichts standen zwischen ihr und ihm. Wäre sie nicht eine Baronesse und wäre er nicht ein Müllerbursch keine wunderbarere Partnerin hätte er sich für sein zukünftiges Leben vorstellen können. Aber wozu all diese Wunsch- und Fragesätze?

Sie wollte sich treffen. Zumindest erwartet sie ein Antwortschreiben von ihm.

Schade! Das, was sie gern hören möchte und was er ihr auch gern schreiben würde, konnte er nicht. Somit hatte die Schreiberei keinen Wert. Und was einen Besuch betraf –, wer weiß, wie viele Jahre vergehen würden, ehe er eine dringliche Gelegenheit fände nach München zu reisen. Man geht nicht mit Freuden dorthin, wo man einmal einen seelischen Zusammenbruch erlebt hat …

Peter Huber schob den Brief in die Schublade seines Tisches, tief zu unterst hinein, damit die Ursel, die mit neugieriger Vorliebe in seinen Sachen kramte, nicht darauf stieße. Vorläufig brauchte sie das nicht zu wissen. Später, wenn sie einmal älter und reifer wäre, würde er mit ihr darüber reden.

Damit war ein Schreiben abgetan, an das ein Mädchen viele Erwartungen geknüpft hatte.

Es geschehe Gerechtigkeit

Im Sommer des Jahres 1787 wurde das Projekt, welches vielen Müllergenerationen der Mühle im Aschacher Grund schon vorgeschwebt hatte, durch Peter Huber verwirklicht. Der alte Schorsch hatte zehn Isarflößer eingestellt, die im Wasser mit Holz umzugehen verstanden. In den ersten zwei Wochen machten sie das Bachbett blank. Dann ebneten sie es senkrecht mit sauberem Kies ein und verpflockten die Bodenlage, was eine weitere Woche dauerte. Schließlich wurden an den beiden Rändern des Baches die Stämme aufgeschichtet und mit Eichenästen in das seitliche Erdreich eingeflochten. In der sechsten Woche zimmerten sie den Schützen und mauerten ein neues Wasserwehr auf. Am Fuß des Wehrs war zwischen den größten Quarzsteinen eine zugewachste Flasche mit einer Urkunde eingelassen worden. Darin hieß es:

»Anno salutis 1787 habe ich, Georgius Huber, achter Müller aus dem Geschlechte der Huber, die seit 1552 als Freistifter auf dieser Mühle im Aschacher Grund sitzen, durch Gottes allmächtigen Beistand zusammen mit meinem Sohne Peter den Mühlbach so reguliert, dass er ein glattes Gerinne bekam. Hundertsechsundfünfzig Klafter Stamm haben wir auf einem neuen Gatter doppelseitig beschnitten, zehn Isarflößer haben's hineingerichtet in den Monaten Juli und August. Für Holz, Stein, Fuhr, Kalk und Salär haben wir zweitausendsiebenhundertdreißigundsechs Gulden und neunzig Kreuzer ausgegeben. Dass wir's gehabt haben, mögen unsere Kinder und Kindskinder nicht bloß uns, sondern allen unseren Vätern und Müttern, Urvätern und Urmüttern danken und sich daraus ein Exempel nehmen, wie die Sparsamkeit von Geschlecht zu Geschlecht ein groß Ding werden lässt. Wir selber danken dem allgütigen Gott für Hülf und Segen, unseren Helfern auch – Georgius Huber, Vater. Peter Huber, Sohn.«

Als alles fertig war und das Wasser durchs neue Bachbett floss, ging der alte Schorsch zum Herrn Vikar Aiblinger und bestellte eine große Dankmesse für die verstorbenen Müller und Müllerinnen aus seinem Geschlecht.

An Michaeli wurde die Messe gelesen, wobei erstmals auch der Peter wieder in der Kirche erschien. Viele waren zum Beten gekommen, denn alle mochten jetzt die Müllnerleute vom Aschacher Grund gut leiden. Am Peter konnten sie sich kaum sattsehen. Was war das doch für ein hübscher Mensch geworden! Die alte Hupf-Margaret hatte es gewusst, denn von all den vielen Kindern war ihr der kleine Peter doch alleweil das liebste gewesen. Deswegen hatte sie ihn ja auch nach München getan ins geistliche Studium. Mein Gott! Die Wege des Herrn gleichen nicht immer den Wegen der Menschen!

Es kam das unselige Jahr 1789. Als an jenem vierzehnten Juli das Volk von Paris die Bastille stürmte, ging ein Zittern und Beben durch alle gefürsteten Höfe Europas. Diese Kampfansage an den Absolutismus wurde zwar meist mit Entrüstung und Verachtung quittiert, doch machten sich ein paar Hellhörige – wie etwa der Kanzler Kaunitz in Wien – in ihren geheimen Privataufzeichnungen jenen Reim darauf, der dann im Revolutionsjahr 1848 in allen deutschen Landen laut gesungen wurde.

In dem abgeschiedenen Gebirgsdorf Sachrang war von diesen Dingen nichts zu spüren. Dort wurde nur am vierzehnten Juli 1789 von der Dienstmagd Theresia Mitterwallnerin ein Kind geboren, das wegen übermäßiger körperlicher Schwäche von der Großmutter die Nottaufe und den Namen der unehelichen Mutter Theresia erhielt. Danach wartete die Großmutter des Kindes die Nacht ab und schlich in den Aschacher Grund zum Müllner-Peter, dass er sogleich kommen und nach der Mutter und dem Kind sehen möchte, denn es stünde mit beiden sehr schlecht.

Peter hatte sich auf Anraten seines Kollegen Rusegger ebenfalls einen Lederbeutel hergerichtet, worin er das mit sich trug, was zur Behandlung der Kranken im Allgemeinen notwendig war. Diesen warf er über und ging ins »Loch«, wo die Hütte der alten Mitterwallnerin stand, die man auch die »Magdalenenhütte« nannte, weil schon diese dort manch heimlich schleichendem Ehemann nächtens Unterschlupf gewährt hatte, damals, als sie noch eine stramme Dirn war.

Auf diese Weise war sie ja auch zur Tochter Theresia gekommen, die jetzt in Fortsetzung des mütterlichen Erbes soeben das kranke Mädchen zur Welt gebracht hatte. Nur galt die Tochter den Leuten nicht so verludert wie die Alte, denn sie war schon auf einigen Höfen Magd gewesen und hatte sich ihre Kreuzer ehrlich erschunden, während es die Alte verstand, ihre Besucher nur gegen Münze oder Naturalien zu bedienen.

Peter Huber betrat die Magdalenenhütte, er musste sich sehr bücken, so niedrig war die Stube, aber sie war so sauber, dass keine von all den Bäuerinnen ringsum mit einer gleich reinlichen hätte aufwarten können. Das war es auch, was die Weiber der alten Mitterwallnerin noch weniger hatten verzeihen konnten, als die Verführung der Männer. Denn gerade diese Männer hatten in puncto Reinlichkeit Vergleiche gezogen, und da war es dann den Eheweibern schwer gefallen zu widersprechen.

Peter betrachtete das kleine Kind, das röchelte und Schaum an den Lippen hatte. Nach den Fingerchen zu schließen, schien es außerdem zu früh geboren zu sein. Dann setzte er sich an den Bettrand zum Resei. Sie weinte. Die Alte erklärte ihm, dass die Geburt soweit ganz gut gewesen sei, nur sei da eben etwas geschehen, als das Wasser gebrochen war. Da schluchzte das Resei noch mehr und die alte Mutter weinte auch.

Peter Huber schickte die alte Mitterwallnerin in die andere Kammer. Schnell war sie draußen. Dann fragte er das Resei, das ungefähr sein Alter hatte, weshalb man denn die weise Frau nicht geholt habe. Da begann die junge Mutter, immer noch unter Tränen, ein Geständnis: Der

Daxer-Sepp vom Judengut, der auch Vater des Kindes sei, habe ihr unter schweren Drohungen verboten, die weise Frau zu holen. Es dürfe nicht herauskommen, dass er das Resei geschwängert hat, weil er sonst die Steindlmüller-Martl vom Außenwald nicht zur Bäuerin bekäme. Dies sei aber schon seit Jahren ausgemacht und die Steindlmüllerleut gehörten zu den Frommen. Deshalb sei es dem Daxer-Sepp auch sehr zuwider gewesen, dass sie schwanger geworden ist, und den Alten noch mehr. Der Sepp hätte immer wieder geflucht und gesagt, das Kind dürfe nicht leben. Er hätte darum dem Resei auch gar keine Ruhe gelassen, bis zum letzten Tag sei er wie ein Wilder mit ihr umgegangen. Als es dann soweit gewesen sei, habe er sie schnell hinausgejagt und ihr noch über der Schwelle gedroht, das mit dem Kind müsse geheim bleiben, sonst werde er ihr im Holz auflauern und sie erschlagen wie einen wildernden Hund. Und jetzt sei das arme unschuldige Kind da.

Das Resei, drehte sich mit dem Kopf zur Wand und heulte laut.

Peter nahm den Kerzenleuchter in die Hand und besah sich das Kind noch einmal. Dann sagte er leise zur Resei: »Dös Kloane da wird's net überstehn, Resei, es hat Wasser in der Lung. Dös vom Daxer-Sepp aber, dös merk i mir!«

»Gell, Peter, sagst aber nix, bitt schön!« Dabei hob die Arme ihre Hände, als wollte sie beten.

Peter beruhigte sie und versprach, er werde ihr eine Flasche roten Wein herrichten, die Mutter solle ihn abholen. Den müsse sie mit Eigelb verquirlen und trinken, dass sie wieder zu Kräften komme, sonst packe sie's selber auch nicht mehr. Dann ging er.

Als er die Haustür der Magdalenenhütte aufmachte, war ihm, als ob ein Schatten vom Fenster weg hinter die Hausecke gehuscht wäre. Es konnte jedoch auch bloß der

Mond gewesen sein, der mit kleinen Wölkchen am Himmel spielte …

Der Ertlbauer vom Noppenberg und der Steindlmüller vom Außenwald waren miteinander verschwägert. Und weil man wusste, dass die Daxer-Bauern vom Judengut immer ein leichtes und hitziges Blut hatten, fürchtete man im Außenwald ein wenig um die Zukunft der tugendreichen Jungfer Martl, die dortselbst die einzige Tochter war. Deshalb hatte es der Ertlbauer übernommen, ganz unauffällig die Lebensführung des Daxer-Sepp zu überwachen, damit das Gut vom Außenwald nicht in die Hände eines Streuners käme.

Der Noppenberger nahm seine Aufgabe ernst. Er schnüffelte herum wie ein Pinscher, der ein Kaninchen aufgespürt hat. Da er in seiner Jugend einen ählichen Lebenswandel gepflegt hatte, hatte er es bald heraus, dass mit der Mitterwallnerin, der Magd auf dem Judengut, etwas los sei. Freilich stand noch nicht fest, ob der Daxer-Sepp hierbei beteiligt war, denn dergleichen geschah ja auch unter den Dienstboten selber.

Solche Dinge reifen aber mit der Zeit, dachte er sich, und es müsste ganz dumm hergehen, wenn er, der schlaue Ertlbauer, nicht dahinterkäme. Er verdoppelte seine Aufmerksamkeit und wurde dabei sogar etwas nachlässig in der Erfüllung seiner eigenen bäuerlichen Pflichten. Jede Nacht schlich er einmal durchs Gehölz hinter der Magdalenenhütte und horchte.

Richtig!

An jenem Abend hatte er sie gesehen, die junge Mitterwallnerin, wie sie wimmernd und sich krümmend wie ein Wurm vom Judengut herunterkam und auf dem Weg alle Heiligen laut anrief. Als sie dann hinter der Haustüre ihrer Mutter in die Arme gefallen war, hatte er ganz nahe an der Hütte Posten bezogen, von wo aus er mit wenigen Schritten das Fenster erreichen konnte. Denn jetzt galt es, aus dem Gespräch drinnen mit Gewissheit zu erfahren, wer der Vater des ankommenden Kindes wäre.

Und dann war die Alte weggegangen und mit dem Müllner-Peter zurückgekommen. Ja, Herrgottsakra, der Müllner-Peter! Wenn er doch diesem lausigen Bengel auch eins draufbrennen könnte! – Ganz nahe war er mit seinem Ohr am Fensterladen gewesen, als das Resei ihr Geständnis abgelegt hatte. Kein einziges Wörtlein war ihm entgangen. Also doch der Daxer-Sepp! War ja nicht anders zu erwarten. Aber tröste dich, Bürscherl, dir wird ein Süpplein gerührt, das du nicht zur Neige auslöffeln kannst! Und dann darfst zu zeitlebens vom Judengut herunterschauen auf den Außenwald, der einmal dein hätt sein können!

Mit diesem Gedanken war er im gleichen Augenblick vom Fenster weggesprungen, als der Müllner-Peter das Häuschen verlassen hatte.

In der gleichen Nacht noch begab er sich zum Außenwald und weckte dort Vater, Mutter und die Martl. Er berichtete alles Erlauschte der Reihe nach und wurde von seinen Zuhörern mit Ausrufen der Verwunderung und des Entsetzens mehrmals unterbrochen. Als er zu Ende war, erhob die gottesfürchtige Martl ihre Hände spitz zum Himmel und dankte, dass sich dieses Übel von ihr abgewendet hatte.

Der alte Steindlmüller-Bauer, ein redlicher Mann, erklärte, dass man zuerst wegen dem Resei etwas unternehmen müsse. Denn es könnte sein, dass der Daxer, wenn er erführe, dass es mit Außenwald nichts würde, seine ganze Wut an der armen Magd auslasse. Der Ertlbauer bekundete dafür zwar wenig Verständnis, meinte aber, man könne ja die Geschichte zunächst ganz provisorisch beim

Gericht in Prien anhängig machen. Ganz provisorisch natürlich! Er selber, der wegen Anrainersachen schon oft bei Gericht zu tun hatte, kannte den Herrn Landrichter Doktor Geier. Dieser sei ein Hungerleider und tue alles, wenn man ihm ein wenig zu Hilfe komme. Man müsste ihm den ganzen Fall erzählen und dann sein Urteil hören, auf welche Art das Resei geschützt werden könnte.

Der Vorschlag fand Zustimmung. Der Ertlbauer wollte so in vierzehn Tagen, nach der Heuernte, nach Prien fahren.

Doch acht Tage später war das Resei wieder auf dem Judengut und tat ihre Arbeit wie zuvor. Sie sah wohl etwas angegriffen aus, doch niemand von den übrigen Knechten und Mägden auf dem Judengut fragte sie, wo sie gewesen sei. Denn wenn es auch alle wussten, was sich mit dem Resei zugetragen hatte, so wagte doch keiner, aus Angst vor dem Bauern, darüber ein Sterbenswörtchen zu verlieren. Es erschien allen seltsam, dass sie schon wieder da war. Man vermutete jedoch, dass die alte Mitterwallnerin das Kleine aufzog, da das Resei schließlich ihre Mutter mit erhalten musste.

Das erfuhr der Ertlbauer. Wieder beschlich er die Magdalenenhütte, einmal, zweimal, dreimal. Er hörte die alte Mutter werkeln, von einem Kleinkind aber hörte und sah er nichts.

Im Außenwald beim Steindlmüller griff man sich ratlos an die Stirn. Wo war das Kind? Ob sich der Schwager vielleicht gar getäuscht hatte? Um Himmels willen, nein! Das, was er in jener Nacht gehört, was das Resei dem Müllner-Peter erzählt hatte, war keine Täuschung gewesen.

Was der Ertlbauer hört, das hört er! Er hat seine fünf Sinne, wahrhaftigen Gottes, beisammen. Hier konnte nur eines geschehen sein – furchtbar ist's auszudenken! Das Resei hatte das Kind weggeschafft, erwürgt, ersäuft, erstochen, wer weiß was. Und selbst wenn es eines natürlichen Todes gestorben war, dann hatte man's eingescharrt wie einen verreckten Hund. Der Müllner-Bursch aber, der in der Stadt drinnen gewiss nur Lumpereien gelernt hatte, der könnte ihr bei dem Verbrechen geholfen haben. Was ist denn einem abgesprungenen Pfaffen nicht zuzutrauen! Dergleichen schert Gott und die Höll über einen und denselben Kamm!

Der Daxer-Sepp kam am Sonntag drauf wie immer zum Außenwald und tat, als ob nichts geschehen wäre. Stolz trug er die Uhrkette mit den schweren Silbertalern über dem Bauch, ebenso stolz erzählte er von der guten Ernte auf dem Judengut und vom Glück im Stall. Die Steindlmüllers beobachteten ihn scharf von allen Seiten, aber es war ihm nichts anzumerken. Den frommen Leuten erschien es unmöglich, dass ein solches Verbrechen an einem Menschen nicht irgendwie sichtbar sein sollte. Deshalb befestigte sich in ihnen immer wieder der Gedanke, der Noppenberger müsse sich am End doch geirrt haben.

Der aber war darüber empört.

Er musste also die Klärung dieser Sache pressanter betreiben. Er ließ sein leichtes Fuhrwerk einspannen, zwei Sack Gerste aufladen, und fuhr nach Niederaschau in die Mühle. Aber er hatte sein gutes Zeug angezogen wie an Feiertagen, sodass sich alle am Noppenberg wunderten.

In der Mühle warf er die Säcke mit der Bemerkung ab, er werde das Mehl am Rückweg mitnehmen. Dann fuhr er nach Prien und stieg beim Amtsgericht ab.

Doktor Chrysostomus Geier, kurfürstlich pfalz-bayerischer Landrichter, war noch ein Dreißiger und hatte dieses Amt durch Zutun eines älteren Oheims erlangt.

Das Gericht in Prien zählte zu den armseligsten im Land. Die Bauern blieben brav bei der Arbeit, höchstens dass es da und dort zu einer Messerstecherei kam. Die damit verbundenen Amtshandlungen brachten aber wenig ein, weil die Dinge gewöhnlich zu klar auf der Hand lagen, als dass Bestechungen gefruchtet hätten. Chrysostomus Geier wusste also, was Entbehrungen waren. Als der Noppenberger in die stickige Amtsstube eintrat, erhob sich der Richter und begrüßte ihn. Mit dem Händedruck wechselte ein Zehn-Gulden-Stück, vom Schreiber ungesehen, die Besitzer. Der Ertlbauer nahm mit gönnerhafter Umständlichkeit in einem schwarzen, uralten, hochlehnigen Eichenstuhl Platz und begann umständlich die ganze Geschichte zu berichten.

Dem Richter gingen die Augen weit und weiter auf. Der Amtsschreiber richtete sich empor und lauschte. Nur die dürren Fliegen am Fenster summten laut und ahnten gar nichts von dem bedeutenden Fall, der sich aus diesem Bericht herauskonstruieren ließ. Doktor Geier sah sich bereits nach München avanciert.

Als der Ertlbauer fertig war, winkte der Doktor dem Schreiber und diktierte ihm ein Protokoll. Dabei redete der Bauer bekräftigend dazwischen.

Der Richter deichselte alles gegen die arme Mitterwallnerin und setzte vorsätzlichen Kindesmord voraus. Die Vaterschaft des Kindes sowie die Geschehnisse bei der vorzeitigen Niederkunft der Mutter deutete er nur am Rande an und betrachtete sie als erklärende Begleiterscheinung, nicht aber als Belastung des Daxer-Bauern, denn er trug sich mit dem hintergründigen Gedanken, den Daxer im richtigen Moment unter Druck zu setzen und anzuzapfen. Das spürte der Ertlbauer und es war ihm nicht ganz recht, weil er ja in der Hauptsache dem Sepp eins auswischen wollte. Immerhin dachte er sich, dass es die Verhandlungen dann schon offenbaren würden.

Mit dem Bewusstsein, eine gute Tat getan und vor allem sich selbst gerechtfertigt zu haben, verließ der Noppenberger den Richter, der ihn bis vor die Haustür ergebenst hinausbuckelte.

Und nun ließ der Landrichter seinen Apparat anlaufen: Aus dem Protokoll wurde ein sauber geschriebenes Dokument der Anklage hergerichtet, dasselbe nach München geschickt, von einem Beamten des geheimen Ausschusses der Vorschrift gemäß gegengezeichnet und zur Durchführung wieder nach Prien zurückgereicht.

Am Feste der heiligen Klara erschienen auf dem Judengut in Sachrang zwei Beamtete des Gerichts, banden die Magd Theresia Mitterwallnerin mit Stricken und schleppten die verzweifelt Weinende den weiten Weg zu Fuß nach Prien. Dabei ließen sie es an Grobheiten nicht ermangeln. Sie wurde eingesperrt und im finsteren feuchten Gewölbe mit Händen und Füßen in den Block geschlossen, der noch aus der vergangenen Zeit der Hexenprozesse da war. Ein alter Chiemseefischer, der davor das Amt des Scharfrichters versehen hatte, erhielt noch am Abend den Auftrag, die Folterkammer zum peinlichen Verhör herzurichten. Denn nach der Lage der Dinge war damit zu rechnen, dass dem Geständnis der Angeklagten nachgeholfen werden musste.

Mit Freude nestelte der alte Pointner-Hans seine Netze an den Baum, denn mit der Folterbank war das Geld leichter zu verdienen als mit dem Kahn auf dem Wasser.

Als die Sonne eben unterging, begab er sich ins Drudenhaus mit einer Tranölkanne unterm Arm. Die Maschine war doch sicherlich nach dem langen Stillstand eingerostet. Deshalb musste das Räderwerk erst einmal gründlich durchgeschmiert werden.

Welch eine Nacht war das für die arme Magd!

Hier stand das peinliche Gericht, von dessen Schrecken sie sich bereits umgeben sah. Dort stand der Daxer-Sepp, dem sie Verschwiegenheit geschworen und der seine Drohungen wahrmachen und sie im Holze erschlagen würde, wenn sie spräche.

Und was war ihre Schuld? Halb aus Drang, halb genötigt war sie dem jungen Bauer zu willen gewesen, hatte ein Kind zur Welt gebracht, ein armes, lebensunfähiges Hascherl – und jetzt sollte sie gerichtet werden.

Hunderte andere Mägde auf allen Höfen ringsum hatten seit altersher das Gleiche getan und waren in Frieden gelassen worden – warum musste es mit ihr anders kommen?

Ist es denn das Los der Weiber, zu verbüßen, was die Männer an ihnen Sündhaftes tun?

Hätte etwa sie den Daxer-Sepp nötigen können? Ja, dann würde sie ihre Schuld begriffen haben. Warum aber durfte er, der alles angerichtet hat, leer ausgehen und mit der Steindlmüller-Martl Hochzeit machen, während sie zu all den Schmerzen dieses Mutterwerdens nun auch noch im Block liegen und sich von Ungeziefer peinigen lassen musste? Ach liebe heilige Magd Notburga, du hast zwar kein uneheliches Kind gehabt, doch du weißt, was unsereins auszustehen hat. Hilf mir halt und lass mich nicht zugrunde gehen!

Während die gequälte Magd unter den schweren, undurchdringlichen Gewölben betete und geschreckt aufschrie, wenn sie von den Ratten geplagt wurde, richtete der Scharfrichter in der Folterkammer nebenan die Werkzeuge zur Tortur her.

Er prüfte zunächst die Daumenschrauben und fluchte, weil sie vollkommen eingerostet und nicht mehr verwendbar waren.

Dann prüfte er die spanischen Stiefel und strich einiges vom Tranöl hinein. Auf der Reckbank hatten Mäuse und Motten das schwarze Tuch völlig zerfressen. Er riss es herunter und schleuderte es in die Ecke. Die wackelig gewordene Leiter klopfte er mit einem Beil zusammen und trieb ein paar Nägel seitlich in die oberen und unteren Sprossen. Pech und Schwefel befand sich noch hinreichend in den Kästen. Ebenso waren Brandfackeln vorhanden.

Die Stricke taugten nichts mehr, sie waren morsch geworden, und so würde er sich einige von daheim mitbringen und dann zusätzlich in Rechnung stellen. Denn das war sicher: Eine solche Gelegenheit, wieder ein wenig aus dem Dreck herauszukommen, bot sich ihm nicht alle Jahre und musste deshalb genützt werden. Mein Gott, wie lange war es denn schon her, dass er als Scharfrichter das letzte Mal gearbeitet hatte!

Vierzehn lange Jahre waren verstrichen, seitdem sie ihn ins Stift Kempten zur intensiven Behandlung der Hexe Annamaria Schwägelin von Lachen geholt hatten. Aus Vorsicht nur, damit noch einer da wäre, wenn der dortige Scharfrichter vielleicht versagen sollte, was nicht verwunderlich gewesen wäre bei der spärlichen Beschäftigung. So hatte er denn auch weiter gar nichts tun müssen, als ein paarmal die glühenden Beißzangen anzulegen. Aber sie hatten ihn bezahlt, als wenn er das ganze Geschäft selber verrichtet hätte. Und das war ja schließlich die Hauptsache.

Dachte er jedoch zurück an seine jungen Jahre, als das Hexenvolk noch allerorten sein Unwesen trieb, konnte er schier trübselig werden. Was gab es doch dazumal für Verdienste!

Bei einer Tortur aufwarten: 3 Gulden 20
Spanische Stiefel anlegen: 2 Gulden 30
Einen Delinquenten in die Folter ziehen: 5 Gulden
Eine Person ins Halseisen stellen: 1 Gulden 30
Mit Ruten ausstreichen: 3 Gulden 30

Den Galgen auf den Rücken brennen: 5 Gulden
Fürs Ohren- und Naseabschneiden: 5 Gulden
Eine Person mit dem Schwerte hinrichten vom Leben zum Tode: 10 Gulden
Einen Menschen zu vier Teilen zerreißen: 18 Gulden
Einen Menschen lebendig spießen: 12 Gulden …

Das alles nur für die Arbeit, die Kost wurde noch extra abgegolten. Ja, damals, das waren Einkünfte!

Freilich, man hatte ihn gemieden und gehasst, wie man jeden Scharfichter hasste. Kein Weib hatte ihn angesehen, kein Mädchen hätte ihn zum Ehemann gemocht. Darüber war er jedoch bald hinweggekommen. An Kindern lag ihm ja nichts, Gott sei Dank! Und für das andere waren die oft sehr sauberen Hexlein da. So hatte er in jenen Jahren eigentlich alles gehabt, was ein junger Mensch braucht: Geld, Kost und Weiber. Eine verflucht schöne Zeit!

Dann wurde das Hexenbrennen rar, immer rarer. Und er hatte sich einen Kahn kaufen und auf dem See Fische fangen müssen, jahrelang. Einen Kahn voller Fische für einige lumpige Kreuzer!

Sauer war das. Und dabei war er alt geworden, sechsundachtzig Jahre alt. Jetzt, nach so langer Zeit, kamen sie wieder daher mit einem Weiberts. Ach lasst mich doch schon in Ruhe mit den Weibern, ihr blöden Richter übereinand! Ist doch keine einzige von all den vielen schuldig gewesen. Oder sagt: Wer hält's denn aus, wenn einem die Knochen auseinandergezogen werden, dass sie krachen? Keiner hält's aus! Dann gesteht man den größten Stiefel ein, nur damit man die Schmerzen los wird, besonders ein Weib. Eher lob ich mir da einen prallfetten wucherischen Münzjuden. Die hab'ns auf dem Kerbholz. Oder so einen Bauernbüffel aus dem Gebirg. Aber mit den Weibern, das zählt nix!

So raisonnierte der Pointner-Hans und schwelgte in Erinnerungen. Inmitten der Nacht kehrte er dann zu seiner Seehütte zurück.

In derselben Nacht wachte noch einer: der Daxer-Sepp auf dem Judengut. Nicht wegen dem Resei, die war ihm wurscht.

Was wird aber mit seiner Heirat, wenn die Magd gepeinigt wird und dann aussagt? Dann steht er da mit seinen Schulden und kann ins Gebirge schauen.

Kruzinesn! Jetzt mussten saubere Gulden her! Das Übel konnte nur noch mit Geld abgewendet werden. Und rasch musste das geschehen, in dieser Nacht noch.

Er selbst besaß kein Geld. Aber seine Mutter, so hatte ihm der Vater einmal mit heftigen Worten gegen sie verraten, musste eines haben – sie stammte nämlich aus einer sparsamen Familie.

Der Sepp schlich sich also in die Dachkammer, wo die schwere eisenbeschlagene Truhe der Mutter stand. Hier waren ihre ureigenen Habseligkeiten verschlossen, wahrscheinlich hatte sie auch Geld darin. Mit einem Brecheisen drückte er die unteren Leisten weg und stemmte dann eines der eichenen Bodenbretter auf. Er geriet dabei ins Schwitzen. Als das Brett weit genug aufklaffte, griff er hinein und zerrte Mutters braunseidenes Hochzeitskleid heraus. Es duftete nach Mottenkräutern und zugleich ein bißchen süß wie nach vergilbten Rosen. Dann langte er nach der alten Brautkrone. An ihr hingen einige große, von den Vätern her ererbte Silbertaler. Gierig riss er sie weg und steckte sie zu sich in die Lederhose. Das entehrte Schmuckstück schob er wieder in die Truhe zurück und fingerte hastig an den inneren Ecken herum. Endlich fasste er das Säckchen, von dem der Vater geredet hatte. Es war prall voll. Mutters Ersparnis seit vielen Jahrzehnten, damit nach ihrem Hinscheiden Messen gelesen würden für die ewige Ruhe der armen Seele, die hier in diesem Jammertal so wenig Ruhe gehabt hatte.

Er schob das Brett und die Leiste wieder zusammen, drückte die Nägel der Beschläge hinein und schlich davon, so wie er gekommen war.

Durch die hintere Stalltür zog er das Pferd heraus, den alten Pinzgauer, schnallte ihm eine Decke über und ritt davon.

Beim Morgenläuten kam er nach Bernau, wo das zusammengerackerte Vieh nicht mehr weiter konnte. Er hatte es so sehr gehetzt, dass es nun vorn und hinten hinkte. Er stellte es beim Hufschmied ein und ging zu Fuß nach Prien hinüber.

Vor dem Gerichtshaus blieb er ein Weilchen stehen, griff in die Taschen seiner Lederhose und überlegte. Dann schob er seine vierschrötige Gestalt zur schweren Eichentür hinein. Eine Magd, die er nach dem Herrn Richter fragte, verwies ihn auf eine Bank im Gewölbe und verschwand. Irgendwo plätscherte ein Brunnenwasser, irgendwo quietschten rostige Türangeln, irgendwoher kamen Schritte. Der Landrichter.

Ja. Zweihundertdreizehn Gulden und die Taler. Gut. Und er sei der Vater von dem verschwundenen Kinde. Gut. Sehr gut. Dass er der Vater sei, werde das Gericht gar nicht interessieren. Das Gericht wolle nur wissen, wo das Kind sei. Man habe ja da ein Gesetz, wonach Kindsmörderinnen et cetera. Mit der Vaterschaft habe das nichts zu tun. Nein. Wirklich nicht. Gar nichts.

Und sollte selbst die Kindsmutter, in diesem Fall also die Magd Resei Mitterwallnerin, diesbezügliche Aussagen machen, so werde das Gericht davon keine weitere Notiz nehmen. Er sei also ganz und gar beruhigt und quäle sich mitnichten. Das Gericht wisse ja, was sich in einem solchen Falle gehöre und gebühre.

Dieses geführte Gespräch im Gewölbe des Gerichtsgebäudes war kurz und sachlich. Es bewirkte mit Unterstützung des geraubten Gutes der Daxer-Mutter, dass dem Sepp ein Stein vom Herzen fiel. Er kehrte froh nach Bernau zurück, setzte sich beim Kirchenwirt in die Kuchel und soff sich einen Rausch an. Er blieb den ganzen Tag, schlief immer wieder eine Stunde auf der Tischkante, bis ihn die Wirtsleute am Abend hinauswarfen, weil sie merkten, dass er nicht zahlen wollte.

Der Schmied, der aus Mitleid dem armen Pinzgauer die Eisen gerichtet und ihn tagsüber gefüttert hatte, gab dem Sepp ein paar kräftige Maulschellen, dass er einige Minuten am Gartenzaun liegen blieb, ehe er imstande war, sich aufs Heimgehen zu besinnen. Als er's dann vermochte, gelobte ihm der Schmied noch mehr von seiner Handschrift, falls er sich unterstehen sollte, noch einmal seinen Hof zu betreten. Der Sepp aber hängte sich singend an die Halfter des alten Gauls und verließ beim Einbrechen der Nacht den ungastlichen Ort.

Als der Richter Chrysostomus Geier den Daxer-Sepp verabschiedet hatte, betrat er den Amtsraum, wo bereits die vier Geschworenen mit dem Sekretär und dem Profos versammelt waren. Die Wartenden begrüßten ihren Herrn, schritten an ihre Plätze und setzten sich. Darauf ging der Profos seitlich in eine Kammer und zerrte daraus die armselige Magd hervor. Die vergangene Nacht hatte ihr sonst sauberes Aussehen arg verwüstet, so sehr, dass selbst die Geschworenen von mitleidigem Gefühl ergriffen wurden. Mit rückwärts gebundenen Händen musste sie sich vor dem Richterstuhle hinstellen.

Doktor Geier schlug seine Akten auf und begann:

»Theresia Mitterwallnerin, Magd auf dem Judengut zu Sachrang, dreiundzwanzig Jahre alt, ward zum heutigen dreizehnten des Monats Augusti anni salutis 1789 vor das kurfürstlich pfalz-bayerische Gericht zu Prien am See zitiert. Die Zitierte ist verdächtig, ein von ihr selbst geborenes Kind ermordet zu haben. Wir ermahnen die gegenwärtige Theresia Mitterwallnerin zur Wahrheit und beschwören sie vor dem allgegenwärtigen Welterlöser und Heiland Jesu Christo, zu bekennen und getreulich auszusagen:

Primo, ob sie in der Nacht vom vierzehnten auf den fünfzehnten des Monats Julii huius anni einem Kind das Leben gegeben;

secundo, wohin sie dieses Kind gebracht habe, an welchen Ort, zu welchen Leuten;

tertio, wenn sie solches nicht zu anderen Leuten noch an einen anderen Ort gebracht, wohin das Kind sonsten gekommen sei?

Also *ad primum*! Theresia Mitterwallnerin, hat Sie in besagter Nacht ein Kind geboren? Sie antworte mit ja oder nein!«

Das Resei sah den Gekreuzigten zwischen zwei brennenden Kerzen hängen. Wie oft hatte sie vor ihm gekniet, als Kind bei der ersten Beichte, bei der ersten Kommunion, an all den Sonntagen der Jahre, wenn sie nicht schaffen und schuften musste, bei den Vespern und den Kreuzwegandachten in der Fastenzeit! Gekniet und gebetet: Führ uns nicht in Versuchung, sondern erlös uns von dem Übel, Amen!

Hinter dem Heiland hervor stachen ihr die fragenden Augen des Richters ins Gesicht.

Und noch weiter hinten, wie im Nebel, sah sie den Hochwald bei ihrer Hütte, wo jetzt hinter einem Baum der Daxer-Sepp mit einem erhobenen Beil hervortrat und sich ihr mit sprunghaften Schritten näherte. Da schrie das Resei auf: »Nein, nein!«

Der Richter ließ die Heulende abführen.

Dann wandte er sich an die Geschworenen: »Wir haben einen zuverlässigen Gewährsmann. Dieser war in der bewussten Nacht Ohrenzeuge und kann es uns beeiden, dass die Angeklagte ein Kind gebar. Es mögen Gründe vorhanden sein – und sie sind vorhanden –, die es begreiflich erscheinen lassen, dass die Angeklagte leugnet. Die sichtliche Verwirrung bestätigt zudem die Unwahrheit der Aussage. Wir betrachten somit die Voraussetzungen für ein peinliches Verhör als gegeben und bitten die Geschworenen um ihre Zustimmung.«

Die vier Männer, alle weitaus älter als der Doktor, dachten väterlicher. Deshalb meinte der Zierer-Beni:

»Das ist schon recht, Herr Landrichter. Aber nachdems bei Bauern gang und gäbe ist, dass die Buam die Mägde schwängern, wär's halt net schlecht, wenn man wüsst, wie's in der Hinsicht auf dem besagten Judengut bestellt ist.« – Ihm stimmten die anderen murmelnd bei, und der Dersch-Luis fügte hinzu:

»Man bekäm hernach auch einen Blick in die Hintergründ. Das ergibt vielleicht ein ganz anders Bild.« – Abermals pflichteten die übrigen bei.

Mit gereiztem Ton erwiderte der Landrichter: »Meine Herren, solcherlei Manöver bedeutet den schuldhaften Tatbestand verlagern. Es handelt sich vorab gar nicht darum, woher das Kind kam, sondern darum, wohin es gekommen ist. Dass sich ein Weib schwängern lässt, ist kein Verbrechen von ihr. Bringt sie aber ihr Kind um, so ist sie eine Kindsmörderin und hat je nach Ansehung der Sachlage zu erwarten, als solche im Sack ersäuft zu werden.«

Nun wurde der Zierer-Beni energisch. »Freilich«, sagte er, »ist zu erforschen, wohin das Kind ist. Dagegen hat keiner von uns ein Wort verloren! Aber das mit dem Gewährsmann gefällt mir net! Jeder Haderlump könnt da herkommen und sagen, ich, der Zierer hätt das und das getan. Und wenn ich sag, ich hab's net getan, soll ich dann solang gepeinigt werden, bis ich gesteh, ich hätt's doch getan?«

Überlegen erwiderte ihm der Richter: »Wir haben laut *Codex criminalis* ein Gesetz, wonach im Zweifelsfall das peinliche Verhör anzuwenden ist, falls sich ein dringender Verdacht der Leugnung ergibt – und dieser Verdacht hat sich ergeben.«

Wieder nahm der Zierer die Rede auf und sprach: »Gut! Wenn dieser Verdacht besteht, dann soll sie in die Folter. Nur wissen wir vier net, wie sich selbiger Verdacht ergeben hat.«

»Darüber, ihr Herren, werden wir euch unterrichten!«, beschloss Doktor Chrysostomus Geier und erhob sich. Die anderen erhoben sich gleichfalls. Gemeinsam gingen sie über den Hof, in dem ein Wasser in ein steinernes Becken plätscherte, zum Turm und stiegen in die kalten Gewölbe hinab.

Auf einem Altarstein stellte der Sekretär das Kreuz und die brennenden Kerzen auf. Dann zündete er die eiserne Lampe an, die seitlich im Gewölbebogen hing. Die richtenden Männer setzten sich vor dem Altar auf eine Bank.

Der Profos führte die Mitterwallnerin herein und übergab sie dem Pointner-Hans, der sich den Kittel über die braunen sehnigen Arme hoch hinaufgestülpt hatte. Er machte ihr die Hände frei und riss ihr mit ein paar Griffen die Kleider vom Leib, sodass sie völlig entblößt dastand und weinte.

»Die Leiter!«, herrschte der Landrichter den Scharfrichter an, und sein Stimme klang im Gewölbe wie berstender Donner.

Der Pointner zog von der oberen Sprosse des fürchterlichen Marterwerkzeugs die beiden Armeisen herab und schloss die Handgelenke der Magd hinein. Dabei grinste er ihr ins Gesicht und sagte mit seinem zahnlosen Mund, aber bei weitem nicht mehr so überzeugt wie in den Jahren seiner Jugend: »I werd di ausanand ziagn, dass dir a Kerzenlicht durch'n Bauch scheint, hohoho!«

Mit einem jähen Ruck warf er die Magd zurück, sodass sie mit den Schultern auf die Leiter fiel, und begann an der seitlichen Kurbelwinde zu drehen. Die Arme strafften und dehnten sich, der Körper verlor den Boden unter den Füßen. War es Ohnmacht, war es Gottergebenheit, war es Verzweiflung – das Resei wurde ruhig und weinte nicht mehr.

»Die Gewichte!«, schrie der Richter.

Der Pointner-Hans ließ die Kurbel stehen, wandte sich zur Seite, wo zwei dreißigpfündige Kugeln lagen, und rollte sie heran. Von den Kugeln hingen kurze Ketten mit Eisenspangen daran. Diese Spangen schloss er über den Fußknöcheln der Gequälten zusammen und drehte dann weiter. Höher und höher stieg der Körper, nun hingen auch die Gewichte in der Luft. In den Gelenken von Armen und Beinen krachte es.

»Retour!«, schrie der Richter wieder.

Der Scharfrichter hakte die Kurbel aus, der Körper rutschte herab.

»Theresia Mitterwallnerin, wo ist das Kind?«

Das Resei schwieg.

Da sprang der Zierer-Beni auf und keuchte: »Beim lebendigen Gott, du dummes Pfund, so red halt!«

Jetzt knickte die Magd zusammen und saß am Fuß der Leiter. Der Scharfrichter warf ihr die Kleider über.

»G'storbn!«, hauchte sie tonlos.

»Gestorben!« Mit leichtem Lächeln wiederholte der Landrichter das Wort. »Gestorben und beerdigt?«, fragte er weiter.

»Hab's selber ei'grabn hinter der Gottsackertür.«

»Und warum so heimlich, Theresia Mitterwallnerin, und ohne den Herrn Vikar?«

»Hab koa Geld net g'habt für a Begräbnis.«

»Wer hat es getauft, das Kind?«

»Mei Mutter.«

»Warum nicht in der Kirche?«

»Weil's schon Schaum um d' Lippen ghabt hat.«

»Wie lange hat es gelebt?«

»Zwoa Tag.«

»Und wie ist es gestorben?«

Das Resei wusste nicht, was sie auf diese Frage sagen sollte. Wie soll's denn schon gestorben sein? Wie man halt stirbt. Ganz ruhig und still, wie man vielleicht ein Windlicht ausbläst.

»Mei Muatta hat in d' Wiagn einigschaugt, und da war's tot, dös arme Hascherl.«

»Hast's net selber umbracht?«, schrie der Zierer.

»Um Gottes willen!« In der Stimme der Magd lag Entsetzen und ihre Augen weiteten sich.

Der Landrichter wandte sich an die Geschworenen: »Was dünkt euch, ihr Herren? Erst kein Kind, dann doch ein Kind. Jetzt gestorben, dann vielleicht ertränkt oder erwürgt oder wer weiß sonst was ... Was dünkt euch also?«

Der Zierer-Beni fühlte sich durch diese stechende Frage des Richters persönlich betroffen. Wie ein Wilder schrie er die Magd an: »Lügenmaul, Mitterwallnerin! – Pointner, ziag auf!«

Abermals ratterte der Steckbolzen auf dem Zahnrad der Kurbelwinde. Wieder dehnten sich die Glieder des Weibes auf der Leiter, wieder knackten die Knochen. Das Resei stöhnte, zum Schreien hatte sie keine Kraft, und gurgelte.

»Retour!«, sagte der Richter.

Abermals fiel sie herunter. Ein Häuflein Elend, lag sie an der Leiter. Der Scharfrichter goss einen Kübel Wasser darüber.

»Theresia Mitterwallnerin, wie war es mit dem Tod des Kindes?«

Dreimal wiederholte der Richter diese Frage.

Als sie wieder wach war, sagte die Magd: »Fragt'n Müllner-Peter!«

Die Geschworenen schauten den Richter an, und dieser nickte bedächtig. Alle hatten den gleichen Gedanken: Vielleicht war er der Mörder.

Die Magd wurde wieder in das Gewölbe gebracht. Das Gericht zog sich in den Amtsraum zurück.

In der Nacht, da der Daxer-Sepp von Bernau heimwärts stolperte, war zur gleichen Zeit auch der rote Franto mit seinem Esel unterwegs. Die beiden Männer begegneten einander an der Prienbrücke vor Sachrang, als der Sepp seitwärts in den Regengraben fiel und einschlief. Das alte Ross stieg auch in den Graben und rupfte von den saftigen Gräsern.

Der Franto, der auf seinem Esel etliche Rollen Draht und Spanholz geladen hatte, band den Gefährten an einen Straßenbaum und trat näher. Er erkannte im Aufleuchten des fernen Gewitters den Daxer-Bauern und roch, dass er betrunken war. Was sollte er tun? Ihn liegen zu lassen, wäre in der warmen Augustnacht das vernünftigste gewesen, aber ein Gewitter kündigte sich an. Der Kerl konnte ja eine Lungenentzündung kriegen oder gar im Graben ersaufen. Also weckte er ihn. Es waren einige heftige Stöße notwendig, bis der Sepp auf die Beine kam. Und als er frei stand, kippte er wieder um. So lehnte ihn der Franto an das Pferd, holte seinen Esel und hakte den Torkelnden unter.

Da begann der Sepp schlaftrunken zu reden. Einmal sprach er mit dem Resei, verfluchte sie und das Kind und drohte sie zu erschlagen. Dann wieder ahmte er den Landrichter nach: »Ja! Zweihundertdreizehn Gulden und die Taler. Gut! Sehr gut! Dass Er der Vater ist, wird das Gericht nicht interessieren. Man hat ja ein Gesetz, wonach Kindsmörderinnen et cetera, et cetera, et cetera!« Sein Gerede wurde immer lauter.

Dann begann er zu toben und schlug um sich, sodass der Pinzgauer scheute und der Franto nicht mehr imstande war, sich an ihn zu hängen. Er ließ ihn also eine Weile brüllen, und als er auf der freien Landstraße wieder zusammenbrach, spuckte der Rote hin und ließ ihn liegen.

So sind sie, dachte er, die Schweine, der Ertlbauer wie dieser Daxer-Sepp. Erst verleiten sie die Weiber, dann sind sie zu lumpig und zu feig, um für die Folgen einzustehen. Dieser junge Lümmel da schien sogar das Gericht mit Gulden und Talern bestochen zu haben. Franto wollte einzig nicht einleuchten, was er mit der Kindsmörderin gemeint hatte.

Während der Wochen seiner Landfahrt musste sich etwas ereignet haben, wovon er nichts wusste.

Eine plötzliche Unruhe befiel den Roten. Vielleicht wollte man hier ein Weib zur Mörderin stempeln, weil sich der Daxer-Bauer mit Gulden und Talern aus der Pfütze gezogen hatte. Darüber wollte er Klarheit haben!

So lenkte er also seinen Esel nach Sachrang, zur Mühle im Aschacher Grund.

Als er klopfte und verlangte den Peter zu sprechen. Peter Huber kam und war nicht wenig erstaunt, mitten in der Nacht den Roten nach so langer Zeit wieder in der Mühle zu sehen.

»Du brauchst nicht bestürzt zu sein, Peter. Mir ist unterwegs nur so was ganz Dummes begegnet. Und weil ich jetzt lange weg war, wollt ich dich bloß fragen, ob du von einer Kindsmörderin gehört hast?«

»Kindsmörderin?«

»Vielleicht im Zusammenhang mit dem Daxer-Sepp?«

»Um Himmels willen, Franto! Meinst du etwa das Resei aus der Magdalenenhütte, die sie gestern nach Prien geholt haben? Soll die eine Kindsmörderin sein?«

»Ich weiß nichts vom Resei und dass sie geholt worden ist. Ich weiß nur, dass der Daxer in Prien beim Gericht gewesen sein muss, um dort zweihundertdreizehn Gulden und Taler zu zahlen, dass ein Weib von ihm ein Kind haben muss und er dem Weibe deswegen gedroht hat. Mir scheint, dass dieses Weib in den Verdacht des Kindsmords gekommen ist. Das weiß ich, aber die Zusammenhänge hinten und vorne, die kenn ich nicht. Deshalb bin ich bei dir. Denn wenn hier eine Sauerei mit Gulden und Talern vertuscht werden sollte, dann müsste man abhelfen. Bei derlei Geschichten zwingt mich nämlich etwas in der Brust, an die Anja zu denken. Und dann könnt mich die Wut auffressen.«

Während dieser Rede des Roten war dem Müllner-Peter alles auf einmal ganz klar geworden. Er nahm den Gast beim Arm, führte ihn hinunter zum Ablauf des Mühlwassers und erzählte ihm alles, was er bei der Entbindung der Mitterwallnerin aus ihrem eigenen Munde gehört hatte.

»Vielleicht musst du nach Prien, Peter!«, sagte der rote Franto, nachdem er die Geschichte vernommen hatte.

»Gleich in der Früh!«, erwiderte dieser.

Dann trennten sie sich.

Am Morgen trat Peter in die Stube zum Vater. Ja, freilich dürfe er nach Prien. Man könne das arme Weib doch nicht so einfach verderben lassen, wenn man die Möglichkeit habe, das Übel von ihr abzuwenden.

Da klopfte es. Ein Amtsbote kam. Er brachte einen versiegelten Brief aus Prien und fragte, wie man den Herrn Chirurgus Sebastian Rusegger erreichen könne, für den er ebenfalls einen Brief habe. Peter erklärte, dass er öfter mit ihm zusammenkomme. Wenn es recht sei, wolle er ihm den Brief bringen. Der Amtsbote war zufrieden, übergab den Brief und ging.

Das Gericht forderte Peter Huber auf, am nächsten Tag vor dem kurfürstlich pfalz-bayerischen Landrichter in Prien zu erscheinen, um in den Zeugenstand zu treten, und zwar noch vor dem Mittagläuten.

Es war nicht schwer, die Zusammengehörigkeit der beiden Briefe zu erkennen, obwohl Peter den des Chirurgus unberührt ließ. Er machte sich also gleich auf den Weg über die Grenze hinüber, nachdem sich nunmehr sein Vorhaben erledigt hatte.

Am nächsten Tag fand sich Peter Müller vor dem Gericht in Prien ein.

»Actum bei dem kurfürstlich pfalz-bayerischen Amtsgericht zu Prien am See, fünfzehnter novembris anni 1789. Angeklagt ist die Jungfer und Dienstmagd Theresia Mitterwallnerin, unehelich geboren zu Sachrang, dreiundzwanzig Jahr alt.

Stat contra eam: Sie hat am vierzehnten des Monats Juli dieses Jahres einem Mägdlein das Leben geschenkt, unbekannten und ungenannten Vaters. Wie in diesen Umständen zu befürchten, war das Kindlein eines Tags verschwunden. Nach dessen Hinkunft befragt, behauptete die Mitterwallnerin steif und fest, es sei krank gewesen und gestorben. In der Nacht habe sie es auf dem Gottesacker zu Sachrang eingescharrt, da sie zu einem ehrsamen Begräbnis den Gulden und dreißig Kreuzer nicht hab aufbringen können.

Suspectio instat: Ob die Mitterwallnerin nicht etwa eine Kindsmörderin seie und derohalben im Sack ersäuft werden muss. Im angestellten peinlichen Verhör zitiert sie den Müllner-Peter von Sachrang als des lebenden Kinds behandelnden Arzt. Hiergerichts ist jedoch kein Arzt namens Müllner-Peter bekannt ist, sondern Herr Doktor Sebastianus Rusegger aus Tirol, der als Chirurgus für Sachrang zuständig ist.«

Nach seiner Ansprache schaute der Landrichter auf den Chirurgus, der auf einer Bank linksseits neben dem Müllner-Peter saß. Desgleichen schauten die Geschworenen.

»Nun, Herr Doktor Rusegger, was sagen Sie zu dieser Sache?«

Korrekt stand der Angeredete auf: »Ich hab nicht viel zu sagen. Nur was den Müllner-Peter anbetrifft, so ist er mein Freund und ist trotz seiner Jugend ein ausgezeichneter Arzt. Ich hab in der Heilkunde viel von ihm gelernt. Auch manch Rezeptum zu kräftigen Latwergen hat er mir anvertraut.«

Mit wohlwollender Miene sagte der Richter: »Aber der *gradus academicus*, Herr Doktor Rusegger!«

»Der *gradus academicus*? Mein Gott, Hohes Amtsgericht, der Arzt muss viel Seele haben, und die hat der Peter. Der Doktortitel allein lockt keinen Hund vom Ofen.«

»Ansichtssache, Herr Doktor!«, erwiderte der Richter und zog die Schultern hoch. Dann wandte er sich an Peter: »Peter Huber aus Sachrang, genannt der Müllner-Peter, was antwortet Er, zu dieser Sache befragt?«

Ernst und groß, wie er war, erhob sich der Befragte: »Hohes Amtsgericht, zu welcher Sache? Zu meiner oder zur Sache der Mitterwallnerin?«

»Will Er uns zum Narren halten?«, raste der Richter.

»Durchaus nicht, Hohes Gericht. Aber bisher ging die Rede um mich, weil mir der *gradus academicus* fehlt.«

»Er ist als Zeuge der Mittwallnerin da. Was hat Er zu sagen?«

»Das ist nicht viel. Das Kind der Mitterwallnerin ist gestorben, weil's fürs erste gar nicht lebensfähig war, und fürs zweite, weil's eine Lungenentzündung durch eingesprengtes Fruchtwasser hatte und daran erstickt ist.« Peter setzte sich.

Die Worte waren so klar und einsichtig, dass der Landrichter für den Augenblick gleich gar nichts zu sagen wusste. Darum hüstelte er nur und sprach sodann: »So! Und weiter?«

Nun erhob sich der Müllner-Peter noch einmal und trat vor zur Anklagebank, wo das Resei saß. An seinen Schläfen war eine blaue Ader dick angeschwollen.

»Weiter?«, fragte er. »Ja, soll ich denn weiterreden? Ist gut, Hohes Gericht, dann rede ich weiter! Dann will ich Ihnen meine Herren, noch eines sagen: Warum war denn das Kind nicht lebensfähig? Warum hat's denn die Lungenentzündung gekriegt? Weil das arme Resei sich hat schinden und rackern müssen, und weil ihr der Kindsvater keine Ruhe gelassen hat. Wo ist er denn, der unbekannte und ungenannte Vater? Wo sitzt er denn? Warum sitzt er denn nicht da anstatt dem Resei auf der Anklagebank? Das Resei freilich, das einfältige Ding, die kann man übers Ohr hauen, die kann man auch ohne viel Umständ wie eine Katze im Sack ersäufen. Aber der Bauer, der unbekannte und ungenannte Vater, den ich allerdings kenne und den auch ein Hohes Amtsgericht kennt, weil er ihm mit sauberen Goldgulden und Theresientalern aufgewartet hat …«

Als hätte ihn einer von hinten mit einem Spieß gestochen, sprang der Richter auf und schrie: »Ist Er von Sinnen? Was erdreistet Er sich? Er halte sein ungewaschenes Maul oder ich lasse Ihn verhaften!«

Noch kräftiger aber entgegnete der Müllner-Peter: »Besser ist in diesem Fall ein ungewaschenes Maul als eine schmutzige Hand, Hohes Gericht! Und sollte Ihnen das zuviel sein, hochlöblicher Herr Landrichter, dann appelliere ich an den Geheimen Ausschuss. Ich weiß nämlich mehr, als ein Hohes Amtsgericht meint.«

Wie ein Baum, der auf Wanderschaft geht, schritt Peter Huber zu seiner Bank zurück.

Der Richter wandte sich an den Profos: »Man führe die Angeklagte ab!«

Blitzartig fuhr der Müllner-Peter in die Höhe: »Nein, Hohes Gericht, das Resei geht mit mir, oder ich gehe mit ihr nach München!«

Dem Doktor Geier floss der Schweiß unter der Perücke hervor. Er tupfte ihn von der Stirn und sprach ganz mild: »*Interruptio rei*, Peter Huber, halte ein, Er folge mir nebenan!«

In der Aktenkammer fasste der Richter seinen Widersacher am Arm: »Peter Huber, Er ist ein *enfant terrible*! Er kompromittiert mich!«

»Das bedaure ich, Herr Landrichter!«, erwiderte gelassen der junge Mann. »Es ist sonst nicht meine Art, jemanden in Verlegenheit zu bringen.«

»Weiß ich!«, antwortete treuherzig der andere. »Mit Ihm lässt sich reden! Was verlangt Er also, Peter Huber?«

»Was ich verlange? Für das Resei die Freiheit, und vom Daxer-Sepp zweihundertdreizehn Gulden, und zwar auf der Stelle!«

»Hm, lässt sich mit Ihm nicht anders reden?«

»Nein, Herr Landrichter! Der Müllner-Peter – Gott sei ihm allweil gnädig! – ist kein Schlawiner!«

»Hier sind zweihundertdreizehn Gulden!« Der Richter zählte sie ihm auf den Eichentisch hin.

Peter nahm das Geld und fragte: »Und das Resei?«

»Komme Er!«

Sie gingen in den Saal zurück.

Der Landrichter unterhielt sich ein Weilchen im Flüsterton mit den Geschworenen, die ihre greisen Köpfe eng an seine Perücke hinreckten. Was er ihnen zuraunte, konnte nicht verstanden werden. Darauf begann er mit seiner üblichen Amtsmiene: »Nachdem alles, was zu erkennen und zu bedenken war, erkannt und bedacht wurde, trifft das Gericht folgende *resolutio*:

Durch öffentliche und geheime Vernehmung des Zeugen Peter Huber, genannt Müllner-Peter, aus Sachrang, hat sich bereits erwähnter Verdacht als hinfällig erwiesen. Die Angeklagte, Jungfer Theresia Mitterwallnerin, bleibt ohne Strafe und erlangt ihre Freiheit zurück.«

Er hatte dieses Urteil langsam diktiert, sodass ihm der Sekretär das Pergament nunmehr zur Unterschrift vorlegte. Mit tiefgeneigtem Federkiel zeichnete er: Fiat justitia! *Es soll Gerechtigkeit geschehen!* Doktor Chrysostomus Geier, judex.

Chirurgus Sebastian Rusegger und der Müllner-Peter nahmen die Magd unter den Armen und führten sie hinaus. Sie konnte schlecht gehen und weinte. Ob sie wegen ihrer leiblichen Schmerzen weinte, aus Freude oder aus Angst vor der ungewissen Zukunft, das wusste keiner.

Beim Seewirt hatte der Rusegger sein kleines Fuhrwerk eingestellt. Sie bestiegen es zu dritt und fuhren nach Sachrang. In der Magdalenenhütte luden sie das Resei ab und gaben sie ihrer Mutter. In deren Beisein und unter den Augen des Chirurgus zählte der Müllner-Peter zweihundertdreizehn Goldgulden auf den Tisch und sagte: »Das ist vom Daxer-Sepp. Freiwillig hat er's net gebn, aber er hat's gebn. Jetzt ghört's dem Resei. Es braucht neamands im Dorf z'wiss'n, was in Prean war und was am Judengut und was bei euch da war. Je mehrer d' Leut wissn, desto mehrer lüagn s' dazu.« Da fiel die alte Mitterwallnerin dem Müllner-Peter um den Hals.

Der fuhr dann mit dem Chirurgus hinauf zum Vikar Aiblinger. Das uneheliche Kind von Theresia Mitterwallnerin wurde dort ins Geburten- und ins Sterbebuch eingetragen. Beim Sterbedatum schrieb der Vikar noch hin: »Behandelnder Arzt: Peter Huber.« – Was daselbst heute noch gelesen werden kann.

Am nächsten Tag ging der Vikar auf den Gottesacker und segnete an der bezeichneten Stelle das Erdreich und das darin vergrabene Kind.

Burg Grünwald

Der Kurfürst Karl Theodor von Pfalz-Bayern reagierte auf die begonnene französische Revolution fürstlich: Nach außen wahrte er das diplomatische Gesicht der nicht beachtenden Ruhe. Nach innen jedoch verschärfte er seine Anweisungen an den Geheimen Ausschuss, jegliche Widersetzlichkeit und Auflehnung im Keim zu ersticken. Der Geheime Ausschuss reichte diese geheimen Anweisungen an alle Gerichte des Landes weiter.

Doktor Chrysostomus Geier konnte die Niederlage, die ihm der grünschnäbelige Bauernarzt von Sachrang bereitet hatte, weder finanziell noch vom Ehrenstandpunkte aus verschmerzen. Und immer, wenn ihn der Groll überkam, regte sich in ihm auch der Wunsch nach Vergeltung. Nur bot ihm der Müllerbursche keine richtige Angriffsfläche. Noch nicht.

Monate vergingen. Man schrieb bereits das Jahr 1791. Da besann sich der Landrichter eines Tages des Ertlbauern von Sachrang. Der war ein gehässiger Mensch, das wusste er. Wenn er den ein wenig hinter dem Müller herhetzen würde, könnte sich vielleicht doch etwas für ihn nützliches finden lassen. Außerdem hatte er schon damals den Eindruck, dass der Bauer dem jungen Medizinmann nicht sonderlich gewogen war. Er würde also eine von oben angeregten Inspektionsreisen machen und bei dieser Gelegenheit aus informatorischen Gründen zufällig am Noppenberg absteigen.

Ei, gab das ein Aufsehen, als die kurfürstlich pfalz-bayerische Gerichtskarrosse durch Sachrang fuhr! Und beim Ertlbauer machte sie Halt. Ja, der Ertlbauer! Wer Geld hat, der ist auch bei den Mächtigen in Achtung! Und dass der Ertlbauer Geld hatte, konnte niemand anzweifeln, denn seitdem der rote Franto von seinem Hof gewichen war, hatte sich der Bauer erholt.

Christian Hell – so hieß er urkundlich – wusste die Ehre, die seinem Hause widerfuhr kaum zu fassen. Und erst sein Weib Maria! Sie plünderte im Keller und in der Selchkammer herum und belud den Tisch, als hätten sich zehn Scheunendrescher zur Mahlzeit eingefunden. Nur das siebenjährige Töchterchen, das Marei, nahm von der Anwesenheit des hohen Gastes keine Kenntnis. Mit Hammer und Nägeln klopfte es in der hinteren Kuchel an Brettern und Leisten herum und baute einen Taubenkobel. Obwohl die geschäftige Mutter das Kind immer wieder zur Ruhe mahnte, kümmerte sich dieses gar nicht darum, sondern arbeitete emsig weiter. »Es ist schon a Kreuz mit dem Kind!«, seufzte die Bäuerin, »Wia a Bua!«

Nachdem nun der Landrichter dem Schweinernen und allen übrigen Gaben des Tisches mit herzhaftem Vergnügen zugesprochen und die zinnerne Bierkanne bereits zweimal geleert hatte, begann er den amtlichen Charakter seiner Reise anzudeuten und fragte den Ertlbauer ganz nebenbei, wie sich denn die Geschichte mit dem ihm verschwägerten Bauernhof im Außenwald und dem Daxer-Sepp auf dem Judengut bereinigt habe, nachdem doch damals die Affäre mit jener Dienstmagd dazwischengekommen war.

Da berichtete der Ertlbauer lang und breit, wie man ihm bei Steindlmüllers jetzt noch dankbar sei, dass er damals warnend dazwischengetreten war. Denn es hatte sich bald herausgestellt, in was für armselige und verschuldete Verhältnisse die Martl geraten wäre, ganz abgesehen von dem Sepp selber, der ja bloß in den Wirtshäusern herumliege. Merkwürdig sei nur, dass die Geschichte mit jener Dienstmagd damals so harmlos und still verlaufen wäre. Und mit fragendem Blick hielt der Ertlbauer inne.

Darauf hatte der Richter gewartet.

Lächelnd sagte er: »Die Gerechtigkeit war mit der Medizin in Konflikt gekommen und zog dabei den kürzeren. Leider!«

»Ja, gibt's denn dös a!«, erwiderte der Bauer mit Entrüstung. »Sind der Herr Landrichter net fertig wor'n mit dem außigsprungnen Pfarrer?«

Doktor Geier horchte. »Hat wohl der junge Mann Theologie studiert?«

»Ja, Herr Landrichter! Aba sie habn außigschmissn drobn, und jetzt doktert er umeinand mit'm Franto, dem Hexenmoaster, und d' Leut san wia verruckt nach eam. Dös sag i aba, Herr Landrichter, weil i dös schon langsam spann: Da stimmt was net, da stimmt wirkli was net! De hexn, de zwoa.«

Das waren Offenbarungen, wie sie nicht besser in das Programm des Landrichters hätten passen können.

»Gut, Ertlbauer! Ich danke Ihm für diese Auskünfte! Wir haben nämlich von allerhöchster Seite Weisungen erhalten, alle das Gemeinwohl gefährdenden und schädigenden Elemente als vaterlandsfeindlich auszumerzen, wo immer wir ihrer habhaft werden. Kann Er mir noch sagen, Ertlbauer, wo sich der besagte rote Franto befindet?«

»Ja freili kann i dös! Jederzeit kann i dös! Unter der Hochries, Herr Landrichter, hat er sich a Hüttn baut, und der Müller-Bua hockt allweil bei eam drobn.«

Sie setzten diese Rede noch eine Weile fort, bis der Landrichter über alles, was ihn zu seinem Vorhaben interessierte, zu voller Klarheit gekommen war. Dabei tranken sie fleißig und waren guter Laune.

Mit seiner Würde entsprechenden bedacht, kehrte Doktor Chrysostomus Geier in seinen Amtssitz nach Prien zurück, als bereits der späte Augustabend den See und die Klosterinseln vergoldete.

Eine ganze Woche danach langte in der Staatskanzlei des Herrn Referendarius Kaspar Johann von Lippert zu München folgendes amtliche Schreiben des Landgerichts von Prien ein:

»Der untertänigst gefertigte Landrichter nennt hiermit dem Geheimen Ausschuss zur weiteren Verfolgung und Ahndung: Peter Huber, vierundzwanzigjähriger Müllerssohn zu Sachrang, aus noch ungeklärten Gründen der *scientia sacra* unserer heiligen Mutter, der Kirche, entsprungen, steht im Bunde mit einem Mann, genannt der rote Franto, welchem beweislich zauberische Praktiken, als da sind Schädigung von Vieh und Feldfrüchten, zur Last gelegt werden können.

Obwohl besagtem Peter Huber offensichtliche Gottlosigkeit nicht nachgesagt wird, unterhält er dennoch in einer verfallenen Waldkapelle absonderliche Andachten mit seinem Knecht. Ungeachtet dessen bestehen hiergerichts Zweifel über das natürliche Hinscheiden eines neugeborenen Kindleins, welches von mehrfach besagtem Peter Huber ärztlich behandelt wurde. Gegeben zu Prien am See, ein alleruntertänigster Landrichter Doktor Chrysostomus Geier.«

Der Staatsreferendarius Lippert las das Schreiben und reichte es *ad agenda* der zuständigen Stelle seiner Schwarzröcke weiter.

Eines Tages sah man unter der Hochries ein helles Feuer. Da sagten die Bauern, die auf den Berghängen die Ernte einbrachten: Schade, dem roten Franto ist die Hütte abgebrannt!

Sie war abgebrannt, weil sie von den Beamten des Geheimen Ausschusses angezündet worden war, nachdem sie den Franto selbst nicht ergriffen hatten. Als der nämlich die Herren hatte anschleichen sehen, war er rückwärts in die Felsen entwichen. Alles, was er bei sich trug, war das Bildnis seiner Anja. Den Esel hatte er noch rasch abgepflockt. Der Graue begab sich, als er den Brand roch, ein paar Meter weiter gegen den Wind und graste friedlich.

Am selben Tage ergriffen die Häscher den Müllner-Peter in seiner Säge, legten ihm Handeisen an und steckten ihn in einen mit schweren Türen verschlagenen Wagen. Wortlos, wie sie gekommen waren, verschwanden sie wieder. Der alte Müllner-Schorsch betete, die Ursula weinte und der Krautnudel schüttelte den Kopf. Drüben aber am Noppenberg lachte sich einer in die Faust.

Sie brachten den jungen Mann in die Burg Grünwald an der Isar, nicht weit weg von München. Diese Burg, im dreizehnten Jahrhundert von Ludwig dem Strengen auf den Mauern eines römischen Kastells als festes Jagdschloss erbaut, diente jetzt als Gefängnis mit Strafgericht und Folterraum für Staatsverbrecher und wurde gleichzeitig als Pulvermagazin verwendet.

Wer unter dem Kurfürsten Karl Theodor in diese Burg eingeliefert wurde, hat sie in den seltensten Fällen wieder lebendig verlassen. Der erste pfälzische Wittelsbacher in

Bayern glaubte nämlich, die von seinem Vorgänger Max Joseph begonnenen inneren Reformen und Säuberungsarbeiten in verstärktem Maße fortsetzen zu müssen. Dies galt besonders für die Jahre, als die französische Revolution über ganz Europa ihre Wellen warf. Außerdem war Kaiser Joseph II. im Jahre 1790 verstorben und bot somit den Aufbegehrenden keinen Schutz mehr. Daher kam es gerade unter dem Kurfürsten Karl Theodor zu mancherlei Hinrichtungen, und diese wurden fast ausschließlich auf der Burg Grünwald vollzogen.

Im Gegensatz zum damaligen Brauch war die Gefängnishaft auf Grünwald sehr human. Die Delinquenten wurden weder in den Block noch in die Geige geschlossen, sondern hingen lediglich an einer Kette, die ihre Hände lose mit der Mauer verband. Außerdem befanden sich mehrere Gefangene in einem Gewölberaum, sodass sie sich durch wechselseitige Gespräche die Zeit vertreiben konnten. Diese außergewöhnliche Milde war wohl dem Umstand zuzuschreiben, dass auf Grünwald hauptsächlich Staatsfeinde und schwere Verbrecher eingesperrt wurden, bei denen schon von vornherein feststand, dass sie wohl nie in ein privates Leben zurückkehren würden.

Peter Huber wurde neben zwei Bauern gekettet, die ihre Grundherrschaft so sehr hinters Licht geführt und bestohlen hatten, dass sie nach bereits erfolgter Vertreibung von Haus und Hof nur noch auf den Strang warteten. Sie stammten beide aus dem Oberland und waren in Neustift tributpflichtig. Der Pflegerichter von Kranzberg hatte sie nach Grünwald empfohlen.

Ihre klagende Sorge galt hauptsächlich ihren Familien, insbesondere den unmündigen Kindern. Was sollte aus ihnen werden, wenn die Mutter vom grauen Morgen bis zur späten Nacht irgendwo als Dienstmagd würde schuften müssen? Sie werden verdrecken und verhungern! Und warum? Weil ihr Vater auf den unrechten Weg gekommen war. Und weshalb war er auf diesen Weg gekommen? …

Der Staatsreferendarius von Lippert saß beim Apostolischen Nuntius Monsignore Ventinuglio im roten Salon. Die Herren spielten jede Woche an einem bestimmten Tag einige Stunden Schach, um so über der täglichen zermürbenden Arbeit die Denkschärfe des Geistes zu pflegen.

Der Freigraf des Strafgerichts von Grünwald hatte an jenem Morgen den Fronboten zu Lippert geschickt und um nähere Weisungen gebeten, wie man in Sachen Peter Huber zu verfahren habe. Seitdem nämlich etliche Jahre zuvor der berühmte Professor Sterzinger der Münchner Akademie seine gewaltige Rede »über das gemeine Vorurteil der wirkenden und tätigen Hexerei« gehalten hatte, glaubte kein Gebildeter von Rang mehr an das Hexenunwesen. Lediglich die kirchlichen Stellen hatten sich noch nicht freigemacht, obwohl sie die Schriften des feinsinnigen Jesuiten Friedrich von Spee nicht übersehen konnten.

Nachdem der Nuntius durch eine anerkennende Bemerkung über Sterzinger gezeigt hatte, dass auch er persönlich den immer noch wuchernden Hexenwahn nicht teile, wusste der Referendarius, was zu machen war. Er schickte deshalb noch an jenem Abend einen Boten nach Grünwald mit folgender lakonischen Depesche: »*Quoad sagas – nihil*!« Das heißt zu deutsch: »Was Hexerei betrifft – nichts!«

Nun wusste der Freigraf, dass aus dem Verfahren gegen Peter Huber alles, was mit Hexerei zu tun hatte, gelöscht werden konnte.

Als er aber am anderen Morgen mit seinen sieben Schöffen die Anklage besprach und ihnen erklärte, dass die Hexerei herauszulassen sei, merkten sie, dass nichts Richtbares mehr übrig blieb. Das war ärgerlich. Denn der Ruf von Grünwald verpflichtete. Wenn keine Todesstrafe ausgesprochen wurde, so sollte wenigstens die Verweisung aus dem Land folgen. Anders war man es beim Strafgericht nicht gewöhnt. Wozu wären denn sonst die anderen Gerichte da, wenn man sich erst in Grünwald darüber den Kopf zerbrechen sollte, ob überhaupt eine Schuld vorliegt? Das war wirklich ärgerlich.

Man wird dem Landrichter in Prien einen Verweis geben und den Fall noch einmal dem Geheimen Ausschuss vortragen. Freilich, das letztere hatte auch seinen Haken. Denn der von Lippert wollte nicht zuviel belästigt werden. Er würde sagen: Wozu brauche ich denn Beamte, wenn ich alles selber machen soll?

Was also? Am besten, man forschte ein wenig im Vorleben dieses Müllersohnes, das sich ja zum guten Teil in München abgespielt hat. Ganz glatt kann es nicht gewesen sein, denn wer vom geistlichen Studium abspringt, hat irgendwelche Kerben im Holz.

Es ist uns heute nicht mehr möglich, all den verschiedenen Wegen nachzuspüren, auf denen man sich über Peter Huber erkundigte. Sicher ist, dass Père Massart als Kronzeuge über Peter Hubers Vorleben ausgesagt hat und dass Darius Baron von Lilien sowie der Vikar Aiblinger von Sachrang gehört wurden. Von Père Massart haben wir einen ausführlichen Bericht auf neun Kanzleibogen in den Gerichtsakten.

Der Baron hatte höchste Lobsprüche und Ausdrücke größter Hochachtung über Peter Huber zu Protokoll gegeben. Vor allem rühmte er sein großes Wissen und seine musikalischen Künste.

Der Vikar Aiblinger entkräftete den Vorwurf der Gottlosigkeit durch eine Schilderung dessen, was sich in der Ölbergkapelle in Wirklichkeit vollzog, und verstand es mit Bezug auf das Urteil des Herrn Chirurgus Doktor Sebastian Rusegger den Angeklagten als beliebten und sehr kundigen Arzt darzustellen.

Das Aktenbündel schließt dann mit dem schlichten Urteil des Freigrafen. »Nachdem alles, was zu erkennen und zu bedenken war, erkannt und bedacht wurde, wird dem Müllerssohn Peter Huber, genannt Müllner-Peter, aus Sachrang im Gebirg, der Genuss seiner Freiheit zurückgegeben. Was ihm angeschuldigt war, bestand nicht zu Recht. *Datum, scriptum, et signatum, die septimo octobris anni 1791.*«

So hatte der Müllner-Peter über zwei Monate im Keller der Burg Grünwald gesessen.

Als er unter dem wappengezierten Torbogen heraustrat, stand die Kalesche des Hauses Lilien da, und die Baronesse Terry kam ihm entgegen.

War das der Peter? Dieser Mann mit den hohlen eitrigen Augen, dem hässlichen Bart und dem grauschimmeligen Haar? Seine Händen blau, die Gelenke schorfbedeckt und sein Gang unsicher.

Peter blieb in der Mittagssonne stehen und beschattete seine Augen mit einem Arm. Das blendende Licht tat weh. Die Luft machte schwindlig. Man müsste sich setzen und schlafen.

Dann sah er das Mädchen. So muss einem sterbenden Hunde zumute sein, wenn er noch einmal seinen Herrn sieht.

»Baronesse!«, sagte Peter leise.

Sie hatte beim Anblick soviel Elends kein Wort gefunden. So fasste sie ihn mit beiden Händen am Arm und führte ihn zum Wagen hin. Mühsam und doch wie selbstverständlich stieg er ein. Dann lehnte er sich schüchtern in eine Ecke und flüsterte: »Baronesse, ich habe Läuse.« Da traten ihr Tränen in die Augen.

Beschwichtigend sagte sie: »Peter, Sie werden baden.«

Während der Wagen holpernd und doch weich dahinfuhr, schlief Peter Huber in der Ecke ein. Er träumte. Er sah eine feine weiße Hand, die in ein wertvolles Tuch aus schwarzer Seide griff …

Am Viktualienmarkt vor dem Haus mit der Wappentür stand Kathi Mühlbacher und wartete. Sie war von der gnädigen Frau Baronin dahin befohlen worden. Als der herrschaftliche Wagen ankam, öffnete sie den Verschlag und half dem torkelnden jungen Manne heraus. Auch die Baronesse half mit, und zu zweit stützend, führten sie ihn die vier steinernen Stufen hinauf, den Gang zurück in den kühlen Raum, wo der Badetrog stand. Hier hing über offenem Feuer ein Kessel mit dampfendem Wasser. Während sich die Mädchen entfernten, richtete ein alter Bader den Trog her, goss wohlriechendes Öl hinein und legte feine Tücher zurecht. Über einen Stuhl gebreitet lag Wäsche und ein schwarzes tuchenes Gewand samt weißer Strümpfen, sogar schwarzgelackte Schnallenschuhe standen dabei.

Der Bader versah sein Geschäft mit ebenso viel Kunst wie Verständnis, denn er empfand Mitleid mit dem jungen Menschen. Er salbte ihm die Handgelenke und verband sie so trefflich, dass es aussah, als gehörten die Binden unter dem Wams zum Gewand des Mannes. Nun war Peter Huber wiederzuerkennen.

Das Mädchen Kathi kam und führte ihn die Treppe hinauf, die noch immer knarrte wie vor vier Jahren. Zu den Hirschgeweihen im Flur von damals hatten sich noch einige neue hinzugesellt, sonst war alles beim Alten geblieben.

Im Vorzimmer stand Borgias, der Sohn des Hauses. Der war nunmehr zum stattlichen Jüngling gereift. Dann kamen die Herrschaften. Die Baronin schien um das Doppelte der Jahre gealtert zu sein, selbst Puder und Farbe konnten darüber nicht hinwegtäuschen. An dem in ihrer runzeliger gewordenen Hand zitternden Lorgnon sah man, dass sie nervös war. Der Baron hatte vielleicht um zehn Pfund Leibesgewicht gewonnen, sonst war er der Alte.

Peter küsste der Gnädigen die Hand. Darius packte ihn bei den Schultern und schrie: »Peter, was hat Er uns Sorgen gemacht! Aber wir haben um Ihn gerungen wie um den eigenen Sohn. Vielleicht gehört's zu den Denkwürdigkeiten von Grünwald, dass dort Einer freigesprochen wurde. Was hat Er denn bloß angestellt, dass Er nach Grünwald kam?«

Sie führten ihren Gast in den Salon, wo Terry Weingläser bereitgestellt hatte.

»Peter, auf den angestammten Platz!«, befahl der Baron und rückte den Stuhl zurecht. Er lachte, als Peter kraftlos zwischen die Polster fiel.

Nun erzählte der junge Mann den Hergang seiner Verhaftung, über deren Ursachen er nichts zu sagen wusste. »Ich habe nur die Vermutung, dass mir die Verfechtung des Rechts einer Dienstmagd die Ungnade des Landrichters von Prien eintrug.«

»Seine Vermutung stimmt, Peter! Man wollte mit Ihm sogar noch einen Hexenprozess machen. Und wem glaubt Er, sein Entrinnen vor dem Scheiterhaufen verdanken zu müssen? Seinem Freund, dem Herrn Nuntius! Ja, ja! Auch die Kirche scheint den Unsinn des Hexenverbrennens einzusehen. Ich sage Ihm jedoch das eine, Peter: Mache Er jetzt kein Aufsehen, weder in Prien noch beim Nuntius! Man hat Ihn freigesprochen, und das genügt. Ein stinkender Brei war aufgerührt worden und hat sich wieder gesetzt. Wer drin erneut herumrührt, bespritzt sich leicht.«

»Was habe ich denn bloß behext, dass mich der Landrichter brennen lassen wollte?«, fragte Peter und schüttelte ungläubig den Kopf.

»Nicht fragen, Peter Huber aus Sachrang, nicht fragen! Lasse Er den Landrichter in Frieden, denn der Freigraf hat ihm ohnehin schwere Brocken hingereicht. Nun braucht der Geier Zeit, sie zu schlucken und zu verdauen. Störe Er ihn nicht bei solchem peinlichen Geschäfte!«

»Und die Gerechtigkeit, Herr Baron?«

»Hör Er mir auf mit Seinem Idealismus! Das Recht ist bei dem, der die Macht hat. Das ist ein ungeschriebenes Gesetz, solange die Welt steht. Und ich glaube nicht, dass das Erscheinen des Peter Huber eine neue Ära in diesem Punkte heraufbeschwören wird. Die Dinge sind zu nehmen, wie sie sind, nicht, wie man sie gerne hätte!«

Die Baronesse hatte von ihren Eltern die Erlaubnis erwirkt, am folgenden Tag mit Peter Huber eine längere Ausfahrt zu machen. Darius hatte nichts dagegen einzuwenden gehabt, nur die Mama hatte die Lippen verkniffen. Sie sagte aber nichts, denn mit zweiundzwanzig Jahren musste die Tochter selbst wissen, was recht war.

Der Oktobertag war angenehm herbstlich warm. In Schwabing lag die ganze Straße voller buntem Laub. Ein paar Igel huschten in den seitlichen Graben, als die herrschaftliche Kalesche vorüberfuhr. Hinter den letzten Häusern weidete eine Gänseherde, und die Hirtin sang ein langsames, fast eintöniges Lied. Dabei hielt sie ihre Hände unter der Schürze über den Leib. Sie sah aus, als wäre sie schwanger. Wie hübsch sie ist, dachte Peter. Es wird nicht mehr lange dauern, bis sie einen Mann und Kinder hat. Je ärmer der Mann ist, desto mehr Kinder wird sie haben, und in ein paar Jahren ist all ihre Lieblichkeit dahin. So gestaltet sich das Schicksal der Dürftigen im Lande.

Die Habenden dagegen, wie etwa die von Lilien, begnügen sich mit zwei Kindern, viele mit einem, und noch mehr brüsten sich gar keines zu haben. Denn die Kinder sind Vampire für die Schönheit der Damen.

»Baronesse, eine sonderbare Frage: Wie viele Kinder möchten Sie haben, wenn Sie einmal verheiratet sind?«

Terry, die ihm gegenübersaß, wurde rot im Gesicht und schaute weg: »Weiß Gott, Peter, welch eine Frage! Sie können einen wirklich in Verlegenheit bringen. Ich habe keinen Mann und habe auch keinen in Aussicht. Seitdem ich Ihnen vor einigen Jahren den Brief schrieb über diese Dinge, hat sich nichts geändert. Übrigens, auf jenen Brief erhielt ich bis heute noch keine Antwort.«

Peter Huber griff sich an den Kopf: »Wenn ich Ihnen heute sage, dass ich mich sehr schäme, so ist das keine Phrase, Baronesse. Wenn ich Sie aber frage, ob es sinnvoll gewesen wäre, das gegenseitige Schreiben und Besuchen, was würden Sie mir ehrlich darauf erwidern? Sie wissen doch ebenso gut wie ich, dass es zwischen uns beiden keine Bindung geben kann.«

»*Comment donc*, wie meinen Sie keine Bindung? Als ob wir nicht schon verbunden wären! ... Oder gibt es außerhalb des Sakraments keine Bindungen unter Menschen? Bindungen des Herzens, des Geistes, des inneren Menschen überhaupt? Ich für meinen Teil halte diese Bindungen für weitaus stärker, als etwa eine durch Traditionen oder väterliche Abmachungen zusammengekoppelte Ehe. Wie haltbar oder unhaltbar diese letzteren sind, sehe ich täglich.«

»Sie sind ja ein *enfant terrible*, Terry! So großartig diese Bindungen auch sein mögen, was taugten sie denn, wenn dabei das Menschengeschlecht ausstürbe? Gewiss, sie sind herrlich, diese Bindungen, und sie müssen sein, aber sie sollen vor allem in der Ehe sein. Aus ihnen wird dann eine gesunde Nachkommenschaft ihre seelischen Werte beziehen.«

»*Ma foi*, Peter, Sie reden wie einer, der neben dem Leben lebt!«

»Sie meinen, ich schlafe? Vielleicht meinen Sie auch, ich sei als Mann nichts wert. Terry, ich spürte schon immer und heute wieder, wie gut wir zusammen an einem Wagen ziehen würden. Leider gehören Sie an eine Staatskarosse, und ich an einen Bauernkarren. Der Stall ist's, der uns trennt: Zwischen Lipizzanern und Pinzgauern gibt es keine Paarung. Der Baron hat mir gestern erklärt, man müsse die Dinge nehmen, wie sie sind, nicht wie man sie gerne haben möchte. – Sagen Sie jetzt immer noch, dass ich neben dem Leben lebe?«

»Peter, warum bist du nicht in München geblieben?«

Sie hatte das erstemal Du zu ihm gesagt, neigte ihren Kopf nach vorn und legte ihn auf seine Knie. Er streichelte mit seiner langgliedrigen Hand über die weiche Fülle ihres Haares.

»Und wenn ich geblieben wäre? Der Pinzgauer hätte bestenfalls ein glänzendes Geschirr bekommen, mit silbernen und goldenen Schnallen, so wie die Rösser des Hofbräuhauses – aber er wäre ein Pinzgauer geblieben. Verstehst du mich jetzt, liebe Terry?«

Sie setzte sich zu ihm.

Sie fuhren über Eching und Neufahrn und kamen in die fürstbischöfliche Residenzstadt Freising. Hier kroch die Kalesche langsam den Lankesberg hinan und bog nach geraumer Zeit jäh nach links ab. Gegenüber tat sich eine Lichtung zwischen den Bäumen auf. An deren Rand hingeschmiegt lag ein Kirchlein mit einer Klause. Auf der Wies, nannten es die frommen Bürger und die Bauern der Umgebung. Keine Menschenseele war zu sehen. Nur ein paar Eichkätzchen hüpften beschwingt über den bemoosten Waldpfad – für sie war jetzt Erntezeit.

»Ich ginge gern auf eine Minute hier hinein«, sagte Peter Huber.

Terry ließ halten.

Arm in Arm schritten sie in der Stille des Waldes dahin. Abschiedsstimmung lag auf ihren Gemütern, jener Schmerz, der keinen Namen hat.

Der Klausner, der kindliche Franz Soiter, saß vor seiner Hütte. Er hatte das große Stundenbuch aufgeschlagen und sang die lateinischen Psalmen des Königlichen Sängers David in die Waldeinsamkeit.

Als er das Paar kommen sah, unterbrach er sein Gebet und erhob sich, um die herrschaftlichen Gäste zu begrüßen. Ja, warum sollten denn nicht auch einmal die Begüterten dieser Welt ein wehes und wundes Herz haben, das sie vor dem gegeißelten Herrgott in der Wieskirche aufmachen wollen!

Er kannte sie, die in Samt und Seide kamen, und darunter oft zehnmal mehr Leid trugen als die biederen Leutchen unter ihrem Leinenhemd!

»Seid mir gegrüßt, meine zwei lieben Kinder! Schaut mich nur nicht so traurig an, es ist ja alles halb so schlimm. Kommt, setzt euch zu mir auf die Bank da! Ihr habt ja alle beide das Leben noch vor euch, da darf man nicht trübselig sein. Freilich, es muss immer wieder ein bisschen Herbst werden da drinnen in der Brust. Man muss auch in der Jugend schon lernen, einige Hoffnungen zu Grabe zu tragen. Je eher man's lernt, desto leichter fällt's einem im späteren Leben, wenn die großen Stürme und die schweren Gewitter kommen.«

Die Stimme des alten Klausners war wie der Kontrapunkt auf der Orgel, seine Gedanken machten die Melodie. Terry hatte Peters Arm noch nicht losgelassen.

Der alte Soiter erzählte ihnen kindliche Geschichten, die alle in den Gedanken ausklangen: Wer nichts gelitten hat, was weiß denn der?

Darauf erhoben sich alle drei von der harten Bank an der Klause und schritten über den dürren Rasen hinüber.

Sie knieten zu dritt an der Kommunionbank und brachten ein Opfergebet dar, jeder auf seine Weise. Nach einer Weile stand Peter Huber auf, schritt hin an die kleine Orgel in der Nische und setzte den Fuß auf das C am Pedal. Das war der Orgelpunkt. Darauf baute er im zarten Register in zwei gegengeführten Stimmen das Danklied der Christen auf.

Beim Weihbrunn an der Kirchentür streckte der Klausner seine Hände über ihre Häupter aus und sprach: »Heiliger Geist Gottes, du machst mit deinen sieben Gaben die Herzen der Deinen stark. Steig, ich bitte dich, herab auf diese zwei jungen Menschen und segne ihre Liebe, nachdem es in deinen unerforschbaren Ratschlüssen nicht bestimmt ist ihren Ehebund zu segnen. Gib ihnen die Kraft, dass sie in ihrem zukünftigen Leben einander zugehören wie die rechte Hand zur linken, getrennt und zu helfen bereit.«

Als sie sich erhoben hatten, verbeugte sich der Klausner wortlos vor ihnen.

So wie sie gekommen waren, schritten sie über die Wiese zu ihrem Gefährt zurück, das auf der Straße hielt. Sie stiegen die leichte Böschung hinan; da stand am Rande noch eine einzige mattblaue Blüte der Wegewarte. Terry bückte sich und pflückte sie. Dabei blieb sie stehen und sah unverwandt auf das kleine Blümchen zwischen ihren zarten Fingern. Nach einer Weile heftete sie die Blüte Peter auf den Brustlatz der weißen Halskrause und sagte: »Peter, ich werde mein Leben lang an deinem Wege warten.« Der Abend brach herein.

Es war Nacht, als die Kalesche in München ankam.

Am anderen Tage dann reiste der Müllner-Peter aus Sachrang im selben Wagen und begleitet von seinem Schüler Borgias von Lilien Richtung Süden in seine bergige Heimat.

Ernte

Als sie an jenem Augusttag dem roten Franto die Hütte abgebrannt und den Müllner-Peter fortgeschafft hatten, kehrte der Ertlbauer mit dem Ausdruck der Befriedigung von seinen Feldern auf den Hof zurück. Die zwei großen Widersacher waren ihm aus dem Wege geräumt worden. Nur schade, dass die Leute im Dorfe nicht wussten, dass es sein Verdienst war, sein ganz eigener Verdienst. Der Richter in Prien hatte ja den Stein nur weitergeworfen, den er, der Ertlbauer, ins Rollen gebracht. Er musste also noch etwas dazutun, um seinen Sieg auch zur Anerkennung zu bringen. Das Dorf sollte wissen, wer der Stärkere war und dass man den vom Noppenberg nicht ungestraft anrühren durfte!

Am Sonntag darauf ging er also abends ins Wirtshaus zum Ebert. Während die Bauern mit geschreckten Gemütern an ihren Tischen saßen und ihre leisen Reden jedesmal unterbrachen, wenn sich die Tür auftat, schritt der Ertlbauer mit triumphierender Geste von Tisch zu Tisch und begrüßte sie laut und lachend.

»Was seid's denn so stad, Männer?«, fragte er dann, und drehte sich nach allen Seiten. «Moant's leicht, der Geheime Ausschuss von München steckt in derer Joppen da? Naa, dös grad net! Aber es gibt no a Recht im Bayernlandl, und dös Recht, dös lasst sich der Ertlbauer net nehmen!«

Polternd setzte er sich zu seinem Schwager, dem Steindlmüller vom Außenwald. Lang und breit und mit sehr vernehmbarer Stimme erzählte er nun diesem den Hergang des landrichterlichen Besuchs. Dabei tat er, als ob der Herr Doktor Geier von Jugend auf sein Freund sei und kein größeres Vergnügen kenne, als mit dem Noppenberger bei Tische zu sitzen und Hühnerhaxen zu verzehren.

Wie ein Advokat stand der Ertlbauer da und hielt den Bierkrug in der Hand, denn er hatte seine Rede dramatisch vorgetragen.

Während jetzt aus einer Ecke der Gaststube das Wort »Sprüchmacher« erklang (der betrunkene Daxer-Sepp hatte es gerufen), wurde die Tür aufgerissen und einige Buben schrien herein: »Es brennt! Auf'm Noppenberg brennt's!«

»Jessesmariaundjosef!« Der Ertlbauer stürzte hinaus, alle anderen hinterher.

Hell stieg vom Noppenberg eine hohe Flammengarbe zum dunklen Abendhimmel auf. Der Hof war es nicht, aber die Feldscheune. In der Scheune lag die gesamte erst eingebrachte Getreideernte. Der Ertlbauer rannte wie ein Irrsinniger, schrie, fluchte und rief alle Heiligen an. Die mit ihm eilenden Bauern ließen sich unterwegs aus den Häusern Eimer und Feuerhaken geben. Auf halbem Weg kam ihnen eine weinende Magd vom Noppenberg entgegen und bestätigte, dass es die Feldscheune sei, die auf allen Seiten brenne, vor Hitze könne man mit dem Wasser gar nicht heran.

Die Magd hatte nur zu wahr gesprochen. Hier war jegliche Hilfe aussichtslos. Es knatterte und zischte, und die glühenden Getreidekörner sprühten ringsum.

Der Ertlbauer tobte und schrie sein schluchzendes Weib an. Die Knechte und einige Bauern versuchten mit den längsten Feuerhaken ein paar Seitenbretter wegzureißen. Als sie aber merkten, dass dies dem Element nur noch mehr Zug und Kraft verlieh, ließen sie ab und sahen tatenlos zu, wie der reiche Ertrag eines guten Jahres mitsamt der noch neuen Scheune und zwei großen Erntewagen verrauchte und verkohlte.

Wie war das Unglück geschehen? – Blitzschlag? Unmöglich in der lauen Nacht! – Brandstiftung? Durch Fahrlässigkeit? Mit Absicht? – Wer konnte darauf eine Antwort geben?

Der Noppenberger gab sich eine Antwort darauf: Der Rote! Denn der war den Schergen des Geheimen Ausschusses entkommen. Gnade Gott, der rote Franto! Wenn der noch lebt und frei ist!

Er war frei und lebte.

Drei Tage nach dem Brand saß der Ertlbauer nachts beim Schein der Öllampe in seiner Stube und überlegte, wie viel Vieh er nun verkaufen sollte, um das erforderliche Saat- und Mahlgut einzutauschen. Was er von der Grundherrschaft in Prien an Ersatz bekam, war höchstens den Verlust der Scheune wert. Da klopfte es ans Fenster. Er erhob sich, nahm das Licht und trat hinaus.

Draußen stand der Rote und winkte.

Dem Bauer wich alles Blut zum Herzen zurück. Er war ohne Macht. Wie ein gehorsamer Hund ging er hinaus.

Dann stand er seinem Rächer gegenüber. Sollte er ihn schlagen? Diesmal vielleicht auf das andere Auge? – Selbst wenn er's gewollt hätte, er fühlte sich vor dem Roten wie ein Kind.

Der ließ ihn eine Weile ruhig warten. Dann fragte er mit leiser, unheimlich ruhiger und tiefer Stimme: »Wo ist der Müllner-Peter?«

»Woaß net!«, antwortete der Ertlbauer.

»Du weißt es nicht. Gut. Dann sieh dir noch einmal deinen Hof an, deine Scheune, deine Ställe, deine Schupfen. Schau sie dir noch einmal genau an, damit du dich ihrer recht erinnern kannst, wann du als Bettelmann mit Weib und Kind über Land ziehen wirst. Der Zunder ist gelegt.«

Das Grauen überkam den Bauern. Er stöhnte wie ein Stier, den man auf die Nüstern schlug.

»Der Müllner-Peter ist auf Grünwald. Hast du schon einmal gehört, dass einer die Burg lebendig verlassen hat? Das ist also das zweite Menschenleben auf deinem Gewissen, du Hund! In der Wirtschaft beim Ebert hast du gesagt, dass es im Bayernland noch ein Recht gibt. Gerechter als das Recht im Bayernland ist das Gericht Gottes. Ich werde es an dir vollstrecken, solange wir beide leben, das merk' dir!«

»Franto!«

»Winsle nicht wie ein Hund! Denn ich trete den Hund, wenn er winselt!«

Da kniete sich der Bauer vor ihm nieder. Als das der Rote sah, holte er mit der Faust aus und schlug ihm ins Gesicht, dass er seitwärts umfiel und lag.

Dann ging er und verschwand in der Nacht.

Als der Ertlbauer nach einer Weile das Bewusstsein zurückerlangte und sich regte, erbrach er sich und war nicht imstande aufzustehen. Langsam besann er sich. Der Rote hatte ihn geschlagen und hatte vorher vom Zunder gesprochen, der schon an allen Ecken bereitliege. Jeden Augenblick kann es also aufflammen, hier beim Wohnhaus, dort bei den Ställen, bei den Wagenschupfen, bei der Schmiede, im Heustadl. Grenzenlose Angst vor dem Unheimlichen der Stunde befiel ihn. Es musste gerettet werden, was noch zu retten war!

Mühsam raffte er sich auf, stürzte aber vornüber. Er versuchte es noch einmal und die Angst gab ihm die notwendige Kraft. Er kroch auf allen Vieren die Stufen zur Haustüre hinauf und rappelte sich am Türstock sachte hoch. Dann schrie er: »Feuer! Feuer! Es brennt gleich! Aufstehn! Feuer!«

Er schrie wie ein Verzweifelter, seine Stimme überschlug sich und kratzte. Und immer wieder schrie er das Gleiche und hielt sich mit aller Kraft am Türstock fest, wie ein Schiffbrüchiger, dernoch eben einen rettenden Balken erfasste.

Die Bäuerin Maria, das Weib vom Ertlbauer, die bereits neben dem Kind in der Kammer eingeschlafen war (das erste Mal nach dem Brand der Feldscheune), erbebte bis in ihr Innerstes, als sie das röchelnde Aufschreien des Mannes hörte. Sie packte das achtjährige Mädchen Marei und einige Betten und rannte, mehr stürzend als laufend, die Treppe hinunter. Hinter ihr drein polterten die zwei Knechte und mit Jammergeheul die drei Mägde. Auch sie hatten ihre Betten und einiges an Kleidern erwischt und zerrten es hinter sich her. Alle rannten am schreienden Bauer vorbei ins Freie. Sie schauten sich um, sahen jedoch nichts.

»Wo brennt's denn, Bauer?«

»Vater, wo brennt's denn?«

»Ausräumen! Es brennt gleich!«, schrie der Bauer von Neuem, und er schrie ohne Unterlass.

Das Gesinde fragte nicht mehr. Auch die Bäuerin nicht. Alle zusammen stürmten wieder ins Haus hinein, in die Stube, in die Kuchel, in die Kammern, und warfen zu den Fenstern heraus, was nicht zerbrechlich war. Das andere Zeug packten sie in wilder Hast, zerbrachen Türen und Tischbeine und schleppten herunter und heraus auf den Hof, was immer ihnen in die Hände fiel.

Es brannte und brannte nicht.

Die Knechte murrten.

»Macht das Vieh los!«, brüllte der Bauer. – Die Mägde taten es und trieben ein Stück nach dem anderen auf den Hof hinaus, von wo aus sich die Tiere selbst den Weg ins nächtliche Feld suchten. Nur die Ziegen blieben neugierig stehen und meckerten.

Als die Bäuerin mit einem Korb voll Wäsche dahergekeucht kam, wandte sich der Großknecht an sie und sagte: »I moan, der Bauer spinnt!«

Der aber, immer noch an den Türstock gelehnt, befahl, alle Tröge und Eimer mit Wasser vollzupumpen und daraus alle Gebäudeecken zu begießen. Da lächelten die Mägde verstohlen, die Knechte aber wackelten mit den Köpfen und legten die Zeigefinger an ihre Schläfen. Aber sie taten, was der Bauer wollte, zumal sie bei der Finsternis die Gelegenheit hatten, die Mägde in die Schenkel zu kneifen und sonst manchen Spaß zu verüben, den der helle Tag verbot.

Es wollte aber nicht brennen.

Da trat die Bäuerin zu ihrem Mann, legte die Hand in seinen Arm und sah ihn an: »Vater, sag, ist dir leicht net guat? Geh halt her und leg di a weng nieder. Es is ja nix los!«

Mit stierem Blick schaute er herum. Sie hatte Recht, kein Feuer war zu sehen. Alles war ruhig, nur die Pumpe ratterte und die Ziegen meckerten und hinter dem Heustadl kreischte eine Magd. Vielleicht hatte der Franto das Weite gesucht, als er merkte, dass es am Ertlhof lebendig wurde. Vielleicht war dadurch das Unglück verhindert worden, vielleicht.

Der Bauer ließ sich von seinem Weib zu einem Strohsack mitten im Hof hinführen und legte sich nieder. Sie deckte ihn zu.

Als der Morgen graute und die Hähne am Misthaufen krähten, erhob sich der Ertlbauer langsam von seinem Strohsack im Hof und ging in die Stube. Wie ein ausgemerkelter Greis schlurfte er mit krummen Schultern und hängendem Kopf dahin. Sein Gesicht war entstellt und eingefallen, seine Augen hohl und grau. Jetzt, wo er das Licht sah, kam es ihm fast so vor, als hätte er bloß einen schweren Traum gehabt. Aber der Schmerz im Gesicht belehrte ihn anders.

Dann kam der Hüterbub herein und sagte dem Bauern, dass Nero, der Hund, wie tot bei seiner Hütte liege. Die Zunge hänge ihm ganz blau aus dem Maul, und so vermutete der Bub, dass er etwas Unrechtes gefressen habe und verreckt sei. Der Bauer tat die Neuigkeit müde ab, und der Bub ging. Für ihn war klar, der Hund war verreckt, nachdem ihm der Rote etwas Giftiges vorgeworfen hatte, damit er in der Nacht unbemerkt zum Hoftor hereinkommen konnte. Was er mit dem Hund gemacht hat, hat er früher den Kühen zugefügt, sodass sie keine Milch mehr gaben,, und so wird er's auch jetzt wieder machen. Er hat die Feldscheune angezündet, er wird den Hof anzünden, er wird das Vieh krepieren lassen. Ganz sicher wird er seine böse Macht an ihm und seiner Frau auslassen, so wie er sie bereits an ihrem Mädel ausgelassen hatte. Denn das Mädel war nicht richtig, es war überhaupt kein Mädel, sondern ein Bub in Weibsenkleidern. Daran war nur der Franto schuld, der das Marei verhext hatte. So wird er alles verhexen, bis er den Ertlbauer und alles, was sein ist, ausgerottet hat.

Und warum?

Wenn diese Frage in das Gewissen des Bauern hineinsprang, machte er vor seiner Seele eine Türe zu. Das Türezumachen hatte er im Laufe der Jahre gelernt, denn diese Frage war schon oft bei ihm gewesen, in stillen Stunden, in schlaflosen Nächten, oder wenn er hinter dem Pflug herging.

Heute glückte aber dieses Türezumachen nicht ganz, weil sich nämlich die Frage noch mit einer anderen verbunden hatte – mit der Frage nach dem Müllner-Peter. Zu zweit waren diese Fragen stärker als die abweisende Gewissenstür des Bauern. Sie ließen sich nicht hinausdrängen, sondern blieben beharrlich stehen. Und hinter ihnen erhoben sich zwei Gesichter: Anjas feines, weiches Gesicht und das scharfgeschnittene von Peter. Beide Gesichter waren von schwarzem Haar umrahmt und in beiden Gesichtern lagen rabenschwarze Augen. Das waren wohl die armen Seelen, die keine Ruhe fanden. Die umgehen mussten, um den Mörder ihrer Leiber zu suchen. Die ihn quälen wollten und den Tod, den er ihnen angetan hatte, rächen …

Der Bauer erschauerte. Vor seinen Augen hing es wie ein schwarzes Tuch. Frost kroch in ihn hinein und schüttelte ihn. Und immer wieder sah er die zwei Gesichter, jetzt mit schadenfrohem Lächeln: Ertlbauer, das alles war erst der Anfang der Schläge, die auf dich und die Deinen niederprasseln werden! Du weißt doch, wie man's macht, wenn man einen vernichtet, du hast ja Erfahrung darin.

Der Bauer stand sachte auf. Schüchtern trat er ein paar Schritte auf das schlafende Kind zu. Er neigte sich darüber und schaute es an. Das Kind war jetzt seine Uhr, es zeigte ihm seine Stunde an. Jetzt war seine Stunde gekommen, denn die Uhr sollte weitergehen. Immer noch den Blick auf das Kind geheftet, schlich er langsam, ganz langsam aus der Stube zurück in die schwarze Kuchel. Dabei löste er sich den Leibriemen los …

Georg Aiblinger, der Sachranger Vikar, war bleich geworden, als ihm die Maria vom Ertlhof schluchzend das Unglück mitgeteilt hatte. Vierzig Jahre trug er jetzt das geistliche Gewand und hatte in diesen vierzig Jahren alle Toten seiner Gemeinde zu Grabe gebracht. Er hatte nie daran gedacht, dass das einmal nicht sein könnte. Heute war's geschehen.

»Maria, dich hat der liebe Gott einer harten Prüfung unterstellt. Dazu kommt, dass ich den Ertlbauern nicht beerdigen darf. Kein Priester darf das. Denn wer Hand an sein Leben gelegt hat, der hat in ein alleiniges Recht unseres Herrgotts gegriffen und ist dadurch abtrünnig worden. In der Schrift heißt es: Ihm allein gehorchen Tod und Leben.«

Die Ertlbäuerin weinte laut auf: »Aber, Hochwürden Herr Vikar, der Christian hat ja net gwusst, was er tut. Wie eam da Feldstadl abbrennt war, hat er gspunna und hat to, was koa Mensch hat versteh könna.«

»Ich glaub dir's recht gern, Maria, wie ich überhaupt glaub, dass einer, der sich selber ans Leben geht, selten all seine Sinne beisammen hat. Aber du musst verstehen, es gibt eben Gesetze und Verordnungen, an die man sich halten muss. Für mich gelten die Gesetze der Kirche, und darum darf ich den Bauern nicht beerdigen.«

»Mein Gott, Hochwürden Herr Vikar, werd er nacher eigscharrt wia a Stückl Vieh? Naa, naa, dös überleb i net, dös net!«

»Es ist untersagt, ihn in geweihter Erde beizusetzen. Ich bitt dich jedoch, Maria, mach's dir und mir nicht schwerer als es schon ist. Wir können nicht gegen die bestehenden Gesetze streiten, die es geben muss, sonst fällt die Welt auseinander.«

»Soll sie ausnandfalln, meinetwegn, mir is dös wurscht. Am liebern gang i mit eam, nacha siach und hör i nix!«

Da stand der Vikar mit ernstem Gesicht auf: »Maria, versündige dich nicht an deinem Kind! Du bist jetzt Vater und Mutter, und der Herr wird von dir einst Rechenschaft darüber verlangen. Sei vernünftig, Maria, und nimm das Kreuz so hin, wie dir's der Himmel gerichtet hat! Vom Glück auf dieser Welt wissen wir niemals, ob's uns zum Heile gereicht, wohl aber vom Unglück, wenn wir's in Geduld und Ergebung tragen. Überleg dir das ein wenig, Maria, und kümmere dich nicht darum, was die Leut sagen. Wenn einer nach der Meinung der Leut gehen sollt, der müsst ein Ding zehnmal anders machen, und am End tät's einem elften immer noch nicht passen. Du hast dein Kreuz, ich hab mein Kreuz, und jeder hat das seine. Unser Herr Jesus hat nicht gesagt: ›Bleib stehn und schau hin, was der andere für ein Kreuz hat‹, sondern er hat ganz schlicht und einfach gesagt: ›Ein jeder nehme sein Kreuz und folge mir!‹ Maria, das ist jetzt dein Kreuz! Nimm's und folg!«

Still weinend ging die Ertlbäuerin heim und ließ den toten Mann aufbahren.

Am dritten Tag trugen sie ihn hinaus auf den Gottesacker, ganz am Rand in jene Ecke, die nicht geweiht war. Es waren nicht viele mitgegangen, sei es, weil ihnen der Tote nicht recht getan, sei es, weil er nicht feierlich bestattet wurde. Dafür aber kam jetzt der Vikar Aiblinger ans Grab, nicht im Priesterornat, sondern wie einer von den übrigen Trauergästen.

So wurde der Ertlbauer, der sich selbst und auch den anderen auf dieser Welt wenig Ruhe gegönnt hatte, zur letzten Ruhe gebettet. Als im Dorf bekannt wurde, dass der Vikar an seinem Grabe gewesen war, schämten sich namentlich diejenigen, die aus überfrommem Sinn nicht zur Beerdigung hatten gehen wollen. Über den Tod des Bauern sprach öffentlich niemand ein Wort. Viele aber boten sich oder ihr Gespann für einen halben oder ganzen Tag zur Feldarbeit an, da man die arme Witwe doch nicht im Stich lassen konnte.

Sie selbst bat den Steindlmüller vom Außenwald, die Vormundschaft für das Kind zu übernehmen. Er sagte zu und ließ vier Wochen später die Formalitäten beim Amtsgericht in Prien erledigen. Dabei machte der Landrichter Doktor Geier große Augen. Die Bäuerin redete nichts mit ihm, obwohl er wiederholt durch streifende Fragen gern einiges über den Müllner-Peter gewusst hätte. Besonders wegen ihm hatte sich Christian in die Dinge der anderen eingemischt, wodurch sein Ruf so arg zu Schaden gekommen war.

Zwei Tage später hätte der Landrichter diese Fragen wohl nicht mehr gestellt. Denn da war aus München der amtliche Abreiber gekommen, worin ihm mangelndes Urteilsvermögen, Indiskretion und juristische Fahrlässigkeit vorgeworfen wurden, lauter Prädikate, die dem baldig erhofften Aufstieg wenig förderlich waren.

Dann kam der Herbst mit viel Wind und Regen. Die Bauern richteten Säge und Axt und gingen ins Holz.

So vergingen die Wochen – und eines Tages fuhr die herrschaftliche Kutsche des Hauses von Lilien durch Sachrang. Jeder rannte an die Fenster und vor die Haustüren. Wahrscheinlich handle sich um einen durchreisenden Verwaltungsamtmann oder sonst ein hohes Tier auf dem Weg nach Tirol. Bald aber kam von den letzten Dorfhäusern her die Kunde, das vornehme Gespann sei in die Aschacher Mühle gefahren. Bald darauf hieß es, zwei feine Herren in Schwarz seien beim alten Schorsch abgestiegen, und der Kutscher habe ausgeschirrt, die Rösser in den Stall gebracht und die Kutsche in den Wagenschupfen geschoben. Das sah nach Besuch aus, nicht nach Behörde.

Nun entdeckten etliche Weiber, dass sie kein Mehl mehr in der Truhe hatten und deshalb schleunigst zur Mühle gehen mussten. Der Wirtschafterin des Herrn Vikar gelang es, die Wohnstube des Müllnerhauses als erste zu betreten. Da wäre ihr fast ein heller Aufschrei entfahren.

Sie glich einem Lauffeuer auf ihrem Heimweg zum Widum. »Der Peter ist da! Der Peter ist wieder kemma!« So rief sie es den Bauern zu den Fenstern hinein und schrie es ihrem Herrn zu, als sie das Haus betrat.

Am Abend saßen sie um den Tisch, der Vater, der Vikar, der Chirurgus Rusegger, den der Vikar hatte holen lassen, der Knecht Thomas Krautnudel, die Ursel, der Bruder Thomas, Borgias von Lilien und der Müllner-Peter. Er erzählte bis in die tiefe Nacht hinein.

Als er fertig erzählt hatte und alle schwiegen, sprach der Vikar: »*De mortuis nil nisi bene*. Die Toten soll man in Ruhe lassen. Was über den Ertlbauern in Zusammenhang mit diesem bitteren Erlebnis gesagt werden müsste, das bleibe ungesagt. Darum bitte ich euch alle!«

Dann schwiegen sie wieder. In diesem Schweigen lag die Zustimmung zur Bitte des Vikars.

Borgias von Lilien trat am anderen Tag seine Rückreise nach München an.

Peter Huber hatte seine Lederhose angezogen. Dann führte ihn der Vater durch die Mühle und die Säge. Am Abend aber ging er allein in die Ölbergkapelle.

Die Erbfolge

Es wurde Winter.

An Sankt Leonhard ließ der Müllner-Schorsch den leichten Schlitten bespannen und fuhr mit seinem Sohn Peter zum Amts- und Herrschaftsgericht nach Prien.

Vor dem Landrichter Chrysostomus Geier redete der alte Mann selbst und erklärte, dass er die Übergabe seines

Anwesens und alles andere, was damit zusammenhinge, urkundlich niedergelegt haben wolle, sofern die Grundherrschaft kein Bedenken dagegen habe.

»Und der junge Mann da?«, fragte Geier mit einem bösen Blick auf Peter.

Peter erhob sich von seinem Stuhl: »Der junge Mann ist – leidigen Angedenkens – der Müllner-Peter von Sachrang, weiland Zeuge der vermeintlichen Kindsmörderin Theresia Mitterwallnerin und soll nach dem Willen seines Vaters die Aschacher Mühle übernehmen!«

Spitzig erwiderte der Richter: »Seine *éloquence* ist zu bewundern. Er hätte Pfarrer werden sollen, statt Müller!«

»Oder Richter!«, antwortete Peter Huber kurz.

Doktor Geier wandte sich ab und rief seinen Sekretär aus der Nebenkammer.

Und nun wurden viele alte Bücher aufgeschlagen, Urkunden aus staubigen Gefäßen herausgesucht, neue Urkunden geschrieben und auch abgeschrieben. Dann kam die Rede auf das bestehende Barvermögen. Da zog der alte Müller einen Leinenbeutel aus seinem Pelzmantel und stellte ihn vor dem Richter auf den Tisch hin: »Dös san zweitausendfünfhundert Gulden als alloanigs Vermächtnis der Mutter für'n Peter.« – Und noch einen Beutel zog er hervor: »Dös san achttausenddreihundert Gulden. Mit denen zahlt der Peter die G'schwister aus. Nacher is d' Mühl, wie's steht und liegt, sei Sach. Schuldn san net auf der Mühl.«

Da machte der Landrichter Augen wie ein Frosch. Dieser Müllerssohn war äußerst wohlhabend! Wie unklug also, sich die Gunst dieses Mannes zu verscherzen! Als Richter unter lauter Bauern und Fischern musste er's ja mit den paar wenigen halten, die Gold in der Truhe bargen, nur die konnten – *á l'occasion donnée*, bei Gelegenheit – etwas springen lassen.

So sprach er also mit lächelnder Miene: »Das alte Wahrwort unserer Väter findet wieder seine Affirmation: ›Was ein rechter Müller ist, sein Supp aus güldnem Napfe frisst!‹«

Der Alte erwiderte langsam: »Herr Landrichter, a sparsam' Geist im Haus und allweil a guts Gwissn da herdrin – dös is alls!«

Darauf wusste der andere nichts zu sagen. Er legte den zwei Männern die Urkunden zur Unterschrift hin, strich die dreizehn Gulden und achtundzwanzig Kreuzer Gebühren ein und zählte dann dem jungen Müller unter den Augen des Alten die goldenen Münzen hin.

Am Heimweg, als sie wieder nach Sachrang kamen, machten sie beim Gottesacker halt und besuchten das Grab der Mutter. Beide hatten nasse Augen, als sie danach den Schlitten bestiegen.

Josef Auer, ein verwaister Bauerssohn, besaß in Walchsee einen großen und wohlgeordneten Hof. Von früher Jugend an hatte er den ererbten Wohlstand gemehrt und suchte nun eine Stütze und waltende Hausfrau. Sein Blick war auf die Müllerstochter von Sachrang gefallen. Wenn eine, all die Aufgaben meistern konnte, die der Bäuerin eines ansehnlichen Hofes gestellt sind, dann mit Sicherheit die Ursel.

Ursel hatte bisher dem Werben des Auer-Sepp kein Gehör geschenkt, obwohl sie wusste, dass der Vater dieser Verbindung seiner Tochter geneigt war. Dies änderte sich jedoch.

Als der Auer-Sepp nach Dreikönig wieder mit etlichen Getreidesäcken in den Aschacher Grund kam, empfing ihn die Ursel mit wohlwollender Miene und erkundigte sich sogar über dieses und jenes auf seinem Hof. Der Sepp meinte, er könne ihr keine genauere Schilderung geben, sondern halte es für das Beste, wenn sie sich die ganze Wirtschaft einmal ansehen würde.

Dazu kam es an Mariä Lichtmess.

Der Auer-Sepp holte Ursel mit dem frischlackierten Schlitten am frühen Morgen ab. Er hatte diesen Tag gewählt, weil da die Dienstboten auf den Höfen Einstand feierten und entlohnt wurden.

Da sah die Ursel, dass der Sepp keine Sprüche gemacht hatte. Am Auerhof waren wirklich alle, vom Großknecht bis zum Hüterbuben, von der Oberdirn bis zur Gänseliesl, eine Familie. Obwohl die Hälfte des Gesindes älter war als der Bauer selbst, sahen dennoch alle in dem jungen Mann den letztentscheidenden Verwalter. Sie liebten ihn. Er war gerecht und kein Antreiber. Er war auch keiner, der bei den Mägden anbandelte. Das trug ihm ihre Achtung und ihren Respekt ein.

Als sie beim gemeinsamen Mittagstisch die hübsche, bescheidene, aber auch selbstbewusste Müllnertochter an Sepps Seite sahen, war ihnen klar, dass sie die rechte Bäuerin wäre, was schließlich der Großknecht in seiner harten Art zum Ausdruck brachte: »Bauer, des ist die erste, wo du bracht hast, des is guat, und a zwoate brauchst net mehr bringen!«

Am Abend bei der Rückfahrt nach Sachrang war dies der Ursel ebenso klar wie dem Gesinde. Sie gab dem Auer-Sepp ihr Jawort.

Hochzeit

Mit dem Tag des Versprechens gehörte die Ursel nicht mehr als Tochter, sondern nur noch als Gast zum Haus. So wollte es seit altersher der Brauch. Damit war sie auch ihrer Pflichten als Wirtin entbunden, obwohl sie ihre Arbeit wie gewöhnlich weiter verrichtete.

Am Abend, nachdem der Auer wieder weggefahren war, saßen Vater und Sohn allein in der Kammer und berieten. Der Alte war sehr zufrieden, dass dem Peter die Lösung mit der Ursel gelungen war. Peter selbst erklärte darauf, er habe noch keine Lebensgefährtin in Aussicht, weshalb eine Wirtschafterin eingestellt werden müsse. Das sei natürlich keine einfache Sache, da Wirtschafterinnen entweder für ihren Herrn oder in ihre Tasche arbeiteten. Für den Herrn arbeiteten meist nur die, die in allen Dingen die Stelle der Frau einnehmen. Wie konnte man das eine und das andere umgehen?

Der alte Schorsch hatte, wie es schien, schon darüber nachgedacht und auch Erkundigungen eingezogen, denn er nannte eine Fanni aus der Kohlstatt. Die sei in ihren jüngeren Jahren zu Schwaz im Tirol bei einem Baumeister als Wirtschafterin gewesen, bis sie von ihm in der Hoffnung war. Dann hätte er sie heimgeschickt. Die Fanni hatte bald darauf drei Buben auf einmal das Leben geschenkt – acht Jahre mochte es her sein. Trotz vieler Entbehrungen habe sie ihre Buben erzogen und sei vor allem selber ein anständiges Weib.

Eine Woche später zog die Kohlstätter-Fanni mit ihren drei Buben in die Mühle ein.

Sie war eine nette, ruhige Frau, anfang Dreißig, mit einem ernsten Wesen und einigen starken Falten im Gesicht, die der Kummer gezeichnet hatte. Sie erhielt mit ihren Buben eine geräumige Kammer an der Sonnenseite des Wohnhauses. Dann wurde sie von der Ursel durch das gesamte Anwesen geführt, von den Kellern bis zum Speicher.

Während des Rundgangs beobachtete die Ursel ihre Nachfolgerin mit scharfen Augen. Am Ende war sie jedoch beruhigt. Eine Frau, die so an ihren Kindern hing, schien wohl kaum darauf aus zu sein, einen um neun

Jahre jüngeren Mann, der sich noch dazu aus zwanzig umliegenden Dörfern die Beste hätte aussuchen können, zu verführen.

Die Fanni nahm darauf das Regiment des Hauses in die Hand. In den ersten Tagen stand ihr die Ursel zur Seite, doch erkannte diese bald, dass sie überflüssig war.

Die drei Buben hingen wie Kletten am Peter, und auch er mochte sie gern. Die Kinder ähnelten einander aufs Haar, äußerlich und innerlich. Dieses seltene Spiel der Natur übte einen wunderbaren Reiz aus. Mit besonderer Begeisterung saßen sie beim Peter in der Kammer, wenn er die Harfe spielte. Wie drei junge Vögel, die aus dem Nest auf den nachbarlichen Ast gekrochen sind, hockten sie nebeneinander auf der Bank und lauschten. Peter ließ sie mit ihren glockenreinen Stimmen auch singen. Mittwoch im Morgengrauen kam der Bräutigam in Begleitung seines Beistands, des Huber-Schorsch von der Granitz. Sonst war von Walchsee niemand dabei, denn der Auer-Sepp besaß keine Geschwister. Er hatte zwar andere Verwandte eingeladen, doch wollten sie nicht kommen, weil sie neidisch waren. Außerdem liebte er das Gebiet um seinen Hof und kümmerte sich darüber hinaus um nichts anderes. Das fassten sie als Stolz auf und eiferten gegen ihn. So meinten sie, dieser Tag biete ihnen eine schöne Gelegenheit, ihn fühlen zu lassen, dass er ihnen gleichgültig war.

Als die Glockenbuben am Kirchenboden zu Sankt Michael in Sachrang den Brautzug von Weitem aus dem Aschacher Grund herauskommen sahen, stürzten sie zu den Seilen und ließen das vierstimmige Geläute weithin durchs Bergtal klingen. Das war das Signal für alle heiratslustigen Mädchen und für alle Schaulustigen sich zum Gotteshaus zu begeben. Denn wenn Müllers- und Wirtstöchter Hochzeit feiern, gibt's etwas zu sehen! Man wunderte sich, wo die Brautjungfer war. Das muss ein armseliger Bräutigam sein, der nicht einmal eine Brautjungfer stellt! Und das, obwohl der Auer-Sepp von Walchsee so ein großer Macher sein soll! Man war sich sicher, dass er ein Geizkragen war, der mit niemandem auskommt.

Zacharias Aschenbrenner von Penzberg, der fast seit Menschengedenken die Orgel bei Sankt Michael zu Sachrang malträtierte, hatte alle Register gezogen.

Er spielte ein Präludium für das Hochzeitslied. Der Balgzieher kam aber außer Atem, und so verstummte das Prälidium früher als gewohnt. So gab Zacherl abrupt den Einsatz des Liedes. Die sieben Weiber erfassten die Situation eher als die Männer und versuchten, beinah schreiend, dem Einsatz nachzukommen. Endlich wuchtete der Männergesang stimmlos, aber laut, hinterdrein. Das dröhnte wie in einer Kesselschmiede.

In der letzten Zeile des Liedes hatten sich die vielen willkürlich waltenden Stimmen einigermaßen zusammengefunden. Inzwischen war der Balgzieher wieder zu Atem gekommen, sodass jetzt die Orgel in ihrer vollen Lautstärke die letzten Unebenheiten der Kunst glätten und verdecken konnte. Mit dem schlaffen Gefühl eines überstandenen Sturmes setzten sich die Kirchenbesucher – mittlerweile hatten sie alle Bänke gefüllt – nieder, denn der Herr Vikar war vorne am Altar vor das Brautpaar getreten und hielt seine Ansprache. Von ehelicher Liebe, Treue und vom Gehorsam sprach er. Dabei redete er das Paar mit Du an, wie es der Brauch war und wie es ihm ja auch im Hinblick auf sein greises Haupt zukam. Seine Worte klangen väterlich. Wenn man dann noch seine zittrigen Hände sah, die mit der heiligen Stola die verschlungenen Hände des jungen Paares umwanden, blieb man nicht ohne Rührung. Klar und gehalten klang dann das Jawort des Bräutigams durch den heiligen Raum, hoch und zart das der Braut.

Nun begann die Messe. Das gläubige Volk betete. Die Jungen unterhielten sich über das Brautkleid, andere wieder ließen die Vermutung laut werden, die Ursel könnte möglicherweise schon in anderen Umständen sein, da es mit der Heiraterei auf einmal so pressiert habe. Der Zacherl aber und seine dreizehn Getreuen ließen zu Gottes Lob die Messe in B-Dur erschallen, die an allen mittleren Festtagen des Kirchenjahres fällig war. Den Höhepunkt bildete darin stets das Benedictus, weil da die Drexler-Kathi, die Primadonna des Chores, eine Solopartie zu bestreiten hatte.

Der Priester erteilte dem Brautpaar und allen Anwesenden den Segen. Das war für den Zacherl und seine Schar das Zeichen zum Abgang. Sie wollten stets als die ersten zum Kirchenportal hinaus, damit keiner der Kirchenbesuchern ihren Blicken und dazugehörigen Bemerkungen entginge.

Kaum hatten die Sänger den Kirchhof erreicht und dort den ihnen zustehenden, zur Beobachtung trefflich geeigneten Platz bezogen, stieg der Müllner-Peter leise mit seinen drei Kohlstätterbuben die Chortreppe hinauf. Er klappte ganz sachte den Orgeltisch auf und fing, erst mit einem, dann mit zwei Fingern, ein zartes Vorspiel an. In der Kirche reckten alle wie auf Befehl die Köpfe, aber sie sahen nichts, denn die Buben standen ganz dicht beim Peter. Nachdem er ihnen das Lied eingespielt hatte, sah er aus ihren leuchtenden Mienen, dass sie den Ton des Einsatzes im Gehör hatten. Er setzte ab – und sie begannen:

»Und ein Vöglein ist die Liebe …«

Die Leute hielten den Atem an. Hatte man denn je so etwas gehört? Ja freilich, Ursel, das sind die Kohlstätterbuben! Wer denn sonst? Und das Lied von der Liab, das sie singen, das hat der Peter geschrieben für dich zum Andenken.

Das Brautpaar verließ die Kirche. Lächelnd und mit feuchten Augen schritt die schöne Ursel am Arm ihres Mannes.

Da stand ein großer Leiterwagen, geschmückt mit dem ersten Grün des Waldes und mit bunten Tüchern behängt. Vorgespannt waren die zwei schweren Rappen vom Auer-Hof in Walchsee. Der Großknecht trat vor, sagte zum Sepp: »Bauer, hast doch nix dageg'n!«, und hob die Ursel auf seine mächtigen Arme. Er trug sie zum Leiterwagen und ließ sie dort behutsam niedergleiten. Dann sprang er wieder herab vom Wagen, gab dem Sepp die Zügel des Gespanns in die Hand und schrie:

»Steigt's aufi, Leit, mia hab'n jetz unserne Bäuerin! Bauer, ziahg o!«

Da setzte eine Blechmusik ein. Jodelnd und singend gingen alle neben dem ungewöhnlichen Brautwagen her und geleiteten ihn zum Ebert-Wirt hinüber, wo dann das ganze Dorf bis in die tiefe Nacht hinein die Hochzeit der Müllner-Ursel mitfeierte.

Der neue Besen

Das ganze Dorf? War es wirklich das ganze Dorf, das mitfeierte? Zacharias Aschenbrenner und seine dreizehn Musikanten kochten und schäumten vor Wut. Die Stätte ihrer jahrzehntelang unbehelligten und peinlich abgeschirmten Wirksamkeit war durch einen Eindringling hinter ihren Rücken entweiht worden.

Jetzt saßen sie in der großen Wohnstube beim Zacherl, tranken Bier und tobten. Nur waren hier, im Gegensatz zum Einsatz beim Brautlied, die Männer den Weibern um einen Takt voraus. Während nämlich die sieben Sirenen ihre Aufregung kundttaten, erwogen die Männer bereits Schritte, um diese Missetat zu ahnden.

Der Sattler-Hans, der stets einen säuerlichen Geruch um sich verbreitete, ansonsten aber ein rüstiger Siebziger, verschaffte sich mit seiner rauen Bassstimme im Gekeife der Weiber Gehör. Er erklärte, dass man geschlossen zum Herrn Vikar gehen und ihm den Chordienst aufkündigen müsse.

»Und in der Kirch seht ihr mi nacher nimmer!«, warf giftig die Kathi dazwischen.

»Mi a net!«, ergänzte die Brunnbauer-Nanni, von der es sowieso hieß, dass sie schon lange vergessen habe, wie man das Kreuzzeichen mache. Der Mesmer-Jackl, dem beim Reden der rotbraune Schnauzbart wippte, gab dagegen zu bedenken, man dürfe nicht voreilig mit der Kündigung sein. Es wäre ja möglich, dass der Herr Vikar die Kündigung annähme. Seitdem der Müllner mit dem Vikar wieder ausgesöhnt sei, steckten die beiden häufig zusammen, und so könnte es schließlich ganz dumm ausgehen. Ja freilich, das stimmt! Man will mit der sogenannten Kündigung doch das Gegenteil erreichen. Du lieber Himmel, was wäre das für eine Blamage, wenn man nicht mehr singen dürfte! Man könnt sich nicht mehr unter die Leut wagen.

Der Schuster-Beni, die Kanone unter den drei Tenoristen, glaubte jetzt dem Zacherl ein wenig auf den Bauch pinseln zu müssen und meinte, der Vikar werde sich die Annahme der Kündigung sehr wohl überlegen. Eine solche Kraft wie den Zacherl könne er weit und breit suchen, aber nirgends finden.

Diese Bemerkung tat dem Chormeister wohler als die bereits dritte Maß Bier. Er strich sich den Schaum vom Bart und sprach: »Moants ös, Leit, i fürcht mi? Naa, i hab mi no nia net gfürcht, und vor dem Müllner-Buam glei gar net! A so a weng Hudrifludri auf oam Register, dös kann der Dümmste. Aber so richtig mit alle zehn Finger – dös braucht könna, Leit, dös braucht könna!«

»Und wie wär's, wann ma dem Müllner-Buam oafach an saubernen Briaf schreiben und ihn dadrin ordentlich zsammabürschteln tät?« So ließ sich der Dinkel vernehmen, der vor langen Jahren einmal Gemeindediener gewesen war und sich etwas aufs Schreiben verstand.

So eiferten und diskutierten sie hin und her. Schließlich gingen sie ohne Entschluss heim. Mit der schmerzenden Ernüchterung erwachte aber am nächsten Tag auch die erlittene Schmach wieder. Nachdem die gestrige Sitzung kein Resultat gezeigt hatte, begab sich der Meister der lauten Töne kurz entschlossen zu Pfarre und bat den Herrn Vikar um eine ernste Unterredung. Johann Georg Aiblinger hatte die Dinge kommen sehen und daher am Hochzeitstag selbst noch mit dem Müllner-Peter in dieser Sache ein Wort gesprochen.

So begrüßte er den Chormeister mit der üblichen Freundlichkeit und führte ihn nach oben in sein Zimmer. Der Aschenbrenner rülpste vor lauter Aufregung ein paarmal, als sie die Treppe hinaufgingen, und ließ sich dann mit selbstbewusster Geste in den alten Ledersessel fallen.

»Herr Vikar, die Sach' is nämlich die: Was gestern passiert is, dös kann i net verschmerzn. I bitt Eahna deshalb, Herr Vikar, lossen S den Chordienst macha vo wem S wolln, meinswegn vo dem Müllner-Buam! Basta!«

»So, so, Zacharias Aschenbrenner! Du willst die Flinte ins Korn schmeißen. Nun ja, ich kann's verstehen. Du bist auch nicht mehr der Jüngste und es wird dir zuviel. Ich hab schon öfters drüber nachgedacht. Nur hab ich dir nicht wehtun wollen. Aber weil du jetzt selber davon angefangt hast, Zacherl, kann ich dir's ja sagen. Du hast deine Sach mit vieler Müh all die langen Jahr recht brav gemacht. Und ich dank dir auch im Namen der ganzen gläubigen Gemeinde! Jetzt aber ist's Zeit, dass das Blut wieder einmal aufgefrischt wird.«

»So, Herr Vikar, Zeit ist's? Is dös der Dank, den unseroans verdient hat? Sauber, sauber!«

»Ja aber, Zacherl, wie kommst du mir denn vor? Du hast doch selber gesagt, dass du nicht mehr willst. Und dass wir alt werden, ja mei, Zacherl, das trifft uns alle. In derer Hinsicht bist du sogar noch um zehn Jahr besser dran als ich. Es nützt aber nichts, Zacherl, wegen uns darf die Welt nicht still stehn.

Wenn du jetzt hergehst und dem Müllner-Peter, dem ich das Amt des Chormeisters übergeben will, Prügel zwischen die Beine wirfst, was hast du davon? Meinst du etwa damit ist etwas ausgerichtet? Gar nichts ist ausgerichtet! Im Gegenteil, du selber wirst von deiner eigenen Galle gefressen, und der andere tut doch, was er will, und wird's auch ausführen, weil er eben noch jung ist. Wenn du ihm aber mithilfst, dann wird er sich freuen, er wird deine Verdienste, die dir niemand anzweifelt, achten. Du selber aber wirst an dir merken, dass du in der Zusammenarbeit mit der Jugend selber jünger wirst. Ist das etwa nichts, Zacherl?«

»Ja freilich, Herr Vikar! Aber die andern ...«

»Immer wieder die andern! Mit den andern ist's genauso wie mit dir. Von euch allein hängt's jetzt ab, wie ihr euch zu ihm stellt.«

Zacharias Aschenbrenner lächelte. Ein wenig Qual saß in diesem Lächeln. Das konnte wohl nicht anders sein.

Am Abend dieses Tages klopfte es beim Zacherl, und der Müllner-Peter trat ein. Der Zacherl begrüßte ihn kurz und verhalten, stellte ihm aber dann eine Maß Bier hin.

Nichts für ungut, sagte der Peter, aber er sei nur gekommen, um zu erfragen, was für eine Messe sich der Zacherl fürs Osterfest ausgesucht habe. Denn er wolle vorläufig in den Chorproben alles beibehalten, was bisher üblich gewesen wäre, natürlich nur, wenn die andern mittäten.

Da staunte der Zacharias.

Freilich, freilich, wenn das so wäre, dann könnte man ja wieder die Messe in F-Moll nehmen. Die habe ein so feierliches Credo, *resurrexit sicut dixit et cetera.* Der alte Zacherl summte es gleich ein wenig vor sich hin und machte ein paar lebendige Gesten dazu.

Natürlich, erwiderte der Peter, diese Messe werde man singen. Und wenn es dem Zacherl recht wäre, so solle er ruhig die Orgel übernehmen, während er selber den ganzen Chor dirigieren werde. Und wann könnte man mit der Probe beginnen? Am kommenden Samstag gleich. Gut, dann möge er, der Zacherl, doch so freundlich sein und die Chorsänger und -sängerinnen zur Probe bestellen.

Peter ging.

Dem Zacherl pochte schier das Herz höher. Nein, weiß Gott, da brauchte niemandem bange zu sein! Der junge Müllner war in Ordnung.

Der Samstag kam.

Die sieben sangeskundigen Weiber standen am Chor, gespreizt wie aufgeplusterte Truthennen. Die sechs Männer schoben sich herein wie altersgraue Findlinge. Da erschien der Peter und mit ihm die drei Kohlstätterbuben. Was wollten denn die? Die Weiber zischelten untereinander.

Peter begrüßte sie alle kurz und stellte sich dann an das Dirigentenpult, das wohl da, aber noch nie benützt worden war. Der Zacherl spielte im Bewusstsein dessen, dass dem Peter die zarten Register vielleicht lieber sein könnten, leise und mit gedeckten Stimmen ein. Dann aber brausten die dreizehn Sänger los. Sie hatten die Messe schon an die fünfzigmal gesungen, so wäre es doch gelacht, wenn man da noch schüchtern sein sollte. Sie kümmerten sich um keinen Dirigenten, um keinen Orgelpunkt und kein *diminuendo*. Wie ein breiter Strom von Brei floß der Gesang daher, zäh und ohne Rücksicht alles Musikalische niedertretend. Dem Zacherl war nichts anderes übriggeblieben, als nach und nach die übrigen Register zu ziehen, damit das Ganze wenigstens noch ein wenig Klang bekäme.

Das war das Kyrie.

Herr, erbarme dich unser!, dachte der Müllner-Peter. Hier bedarf es der Arme von Göttern, um einen solchen Strom zu bändigen. Mit dem Gefühl, eine große Sache würdig verrichtet zu haben, schauten ihn die dreizehn Stimmgewaltigen an. Was sollte er ihnen sagen? Was hätten die alten Lateiner in ähnlichen Fällen getan? Hätten sie nicht gesagt: *Divide et impera* – teile, und du wirst herrschen?

»Es is guat«, sagte er also, »aber es geht a weng wild auf.« Dann ließ er den Sopran allein singen. Da waren sie schon manierlicher, weil sie sich nicht mehr so sicher fühlten. Beim Alt wuchs die Unsicherheit sogar so sehr, dass die drei vollkommen aus dem Gleis gerieten und mittendrin einfach aufhörten. Tenor und Bass gaben für sich allein kaum noch etwas Stimmliches ab. Nun hatte er ihnen gezeigt, sie selbst hatten sich bewiesen, wie hohl das Können war, auf das sie sich einen solchen Haufen einbildeten.

Aber er gab mit keiner Miene zu verstehen, wie sehr er sie durchschaut hatte, obwohl sie nur darauf warteten, um dann mit hochgezogenen Schultern und entrüstet den Chor verlassen zu können. Er setzte sich selbst an den

Spieltisch der Orgel und sang eine jede Stimme so vor, wie sie in der Partitur stand, leise und mit einem Ausdruck, wie es dem alten liturgischen Texte gebührte: *Kyrie eleison*, Herr, erbarme dich unser!

Freilich, dachten sich die Weiber, so kann man's auch singen! Aber was ist denn das schon? Was denken sich die Leut, wenn man so was daherwinselt? Sie denken sich, dass man nicht mehr kann wie früher, dass man alt geworden ist und keine Luft mehr hat. Nein, das geht nicht! Der Müllner-Bua mag sagen, was er will, sie lassen sich von den Leuten nicht bereden.

Als sich der Peter wieder an das Dirigentenpult begab, wisperten sie untereinander, und als es dann losging, schrien sie in der alten gewohnten Weise. Ja, die Männer verzogen sogar ihre Gesichter zu einem schadenfrohen Grinsen, als sie merkten, dass die Weiber in Opposition getreten waren.

Peter brach mitten im Gesang ab. Sie wollten sich erst gar nicht beruhigen, sondern ihre gute Sache bis ans Ende führen. Er klopfte energisch auf das Notenpult.

»Buam«, sagte er dann zu seinen drei kleinen Freunden, »der Christi und der Hansel singen oben und der Micherl singt dös Untere da, gell?«

Die Buben stellten sich ans Dirigentenpult und schauten in die Partitur. Peter setzte sich an die Orgel und spielte ein.

Das war wahrlicher Kirchengesang! Frisch, freudig und demütig wie ein Gebet. Aber sie brachten das Kyrie nicht zu Ende. Die Drexler-Kathi wurde plötzlich von einer tiefen inneren Wut gepackt. Sie warf das Notenblatt auf den Fußboden und keifte: »Nacha könna ja d' Buam singa!« Und ab ging sie. Diese heldische Geste verfehlte bei den sechs anderen Weibern ihre Wirkung nicht. Auch sie taten die Notenblätter weg und folgten ihrer

Primadonna. Die Männer aber sahen sich erst eine Weile an, dann gingen auch sie. Ihr Weggehen hatte seine Begründung lediglich in der kameradschaftlichen Verbundenheit. An sich gefiel ihnen der Gesang der drei Kohlstätterbuben durchaus.

Peter saß noch auf der Orgelbank. Nun wandte er sich seitlich zum Aschenbrenner: »Zacherl, wollt Ihr a gehn?« Der zuckte mit den Schultern und sagte kleinlaut: »Ja mei, Müllner-Peter, i werd halt mitgehn müassn!« Dann nahm er seinen Hut, steckte die Brille in die Westentasche und verschwand auch.

»So Buam«, sagte Peter nach einer geraumen Zeit, »jetzt san ma alloan. Und in acht Woch'n is Ostern!«

Die Buben aber zeigten ihm lächelnd ihre Zähne, und der Hansl meinte: »Der Lengauer-Sepp möcht gern singa und der Parigger aus der Huben a.«

Der Christi überstürzte sich fast: »Ja, und der Seppenbauer von Mitterleiten, und der Lacher-Jackl und der Noichl-Schorsch vom Mesmergut. Alle taten s' so gern mitsinga!«

Der Micherl aber flüsterte ganz leise: »Und 's Ertlbauer-Marei hat mi fei gfragt, ob dös net gang, dass si a mitsinga derfat?«

Da wurde dem Peter auf einmal leicht ums Herz. Sollte er denen nachlaufen, die seine Mühe immer nur mit Widersetzlichkeit lohnen würden? Nein! In seiner Kirche hatte ihm der Herrgott gezeigt, dass ihm ein junges Lied künftig angenehmer wäre.

»Buam, jetz betn ma a Vaterunser!«

Zu viert knieten sie nebeneinander an der Brüstung der Empore und sprachen mit verhaltenen Stimmen ins abenddunkle Gotteshaus hinab, aus dem ihnen die rote ewige Lampe entgegenflimmerte: Vater unser, der du bist im Himmeln, geheiliget werde dein Name!

Fünfundzwanzig Jahre zählte Peter Huber, als er bei Sankt Michael zu Sachrang Chormeister wurde – ohne Chor. Er blieb in dieser Stellung bis zu seinem Lebensende. Als er starb, war das ganze Priental sein Chor, alle sangen seine Lieder.

In den folgenden Tagen besprach er sich mit dem Vikar. Sie hatten sich beide die Auseinandersetzung friedlicher vorgestellt. Nun, da es aber so gekommen war, fanden sie keinen Grund dem Gewesenen nachzutrauern. Man muss die Dinge nehmen, wie sie sind, nicht wie man sie gerne haben möchte! Dieser Grundsatz eines Darius von Lilien kam Peter wieder in den Sinn.

So nahm er die Partitur jener Messe in F-Moll und begann in den Abenden, oder wenn ihm sonst die Betreuung seines Anwesens Zeit ließ, aus der vierstimmigen eine Messe für drei Knabenstimmen zu schreiben. Noch während er damit beschäftigt war, brachten ihm die Kohlstätterbuben ihre sangeslustigen Freunde. Er prüfte ihre Stimmlagen und teilte sie in drei Gruppen ein: erster und zweiter Sopran, eine Altstimme.

Eines Tages kam auch das zehnjährige Marei vom Ertlhof zur Probe und fragte im Namen der Mutter des Ertlhofs, ob es ebenfalls mitsingen dürfe. Er prüfte das Mädchen und war erstaunt, wie notensicher es war. Nun ja, sie hätte etwa vor einem Jahre zu Hause am Dachboden eine alte Flöte gefunden und hätte auf dem Ding solange herumgeblasen, bis schöne Melodien daraus hervorgekommen wären. Ob sie ihm was vorspielen dürfe? Ja freilich dürfe sie das!

Da zog das Mädchen aus dem weiten Rock eine zweiteilige Flöte heraus und begann mit soviel Reinheit und Geläufigkeit selbsterfundene Weisen zu spielen, dass es Peter unfassbar schien, wie so etwas möglich war. Ohne Anleitung, ohne jegliche vorausgehende Kenntnis des

Instruments eine solche Virtuosität an den Tag zu legen – das setzte eine seltene Begabung voraus. Das Marei freute sich, als es sah, wie sich der Müllner-Peter wunderte, und jubilierte auf der Flöte weiter.

Da kam ihm plötzlich ein Gedanke: Er würde zu der dreistimmigen Messe auch noch eine Flötenstimme hinzuschreiben. Das wäre dann für Sachrang etwas ganz Neues. Nur musste er dem Marei noch die Noten beibringen.

Dann begannen die Proben in der Ölbergkapelle. Der Chor bestand aus sechs ersten und fünf zweiten Sopranstimmen und vier Altisten. Jede Stimme wurde von einem der Kohlstätterbuben geführt, weil diese bereits Erfahrung hatten. Es war nicht leicht, den urwüchsigen Söhnen des Gebirgs beizubringen, dass singen und schreien zweierlei Dinge sind und dass die Kunst vor allem im leisen Gesang besteht. Peter verfügte jedoch über viel Geduld. So merkte er mit jeder Probe mehr und mehr, wie ihm die Herzen der Buben entgegenkamen.

Nicht ganz so manierlich war das Marei. Die Kleine hatte einen eigensinnigen Kopf. Wie Peter erwartet hatte, spielte sie nach knappen zwei Stunden die ganze Messe glatt herunter. Ob dies vom Blatt oder aus dem Gehör geschah, ließ sich nicht feststellen. Dabei brachte sie manchmal mit ihrer Flöte Variationen an, die klanglich zwar richtig, aber mit der Würde des Kirchengesanges nicht vereinbar waren. Wenn ihr das verboten wurde, bockte sie. Peter überlegte oft, wie er ihrem Innern beikommen könnte.

Ob ihre Sturköpfigkeit bloß dem Umstand zuzuschreiben war, dass die väterliche Erziehung fehlte? Vielleicht hatte sich der Ertlbauer überhaupt nicht viel um sie gekümmert. Und die Mutter ließ sich wahrscheinlich von ihrem einzigen Kind tyrannisieren.

Peter versuchte es mit dem Mädchen in Güte – das machte sie nur noch verstockter. Er herrschte sie an – das ließ sie kalt. Dann dachte er: Vielleicht ist's am besten, man schert sich nicht um sie und straft sie mit Gleichgültigkeit – und siehe, das half.

Sie wollte beachtet werden, egal, ob im Guten oder im Bösen. Peter ließ sie also ihre Variationen spielen und wandte sich dann nur an die Buben mit der Bemerkung, sie sollten jede Note so singen, wie sie auf dem Blatt stünde. Weil diese Worte an die Buben gerichtet waren, wirkten sie auf das Marei. Das war nämlich eine andere Besonderheit des Mädchens: Das Marei wollte mit den Buben gleichberechtigt sein. Sie verkehrte auch nur mit Buben.

Unter diesen und anderen kleinen Schwierigkeiten vollzogen sich in der Ölbergkapelle die Chorproben. Ganz Sachrang und alle eingepfarrten Weiler und Höfe ringsum befanden sich in gespannter Erwartung, als am Ostersonntag die Glocken zum Gottesdienst riefen. Namentlich die Eltern und Anverwandten der mitwirkenden Kinder waren vertreten. Diese hatten in den vergangenen Wochen zu Hause immer über den Gang der Proben berichten müssen. Auf solche Weise hatte sich die Ehrfurcht der Kinder vor dem Müllner-Peter auch ein bisschen auf die Erwachsenen übertragen, und manch ein gutes Wort wurde über den Müllner-Sohn gesprochen.

Feierliches Schweigen stand im Kirchenraum. Durch die buntbemalten Fenster spielte die freundliche Ostersonne herein und glitzerte auf den frischpolierten Messingarmen des alten Lusters. An der Sakristeitüre erklang das silberne Glöcklein. Mit zwölf Ministranten schritt der Konsistorialprälat Ephraim Wurmer vom bischöflichen Kapitel Chiemsee an den Altar. Hinter ihm ging der alte Vikar. Dieser hatte den Prälaten zur besonderen Erhöhung der kirchlichen Feierlichkeiten eingeladen.

Ephraim Wurmer, ein gepflegter Mann in den mittleren Jahren, brachte schon in seinem äußeren Auftreten die Berufung zum höheren Grad der kirchlichen Hierarchie zum Ausdruck. Als er aus der Sakristeitüre schritt, schaute er hinter sich zum Kirchenchor hinauf, und als in diesem Augenblick die Orgel aufjubelnd einsetzte, glättete sich seine Miene in würdevoller Eleganz.

Der Vikar nahm ihm die Mitra ab, die ganze Assistenz kniete zum Staffelgebet nieder und der Müllner-Peter spielte eine feine Harmonie an. Und ebenso fein, kaum dass man den Übergang wahrnahm, setzten die klaren Stimmen der Knaben zum Gesang ein. Da konnte man an die Engel denken. Die Worte klangen, als ob sie aus einem einzigen Mund kämen. Da war kein Vorauseilen und kein Hemmen, kein willkürliches Hervortreten der einen und kein Zurückweichen der anderen Stimme. Auch die Flötenweise schlängelte sich verhalten durch die Melodie hin und umrahmte die Darbietung, so wie Floskeln ein barockes Gemälde bekränzen.

Wer diesem Gesang lauschte, der betete im Geiste mit und fühlte sich emporgetragen in jene Gottesnähe, die singenden Herzen offenbart wird. Selbst der geistliche Würdenträger am Altar musste sein Gebet unterbrechen und dieser erhebenden Harmonie lauschen.

Das Kyrie verhallte.

Ephraim Wurmer stimmte die gregorianische Melodie des hochfestlichen Gloria an. Jene Melodie, von der die größten Meister der Töne sagten, dass sie sich glücklich schätzten, wenn sie sie erfunden hätten. Vom Chor herab antwortete zunächst ein Präludium für Orgel und Flöte allein. Zacharias Aschenbrenner, der sich ganz hinten in eine Ecke der Kirche gezwängt hatte – er war selbst ein nicht unbedeutender Flötist –, fühlte die Gänsehaut über seinen Rücken hinablaufen und dachte: Ja Kruzitürken, wia blast denn bloß das Deandl! Hat sie zwei Lungen, oder hat sie ein Instrument, das keine Luft braucht?

Dann setzten wieder die Knaben ein. Diesmal mit breiter Wucht und weit ausladend, als gälte es, das Lob Gottes über alle Berge rings hinauszutragen und im ganzen bayerischen Land zu verkünden: Ehre sei Gott in den Höhen, Friede allen Menschen auf Erden, wenn sie nur guten Willens sind!

Als die Ernte eingebracht war und der Altweibersommer seine glitzernden Fäden wie Schleier durch den lauen Talwind aufwärts treiben ließ, kurz vor Allerheiligen, blieb der Müllner-Schorsch eines Morgens in seiner Kammer. Die Fanni schaute nach ihm und sagte dann zum Peter, der Vater läge immer noch im Bett und habe ihr keine Antwort gegeben. Alsgleich betrat Peter die Kammer. Er betrachtete den Vater und sah, dass er gelähmt war. Das war wohl der Anfang vom Ende.

Peter schickte einen der Kohlstätterbuben zum Herrn Vikar Aiblinger. Sie gingen gleich alle drei und hatten sehr betrübte Gesichter. Sie liebten den Müllner-Vater. Während der halben Stunde, ehe sie mit dem Geistlichen zurückkamen, versuchte Peter mit Kampfer und einem belebenden Trank die Kräfte des alten Mannes zu erfrischen, seine Bemühungen waren jedoch umsonst.

Als der Vikar sah, dass der Greis nicht imstande war, eine Beichte abzulegen, betete er ihm Reue und Leid vor.

Anno 1796

Wie ein unheilvoller Kometenschweif zog sich die Flut der Schreckensnachrichten aus Frankreich über den ganzen europäischen Kontinent. Den Nachrichten folgten später Armeen. Diese wühlten auf und stürzten um. Zwanzig lange Jahre später hatte das alte Abendland ein neues Gesicht und seine Völker hatten neue Ideen. Sie schritten im Schatten, nicht im Licht, der noch in Paris proklamierten Parole »Freiheit, Gleichheit und Brüderlichkeit«.

Die Bauern streuten die Saat aus und ernteten die karge Frucht. Sie fuhren zur Mühle und buken schwarzes Brot. Sie fällten in den Wäldern ihr Holz und brachten es in die Säge. Dann besserten sie ihre Dächer und Ställe aus. Jahraus, jahrein. Wurde einer unter ihnen krank, so holten sie den Müllner-Peter. Lag einer im Sterben, holten sie den Vikar. Diese beiden Männer gestalteten die wenigen bewegten Tage des Jahres.

Der Knabenchor hatte sich gewandelt. Die Buben hatten Stimmbruch bekommen und wurden langsam junge Männer. Ihre Notenblätter mussten in jüngere Hände gelegt werden. Sie selber wollten aber nicht gehen. So schrieb ihnen der Peter neue Noten im Tenor- und Bassschlüssel. Manchen behagte das Singen nicht mehr. Für sie besorgte Peter eine Posaune. Und der Lugauer-Hias, der bereits sechzehn Jahre zählte und hundertfünfzig Pfund wog, wobei ein gutes Drittel allein auf den Brustkorb fiel, blies die Basstuba. Man durfte ihn jedoch nicht anschauen, wenn er am Spielen war. Denn seine ohnehin dicken Backen blähten sich auf wie bei einem Hamster. So reizte er zum Lachen.

Neun Geigen, vier Klarinetten, ein Hochholz, acht Blechinstrumente und zwei Kesselpauken, das war der

Hintergrund, vor dem sechsundvierzig junge Stimmen durch alle Höhen und Tiefen der Tonleiter jubelten, fest, sicher und in strahlender Frische. Das war das Werk von vier Jahren Arbeit.

Das Marei hatte Notenschreiben gelernt und sich die Flöten- und Bratschenstimme selbst aus der Partitur herausgeschrieben.

Tagsüber war sie beschäftigt, beim Pauliel in der Kohlstatt – sie lernte das Schreinerhandwerk. Das hatte schwere Auseinandersetzungen mit der Mutter gegeben. Als diese erfolglos geblieben waren, hatte sich auf Bitten der Ertlbäuerin der Müllner-Peter ins Mittel gelegt. Er hatte dem Mädchen zu bedenken gegeben, dass infolge des harten Zupackens in der Schreinerei die Finger ungelenkig und zum Spielen von Flöte und Bratsche untauglich würden. Doch sie hatte ihm schlagfertig erwidert, er selbst sei ein Bauer und Müller und müsse auch hart zugreifen, und dennoch verstünde er alle möglichen Instrumente zu spielen. Außerdem sei die Beschäftigung einer Bäuerin in Küche, Keller, Stall und Stadl mindestens ebenso hart und den Fingern noch viel unzuträglicher. Hingegen sei das Schreinerhandwerk reinlich und sauber und man sehe, dass sich unter den Händen etwas gestalte. Eine Bäuerin müsse vom Morgen bis in die sündige Nacht hinein werken, das gleiche Eintönige Tag um Tag, und sehe niemals, dass etwas geworden sei.

So war also Marei zum Pauliel in die Lehre gekommen. Er nahm sich des Mädchens mit ganz besonderer Zuneigung an und machte es sich zur Ehrensache, gerade aus diesem Lehrling einen ordentlichen Schreiner zu machen.

In den drei Jahren war das Marei groß und kräftig geworden. Als sie in diesem Frühjahr bei der Zunftlade in Prien ihr Gesellenstück gemacht hatte und freigesprochen worden war, konnten sich die Meister nicht genug wundern. Einige hatten sogar Zweifel gehabt, ob es im Handwerk überhaupt eine Gesellin gebe. Die eichene Wäschetruhe mit den eingelegten Blumen in Goldbirke war aber so peinlich sauber gearbeitet, dass sie bloß ihre Köpfe geschüttelt und ihre drei Kreuze als Unterschrift auf den Gesellenbrief gemalt hatten.

Jeden Tag verweilte jetzt das Mädchen zwei oder drei Stunden in ihrer Kammer, wo sie geigte und flötete. Und am Abend ging sie hinunter in den Aschacher Grund zum Müllner-Peter. Dort wurde weiter musiziert. Zwischendurch fiel dann und wann ein persönliches Wort, einmal auch über die Wirtschaft am Noppenberg. Marei erklärte scharf und kühl, dass sie niemals Bäuerin werde und den Hof am ersten Tag nach der Übernahme dem ersten besten Kauflustigen abtreten werde. Als Peter erwiderte, dass dann vielleicht er selbst unter den Kauflustigen sein könnte, sagte das Mädchen rasch: »Nachher kriegst du und du alloans dös ganze Sach und mi übernimmst a mit.«

Über diese Bemerkung musste der junge Müller zunächst lächeln, doch sie beschäftigte ihn noch wochenlang. War das Mädchen schon so reif? Konnte dieses Wort einen tieferen Sinn haben? Sollte das fünfzehnjährige Marei zu ihm, der auf die Dreißig zuschritt, auch noch eine andere Neigung fühlen als die der Schülerin zum Lehrmeister?

Derlei Fragen beschäftigten Peter oft am Getreideboden beim Geklapper der Mühle oder hinter dem Pfluge am Acker.

Nun war der Sommer ins bayerische Land gekommen und mit ihm – die Franzosen. General Moreau saß in München. Sein Heer lag, in verschiedene Abteilungen aufgegliedert, an allen Straßen, auf denen die Österreicher hätten zum Gegenstoß aufmarschieren können.

Als die Bauern in Sachrang diese Kunde vernahmen, bekreuzten sie sich. Die Weiber beteten schnell ein Vaterunser.

Im Aschacher Grund war große Orchesterprobe. Der Herr Chirurgus Russegger war auch dabei, aber nur zum Zuhören. Denn seine Kunst auf dem Hackbrett eignete sich schlecht für Musik aus Mozarts »Zauberflöte«. Dagegen hatte diesmal der Knecht Thomas Krautnudel die Ehre, an Peters Harfe zu sitzen. Nach dreimonatelanger Übung war's ihm endlich gelungen.

In der Mühle am geräumigen Mehlboden hatten sie ihre Notenpulte aufgestellt. Bei jedem brannte eine Kerze. Eben verrann ein Adagio. Der Müllner-Peter klopfte mit dem Taktstock auf sein Pult: »Kinder, Kinder, dös war a Bier-Musik. Naa, so was krachats!«

Die Spieler murmelten.

»Also, noch amal von vorn! Und nachher, wenn's Marei mit der Flöt'n einsetzt, nachher muss dös sein, wie wann i ein seidenes Tücherl über euch breiten tät. Ganz, ganz stad und a bisserl liab. Also gell? – Marei, gib's A!«

Das Marei stimmte an, die anderen stimmten auf A ein. »Habn mers?« – Wieder klopfte der Müllner-Peter. – »Auf geht's! ... drei, vier!«

Innig und in langen Strichen begannen die Geigen, ein paar Tonkaskaden der Harfe perlten dazwischen, verhaltener Akkord in G-Dur, dann setzte klar und sauber die Flöte ein. Ob sich Mozart vorgestellt hatte, dass auch der Mund eines aufblühenden Mädchens einmal diese Weisen in Reinheit und Vollendung gestalten würde?

Peter klopfte auf das Pult: »Mei' Gott, is dös was Schöns!«

»Spielt's es halt noch amal!«, ließ sich der Chirurgus vernehmen. »A so a Musik hab ich mei Lebtag noch net ghört!«

Der schwere Lugauer-Hias sagte: »Herrschaftsseitn. Marei, wie du dös nur so zsammenbringst?«

»Ja mei!«, erwiderte das Marei schlicht und schwieg.

Mit lächelnder Miene darauf der Müllner-Peter: »'s Marei hat halt, wie man sagt, a saubernes Flötengoscherl!«

Da platzte der Hias heraus: »Und wann dös Goscherl erst mit'm Busseln anfangen wird! Kruzinesn!«

»Nachher bist aber du der Letzte, wo drankommt!«, gab das Marei schlagfertig zurück. Und alle lachten.

»Jetzt weißt's Hias!«, sagte der Rusegger.

Peter klopfte wieder: »Hab'n mers? – Also vier Takt, bvor d' Flötn einsetzt!« – Alles war ruhig.

Da hörte man plötzlich ein schweres Schlagen an einem Holztor. Und im nächsten Moment flog unten die Tür auf. – »*Ça ira, ça ira!*« So schreiend polterten raue Männer die Treppe herauf. Mit Gewehren, auf denen die lange Bayonette strotzte, standen sie am Mehlboden und lachten.

»*On nous dit bonjour avec la musique!*« Sie begrüßen uns mit Musik!, sagte einer in schlechtem Französisch, denn er war aus Lothringen.

»*Pas mal!*«, erwiderte ein anderer, ein Sergeant, anerkennend und schritt geradewegs auf das Marei zu. »*Voilá une* Mädschen! *S'il vous plait, jolie garçonne!*« Darf ich bitten, hübscher Jungenkopf! Und er fasste sie um die Hüften. Im selben Augenblick aber schlug ihn das Marei mitten ins Gesicht, sodass er einen Schritt rückwärts trat, gerade so weit, dass ihn der Müllner-Peter von seiner kleinen Kiste, auf der er stand, an den Schultern erreichen und zur Seite schleudern konnte. Er prallte gegen einige Mehlsäcke und kollerte daran herunter. So saß er auf dem Boden, seine Miene bot wenig heldische Prägung. Seine übrigen Kameraden sahen jedoch nicht untätig zu, sondern legten sofort Hand an Peter und den Chirurgus, wie auch an den Lugauer-Hias, weil er unter den Jugendlichen der größte war. Der Knecht Krautnudel entwich hinter der Mehlkiste und gelangte durch einen Fenstersprung in die freie Nacht hinaus.

Während die Franzosen Peter, den Rusegger und den Lugauer an das Strebegebälk hinbanden, raffte sich der Sergeant vom Mehlboden auf, packte das Marei und zerrte es die steile Treppe hinab hinter die Mühle zur flachen Böschung des Baches.

Eine Weile danach schrie das Mädchen so jämmerlich, dass das Entsetzen allen bis ins Mark hineindrang.

Die anderen Buben hatten sich verlaufen.

Als dann der Sergeant zurückkehrte – sein Gesicht war stark zerkratzt und er blutete am Schnurrbart –, befahl er den Mehlboden von allen Säcken zu räumen und die Beute auf die Pferde zu laden. Er ließ die Mehlkiste von vier Soldaten anheben. Weil sie ihnen aber zu schwer war, ordnete er an, sie sollten doch ihre Notdurft dahinein verrichten. Die wüsten Gesellen grinsten und johlten wieder: »*Ça ira, ça ira!*«

Dann deutete er auf die drei Angebundenen und schrie: »*Fusiller!*« Erschießen!

Die Soldaten nahmen ihre Gewehre zur Hand, schoben Kugeln in den Lauf und taten Pulver auf die Pfanne.

Da sagte Peter Huber mit monotoner Stimme: »*De quel droit sont fusillés les neutres*?« Mit welchem Recht werden Neutrale erschossen?

»*Les neutres? Chien! Depuis quand l'Autriche est neutre?*« Die Neutralen? Du Hund! Seit wann ist Österreich neutral?

»*Erreur, mon vieux!*«, erwiderte der Müllner-Peter. »*Ici, c'est la Baviere!*« Hier ist Bayern!

Da schauten sich die Soldaten gegenseitig an. Der Sergeant murmelte einige Fluchworte. Dann gingen sie. Die

Mehlsäcke, die bereits auf den Pferdesätteln lagen, nahmen sie mit. Bald darauf hörte man in Sachrang Trompeten blasen – und die raubgierige Meute verschwand in der Nacht auf der Straße Richtung Prien.

War es in der Mühle glimpflich verlaufen, so sah es im Pfarrhaus umso schrecklicher aus.

Welcher Art die dort eingefallenen Soldaten gewesen sein mochten, ist nicht offenbar geworden. Wahrscheinlich gehörten sie zu denen, die mit der Devise der Gottlosigkeit ein besonders böses Gewissen zum Schweigen bringen wollten. Sie waren geradewegs auf die Pfarre losgegangen.

Der Vikar Aiblinger hatte das Nachtgebet gebetet und kniete besinnlich vor dem großen Kruzifixus, den ihm ein Oberammergauer Meister vor vielen Jahrzehnten am Anfange seines harten Priestertums geschnitzt hatte.

Da rissen sie die Tür auf und durchbohrten den alten gebrechlichen Mann, noch ehe er sich zu ihnen umgedreht hatte. Das Kreuz schlugen sie von der Wand. Es fiel herab und ruhte auf dem Leichnam seines toten Verkünders.

Auch beim Ebert-Wirt hatten sie geplündert und obendrein noch der Christi Gewalt angetan. Letzteres nahm der Ebert nicht sonderlich tragisch, er jammerte mehr um seine paar Weinflaschen und um das ausgeronnene Bier.

Als nach dieser traurigen Nacht die heiße Julisonne über Sachrang aufging, wagte sich niemand vor die Gemarkung der Höfe hinaus. Man konnte ja nicht wissen, ob die Franzosen noch irgendwo auf den Feldern oder an den Waldessäumen lägen und wie die Raubtiere auf eine Beute warteten.

Auch während der folgenden Tage blieb es im Dorf still, und die Hofhunde hatten Urlaub, weil man mit dem Nachbarn nur über den Zaun hinweg redete. So geschah es, dass der Mesmer mit dem Totengräber den Vikar Aiblinger neben der Kirchenmauer begrub, ohne Sarg und ohne Gesang. Nur die zwei beteten drei Vaterunser und sprengten etwas Weihwasser über den Toten, ehe sie das Erdreich über ihn warfen und den Grabhügel schaufelten.

Die Nachricht von der Ermordung des Priesters war noch nicht bis in den Aschacher Grund gedrungen, denn die Mühle lag einsam und ihre Bewohner konnten durch Rufe aus der Nachbarschaft nicht erreicht werden. Sonst wäre wohl der Peter sicher auf den Kirchhof gegangen und hätte dem väterlichen Freund das letzte Geleit gegeben. Er war ja auch schon am Tage nach jener schlimmen Nacht auf dem Ertlhof gewesen.

Das arme Marei!

Sie lag in ihrer Kammer wie ein gemarterter Hund. Maria, die Bäuerin, saß daneben, weinte und betete den Rosenkranz. Peter nahm den Kopf des Kindes und drückte ihn an seine Brust, dann streichelte er über das dunkle Haar. Kein Wort sprach er. Die Mutter schluchzte. Was konnte man auch schon sagen? So blieb er stumm eine Zeit lang neben dem Mädchen auf dem Sofa sitzen. Dann ergriff er seinen Hut wieder und erhob sich.

Das Marei streckte ihm schüchtern die Hand hin. Ihre Augen waren feucht. Da wurde auch ihm weh ums Herz. Und er wusste selber nicht, wie es kam: Er küsste ihre Stirn – und ging.

Als etwa vierzehn Tage nach dem Überfall der Franzosen vergangen waren, kam der Bierwagen von Prien nach Sachrang. Gott sei Lob und Dank!, sagten die Bauern. Denn wenn das Bier den weiten Weg heil angekommen ist, dann gibt's wohl keine Plünderer mehr in der Gegend. Das stimmte auch. Der Bierkutscher wusste sogar noch mehr:

Der junge Erzherzog Karl hätte die Armee des Generals Jourdan bei Neumarkt in der Oberpfalz angegriffen und so gründlich gedengelt, dass sie Hals über Kopf in Richtung auf Amberg davongerannt sei. Darauf wäre es auch dem General Moreau zu München ganz heiß unterm Hintern geworden. Er hätte seine Leute zusammengetrommelt und befände sich bereits wieder im Schwäbischen. Die Sachranger aber hätten immer noch viel Grund, dem Herrgott zu danken. Denn in Prien und weiter auf Rosenheim zu seien noch ganz andere Greuel passiert. Mancherorts wären die Weiber in die Berge geflohen und aus Wut darüber hätten dann die Franzmänner alle Häuser angezündet …

Der Bierkutscher machte Sprüche und log wie gedruckt, das wussten alle. Dennoch glaubten sie seinen Worten gern und taten ihrerseits bei der Wiedergabe dieses Berichtes im Kreise ihrer Bekannten noch etliche Schauermären hinzu.

Nun erfuhr auch das fürstbischöfliche Konsistorium Chiemsee vom traurigen Ende des Vikars Aiblinger zu Sachrang. Die geistlichen Würdenträger beschlossen, in die durch den alten Herrn etwas brüchig gewordene Kirchengemeinde nunmehr eine jüngere Kraft zu stellen. Deshalb erteilten sie Vikar Anton Harlander von Walchsee den oberhirtlichen Auftrag, unverzüglich den Posten des Dahingegangenen zu besetzen. Harlander galt als ein pflichtbewusster und sehr energischer Herr und wäre schon seit längerer Zeit berechtigt gewesen, als Pfarrer einem viel größeren Ort vorzustehen, wenn nicht in seinem Personalregister einige schwarze Punkte gestanden wären, die ihm ein paar aufmüpfige Äußerungen eingebracht hatten. Nun wollte man es mit ihm in Sachrang versuchen, weil diese Gemeinde über kurz oder lang doch wieder von einem ordentlichen Pfarrherren besetzt werden musste. Sollte sich Harlander dort bewähren, würde man ihm die Installationsurkunde nicht mehr länger vorenthalten.

Harlander, der den Zweck seiner Berufung nach Sachrang genau erkannte, trat mit den besten Vorsätzen seine neue Stelle an. Die Wirtschafterin des alten Aiblinger übergab ihm das Pfarrhaus in sauberem Zustande und reiste darauf zu ihrer Schwester nach Waging am See, mit der sie ihre letzten Lebensjahre verbringen wollte.

Sie hatte in den wenigen Tagen nach dem Tod ihres Herrn noch bitter erfahren müssen, wie herzlos die Bauern waren. So viel sie ihnen zu Lebzeiten des Herrn Aiblinger galt, so wenig bedeutete sie ihnen jetzt. Keine Hand hatten sie krumm gemacht, um ihr beim Reinmachen und Einpacken zu helfen. Nicht einmal ein paar halbwüchsige Töchter hatten sie ihr geschickt. Jeden Kübel Wasser musste sie ganz allein bei all ihrer Atemnot treppauf-treppab schleppen. Und immer wieder murmelte sie vor sich hin: Ja, ja, wenn die Sonne untergeht, wird's Nacht! …

Anton Harlander kam mit seiner leiblichen Schwester Anna, die ebenso resolut war wie er selber. Auch sie hatte, gleich ihrem Bruder, zwei verschiedene Gesichtshälften. Das linke Auge war halb vom Oberlid überdeckt, während das rechte einen kneipenden Blick auswarf. Man wusste nicht, welches von den beiden Augen den eigentlichen Charakter widerspiegelte.

Peter Huber stellte sich beim ersten Sonntagsgottesdienst in der Pfarre vor und fragte nach den besonderen Wünschen des neuen Herrn Vikar. »Es wird manches anders werden müssen!«, antwortete Harlander und gab ihm dann einige trockene Anweisungen. Peter war von dieser Art befremdet und dachte: Wenn manches anders werden soll, dann heißt's also abwarten. Nur merkwürdig, wie man etwas anders machen will, ohne vorher das Bestehende kennengelernt zu haben!

Peter sang mit dem kleinen Chor eine dreistimmige Messe. Als danach Harlander die Sakristei verließ und dem Chormeister bei der Kirchentüre begegnete, sagte er kurz: »Nicht schlecht, Huber; doch das männliche wär mir lieber!« Darauf erwiderte Peter nichts, sondern sagte: »Grüß Gott!« und ging.

Bei seiner Annäherung an die Bewohner seines neuen Kirchsprengels geriet der Vikar unglücklicherweise zuerst an den Ebert-Wirt. Und es hat den Anschein, als ob ihm dieser mancherlei Böswilliges gegen den Müllner-Peter eingeflüstert und damit die Grundlage für die nachfolgende Auseinandersetzung geschaffen hat.

Dazu kam es etwa drei Monate später, mitten im Herbst. Um diese Zeit machten sich nämlich die Folgen jenes Überfalls der Franzosen an der Ebert-Christi wie auch an einigen anderen Weibern bemerkbar, jedoch nicht am Ertlbauer-Marei. Warum nicht bei der?, so fragte sich der Wirt und ebenso wie andere. Ist sie nicht groß und stark und reif?

Wie ein Fuchs schlich der Ebert-Wirt im Dorf umher und raunte und zwinkerte mit seinem linken Auge: »Moant's ös leicht, der Müllner ist kein Arzt net? Der is ein guter Arzt, ein sehr guter Arzt, dös sag i euch, der Wirt!« Da machten sie große Augen und einige bekreuzigten sich gleich: »Herrgott, bewahr uns vor einer solchen Sünd!«

Für den Unglücklichen ist es oft ein Trost, Mitleidende zu haben. Und die Nichtbetroffenen werden ihm zum Ärgernis. Die böse Rede des Ebert-Wirtes ging auf wie das Unkraut – und eines Tages stand sie im Amtszimmer des Vikars Harlander, aber nicht mehr bloß als Gerede eines einzelnen, sondern als Meinung der gesamten gläubigen Gemeinde: »Wenn wir uns der Sünd net gforchten hätten …, aber gottlob, wir haben uns gforchten!« Der geistliche Herr erblasste vor dem Entsetzlichen. Und dies war sein Chormeister, sein engster Mitarbeiter! Nun verstand er auch, weshalb der Müllner-Peter das Pfarrhaus mied, weshalb er kein Wort mehr sprach, als was unbedingt gesprochen werden musste. Mit einem Aufblick zum Kruzifix sagte er dann zu sich selbst: »Herr, gib mir Kraft, denn ich glaube, dass es nun an der Zeit ist, den eisernen Besen zur Hand zu nehmen!«

An jenem Abend ließ er den jungen Müller zu sich kommen. »Peter Huber, man hört …«

»Ich weiß, Hochwürdiger Herr, was man hört!«, unterbrach ihn der Gerufene.

»Und was haben Sie zu Ihrer Rechtfertigung zu sagen?«

»Nichts! Denn wollte man sich für alles das rechtfertigen, was Bosheit und Dummheit gegen einen aussagen, so käme man zu keiner vernünftigen Arbeit.«

»Ich schulde es aber meiner Kirchengemeinde, in dieser Sache Klarheit zu haben. Deshalb habe ich mich mit Ihnen besprechen wollen.«

»Was Sie der Gemeinde schulden, ist Ihre Angelegenheit, Hochwürden. Ich für mein Teil schulde den Sachrangern nichts.«

»Dann muss ich Sie ab sofort des Kirchendienstes entheben.«

»Bitte, Hochwürden! Der Vorgang ist mir nicht neu, denn ich wurde schon einmal aus dem Gotteshaus hinausgebissen. Den Chordienst habe ich mir nicht erschlichen, sondern ich wurde darum gebeten. Ich tat ihn gern aus Liebe zur Musik und auch ein wenig aus Liebe zu unserem Herrgott. Mehr habe ich vorab nicht zu sagen. Ich betone: vorab. Denn es könnte sein, dass ich meine Verleumder vor Gericht zitiere!«

»Es wird sich zeigen, wer wen zitiert, Peter Huber!« Wie ein Prophet erhob sich der Vikar bei diesem Wort. Der Müllner-Peter verneigte sich und ging.

Der Vikar war aufgehetzt, das war der Gedanke, den sich Peter Huber am Heimwege klarmachte. Aufgehetzt aber hatten ihn die, welche das Unglück getroffen hat, und unter diesen vorab der Ebert-Wirt. Dass das Marei von den Folgen jener Nacht verschont blieb, war eine Tatsache, mit der er, Müllner-Peter, nichts zu tun hatte. Nun stand aber dennoch der Verdacht gegen ihn. Wie konnte er sich davon freimachen? Es war nicht ausgeschlossen, dass sie in ihrer Böswilligkeit am Ende noch zum Richter gingen. Freilich, der Richter müsste von ihnen Beweisstücke verlangen. Das müsste er. Aber die Gerechtigkeit der Richter, besonders die des Landrichters in Prien, hatte nicht immer die heilige Binde vor den Augen, sondern liebte bisweilen heimliche Schleichwege, auf denen sie tückische Blicke warf. Man müsste den roten Franto zur Hand haben. Er ist weise und kennt die Schwächen der Menschen in dieser Gegend.

Peter wandte sich zunächst an den Chirurgus Rusegger. Der nahm zwar die Sache nicht ernst, versprach aber, nach dem Roten Ausschau zu halten.

Dies war jedoch gar nicht mehr nötig, denn die Ereignisse waren mittlerweile schon weiter geeilt.

In der Nacht zwischen dem Fest des heiligen Wenzel und dem des heiligen Michael war ein Brief an die Haustür des Ebert-Wirtes geheftet worden, und zwar mit einem dicken Nagel. Niemand im Haus konnte sich besinnen, ein Hämmern oder Klopfen gehört zu haben. Auch die Hunde waren ganz ruhig gewesen. Der Ebert nahm das Schreiben mit protziger Miene zur Hand. Während er aber las, wurde er zusehends kleiner. Da stand mit klaren Federzügen geschrieben:

Du alter Gauner!

Vielleicht erinnerst du dich des roten Franto. Man sieht ihn nicht mehr, aber er ist noch da und beobachtet deine Lumpereien seit langer Zeit. Du betrügst deine Leute; das gehört zu deinem Handwerk und lässt mich kalt. Was mir jedoch warm macht, das ist die Art, wie du's dem Müllner-Peter treibst. Deshalb rate ich dir und deinen drei Helfern, nämlich dem Trixl, dem Schmierl und dem Grottenbacher-Haunstetter, dass ihr ab heute in einer Woche beim Müllner-Peter gewesen seid und diese Geschichte in Ehren aus der Welt geschafft habt.

Soweit ich nun euch Ehrabschneider kenne, werdet ihr euch zusammensetzen und über meinen Brief lachen, dass euch die Kuttel wackelt. Die Wohltat eines gesunden Gelächters gönne ich euch, ebenso wie den Blitzschlag eurer nächtlichen Herbstgewitter. Ich kenne nämlich die Witterung im Sachranger Loch, hab lange genug darinnen und darüber gehaust. Ich weiß deshalb auch, wie heimtückisch und hinterfotzig eure Gewitter sind, und dass sie es gern auf die Bauernhöfe und die Schänken abgesehen haben, in denen ein Pack wohnt, das dem Teufel wohlgefällig ist. Diese Bemerkung über die Beobachtung eures Wetters nur so nebenbei. In der Hauptsache möcht ich euch bezüglich der Ertlbauern-Tochter sagen, dass dorten, wo nichts hinkommt, auch nichts weggenommen werden kann. Nicht einmal unser Herrgott kann von der Alm, auf der nur Steine sind, das Vieh abtreiben – geschweige denn der Müllner-Peter. Also wie gesagt, in acht Tagen! – Bis dahin wünscht euch einen ruhigen und gesunden Schlaf.

Der rote Franto

Der Ebert-Wirt strich sich mit dem Handrücken unter der Nase vorbei und steckte den Brief in die Westentasche. Wie wär's, wenn er ihn gleich erst vom Vikar lesen ließe? Den

Gedanken verwarf er aber sofort, weil ja in dem Schreiben sehr unrühmliche Dinge standen, die ihr Bewenden hatten. Also zog er den Kittel an und machte sich auf den Weg zu den Spezis. Der Schmierl fuhr gerade mit dem Mistwagen auf den Acker. Der Ebert gesellte sich zu ihm. Als der Bauer vom Roten und vom Gewitterblitz hörte, schnappte er zusammen wie ein Taschenfeidel, denn er war feig, viel feiger noch als der Wirt, und nahm nur dann die Backen voll, wenn er Beifällige um sich wusste. Er pfiff seinem Knecht und winkte ihn vom Hof her, übergab ihm das Gespann und begab sich mit dem Ebert zum Trixl. Der Trixl-Beni war noch sehr jung, etwa Mitte zwanzig, und hatte erst im Jahre zuvor die Loni vom Innerwald geheiratet. Sein Zusammenschluss mit dem Ebert gegen den Müllner-Peter hatte seinen begreiflichen Grund. Denn auch der armen Loni war es übel ergangen. Und sie weinte alle Tage, und schon seit drei Monaten war ihr übel. Der Trixl saß am Holzplatz und dengelte die Sense, als die zwei dahergetrottet kamen. Der Wirt las ihm das böse Schreiben vor, denn aufs Lesen verstand sich der Trixl nicht, obwohl er sonst nicht einfältig war. Als der Ebert fertiggelesen hatte, stand der Beni langsam vom Dengelstock auf und ging ein paar Schritte beiseite. Er überlegte. Sollte er nach dem bereits geschehenen Unglück auch noch seinen kleinen Hof riskieren und dann mit der Loni und dem fremden Kinde bettelarm dastehen? Wichtiger als alles andere ist jetzt der Hof. Denn wenn ihm der bleibt und gedeiht, wird er auch das fremde Kind noch ernähren. Geht aber der Hof in Flammen auf, dann sind alle miteinander ruiniert: das Kind, die Loni und auch er selber.

Der Trixl drehte sich jäh um und sagte laut: »I geh zum Müllner. Und ihr?«

»Ja, mei«, stotterte der Schmierl, »'s best wird's sein, wann man hingeht zu dem Rotzigen.«

Der Ebert-Wirt kratzte sich auf der Speckschicht in seinem Nacken, wobei er das Gesicht verzog: »Freili, Manner! Aber der Haunstetter, der wo mit seine zwei Deandln dös Pech hat, ob der mittut?«

»Wann er net will, nacher lasst er's. Mei Hof is net der vom Haunstetter.« So sprach der Trixl und setzte sich wieder zu seiner Sense.

Der Wirt und der Schmierl erklärten nun, dass sie noch zum Grottenbach hinuntergehen und mit dem Haunstetter reden wollten, am Rückweg kämen sie wieder vorbei. Der Haunstetter war dickköpfig. Er war ja auch mit dem Ertlbauer irgendwie blutsverwandt. Als ihm der Wirt in der guten Stube den Brief des roten Franto vorgelesen hatte, lachte er und brüllte dabei wie ein junger Stier: »Der Rote, der Rote! Wie wenn der net froh wär, dass er denen Schwarzröcken auskommen is! I hab ihn noch nie net gforchtn, den Roten, und wann er sich in derer Gegend da zschaffen macht, nacher blas i ihm 's Licht aus, i alloan, der Haunstetter!« Der Wirt kratzte sich wieder im Nacken, der Schmierl schaute auf den Wirt und wackelte dann bedenklich mit dem Kopfe hin und her.

»Ihr seids Scheißkerle!«, brüllte der Haunstetter und verließ seine Stube.

Da machten sich die zwei anderen auf den Heimweg.

Beim Trixl vereinbarten sie, sich noch am späten Abend dieses gleichen Tages im Aschacher Grund zu treffen. Durchs Dorf wollten sie getrennt gehen, vor der Mühle aber sollte einer auf den anderen warten.

Peter stand gerade am Holzplatz und machte mit dem Sägewerker die Stämme aus, die am anderen Tag geschnitten werden mussten, als die drei daherkamen. Er traute seinen Augen nicht. Auch dem Knecht Thomas Krautnudel kam die Sache verdächtig vor, weshalb er zur Hundshütte hinübereilte und den Cäsar losmachte. Die große

Dogge bellte dumpf, tat ein paar freudige Sprünge und war auch schon beim Peter. Sie stemmte sich mit ihren Vorderpfoten an seine Schultern, da war sie so groß wie er selbst. Er streichelte sie und beruhigte sie mit energischen Worten, als sie sich jetzt gegen die nahenden drei Männer wenden wollte.

Diese blieben dann beim Wohnhause vor den Mühlsteinstufen stehen und schauten zum jungen Müller hinüber. Der blieb auch stehen und rührte sich nicht. Er hatte die Zähne zusammengebissen, seine Backenmuskeln spielten sichtbar. Da stieß der Wirt den Trixl an, und der kam herüber, langsam und mit den Händen im Hosensack. Er tat wie ein Alter, und war doch kaum erst Mann geworden.

Dem Peter kam diese missglückte Schauspielerei zum Lachen vor: »Trixl«, rief er dem Ankömmling entgegen, »wann ma di so daherwalkn sieht, könnt ma meinen, du watest durch a tiefs Wasser! Sag halt, was druckt dich nachher?« Jedem anderen gegenüber wäre jetzt der junge Bauer grob geworden. So schluckte er nur und wurde dabei käsebleich: »Müllner-Peter, dös mit ’m Marei war a dumms G’red.« Mehr brachte er nicht heraus.

Peter Huber sah ihn von oben bis unten an, während der junge Mann dastand wie ein Gemisch aus Feldherr und Schulbub. Dann ließ er ihn stehen und ging zu den zwei anderen hinüber. Da nahm der Ebert seinen Hut ab, und der Schmierl beeilte sich, dasselbe zu tun. Cäsar knurrte und schnuffelte an der Metzgerhose des Wirtes herum. »Müllner-Peter …«, setzte der Ebert zum Reden an.

Aber Peter unterbrach ihn: »I hab mit euch nix zredn, will nix hörn von euch! So wie wir sind, gehn wir jetzt ins Pfarrhaus! Dorten könnt’s reden!« Er pfiff den Hund zu sich und marschierte los. Die drei hinter ihm drein.

Inzwischen wurde es dunkel.

Vor der Tür des Pfarrhauses blieb Peter stehen und ließ die drei hineingehen. Er folgte ihnen nicht, sondern wartete. Von der Amtsstube oben her vernahm er, dass der Vikar plötzlich sehr laut wurde und dem Tonfall nach recht energische Worte sprach. Er schien vom Bericht der drei Bauern nicht sonderlich begeistert zu sein.

Während Peter überlegte, ob er noch weiter warten oder wieder heimgehen sollte, vernahm er von der Straße her schwere Schritte. Er fasste den Hund kürzer, Cäsar konnte in der Nacht gefährlich werden. Die Schritte kamen näher, nun knirschten sie auf dem Kiesweg des Pfarrgartens. Da stand der Grottenbacher-Haunstetter vor Peter. Er grüßte. Der junge Müller gab ihm keine Antwort, denn er vermutete – man kannte ja den Grottenbacher zu gut –, dass er zuschlagen würde. Nun, vielleicht hatte er Respekt vor der Dogge. Er fing nämlich zu reden an. Leise und gütlich knurrend wie ein ausgeruhter Kater. Der Peter müsse einsehen, sagte er, dass es für ihn ein fürchterlicher Schlag gewesen sei, das mit seinen zwei Deandln. Er habe vor lauter Wut zeitweilig seine fünf Sinne gar nicht richtig beisammen gehabt. Jetzt habe er sich aber die Geschichte ein wenig überlegt. Natürlich müsse das unter vier Augen bleiben. Wie wär's, wenn der Peter auch bei seinen Deandln eine ärztliche Behandlung machen würde? Es werde nicht sein Schaden sein. Denn die kleine, die Lena, habe er noch niemandem versprochen, und sie kriege den Hof. Auch passe sie den Jahren nach zum Peter, und gschaftig sei sie auch. Wenn man da einen Verspruch machen tät, wäre das Übel bei den Deandln und das ganze saudumme Geratsche mit einmal aus der Welt geschafft. Was er denn dazu meine?

Peter strich sich über die Stirn und zwinkerte ein paarmal mit den Augen. Soviel Niederträchtigkeit hätte er dem Haunstetter nicht zugetraut. Der musste ja ein Herz haben, das die reinste Odelgrube war.

»Grottenbacher«, sagte er, »du stinkst! Mehrer kann i dir net sagn!« Dann packte er den Hund und ging.

Peter war kaum auf der Straße, und der Haunstetter stand noch wie geprellt im Pfarrgarten, da kamen die drei aus dem Pfarrhaus. »Haunstetter, du?«, fragte der Wirt. »Komm, Haunstetter, und geh net weiter. Wir habn unsern Seg', und der glangt für di a mit. Herrgottsakra, hat der a Stimm beinand! I hab denkt, mir zerplatzn d' Ohrwaschln. Naa, naa, gibt's denn dös a! A so a Predigt, dös braucht hinterdrucken!«

Zu viert saßen sie in der Wirtsstube bei einer Maß. Sie redeten nicht viel. Nur ab und zu servierten sie dem Haunstetter einen Brocken aus der Ansprache des Vikars.

Anton Harlander marschierte mit langen Schritten durch seine Amtsstube.

Heute früh hatte ihm die Schwester einen Brief gebracht, der am Hühnerstall gesteckt hatte. Jetzt am Abend waren die Bauern dahergekommen. Der Brief, in dem geschrieben stand, dass er wie eine Beichte zu behandeln sei, war von einem roten Franto gewesen und hatte ihm Aufschluss über das Ertlbauer-Marei gegeben. Und die Bauern zogen ihre Behauptungen und Aussagen über den Müller zurück und gestanden schweigend, dass sie gelogen und verleumdet hätten. Er aber, das geistliche Oberhaupt dieser Gemeinde, war von ihnen hinters Licht geführt worden und hatte jetzt die saure Aufgabe, mit seinem geschmähten und hinausgeworfenen Chormeister wieder ins Reine zu kommen. Weiß Gott, er war kein ordentlicher Hirt! Eher vielleicht ein Herdenhund, der dem ersten besten Schaf ans Fell sprang.

Am anderen Morgen, gleich nach der Messe, begab sich der Vikar in die Mühle. Peter sah ihn von Weitem kommen. Und weil er wusste, was ihn herführte, ging er ihm entgegen.

»Hochwürdiger Herr, ich glaube, wir singen am Sonntag bloß eine einstimmige Messe. Ich hatte in dieser Woche nicht die Möglichkeit mit meinen Sängern zu proben.«

»Ich bitte Sie um Entschuldigung, Huber!«

Es war ein fester Händedruck, den die beiden jungen Männer da am Wege wechselten.

Der Klosterschreiner

Das Gerücht selbst kroch langsam wie ein Wurm weiter, von Haus zu Haus, von Mund zu Ohr – und es erreichte schließlich auch den Noppenberg. Die Mitterdirn hatte es im Dorf gehört und erzählte es brühwarm der Ertlbäuerin. Maria erschrak. Nun war es also soweit! Und woher kam's? Nur von der blödsinnigen Musikmacherei. Jeden Abend rannte das Deandl hinunter in die Mühl und hockte stundenlang mit dem Müllner-Peter beisammen. Immer und immer wieder hatte sie gefürchtet, dass eines Tages die Leut darüber reden würden. So! Jetzt hatte man die Bescherung! Und was für eine Bescherung! Das war noch viel schlimmer, als wenn's Marei vom Müllner in andere Umständ gekommen wär! Freilich, es war nichts dahinter, und dem Deandl war durch jenen Franzosen gottlob nichts passiert, das wusste sie. Aber was nützt es, dass sie selber es wusste. Die Leute redeten dennoch. Und sie redeten nur deshalb, weil die zwei stets beieinander hockten!

Das musste also aufhören! Jedes Feuer erlischt, nimmt man ihm den Zunder. Das Marei würde von jetzt an das Musizieren in der Mühle aufgeben! Weil jedoch mit dem bockbeinigen Deandl darüber nicht zu reden war, wollte Maria zum Müllner-Peter gehen. Der war alt und vernünftig genug.

Der Müllner-Peter hörte die Rede der Ertlbäuerin aufmerksam und ruhig an. Sie hatte Recht, in allen Punkten hatte sie Recht, auch in dem, was die Musik betraf. Gewiss, für ihn selber war es nicht leicht, das Letzte zuzugeben, weil er das Marei mit ihrem außerordentlichen musikalischen Talent nur sehr ungern aus der Chorgemeinschaft verlor. Und verlieren würde er das Mädchen, sobald die privaten allabendlichen Zusammenkünfte aufhörten. Denn das Marei wollte nicht nur mittun wie die übrigen. Wenn sie keine Sonderstellung haben konnte, würde sie auf alles andere verzichten. Diese rein persönlichen Überlegungen mussten jedoch hinter den berechtigten Forderungen einer Mutter zurücktreten.

Peter versprach also der Ertlbäuerin, er werde dem Marei in Güte zureden und alle besonderen Musikproben einstellen. Er bemerkte noch, dass sich Maria um das Gerede nicht kümmern solle: In einem kleinen Bergdorf, wo jeder Tag das gleiche Gesicht habe, dresche jeder gerne ein Stroh, selbst wenn es nur zehn Halme wären.

So verständig die Ertlbäuerin auch mit dem Müllner-Peter gesprochen hatte, so unklug fasste sie es mit der Tochter an.

Als sie mit dem völlig ahnungslosen Mädchen in aufgeregten Worten zu poltern begann, beging sie noch zusätzlich den Fehler, ihre Anordnungen mit dem Hinweis auf den Müllner-Peter zu unterbauen: Sie habe sich mit ihm ausgesprochen, er teile vollkommen ihre Meinung und werde von Stund an die abendlichen Proben fallen lassen. Das Marei brauche nur noch am Samstag, gemeinsam mit den übrigen Spielern und Sängern zur Mühle zu kommen. Das waren harte Schläge. Sie fielen auf Mareis Herz nieder wie schwerer Hagel auf das reifende Kornfeld. Ebenso groß war auch die Verheerung, die sie anrichteten. Dem Marei galt der Peter soviel wie ein sichtbarer Herrgott.

Was er tat und verlangte, bedurfte keiner Rechtfertigung. Selbst wenn er ganz anderer Meinung war und diese Meinung durchsetzen wollte, hatte er stets ordentliche und ehrliche Gründe, denen man sich einsichtig beugen konnte. Warum jetzt plötzlich diese Hinterlist?

In den Kirchenchorproben, die während der zwei Wintermonate vor Weihnachten wöchentlich gehalten wurden, fiel es natürlich auf, dass das Marei fehlte. Versuche der drei Kohlstätterbuben, das Mädchen wieder zur Teilnahme zu bewegen, waren misslungen. An Peter Huber gerichtete Fragen wurden mit bedeutungslosem Achselzucken beantwortet. Das wirkte auf die jungen Leute des Chores beruhigend, zumal die meisten mit dem herrischen Marei sowieso keinen guten Faden gesponnen hatten: Soll sie bleiben, das eingebildete Ding! Es geht auch ohne sie!

Während die Mägde an der sonnigen Giebelseite des Wohnhauses saßen und an ihrem Kleiderzeug flickten, die Knechte aber in der Kammer lagen und den Vorschlaf für die kommende Feldarbeit einbrachten, werkelte das Marei in der finsteren Kuchel. Sie hatte Säge und Hobel geschärft. Zusammen mit der Flöte und dem Winkeleisen packte sie ihre Handwerksgeräte in den Fellsack, vom seligen Vater ein paar Hemden, Hosen und die derben Stiefel. Ein halber Laib Brot und ein Stück Geselchtes kamen oben auf. Vaters lederne Bundhose, sein Hut und der Wetterkragen lagen seitlich neben dem Fellsack. Der alte Kater schnupperte daran und machte große Augen, als erinnerte er sich längst vergangener Abende, als er auf dem Schoß des Bauern vor der Ofenbank lag. Das Marei gab ihm einen Klaps, und er sprang davon.

Sie nestelte ihre dicken Haarzöpfe auf und schnitt sich das gelöste Haar im hohen Nacken ab. Als sie sich so verstümmelt hatte, drehte sie ihren Kopf nach allen Seiten. Sah sie nicht aus wie die Pagen auf den Höfen der Fürsten? Wahrhaftig, so sah sie aus und nicht anders – jedenfalls nicht wie ein Bauerndeandl aus dem bayerischen Gebirge.

Sie warf hastig ihren Kittel ab und schlüpfte in Vaters Hose. Freilich, da war rundum noch allerhand Luft, doch die Träger mit dem breiten speckigen Brustlatz hielten die schlotternden Röhren hoch – das war die Hauptsache. Die Joppe passte besser, nur über den Schultern war sie zu breit. Dies machte der Fellsack ein wenig wett, und überhaupt verhüllte der Wetterkragen all diese Unstimmigkeiten miteinander. Dann packte sie den Hut und tauchte den Kienspan in das Wassergrandl. Er zischte gehässig und wurde schwarz wie die Nacht vor den Fenstern.

Bei der Stubentür tauchte das Mädchen noch einmal die Finger in das Weihwasser und bekreuzte sich. Dann pfiff sie den Hund von draußen herein. Der knurrte bei ihrem Anblick, sprang aber dann freudig in die Kuchel zurück und verkroch sich im Ofenloch. Marei schloss die Stubentür, dann die Haustür und schritt mit schweren Tritten in die Nacht.

Als sie auf die halbe Höhe vom Noppenberg herabgekommen war, blieb sie stehen und drehte sich ein wenig zur Seite. Dort rauschte der Mühlbach, das Wasserrad schwappte, und in der Müllerstube brannte Licht.

Da wischte sie sich mit dem Handrücken über die Augen. Zwei Stunden darauf befand sie sich jenseits der Grenze in Tirol.

»Franz Kofler, Schreinergesell auf der Walz!« Das war nichts Unerhörtes. Das vernahmen die Meister in den Tiroler Städten und Dörfern öfters im Jahr, und sie vernahmen es gern. Denn was ist das für ein Handwerksmann, der nicht auf der Walz war?

Sie nahmen den Gesellen Kofler-Franz für zwei, drei oder vier Wochen auf. Sie sahen, dass er Geschick hatte und auch dass er willig war, auch fraß er sie bei Tisch nicht arm. So schrieben sie ihm in das Fahrtbüchlein gern einen schönen Satz und gaben ihm auch manchmal einen Groschen über Gebühr. Dass er noch sehr jung war und eine feine Haut hatte, machte ihn beliebt. Er stammte sicherlich aus einem guten Haus, obwohl er sich darüber nicht aushorchen ließ. Wegen seiner langen Haare – nun ja, wenn er, wie er sagte, aus der Gegend von Oberammergau war, konnte man das verstehen: In drei Jahren, zur Jahrhundertwende, wollen die dort wieder ihr Passionsspiel aufführen, und man wusste, dass sie keine Perücken tragen.

Mit den Mädchen hatte er's nicht, denen ging er aus dem Weg wie die Katze dem Wasser.

So walzte das Marei von Kufstein nach Wörgl, von dort über Rattenberg und Jenbach nach Schwaz. Mittlerweile war es Sommer und Herbst geworden. Da kam sie nach Hall. Hier arbeitete sie beim Meister Ferdinand Fuetscher bereits vier Wochen und es gefiel ihr – wenn nur das Nannerl nicht gewesen wäre, die Tochter des Meisters. Die hatte sich in den Kofler-Franz vom ersten Ansehen an verliebt und wollte einfach keine Raison annehmen. Der Franz redete gütlich auf das Nannerl ein, doch sie war eine Derbe, Kernige und wurde durch dergleichen Gerede nur noch mehr aufgestachelt. Und einmal am Abend passte sie den Franz im finsteren Stiegenhaus ab und warf sich ihm an den Hals. Der Geselle war müde und nicht guter Laune. Kein Wunder, dass er das Nannerl wegstieß und ihr ein paar handfeste Ohrfeigen gab.

Daraufhin schlug das beschämte Mädchen natürlich ins Gegenteil um. Von da an piesackte sie den Franz, wo sie nur konnte, und unterließ es auch nicht, ihn beim Meister lügnerisch anzukreiden. Der Fuetscher beobachtete den Gesellen genau, erkannte aber bald, wo die wahren Ursachen lagen. Und er war reichlich erfahren, um zu wissen, dass die Situation keinen guten Verlauf nehmen würde. So entließ er den Franz und schrieb ihm diesen Vers ins Fahrtbüchlein:

Du bist ein braver Schreinergesell
Voll guter Kunst, bist redlich und schnell.
Des Meisters Tochter, die rührt dich nit an,
Du gabst ihr a Watsch'n wie ein richtiger Mann.

Beim Abschied im grauen Oktobermorgen gab er dem Kofler-Franz noch den Rat mit, sich bei den Mönchen im Kloster Wilten bei Innsbruck vorzustellen. Dort sei ein gutes Schaffen, und gerade die Klosterbrüder wüssten einen anständigen Burschen zu würdigen. Wenn er's mit denen verstünde, insondere mit dem Bruder Ökonom, dann werde er ungern von dort wieder weggehen. »Und für die Watschn zwoa Guldn extra!«

Damit gab der Fuetscher dem Franz einen Schlag auf die Schulter und wandte sich seiner Werkstatt zu.

Wie sie mittlerweile in die Hose ihres Vaters hineingewachsen war, so hatte sich auch ihre Wandlung zum Mann unmerklich und doch unverkennbar vollzogen. Nicht so sehr im Äußeren, denn da blieb ihr seltsamerweise mehr Mädchenhaftes erhalten als im inneren Wesen. Dieses Innere war aber männlich geworden, hart und rau und mitunter sogar herzlos. Marei konnte besonders ihrem eigenen Geschlecht gegenüber so abweisend und kalt sein, dass man daraus fast einen Verdacht hätte schöpfen müssen. Die meisten Brotgeber suchten jedoch die Erklärung dafür in einer wohlbehüteten Jugend und quittierten Mareis Verhalten mit Respekt.

In der Mittagsstunde jenes Oktobertages kam sie also ins Kloster Wilten an der Sill. Sie legte dem Bruder Ökonom, einem älteren klugschauenden Mönch, ihr Fahrtbüchlein vor, das dieser mit großer Aufmerksamkeit studierte. Dann lächelte er, denn er hatte die letzte Eintragung Georg Fuetschers gelesen. »So, so«, sagte er, »also auch eine feste Handschrift im Briefwechsel mit dem Weib! Ein solcher Gesell ist brauchbar für die Klosterschreinerei.«

So wurde das Ertlbauern-Marei als Franz Kofler aus dem Bayerischen ins Ökonomiebuch der Klosterschreinerei eingetragen. Auf dem gleichen Blatt standen noch zwei andere Schreinergesellen, der dreiundzwanzigjährige Ferdinand Pinsker und der zwanzigjährige Wenzel Bunda. Dieser Wenzel war ein Wiener, ein leichtes Tuch. Der Ferdl dagegen stammte aus Oberösterreich und galt bei den Mönchen viel wegen seiner Frömmigkeit. Auch diese beiden befanden sich auf der Walz und waren nun schon das zweite Jahr in Wilten hängen geblieben – der Ferdl wegen seiner Zuneigung zur Stille des Klosters, der Wenzl aus Bequemlichkeit.

Der Bruder Ökonom führte den Kofler-Franzl zu diesen zweien und wies ihm in der großen Kammer, die über der Schreinerei lag, eine Bettstatt zwischen den beiden anderen zu. Franz machte ein dummes Gesicht und bat den Mönch, er möchte ihm gestatten, das Bett an eine Wand zu rücken, weil er einen unruhigen Schlaf habe und schon öfter aus der Bettlade gefallen sei. Aus dem gleichen Grund müsse er sich auch für die andere Seite ein Brett mit Stützen machen. Da lachte der Wenzel und meinte: »Bist leicht mondsüchtig?« Und schon hatte er sich eine

Lumperei ausgedacht, die er mit diesem »Oberammergauer Engelsgesicht« einmal anstellen wollte.

Dazu kam es jedoch nicht, denn Wenzels Tage im Kloster waren gezählt. Er hatte mit einer Dirn ein Techtelmechtel angefangen. Der Bruder Ökonom erwischte sie zusammen in der Scheune und warf alle beide, ohne lange Federlesen zu machen, hinaus.

Das Marei war froh darüber, denn vor dem Wenzel hatte sie sich gefürchtet, weil sie seiner Schlauheit und Hinterlist nicht gewachsen war. Dafür verstand sie sich jetzt mit dem Ferdl um so besser. Der redete nicht viel und fragte nichts. Nur einmal, als sie Brotzeit machten, schaute er seinem Kollegen auf die Hose und sagte:

»Hüften hast du wia a Madl!«

Da lachte das Marei frech und erwiderte: »Ja mei, vielleicht bin i a Deandl und mei Mutter hat sich täuscht!« – Damit war dieses Gespräch beendet. Nie wieder wurde über den Punkt gesprochen – bis kurz vor Weihnachten.

Die zwei Schreinergesellen hatten für den Kuhstall neue Türen und Fenster gemacht. Als sie diese einsetzten, kam ein schreckliches Föhnwetter mit Wind und Regen. In der Nacht bekam der Kofler-Franzl heftiges Fieber und Schüttelfrost. Er wurde von fürchterlichen Träumen gequält und schrie wiederholt laut auf. Der Ferdl, eine ängstliche Seele, stand auf und eilte zum Bruder Infirmarius, dem die Kranken der Klostergemeinde anvertraut waren. Der kam und kochte sogleich einen hitzigen Tee. Auch wollte er dem Franzl sofort einen kalten Brustwickel geben, damit er recht ins Schwitzen käme. Doch der Franzl wehrte sich gegen den Wickel wie rasend. Das konnte der Mönch nicht fassen, da man doch den Franzl stets für einen besonnenen Burschen hielt. Er nahm also den Ferdl beiseite und sagte ihm, er solle doch dem Kranken zureden, der Wickel sei unbedingt notwendig, wenn man nicht riskieren wolle, einen Medicus aus Innsbruck zu einem Aderlass herbeizuholen. Wenn aber der Franzl bloß vor dem Mönch Scheu habe, so solle ihm halt der Ferdl den Brustwickel machen.

In ihrer Angst vor dem Medikus willigte nun das Marei ein, dass ihr der Ferdl den Wickel umlegen sollte. Als der Mönch dann gegangen war, offenbarte sie dem Kameraden, dass sie eigentlich ein Weib sei, und bat ihn unter Tränen, dieses als ein unverbrüchliches Geheimnis zu bewahren. Da war der Ferdl ganz durcheinander. Wie sollte er es mit seiner Frömmigkeit vereinbaren, einem Madl einen Brustwickel zu machen? Das Marei erkannte seine Verlegenheit und blies die Kerze aus. Nun war es finster. Jetzt machte der Ferdl den Wickel und legte sich dann in sein Bett. Aber er tat die ganze Nacht kein Auge zu vor lauter Sinnieren.

Als der Bruder Ökonom und der Infirmarius am anderen Morgen zu einem Krankenbesuch in die Kammer traten, fanden sie, dass zwar das Fieber gewichen, der Franzl jedoch noch sehr schwach war. Sie ordneten also an, dass er noch weiter im Bett verbleiben und vor allem die Kraftbrühen, die man ihm schicken werde, zu sich nehmen solle, denn nur so könne die Konsultation eines Medikus vermieden werden.

Dieser leisen Drohung hätte es kaum noch bedurft, das Kranksein war für das Marei allein schon Plage genug. Außerdem musste sie versuchen, möglichst rasch wieder beim Ferdl zu sein, um ihn über die Hintergründe aufzuklären, damit er leichter das Geheimnis bewahrte.

Der Ferdl ließ sich zu Mittag nicht sehen, und am Abend kam er sehr spät und ganz leise geschlichen, vermutend, das Madl könnte bereits eingeschlafen sein. Doch sie hatte auf ihn gewartet. Als er nun, ohne ein Licht anzuzünden, ins Bett kroch, begann Marei zu erzählen:

Von ihrer einsamen Jugend, vom Müllner-Peter und ihrer gemeinsamen Arbeit, von jener Nacht, als die Franzosen gekommen waren. Ohne Verzierungen erklärte sie dem Ferdl, dass ihr in jenem fürchterlichen Augenblick, als der bärtige Franzmann ihr Gewalt angetan habe, offenbar geworden sei, wie hoch der Mann über dem Weib stehe. Und da habe sie erkannt, wie hässlich der Mann sei. Um nun ein für allemal dieser Knechtung zu entgehen – und auch noch aus anderen Gründen –, habe sie sich entschlossen, die Heimat zu verlassen und als Mann weiterzuleben. Jetzt verstehe sie sich mit Burschen und Männern sehr gut und brauche nicht mehr zu befürchten, von ihnen angegriffen zu werden. Ob denn der Ferdl das verstehe? Der schwieg erst eine lange Weile und meinte dann:

»I an deiner Stell tät die ganze Geschicht dem Bruder Ökonom erzähln. Dös is kein Dummer net, und ein Herz hat der wie a Heuwagn so groß!«

»Der schmeißt mi außi, und nacha sitz i im Schnee!«

»Dös tut der net, aber helfn könnt er dir!«

»Ja freili, in d' Küch schickt er mi, zu dene gschertn Weibsbilder! Naa, naa, Ferdl, der Kofler-Franz bleibt, was er is!«

»Mir soll's recht sein! Guat Nacht!«

Also blieb das Ertlbauern-Marei Klosterschreiner zu Wilten, nachdem eine erste Gefahr glücklich abgewendet worden war.

Der Hof am Noppenberg wurde in den ersten Wochen nach Ostern Gegenstand der Teilnahme und mancherlei übler Rede in ganz Sachrang. An Sündenböcken fehlte es nicht: Da war der unselige Ertlbauer Schuld, weil er sich immer bloß um anderer Leute Zeug, nicht aber um sein Kind gekümmert habe. Da war die Maria Schuld, weil sie dem verzogenen Balg jeden Willen gelassen habe. Auch der Müllner-Peter blieb nicht ungeschoren. Der sei in erster Linie mit Schuld gewesen, denn durch ihn seien dem Deandl lauter dumme Flausen ins Hirn gesetzt worden. Der Steindlmüller, der überhaupt! Der habe die Vormundschaft nur übernommen, weil unter dem Noppenberg die Aschacher Mühle stehe mit einem ledigen Jungmüller – mehr brauche man nicht zu sagen. Einige dachten sogar an den roten Franto, ob sich denn nicht der vielleicht an dem Marei in irgendeiner Weise versündigt habe. Und wer weiß, ob sich das Deandl nicht gar in seiner Gewalt befinde.

Eine Meldung des Gemeindevorstands an das Gericht in Prien wurde dort mit der Bemerkung ad acta gelegt: Wo käme man hin, wenn man allen nichtsnutzigen Bauern die ungeratenen Kinder suchen sollte!

Das Verhör

In den frühen Vormittagsstunden, als in allen Kirchen der Hauptstadt noch Totenmessen gelesen wurden für den heimgegangenen Landesherrn, brachte ein Schwarzrock, ein altergrauter Staatsdiener, die Meldung, er habe soeben einen einäugigen Eselstreiber dingfest gemacht. Sofern er nicht irre, sei dieser Mann jener sogenannte »rote Franto«, den man vor Jahren in dem Gebirge über Sachrang vergeblich gesucht habe und dessen Hütte damals angezündet worden war.

Der Referendarius Kaspar Johann von Lippert erinnerte sich. Das Herrschaftsgericht Prien hatte diesen Mann wegen Behexung und Verseuchung angezeigt. Gestern war der Mann im Turnierhaus gewesen und hatte sich vor den Herrschaftslogen zu schaffen gemacht. Vor der Loge des Kurfürsten habe er der Baronesse von Lilien aus der Hand gelesen.

Er befahl dem alten Beamten, den Einäugigen ins geheime Kabinett zu führen und unverzüglich beim Leibarzt Seiner Hoheit eine Erklärung über die Todesursache des Verschiedenen zu erbitten. Eine halbe Stunde später hatte er diese Erklärung in Händen. Der Tod war mittelbar auf Altersschwäche, unmittelbar auf Gehirnschlag zurückzuführen. Nun begab er sich in das Kabinett, sein Herz hatte sich wieder beruhigt.

Der rote Franto saß, die Hände über dem Rücken verbunden, auf einem Schemel. Lippert entließ den Wächter und setzte sich an den schwarzen Tisch, der ganz nahe vor dem Delinquenten stand. Durch das vorhanglose kleine Fenster fiel das graue Tageslicht auf Frantos Gesicht. Das eine Auge tränte.

Lippert begann: »Was hast du gestern dem Edelfräulein in der Loge Seiner Hoheit, des durchlauchtigsten Herrn Kurfürsten, in die Hand gedrückt?«

Franto lächelte: »Du irrst, Hoher Herr, wenn du meinst, der Kurfürst sei an meinem Gift gestorben. Er starb am Gift seiner Sünden.«

Lippert zuckte zurück: »Was redest du, Vermessener?«

Der Rote bewahrte sein Lächeln und seine Ruhe: »Hoher Herr, ich bin in deiner Gewalt. Mir stünde es darum schlecht an vermessen zu sein. Vor etlichen Jahren bin ich deinen Häschern entwichen. Glaubst du, ich wäre nach München gekommen, wenn ich mich heute vor dir noch genau so fürchten müsste wie damals? Die Zeit des Hexenunsinns ist vorbei – das habe ich aus deinem Urteil über den Müllner-Peter erkannt.«

»Ich habe über niemand geurteilt«, entgegnete der von Lippert. »Urteilen ist die Sache der Richter.«

»Aber auch die Richter richten sich nach ihren höheren Vorarbeitern!«

»Du bist gewitzt!«

»Nicht gewitzt, Hoher Herr, sondern ich sehe die Dinge von einer anderen Seite.«

»Warum kamst du nach München?«

»Das verstehst du nicht, Herr!«

Lippert lachte: »Immerhin will ich es wissen!«

»Das Wissen allein wird dir nicht viel nützen, du wirst auch ein bisschen daran glauben müssen. Ich kam wegen zweier Menschen, die zueinander gehören und doch nicht füreinander bestimmt sind: jener Müllner-Peter von Sachrang und die Dame von Lilien.«

»So willst du dir einen Kuppelpelz verdienen?«

»Ich sagte dir doch, dass sie nicht zusammenkommen werden.«

»Was für einen Zweck hatte dann dein Erscheinen?«

»Ich wollte in der Dame von Lilien das Bewusstsein der Zugehörigkeit zum Müllner-Peter neu erwecken, weil es am Einschlafen war.«

»Wenn sie aber nicht zusammenkommen werden, wozu dann dieses Manöver?«

»Siehst du, Hoher Herr, du verstehst das nicht! Es gibt nämlich auch eine Zugehörigkeit unter Menschen ohne die Berührung ihrer Leiber.«

»Ich habe nicht die Absicht, mich von dir belehren zu lassen!«

»Will ich auch nicht, Hoher Herr!«

»Widersprich nicht ständig! Das letzte Wort habe ich!«

»Das ist noch nicht sicher!«

Empört rief der von Lippert nach der Wache. Ein Mann erschien unter dem Türstock.

»Gebt dem Kerl hier eine Bastonade, bis er flennt wie ein Neugeborenes!« Mit diesen Worten wollte sich der

Gestrenge erheben. Er rückte auf dem Sessel hin und her, stützte sich mit den Händen auf den Tisch, bewegte den Oberkörper nach vorn, nach rückwärts, doch die Knie versagten ihm den Dienst. Sie waren wie mit Blei gefüllt, schwer und leblos.

Lippert erbleichte. Der Wächter sah mit stumpfem Blick auf seinen Herrn.

»Was gaffst du? Hilf mir doch auf, *nom d'une pipe*, verflucht!«

Der Wächter sprang hin und packte den Vorgesetzten rittlings unter den Schultern. Er zog ihn hoch, als er ihn aber losließ, sackte der Edelmann wieder zusammen. Er setzte ihn also auf den Sessel. Lippert hatte Schaum in den Mundwinkeln. Er machte Augen wie ein Frosch und stierte auf den roten Franto.

Der hockte noch immer auf dem Schemel mit gebundenen Händen und richtete sein Auge unentwegt auf den Hohen Herrn.

Abermals versuchte Lippert aufzustehen, abermals umsonst.

Der Wächter fragte: »Soll ich einen Arzt rufen, Euer Gnaden?«

Da sagte der Rote: »Es dürfte bloß eine Blutstauung sein, Hoher Herr. Wenn du mir die Hände freimachen lässt, will ich dich massieren.«

»Schließ ihn auf!«, herrschte Lippert den Wächter an.

Franto nahm die Beine des Edlen, eines nach dem anderen, und streifte mit der Hand sanft darüber. »So, Hoher Herr – und jetzt die Bastonade!« Er schaute dem Verwirrten ins Gesicht. Lippert begegnete diesem Blick mit fragenden Augen, eine lange Weile. Dann schickte er den Wächter hinaus.

»Du bist gefährlich, roter Mann!«, sagte er, »ich will mit dir nichts mehr zu schaffen haben. Geh!«

»Wenn du mit mir nichts mehr zu schaffen haben willst, aber dann gib mir ein Schreiben. Sonst bringen mich deine Häscher ja morgen oder übermorgen schon wieder zu dir.«

»Ein Schreiben nicht, doch ein Zeichen.« Er griff in sein Wams und reichte dem Franto eine viereckige Münze.

Der sah sie an und steckte sie dann ein: »Hoher Herr, es ist nicht immer gut, wenn man das letzte Wort haben will. Denn was wissen wir schon von den letzten Dingen! Adieu!«

Als er über den Viktualienmarkt schritt, war alles leer. Da und dort huschte eine schwarzgekleidete Mamselle ins andere Haus, ein Paar Schwarzröcke standen an den Straßenecken und spähten umher, ein Bierwagen rollte in die Hochbrückenstraße hinunter. Der Kutscher hatte die hellen Glöcklein an den Geschirren mit einem Tuch verbunden und die weißblauen Bänder aus den Pferdemähnen herausgenestelt. Der Kurfürst war ja gestorben.

Franto läutete am Haus mit der Wappentür.

Der alte Diener öffnete: »Was will Er?«

»Wer?»

»Er!»

»Meinst du mich? Ich will zur Dame von Lilien.«

»Bist du nicht der Eselstreiber?«

»Der bin ich.«

»Was willst du von der gnädigen Baronesse?«

»Väterchen, wenn ich das mit dir ausmachen könnte, meinst du, ich tät die Dame belästigen?«

»Ein Almosen kannst du von mir haben.«

In diesem Augenblick kam Borgias von Lilien aus der Badestube und wollte die Treppe hinaufgehen. Als er den Einäugigen sah, rief er: »*Parbleu*, bei Gott, ist das nicht der Magus? Nun, wie steht's mit der Zukunft?«

Der Diener trat zur Seite und Franto kam näher: »Deine Zukunft, junger Herr? Die ist nicht so wichtig, deine Gegenwart ist wichtiger!«

»Du sprichst in Rätseln, was meinst du?«

Franto nahm den Edelmann am Arm und ging mit ihm ganz selbstverständlich die knarrende Treppe hinauf: »Du hast die französische Krankheit«, sagte er leise, »such einen Arzt auf und lass dich heilen! Und so, wie du dann leben wirst, wenn du heil bist, wird deine Zukunft sein! Sag jetzt der Dame von Lilien, dass ich da bin!«

Borgias war schamrot geworden. Er ließ den seltsamen Gast in das Empfangszimmer eintreten und verständigte dann seine Schwester.

Baronesse Terry blieb zaghaft unter der Türe stehen.

»Hat Euch der Edle von Lippert zu mir geschickt?«

Franto lächelte: »Er hat mich zwar nicht gerade geschickt, aber er hat mich gehen lassen, ohne dass ich die anbefohlene Bastonade erhielt. Jedenfalls bin ich da. Und mir scheint, dass wir miteinander noch ein Wörtchen reden wollten.«

Er setzte sich an den Tisch, Terry stand ihm gegenüber, angelehnt an den Kamin, auf dem die Uhr tickte.

»Was weißt du von Peter Huber?«

Franto lehnte sich zurück und strich mit der Hand durch sein rotes Haar: »Ich habe mit dem Peter eine Verwandtschaft, nicht dem Blute nach. Anders. Und deshalb kenne ich ihn besser, als er sich selber kennt. Ich kenne deswegen auch dich, Mädchen, weiß einiges, was bloß dein Beichtvater weiß und schonwieder vergessen hat. Der rote Franto aber vergisst schwer, leider Gottes!«

Terry unterbrach: »Was willst du?«

Franto fuhr fort: »Du hast deinen Teil gelebt, Mädchen. Der Peter wird auch das seine erleben. Darüber vergehen noch viele Jährlein. Weil's aber so ist, dass die Menschen wie die Zahnräder sind, die ineinandergreifen, damit das Werk weitergeht, bitte ich dich, diese Jährlein abzuwarten – um seinetwillen und auch ein bisschen um deinetwillen. Wir warten ja alle auf das große Glück. Und wenn wir lange genug gewartet haben, dann sind wir bescheiden geworden und begnügen uns mit den paar Erdbeeren, die wir in der Abendsonne am Waldrand sehen. Wir pflücken sie dankbar in die hohle Hand, gehen damit heim und bereiten ein Festessen. Dann freuen wir uns wie die Kinder – das große Glück.«

Er stand auf. Terry trat auf ihn zu und wollte etwas sagen. Aber sie konnte nicht, weil sie weinen musste. Sie griff in ihr Täschchen und gab dem Roten einige Silberstücke. Der nahm das Geld und sprach: »Dir tut's nicht weh, und ich kann's brauchen, damit ich geschwinder fortkomme aus euren steinernen Gassen. Warte halt, Mädchen, und verlier dich nicht! Es wär schad um dich!«

Terry nickte, und er ging.

Und er kam wieder nach Sachrang.

Wie staunten die Leute, als sie ihn mit seinem Esel auf der Dorfstraße dahintrotten sahen! Ja, dass der auch noch lebt! Der Schreckliche! Und dass er sich so offen daherwagt, wo sie ihm doch die Hütte angezündet hatten, als er ihnen entwichen war! Der Franto scherte sich nicht um sie.

Der Ebert-Wirt erschrak: »Verschon uns, oh Herr! Und dass der nimmer zu uns kommt!«

Nein, der Rote wollte nicht mehr bei ihnen sein. Er wollte einen Besuch in der Mühle machen und dann wieder nach Tirol hinübergehn, wo ihn niemand fürchtete.

Der Strich unter die Rechnung

Der Rote weilte nun schon acht Tage in der Mühle und schlief. Er erhob sich immer nur für eine knappe Stunde, trank einen Topf Sauermilch und schlief dann wieder ein. Peter hatte mit ihm noch kein vernünftiges Wort sprechen können.

Heute schien er endlich ausgeschlafen zu haben, denn er wusch sich draußen im Wassertrog.

Dann trafen sie sich in der großen Stube.

Die Fanni hatte bereits eingeheizt. Es roch nach Buche. Franto trat ans Fenster und hauchte die Eisblumen an. Als er durchschauen konnte, sagte er: »Hätt nicht gedacht, dass es mit dem Ertlhof da drüben so geschwind bergab geht.«

»Seitdem das Marei fort ist, taugt die Maria nichts mehr. Und die Leut wirtschaften in den eigenen Sack.«

»Was ist eigentlich mit dem Deandl?«

Peter überlegte einen Augenblick, dann antwortete er mit der Gegenfrage: »Weißt du nicht, Franto, wo sie sich aufhalten könnt?«

»Hm! Wer weiß das schon?«, sagte er ausweichend. Dann aber drehte er sich ruckartig um und sprach: »Scheinst sie zu vermissen, was?«

Peter zuckte mit den Schultern: »Wenn sie da wär, bräucht ich mich nicht so zu kümmern. Aber man ist ja schließlich der Nachbar. Es tut einem weh, wenn man sieht, wie alles verludert.«

Der Franto brummte: »Was nicht zu halten ist, das hältst auch du nicht, Peter. Der Hof steht auf einer bösen Ader, wie die Alten gesagt haben. Und was von unten auf böse ist, kann oben keine guten Früchte haben. Ich rat dir, Müllner, lass die Händ weg!«

»Du hast eine Abneigung gegen den Hof, Franto, das versteh ich. Nur glaub ich, dass es von mir nicht christlich wär, wenn ich seh, wie's in den Graben hineingeht und ich tät nicht zupacken.«

Der Rote machte eine fragende Geste und wollte etwas sagen. Doch da hörte man unten vor der Haustüre ein Gestampfe und ein wildes Geschrei und gleich darauf polterten schwere Männerstiefel die Treppe herauf. Eben wollte Peter nachsehen, als vor ihm die Kammertür aufgerissen wurde und drei feste Schergen sich hereinschoben. Ihre Wangen waren hochrot vor Kälte, in ihren Schnurrbärten hing der Atem, zu kleinen Kügelchen gefroren. Die Pelzmäntel und die verbrämten Mützen sahen aus, als hätten sie eine Nacht im Raureif der Bäume gehängt.

Der eine dieser Beamten zog ein Blatt hervor und schrie mehr als er las: »Peter Huber, genannt der Müllner-Peter, und der *sic dictus* rote Franto, einäugig, werden hiermit *nomine* und *ex offo,* im Namen und Kraft eines hohen herrschaftlichen Amtsgerichts zu Prien am See verhaftet und *sine mora*, das heißt, ohne Verzug, abgeführt. Also macht keine Umständ nicht, zieht euch an und kommt. Auf geht's!«

Peter Huber sah zu seinem Gast hin. In diesem Blick lag ein Vorwurf: Warum warst du nicht vorsichtig? Warum bist du unbekümmert mitten durchs Dorf zu mir gekommen und hast dich acht Tage bei mir aufgehalten, als ob man dir nie etwas gewollt hätte?

Der Rote aber trat ganz, als müsste es so sein, vor die Kammertür hinaus, nahm seinen abgeschabten Pelz vom Nagel und zog die Mütze über die Ohren. Peter tat ebenso. Dann gingen sie hinunter. Im Vorhaus stand die Fanni, Tränen in den Augen. Peter wandte sich an sie:

»Fanni, macht's gut!« Und zum Krautnudel, der gerade von draußen hereinkam, sagte er: »Alles geht ruhig weiter,

Thomas! Pass auf, dass den Buben nichts passiert! Und zum Herrn Vikar gehst und erzählst ihm, was geschehen ist! Behüt euch Gott miteinander!«

Im Hofraum stand der schwere Kastenschlitten des Herrschaftsgerichts. Die Männer öffneten einen seitlichen Verschlag und stiegen mit ihren Delinquenten ein. Cäsar, die Dogge, bellte wie wild. Die Tür knallte zu. Der Schlitten fuhr davon.

Doktor Geier wartete voll Ungeduld auf die Ankunft seines Gefährtes. Und er atmete erleichtert auf, als seine Leute mit den beiden Verhafteten den kalten Gerichtssaal betraten. Sein Gesicht strahlte im Glanz herzlicher Zufriedenheit: Mit dieser Leistung durfte der Geheime Ausschuss wohl manchen schwarzen Punkt aus der Personalliste des Richters von Prien streichen! Seine Stimme klang in der Kälte des gewölbten Raumes wie Metall:

»Der seit nunmehr acht Jahren wegen schwerer *delicta* gesuchte *sic dictus* rote Franto, wohnhaft im Gebirge über Sachrang, hat seit Tagen bei dem Müllner, Peter Huber, im Aschacher Grund zu Sachrang Unterschlupf gewonnen, und daher sind beide, der eine wegen Verbrechens, der andere *conspirationis causa*, wegen Mittäterschaft, vor dieses herrschaftliche Gericht zitiert.«

»Schön!«, sagte der Rote und griff in die Tasche seines Kittels unter dem Pelze. Er zog die viereckige Münze des Edlen von Lippert heraus und gab sie dem Gendarm, der hinter ihm am Türpfosten lehnte: »Zeig das deinem Herrn, Gevatter!«

Doktor Geier erblasste.

»Schön!«, wiederholte der Rote. »Und jetzt hätte ich zwei Fragen. Erstens: Wer hat dem Gericht die Nachricht von meinem Aufenthalt in Sachrang gebracht, wer?«

Geier zitterte und schaute um sich, als erwarte er von irgendwoher Hilfe.

»Wer?«, schrie Franto.

Der Richter schluckte einige Male und faltete dann die Hände vor dem Gesicht: »Ich bitte um Diskretion, ich bitte sehr! Herr Ebert, Gastwirt von Sachrang, erschien gestern vor dem Herrschaftsgericht und erklärte …«

»Genügt, Herr Landrichter! Zweitens frage ich, werden wir jetzt endlich einmal unsere Ruhe haben, der Müllner-Peter und ich?«

»Meine Herren, ich bitte sehr, wie konnte ich wissen …«.

»Das konnten Sie freilich nicht, Herr Landrichter. Aber die Ohrenbläser von sich weghalten, das können Sie! Und jetzt fahren wir wieder nach Sachrang, mit Ihrem Schlitten, Herr Landrichter!«

»Selbstverständlich, verehrte Herren, ich bitte sehr!«

Der Richter sprang hinter seinem Pult hervor und beeilte sich die beiden Männer hinauszugeleiten. Wer solche Zeichen besaß, wie dieser Rote, gehörte gewiss zu den ganz Geheimen des Geheimen Ausschusses. Mit vielen tiefen Verbeugungen verabschiedete er sich von ihnen beim Schlitten, bat um Vergebung und atmete erleichtert auf, als das Gefährt davonglitt.

»Es ist an der Zeit«, sprach der Franto, »dass die Dinge in Sachrang anders werden!«

»Wie willst du sie ändern?«, fragte Peter kleinmütig.

»Wie? Das wirst du heute noch sehen! Wir sind, weiß Gott, keine Grobiane, du nicht und ich nicht. Aber es gibt Zeiten, in denen die Gewalt zum Gebot wird, und es gibt Leute, die sich nach dieser Gewalt sehnen wie das Kind nach der Mutterbrust. Es geht nicht an, dass man immerzu den Traumichnicht spielt oder höchstens eine Drohung ausspricht. Ausgekochte Bösewichte, zu denen gehört der Wirt, wissen mit dieser Drohung nichts Rechtes anzufangen. Sie haben ein schwaches Gedächtnis und vergessen zu rasch, was man ihnen angedroht hat. Ich habe ihm einen Brief geschrieben – du weißt das vielleicht nicht –, es war damals, als sie das Gerede mit der jungen Ertlhöferin aufgebracht hatten. Siehst du, den Brief hat er vergessen! Briefe schreiben nützt bei dieser Sorte Mensch nichts. Heute werden wir ihm etwas auf die Haut schreiben. Narben bleiben, man kann sie nicht vergessen. Sobald man sich rasiert, wird man an den Schreiber erinnert.«

Peter sah erstaunt auf den Roten. »Meinst du?«

»Was heißt hier meinen? Ich meine nicht. Ich gebe dir mein Wort, dass mit dem heutigen Abend in Sachrang eine andere Atmosphäre um sich greifen wird. Die Tonart, die einst vom unseligen Noppenberger angegeben worden war und bei seinesgleichen weitergepfiffen wurde, hat heut ihren Schlussakkord erreicht. Ab morgen pfeift man anders. Hoffentlich ergreifst du endlich den Taktstock und dirigierst die neue Melodie, du lendenlahmer Loamsieder!«

Peter nahm die Beschimpfung ohne Widerrede hin. So hatte er den Roten noch nie gesehen. Der sprühte, kochte. Die Zornesadern an seinen Schläfen traten dick hervor, wie der kleine Finger. Man sah in ihnen das Herz hämmern. Was mag er vorhaben? Was ist überhaupt mit ihm? Was war das für ein Zeichen, das er dem Richter gegeben und das diesen weich gemacht hatte wie Butter? Er ist immer noch der gleiche Undurchsichtige, der gleiche Dämon – trotz des erloschenen bösen Blickes …

Als der Schlitten beim Postwirt in Bernau scharf um die Ecke bog, wären sie beinahe in einen Haufen Leute hineingefahren. Die standen da um den Gemeindeboten versammelt. Bayern hatte einen neuen Kurfürsten, Maximilian Joseph heißt er. Hoch lebe der Kurfürst! Hoch! Hoch! Hoch!

Peter Huber zog den Hut vom Kopf. Der Rote brummte: »Meinst du, der Neue ist anders? Der kann auch nur mit Tinte schreiben und die Suppe mit Wasser kochen!«

Franto war voll Widerspruch, man ließ ihn am besten ruhig und beachtete ihn nicht. Peter hüllte sich tiefer in den Pelz.

Jetzt fuhren sie an Hohenaschau vorbei. Drohend schaute die Burg von ihrer schroffen Höhe in den Chiemgau hinaus. Da saßen seit Jahrhunderten die Grafen Preysing, ein widerständiges Geschlecht, treue Diener des bayerischen Staates. Die von Lilien sind mit ihnen irgendwie verwandt, Peter erinnert sich, dass ihm die Baronesse einmal davon erzählt hatte.

Inzwischen wurde es langsam dunkel, der Kutscher hielt und zündete die Deichsellaterne an. Der Weg wurde ebener, das Tal tat sich auf, der Turm von Sankt Michael stand majestätisch vor dem weißglitzernden Berghang, jetzt fuhren sie ins Dorf hinein. Als sie kurz vor dem Wirtshof waren, erhob sich der rote Franto und schrie dem Kutscher zu: »Halten! Wir steigen aus! Kannst umkehren!«

»Das ist jetzt unsere Stunde, Müllner-Peter!«, sagte er zu seinem Gefährten, sprang vom Schlitten und betrat das Wirtshaus. Der junge Mann hinter ihm drein.

Die Tür der Gaststube flog auf. Da hing eine verrauchte Ölfunzel an der braunen Balkendecke. An zwei Tischen saßen ein paar Männer im Tabakqualm. Sie schauten zum Ebert-Wirt herüber, der sich mit seinem dicken Bauch weit über den Schanktisch geneigt hatte. Sein Schwiegersohn, der Metzgergesell, stand an seiner Seite. Soeben hatte er ihnen brühwarm und schadenfroh das Neueste erzählt: Der Rote war mitsamt dem Müllner geschnappt worden.

Und er log, als ob er beim Hergang der Verhaftung persönlich zugegen gewesen wäre.

Ah, und da stehen sie in der Tür!

Der Rote ließ ihm keine Zeit. Er warf seinen Pelz weg und schlug den Metzgergesellen, dass er hinter dem Schanktisch umfiel. Den Ebert packte er beim grünen Westenkragen, zog ihn über das gelöcherte Blech und warf ihn vor sich nieder. Der Grottenbacher-Haunstetter, der unter den Gästen saß, griff seitlich in die Lederhose nach dem Stoßmesser mit dem Hirschhorngriff und stürzte sich auf Franto. Peter sprang herbei und fing die Hand mit der blitzenden Klinge. Er war aber der Wut des mächtigen Bauern nicht ganz gewachsen und spürte im nächsten Augenblick den kalten Stahl seine linke Schulter streifen. Das belebte ihn.

Er bog den jungen Trixl, der sich inzwischen auch herangewagt hatte, nach rückwärts und wollte einen weiteren Stoß des Grottenbachers abfangen. Da griff der Rote dem wildgewordenen Bauern mit der einen Hand ins Genick, mit der anderen packte er ihn am Bein, stemmte ihn hoch und schleuderte ihn gegen das Fenster, dass er klirrend mitsamt dem Fensterkreuz in den Hof hinausfiel. Wer hatte je solche Kraft gesehen! Der Ebert-Wirt richete sich auf und saß am Fußboden vor seiner Ausschank. Der Metzgergesell war nach rückwärts entwichen. Der Trixl hatte einen Bierkrug gefasst und warf ihn gegen die Brust des Müllers. Dem verschlug es den Atem, er ging zu Boden und der Trixl über ihm begann ihn zu würgen. In der Tür erschien inzwischen der Haunstetter.

Das Glas hatte ihm das Gesicht zerschnitten, und er blutete. Mit einem tierischen Gebrüll griff er erneut den Franto an. Der hatte gerade noch Zeit dem Trixl einen Schlag zu geben, dass er zusammensackte und neben dem Müllner liegen blieb – dann begannen die beiden einen Ringkampf. Sie standen Brust an Brust, in der abgewehrten hochgestreckten Hand des Haunstetters funkelte das

Stoßmesser. »I lösch di aus, du Canaille!«, ächzte der gewaltige Bauer und verbiss sich wie ein wildes Tier in den Nacken des Roten. Franto zuckte. Wenn er jetzt schlaff wurde, würde ihm der Bauer die Sehne durchbeißen. Peter erkannte die Gefahr des Freundes. Er sprang auf und führte mit der Faust einen Hieb gegen die Schläfe des Grottenbachers durch. Der fiel quer über den dasitzenden Wirt und rührte sich nicht mehr.

Inzwischen hatte sich der Trixl mühsam aufgekrabbelt und sich zum Schmierl und den anderen gesetzt. Die hatten es vorgezogen, sich aus dem Streit herauszuhalten. Der Franto wischte sich das Blut vom Nacken. Dabei sah er zu Boden und bemerkte, dass der ohnmächtige Haunstetter noch das Stoßmesser in der Hand hielt. Da hackte er mit dem Fuß nach dieser Hand. Das Messer blitzte und saß dann wippend im Türstock. Er setzte sich an die Seite des Trixls, den anderen gegenüber: »Peter, komm her! Jetzt haben wir Durst!«

Er zog seinen Geldbeutel heraus und legte ihn auf den Tisch: »Ebert, steh auf und schenk eine Maß ein, für mich eine und für den Peter eine! Wenn der Trixlbub auch eine will, soll er den Bierkrug dort aufheben. Das Bier zahl dann ich.«

Peter zog seinen Rock aus. Das Hemd war zerschnitten und blutig. »Lass sehn, Peter!«, sagte Franto und stand auf. Das Messer war quer über das Schulterblatt gefahren und hatte eine lange Furche gezogen. »Ich glaub, es war ein missglückter Nierenstich. Der Hundling von Grottenbacher geht jedenfalls aufs Ganze.«

Der Wirt stellte die zwei Maß Bier hin. Da begann sich der Grottenbacher zu rühren. Er drehte sich auf den Bauch und erbrach sich. »Schaff das Schwein naus, Trixlbub!«, sagte Franto. Der junge Bauer sprang schnell auf, packte den Alten am Kragen im Genick und schleifte ihn über die Schwelle ins Freie. Dann rannte er davon, so schnell er konnte.

»Prost, Peter!« Franto trank. »Wenn vielleicht noch einer da ist, der zur Raison gebracht werden will, der mag's sagen, jetzt geht's ans Aufwaschen, ihr Dreckfinken, ihr lausigen! Wie ist das mit dir, Schmierl? Bist ja ganz blass. Hast leicht die Hose voll?«

Der Angeredete ruckte ängstlich auf seinem Stuhl. »Hat's euch die Sprache verschlagen, was? Ebert, gib ihnen zu saufen!«

Der Ebert nahm eine Decke und verhängte damit das offene Fenster. Dann hob er die Trümmer des Maßkrugs auf, den der Trixl geschleudert hatte. »Weil's kalt is draußen …«, sagte er und hinkte wieder hinter seinen Schanktisch.

Weiß Gott, er hinkte. Der Fall auf die rauen ausgetretenen Backsteine – man kann's verstehen. Der Jüngste war er auch nicht mehr und alte Knochen verstauchen sich rascher. »So kalt ist's schon!«, sagte er noch einmal, aber niemand antwortete.

Draußen im gewölbten Gang rührte sich etwas. Stimmen und schlurfende Schritte. Der Ebert machte die Tür auf. Das gelbe Licht der Lampe fiel winkelig durch den Türstock. Da trugen der Trixl und der Vikar Harlander den Haunstetter herein, seine Arme über ihren Schultern, und setzten ihn auf die Bank hin. Dem Haunstetter saß der Kopf noch sehr wacklig auf dem Hals.

»Was ist hier los?« Der Vikar stand in der Mitte der Wirtsstube.

»Fanfare des Gerichts!«, dachte Peter.

»Was hier los ist?« Der Rote wandte sich langsam auf seinem Stuhl um. »Ein Stoßmesser ist los, das Messer vom Grottenbacher nämlich, dort steckt's an der Tür, Herr Vikar. Ein Maßkrug war auch los. Leider zerbrach der verdammte Krug, als er dem Trixlbuben aus der Hand flog und sich selbständig machte. Sonst ist weiter nichts los – höchstens, dass das dumme Messer dem Müllner eine Furche in den Buckel schnitt und das Gebiss vom Grottenbacher mir den Nacken blutig biss. Oder meinten Sie sonst noch etwas, Herr Vikar?«

Harlander sah das Blut. Er schaute auf das Messer, auf die Scherben des Maßkruges, auf den Trixl, den Haunstetter. »Wer fing an?«

Peter Huber fuhr in die Höhe. Größer als der Vikar stand er in der Stube. »Da lebte noch der gottselige Herr Vikar Aiblinger, als das anfing – und heute ist der Tag gekommen, wo das aufhört. Einmal muss Schluss sein. Oder soll ich mich mein Leben lang durch den Kot des Dorfes und vor das Gericht zerren lassen? Nicht meine Geduld und nicht Ihre strengen Worte, Herr Vikar, waren imstande, all denen hier das verleumderische Maul zu schließen. Da besannen wir uns auf unsere Fäuste, der Franto und ich.«

Der Grottenbacher stöhnte auf der Bank. Der Trixl wischte sich mit dem Handrücken die Nase ab.

»Herr des Himmels«, betete der Vikar still, »welch ein hartes Volk! Lass deine Gnadensonne über ihren Herzen aufgehen, dass sie weich werden wie Wachs in der Hand des spielenden Kindes! Ich bin ein Richter und maße mir an, was du dir alleinig vorbehalten hast.«

»Ich bin nicht berufen«, sagte er dann und setzte sich an den Tisch zum roten Franto, »nein, weiß Gott, ich bin wirklich nicht berufen, unter euch das Recht vom Unrecht zu scheiden. Männern zwischen dreißig und siebzig Jahren muss es wohl selbst überlassen bleiben, wie sie auseinanderkommen. Aber was zählt euer Beten und Kirchenlaufen, was überhaupt eure Religion, wenn ihr das Gebot der Nächstenliebe auf diese schändliche Art mit Füßen tretet? Eure Ochsen auf der Weide sind vernünftiger. Sie stoßen einander höchstens aus Futterneid. Ihr habt, was euch zum Leben reicht. Und dennoch gebt ihr keine Ruhe. So steht ihr unter dem lieben Vieh. Eine Schmach ist das!«

Das war ein ganz fremder Ton in der Musik dieses Abends. Er passte gar nicht herein, streifte aber trotzdem die wildgewordenen Herzen.

»Ihre Rede in Ehren, Herr Vikar!«, begann der Rote. »Man schmeißt aber nicht Kraut und Rüben in einen Topf. Das gibt einen Saufraß.«

»Ich verstehe, Franto, worauf Ihr hinauswollt«, unterbrach ihn der Vikar. »Über Recht und Unrecht entscheide ich nicht, das habe ich bereits gesagt.«

»Darum geht es aber gerade!« Peter Huber sprach's und trat näher an den Tisch. »Sie wollen nicht entscheiden. Gleichwohl scheren Sie uns alle über einen Kamm.«

Weit streckte er die Hand aus. »Was habe ich dem Ebert, dem Grottenbacher und den anderen da getan, dass sie mich verleumden und verfolgen? Soll ich mir zeitlebens Prügel zwischen die Beine werfen lassen und auf die Gerechtigkeit des Jüngsten Tages warten? Das soll keine Blasphemie sein, Herr Vikar! Aber ein Lump ist, wer Lumpen das Handwerk nicht legt.«

Der Vikar schaute auf den Ebert, dann auf den Haunstetter: »Ihr habt es gehört, was der Müller sagt. Rechtfertigt euch!«

Es war ruhig wie in der Kirche. Man hörte das Gasöl in der Lampe sieden.

Da schüttelte sich der Grottenbacher wie ein Hund, der aus dem Wasser stieg, und murmelte unverständliche Laute. Der Trixl trat zu ihm und winkte dann dem Schmierl zu. Der erhob sich, trank rasch den Bierkrug aus und half den Grottenbacher stützen. Sie geleiteten ihn auf die Straße. Dann standen auch die anderen Gäste auf und gingen mit halblautem Gutenachtgruß.

Der rote Franto schaute den geistlichen Herrn an, dem die Zornesader über der Schläfe schwoll. »Das ist ihre Rechtfertigung, Herr Harlander, sie können es nicht anders. Man darf von einem Bauern dieses rauen Gebirges nicht mehr verlangen! Sie tun sich schwer im Reden, besonders wenn sie einsehen, dass sie einen Mist gemacht haben. Lieber verschwinden sie und bewahren sich dadurch einen würdigen Abgang. Verübeln Sie ihnen das nicht, Herr Harlander! Es verrät keinen sehr guten Charakter, wenn einer so leicht zugibt, dass er ein Schweinskerl ist. Das haben's durch diesen schweigenden Abgang bekannt. Das genügt. Und überhaupt, die Bauern waren bloß das Ohr, der Bläser war ein anderer.« Scharf sah der Rote den Ebert-Wirt an.

»I weiß schon«, sagte der, »aber geht's jetzt heim und lasst's mir mei Ruh. I werd mich hüten und nochmal was sagn!«

Fünf Jahre danach

Die Augustsonne glitzerte im Ablauf des Mühlbachs und gab ihm den Anschein von flüssigem Silber. Peter Huber stand hinter dem Mühlenhaus und schaute den vielen Windungen des Bachs nach. Er freute sich.

Thomas Krautnudel kam hinter das Mühlenhaus: »Einen schönen Gruß, Chef, vom Herrn Vikar. Du sollst dieses Journal lesen, hat er gesagt, denn etwas wahrlich Wichtiges stehe darin.«

»Schönen Dank, Thomas! In der Zeitung ist alles wichtig, jeden Tag etwas anderes, ich lese sie nicht gern. Vor lauter Wichtigkeit verliert man den Zusammenhang mit der Pflicht des Alltags.«

»Das weiß ich nicht. Ich lese das Journal. Es ist ein Fenster hinaus in die Welt.«

»Du bist nicht mehr gern bei mir, Thomas. Manchmal beneide ich dich. Auch jetzt wieder.« .

»Ich glaube das. Zu beneiden ist der Glückliche, und wahrhaftig, ich bin nicht unglücklich. Du auch nicht, Chef. So brauchst du mich nicht zu beneiden.«

»Du lebst leichter als ich und ruhst sicherer in dir.«

»Das stimmt, Chef, das eine ist der Stiefel, das andere der Fuß. Bei mir passt das zusammen. Bei dir nicht. Du hast einen Dorn im Stiefel. Das tut weh. Doch es schadet nicht. Der Dorn macht einen frischeren Gang.«

»Bist du Philosoph geworden, Thomas?«

»Ich habe im Jahr viertausend Stunden Zeit zu sehen, zu hören und nachzudenken. Da baut der Kopf viele Gebäude und reißt sie wieder ein. Nur eine kleine Hütte, die lässt er stehen. Warum? Weil darinnen eine Zuflucht ist, wenn alles andere zusammenfällt.«

»Das Haus des Glücklichen!«

»Die Hütte des kleinen Mannes, Chef!«

Peter schlug die »Münchner Zeitung« auf und las:

Nachrichten aus Wirtschaft und Kultur: Überschrift »Mühlsteine ad acta!« Peter las: »Wenn sich das *projectum in praxi,* tatsächlich, als durchführbar erweisen sollte, so haben wir in dem kommenden Jahrzehnt mit einer Revolution des gesamten Mühlengewerbes zu rechnen. Es handelt sich um die Idee eines Monsieur Bollinger aus der Schweiz und eines Monsieur Helfenberger aus Österreich. Die beiden Herren, denen es dem Anschein nach um eine ernste Forschung geht, beabsichtigen zwischen dem dreiundzwanzigsten und dem dreißigsten August ihr Projekt am Rennweg in Innsbruck in genauen Plänen und

Skizzierungen auszustellen und wenden sich an alle Interessierten mit dem Ersuchen, durch genaue Einsichtnahme zu prüfen, ob der von ihnen erfundene sogenannte Walzenstuhl mit irgendwelchen Mängeln behaftet sei. Dieser Walzenstuhl soll nämlich in Zukunft anstelle der bisherigen Mühlensteine die Fabrikation des Mehls in weit gediegenerer und rationellerer Qualität gewährleisten, und dies unter bedeutend sparsamerem Verbrauch der treibenden Wasserkraft.«

Wasserkraft – das Schmerzenskind der Aschacher Mühle. Nichts durfte dem Sachranger Müller zu mühselig sein, wenn es galt, mit weniger Kraft größere Leistung zu erzielen.

»Thomas, wir fahren miteinander nach Innsbruck. Die Reise dauert mehrere Tage. Übergib dem Micherl die Mühle und sag den beiden anderen in der Säge, sie sollten ihm helfen, wenn's nötig wär!«

»Chef, welch ein heilsamer Gedanke!«

»Keine Stoßgebete, Thomas! Du hast schon lange verdient, dass man dir einmal ein anderes Stück Himmel zeigt.«

Man war es in der Hauptstadt des Tiroler Landes gewohnt, Bayern aus dem Chiemgau in ihrer dunklen Tracht zu sehen. Man wusste auch, dass die bayerischen Bauern aus dem Oberland keine kleinen Leute waren. Diese beiden fielen dennoch auf, einmal ihres pechschwarzen Haarwuchses wegen. Dann maß Peter gute drei Ellen, während der gedrungene Krautnudel leicht und lebendig neben ihm herschritt – eine Gangart, die man bei Gebirglern nicht kannte.

Sie kehrten in der Herberge bei den Kapuzinern ein.

Am anderen Morgen weckte sie die Klosterglocke mit schrillen Tönen. Alsbald erschien der Gästebruder und führte sie zum Gottesdienst, denn es war Sonntag. Der junge Mönch auf der kleinen Orgel spielte erbärmlich. Das Merkwürdige war aber, dass dieses Spiel hierher passte und sich mit dem Stil der Armut des Gotteshäuschens wundersam versöhnte. Geist des seraphischen heiligen Franziskus, dachte Peter Huber.

Was zählt Urteil und Meinung der Menge? Was zählt Kunstsinn und Kritik der Kenner vor dem Heroismus des Kindseins vor Gott? *Orate fratres*! Betet, Brüder und bescheidet euch! Darin liegt eure Größe!

Beim Verlassen des Gotteshauses erwog Peter Huber, wie schön es wäre, als stiller Beter in der Kirchenbank zu sitzen, anstatt als Chormeister mit einer Schar widerspenstiger, wenn auch williger Stimmen zu ringen.

Sie waren ein recht seltsames Gespann, die beiden Erfinder Helfenberger und Bollinger. Beide standen in jungen Mannesjahren mit gesunden und schlauen Köpfen, erfindungsreich. Auf der Walz hatten sich die beiden kennengelernt, bei einer Mühle, drinnen in Südtirol. Weil es in jener Gegend weit und breit kein sauberes Mädchen gab, der Müller aber ein sehr angenehmer Mensch war, mussten sie sich die Langeweile andersweitig in Gemeinsamkeit totschlagen.

So begannen sie zu grübeln. Der Begriff »Walze« stammte von Bollinger. In der Durchführung ging jeder seiner eigenen Idee nach. Der Wiener vertrat die Meinung, man müsse eine kegelförmige geriffelte Porzellanwalze gegen eine entsprechende ebenfalls geriffelte feste Wand arbeiten lassen. Dagegen hielt es der Schweizer für richtiger, zwei glatte Walzenpaare, etwa aus Hartguss, in horizontaler Lage gegeneinander zu führen. Nun standen sie im Gestüdesaal am Rennweg, jeder vor seinen Zeichnungen und Berechnungen, und erklärten den paar Besuchern ihre Erfindung. Peter Huber, sein Knecht Krautnudel und ein böhmischer Jude hörten zu und betrachteten die Skizzen.

»Nun, was meinst du, schwarzer Mann?«, fragte der Jude den Peter, als die beiden Erfinder ihre Reden beendet hatten.

»Was meinst denn du?« Peter erkannte, dass der Böhme nur gefragt hatte, um seine Meinung sagen zu können.

»Was ich mein? Die Sache vom Bollinger is gescheiter, sag ich, aber die vom Helfenberger is praktischer. Wenn du mir hundert Müller nennen kannst, die bei mir einen Walzenstuhl kaufen, fabrizier ich hundert Walzenstühle System Helfenberger. Aber bei Gott, es sind nicht hundert Müller zu finden, auch nicht siebzig oder fünfzig.«

»Einer wär ich«, erwiderte Peter.

»Gott gerechter, was ist einer! Guck herum, wo haste die andern neunundneunzig? Daheime sitzen se und mahlen auf dem alten Dreck. Und was mahlen se? Scheiße mahlen se, aber kein Mehl nicht.«

Die Erfinder lachten.

»Lacht nicht, flennt lieber! Was ihr da erfunden habt, is eine gute Sache, eine sehr gute. Aber was is das? Nix is das! Fabrizieren und verkaufen, das is gut, das is besser. Ich kann's nicht fabrizieren, weil ich's nicht verkaufen kann. Habe die Ehre!«

Er ging.

Weiß Gott, der Jude dachte klug. Was nützte den beiden jungen Männern ihre Erfindung, wenn sich diejenigen, die daraus einen Vorteil ziehen konnten, nicht interessierten?

»Kommt Zeit, kommt Rat; und einmal kommen auch die Müller!«, sagte Helfenberger. Das sollte ein Wort der Selbsttröstung sein, es klang aber viel wehmütige Enttäuschung mit.

Zum Mittagessen saßen sie alle vier in der Kutscherstube des »Goldenen Adlers«. Peter und der Krautnudel waren an diesem Vormittag neben dem böhmischen Juden die einzigen Interessenten der beiden Erfinder gewesen. Sie aßen Bauernbrot und Geselchtes, der Schweizer trank Südtiroler Roten dazu, der Wiener scharfen Borowiszka.

»'s sind lausige Zeiten!«, sagte Bollinger und strich sich den Bierschaum vom Schnurrbart.

Peter sah dem Thomas die Unlust an. Nach der Mahlzeit sagte er zu ihm, er solle nun herumstreunen, wo er wolle, zum Feierabend müsse er wieder bei den Kapuzinern sein. Er selbst gehe in die Universitätskirche oder sonst irgendwohin Orgel spielen.

Krautnudel sah nicht mehr die schönen Laubenhäuser, ihn interessierte auch nicht das Goldene Dachl! Er strebte aus der Stadt hinaus, um die mächtige Kette des Gebirges im Norden, die herrlich in der Spätsommersonne glänzte, von der gegenüberliegenden Seite zu betrachten. So eilte er an der Triumphpforte vorbei, bei den Glockengießern vorüber und kam an das Stift Wilten. Hier blieb er stehen und wandte sich dann dem Gotteshaus zu.

Das große Tor der Stiftskirche stand offen. Die zwei weißen Kolossalfiguren in der Apsis davor beobachteten den Eintretenden mit kalter Miene. Thomas Krautnudel blieb stehen. Da spielte jemand auf der Orgel. Das gewaltige Echo des hohen Gotteshauses brauste ihm wie ein Wetter entgegen. Plötzlich verebbte es.

Die Flöte begann zu jubilieren, sanft getragen von warmen Akkorden auf Prinzipal. Sie hüpfte, sie tanzte, sie wirbelte in Triolen. Jeder Ton weich und exakt. Wer sie spielte, musste zur Virtuosität gediehen sein. Thomas wandte sich zur Seite und erreichte mit ein paar Sprüngen auf der gemauerten Wendeltreppe den Chorboden. Er öffnete die angelehnte Tür und verharrte.

Ein robuster weißbärtiger Mönch saß am Orgeltisch, ein junger Mann stand daneben und blies die Flöte. Er hatte der Tür den Rücken zugekehrt. Langes schwarzes Haar fiel ihm bis in den Nacken und kräuselte sich daselbst. Hätte man nicht die derbe Hose und die schweren Bergstiefel gesehen, man wäre versucht gewesen, an einen Mädchenkopf zu glauben.

Thomas schaute und bewunderte die geschäftigen langgliedrigen Finger des Spielers. Die Flöte schwieg, die Orgel schwoll an und griff das Eingangsthema auf, der Bart des Mönches begann zu zittern, irgendwo zitterte auch eine Fensterscheibe. Der Flötenspieler drehte sich um und stieg von der Orgelbank herunter. Er sah den Krautnudel unter der Tür und blieb stehen. Er öffnete den Mund, seine Augen weiteten sich.

»Thomas.« Unhörbar formten seine Lippen das Wort.

Der Krautnudel wollte näher treten, weil ihn dieses Gesicht plötzlich an die Ertlhoftochter erinnerte, doch der Flötenspieler winkte ab. Er wandte sich wieder an den Mönch, flüsterte ihm etwas zu und kam dann. Er packte den Krautnudel am Arm und zog ihn die Treppe hinab.

Er zog ihn auch noch, als sie bereits die Kirche verlassen hatten.

»Ja, Thomas, i bin's, das Marei. Aber i bin Klosterschreiner und sie nennen mich Franz Kofler. Dös bin i auch für dich, verstehst?«

»Verstehen? Nein, ich versteh nicht! Aber egal, Franz Kofler!«

»Was willst du? Wie kommst du hierher?«

»Wahrlich, wir wollen nichts, von dir nichts!«

»Ist der Peter da?«

Krautnudel zeigte zurück: »In der Stadt.«

»Wohin gehst du, Thomas?«, fragte Marei mild.

»Wohin du willst, Franz Kofler.« Er blieb stehen und sah das Mädchen an.

Marei lächelte: »Nicht zum Müllner-Peter, gell!«

»Nein!« Er wollte dem Marei seinen Arm anbieten, besann sich aber in letzter Sekunde, dass man einem Mann den Arm nicht bieten darf. Er schüttelte den Kopf: »*C'est irrationel*! Ich bin betrunken.«

»Gehen wir in die Sillschlucht?«

»Was ist die Sillschlucht? Egal! Gehen wir!«

»Nein, gehen wir nach Ambras, auf dem Waldweg!«

»*C'est bon*! Gut, nach Ambras!«

Sie überquerten die hellblaue Sill, die nach ihrem Sturzweg durch die steinige Schlucht noch schaumige Gischt trug. Dann schritten sie einen Hohlweg hinauf und traten in den moosbewachsenen Wald. Die Nachmittagssonne warf schräge Strahlen durch die Lichtungen. Darin spielten blauglänzende Fliegen. Dummer Vergleich!, dachte der Krautnudel. Sie sind wie Edelsteine auf einer Marionettenbühne.

»*Eh bien*, Franz Kofler! Klosterschreiner, und das ist alles?«

»Für ein heimatloses Bauernmädel ist's genug!«

Thomas schüttelte wieder den Kopf: »Heimatlos, sagst du. *C'est irrationel*! Und die Maria, deine Mutter, wird bald sterben. «

Das Marei bäumte sich auf: »Ich hab einen Hass gegen euch Männer!«

»Und deshalb hast du eine Hose angezogen und hast dir das Haupthaar geschnitten, damit du keinen Mann heiraten musst. Oh, törichte Jungfrau mit der verlöschten Lampe! Als ob frei von deinem Geschlecht und ohne Mann bleiben könntest! Welch Unsinn! *Voilá quel nonsens, mais il plait toujours*!«

Marei blieb stehen und schaute den Krautnudel mit grimmigem Blick an: »Lauter dummes Gerede! Jetzt weiß i, was hinter dem Mann steckt. Euer bisserl Männlichkeit? Pfui! Ein Krampf, um die Weiber zu verführen!«

Thomas Krautnudel war über zwanzig Jahre älter als das Marei. Das fiel ihm in diesem Augenblick ein. Da gab er dem vermännlichten Mädchen zwei derbe Ohrfeigen, schrie dabei das Wort »*Virago*!« und wandte sich zum Rückweg.

Ohrfeigen entehren. Ohrfeigen ins Gesicht einer Frau sind Einbrüche in ihren Seelenraum. Wie der Luftballon in sich zusammensinkt, wenn man ihn ansticht, so schwanden dem Marei Kraft und Halt. Sie setzte sich auf einen feuchten Baumstumpf hin und sah dem Krautnudel nach, der sich langsam zwischen den hohen Tannen verlor. Zweiundzwanzig Jahre zählte sie jetzt, und dieser Mann war der erste, der in ihr inneres Gebäude eingedrungen war. Er hatte etwas zerschlagen – vielleicht auch korrigiert. Marei wusste den Vorgang nicht zu deuten. Merkwürdig! Sie empfand keinen Zorn. Andere beginnen zu rasen, wenn sie geohrfeigt werden. Sie dagegen überfiel es wie Mittagsstille am Rand eines großen Wassers. Stille, Weite und Leere.

Dahingeschwunden ist das stolze Wissen um die Erbärmlichkeit des Mannes, nachdem dieser da das Gegenteil bewiesen hat. Was blieb übrig zur Aufrechterhaltung der männlichen Maske, die sie sich aufstülpte? Nichts! Die Maske ist hohl, ihr fehlt der Inhalt, das Herz des Schauspielers. Woher einen neuen Inhalt nehmen?

Sie überlegte.

Das Schreinerhandwerk? Das ist kein Inhalt, nur eine kleine Berechtigung für die Maske. Die Musik? Als ob nicht auch ein Weib Musik machen dürfte! Beten, wie die Mönche sagen? Für Mönche mag das Gebet ein Lebensinhalt sein, ja! Nicht für das maskierte Herz einer Frau! Was also?

Da kam einer des Weges. Seine festen Schritte dröhnten auf dem Waldboden. Es war der Speckbacher vom

Gnadenwald, ein Mann in den besten Jahren. Marei kannte ihn vom Kloster her, denn er kehrte öfters beim Herrn Abt ein, der sein Großonkel war.

»Grüß di, Klosterschreiner!«, sagte er. »Brütest leicht die Ameiseneier aus? Die Baumstümpf sind nämlich ganz voll davon.«

»Brüten sagst richtig, Sepp, aber keine Eier nicht!«, erwiderte das Marei, erhob sich und gab ihm die Hand. »Wenn eins geohrfeigt wird, dann hat's Grund genug zum Brüten!«

»Wo liegt er denn, der di geohrfeigt hat? I seh ihn nit. Wo wälzt er sich denn und heult wie ein getretener Hund? Oder kann jeder x-beliebige hergehen und einem so handfesten Burschen wie dir ein paar Schellen geben?« Der Speckbacher machte Augen wie ein Habicht.

Das Marei schaute weg. »Jeder x-beliebige freilich nit. Es war auch kein x-beliebiger, sondern ein Franzos von daheim, der mi kennt hat.«

»Dös ist was anders!«, spottete der Tiroler. »Nachdem die Bayern den Franzosen in den Hintern einischlupfen, seit sie dem Rheinbund beigetreten sind, darf natürlich jeder Franzos einem Bayern auch eine runterhaun. Hast nit gleich *merci* gesagt für die Schellen?«

Die Worte Speckbachers verletzten. Er merkte das. So fasste er das Marei unterm Arm und schritt mit ihr langsam dahin. »I will dir was sagen, Franzl. Der Napoleon hat das Deutsche Reich kaputt gemacht, was schließlich keine Kunst war. Im vorigen Jahr hat er die geistlichen Gewalten zerschlagen – auch das war kein Reckenstück. Jetzt macht er sich über das Haus Österreich her. Und unser Kaiser repariert alte Uhren und flickt Vogelbauer zusammen für seine fetten Zeisige. Eines Tages steht der Napoleon in Wien, wo ihm die Herren Kanzleisekretäre ergebene Kratzfüße machen. Und dann wird er an die

Tür von Tirol klopfen und aufmachen, ohne dass jemand: »Herein!« gesagt hat. Dann aber kracht's, dös sag i, der Speckbacher!«

Er fieberte, und die letzten Worte sprach er mit unheimlicher Ruhe, fast tonlos. Es war seine Art, bedeutende Dinge mit Stille zu umgeben. Dass er mit dem Klosterschreiner so viel geredet hatte, kam ihm jetzt selber ungewöhnlich vor. Er blieb stehen, klopfte seinem Gefährten sacht auf die Schulter und nickte: »I hab gmeint, du solltst bei unserer Musik mitmachen drunt in Hall. Eine saubérne Flötn tät uns grad noch fehln.«

»Musik macht ihr, sagst? Hab da ghört, dass ihr allweil auf d' Scheibn schiaßts, du und die Haller Burschen miteinand.«

Der Speckbacher schaute geradeaus in den Wald hinein: »Dös freilich auch, aber das ist die Sach der Tiroler – und du bist ein Bayer.«

»Sieben Jahr bin i jetzt in Tirol. Und ihr könnts mir auf'n Buckel steign mit euerer Musik!« Das Marei wandte sich ohne Gruß um.

Der Speckbacher hielt auch inne und sah dem davongehenden Klosterschreiner eine Weile nach. Als der ein gutes Stück weg war, rief er ihm zu: »Franzl, dreh di um und sag mir, wie weit du jetzt gangen bist!«

»Was soll das?« Marei blieb stehen. »Wenn du mi zum Narren hältst, Sepp, nachher könntest es bereuen müssen. Alleweil sind wir bloß siebzehn Pferdelängen auseinand. Verstehst mi?«

»So ist's recht, Franzl! Und jetzt gehst mit mir auf der Stell. In Hall drunt wartens schon lang auf mi und auch auf di. Einen Stutzen hab i auch noch für di. Und wann i's ordentlich bedenk, dann hat ein Schreiner eine ruhige Hand und ein gradlinigs G'schau. Mehr braucht's zum Schießn nit.«

Die beiden gingen einander entgegen, freudig der Speckbacher, das Marei noch ein wenig schmollend. Gemeinsam schritten sie dann auf Hall zu.

Thomas, der Krautnudel, besaß den beweglichen Geist seines Volkes. Mit der Erkenntnis, dass aus der Ertlhoftochter ein Mannweib geworden war, stellte er diese Angelegenheit zur Seite. Dann erwog er kurz, ob es vorteilhaft wäre, dieses Erlebnis seinem Chef zu erzählen. Als er klar erkannte, dass ein Wissen um dieses Dasein des Mädchens sowohl der Bäuerin Maria, wie auch dem Müllner-Peter nur fruchtlosen seelischen Aufruhr bringen könnte, beschloss er, das Geschehene für sich zu behalten. Die Bäuerin hatte sich irgendwie abgefunden und Peter Huber war die Betreuung des Ertlhofes zur Selbstverständlichkeit geworden.

Er kehrte nach Innsbruck zurück und setzte sich in eine Schänke. Eine Kellnerin, die mehr südblütig als tirolerisch war, fing Feuer für ihn und nahm ihn nach etlichen Schöppchen Wein mit in die Kammer. Abends Schlag acht Uhr war er wieder bei den Kapuzinern.

Etwa eine Stunde später bestiegen sie den Postwagen und verließen in der einbrechenden Dunkelheit die Hauptstadt des heiligen Landes Tirol. Für den Müllner-Peter war die Reise zwecklos gewesen, denn bis zum Erwerb eines Walzenstuhls führte noch ein weiter Weg. Aber es war gut, mal wieder unter fremde Menschen gekommen zu sein. Geist und Herz verlieren dabei manche Verkrustung und Verkrampfung.

Als die Postkutsche in Hall am Marktplatz hielt, um noch einige Gäste aufzunehmen, standen da vor dem Gasthof im Schein der großen Laterne etliche Burschen mit den Händen in den Hosentaschen und betrachteten neugierig, wie die Posttruhen verladen wurden. Peter und der Knecht Thomas schauten zum Fenster hinaus. Nachdem alle Formalitäten zwischen den neu Einsteigenden und dem Postillion erledigt waren, bestieg dieser den Kutscherbock und knallte mit der Peitsche in die stille Nacht hinaus. Die Gespanne zogen an, die Burschen schwenkten ihre breiten Hüte und grüßten. Plötzlich stieß Peter den Krautnudel an: »Da schau hin! Der rechte dort hat auf und nieder das Gesicht vom Marei.«

Der Knecht schaute und wandte sich dann ab: »Wahrlich, Chef, du hast nicht gut geschlafen. *Ma foi*, bei meiner Ehre, die dort waren allesamt Burschen!«

Sub sigillo

Der Herbst brachte mit tagelangen Nebeln und nimmermüdem Regen eine trübe Stimmung. Jeder verrichtete seine Arbeit und ging dem anderen gern aus dem Weg, um nicht die eigene Reizbarkeit mit der des Nachbarn in Kontakt zu bringen. Peter Huber saß auf dem Balkon, der sich ums Haus zog, und flickte Mehlsäcke – eine gemütsberuhigende Tätigkeit: Die Hände arbeiten selbständig ohne Mitwirkung des Geistes. Man denkt an dies und das, auch an das Burschengesicht vor der Post in Hall. Freilich, das war ein junger Mann. Aber genau so könnte das Marei in diesen langen Jahren geworden sein: natürlich, kühn und offen, selbstbewusst und tatkräftig. Wo in aller Welt sollte man nach ihr suchen? Es könnte sich lohnen sie zu finden, besonders wenn man ihr nachher sagen dürfte: Schau, Marei, ich will das meine mit dir teilen. Du bist zweiundzwanzig, ich achtunddreißig. Das sind sechzehn Jahre, eine gewagte Spanne. Aber unser Leben könnte Musik sein, im wahrsten Sinne des Wortes, denn du bist inzwischen fähiger geworden als ich. Deine künstlerische Begabung hat sich geläutert und geformt, sie gewann Stil und Gestalt. Ich werde vieles von dir lernen dürfen. Und dann, Marei, werden Kinder auf dem Hof sein. Die Ursel in Walchsee hat bereits fünf. Kinder füllen das Dasein aus und machen uns zu fühlenden Menschen. Kinder erwärmen die eigene Jugend und verklären das Alter. Kinder verlangen Opfer und spenden Segen, sie sind die Finger an der begnadenden Hand des Allmächtigen. – Peter Huber schüttelte sich wie ein Hund, der aus dem Bach steigt.

Da kam der Herr Vikar Harlander den Mühlenweg herab. Er bringt wohl die Zeitung und will ein wenig politisieren. Mit wem auch sollte er sich sonst unterhalten?

»Nun, wie stehen denn die Dinge zwischen Österreich und dem Kaiser der Franzosen? Und was sagt unser allmächtiger Minister Montgelas dazu? Setzen Sie sich, Herr Vikar, wenn Sie einen Platz finden, der nicht mehlbestäubt ist!«

»Ich hab ein seltsames Anliegen, Huber, und kann mich damit auch nur an Sie wenden. Jeder andere in Sachrang tät mit dem Kopf wackeln und mich für verrückt halten.«

Der Vikar erzählte, sein Neffe sei zu Besuch da, vielleicht auf Jahre. Freilich, was soll er denn machen, nachdem sein Studium abgebrochen ist? Als Sängerknabe des Klosters Benediktbeuern hätte er, armer Leute Kind, eine wissenschaftliche Ausbildung erwerben können, ohne die saure Gunst irgendeines Adligen in Anspruch nehmen zu müssen. Nun hatten sie auf Napoleons Geheiß auch dieses Kloster säkularisiert.

Der arme Bub steht jetzt da wie ein geprellter Frosch. Das aber nur als Geschichte nebenbei. Ihm, dem Vikar, gehe es um etwas ganz anderes. Der Staat dränge darauf, die Gebäude des erwähnten Klosters möglichst rasch frei zu bekommen, um darin einen Fohlenhof einrichten zu können. Bilder, Altäre und sonstige Kunstgegenstände seien zumeist schon veräußert. Nur für die eigene Bibliothek mit über vierzigtausend Bänden finde man keine Interessenten, sodass man bereits dazu übergegangen sei, die alten wertvollen Bücher wahllos um einen viertel Gulden pro Fuhre an die umliegenden Bauern zu verschleudern. Diese bepflasterten mit den schweren Folianten die Wege ihrer moorigen Wiesen. Sei das nicht himmelschreiend? Darum ersuche er also nun den Müllner-Peter, hinüberzufahren und ebenfalls ein oder zwei Fuhren Bücher zu kaufen. Vielleicht könne er, wenn es die Umstände erlaubten, eine mäßige Auswahl treffen und so retten, was noch zu retten wäre.

Peter teilte das Entsetzen des Vikars. Er wusste aus der eigenen Studierzeit um den Wert eines Buches. Kurz entschlossen versprach er, am nächsten Tag mit seinem schweren Gespann die Reise zu unternehmen.

Es ist uns nicht bekannt geworden, was Peter Huber von Benediktbeuern hergebracht hat. In seinem Nachlass aber befinden sich einige Werke über rhythmische Gesetze und Musik, wie auch über die »Arzneikundliche Behandlung des Hausgetiers«, die das Benediktbeuerer Klosterwappen mit den zwei Stäben im Kernstück tragen. Vielleicht steht manches wertvolle Buch da und dort in einer Bibliothek, das ihm seine Rettung verdankt.

Der Winter brachte das ereignisreiche Jahr 1805.

Mitten in der grimmigen Kälte des Januars kam eines Abends der Chirurgus Rusegger daher, ein sehr seltener Gast in der letzten Zeit. Sein Gesicht, in das die Jahre feine Fältchen zu graben begannen, drückte Ernst und Kummer aus. Vielleicht war er selber krank und suchte einen kollegialen Rat. Peter Huber führte ihn in die

Kammer und ließ ihm ein Schinkenbrot bringen. Er aß mit Appetit, aber ohne seine sonstige Gesprächigkeit. Als er fertig war, zog er aus seinem Fellsack einen Brief, legte ihn geschlossen vor sich hin und begann mit leise murmelnder Stimme: »Es gibt ein Beichtgeheimnis nicht bloß bei den Priestern, sondern auch bei den Ärzten. Weißt du das, Peter?«

»Ja, und?«, fragte der Müller verwundert.

»Ich wollte das nur bewusst an den Anfang unserer jetzigen Unterredung stellen. Denn wenn du von diesem Grundsatz des Vertrauens zwischen Arzt und Patienten nichts wissen wolltest, bräuchte ich gar nicht erst zu beginnen. Der Hausarzt des Klosters Wilten bei Innsbruck in Tirol hat mir den Brief da geschrieben. Lies ihn!«

Peter Huber entfaltete den Doppelbogen kaiserlich-österreichischen Kanzleiformats:

Hochwohlgeborener Herr Doktor Rusegger,
sehr verehrter Herr Collega!

Sub sigillo, unter dem Siegel der Beichte: Der ergebenst Gefertigte, doctor universalis medicinae Orlando de Croce, ist gestrigen Tages wegen eines Unfalls in das monasterium Wilten bei Innsbruck gerufen worden. Der Klosterschreiner Franz Kofler war der Reparatur der klösterlichen Dachfenster missgeschicklich über das Dach ausgerutscht, hatte sich glücklicherweise noch an der Regentraufe in etwas festgeklammert, war aber dann neben dieser abgestürzt. Ohne Bewusstsein und blutend war er vom Gefertigten vorgefunden worden. In Verfolgung der Herkunft besagter Blutung erkannte nun der Gefertigte, dass es sich bei dem erwähnten Klosterschreiner nicht um einen Mann – wie anzunehmen –, sondern um eine erwachsene, geschlechtsreife und gesunde Frau handle.

Nach wiedererlangtem Bewusstsein flehte der sic dictus Klosterschreiner den Gefertigten inbrünstig um Wahrung seines Geheimnisses an. Wiewohl der Gefertigte dieses als seine selbstverständliche Pflicht betrachtet, musste er dennoch den Klosterschreiner dahingehend unterrichten, dass durch den Sturz nach Lage der Dinge das Mitwissen der Verwandtschaft vonnöten wäre. Daraufhin erklärte der Klosterschreiner, man solle sich in allem, was ihn beträfe, an einen Müllergesellen namens Thomas Krautnudel zu Sachrang in Bayern wenden.

In Ansehung der reichlichen Unklarheit dieser Sachlage erlaubt sich der Gefertigte, die Dinge in kollegialer Vertraulichkeit zunächst dem für Sachrang zuständigen Medicus zu unterbreiten mit der Bitte um Informationen bezüglich der Hintergründe des nicht alltäglichen Falles.

In der Zwischenzeit ist es gelungen, die Blutung zum Stillstand zu bringen, wie auch der leichte Bruch des linken Unterarms zu schienen, sodass sich der mehrfach erwähnte Klosterschreiner nicht mehr in akuter Gefahr befindet. – Soweit ist und verbleibt in excellenter Wertschätzung ein Euer Hochwohlgeboren ergebener

Orlando Croce m. p.

Peter Huber legte den Brief auf den Tisch.

»Was hat das Marei mit dem Krautnudel zu schaffen?«, fragte der Chirurgus.

»Mit dem hat sie nichts, er ist nur der Vorwand für mich«, erwiderte Peter kleinlaut.

»Und was hast du mit ihr?«

»Ich hab auch nichts mit ihr. Vielleicht soll ich das verfahrene Leben der Marei vom Ertlhof wieder in ein rechtes Gleis bringen, und ihr den Heimweg ins väterliche Haus ebnen. Jedenfalls betrachte ich das Ganze als einen Hilferuf.«

»Ein merkwürdiges Hilferufen!« Rusegger schüttelte mit dem Kopfe. »Was gedenkst du auf dieses Schreiben zu antworten?«, fragte der Müller.

»Weiß nicht! Vielleicht schreib ich dem Croce, er soll einen handfesten Stecken nehmen und dem Saudeandl ordentlich den Buckel verdreschen. In solchen Fällen die beste Medizin!«

»Mir scheint, dass man bei einem Menschen, dessen Erziehung von allem Anfang an verfehlt war, mit Brutalität nicht viel ausrichten wird. Ein trauriges pädagogisches Resultat korrigiert man eher mit Güte. Das ist meine Meinung!«

»Du mit deiner Güte! Dir scheißen sie noch in die Rocktaschen und du sagst Dankeschön!«

»Ansichtssache!«, erwiderte Peter. »Wozu hast du mir überhaupt den Brief gebracht, wenn du von vornherein ablehnst, was ich denke?«

»Wozu? Weil ich wissen wollte, was der Fratz mit deinem Knecht hat. Jetzt, da ich sehe, dass nichts ist, interessiert mich die Tochter des Ertlhöfers nur noch am Rande.«

Peter erhob sich: »Sebastian Rusegger, man kann einen Menschen in Not nicht liegen lassen wie einen getretenen Regenwurm. Wenn du nichts unternehmen willst, dann lass mich an die Sache.«

»Sachte, Müllner-Peter, sachte! Du weißt von der ganzen Geschichte gar nichts. Was ich dich wissen ließ, ist Geheimnis von Arzt zu Arzt. Merk dir das! Nachdem du oder dein Haus hierin nicht verwickelt sind, werde ich dem Croce erklären, dass ich meine Unkenntnis des Falles und seiner Hintergründe bedauere. Oder soll ich ihm etwa einen Roman schreiben, angefangen vom roten Franto? Ich hab Wichtigeres zu tun, als dem selbstmörderischen Ertlbauer das hinterlassene Bad auszusaufen.

Grüß dich, Peter, und sei nicht ungehalten, ich bin heut etwas schief gewickelt.«

Draußen war er.

Peter Huber schaute dem Davongehenden durch die Balkontüre nach. Chirurgus Rusegger, so nicht! Was ist denn besser: Einen Menschen kaputtgehen lassen oder ein Geheimnis wahren, woran just dieser Mensch kaputtgeht? Ja, was ist denn besser? Peter stellte sich diese Frage und glaubte sie im Stillen schon beantwortet zu haben. Nun aber wurde ihm bewusst, dass sie gar nicht so einfach war, diese Frage.

Denn Geheimnisse muss es geben.

Geheimnisse des Priesters, Geheimnisse des Arztes. Wer sie verletzt, zerbricht eine heilige Ordnung, zerstört ein seelisches Fundament. Was wiegt also schwerer: der Ruin einer einzelnen Existenz oder der Ruin der allgemein gültigen Basis des Vertrauens? So gestellt, ist die Frage eindeutig zugunsten Ruseggers beantwortet, und das Marei bleibt sich selbst überlassen.

Peter Huber verließ den Balkon und ging in die Mühle. Er ging in die Säge, er musterte den Holzplatz und schritt durch den Stall – überall sah er das Gesicht jenes Burschen in Hall, das Gesicht Mareis.

Sie war's gewesen, als junger Mann unter Männern und doch mit der kleinen namenlosen Befangenheit ihres Geschlechts. Was mochte sie erlebt und erlitten haben, ehe sie sich diesen merkwürdigen Stand auf einer halbwegs besonnten Seite des Lebens errungen und eingerichtet hatte? Kein Mensch kann ermessen, was im anderen vorgeht, wenn er über die behütete Schwelle des Elternhauses hinaustritt in den Ozean des Alleinseins mit sich selbst. Was mag erst in dem Mädchenherzen vor sich gegangen sein, als sie den Entschluss fasste, in das andere Geschlecht hineinzuwachsen?

Der Müller verließ den Hof, stapfte im Schnee den Hang hinauf und setzte sich an die Orgel seiner Ölbergkapelle. Musik ist eine Gnade, die der Herrgott in seiner unfassbaren spielerischen Verschwendung dem Menschen ins Dasein mitgegeben hat. Durch sie lösen sich viele Widersinne, viele verklären sich. Peter schlug das alte Chorbuch auf und spielte ein Präludium in B-Dur von Palaestrina auf den Hymnus des Pfingstfestes: *Veni creator spiritus!* Komm, schöpferischer Geist Gottes.

Peter hätte noch einige Akkorde spielen müssen bis zum Ende des Präludiums. Er brach jedoch ab, eine Dissonanz blieb mitten im Raum stehen.

Er eilte über den Kapellenhügel hinunter, ließ den leichten Schlitten anspannen und fuhr an das herrschaftliche Amtsgericht nach Prien.

Abt Mauritius Freiherr von Dattelbach regierte das Stift Wilten nun schon über ein Vierteljahrhundert. Der Kaiser hatte ihn vor kurzem in den Adelsstand erhoben, sowohl um das mit der hohen Würde gepaarte Alter zu ehren, als auch wegen seiner bedeutenden diplomatischen Fähigkeiten. Der Abt trat zwar nirgends als Politiker in Erscheinung, doch kaum eine wichtige Note verließ das Wiener Regierungsbüros, bevor sie nicht auch mit Dattelbach beraten worden war.

Er gehörte zu jenen seltenen Menschen, die mit drei Stunden Schlaf auskommen. Während des übrigen Teils der Nacht arbeitete er. Am Tag war er ausschließlich für seine Klostergemeinde da. Er verlangte von seinem Prior über alle Geschehnisse innerhalb der Mauern seines Bezirks eingehend unterrichtet zu werden.

So erfuhr er vom Unfall des Klosterschreiners Franz Kofler. Seine erste Argumentation war: Wenn ein junger Mann mit dreiundzwanzig Jahren ansonsten körperlich gesund ist und bei seiner Berufsarbeit vom Dach fällt, dann hatte er seine Gedanken nicht beisammen. Wo waren die Gedanken? Dort, wo dergleichen Burschen sie gewöhnlich haben: beim Weib! Dieses sagte er dem Prior, der sehr devot dazu nickte, und befahl dann, der Schreiner solle zu ihm kommen, sobald es sein Zustand erlaube. Im übrigen solle nichts unterlassen werden, was die Wiederherstellung des Verunglückten fördere, denn er habe in den sieben Jahren im Kloster ordentliche Arbeit geleistet, die wie er immer hochanständig gewesen sei.

Am fünften Tag gestattete Doktor de Croce eine leichte Bewegung in der Krankenstube. Am sechsten begab sich der Klosterschreiner ins Appartement des Abtes.

»Dass du noch lebst, Franzl, ist fast ein Wunder. Du hast Grund, dem lieben Gott herzlich zu danken. Was hätte dein Vater gesagt, wenn er seinen braven Sohn verloren hätte?«

»Euer Gnaden, mein Vater lebt nicht mehr.«

»Dann die Mutter oder die Schwester oder vielleicht noch jemand ...« Der Abt schaute scharf.

Marei errötete und senkte die Augen. »Um mich sorgt sich niemand, Euer Gnaden, ich bin allein.«

»Man ist nicht allein in deinen jungen Jahren, Franzl. Du brauchst vor mir keine Scheu zu haben. Ich bin ein alter Mann und viel Lebendiges ist an mir vorbeigegangen. Ich habe in manchen tiefen Brunnen hinabgeschaut, habe darin lebenspendendes und auch faules Wasser gesehen. Das gehört zum Priestertum, Franzl, verstehst du mich? Wir haben die Berufung nicht so sehr unseretwegen, sondern für unsere Mitmenschen erhalten. Wir sind in erster Linie immer für die anderen, für euch, da. Und ich bin jetzt für dich da.«

Marei atmete schwer. Was wird geschehen, wenn sie es ihm sagte? Er wird sie davonjagen müssen mit Schimpf und Schande. Ins Fahrtbüchlein wird er ihr schreiben lassen, wer sie ist. Dann musste sie heimkriechen wie ein hungriger Hund oder betteln gehn, mit der Flöte in den Hinterhöfen der Häuser spielen und die halben Kreuzer aufklauben, die man ihr mitleidlos aus den offenen Fenstern im Papierl herunterwirft. Nein! Sie würde schweigen! Und sie schwieg. Obwohl der Abt ihr eine lange Pause gewährte. Entsetzlich lang.

»Franzl, warum vertraust du einem alten Manne nicht, der dir helfen will und vielleicht als einziger noch helfen kann?« Jetzt schaute sie auf. Wusste er's? Hatte der Arzt geredet?

Der Abt langte nach der rechten Seite seines dunklen Schreibtisches und zog einen Brief heran.

»Ich erhielt vom Landeshauptmann ein vertrauliches Schreiben. Das Herrschaftsgericht zu Prien am See in Bayern sucht die Bauerntochter Maria Hell aus Sachrang.«

»Jetzt ist's aus! Der Krautnudel, der Schuft!« Marei weinte.

»Maria!« Der Abt sprach mit weicher, milder Stimme. »Du trägst den Namen unserer Gottesmutter. Der Name verpflichtet. Und wozu verpflichtet er? Weißt du's nicht, Maria? Zum Durchhalten! Zum Ertragen! Dein Name verpflichtet zu den sieben Schmerzen. Ob's bloß sieben waren? Vielleicht waren es siebzig, vielleicht auch siebenhundert. Siehst du, Kind, ich kenne deine Vorgeschichte nicht. Ich kann mir aber vorstellen, dass dir vieles Leid von außen her zugebracht wurde, woran du unschuldig bist. Das ist bitter, aber du musst damit fertigwerden. Gleichwohl erträgt der Mensch ein unverschuldetes Leid leichter als das selbsterzeugte. Damit tröste dich ein klein wenig, Maria!«

»Und was wird jetzt aus mir?« Marei fragte und schaute dabei den alten Priester an wie ein scheues Tier.

Der Abt griff nach dem silbernen Glöckchen, das auf dem Tisch stand. Der Kammerdiener trat ein.

»Rudolf, der Schreiner, der wird heute Abend mit mir essen.«

Der greise Mann im grünen Brokat und weißen Strümpfen verneigte sich und ging wieder.

»Ja, Maria, was soll nur mit dir werden? Wir müssen jetzt miteinander ganz stark unsere Köpfe anstrengen und alles überlegen. Denn die Polizei ist dir auf den Fersen. Hat sie dich gefunden, wird sie dich über die Grenze nach Bayern abschieben, wo du gesucht wirst. Das ist die eine Seite. Und die andere, die weit wichtigere: Willst du wieder das werden, was du bist, ein Mädchen, oder willst du weiterhin ein Mann bleiben? Diese zwei Dinge wollen wir beraten. Vorher aber werden wir uns stärken. Komm, Maria!«

Sie begaben sich durch eine Flucht von Zimmern in den Speisesaal des Abtes, wo bereits gedeckt war. Der Kammerdiener half seinem Herrn beim Niedersitzen und rückte den schweren lederbezogenen Eichenstuhl zur Seite. Im roten Backsteinkamin knisterten die Buchenscheite. Der Wind, der über den Iselberg hereinpfiff, rüttelte an den hohen Fensterläden.

Sie aßen stillschweigend, Rudolf las ein Kapitel aus der Nachfolge Christi von Thomas von Kempis vor. Dann schenkte er böhmischen Wein ein und verließ den Saal.

»Es wird wohl seit Jahrhunderten das erste Mal sein«, begann der würdige Herr und wischte sich den Mund mit einem feinen weißen Tüchlein ab, »dass ein Weib diesen Raum betrat. Dein Fall, Maria, ist in den Bestimmungen der klösterlichen Klausur nicht vorgesehen.«

Marei versuchte zu lächeln.

Dann hob er sein Glas: »Maria, auf deine glückliche Zukunft! Das Menschenleben ist viel zu kurz und viel zu kostbar, als dass man sich nur eine Stunde davon durch eine ungereimte Tat vergällen dürfte. Prost!«

Sie begannen nun das Lebensbuch der Ertlhoftochter aufzublättern. Abt Mauritius von Dattelbach zählte zu jenen feinsinnigen Menschen, die sich in die Seele eines anderen vortasten können, ohne zu verletzen; die fragen können, ohne den anderen zum Erröten zu bringen.

Es war bereits die Mitternachtsstunde angebrochen, als er sein abschließendes Urteil in wenigen Sätzen zusammenfasste: »Bis zu deiner vollständigen Genesung, Maria, bist du hier in meinem Kloster ein lieber Gast. Als solchen werde ich dich auch vor dem Zugriff der Behörde zu schützen wissen. Überleg dir in diesen ruhigen Tagen, dass es doch an der Zeit ist, deinem jungen Leben den von Gott gewollten Sinn und Lauf zu geben. Solltest du dich dann entschlossen haben, Frau zu sein, werde ich versuchen, dir über die zu erwartenden Hindernisse hinwegzuhelfen oder wenigstens einen gangbaren Weg zu zeigen. Im gegenteiligen Fall werde ich das Gleiche tun, allerdings nicht ohne große Sorge um dich. So verlangt es von mir das priesterliche Gewissen. Inzwischen werde ich für dich beten. Gute Nacht, Maria!«

Er reichte dem Klosterschreiner eine Kerze und geleitete ihn hinaus auf den dunklen, kalten Gang.

An das kurfürstliche bayerische Herrschaftsgericht zu Prien am See.

Mit diesem Schreiben wird dem dortigen Herrschaftsgericht in puncto Maria Hell von Sachrang mitgeteilt, dass dergleiche Späße in Zukunft unterlassen werden mögen. Der Klosterschreiner in Wilten, Franz Kofler, hat, auf der Walz befindlich, in besagtem Stift gemäß der Zunftordnung sein Fahrtbüchlein vorgelegt, hat dort nach seiner Genesung den Dienst quittiert und ist weitergewalzt. Eine

Tiroler Landeshauptmannschaft von Innsbruck versagt es sich, bei einem ehrlichen Handwerksburschen imaginäre Intimitäten zu recherchieren und betrachtet die Sach als absurd, einen casum absurdum.

Gegeben zu Innsbruck siebzehnter Februar a. D. 1805
Der Aktuarius Petrus Wiserius.
Der Landeshauptmann Baron von Kreill

Doktor Chrysostomus Geier, der Landrichter von Prien, schlug mit der Faust auf den Tisch, dass das Tintenfass aus seiner hölzernen Einfassung heraushüpfte und sich in langer Bahn quer über die Tischplatte ergoss. Der Schreiber kam langsam und neugierig aus der Aktenstube, um zu schauen, was wieder geschehen war. Denn das Hohe Gericht hatte öfter solch heißblütige Anwandlungen und verübte bei diesen Gelegenheiten gewöhnlich eine Dummheit.

»Schau Er nicht wie ein angestochenes Kalb, sondern schreib Er das *conceptum*!«

Der Schreiber trocknete erst gelassen mit einem Schwamm die Tinte auf, dann begab er sich an seinen Tisch: »Jetzt belieben das Hohe Gericht zu diktieren!«

Der Richter blies mit vollen Backen einen hörbaren Luftstrom aus und begann:

An monsieur le docteur Sebastian Rusegger.

Aufgrund einer Anzeige Ihres sehr zweifelhaften Gehilfen, Petri Huber zu Sachrang, wurde hieramts eine Depesche an die Landeshauptmannschaft Innsbruck eingegeben in rebus Bauerstochter Maria Hell zu Sachrang. Owohl diese Anzeige dem Gericht in Prien übertrieben erschienen ist, hat es derselben dennoch im Hinblick auf das Ansehen der messieurs les docteurs Rusegger und de Croce stattgegeben. Diese wurden von Peter Huber als Zeugen ins Feld geführt. Welch ein Unsinn verlautet wurde, wollen die beiden messieurs aus der abschriftlich beifolgenden Antwortnota der Landeshauptmannschaft nach Tunlichkeit entnehmen und sich für die hierin ausgesprochene Absurdität bei dem genannten Peter Huber respektvollst bedanken.

Datum zu Prien am See
am siebenundzwanzigsten Februar 1805

Chirurgus Rusegger empfing die beiden Schreiben, als er sich eben auf dem Weg nach Sachrang befand. Er las sie im Weitergehen. Wie man sich doch im Menschen täuschen kann! Der Peter hatte das *secretum*, das Geheimnis, einfach gebrochen, kaltschnäuzig gebrochen, ohne vorher auch nur ein einziges Wort zu verlieren. Das musste gewiss einen gewichtigen Grund haben, denn es passt nicht zu seiner Art. War's das Mitleid mit der alternden Ertlhöferin oder war's noch mehr? War's bloß seine törichte Gutmütigkeit oder hatte die Sehnsucht nach der verzogenen Dirn die Ratgeberin gemacht? In dem Fall: armer Müllner-Peter!

Die Aschacher Mühle lag sowieso am Weg. Der Chirurgus sah auch den Müllner-Peter am Hof stehen. Er winkte ihn zu sich herüber, gab ihm die beiden Briefe und sagte, indem er schon weiterschritt: »Dass du so schuftig warst, wird dir noch leid tun!« Kein Händedruck, kein Gruß. Eine schwere Türe war zwischen zwei Menschen zugefallen.

Es schneite.

Peter ging in seine Kammer.

Man kann, so scheint's, kein gutes Werk verrichten, wenn man es mit einer schlechten Tat begonnen hat! Was ist erreicht worden? Im Hinblick auf Mareis Heimkehr gar nichts. Nur er selbst hatte ein böses Gewissen.

Mitten in diese Erkenntnisse hinein sprang der Gedanke: Warum hatte das Marei dem Arzt den Krautnudel genannt, wenn sie nach ihrer Genesung geflohen war?

Warum überhaupt den Krautnudel? Er hätte ihr nie zu helfen vermocht. Musste sie nicht ihn selbst, den Peter, gemeint haben? Musste sie das? Und wenn nicht, was hatte sie mit dem Krautnudel? Das war schon die Frage Ruseggers gewesen.

»Thomas, hältst du's für möglich, dass man dieser Tage das Ertlbauer-Marei zu Innsbruck gesehen haben will?«

Der Krautnudel zwickte die mehlbestaubten Augenwimpern zusammen und schaute den Peter forschend an. Dann klopfte er mit der flachen Hand auf einen prallen Mehlsack und sagte: »Chef, bei Gott ist kein Ding unmöglich, und bei den Weibern auch nicht.«

Wusste er mehr oder war das alles? Peter stieg zur Getreideputzmaschine hinauf. Als er wieder herunterkam, fragte er: »Hast du schon etwas von einem Kloster Wilten gehört?«

»Hat sie dir geschrieben?«, fragte der Knecht dagegen und strich sich über die weiße Kappe.

»Wieso geschrieben? Weißt denn auch du von ihr?«

»Chef, du sollst nicht fragen wie ein Schriftgelehrter oder Pharisäer. Ich bin kein Christus und kein Täufer Johannes. Weil sie aber stolz war wie Salome, hat sie von mir eine Watsche gekriegt. Will sie jetzt mein Haupt?«

Peter musste sich an einen Balken lehnen: »Du hast sie gesehen?« Er schrie diese Frage.

»*En effet*, Engel und Geister kann man nicht watschen. *Que voulez-vous?* Was wollt Ihr?»

»Ja, und davon sagst du mir nichts?«

»Dummheiten darf man nicht bereden, Chef!«

»Hat sie nicht nach mir gefragt?«

»Nicht gefragt, Chef!«

»Wieso …?« Peter wollte weiterfragen und wusste nicht, womit er zuerst beginnen sollte. »Komm in die Stube, Thomas!«

In der Müllerstube, die Peter nur noch gelegentlich zu seiner Chorproben betrat, erzählte der Krautnudel die Zusammenkunft mit dem Marei. Er bestätigte auch, dass jener Bursch am nächtlichen Marktplatz in Hall das Mädchen Marei aus Sachrang gewesen sei.

Peter Huber begann zu fiebern. Das Benehmen Ruseggers, das vorher noch so verletzend aussah, bedrückte ihn nicht mehr. Der Landeshauptmann und der Richter waren im Unrecht – das Marei lebte. Was bedeutet schon die Feindschaft des Chirurgus angesichts dieses beglückenden Wissens!

Er begab sich auf den Noppenberg zu Maria und berichtete ihr alles. Sie weinte vor Schmerz und Freude zugleich. Immer wieder musste er erzählen und immer wieder beschreiben, wie sie ausgesehen hatte. Und so entstand im Fragen und Erzählen in den Herzen der beiden ein übermächtiges Gefühl des Mitleids und der Liebe, das nur nach einer Richtung drängte. Man musste so lange suchen, bis sie wiedergefunden und heimgekehrt war!

Suchen!

Peter Huber schrieb an Seine Gnaden, den Hochwürdigsten Herrn Abt des Klosters Wilten bei Innsbruck, einen Brief.

Der Brief kam nicht an. Ob er einer Zensur diesseits oder jenseits der Grenze verdächtig erschien, wer weiß das? Peter und die Ertlbäuerin warteten auf Antwort. Sie hofften vergebens. Die Feldbestellung lenkte ihre Gedanken ein wenig ab und legte der Sehnsucht Zügel an. Dazu kam, dass es sich in Bayern zu rühren begann.

In den Zeitungen las man, Napoleon habe sich gegen Ende des vergangenen Jahres gelegentlich seiner Kaiserkrönung, zu der der Heilige Vater persönlich erschienen war, die Krone selber aufgesetzt, wodurch sich der Nachfolger des Apostelfürsten entwürdigt gefühlt habe. Vor einigen Wochen war der Franzose sogar in Italien eingefallen und hatte sich dort noch eine Königskrone geholt. Der bayerischen Regierung ließ er bei dieser Gelegenheit nahelegen, die vereinbarten Truppenkontingente auf vollen Stand und in beste Verfassung zu bringen. Daraufhin wurden die beiden Generäle Deroy und Ney beauftragt, die kaiserlich-französische Forderung im bayerischen Oberland zu verwirklichen. So gab es neue Aushebungen und Requirierungen.

In Wien sah man die Dinge und wusste, woher der Wind kam. Man bildete rasch wieder eine Koalition mit den Engländern und Russen. Admiral Nelson stach auch sofort in See und besiegte die napoleonische Flotte bei Trafalgar. Währenddessen waren die Österreicher in Bayern eingefallen und dem Franzosenkaiser bis Ulm entgegengezogen. Leider wurden sie hier unter ihrem nicht sehr wendigen General Mack eingeschlossen. Der Weg nach Wien war frei.

Die Bauern und die Handwerker vergruben entsetzt ihre kleinen kostbaren Habseligkeiten im Misthaufen oder neben dem Abtritt, während die Großen in Bayern eine unverhohlene Genugtuung empfanden. Der Münchener Geschichtsschreiber Westenrieder schrieb am vierundzwanzigsten Oktober jenes Jahres 1805 in sein Tagebuch: »Heute Abend nach sieben Uhr, da es schon sehr finster war, wurde in den Pfarrkirchen geläutet und bald darauf kam der Kaiser Napoleon mit einem prächtigen Gefolge. Zu gleicher Zeit wurde die ganze Stadt beleuchtet. Er ritt, in einen ganz einfachen Rock gekleidet, auf einem Schimmel voraus und ihm folgte eine große Menge von Gold und Silber schimmernder Generäle!«

Er ließ sich kurz huldigen, machte einige zynische Bemerkungen und trieb dann seine Heeressäulen durch das bayerische Land bis nach Wien vor. Das heillose Durcheinander der österreichischen Truppen wich nach Mähren aus.

Es lag tiefer Schnee, als sich die bayerischen Bataillone unter Deroy und Ney auf allen Bergstraßen ins heilige Land Tirol ergossen und dort die beschlagnahmten Besatzungsquartiere bezogen. Missmut herrschte bei den Eingesessenen sowie bei den Eindringlingen – das ergab eine schlechte Stimmung.

Eine Halbkompanie bayerischer Husaren war nach Hall befohlen worden und unterstand den Befehlen des Sergeanten Josef Daxer. Dieser ließ im Haus des wohlgeachteten Schreinermeisters Fuetscher für sich ein Quartier ausmachen und betrat es, nachdem er seine Leute untergebracht hatte. Er benahm sich sehr anmaßend.

Das behagte dem alten Fuetscher so gar nicht. Noch weniger behagte ihm, dass sich der Sergeant gleich an das Nannerl heranpirschte, die wegen des Soldatentodes ihres Mannes in Trauer war. Darum verbot er der Tochter, sich im Hause zu zeigen, wenn der Sergeant da war. Dieses Verbotes hätte es nicht bedurft, denn das Nannerl dachte, seitdem der Kofler-Franz von Wilten wieder nach Hall zurückgekehrt war, nur an diesen und kaum noch an ihren gefallenen Mann, an den Sergeanten Daxer aber gar nicht.

Der Kofler, jetzt erster Gesell, genoss des Meisters volles Vertrauen. Der alte Ferdinand war wackelig geworden in den vergangenen Jahren und hätte es gar nicht ungern gesehen, wenn seine jungverwitwete Tochter an diesen braven Burschen gekommen wäre. Die Ohrfeigen, die er ihr seinerzeit einmal gegeben hatte, waren ja längst vergessen. Dass nun der Kofler gar nicht dergleichen tat, obwohl der Meister bereits unmissverständlich darüber zu ihm gesprochen hatte, ließ ihn in seiner Achtung noch höher steigen.

Weiß Gott, der hat Charakter!

Ein anderer tät wie ein Geißbock aufhupfen, wenn ihm ein solches Haus mit allem Drum und Dran zur Einheirat angeboten würde.

Und nun war dieser Sergeant Daxer eingezogen – der versoffene Daxer-Sepp vom Judengut zu Sachrang! Ob er in dem Schreinergesellen Franz Kofler das Ertlbauer-Marei erkennen würde? Kaum!

Welcher Bauernbursch kümmert sich denn um unansehnliche Kinder und ein Kind war ja das Marei noch gewesen, als er sich hatte anwerben lassen. Sie aber kannte ihn und wusste noch von den Erzählungen der Knechte und Mägde um sein einstiges Leben und Treiben. Ein bebender Zorn begann in ihr zu kochen. Dieser Dreckbär versuchte das Nannerl herumzukriegen! Das Nannerl tritt jetzt in die blühenden Jahre und dumm genug ist sie auch. Sie wäre der richtige Happen für den verluderten alten Hecht.

Franzl fing plötzlich an, für die Tochter des Meisters Interesse zu zeigen. Er unterhielt sich mit ihr, wenn sie die Jause in die Werkstatt brachte, ging auch hie und da einmal ganz grundlos in die Küche, wo sich der Meister mit ihr aufhielt, und sprach über die Lage in Tirol, über die Bedrückungen seitens der Bayern und vor allem über den Sergeanten. Der trank sich jeden Abend im »Roten Hahn« drüben einen Rausch an und randalierte dann, wenn er heimkam, durchs ganze Haus. Er rackerte an jeder Tür herum und schrie nach dem Nannerl. Er schrie laute Drohungen aus, alles kurz und klein zu schießen, weil man nicht wisse, wie man einen Sergeanten der Besatzungsmacht zu respektieren habe. Als er gar merkte, dass das Nannerl dem Gesellen zugeneigt war, schoss er jedesmal, wenn er nachts wieder betrunken den »Roten Hahn« verließ, beim Fuetscher in die Fensterscheiben. Die anderen Soldaten sahen das und fanden daran Gefallen. So schossen auch sie nächtens den Haller Bürgern in die Fensterscheiben. Der Bürgermeister reichte darauf eine Beschwerde beim Stab in Innsbruck ein, wurde jedoch als lästiger Querulant abgewiesen. Die Schießerei ging weiter.

Auf die Dauer war dieser Zustand untragbar. Die Leute mussten in den Nächten die Schränke vor die Fenster rücken oder diese mit Brettern verschlagen, um nicht von den Glassplittern verletzt zu werden. Tagsüber saßen sie dann im Dunkeln. Die Arbeit und das Gewerbe kamen ins Stocken, der Handel nach auswärts begann sich zu verlieren, weil sich jedermann scheute, die unsichere Stadt zu betreten.

Beim Speckbacher hinten im Gnadenwald trafen sich die jungen Männer und Burschen.

»Kunst ist's kane«, sagte der Speckbacher, »den einen oder anderen von denen Lausbuben kalt zu machen, aber was dann? Dann kommen neue und vielleicht noch einmal so viele, und am End sind die Dinge ärger als heut!«

Unter den Burschen saß auch der Kofler-Franzl. »Und wie wär's«, meinte er leise, »wenn bei der Schießerei der eine Husar zufällig einen anderen Husaren treffen tät. Es müsst ja nit gleich tödlich sein, aber so treffen, dass er ein Leben lang darüber nachdenken könnt, etwa den wilden Sergeanten treffen, rein zufällig natürlich?«

Alle horchten auf.

»Freilich!«, erwiderte nach einer längeren Weile der Speckbacher und machte große Augen. »Der Sergeant wohnt bei euch drunt …«

»Eben deswegen!«, unterbrach der Kofler.

Wieder überlegte der Speckbacher: »Hast du auch eine ruhige Hand, Franzl?«

»Wann's den Daxer-Sepp angeht, schon! Aber die Büchs.«

Der Speckbacher erhob sich langsam. Langsam schritt er mitten durch die große Stube in die schwarze Kuchel hinter. Niemand redete. Als er zurückkam, trug er ein feines Lederfutteral. »Franz Kofler, das da ist ein gutes Steinschlossgewehr. Ich hab's von einem Hohen Herrn gekriegt und halt's in Ehren wie ein Kind. Dir vertrau ich's an, weil die allgemeine Sach es erfordert.«

Der ehemalige Klosterschreiner errötete bis hinter die Ohren.

»Auf hundert Schritt fällt's eine Handbreit. Danach magst di richten!« Der Speckbacher sprach's und nickte. Da wussten alle, dass sie gehen sollten. Sie verließen den Gnadenwald nach vielen Richtungen. Franz Kofler trug im Bein der Lederhose das Gewehr.

Um die Mitte des Monats Februar begann der Fasching. Einige Haller Mädchen, meist Töchter von Häuslern und kleinen Leuten, taten lustig mit. Was kümmerte sie die Not des Landes und der Stadt? Die Husaren besaßen Geld und machten gute Zechen, und alle sonstigen Liebesdienste bezahlten sie reichlich. Mochten die anderen, die Bürgerlichen, denken und reden, was sie wollten! Der Arme hat auch das Recht zum Leben und verwirklicht es, wie er kann.

Leicht hätte sich auch der Sergeant Daxer ein Mädchen mit Geld erwerben können. Es wurmte ihn jedoch, dass er bei der jungen Witwe schief angekommen war und dass ihm der lausige Gesell Kofler den Rang abgelaufen hatte, wie es schien. So fasste er an einem jener winterlichen Abende Mut und betrat frech die Küche, wo der alte Fuetscher mit seiner Tochter beim schummrigen Herdfeuer saß. Ohne ein Wort zu sagen, packte er das Nannerl und wollte sie mit in seine Stube zerren. Sie schrie nach dem Franzl. Der hörte ihre Angst auf seiner Dachkammer und rannte herunter. Der Daxer sah ihn kommen, ließ das junge Weib los und warf sich dem Gesellen entgegen. Der aber entwand sich seinem Zugriff mit glatter Behendigkeit, stellte ihm ein Bein und warf ihn die Treppe hinab. Der Sergeant überschlug sich, streifte einen am Geländer vorstehenden Mauerhaken und zerriss sich die Galahose quer übers Gesäß. Unten brüllte er wie ein Stier, denn er hatte sich auch weh getan:

»Bagasch miserabliche! Dös kimmt euch teuer, dös sag i, der Sergeant Josef Daxer!« Er humpelte in seine Stube und verließ dann fluchend das Haus.

Das Nannerl weinte, der alte Fuetscher schüttelte ein über das andermal den Kopf und brummte: »Wir sind ausgeliefert, die Gerechtigkeit hat aufg'hört. Gnade Gott!«

Der Kofler aber sagte: »Gute Nacht« und stieg zu seiner Dachkammer hinauf.

Fuetschers Schreinerei lag an der Hauptstraße. Zwischen seinem und dem Nachbarhaus dehnte sich der Wurzgarten aus, an dessen vorderem Rand das Winterholz in drei Meilern aufgeschichtet lag. Zu den Meilern und den übrigen Holzstapeln führte ein schmaler ausgeschaufelter Weg durch den tiefen Schnee. Ein großer Reisighaufen schloss die Sicht zur Straße ab, nur der Gartenzaun gewährte einen spärlichen Durchblick. Hinter diesem Reisighaufen, auf der Straßenseite, hatte der Daxer-Sepp gestanden, als er dem Fuetscher in die Fenster geschossen hatte. Dort pflegte er auch auszutreten, wenn er nachts heimkam. Das Marei hatte ihn von der Dachkammer herab beobachtet.

Jetzt nahm sie Speckbachers Gewehr aus dem Futteral in der Ecke ihres Schrankes. Das blaue Eisen blinkte kalt, die eingelegten Perlmutterplättchen am Schloss schillerten beim Kerzenlicht. Sie knickte das Gewehr auf und prüfte den Doppellauf gegen die Flamme.

Er blitzte wie ein Spiegel in der Sonne. Dann schob sie die Patronen ein und verriegelte das Schloss. Die beiden vernickelten Hähne lagen noch über den Zündhütchen. Sie hob das Gewehr an, visierte zur Flammenspitze und setzte es wieder ab. Kein Zittern lag in ihrer Hand, keine Erregung in ihrer Brust. Sie hantierte mit dem gefährlichen Werkzeug so ruhig, als stünde sie auf Speckbachers Schießstand draußen im Gnadenwald. Dort hatte man sie oft bewundert.

Sie verlöschte die Kerze und trat ans Fenster. Es schneite in dicken Flocken. Über den Wolken musste der Mond stehen. Die Nacht war nicht finster, Marei ging vom Fenster zurück und legte sich angekleidet übers Bett, neben das Gewehr. Noch zwei Stunden, dann würde sie sich an einem Menschen vergreifen, an einem Mann. Der Mann wird erst Mensch, wenn er alt geworden ist. Der Abt Mauritius, der Meister Ferdinand. Ein alter Mann ist wie ein Wunder Gottes, so unerklärlich anders.

Vom Turm drüben blies der Nachtwächter die elfte Stunde an. Früher war er durch die Gassen geschritten und hatte gesungen. Seit der Besatzung nicht mehr.

Der Fuetscher und das Nannerl hatten jetzt sicher schon den schmerzhaften Rosenkranz gebetet und waren schlafen gegangen. Ob sie schlafen können? Wahrscheinlich nicht. Sie werden vor Furcht kein Auge zutun, bis der Daxer heimgekommen ist und sich beruhigt hat. Heute wird er sich wohl nicht so leicht beruhigen. Der Sturz über die Treppe passte schlecht in seine Gewohnheiten.

Draußen fielen Schüsse. Zeichen, dass die Husaren vollgetrunken waren und den Heimweg antraten.

Marei erhob sich vom Bett, nahm das Gewehr und verließ ihre Kammer. Sie schlich lautlos über den Speicher, öffnete den rückwärtigen Verschlag, die Sprossenleiter hinab – nun stand sie am Dach des Holzschupfens. Sie kletterte an zwei Latten nieder. Sie nahm die Plane vom Lieferschlitten und warf sie sich über den Kopf. Einen Teil schleppte sie. Dann war sie vorne beim Reisighaufen. Sie schob etliche Äste zur Seite. Da lagen mitten drin zwei hochgekantete Bretter. Zwischen diese schlüpfte sie, zog die Äste wieder zu. Es schneite. In einer halben Stunde würde jede Spur von ihr verschwunden sein.

Die Schüsse mehrten sich. Zwischenhinein hörte man Soldaten und die Juchzer ihrer Mädchen. Ein Meldereiter sprengte vorüber. Etliche Hunde bellten auf fernen Gehöften. Einige Pärchen kamen vorbei. Marei erkannte sie durch die seitwärts geschobenen Äste. Sie zog das Gewehr hervor, die beiden Hähne knackten und lehnten sich zurück. Der Kolben lag ihr an Wange und Schulter.

Jetzt begann die Schießerei drüben beim »Roten Hahn«. Durch die vielen männlichen Stimmen war die des Sergeanten deutlich zu erkennen. Er fluchte, weil er sich hatte erbrechen müssen. Und näher kamen sie. Beim Fleischhacker klirrte ein Fenster. Wieder ein wildes Lachen. Abermals Schüsse.

»Heda!«, schrie der Daxer, »Weckt mir's Nannerl auf, Kameraden!«

Da sausten die Kugeln in Fuetschers Schindeldach und spritzten ans Gemäuer – zehn Schuss, fünfzehn Schuss.

»Nannerl, mei Schnuckerl, hörst mi!«, spottete der Sergeant, zog sein Terzerol und schoss in die Fenster.

Das Marei hatte seine Knie gesehen, die sich beim Schießen strafften. Jetzt! Der Zeigefinger drückte. Zwei Schuss kurz hintereinander. Wer hätte sie ausmachen können in dem allgemeinen Spektakel? Der Daxer heulte auf und brach zusammen. Noch zwei, drei Schuss in der Ferne, dann war alles ruhig.

Sie nahmen ihren verwundeten Vorgesetzten und trugen ihn stadteinwärts zum Feldscher. Der zuckte mit den Schultern, als er die zertrümmerten Kniescheiben sah, und legte einen Verband an. Dann ließ er den Schlitten bespannen und schickte den Krüppel nach Innsbruck ins Hospital.

Zur selben Stunde, als dieser Schlitten schellenschwirrend dahinfuhr, kroch das Marei rückwärts durch den Garten und bewegte sich querfeldein Richtung Gnadenwald. Sie weckte den Speckbacher, bedeutete ihm aber sogleich das Licht zu löschen. Dann standen sie nebeneinander beim Fenster in der großen Stube, den Blick hinausgewandt auf den Weg.

»Hat dich keiner gesehn, Franzl?«

»I wüsst nit, Sepp!«

»Sie haben Nasen wie die Hund. – Und wie war's?«

»Da ist deine Büchs. I brauch's nit mehr!«

»Was sagst du zu dem Stück?«

»Ein sehr gutes Gewehr! I dank dir.«

»Dann dank i dir auch, Franzl! Und jetzt werd i dich zum Fuetscher heimbringen. Du hast dich heut Nacht bei mir a bisserl verspätet.«

Es war ein warmer Abend. Schwüle Luft lag über dem gesamten Inntal. Von den Bergen krochen die ersten Gewitterwolken herein. Sie würden sich in der Nacht entladen. Die Fliegen und Bremsen des Waldes schwirrten lästig und hartnäckig um Nacken und Beine. Sie schienen all ihr Gift für diesen Abend aufgespeichert zu haben und nun eifrig bestrebt zu sein, es bei den jungen Männern anzubringen, die sich jetzt gruppenweise zum Speckbacher begaben.

Franz Kofler ging allein. Er hatte dem Fuetscher noch lang und breit erzählen müssen. Daraus war schnell eine

Debatte über Napoleon und die Uneinigkeit der Deutschen entstanden. So waren schon zwanzig Mann beim Speckbacher versammelt, als Franzl eintrat.

Was bot sich da für ein Anblick!

Mitten in der großen Stube saßen beim Tisch drei bayerische Soldaten, in jeder Ecke ebenfalls einer, und die jungen Tiroler standen an den Wänden entlang, die Gesichter zur Mauer gekehrt, die Hände auf dem Rücken verschränkt. Schweigen wie in einer Grabkammer. Er musste an den Tisch treten. Der Korporal fragte ihn nach Namen und Ort und schrieb ihn auf. Dann wurde er an die Wand befohlen. Es kamen noch einige Nachzügler. Mit ihnen geschah dasselbe.

Als es vollkommen finster geworden war, ließ der Korporal durch einen Soldaten die äußeren Fensterläden schließen und ein Licht anzünden. Dann wandte er sich an die Männer, deren Rücken ihm immer noch zugekehrt waren.

»Jeder von euch geht jetzt einzeln in die Stube hinüber und gibt wahrheitsgetreue Antwort auf das, wonach er gefragt wird. Dann seid ihr entlassen. In Zukunft hat sich niemand mehr in diesem Haus einzufinden. Das Haus steht unter Bewachung. Sollte einer dieser Order zuwiderhandeln, muss er seine Deportation gewärtigen.«

Das Einzelverhör begann. Einer nach dem anderen verschwand. Zuletzt stand der Kofler-Franzl noch allein da. Sein Vorgänger hatte schon längst das Haus verlassen – ihn rief man aber nicht.

Endlich tat sich die Türe auf und alle Soldaten kamen herein, mit vielen Papieren in den Händen. Sie setzten und stellten sich um den Tisch und riefen den Kofler näher zu sich. Aus der schwarzen Kuchel brachte einer das Steinschlossgewehr in dem feinen Futteral und legte es mitten auf die Tischplatte.

Der Korporal begann zu verhören.

»Sie wissen, Franz Kofler, was das ist?«

Der Schreinergesell sah, dass er entdeckt war. Einer hatte nicht dicht gehalten.

»Dieses Gewehr hatte ich mir vom Speckbacher geliehen.«

»Wozu geliehen?«

»Weil ich auf den Daxer-Sepp hab schießen wollen.«

»Sehr schön, Franz Kofler! Und Sie haben auf den Sergeant Daxer geschossen und haben ihn so zum Krüppel gemacht.«

»Ich bitte mir das zu beweisen!«

»Oha!«, sagte der Korporal überrascht. »Sie hatten in der bewussten Nacht das Gewehr. Sie hatten die Absicht zu schießen, und der Sergeant wurde angeschossen. Was ist da noch zu beweisen?«

»Nichts weiter, Herr Korporal, als dass ich's gewesen bin, der gschossen hat. Nur das, sonst nichts!«

»Wollen Sie das etwa leugnen?«

»Ich will's bewiesen haben! Ich will den kennen, der's gsehen hat und der mir ins Gsicht sagen kann: Du warst's! Dass Sie mir's sagen, zählt gar nichts!«

Der Korporal erhob sich, die anderen gleichzeitig mit ihm. »Wenn dem so ist, Franz Kofler, dann übergebe ich Sie dem Militärtribunal in Innsbruck. Abführen!«

Als zwei Soldaten mit dem Delinquenten das Speckbacher'sche Haus verlassen hatten, meinte der Korporal zu seinen Kameraden: »Einfacher hätte es uns der Bursch wirklich nicht machen können, er erspart uns Arbeit und Verdruss. Aber wo ist der Speckbacher?«

Der Kommandeur des Königlich Bayerischen Militärgerichts Baron von Pinkus war sehr übel gelaunt und beabsichtigte deshalb einer der in Innsbruck alltäglichen

Verhandlungen wegen Widersetzlichkeit beizuwohnen. Er erschien im Gerichtssaal und nahm seinen sonst meist freien Platz ein. Er rauchte, entgegen allen soldatischen Gepflogenheiten, eine lange holländische Gipspfeife und betrachtete sich im Saal als privat anwesend. Währenddessen zitterten sämtliche Gerichtsbeamte, denn Pinkus war äußerst rechtskundig und ein vortrefflicher Dialektiker.

»Der Schreinergeselle Franz Kofler aus Hall in Tirol!«, schrie ein Soldat bei der Tür.

Der Genannte wurde vorgeführt und stand mitten im Saal vor dem großen, grünverhängten Podium.

Der Gerichtsschreiber begann: »Franz Kofler, Sie sind geboren am …?«

»Am elften Jänner 1782.«

»In …?«

Marei stockte.

»Ich frage Sie, wo Sie geboren sind?«

»In Bayern«, erwiderte der Gesell unsicher.

Die Herren schauten sich gegenseitig verwundert an. Der Richter machte eine Verneigung zu Herrn von Pinkus hinüber. Dieser nahm die Pfeife aus dem Mund, spuckte auf den Fußboden und lächelte: »Ich finde es reizend, einen Landsmann im rebellischen Ausland zu verhandeln. Bitte, Herr Justizrat.«

Der Richter: »Sie sind also Bayer. Woher sind Sie?«

Kofler gab keine Antwort. Denn wenn die jetzt weiterfragen, und das tun sie, dann kommen sie hinter alles, was schon seit so vielen Jahren vergessen war. Und hätten sie das Geheimnis gelüftet, dann wären sie nicht so fein wie der Abt Mauritius von Wilten, die nicht! Also schweigen, beharrlich schweigen.

Der Richter sagte daraufhin: »Franz Kofler, Ihr Schweigen könnte dieses Gericht zu der Vermutung veranlassen, dass Sie Deserteur sind und hier in Tirol unter falschem

Namen leben. Deserteure aber werden standrechtlich innerhalb von vierundzwanzig Stunden erschossen. Bedenken Sie das.«

Kofler fühlte sich über einem abgründigen Schacht an einem dünnen Faden hängen. Wenn der Faden reißt, wird ihn die finstere Tiefe verschlingen. Er erblasste und wankte. Die beiden Soldaten an seiner Seite mussten ihn stützen. Der Gerichtsdiener brachte einen Stuhl. Alle schauten gespannt auf den Burschen.

Der Richter: »Also, Franz Kofler, wo sind Sie geboren? Reden Sie jetzt! Durch ein Geständnis können Sie Ihre Situation nur verbessern, verschlechtern nicht. Sie befinden sich nämlich bereits in der schlimmsten Situation.«

Kofler hörte diese Worte. Sie waren richtig. Schweigen hieß den unmittelbaren Tod wählen. Und weiterleben? Was hieß weiterleben? Weiterleben hieß: Maria Hell. Ertlhof-Tochter zu Sachrang, genannt das Marei. Was war besser? – Besser war leben!

Als sie das zu sich sagte, wusste sie auf einmal ganz tief innerlich, dass sie eben doch kein Mann war. Denn, so blitzte es in ihr auf, ein echter Mann hätte jetzt gesagt: »Besser ist sterben, als in Schimpf und Schande leben!« Männer waren also stärker, in der Seele stärker, wenn sie auch sonst erbärmlich waren. Nun, so würde sie eben in Gottes Namen wieder das sein, was sie war: Das Ertlbauern-Marei!

Dieser Quergang durch das Gewissen hatte nur kurze Zeit gedauert. Und doch, wie hatte er plötzlich den jungen Menschen verändert! Die harte Miene war geschwunden, das trotzige Auge gemildert, die ganze Haltung erschlafft. Ein Widerstand, während zehn langer Jahre mühselig aufgebaut, war gebrochen.

Der Richter erkannte, dass sich in dem jungen Mann eine Umwälzung vollzog und wartete. Warten und warten lassen machte mürbe, hieß es in der Psychologie des Gerichtssaales.

»Nun, Franz Koffer?«, begann der Richter wieder. Er redete fast leise und weich. »Wollen Sie uns nicht einiges erklären? Oder sollen wir noch ein Weilchen warten?«

»Ich bin Maria Hell vom Ertlhof aus Sachrang.«

Wenn die gewetzte Sense durch den taufrischen Klee fährt, pfeift sie – so schnitt das Wort des blassen Schreinergesellen, genannt Franz Kofler, durch den Saal. Richter und Assessoren, Schreiber, Gerichtsdiener und Soldaten schauten einander an.

»Sie wissen«, fuhr der Richter fort, »dass Sie vor dem Militärgericht stehen. Militärgerichte arbeiten über die kurze Hand und kennen keinen Pardon!«

»Fragen Sie den Doktor de Croce in der Theresienstraße! Oder den Herrn Abt von Wilten!«

Die Sitzung wurde unterbrochen. Es währte keine Stunde und das Gericht besaß die nötigen Informationen.

Herr von Pinkus leitete nun die Verhandlung selbst.

»Es ist nicht unsere Aufgabe, *demoiselle* Maria Hell, nach den Gründen zu forschen, die Anlass zu Ihrem Transvestitismus waren. Was wir aber wissen müssen, ist die Ursache, weshalb Sie auf den Sergeanten Josef Daxer geschossen haben, denn Sie haben auf ihn geschossen und damit die Armee unseres Königs eines tüchtigen Soldaten beraubt!«

Marei verzog spöttisch das Gesicht: »Tüchtig nennen Sie den Daxer-Sepp – ja, das war er! Erst hat er das Judengut zu Sachrang auf den Hund gewirtschaftet. Und als seine Alten halb verhungert waren, hat er sich anwerben lassen und hat dabei die letzten Stücker Vieh verhandelt. Dann sind sie ganz verhungert.

In Hall drunt, wo ich ihn mit im Hause hatte, ist er schlechter gewesen als ein Tier. Das Nannerl, die Tochter von meinem Meister, tät mir heut noch kniefällig danken, dass ich sie vor seinem Griff bewahrt hab. Denn in jener Nacht, da wär's geschehen. Sehn Sie, Herr Richter, so tüchtig war der Daxer-Sepp! Unser Herr König hat sich auf ihn was einbilden können!«

Der Pinkus wandte sich an die Herren: »Seltsame Verquickungen der Umstände. Stünde dergleichen in einem Buch, man würde sagen, es hat ein schlechter Dichter geschrieben. – Bitte, die Führungsliste des Sergeanten!«

Ein Assistent reichte dem Gestrengen die Führungsliste des Daxer. Da waren freilich Dinge zu lesen, von denen das Marei nichts wusste, die jedoch alles noch weit überboten, was sie gesagt hatte. Gewiss, er hatte wiederholt vor dem Feind eindeutige Beweise der Tapferkeit geliefert. Und in der Beurteilung der privaten Dinge eines Mannes wird man als Mann nicht den Maßstab anlegen, den eine Frau anlegt. Nun hatte aber in diesem Fall just eine Frau geurteilt und nach diesem Urteil gehandelt. Die Rechtsprechung wird das zu berücksichtigen haben, obwohl nach dem Willen der blinden Dame Justitia die Tat für sich allein steht. Immerhin, als Militärrichter ist man vielleicht geneigter, einer Frau gegenüber Mensch zu sein.

»*Demoiselle* Maria Hell, dieses Gericht, vor das Sie zitiert wurden, erkennt Ihr *delictum* als nicht unter die Kompetenz eines Militärgerichtes fallend. Die Motive Ihrer Tat gehören vielmehr in den zivilen Bereich. Nachdem Sie nun vor kein ziviles Gericht zitiert worden sind, dem Sie zu transferieren wir die Pflicht hätten, erkläre ich Sie hiermit als von Stund ab entlassen. Sofern Sie aber noch einen persönlichen Rat entgegennehmen wollen, ersuche ich Sie, in Ihre Heimat zurückzukehren und in Ehrbarkeit das zu sein, was Sie sind.«

Herr von Pinkus stand geräuschvoll auf, die Soldaten präsentierten, die Gerichtsherren zogen sich zurück. Der

Gerichtsdiener trat zu Marei und sagte: »Na also, hab noch keinen gsehn, der so ungschoren von da rausgangen ist wie Sie. Da können's, weiß Gott, ein paar anständige Vaterunser beten!«

Ferdinand Fuetscher weinte einige dicke Tränen, als er seinem Gesellen das zweitemal ins Fahrtbüchlein schrieb. »Schad, Bursch, dass du nit bei uns blieben bist. Hättst mein ganzes Zeugel kriegt, wann mit dir und dem Nannerl was zsammgangen wär. Na ja, kann's verstehen, dass d' wieder nach Bayern gehst: Heimat ist Heimat! Da wünsch i dir halt alles Gute fürs Zukünftige! Werden uns auf derer Welt nimmer sehn, i und du. Macht nix! Nur wenn du per Zufall einmal hören sollst, dass dös Nannerl nit gut tut, nachher schaust nach, gell?«

Nicht gerade reich, aber mit vielen guten Gulden kam das Marei – immer noch als Gesell auf der Walz – nach Kufstein. Bei den Juden kaufte sie sich alles Gewand, das ein Weib braucht. Für wochentags das gewöhnliche, für sonntags ein besseres. Und außerdem noch sechs Kopftücher, weil sie damit rechnete, dass sie sich unter zwei Jahren kaum barhäuptig sehen lassen durfte, ohne das Gespött des Dorfes zu erregen. Ja, das Dorf! Was werden die Leute Augen und Maul aufreißen!

Sollen sie's ruhig! Sie brauchen immer etwas für ihre Eintönigkeit. Und wann die nächste Dirn ein uneheliches Kind kriegt, reißen sie dann eben über diese Maul und Augen auf.

Gartenzäune

Als das Marei in der Drehe des dunklen Hohlweges herumkam, hatte sie das Wohnhaus vor sich und sah in der Stube noch ein Licht brennen. Wer mag da drinnen sitzen? Die Mutter? Die vom Außenwald? Oder nur ein paar Knechte? Auch haben sie, scheint's keinen Hund mehr – er müsste sonst längst angeschlagen haben.

Nun war sie beim Gartenzaun. Die Türe stand schief und offen, verwahrlost sah das aus. Ein neuer Zaun, das wird das erste sein! Sie schritt über den Hof und schlich an ein Fenster heran. In diesem Augenblick bellte der Hund in der Stube. Rasch legte sie ihr Bündel auf die Steinplatten vor der Haustür und huschte hinüber in den Wagenschupfen. Der Hund wurde immer lauter und kam von innen an die Haustür. Er sprang an ihr in die Höhe, Marei erkannte es am Kratzen seiner Krallen. Dann hörte man feste Schritte und die Stimme der Mutter: »Ja, sie war's!« Sie rief den Hund in die Stube zurück. Die Tür rackerte, der Müllner-Peter stand mit dem Windlicht da. Er sah das Bündel, hob es auf und ging wieder hinein. Nach einer kurzen Weile schlurfte die Mutter heraus und rief mit ängstlicher und tränenvoller Stimme: »Marei, bist du's? Bist du's wirkli?« Der Müllner stand mit dem Licht hinter ihr, groß wie ein Baum.

Ein weiteres Verbergen wäre sinnlos gewesen. Marei trat aus dem Schupfen heraus und blieb stehen. Die Mutter und der Peter kamen näher. Sie lehnte am Schupfen wie eine Statue, ganz steif und kalt. Ein frostiger Hauch war beim Anblick der zwei Menschen über sie gefallen wie der Reif in der Nacht. Die Mutter, krumm und kleiner geworden, schmiegte ihren Kopf an die Brust der Tochter: »Der Allmächtige sei gepriesen! So hab ich's doch noch erbetet!« Marei rührte sich nicht und sagte kein Wort, auch nicht, als der Müllner-Peter ihr die Hand reichte.

»Jetzt tut sich halt doch noch was, oben am Noppenberg!«, sagten die Sachranger. Und wieder andere sagten: »Kunststück, wenn man solch einen Knecht hat wie den Müllner!«

Gleich in den ersten Tagen des Ereignisses hatte der Peter einige Fuhren Hölzer, Bretter und Latten auf den Ertlhof gebracht. Und während er auch weiterhin die Arbeiten auf den Feldern leitete, kletterte das Marei in der Hose ihres Vaters über die Dächer, riss ab und flickte zusammen, wo Not am Mann war. Sie rammte rings um das Anwesen angekohlte Pfähle ein und brachte einen neuen Gartenzaun an. Dann waren die Ställe an der Reihe. Marei riss die Futterraufen heraus und ersetzte die vielen fehlenden Sprossen. Sie erneuerte die morschen Pfosten unter dem Vieh. Sie tünchte selbst die Wände mit Kalk und hieb Löcher durch die Mauer, die sie dann mit kleinen Häuschen überdachte, damit das Vieh allweil eine gesunde Luft hätte.

Die Kaninchen, die vom Vater her noch unter den Raufen hausten und die Bohlen zerstörten, mussten geschlachtet werden – die ganz jungen wurden ersäuft und auf den Mist geworfen.

Zwanzig Schafe waren da. Marei spürte die Wolle ab und sah, dass sie verfilzt war. Kurzerhand errichtete sie im Stadl einen Pferch und übersiedelte die Schafe dorthin, denn sie hätten im Kuhstall nichts zu suchen.

Der Knecht und die alte Magd, die noch auf dem Hof werkelten, schüttelten manchmal mit den Köpfen und lächelten: Das Deandl hatte arbeiten gelernt. Weiß der Himmel, wo sie nur gewesen sein mag all die Jahr?

Diese Frage stellte sich auch die alte Mutter Maria. Sie hatte mit dieser Frage bereits wiederholt an die Tochter herangefühlt, jedoch umsonst.

Es ging weiter. Der Müllner-Peter bestellte die Felder des Ertlhofes und ließ dabei viel Arbeit auf seinem eigenen Anwesen liegen. Der Krautnudel und die Kohlstätter würden es schon machen! Freilich machten sie's, aber sie machten sich auch ihre Gedanken ...

Und eines Tages im Oktober, als auf dem Noppenberg die Arbeit langsam zu Ende ging, gab das Marei dem Müllner-Peter zu verstehen, er solle sich nicht mehr um ihr Sach kümmern, sondern in Zukunft daheim bleiben. Sie werde ihr Zeug schon selber regeln. Er steckte diesen harten Dank ohne Widerrede ein und kehrte in seine Mühle zurück.

Hier fiel es natürlich auf, dass er nicht mehr fortging und in Haus und Hof herumwaberte wie einer, der ständig etwas suchte.

Am Tag nach Allerseelen, als schon tiefer Schnee im Sachranger Tal lag, kam der Schlitten mit den Ochsen des Ertlhofes in die Mühle. Den Kutscher erkannte man erst, als er vor der Tür stand. Es war das Marei in ihres Vaters Hose und Stiefeln, dazu trug sie seinen schwarzen Pelz.

Die jungen Kohlstätter mussten lächeln, als sie das Weib in diesem Aufzug sahen. Sie aber scherte sich nicht um die einstigen Kameraden und tat, als kenne sie sie nicht. Dem Krautnudel half sie die Getreidesäcke vom Schlitten heben und redete, als wäre sie gestern oder vorgestern erst dagewesen. Sie bekam das Mehl und die Kleie, zahlte die Mahlmitze und verlangte dann Bretter und Balken. Da müsse sie sich an den Chef wenden, sagte der Krautnudel und ging in die Mühle hinein.

Peter, der gerade aus dem Wohnhaus kam, hätte erkennen müssen, wie blass sie geworden war. Doch da sie wegen der Kälte ihren Kopf mit einem dicken Wolltuch umwickelt hatte, fiel ihm ihr Zorn nicht auf. Sie verlangte von ihm mit kurzen Worten das Holz und zahlte sofort. Die Kohlstätter luden eine gute Fuhre auf den Schlitten. Peter sagte noch ein freundliches Wort, doch sie hörte es nicht, trieb ihre Ochsen an und fuhr davon.

Sie zimmerte den ganzen Winter über. Als der Frühjahrswind den Schnee vom Noppenberg wegblies, fuhr sie das abgebundene Holz hinaus und errichtete auf dem alten Sockelgemäuer der einst abgebrannten Feldscheune eine neue. Die war nicht ganz so hoch wie die alte, doch fester gefügt und weniger den bewundernden Augen der Dorfbewohner, als den Bedürfnissen des Hofes angepasst.

Um diese Zeit kam einmal der Steindlmüller vom Außerwald auf den Noppenberg. Er kam aus Neugierde. Als sie das merkte, ließ sie ihn mitten in der Stube stehen und ging hinaus. Da ging auch er und kam zeitlebens nicht mehr wieder.

Die Leute begannen wieder zu reden, und ihr Gerede drang auch bis in das Pfarrhaus zum Vikar Harlander. Warum besuchte das Marei seit ihrer Heimkehr keinen Gottesdienst? War sie so verdorben in der Fremde? Und die Stiefel und die Mannshose – das nennt man ein öffentliches Ärgernis! Öffentliche Ärgernisse aber gehören vor das Forum der Kirche Gottes und müssen geahndet werden!

»Mit Ihnen möchte ich erst reden, Huber, Sie sind der Nachbar. Was sagen Sie zu dem *scandalum* auf dem Ertlhof?«

»Ich kümmere mich nicht darum, Herr Vikar!«

»Das sehe ich! Und wenn Sie sich wieder ein wenig kümmerten? Die Ertlbauerntochter gehörte doch einst zu Ihrem Chor und hat mit Ihnen, wie man weiß, viel Musik betrieben. Ich habe mir durch meine Schärfe zu oft die Finger verbrannt in diesem Dorf. Könnten nicht Sie Ihren Einfluss geltend machen, ehe ich wieder scheiden müsste?«

»Auf das Marei habe ich keinen Einfluss mehr. Und redete ich mit ihrer Mutter, so bedeutete das genau soviel, als spräche ich in den Wind. Denn auch die Maria hat auf dem Noppenberg nichts zu sagen.«

»Machen Sie nicht mehr Musik mit ihr?«

»Nein, Herr Vikar! Das Marei kommt zu mir wie jeder Bauer, holt Mehl und Holz, zahlt und geht. Ich habe mit ihr seit ihrer Rückkehr noch kein persönliches Wort gesprochen.«

»Gut, Huber! Dann ist es in Gottes Namen meine Pflicht!«

Die Zeit der Osterbeichte war abgelaufen. Ein einziges räudiges Schäflein befand sich in der gläubigen Gemeinde. Lass mich, Herr, ein guter Hirte sein und kein Schäferhund! Mit diesem stillen Gebet schritt Vikar Harlander den Noppenberg hinauf. Es dunkelte langsam.

Als er durch das Gartentor eintrat, stand das Marei mitten im Hof und kehrte mit einem Rutenbesen die Steinplatten blank. Ihr dunkelhäutiges Gesicht war gerötet, die Jacke über der Brust stand ein wenig offen und seitlich neben den Ohren schauten ein paar schwarze Haarspitzen unter dem Kopftuch hervor. Sie blieb stehen und stellte den Besen zwischen die langbestiefelten Beine. Sie war überrascht. Ihr Gesicht wurde röter. Sie wartete.

»Gelobt sei Jesus Christus!«, sagte der Vikar.

»In Ewigkeit, Amen«, antwortete das Marei.

»Seid Ihr etwa die Jungfer Ertlbäuerin?«

»Dös bin i!«

»Wenn man ein Weiberleut in der Mannshose sieht, weiß man nämlich nicht, wie man dran ist. Und in der

Kirche sieht man Euch ja auch nicht.« Das waren zwei Rügen auf einen Schlag.

Marei blieb ganz ruhig stehen und schaute dem geistlichen Herrn starr ins Gesicht. Sie überlegte, und das dauerte eine Weile.

Dann erwiderte sie: »I moan, wer die Mannsarbeit tun muss, kann auch die Mannshosen tragen.«

»Wo steht das geschrieben, Jungfer Ertlbäuerin?«

»Wo das gschrieben steht? Bei mir in meinem Kopf, da steht's gschrieben!«

»Dann habt Ihr einen verworrenen Kopf, Jungfer! Tausend Weiber, die Witwen geworden sind, müssen Mannsarbeit verrichten und kommen anständig daher, so wie es dem Weib gebührt.«

»Was gehn mich Eure tausend Weiber an, Herr Vikar!«

»Ihr habt keinen Grund aufzubrausen, damit setzt Ihr Euch nur noch tiefer ins Unrecht. Euch stünde etwas mehr Zurückhaltung und Bescheidenheit viel besser. Denkt an Euren Vater!«

»Was sagt Ihr da, Herr Vikar? I rat Euch bloß, lasst mir den Vater in Ruh!«

»Ich lasse ihn schon. Fragt sich nur, ob ihn ein anderer auch in Ruhe lässt! Und überhaupt bin ich nicht gekommen, um mit Euch zu streiten …«

»Ihr habt die Ehr meines Vaters angerührt! Verlasst sofort seinen Hof und geht! Und wann's Euch eine Freud macht, so verklagt mi bei der Herrschaft. Dorten ist das Türl!«

»Jungfer, das war nicht klug, dass Ihr Euren Geistlichen verjagt habt. Mög's Euch nicht gereuen! Es könnte sein, dass Ihr einmal einen Geistlichen wünschtet, und keiner ist da. Gelobt sei Jesus Christus!«

Harlander wandte sich um und ging. Aber schon beim Gartentor merkte er, dass es so nicht recht war, was er gesagt hatte. So darf ein Priester nicht reden, auch wenn er hundertmal Grund und Ursache dazu hätte.

Als er beim Gartenzaun stand, war der Hof leer. Hinter dem Gehöft schritt die junge Ertlbäuerin der neuen Feldscheune zu. Dahin konnte er ihr nicht nachgehen. So verließ er endgültig den Noppenberg, das Herz wieder einmal voll Reue und guter Vorsätze.

Die Ertlhofbäuerin

Als schon viel Schnee gefallen war, kurz nach Martini, kam die alte Ertlhöferin Maria in die Mühle. Das Marei hätte gefragt, ob nicht der Krautnudel etliche Tage beim Dreschen mithelfen könnte, weil ja kein Knecht mehr auf dem Hof sei. Peter nickte zustimmend. Man kann in der Nachbarschaft nicht gut nein sagen, wenn auch dieses Ansinnen reichlich unverschämt war. Denn gerade um diese Zeit musste die Mühle Tag und Nacht laufen. Es war ja Dreschzeit, und die Kohlstätter konnte man noch nicht allein werkeln lassen.

Und dann: Warum verlangte sie den Krautnudel, wo doch er, der Peter, während all der Jahre ihrer Abwesenheit den ganzen Hof mitbewirtschaftet hatte?

Tags darauf nahm Thomas Krautnudel den Dreschflegel aus der Scheune und marschierte auf den Noppenberg. Sechs junge feste Drescherinnen waren da beisammen, er der einzige Mann.

Da trat das Marei aus dem Wohnhaus auf den Hof heraus. *Parbleu*, war das die junge Ertlbäuerin? Ein schwarzsamtener Seidenrock und ein grünes Mieder mit schwarzen Schleifen, ein weißes Kopftuch, aus dem ein paar pechschwarze Locken hervorlugten – so stand sie auf der

Stufe vor der Haustüre und wünschte einen guten Morgen. Sie lächelte und hatte dabei ein feines, knabenhaftes Gesicht. Dann teilte sie die Arbeit ein.

Dreschen ist unterhaltsam, namentlich dann, wenn sich unter vielen Weibern ein einziger Mann befindet. Die Reden, die da fallen, dürfte der Pfarrer nicht hören. Der Krautnudel war gewiss nicht einfältig, er musste aber doch manchmal mit dem Kopf schütteln über die Brocken, die da von den »tugendreichen Jungfern« aufgetischt wurden. Natürlich wurde auch der Müllner-Peter besprochen, warum er nicht heirate und was er überhaupt für ein Leben führe. Jedenfalls sei er zu bedauern, wenn er auf die Ertlhöferin warte. Man schau sie doch an, wie sie dort drüben über den Hof geht: wie der Gockl auf dem Mist. Freilich, das Gestell, das könne einem Mann gefallen, aber der Ton!

Die Arbeit ging Tag um Tag rührig fort, die ganze Woche lang. Samstag zu Mittag lagen in jedem Teller sechs Gulden. Herrschaftszeitn, die Ertlhöferin ließ sich wirklich nicht lumpen! Landauf, landab kann man gehen und suchen, wo der Drescher im Tag mehr als sechzig Kreuzer kriegt – und die zahlte einen blanken Gulden! Vergelt's Gott, Marei! Meinst's wirklich gut mit uns, und wenn du uns im nächsten Jahr wieder brauchst – gell?

In Krautnudels Teller lag nichts. Als sie gegessen hatten und ihre Flegel packten, um heimzugehen, rief Marei den Müllner-Knecht in die Stube zurück. Sie forderte ihn auf sich zu setzen und nahm dann aus dem Wandschränkchen der Eckbank eine Flasche Südtiroler Rotwein heraus.

»Schau net so dumm, Thomas! Oder meinst, dass es nur in der Mühl drunt einen Wein gibt? I hätt mit dir was z'redn.«

Krautnudel sah das Marei in der Haltung einer Herrin dasitzen, die zwar freundlich und geneigt ist, aber ganz genau weiß, dass sie sich in nichts vergibt.

»In den sechs Tagen wirst du gesehn haben, dass mein Sach in Ordnung ist und dass i bloß einen Mann bräucht. I will aber keinen Mann. Nur der Hof da will einen. Und da hab i mir denkt, dass du den Hof nimmst und drauf wirtschaftest, wie wann er dir gehöret. I hol dir auch noch 's Resei oder sonst eine andere her, dass du mit ihr leben kannst. Der Hof verträgt auch wieder eine gute Magd. Wenn du gut wirtschaftest, bist und bleibst du dein eigner Herr und verdienst mehr als drunt in der Mühl. Nur eins: Heiraten darfst net, und i bleib da und mach, was i will, und du lasst mi in Ruh. Was meinst, Thomas?«

Der Franzose war gewiss nicht denkfaul, doch dieses Angebot wollte verdaut sein. Er besann sich und versuchte vor allem Mareis Beweggründe zu erraten. Sie ahnte das und kam ihm entgegen.

»Du bist nämlich der einzige Mann, Thomas, vor dem i einen Respekt hab.«

Jetzt leuchtete es beim Krautnudel auf: »Und damit willst du mich kleinkriegen?«

Dann nahm er einen Schluck Wein: »*Á votre santé*, auf Eure Gesundheit, Marei! *De faite*, in der Tat, was du offerierst, ist sehr gut und sehr viel. Aber ich bin jetzt über zwanzig Jahre in der Mühl, und ich kann den Chef nicht quittieren, so wie man ein altes Hemd quittiert. *Encore*, außerdem, den Peter kenne ich, dich kenne ich nicht. Und dann sagst du von Mehrverdienen. Was brauche ich mehr? *Enfin*, Marei, Peter ist ein Mann, du bist kein Mann, und ich liebe nicht den Kochlöffel über meinem Kopf.«

Marei war trotz ihrer dunklen Haut blass geworden. Sie gab dem Krautnudel acht Gulden und stand auf. Er erhob sich, sagte mit leichter Verbeugung: »*Adieu*« und ging.

»So hast du dir's gedacht!«, sprach sie zu sich selber und schaute dem Franzosen nach. »Dir werde ich den Kochlöffel nicht vergessen! Das war mein letzter Versuch.«

Um diese Zeit geschah auf dem Ertlhof, was man schon seit langem befürchtet hatte: Die Altbäuerin Maria konnte sich eines Morgens nicht mehr vom Bett erheben. Marei ließ durch die Magd im Dorf herumfragen, wo der Chirurgus Rusegger wohne, und schickte dann einen Buben, dem sie ein paar Kreuzer gab, nach Tirol hinüber mit der Bitte, er solle kommen.

Er kam, obwohl man ihn schon seit Jahren kaum mehr nach Sachrang geholt hatte.

Die Maria war enttäuscht, als sie ihn sah. Sie hätte lieber den Müllner-Peter gehabt. Rusegger erkannte das, erkannte auch, dass der Alten das Wasser ans Herz stieg, und erklärte dann vor der Türe der kaltblickenden Tochter, sie solle um den Vikar schicken, denn hier sei nichts mehr zu retten.

Die Magd rannte wieder ins Dorf und trocknete sich dabei fortwährend mit der blauen Schürze die Tränen von den Augen. Da wussten die Leute, dass auf dem Noppenberg ein Unglück im Anzug war. Die Fanny hatte es auch gesehen und teilte ihre Beobachtung dem Peter mit. Der zuckte mit den Schultern. Da meinte sie, wenn er nichts dagegen habe, wolle sie einen Sprung hinaufgehen zum Ertlhof, man sei ja der Nachbar.

Sie ging, kam aber bald mit dem Chirurgus wieder zurück. Marei hatte ihr erklärt, die Mutter habe jetzt anderes zu tun, als die Neugierde der Leute zu befriedigen.

Rusegger gab dem Müller die Hand: »Darfst mir's nicht krumm nehmen, dass ich in dein Revier gestrichen bin. Ich hab gedacht, du bist nicht daheim.«

»Wird nichts mehr zu machen sein mit der Maria.«

»Mit der nicht mehr! Nur die Junge müsst einer verhauen können, dass sie in keinen Sarg hineinpasst.«

Die sterbende Ertlhofbäuerin wartete vergeblich auf den Vikar Anton Harlander. Er war zu einer Besprechung nach Hohenaschau beschieden worden. Als er spät am Abend zurückkehrte, hatte der Mesner bereits das Sterbeglöcklein geläutet. Sie hinterließ kein Testament, war auch in den letzten Stunden nicht mehr bei klarem Bewusstsein gewesen. Der Steindlmüller vom Außenwald kam nicht auf den Hof. Er ließ sich nicht einmal durch den Tod versöhnen. So übernahm der Grottenbacher-Haunstetter die Besorgung des Begräbnisses. Man bettete die Maria am Friedhof in geweihte Erde, weitab von ihrem Mann.

Es gab keinen Leichenschmaus, so wie es weder Musik noch Totengesang gegeben hatte. Klanglos und unbetrauert war die einst so wohlhabende Ertlhöferin Maria Hell in das Reich der Toten eingegangen.

Darüber unterhielten sich die Sachranger Bauern und Bäuerinnen etliche Tage lang mit bitteren Auslassungen gegen die verstockte Dirn. Weil aber die Ernte begann, verlor sich auch dieses Gespräch bald, zumal jeder vom Nachbarn gerne wissen wollte, wie man es mit der Einbringung halten solle. Bei den meisten siegte am Ende doch die Vernunft: Das Getreide kam in die Scheunen. Kartoffel und Rüben rollten in die Keller, und im Herbst wurde das Vieh von den Almen abgetrieben wie an jedem vergangenen Jahr.

Der Handstreich

Um diese Zeit kehrte Metternich nach Paris zurück. Aus seinen vertraulichen Beziehungen zu Talleyrand und Fouché wusste er um das Unbehagen der Franzosen an den fortwährenden Waffengängen ihres Kaisers. Er versäumte deshalb nicht, in schwungvollen Berichten und Denkschriften an seinen Herrn in Wien zur Abrechnung mit Frankreich aufzurufen, zumal er sich dadurch bei Ihrer Majestät, der Kaiserin, in ein günstiges Licht setzen konnte.

So brach Franz II. im März die diplomatischen Beziehungen zu Frankreich ab und ließ anschließend vierzehntausend Österreicher unter Erzherzog Johann gegen Südtirol marschieren. Das war der Auftakt zur ersten Erhebung im ganzen Land Tirol. Durch Feuerzeichen, Sturmläuten, Lärmschüsse und andere Signale wurde das Volk von den Bergen und aus den Tälern zu den Waffen gerufen. Graf Montgelas, das politische Hirn Bayerns, hatte den Angriff von dieser Seite her nicht erwartet. So wurden die viertausend Bayern, die mit einigen französischen Bataillonen in Tirol standen, innerhalb von vier Tagen zwischen Innsbruck und dem Brenner von Andreas Hofer und dem Wildschützen Joseph Speckbacher vollkommen aufgerieben und gefangen genommen. Napoleons Generäle aber standen bei Regensburg, Ingolstadt und München.

In diesem kritischen Zeitpunkt, der selbst den Kaiser der Franzosen überraschte, proklamierte Erzherzog Karl sein historisches Manifest.

Leider entsprach das Echo der Deutschen den gehegten Erwartungen ebensowenig, wie die militärischen Erfolge des Erzherzogs in Bayern. Napoleon trieb Karl und seine Generäle durch kühne Manöver vor sich auseinander und marschierte am dreizehnten Mai als Sieger in Wien ein.

Inzwischen machten die siegestrunkenen Tiroler reinen Tisch in ihrem Land und verjagten das gesamte bayerische Administrativpersonal bei Nacht und Nebel, taten sogar noch ein übriges und drangen in vereinzelten Haufen vom Süden her auf allen Verkehrsstraßen in das Königreich Bayern mit der Begründung ein, für den katholischen Glauben gegen die Gottlosigkeit zu kämpfen.

So überschritt eine Abteilung wohlbewaffneter Bauern auch bei Kufstein die Grenze mit dem Ziel, die Burg Hohenaschau zu nehmen, weil sie meinten, dass diese eine Bastion der Bayern gegen Tirol sei.

In der Nacht zum siebzehnten April wurde diese Nachricht durch einen berittenen Husaren dem Vogt in Hohenaschau überbracht. Eine Stunde später verließ der junge Graf Preysing mit seinem Anhang fluchtartig den Sitz seiner Väter und eilte auf München zu. Alle Verantwortung lag in den Händen des Vogtes. Dieser alarmierte in der gleichen Nacht sämtliche Vorsteher seiner Gemeinden, sodass sich bereits in den frühen Morgenstunden über dreihundert Männer vor den Toren der Rundbastei eingefunden hatten.

Unter ihnen stand auch Peter Huber, der Müller von Sachrang, mit seinem Knecht Thomas, dem Krautnudel. Der Vogt trat unter die Männer, erklärte ihnen kurz, dass feindselige Tiroler im Anmarsch seien, und befahl denen, die es nicht weit nach Hause hätten, sie sollten schleunigst gehen und sich irgendeine brauchbare Waffe holen, worunter auch Gabeln und Dreschflegel zu verstehen seien. Darauf verschwanden drei Viertel der Aufgerufenen und niemand kehrte mehr zurück.

Die von weither, darunter die Sachranger, erhielten aus der Waffenkammer des Schlosses Jagdspeere und Hellebarden. Es waren auch noch etliche Steinschlossgewehre da, die an Kundige verteilt wurden. Darauf ließ der Vogt sämtliche Tore von innen verbarrikadieren und verteilte die Bewaffneten auf die beiden Terrassen. Er selbst begab sich auf den Bergfried, um von dort aus die Lage zu überblicken und Befehle zu erteilen.

Der Benefiziat aber versammelte die Weibsleute und Kinder der Burg in der kleinen Kapelle und betete mit ihnen.

In der gleichen Morgenstunde befanden sich die Tiroler, von Wildbichl herkommend, in Sachrang. Sie waren die ganze Nacht unterwegs gewesen, und die aufgehende Sonne machte sie hungrig und müde. Ihr Anführer, Bartholomäus Rubatscher, ordnete daher eine Stunde Rast an, damit sie sich in den Bauernhöfen Nahrung holen konnten.

Während sich die meisten in die nächstgelegenen Häuser des inneren Dorfes begaben, schlich einer, den es nach Abenteuern gelüstete, in den Aschacher Grund und stieg zum Noppenberg hinauf. Marei, die von allem, was sich in der vergangenen Nacht zugetragen hatte, nichts wusste, saß gerade im Stall und molk ihre Kühe. Da stand der bewaffnete Tiroler, ein junger pechschwarzer Kerl, unter der Stalltür.

»Guten Morgen, Dirndl«, sagte er. »Die Milch kannst mir gleich hergeben!«

Marei erschrak ein wenig und rief die alte Magd, die sich im Saustall befand. »Gib dem Mann da Milch und Brot, ihm pressiert's!«

»Na, so pressiert's nit!«, entgegnete er und machte sich an die sitzende junge Bäuerin heran.

Wieder der Mann!, zuckte es ihr kurz durch den Kopf. Sie erinnerte sich des schnauzbärtigen Franzosen hinter der Mühle. Sie sprang auf, dabei entglitt ihr der volle Milchkübel. Der Bursch hatte sie gepackt und schleifte sie zum Strohhaufen. Dort warf er sie nieder. Während er aber das Gewehr und die Patronentasche abschnallte, rollte sich Marei vom Stroh weg, ergriff die Streugabel, die hinten an der Wand lehnte, und stieß den Mann an. Der ächzte und brach zusammen. Die alte Magd schrie entsetzt auf.

Marei stand da wie eine gereizte Wölfin. Schwarzes, grollendes Blut war ihr in den Kopf gestiegen, ihre offenen Lippen bebten. Da streckte sich der Tiroler noch einmal und knickte dann in sich zusammen.

»Herr, gib ihm die ew'ge Ruh und das ewge Licht leucht ihm!«, murmelte die Magd.

»Lass ihn ruhn in Frieden. Amen«, fügte Marei hinzu – das klang aber wie ein Hohn.

Was sollte sie mit dem toten Mann machen? Sinnend trat sie an die rückwärtige Stalltür. Rechts unter ihr lag die Mühle. Wem soll sie es zuerst sagen: dem Pfarrer, dem Vorsteher oder dem Müllner-Peter? Dem Pfarrer jedenfalls nicht. Der Vorsteher trat alles erst in der Gemeinde breit, ehe er zu etwas ja oder nein sagte. Der Müllner-Peter ist jedenfalls ein Studierter – mag sein, wie es will, sie musste mit ihm reden!

Wie sie war, rannte sie den Berg hinab und kam in die Mühle. Hier erfuhr sie von den Kohlstättern, was geschehen war. Den Peter samt dem Krautnudel hatten sie zusammen mit anderen Bauern nach Hohenaschau geholt, und die vier Tiroler, die soeben gegangen waren, hatten erzählt, dass die Burg heute noch von ihnen gestürmt würde. Es sei nämlich ein heiliger Krieg gegen das gottvergessene Bayern ausgebrochen.

Marei dachte an das, was sie in Hall in Tirol erlebt und gesehen hatte. Jetzt kam die Vergeltung.

Die Kohlstätter fragten, was sie wolle und ob man ihr vielleicht helfen könne. Sie aber nickte ablehnend und ging wieder.

Langsam, ganz langsam kehrte sie auf ihren Hof zurück. Oft blieb sie wieder stehen und schaute in die aufgehende Sonne hinauf. Dann tanzten lauter dunkle Bälle vor ihren Augen umher und sie sah nichts mehr. Droben im Stall lag jedenfalls einer, den sie umgebracht hatte. Auf Hohenaschau werden heute noch viele umgebracht werden. Doch besteht hier ein Unterschied: Das eine nennt man heiligen Krieg, aber das andere? Das andere ist Mord, dafür wird man aufgehängt. Wer begreift das? Die anderen verteidigen sich und bringen dabei um, sie hatte sich verteidigt und umgebracht, und doch ist das eine zum Heldentum, das andere zum Verbrechen gestempelt worden.

Sie schritt weiter. Plötzlich kam ihr der Gedanke, dass der Krautnudel ja auch auf Hohenaschau sei. Wenn der ebenfalls umgebracht würde? Nein, das durfte nicht sein! Der Krautnudel musste am Leben bleiben.

Marei begann zu eilen. Der Gedanke an den toten Tiroler war wie weggewischt. Sie betrat ihren Hof. Die Magd stand unter der Haustür und weinte.

»Bring mir die Hose, die Jacke und die Stiefel!«

Die Alte ging.

Marei holte aus dem Stall das Gewehr, die Patronentasche und den breiten Hut des Tirolers. Und weiter sagte sie zur Magd: »Geh jetzt zum Pfarrer und erzähl ihm, wie's geschehen ist. Du hast ja alles gesehn!«

Hurtig, als hetzte sie der Geist des Toten, rannte die Alte weg.

Marei kleidete sich um und verließ rückwärts ihren Hof, dem Äußeren nach ganz wie ein Tiroler. Jenseits der Gemarkung betrat sie den Wald und umging das Dorf. Hinter dem Wald lagen Felder. Hier spannte eben der junge Laaber sein Pferd an den Pflug. Marei hielt ihm das Gewehr vor und sagte ihm, er solle sich aus dem Staub machen. Der Bursch rannte querfeldein. Sie nahm dem Ross das Geschirr ab, schnallte ihm die Decke über und jagte davon.

Anfangs tat der schwere Ackergaul – er war ja ausgeruht – in diesem Tempo mit. Als sie jedoch auf die Landstraße einbogen, wo es hart wurde unter seinen Füßen, fiel er in einen ruhigen Gang und ließ sich trotz Schläge und guten Zuredens nicht weiter animieren. Immerhin, dachte Marei, ist es besser, ich komme ein wenig später, als nur zu Fuß wie die anderen. Sitzt einer zu Pferd, stellt er mehr dar und ragt über die Masse heraus.

Es war in der zehnten Stunde, als sie durchs Gehölz, das in der Straßenbiegung stand, die Burg erblickte. Sie hielt an. Das westliche Tor stand angelweit offen, ein Feuer qualmte davor. So hatten sich also die Belagerer den Eintritt durch Brand erzwungen. Aus dem ganzen Burgbereich war Lärm und wüstes Geschrei zu hören. Offenbar war der Kampf in vollem Gange.

Sollte sie sich jetzt schon einmischen? Was wollte sie überhaupt?

Der Lärm schwoll an. Jetzt schleiften die Tiroler einige Männer heraus, schlugen auf sie ein, traten sie mit Füßen, stießen sie mit den Gewehrkolben in die Seiten. Der Reihe nach wurden sie an die Burgmauer hingestellt, mit erhobenen Händen, und einige band man an die Spalierbäume. Wenn die jetzt erschossen würden, dann war das kein Kampf mehr!

Marei brachte das Gewehr in Anschlag, zielte auf einen entfernten Baumast und drückte ab. Der Ast fiel. Sie verfügte also über eine ausgezeichnete Waffe. Alle Männer bei der Burg hatten den Schuss gehört und schauten herüber. Marei ritt aus dem Wald heraus, langsam und aufrecht. Bartholomäus Rubatscher, der Anführer, kam ihr mit ebenso gemessenen Schritten von drüben her entgegen. Je deutlicher er den jungen Reiter erkannte, desto finsterer wurde seine Miene. Was wollte der Grünschnabel auf seinem Bauerntrampel?

Über der Straßenböschung blieb der Rubatscher stehen und wartete. Marei beachtete ihn nicht, ritt über den Graben und befand sich nun auf gleicher Höhe mit ihm.

»Ja, und?«, herrschte er sie an.

»Wenn du was zu fragen hast, dann gehst nach Hall zum Major Speckbacher. Der wird dir dann was vom Kofler erzählen, verstehst?«, sprach das Marei.

Rubatscher wackelte heftig mit den Augenlidern, er kam nicht ganz mit. Nur der Name des Speckbacher flößte ihm eine große Scheu ein. Einige andere waren herbeigeeilt und traten jetzt hastig zur Seite, als Marei weiterritt. Da standen die Burschen und Männer aus den bayerischen Dörfern, zerschunden und blutend. Der Müllner-Peter und der Krautnudel waren nebeneinander an eine Pappel gebunden. Zum Burgtor heraus brachte soeben ein Tiroler samtene und brokatene Messgewänder sowie einen goldenen Kelch und andere Kirchengeräte aus edlem Metall.

Jäh wandte sich Marei um: »He, Alter, was soll das, ist der Mann aus dem heiligen Land Tirol zum Kirchenräuber geworden?«

Dem Rubatscher wackelte vor Zorn der Unterkiefer: »Bin dir nit Rechnung schuldig!«

»Mir nit, Feldhauptmann, aber dem Speckbacher oder dem Hofer-Andrä! Bei denen kannst dich auch beschweren, dass i euch jetzt in die Quer geh! Tragt das Kirchenzeug zruck! Und was hat's mit denen Mannern da? Bindet's los!«

»Die binden wir nit los, die haben unser achtzehn Kerle erschlagen!« Rubatscher schrie es wütend.

»Achtzehn Kerle im Kampf erschlagen – und achtzehn Kerle an die Wand stellen und hübsch gemütlich niederknallen, da ist meiner Seel zweierlei! Bindet's los, sag i! Oder seht ihr nit, dass dös bloß armselige Bauersleut sind? Wo habt ihr den Grafen und die andern? Führt's derer sofort her!«

Marei schaute über die Tiroler hin, die inzwischen vollzählig versammelt waren. Keiner rührte sich.

»Seid ihr denn nit aus dem Tirolerland herausgezogen, um den Grafen und seinen Anhang zu fangen? Wo ist er also?«

Mit dieser Frage wandte sie sich an den Rubatscher.

»Der Kuckuck war doch ausgeflogen!«, erwiderte er kleinlaut.

»Und darum lasst ihr also eure Wut an den Singvögeln aus!«

Da blitzte sie der Rubatscher an: »Ich hab dir's schon gesagt, dass ich mit dir keine Rechnung nit hab! Und wann du nit bald verschwindest, nachher hol ich dich von der Schindmähre da herunter und versohl dir den dreckigen Hosenboden, du ausgeschamter Schusterbua!«

Er hatte jedoch nicht so flink sprechen können, wie Marei von ihrem Gaul herabgeglitten war. Mit einem Sprung rannte sie ihn an, packte ihn, der sie um Haupteslänge überragte, an der Gurgel und kippte ihn mit Schwung über den Rand des Burgweges, sodass er sich zweimal überschlug und dabei das Gewehr verlor. Rasch war er wieder auf den Beinen. Er glühte vor Scham.

»Den Stutzen, gell, den lasst fein liegen, wo er liegt! Und wann du einen Schritt nach rückwärts tust, hast ein Loch im Wams!«

Der wilde Mann stand da mit halbgespreizten Armen und verrenkten Fingern. Er fieberte.

In diesem Augenblick erklang ein kurzes Hornsignal. Aus dem Wald gegenüber und von beiden Seiten traten mit schussbereiter Waffe bayerische Kürassiere heraus, wohl ein ganzes Bataillon. Die Tiroler schauten um sich und erkannten, dass sie umgangen worden waren. An eine Gegenwehr zu denken, wäre mehr als verwegen gewesen. Denn die Bayern standen in guter Deckung, noch dazu in der Übermacht, während sich die Tiroler auf freiem Feld vor dem hellen Hintergrund der Burgmauern deutlich abhoben wie dunkle Kerne in der Schießscheibe. Sie blieben also ruhig stehen und erwarteten von diesem dahergerittenen Kofler eine Weisung.

Inzwischen näherte sich ihnen quer übers Feld her eine Gruppe von Offizieren. Fünf Kürassiere zu Pferd begleiteten sie.

»Guten Morgen, meine Herren!«, sagte der, welcher vorausging. »Major Obermeier, vom Infantrieregiment Kronprinz! Mit wem habe ich hier zu verhandeln?«

Die Augen der Tiroler richteten sich auf Marei und den Rubatscher. Sie stand immer noch oben am Wegrain, während der Rubatscher an der Böschung heraufkletterte, nachdem er um sein Gewehr einen Bogen beschrieben hatte.

»Nun, *messieurs*, ist keiner unter Ihnen, der für diesen Unsinn geradestehen will?«

Da trat Marei zugleich mit dem Rubatscher vor den Major. Rubatscher nahm den Hut ab. Marei tat es ihm gleich, und da rollte ihr das schwarze Haar über den Nacken. Sie zuckte zusammen und wurde feuerrot im Gesicht, doch es war zu spät.

»Oh, eine Amazone!« Major Obermeier sprach's und wandte sich an seine Begleitung! »*C'est amusant, messieurs*!«

»Was, ein Weib bist du?«, schrie der Rubatscher. Alle, Tiroler und Bayern, starrten das Marei an, als wäre sie ein Weltwunder.

»*Madame*, befehlen Sie zunächst Ihren Männern, die Waffen sämtlich niederzulegen!«

Marei wandte sich an die Tiroler und winkte bloß mit der Hand. Sie legten ihre Stutzen an den Wegrand. Angesichts dieser Übermacht wäre jeder Widerstand sinnlos gewesen. Inzwischen besprach sich der Major leise mit den Herren seines Stabes, worauf einer der Kürassiere zum Wald zurückschritt, ein anderer ins Schlossinnere. Vom Wald kam jetzt ein Echelon die Straße herab. Die Tiroler mussten sich formieren. Waffenlos schritten sie mit hängenden Köpfen zur Straße hinunter, wo sie von den Bayern empfangen und in Richtung Bernau abgeführt wurden, unter ihnen auch der Rubatscher.

Major Obermeier begab sich mit seinem Gefolge und dem Marei ins Schloss. Auf der großen Ehrentreppe kam ihnen der Vogt entgegen und geleitete sie hinauf in den Satteltur. Als sie den rechteckigen Rittersaal mit den zwölf überlebensgroßen Stukkfiguren Preysing'scher Vorfahren passierten, sahen sie die Verheerung, die in dieser kurzen Zeit angerichtet worden war.

Wie zerstreut lag hier die große mittelalterliche Waffensammlung, alte venezianische Öfen waren aus blinder Zerstörungswut zerschlagen worden und die langen goldbestickten Seidenvorhänge hingen zerschlitzt vor den zertrümmerten Fenstern, durch die der laue Frühjahrswind strich.

»Hatte das einen Sinn?«, fragte Obermeier das neben ihm gehende Marei. Sie gab ihm keine Antwort.

Das graue Jagdzimmer im Sattelturm war ganz geblieben. Hierher führte der Vogt seine rettenden Gäste. Die Offiziere setzten sich. Bald wurde Brot, kaltes Fleisch und Wein gebracht. Marei stand allein in der Mitte des geräumigen Zimmers, von dessen Wänden alte Jagdtrophäen, vor allem Eberköpfe mit mächtigen Hauern auf sie niederschauten. Die Herren prosteten dem Vogt zu; dann begann das Verhör. Obermeier, der sich mit seiner Abteilung unterwegs nach Innsbruck befand, wollte vor allem erfahren, ob er bis dahin noch öfter mit solch wilden Haufen in Berührung kommen würde, und woher der Befehl zu diesen Überfällen käme. Hatte er doch von Marschall Lefèvre den Auftrag erhalten, besonders die

Verbindungslinie der Aufständischen zu ihrer obersten Leitung zu erkunden und nach Tunlichkeit zu zerstören.

»Mit wem haben wir eigentlich die Ehre zu verhandeln, *madame*?«, begann er in ruhiger und klarer Rede.

»I bin das Ertlbauer-Marei von Sachrang und hab mit denen Tirolern gar nix zu schaffen!«

Obermeier lächelte: »Hat wenig Zweck, mein Fräulein, wenn Sie versuchen uns einen Bären aufzubinden. Sie dürften erkannt haben, dass Ihr mehr als waghalsiges und ebenso sinnloses Unternehmen gescheitert ist. Durch Täuschungsmanöver erschweren Sie sich und Ihren Leuten den Weg in die Freiheit. Also: die Wahrheit!«

»Wenn ihr mir net glaubt, so schickt doch hinunter. Drunten stehn ja die Sachranger!« Marei sagte es gereizt. Der Major wurde ernst und schaute den Vogt an: »Kann das stimmen, Vogt?«

»Halten zu Gnaden, Herr Major, wir haben einen Ertlhof zu Sachrang. Er liegt überm Aschacher Grund hinter der Mühle. Und der Müller ist da, er müsst das Deandl wohl kennen.« Der Vogt entfernte sich.

Obermeier wurde unruhig. Nicht genug, dass dieses Weib einen plündernden Haufen Männer angeführt hatte. War sie bayerischer Untertan, so lag hier Vaterlandsverrat vor, der nach dem Standrecht geahndet werden musste.

»*Madame*, ich erschieße nicht gern einen Menschen, der mir kampflos in die Hände fiel. Es dürfte Ihnen jedoch bekannt sein, welches Los Landesverräter zu gewärtigen haben!«

»Den Landesverrat werden Sie mir aber erst beweisen müssen!«

Da betrat der Vogt mit dem Müllner-Peter das Zimmer. »Der Mann da ist der Nachbar vom Ertlhof zu Sachrang!« Peter hatte einen Schlag über die Schläfe erhalten. Blut rann ihm langsam über Wange und Hals. Er war blass.

»Sie sind der Müller von Sachrang?«, fragte Major Obermeier.

»Mit Verlaub, Peter Huber!«

»Kennen Sie diese Frau?«

»Meine Nachbarin! Freilich, in diesem Aufzug kam sie uns allen wunderlich vor, doch hat sie uns mit diesem sonderbaren Aufzug befreit.«

»Peter Huber, besinnen Sie sich! Sie hat die Tiroler angeführt, und von den Tirolern haben Sie Ihr zerschundenes Gesicht …«

»Herr Major, lassen Sie sich das mit Verlaub erzählen!« Und Peter Huber berichtete den Hergang, soweit er ihn mit eigenen Augen und Ohren wahrgenommen hatte. Obermeier und seine Herren lauschten. Marei schaute vor sich auf den Boden und dachte an den toten Mann, der daheim in ihrem Stall lag: Wahrscheinlich würde jetzt der Pfarrer auf die Kanzel steigen und öffentlich erklären, dass sie eine Mörderin sei …

»Was veranlasste Sie, *madame*, zu dieser kühnen Tat?« Obermeier wandte sich an Marei.

Siehst du, dachte sie sich, jetzt wird die Frage das erstemal aufgetischt!

»Was mich veranlasste? Ein Mord hat mich veranlasst. In meinem Stall liegt ein Tiroler, der sich heut früh an mir hat vergreifen wollen. Mir war nix anders zur Hand als eine Gabel. Und damit ist's geschehen. Das da ist sein Hut und das sein Stutzen. Jetzt wissen Sie's! Gewollt hab i's net, dös sag i ehrlich, aber bereuen kann i's auch net!«

Erstaunt trafen sich gegenseitig die Blicke der Männer: Was ist das für ein Weib! Gewiss, die Tat ist moralisch nicht anfechtbar, und im großen Zusammenhang der Ereignisse betrachtet, ist nur Gutes aus ihr entstanden, doch steht sie irgendwie zu dem, was weiblich ist, in Widerspruch. Immerhin, es gehört nicht zu den Obliegenheiten kriegführender Soldaten, über die Handlungsweise einer Frau zu Gericht zu sitzen, die am Ende achtzehn Männern das Leben gerettet hat.

»*Madame*, vielleicht müsste man Sie bewundern – ich weiß es nicht. Jedenfalls wird Ihnen manche Familie dankbar sein, weil der Ernährer erhalten blieb. Kommen Sie jetzt bitte mit, denn unser Weg führt über Sachrang!«

In den späten Nachmittagsstunden kehrte Major Obermeier auf dem Noppenberg ein. Kurze Zeit nach ihm erschien auch der Vikar Harlander mit dem Vorsteher. Als sie den toten Mann gesehen hatten und aus dem Stall wieder heraustraten, sprach der Major und zuckte mit den Schultern: »*Messieurs, c'est la guerre!* In Kriegszeiten verfärben sich die Begriffe von Gut und Böse. Was diese Frau tat, würde manchen Mann zum Helden stempeln ... *Au revoir, messieurs!*«

Er grüßte höflich und verabschiedete sich von den beiden Männern. Vor Marei, die unter der Haustür stand, machte er eine sehr ergebene Reverenz und verließ dann mit raschen Schritten den Hof.

Es wendet sich das Blatt

An die hochlöbliche Jungfer Maria Hell,
Ertlhofbäuerin zu Sachrang.

Gemäß Bekundung von höchster Stelle erging an ein hiesiges herrschaftliches Amtsgericht die Weisung, der hochlöblichen Jungfer Maria Hell im Hinblick auf bewiesene vaterländische Gesinnung und manneswürdige Tapferkeit gelegentlich dieses räuberischen Überfalls feindseliger Horden auf Schloss Hohenaschau den Ausdruck höchsten

Dankes mit geziemender Wertschätzung zu offerieren. Als fühlbares Zeichen dieses Dankes wird besagter Jungfer hiermit zu wissen gebracht, dass sie von nun an auf Lebensdauer – ob weiterhin ledig oder jemals eines Mannes Ehehälfte – von jeglicher Steuer und Abgabenpflicht befreit ist, womit sie auch allen Untertanen als ein helleuchtendes Beispiel nacheiferungswürdiger Tugend vor Augen gehalten wird.

Gegeben zu Prien am See in höchstem Auftrag:
Doktor Chrysostomus Geier

Dieses Schreiben hatte der Burgvogt aus der unmittelbaren Situation heraus veranlasst, hatte auch im selben Sinne an den Gemeindevorsteher von Sachrang notieren lassen, dass von der jungen Ertlhöferin keinerlei Abgaben einzuziehen seien.

In seinem Regimentsbericht, datiert von Kufstein, schrieb Major Obermeier:

Um die Mittagszeit des achtzehnten Aprils Hohenaschau entsetzt. Keine Verluste. Auch keinen einzigen Schuss abgegeben. dreihundertachtundfünfzig Mann gefangen genommen.

Ursache dessen war eine als Tiroler verkleidete Jungfer Maria Hell aus Dorf Sachrang, welchselbige unter Berufung auf Speckbacher dem Anführer des Haufens das Regiment aus der Hand riss. Hierbei soll sie sich – glaubwürdiger Aussage gemäß – als Franz Kofler benannt haben. Wiewohl dem Factum nichts hinzuzufügen ist, auch kein Abbruch zu machen wäre, so müsste dennoch das Verhältnis der demoiselle zu besagtem Speckbacher, wie auch der von ihr gewählte Name diskret geprüft werden werden. Dieses trotz beliebter Kürze.

Der Chef des Regiments »Kronprinz«, Oberstleutnant von Habermann, reichte seinerseits diesen Bericht nach München weiter. Hier fiel er in die Hände des dreiundzwanzigjährigen Kronprinzen Ludwig, der eben im Begriff war, seinem Titelregiment nachzureisen.

Am siebenundzwanzigsten April traf Ludwig in Begleitung des Hausherrn Grafen Preysing auf Hohenaschau ein. Der Vogt schilderte den Hohen Herren alle Einzelheiten des Vorganges. Der junge angehende Herrscher geriet in Begeisterung und verlangte die Heldin von Sachrang zu sehen.

So geschah es, dass das Marei am selben Tag in der Kalesche mit dem Königlich Bayerischen Wappen am Verschlag von ihrem Hof abgeholt wurde. Es hatte dem Adjutanten des Kronprinzen, dem geschmeidigen Herrn Berks, nicht wenig Mühe gekostet, die siebenundzwanzigjährige Jungbäuerin zur Mitfahrt zu bewegen. Nun aber, da sie mit ihm hinter den geschliffenen Fenstern saß und draußen die tiefen Verneigungen der neugierigen Sachranger Männer und Weiber sah, empfand sie Genugtuung: »Da schauen's hin auf die krummen Buckel, Herr Adjutant! Zehn Schritt hinter uns geifern sie mich an, als hätt i ihnen den Rotlauf ins Dorf bracht. Solang i leb, sind von ihnen noch keine zehn guten Wörter über mich geredet worden.«

Berks war von den kohlschwarzen Augen Mareis höchst entzückt. Er überdachte nebenbei, wie schade es doch sei, dass man bei Hofe keine solchen Frauen sah. Hausbacken und schamlos erschienen ihm die sogenannten Münchener Palastdamen. Eine Dame von Stand müsste bei aller Grazie eine kleine Dosis von Wildheit, einen Stich ins Ungebändigte haben – diese da besaß solche Eigenschaft. Daraus spross wohl auch die Ursache, dass sie vor Hohenaschau zur Heldin geworden war.

»*Mademoiselle* wird Seiner Königlichen Hoheit, dem Kronprinzen, eingehend über die treffliche Tat berichten müssen. Hoheit sind nämlich voll des allerhöchsten Interesses.«

»Was gibt's da schon viel zu berichten? Und überhaupt, wann komm i heut nacht wieder hoam! Es ist eh schon reichlich spät.«

»Heute Nacht?« Berks lächelte höfisch. »Hoheit belieben willkommene Gäste nicht zu nachtschlafender Zeit nach Hause zu schicken. Auf Hohenaschau befinden sich viele Zimmer.«

»Ja meinen S' denn, i leg mich dort in a Bett?«

»Aber ich bitte, *mademoiselle*, wir leben doch im Zeitalter der Aufklärung!«

»Das geht mi nix an, das Zeitalter! Jedenfalls hört man allerhand über die französischen Weiber des Herrn Grafen. Bildets euch nur net ein, i könnt da mitmachen! Dem ersten Besten, der mir nah kommt, dem tret is Kreuz ein. Merken S' sich dös, Herr Adjutant!«

Einen solche Rede begriff Berks nicht. Er fühlte sich fast ein wenig bedroht. In diesem Weib steckte weit mehr als das gehörige Quantum Wildheit. Man wird den Kronprinzen warnen oder ihm zumindest einen ständigen Leibgardisten zum Schutz zugesellen müssen. Ludwig ist mild und künstlerischen Gemüts, das zur Zärtlichkeit neigt. Welch ein Skandal, wenn ihn diese Katze anfauchte!

Besänftigend erwiderte der Hofmann: »Seine Königliche Hoheit werden sicherlich keinen Gast gegen seinen Willen traktieren. *Mademoiselle* müsste es aber als eine besondere Gunst betrachten, von dem künftigen Monarchen des Königreiches Bayern empfangen zu werden. Wie viele Tausende empfänden dies als das höchste Glück ihrer Tage.«

Marei schaute zum Fenster hinaus in den dunkler werdenden Hochwald an der Straßenseite und verzog ihre Mundwinkel zu einem leisen Gespött: »Glück, sagen Sie? Wie alt sind Sie denn, Herr Adjutant, und was verstehen Sie schon von Glück? Und der Kronprinz mit seinen dreiundzwanzig Jahren? Meinen Sie, dass der mehr davon versteht?«

Berks war entsetzt. Was hatte da sein Gebieter begonnen? *Mon dieu*, wenn das nur gut endet!

Während ein gräflich-preysing'scher Kammerdiener Marei in ein blaues Wartezimmer geleitete, durch dessen offene Fenster der waldfrische Windhauch des späten Nachmittags strich und das balzende Gezwitscher der Stare mit hereinwehte, eilte Berks in das Gemach des Kronprinzen.

»Hoheit, die junge Bäuerin ist hier. Ich möchte jedoch nicht versäumen, *en premiere ligne*, zuallererst, auf den fast raubtierartigen Charakter derselben aufmerksam gemacht zu haben, zu welchem End ich denn auch empfehle, der Audienz zu Eurem Schutz *un homme de la garde* hinzuzuziehen.«

Ludwig lächelte: »Mir scheint, Berks, Ihre Verhandlungskunst mit Frauen ist beschränkt auf Loge und Salon. Wir befinden uns gegenwärtig im Krieg, nicht in schöner Gesellschaft. Schicken Sie mir das Mädchen herein!«

»Ich erlaube mir zu bitten, Hoheit, dass ich jegliche Verantwortung für das unschätzbare Wohl Eurer Hoheit ablehnen müsste …«

»Gut, Berks, lehnen Sie ab, aber jetzt das Mädchen!»

Der Kammerdiener öffnete, Marei trat ein. Der Kronprinz, dem ein paar wirre Haarlocken über die Stirn hereinfielen, erhob sich und ging ihr entgegen. Er reichte ihr die Hand und führte sie über den knarrenden Eichenboden des länglichen Raumes zu einem Sessel in der Fensternische. Er selbst lehnte sich stehend an den schweren Prunktisch, der davor stand.

»So also sehen Frauen aus«, begann er, »die durch Kühnheit eine Burg aus der Hand von vierhundert Männern befreien!«

Marei war befangen. So hatte sie sich den dreiundzwanzigjährigen Kronprinzen, der wie ein Baum vor ihr aufragte, nicht vorgestellt, so ernst und schlicht, so ohne die herkömmliche Unsicherheit des werdenden Mannes.

»Wie alt ist Sie eigentlich?«, fuhr der Kronprinz fort.

Marei schaute ihn mit großen Augen an: »Wer Sie? Meinen Sie mich, Hoheit? Zu mir müssen Sie du sagen, denn der König sagt zum Bauern immer du. Ich bin siebenundzwanzig.«

»Wenn du's willst, dann sag ich du zu dir. Maria Hell, ich hätte gern gewusst, was dich zu dieser tapferen Tat bewogen hat. Befand sich vielleicht dein Bräutigam unter den Verteidigern der Burg?«

Marei lächelte überlegen: »Die Ertlhofbäuerin hat keinen Bräutigam und braucht auch keinen. Einen Knecht bräucht ich, und den werd ich mir jetzt dingen, wo ich keine Steuer nicht mehr zahlen muss.«

»Gut!«, erwiderte der Kronprinz. »Du willst mir nicht sagen, warum du's getan hast. Ich habe schließlich auch kein Recht dich danach zu fragen. Woher kennst du aber den Speckbacher von Hall, auf den du dich vor den Tirolern beriefst? Das möcht ich wissen, denn ich befinde mich auf dem Weg nach Tirol und werde möglicherweise mit diesem Speckbacher Bekanntschaft machen. Er hat nämlich die Bayern aus Innsbruck verjagt. Das weißt du doch, oder weißt du's nicht?« Forschend sah er sie an.

Marei begegnete seinem Blick. Auch sie forschte, denn die Frage nach dem Speckbacher war peinlich. Wusste der Kronprinz mehr?

»Den Speckbacher hab i kennengelernt, als i in Hall auf der Walz war.«

»Du warst auf der Walz?«

»I bin Schreiner, i hab's gelernt.«

»Wenn du den Speckbacher kennst, warum hast du dann seine Landsleute in die Gefangenschaft geliefert? Hältst du das für richtig? Ich nicht!«

»I a net!«

»So, du auch nicht! Und trotzdem hast du's getan!«

»Das verstehen 'S net, Hoheit!«

»Sauber, Maria Hell! So deutlich hat zu mir noch niemand geredet!«

»Das müssen 'S schon entschuldigen, Hoheit, i hab's net so gemeint.«

»Wie hast du's dann gemeint, Maria Hell?«

Marei schaute auf ihre Hände, die sie über den Knien ineinandergelegt hatte und schwieg eine Weile. Dann stand sie auf und trat auf das Podest am Fenster. So fühlte sie sich freier und zugleich mit dem Gesicht des Kronprinzen auf derselben Höhe. Das ermutigte.

»I will Ihnen was sagen, Hoheit! I bin kein solches Weib, wie die anderen Weiber – was den Mann betrifft. Darum hab i gesagt, dass 'S das net verstehen.«

Ludwig hob die Schultern und zog die Stirn in Falten: »Das sind freilich Rätsel für mich. Und du, anstatt sie mir zu enthüllen, machst sie nur noch wirrer. Nun glaube ich, in dir ein Problem berührt zu haben, das den Beichtvater angeht. Damit verliere ich jedes Recht, noch weiter in dich zu drängen. Maria Hell, ich mache dich bloß auf eines aufmerksam: Wie immer deine Beziehungen zu Speckbacher sein mögen, nimm dich in acht, denn es ist Krieg im Land und schnell wird der Verrat gerichtet!«

Marei besann sich kurz: »Hoheit, was denken 'S denn von mir!«

»Ich denke nichts mehr von dir. Ich habe dich nur warnen wollen, so wie es ein guter Freund tun würde. Du darfst gehen, mein Wagen wird dich wieder heimfahren.« Er reichte ihr die Hand hin.

»Nein, Hoheit, so geh' i net! I bin's zwar gewöhnt, dass all die Leut schlecht von mir denken, und es tut mir auch gar net mehr weh. Bei Ihnen tät mir's aber doch sehr weh. I vertrag das Fragen net. Solang i leb, hab i um mich nichts anderes als fragende Menschen gesehen. I weiß zu gut, dass i eben anders bin, i kann nur nichts dafür. Fragt die, die mich so gemacht haben!«

Kronprinz Ludwig stand vor der jungen Bäuerin wie ein unschlüssiger schwacher Jüngling. Er fühlte sich kleiner werden.

Marei fuhr fort: »I kenne bloß einen einzigen, der mich nie gefragt hat. Dafür hat er mich geohrfeigt. Das ist der Müllerknecht, der Franzos'. Den kann i leiden. Und weil auch er hier auf Hohenaschau war, bin i hergeritten. So! Jetzt wissen Sie's! Jetzt fahr i heim! Wegen dem Speckbacher aber brauchen Sie sich kein Haar grau werden zu lassen. Der Sepp hat mich nur das Schießen gelehrt, sonst gar nichts.«

Während der Kronprinz nach Worten suchte, dieses ihm plötzlich zugeworfene Vertrauen zu würdigen (er fühlte sich dazu verpflichtet), vernahm man durch das offene Fenster von einem anderen Burgteil her Musik. Eine Flöte, eine Geige, ein Cello.

Marei drehte sich um und lauschte hinaus: »Die Flöte da hinten muss noch viel lernen, bevor sie sich an Mozart heranwagen darf. Sagen Sie das der Flöte, Hoheit! Sagen Sie auch, es wär das die Meinung einer Bäuerin von Sachrang!«

»Und wenn du das selber der Flöte sagtest, Maria Hell?«

Der Kronprinz empfand diese unvorhergesehene Wendung des Gesprächs befreiend und atmete auf.

»Wer ist's denn, der die Flöte spielt?«, fragte Marei.

»Das zu wissen dürfte nebensächlich sein, Maria Hell! Bei der Art, wie du die Dinge zu sehen beliebst, kommt es wohl nicht auf die Person, sondern auf die Sache an. Komm mit mir, wir wollen nachschauen! Mir scheint, es handelt sich um eine Probe für den heutigen Abend, den man zu Ehren des bayerischen Kronprinzen festlich gestalten will.«

Ein wenig zögernd, und dennoch vom Drängen des musikalischen Gefühls vorwärts getrieben, folgte Marei dem Hohen Herrn. Als Ludwig die Tür öffnete, standen zwei Gardesoldaten davor. Er lächelte ihnen zu: »Ich bitte hier zu bleiben und meine goldene Uhr zu bewachen. Ich hab' sie auf dem Schreibtisch drin vergessen!«

Mit großen Schritten ging er schnellen Schrittes neben Marei den Gang entlang, eine Treppe hoch, noch über einen kurzen Gang hin, bis sie vor dem Musikzimmer standen. Leise ergriff der Kronprinz den geschmiedeten Drücker an der reichgeschnitzten Tür, und leise traten die beiden ein.

Da saß der alte Benefiziat Beetz und geigte mit der Genauigkeit einer astronomischen Uhr auf seinem Cello. Neben ihm stand krumm nach vorne geneigt ein junger Mann, dem Anschein nach der Schulmeister und strich die Violine. Man sah deutlich, wie sehr er sich plagte. Vor ihm aber musste eine Dame sitzen, die die Flöte spielte. Man konnte ihren Oberkörper, der durch das Notenpult verdeckt war, nicht wahrnehmen. Nur der Rock in vielfältiger Seide und ein Paar lackierte Spitzen von zarten Pantöffelchen verrieten das Geschlecht.

Der Kronprinz flüsterte Marei ins Ohr: »Hast du Mut, die Flöte zu kritisieren?«

Sie antwortete mit flackernden Augen: »Jetzt erst recht! Es ist sicherlich eine von den französischen Weibern des Grafen!« Dann verharrte sie ruhig, bis das Spiel so recht und schlecht zum Doppelstrich kam.

Der Schulmeister atmete hörbar, wandte sich etwas zur Seite und bemerkte die beiden Eindringlinge: »Königliche Hoheit!« Überrascht erhoben sich die zwei anderen und verneigten sich in Ehrfurcht.

Ludwig schritt ihnen entgegen: »Entschuldigen Sie, denn ich weiß, dass ich hier fehl am Platz bin. Doch habe ich einen lieben Gast, der sich wie es scheint ein wenig auf die Flöte versteht. Das ließ uns in meinem Zimmer drüben aufhorchen.«

Die dunkelhaarige Dame, kaum zwanzig Jahre alt, hatte dem Kronprinzen kokette Augen gezeigt. Jetzt betrachtete sie die Bäuerin und errötete, wohl aus Scham und Zorn zugleich.

»Ist das nicht«, sagte etwas stotternd der Benefiziat, »die Ertlhöferin von Sachrang, die uns befreiet hat?«

Ludwig winkte die Angesprochene näher heran.

»Ja, i bin's, Hochwürden! Mir haben nämlich die Ohren wehgetan, als i beim Herrn Kronprinzen im Zimmer drunten des Gspiel gehört hab. Nix für ungut, Mamsell, 'S mögen mancherlei anderes recht verstehen, doch von der Flöte haben 'S wenig Ahnung. Zeigen 'S mal her!«

Und ohne die Dame, die noch vor ihrem Sessel stand, weiter zu beachten, nahm Marei die Flöte vom Notenpult, gab den zwei Männern mit leichtem Kopfzucken ein Zeichen – das Spiel begann von Neuem: ein Trio von Mozart in A-Dur, tänzelnd, launig und lieb. Das trillerte und hüpfte aus der Flöte und war, als fielen lauter Perlen von einer seidenen Schnur auf eine schwarze Marmorplatte.

Mitten im Spiel brach Marei dann ganz plötzlich ab. »Junger Mann«, sagte sie genervt zum Schulmeister,

»wenn du deine Frau genauso traktierst wie deine Geige da, nachher tut mir das arme Luder leid! Streich doch mit dem Bogen sauber aus und kratz net so herum, wie wann du in einer Pfützen stochern tätst. Schade ist's um die gute Geige, die du hast. Mein Gott, da müsst der Müllner-Peter her!«

»Wer ist das, der Müllner-Peter?«, fragte, von dem Erlebnis erregt, der Kronprinz.

»Halten zu Gnaden, Hoheit«, entgegnete der Benefiziat, »der Müllner-Peter ist der *regens chori* in Sachrang, ein Musikant von erlesener Qualität. Doch hat er sich trotz wiederholter Einladung geweigert, außerhalb seines Heimatortes zu spielen, was wir hier auf Hohenaschau schon sehr bedauert haben. Wahrscheinlich fürchtet er, in die Fußstapfen seines Bruders zu geraten, der zuvor hier gespielt hat und dann in der Stadt auf seine Heimat vergaß.«

Der Kronprinz bedachte sich kurz: »Maria Hell, wenn du hier bleiben willst, dann lasse ich den Müllner holen. Bleibst du?«

Marei schaute verlegen auf den Fußboden: »Meinetwegen ja, Hoheit!«

Wenige Minuten später jagte ein Soldat der Königlichen Garde mit einem zweiten gesattelten Reitpferd auf der Straße nach Sachrang dahin.

Es war schon völlig dunkel geworden, als Peter Huber auf Hohenaschau eintraf. Der Lakai, der ihn empfing, führte ihn sofort in das Musikzimmer. Peter hatte es nicht anders erwartet. Es wunderte ihn jedoch, dass das Marei hier saß. Denn als er am Nachmittag die Königliche Kalesche mit der Nachbarin an seinem Hof vorüberfahren sah, war ihm verständlich erschienen, dass der Kronprinz die Ertlhöferin wegen ihrer kühnen Tat zu sich beschieden hatte. Dass er sie bloß zum Musizieren geholt hätte, kam ihm jetzt sonderbar vor.

Benefiziat Beetz begrüßte ihn herzlich. Er möge es nur nicht übel nehmen, dass man ihn so spät noch herbei zitiere. Doch habe seine Nachbarin, zusammen mit der Königlichen Hoheit, die ursprünglich geplante Besetzung dieses kleinen Konzerts völlig durcheinander gebracht.

So habe die hochlöbliche Cousine des Herrn Grafen, der die Flöte zugedacht gewesen sei, weinend den Saal verlassen. Ebenso sei der Herr Lehrer vom Niederen Aschau wegen einer zwar vielleicht berechtigten, aber doch sehr handfesten Bemerkung der Ertlhöferin mitsamt seiner Geige wie ein kleiner Brummbär davongeschlichen. Man dürfe also keine Zeit verlieren, denn in einer halben Stunde müsse man im Rittersaal drüben spielen.

Peter lächtelte ein wenig zu dieser erklärenden Rede des alten Priesters, sagte jedoch kein Wort, sondern probierte eine von den Geigen, die dastanden, und das Spiel begann. Da mochte einem freilich das Herz aufgehen, so fein, wie diese Flöte und diese Violine ineinander hineingriffen und sich wieder voneinander lösten, sich bald auch vereinigten, um einander dann die Melodie wie ballspielende Kinder beschwingt und elegant zuzuwerfen. Wann hatte man je solch ein musikalisches Erlebnis in diesem Saal genossen!

Sie probten noch Partien aus einem Concertino von Haydn und einige Tanzweisen von Gluck.

»Und wie wär's mit deiner Cantilene vom Talwind?«, fragte unvermittelt Marei.

Peter schaute sie überrascht an: »Hab keine Noten da.«

»Ich brauch keine Noten net, Müllner. Und du wirst doch dein Sach auswendig wissen!«

Peter nickte. Es tat ihm wohl zu merken, dass sein Werk seit mehr als zehn Jahren in einem fremden Herzen so aufbewahrt wurde wie in dem seinen. Fremd? Einst waren sie nahe beieinander gewesen, fremd waren sie erst geworden – Gott weiß warum …

Drei Lakaien kamen und baten um die Instrumente.

»So!«, sagte der Benefiziat und nahm die beiden an den Armen. »Jetzt wollen wir den Herrschaften zeigen, was ihre Großkopfeten in München drinnen noch lernen dürfen, nämlich wie man eine unverwässerte und saubere Musik macht.«

Es mochte in der zehnten Abendstunde sein. Die Herrschaften hatten gespeist. Tapfer schauten die zwölf mächtigen gestukkten Preysinger, an denen noch die Verwüstungen der Tiroler erkenntlich waren, auf den angehenden König mit seinen fünfzehn Stabsoffizieren, auf den jungen Grafen mit seinen drei Cousinen, auf den Vogt, den Landrichter Doktor Geier von Prien und auf die Bibliothekarin. Eine solch wild zusammengewürfelte Gesellschaft hatten sie in diesem Raum noch nicht gesehen, die alten Preysinger.

Das Marei, Peter und der Benefiziat setzten sich zu ihren Pulten. Peter schaute auf, und sie begannen. Sie spielten die Cantilene vom Talwind, seine Cantilene. Elf Jahre war es her, da schuf er dieses Werk in einer glücklichen Stunde. Er schuf es für sie. Hätte er damals zugepackt und sie, als sie noch Kind und doch schon nicht mehr Kind war, sicher und unbeirrt zu lenken und leiten versucht, er hätte vieles in ihr gerichtet. Aber gerade dies war seine Schwäche: Wankelmütig, fast furchtsam schwankt er wie das Röhricht in der Au. Darum würde vieles, was er tun könnte und tun müsste, ungetan bleiben. Er war dem Goldwäscher gleich, dem der Reichtum abfließt …

Drei Stunden waren verstrichen.

»Es ist spät geworden«, sagte der Kronprinz und schritt zu den Musikanten hin, »doch ihr habt uns sehr, sehr erfreut! Ich werde es euch nicht vergessen. Und sollte ich je in Bayern und in München etwas zu sagen haben – sicher ist das nicht, denn der französische Kaiser hat über mich verlautbart, dass ihn nichts hindere, mich Prinzen erschießen zu lassen – sollte ich also je etwas zu sagen haben, dann will ich mich gerne euer erinnern. Vorläufig danke ich für den Abend. Ihr zwei Sachranger wollt jetzt heim. Soll ich euch fahren lassen oder wollt ihr reiten?«

»Wir reiten!«, erwiderte Marei ohne zu zögern.

»Gut! Dann findet ihr im Burghof gesattelte Pferde. Ihr könnt sie behalten als Andenken an diesen Tag!«

Er reichte allen dreien die Hand und verließ mit dem Grafen den Saal, gefolgt von seinen Offizieren. Die Damen entschwanden durch eine andere Tür. Der Vogt allein blieb zurück.

Er strahlte über sein Vollmondgesicht: »Ertlhöferin, du sakrisches Lausdeandl, wegen dir hat's an ganzen Schoppen Tränen gegeben. Aber recht hast du's gemacht, ganz recht! Jetzt wissen sie's, die Pariser Himmelsziegen, was ein bayerisches Madl wert ist. So, und jetzt los! Die besten Rösser von denen Offizieren lass ich euch rausführen. Jedes ist unter zweihundert Gulden nicht zu haben. Merkt euch das!«

Im Hof stampften die Pferde. Das Burgtor ratterte und knarrte. Der Vogt schritt mit einer Fackel bis zum Spalierweg voraus. »Gute Nacht und kommt gut heim!«

Sie ritten ruhig, denn sie mussten sich erst an die Pferde gewöhnen. Die Nacht war lau und klar. Hinter der Kampenwand lag eine hingezogene Wolkenbrücke, silberhell und wie mit der Richtschnur gemessen. Dahinter ging der Mond spazieren.

Marei saß im Sattel wie ein Mann. An ihren Schläfen hämmerte die Hitze der verflossenen Stunden. Es müsste ein Glück sein, mit dem Müllner ein Leben lang Musik zu machen. In ihm verflossen Kraft und Gleichmaß zu einer bannenden Harmonie. Wer ihn nur so kannte, käme nicht los von ihm. Das hatte man in den saugenden Augen der gräflichen Dirnen gesehen. Aber Marei kannte ihn eben auch noch anders: Als einen Frager kannte sie ihn – und so war er ihr auch verhasst. Sie redete nicht mit ihm, sie wartete ab, denn in der nächsten Sekunde konnte er bereits mit den Fragen beginnen: warum und weshalb und wieso? Sie schwieg, um ihm bloß keinen Anlass zu geben.

»Wir müssen etwas reden, Marei, sonst werden die Rösser schüchtern!«

Peter sagte es und beruhigte seinen Schwarzfuchs, der ständig die Ohren steif hielt und hörbar zu schnauben begann.

Aha!, dachte Marei, das war der Auftakt! »Mein Gott, was soll man schon reden?«

»Hab mich noch gar net bedankt bei dir wegen neulich!«

»Warum danken? Hab's ja net deinetwegen getan.«

»Weiß i!«

»Was weißt?«

»Dass du's net meinetwegen getan hast.«

»Sondern?«

»Sondern bloß deiner selbst wegen! Wie du überhaupt alles nur deiner selbst wegen tust.«

»Soll des a Grobheit sein?« Marei fragte gereizt.

»Gott bewahr! Woher sollt i das Recht haben, dir Grobheiten zu sagen? Du bist alt genug. Und so wie sich einer sein Gewissen zurecht bettet, so liegt er drauf. I wollt dir Vergelt's Gott sagen für mein Leben, denn schließlich hat man bloß eins zu verlieren. Dass i's net verloren hab, das dank i dir. Punktum!«

Sie schwiegen wieder.

Der fragt heut gar nicht!, dachte Marei. Nicht einmal von der Musik redet er, was doch das Gegebene wär. Sogar der Ton seiner Rede ist anders, fast abweisend.

»Peter, wie alt bist du jetzt?«

»Dreiundvierzig! Warum?«

»Dass du net geheiratet hast?« Marei betrachtete ihn scharf von der Seite, um vielleicht doch einen Gesichtsausdruck an ihm zu erkennen.

»Diese Frage, Marei, interessiert dich weniger als mich, und mich interessiert sie schon net mehr!«

Eine harte Antwort, und doch wiederum weich. Ein anderer hätt vielleicht gesagt: Das geht dich einen Dreck an! Imgrunde genommen sagte er dasselbe, aber ohne zu verletzen.

Peter, aus Mareis Schweigen erkennend, dass er ihr doch noch eine Erklärung schuldete, fuhr fort: »Um heiraten zu können, braucht man einen Partner, mit dem man harmoniert, körperlich und geistig. Die körperliche Harmonie ist in den meisten Fällen kein Problem, aber die seelische. Sag du mir ein Deandl, das annähernd zu mir passen tät!«

»Da müsst i dich besser kennen.«

»Wenn du mich net kennst, wer soll mich dann kennen?«

»I war lange fort und weiß net, wie du dich in derer Zeit geändert hast.«

»Und wenn i mich überhaupt net geändert hätt, wer käm dann für mich in Frage, nach deiner Meinung?«

Marei hielt das Ross an: »Werden net mehr viele übrig bleiben zu Sachrang – außer mir! Und i bin auch nix für dich.«

Peter hatte eine Pferdelänge vor ihr gehalten. Er vernahm dieses Wort. Was bedeutet das? Will sie ihm gehören? Oder will sie Spott treiben mit einem Geheimnis, das zu unterst ruht? Und wenn sie es dennoch ehrlich meinte, dürfte er es wagen, sie an sich zu binden?

Er drehte sich im Sattel halb um und schaute ihr ins Gesicht. Da lachte sie hell auf, dass die Stille erschrak und bleckte dabei ihre Zähne.

Sie ähnelt einem schönen Raubtier, dachte Peter und zuckte bei dem Lachen zusammen. Hart drückte er dem Roß seine Fersen in die Weichen. Es bäumte sich jäh auf und galoppierte mit ihm davon. Er hörte Marei hinter sich. Er wollte nicht mit ihr reden, in dieser Nacht nicht mehr. Darum trieb er das Tier und schlug ihm mit der flachen Hand auf den Hals. Das Ross nahm alle Kraft in sich zusammen. Und langsam vergrößerte sich der Abstand zwischen Peter und Marei.

Als sie merkte, welche Absicht sich hinter seinem scharfen Ritt verbarg, schlug sie eine ruhige Gangart ein. Wenn das so ist, Müllner-Peter, dass du vor mir ausreißen musst, dann machst du mir's leichter, als ich es erwartet hatte!

Der Rächer

So wenig sich die Prientaler um die Siege Napoleons und seinen unaufhaltsamen Vormarsch auf Wien kümmerten, so emsig besprachen sie die Tat der jungen Ertlbäuerin von Sachrang. In den Familien, denen sie den Vater oder Sohn erhalten hatte, pries man sie wie eine Heilige. Die übrigen konnten schwer ihren Neid beherrschen, weil sie der allgemeinen Abgabepflichten ledig geworden war. Die meisten jungen Männer redeten mit Hochachtung über sie. Die jungen Frauen dagegen und die heiratsfähigen Mädchen spotteten um so eifriger über das Weib mit den Mannshosen, das Trompete bläst und die Männer mit der

Mistgabel ersticht, wenn sie von ihr was wollen. Da seht euch vor, ihr Burschen, dass keiner sich zum Fensterln auf den Noppenberg verliert!

Seitdem sie mit dem Müllner-Peter auf Hohenaschau beim Kronprinzen gewesen war, war allen klar, zu welchem End das zwischen den beiden hinauslaufen würde. Da komme Hof zu Hof, Musik zu Musik und Geld zu Geld – ob allerdings auch Herz zu Herz komme …?

Die Kunde von der tollkühnen Ertlbäuerin aus Sachrang gelangte auch nach Tirol hinüber, wo sie allerdings nicht so aufgenommen wurde, wie diesseits der Grenze, da vierhundert Frauen den Verlust ihrer Männer und Söhne beklagten. Was muss das für ein Weib sein? Sicherlich eine Hexe! Gott sei's geklagt, dass das Hexenrennen vorbei ist! Da sieht man's wieder, was in dem gottlosen Bayernland für Unkraut aufgeht, seitdem sie sich dieser Gottesgeißel aus Frankreich verschrieben haben …

In der Nähe von Schwaz aber, wo der Gerber-Toni (jener junge Tiroler, der sich am Marei hatte vergreifen wollen und gestorben war) seine Einöde besaß, machte sich in einer Mainacht der alte Viertelhufer, der Vater, auf den Weg nach Kufstein. Unter seinem Wetterkragen trug er den blanken Hirschfänger. Kein Mensch wusste, was ihn auf seine alten Tage zu dieser Reise antrieb.

Die Straße zwischen Kufstein und Innsbruck war um diese Zeit von vielem Kriegsvolk belagert, sodass der Gerber-Vater meist auf Seitenwegen und durch die Querschläge der Wälder wandern musste. Er verlor dadurch viele Tage und langte erst an Christi Himmelfahrt zu Wildbichl an der bayerischen Grenze an. Obwohl er durch Hunger und die Strapazen seiner langen Reise arg entkräftet war, wohnte er doch in Wildbichl dem Festtagsgottesdienst bei und empfahl dem Herrn über Leben und Tod sein Anliegen, mit dem er sich ein wenig als Handlanger des lieben

Gottes fühlte. Am frühen Nachmittag verließ er Wildbichl, schlug sich in den Wald und überschritt im abendlichen Dämmerschein die Grenze. Die Nacht verbrachte er auf einem zerfallenen Hochstand. Im ersten Morgengrauen schlich er hinter dem Noppenberg durchs Gehölz und legte sich auf die Lauer.

Vor ihm lag ein angemähtes Kleefeld, das der Richtung nach zum Ertlhof gehören musste. Von diesem Feld war seit einigen Tagen Futter geholt worden. Das Stierhorn mit dem Wetzstein lag noch im letzten Schwad, woraus man entnehmen konnte, dass auch heute wieder Klee gemäht werden würde. Der Gerber-Vater kroch hinter einer buschigen Fichte hervor, schritt über das kleine Rinnsal, das am Waldrand vorbeizog, und war mit ein paar langen Sprüngen auf dem Feld. Er nahm das Stierhorn, goss das darin gestandene Wasser aus und legte das Horn mit dem Wetzstein wieder an den alten Platz. Er war hinter seiner Fichte verschwunden, als er über das Nachbarfeld her ein Fuhrwerk kommen hörte. Der Mann, der darauf saß, lenkte jetzt seine zwei Ochsen seitwärts über einen Acker und blieb dann, etwa drei Steinwürfe weit, vor seinem Kleefeld stehen. Bald vernahm man durch den stillen Morgen das Pfeifen seiner weitausladenden Sensenzüge. Er hatte noch keinen Schwad heruntergemäht, als ein zweites Gefährt sichtbar wurde; zwei Kühe waren davorgespannt, ein Weib zupfte lässig an der Lenkleine.

»Guten Morgen, Peter!«, rief sie dem Mann zu.

Dieser drehte sich zu ihr: »Grüß dich, Marei!«, und ging ihr mit der Sense über der Schulter entgegen. Sie redeten kurz miteinander, was, konnte der Gerber-Vater nicht verstehen. Dann wetzte er seine Sense, das Marei aber fuhr heran auf den Kleeacker vor dem Wald. Der Alte lugte durch die Äste: Der dort hatte sie Marei genannt – das war sie! Und wenn sie es auch nicht gewesen wäre, der alte Mann hatte in diesem Augenblick alle Gewalt über sich selbst verloren. Sein ganzes Wesen war seit Tagen und Wochen auf Rache eingestellt.

Marei fuhr mit ihrem Gespann in das Kleefeld ein und schritt dann vor, um das Stierhorn mit dem Wetzstein zu holen. Das Horn war ohne Wasser. Sie zog den Stein heraus und kam an das kleine Rinnsal am Waldrand heran, um zu schöpfen. Sie beugte sich nieder, das lockere Haar fiel ihr übers Gesicht herein. Da sprang der Gerber-Vater aus seinem Versteck, zog den Hirschfänger hoch und stach auf das gebeugte Weib ein, einmal, zweimal, dreimal und noch einmal von der Seite. Marei röchelte und fiel. Der Alte verschwand im Gehölz.

Als der Müllner-Peter seinen zweiten Schwaden niedergemäht hatte und zum Wegrain zurückkehrte, streifte sein Blick das Gespann der Nachbarin, sie selbst sah er nicht. Er wetzte die Sense und schaute beiläufig noch einmal hinüber, ehe er zum Schnitt ansetzte. Seltsam!

Da erfasste ihn eine böse Ahnung. Ruckartig legte er Wetzstein und Sense weg und rannte hinüber. Er rief ihren Namen und horchte. Er schrie und horchte wieder. Er tat ein paar Schritte zum Wald hin, da sah er sie liegen. Sie lag vornüber, stoßweise quoll das Blut aus ihrem Rücken. Er sprang ans Wasser, hob sie auf seine Arme und rannte mit ihr an seinen Wagen.

Er legte einen Armvoll Klee auf die Bretter und bettete die Leblose darüber. Dann riss er ihr die Jacke von der Schulter und wischte mit der Hand über das strömende Blut.

Furchtbar!

Wenn das so weiterrinnt, bringt er sie nicht mehr heim. Er nahm ihr Hemd, zerfetzte es in Streifen und legte so, zusammen mit der Jacke, einige Verbände an. Die drei Wunden im Rücken schienen nicht sehr gefährlich zu sein. Um so schlimmer war der Seitenstich: Er hatte die Lunge getroffen.

Peter trieb seine Ochsen zur Heimfahrt an. Unterwegs überdachte er, es sei besser, wenn er das Marei auf ihren Hof brächte. Die Verhältnisse zu Sachrang ließen dies ratsam erscheinen, obwohl es für die Verunglückte vorteilhafter gewesen wäre, hätte er sie in seiner unmittelbaren Nähe.

Auf dem Ertlhof angelangt, schickte er die alte Magd sofort in die Mühle, dass der Krautnudel käme, und in die Wirtschaft um ein gutes Stück Eis.

Als dann gegen Abend der Chirurgus Rusegger erschien, war das Blut gestillt – das Eis hatte seine Wirkung getan. Hochgestützt lag Marei im Bett. Sie kehrte immer nur für ganz kurze Zeit ins Bewusstsein zurück. In diesen Augenblicken bedeutete ihr der Chirurgus, nicht zu husten, sondern ganz leise und ruhig zu atmen. Gegen Mitternacht senkte sich ein Schlaf der Erschöpfung über ihre Augen.

»Jetzt sind wir mit ihr übern Berg!«, meinte der Rusegger. »Aber einen Knacks wird sie zeitlebens behalten.«

»Mit der Bauerei ist's aus!«

»Und mit der Flöte und Trompete ebenfalls.«

»Hm, ein junges Wrack! Schad um sie!«

»Wer war's?«

»Alles wird heimgezahlt – freilich nicht immer von denen, welchen wir geborgt haben … Wer kann's gewesen sein?«

In den Morgenstunden, als der Chirurgus heimging, erhielt er an der Grenze eine Antwort auf seine Frage. Die bayerischen Wachtposten hatten einen alten Mann aufgegriffen mit einem blutbefleckten Wetterkragen und einem stoßbereiten Hirschfänger in der fuchtelnden Hand. Weil der Alte völlig verstörte Reden hielt, hatten sie ihn näher angesehen und ausgehorcht. Und jetzt befand er sich bereits auf dem Weg zur Festung Geroldseck, wo der Galgen auf ihn wartete. Man befand sich im Krieg – solche Grenzgänger stifteten Unheil – Kriegsprozesse waren kurze Prozesse …

Vier ganze lange Tage und Nächte saß der Müllner-Peter in der Kammer neben Mareis Bett und suchte dem Tod, der ihm zur Seite stand, den Vorrang abzulaufen. Am Morgen des fünften Tages kam Rusegger wieder. Er betrachtete die Wunden und nickte: »Wenn man das sieht, dann erkennt man, dass der liebe Herrgott in seiner Kreatur fortwährend Wunder wirkt. Beim ersten Anblick hätte ich der Bäuerin keine zwölf Stunden mehr gegeben. Jetzt tut nur noch eins Not: eine gesunde und ganz reine Luft.«

»Genau dasselbe«, erwiderte Peter Huber, »mein ich auch! Und da ist mir gestern Nacht etwas eingefallen. Das könnte helfen.«

Er wandte sich zum Tisch hin, wo ein Blatt Papier mit einer großen Zeichnung lag: »Schau dir's an, Sebastian! Stell dir einen umgestürzten Tontopf vor, einen großen, der etwa anderthalb bis zwei Ellen hoch ist. Der Topf steht mit seiner Öffnung, natürlich luftdicht abgeschlossen, auf einer glattgeschliffenen Marmelplatte. Im Boden des Topfes, also oben, befinden sich zwei daumendicke Löcher, das eine in der Mitte, das andere seitlich. Ebenso ist noch ein gleichgroßes Loch am unteren Rand des Topfes unmittelbar über der Platte. Nun führe ich durch das mittlere Loch des Bodens, nämlich hier oben, ein Bleirohr ein bis zu einer halben Handbreite über der Marmelplatte und lasse durch das Rohr einen gepressten Wasserstrahl laufen. Das gepresste Wasser spritzt dann auf der Marmelplatte nach allen Seiten auseinander und gibt dabei eine frische Luft frei. Diese frische Luft entweicht durch das andere obere Loch, während das Wasser unten am Rand abfließen kann. Auf diese Art könnte man jeglichen Raum mit einer frischen, reinen Luft speisen –«

»Vorausgesetzt«, unterbrach der Chirurgus, »dass du einen gepressten Wasserstrahl hast.«

»Das freilich vorausgesetzt!«, entgegnete Peter und fuhr fort: »Diese Voraussetzung wäre hier am Ertlhof gegeben, weil der Quellbrunnen draußen hinter der Feldscheune liegt und auf das kurze Stück immerhin ein Gefälle von ungefähr dreißig bis vierzig Fuß hat. Daraus ergibt sich ein sehr beachtlicher Druck.«

»Man merkt's, dass du mit dem Wasser verheiratet bist, Peter! Wenn deine Erfindung stimmt, dann könnt man die Heilpraxis unserer Bauernhöfe auf ganz andere Beine stellen. Woher kriegst du aber den Topf?«

»Den einen, den ich für hier brauch, den lass ich mir gleich morgen drüben in der Kiefer brennen, und einen Marmelstein bring ich auch mit.«

»Lass für mich den gleichen Topf brennen. Zu seiner Verwendung werde ich allerdings deine Hilfe benötigen.«

Dann wandte sich Rusegger an Marei, die reglos im Bett saß und ihre müden dunklen Augen auf ihn richtete: »Ich hab in meinen fünfzig Lebensjahren erst drei- oder viermal einen so zerlöcherten Leib gesehen wie den deinen. Mit dem Unterschied freilich, dass in besagten Leibern bereits kein Leben mehr drinnen war. Du hast dich gut gehalten, Ertlbäuerin!«

Er verabschiedete sich und schritt dann langsam mit dem Peter über den Hof dem Gartentor zu.

»Bedenkt man's recht«, sagte er, plötzlich stehenbleibend, »so liegt das Geheimnis ihres natürlichen Widerstandes darin, dass sie keinen Mann kennt, denn sie weiß nicht, was Preisgabe heißt. Wär ich ein Pfarrer, so könnt ich jetzt ein Loblied auf die Unschuld singen mit der Gewissheit, dass es bei den Zuhörern einschlagen tät. Grüß dich, Peter!«

Peter Huber blieb noch eine Weile stehen und schaute dem Davongehenden nach. Sie weiß nicht, was Preisgabe heißt, hatte er soeben gesagt …

Wer weiß, wie alt dieser Kastanienbaum sein mag? Hunderttausend Waldbienen summen jetzt zwischen seinen weißen Blütenkerzen, viele Vögel zwitschern in seinem Geäst und bauen das Nest. Auf dem Hang stehen die Kirschbäume verstreut, duftigen Schneebällen gleich.

Peter kehrte in die Krankenstube zurück.

»Marei, i richt dir jetzt unterm Kastanienbaum eine Liegestatt. Nachher trag ich dich hinaus und da bleibst du, bis es Nacht wird.«

Sie nickte nur bejahend, denn das Reden hatten sie ihr ja verboten.

Als er sie behutsam hinaustrug, lehnte sie ihren Kopf mit dem kurzen, leicht gekräuselten schwarzen Haar an seinen Hals. Dabei flüsterte sie eintönig: »I kann halt nix dafür, Peter!«

Der Müller machte eine verneinende Kopfbewegung: »Ruhig sein, Marei! Alles Reden und alles Nachsinnieren stört die Genesung. Horch auf das Leben in diesem alten Baum, wie es singt und summt. Schau's an ringsum auf Berg und Tal, wie's glänzt und gleißt und schwillt und sproßt. Alles lebt, und du lebst mitten drin! Ist das net schön? – I geh jetzt heim, weil i a paar Stunden Schlaf brauch. Wenn dir's recht ist, nachher schick i den Krautnudel, damit er das Nötigste besorgt, was der Hof verlangt. Am Abend und am Morgen komm i selber.«

Sie nickte, und er strich ihr mit der Hand übers Haar. Da lächelte sie. Das hatte er noch nie an ihr gesehen. Der Mensch – so scheint es – muss erst leiden, um lächeln zu können …

Er schlief drei Stunden und machte sich dann auf den Weg in die Kiefer. Er bestellte die Töpfe, bestellte die Marmelplatten und kaufte das Bleirohr.

Abends trug er das Marei zurück in die Kammer, erneuerte die Verbände und befahl der alten Magd, sofort in die Mühle hinab zu kommen, wenn ihr an der Bäuerin etwas nicht gefalle. Er legte Papier und einen Stift aufs Bett, damit Marei schreiben könne, falls sie einen besonderen Wunsch habe.

So vergingen die Tage. Marei gewann wieder an Kraft. Gesunde Farbe kehrte langsam in ihr fahles Gesicht zurück. Sie lernte gehen, erst an Peters Seite, dann allein. In ihrer Kammer brauste bereits das Wasser im Innern des Tontopfes und verbreitete eine Luft wie nach frischgefallenem Regen.

Der Krautnudel werkelte im Geräteschupfen und auf den Feldern. Sah er die junge Bäuerin, so rief er ihr ein paar freundliche belanglose Worte zu, die ihm nicht wohl und ihr nicht weh taten, die eben gesprochen wurden, damit etwas gesprochen war. Durch die tatkräftige Mithilfe der Kohlstätter wurde auch die Heuernte des Ertlhofes glücklich eingebracht. Als es aber ans Getreide ging, stand das Marei schon selbst mit auf den Feldern.

Im Frühherbst führte sie bereits mit eigenen Händen den Schälpflug über die Stoppeln, und zu Michaeli ging sie das erste Mal seit ihrer Heimkehr aus Tirol in die Kirche zur Festmesse.

Michaeli

Vikar Harlander schritt vor Beginn des Festgottesdienstes im blutroten Vespermantel durch die Reihen seiner Gläubigen. Der angestammte Platz der Ertlhöfer war seit Jahr und Tag leer gewesen, doch heute stand sie vor ihm, die einzige, um die er in seiner priesterlichen Stille oft gerungen hatte.

Durch alle Bänke flüsterten und raunten sie sich's zu: Schaut doch hin, die junge Ertlbäuerin! Und wenn auch da und dort noch eine böse Bemerkung fiel, so waren doch alle miteinander froh, dass dieser Stein des Anstoßes endlich außerhalb des gemeinsamen Weges lag.

Der Gottesdienst begann. Peter Huber dirigierte seinen gesamten Kirchenchor mit dem großen Orchester. Zum Evangelium betrat der Vikar die Kanzel: »Andächtige im Herrn! An diesem hohen Festtag unseres Kirchenpatrons obliegt es mir, im Auftrag des Herrschaftsgerichts in Prien euch dieses Schreiben, dessen Siegel ich hiermit vor euer aller Augen erbreche, öffentlich zu verlesen.«

Gespannt lauschte die gläubige Gemeinde und wartete, bis der Vikar das Papier entfaltet hatte. Er fuhr fort: *»Wir, Maximilian der Erste, von Gottes Gnaden König in Bayern et cetera et cetera, haben im Benehmen mit seiner Emminenz, dem Hochwürdigsten Herrn apostolischen Nuntio Serro Cassano, den Herrn Antonium Harlander, derzeit vicarium in Sachrang, Graf Preysing'scher Gerichtsbarkeit, als Pfarrer für Walchsee bestimmt, unter der Voraussetzung, dass er den Eid auf die Verfassung des Königreichs Bayern leiste. Als sein Nachfolger wurde der Pfarrer Herr Eusebius Sänftl ausersehen, der den Eid bereits vordem geleistet hat. Dies der Gemeinde Sachrang zur Kenntnis und sind Wir in Gnaden: Maximilianus primus rex.«*

Während er gelesen hatte, hatte das Blatt in seiner Hand gebebt. Endlich war das Ziel erreicht: Pfarrer! Nicht mehr Hilfspriester ohne Sitz und Bleibe!

Auch die Sachranger freuten sich, weil sie nun einen installierten Pfarrer erhalten sollten, mit dem sie auf Jahre hinaus zusammenleben würden, ohne befürchten zu müssen, dass man ihn plötzlich abkommandiere wie einen Soldaten.

Marei blieb nach dem Gottesdienst in ihrer Bank zurück und ließ alle anderen hinausgehen, ehe sie sich erhob. Da kam Harlander vom Altar her und sah sie stehen. Er wandte sich an sie: »Jungfer Ertlbäuerin, Ihr habt mir heut die letzte und wohl gar die größte Freude bereitet, die ich als Hirt dieser Gemeinde erleben durfte. Ich dank Euch dafür! Werdet mir glücklich. Gott segne Euch, Jungfer Ertlbäuerin!« Da er seine Hand zum Segen aufhob, kniete sie nieder und neigte die Stirn. Sie verharrte in dieser Stellung, auch als sie merkte, dass er noch stehen blieb und wohl auf eine Antwort wartete. Sie gab ihm keine. Nun hörte sie, wie er sich draußen vor der Kirche mit dem Müllner-Peter unterhielt.

»Jetzt, nachdem wir uns so gut zusammengewöhnt hatten, gehen Sie!«, sagte der Chormeister.

»Gönnen Sie mir's nur, Peter! Hab lange genug in den Steinbrüchen unseres lieben Herrgotts herumwerkeln müssen. Ein besserer Acker tut mir gut.«

»War eine harte Zeit, die Zeit in Sachrang, gell?«

»Ich müsst lügen, wenn ich's verneinen tät. Bin aber wohl zum größten Teil selber schuld daran. Man soll sich nicht anlehnen wollen, wenn man von Berufs wegen verpflichtet ist, Säule zu sein. Ich hab mich angelehnt und es war ein Misthaufen. Sie wissen's ja, Peter! Reden wir nicht weiter darüber. Etwas anderes: Heut war die Ertlbäuerin in der Kirch.«

»Daran finde ich nichts Besonderes, Herr Pfarrer!«

»Wie das wohlklingt, ›Herr Pfarrer!‹. Dankeschön, Peter! Sie sind der Erste, der mich zurechtens so tituliert hat! – Sie finden also daran nichts Besonderes – ich schon. Ich kann mir nämlich nicht vorstellen, wo in einem Weiberherzen mit soviel Selbstsicherheit noch ein Plätzchen sein soll für Unsern Herrgott. Sie muss wohl durch ihr Schicksal im Frühjahr geläutert worden sein. Sie dürften das doch am ehesten wissen.«

»Ich kümmere mich um die Wunden und Gebrechen des Leibes, Herr Pfarrer. Das andere überlasse ich den Berufenen. Damit will ich jedoch nicht leugnen, dass mir die Ertlbäuerin irgendwie näher steht als andere Kranke. Ich kenne sie von ihrer Kindheit an und glaube zu wissen, wie viel Wert und Kraft in ihr ruht. Freilich ist das meiste verschüttet worden – durch wen, wer weiß das?«

»Offen gesagt, Peter, ich kann mich des Eindrucks nicht erwehren, dass sie nicht normal ist.«

Peter Huber zuckte die Schultern: »Aus der Reihe zu tanzen, fällt auf. Ist das immer ein Fehler? Muss es nicht auch Solotänze geben?«

Der Pfarrer lenkte mit verdrießlichem Gesicht ab: »Peter Huber, ich habe keine Veranlassung, in den letzten paar Tagen meines Sachranger Aufenthalts mit Ihnen zu streiten. Tragen Sie diese Gedanken Ihrem neuen Seelsorger vor, vielleicht hat der mehr Verständnis dafür. Für mich jedenfalls spricht aus Ihrer Rede nichts anderes als das Bedauern, dass Sie den hohen priesterlichen Beruf nicht erreicht haben. Allerdings ist es kein Reckenstück, in die Krippe zu spucken, aus der man einst gefüttert wurde. Sie verstehen mich!«

Entrüstet wandte sich Harlander dem Pfarrhaus zu. Er hatte jedoch das Haus noch nicht betreten, als er über seine Heftigkeit Reue empfand.

Peter ging heimwärts. Er kannte die Art des Geistlichen und verargte ihm die Beleidigung nicht. Ihm selbst war ein neuer Gesichtspunkt offenbar geworden: Auch so konnte man über ihn und seine Vergangenheit urteilen! – Wie vielseitig sind die Aspekte einer einzigen menschlichen Handlung!

Kaum waren die beiden Männer auseinandergegangen, erhob sich Marei in ihrer Bank und verließ das Gotteshaus. Sie hatte die ganze Rede mit angehört.

Peter kam heim und setzte sich in seine Kammer; die Fanni würde ihn rufen, wann es Zeit zum Essen wäre.

Da klopfte es kurz und Marei trat ein.

»Grüß dich, Nachbarin!« Peter sprach's und rückte dem seltenen Gast einen Stuhl zurecht. Wahrscheinlich hatte sie Schmerzen. Da konnte aber nicht viel helfen, bis zur völligen Ausheilung würden sicher noch einige Jahre vergehen.

Marei setzte sich und verharrte mit zu Boden gewandten Augen. Warum diese Förmlichkeit?, dachte Peter und setzte sich ebenfalls.

Ohne ihr Gesicht zu heben, begann sie mit eintöniger Stimme: »Peter, heut komm i zum Beichten.«

»Hast du Lungenbluten, hast du dich überarbeitet? « Peter Huber fragte es hastig.

»Nichts von dem, Peter! Im Gegenteil, i fühl mich recht gesund. Und grad weil i so gesund bin, muss i dir was beichten. I hab gegen dich was vorgehabt: I hab dich heiraten wollen, aber net, um eine Freud daran zu haben, sondern bloß um dir und den Sachrangern und dem Krautnudel was zu beweisen. Dich hätt ich nämlich unglücklich gemacht, weil i keine rechte Frau bin. Den Krautnudel hätt i auf den Ertlhof bringen wollen, und die Sachranger hätten mir aus der Hand fressen sollen. Aus dem Grund, und aus keinem andern, hab i auch die Geschicht in Hohenaschau ausgeführt. Dortmals hab i dir und dem Krautnudel das Leben gerettet. Nun aber hast du mir's zweimal gerettet: einmal, dass du mich im Wald aufgeklaubt hast, und fürs andere, dass du mich wieder gesund gemacht hast. So will i mich net versündigen. Schlag dir's also aus dem Kopf, Peter, wenn du je gemeint hast, mit uns beiden könnt was zusammengehen. Weißt du's noch, damals in der Nacht im Wald hinter Hohenaschau? Damals hab i dich in dieser Meinung bestärkt. Des alles widerruf i jetzt. Was die Musik angeht, so könnten wir zwei vielleicht zusammenpassen, doch der Müller von Sachrang muss von seinem Eheweib mehr erwarten können, als dös bisschen Musik. Du brauchst Kinder, des weiß i, aber die kannst du von mir net kriegen. Mich ekelt's. Seit jenem Tag, du erinnerst dich noch, als mir der Franzos hinter deiner Mühl Gewalt antat, ekelt's mich. Ihr habt dös net verstehen können, du net und die selige Mutter net, ohne von den Sachrangern zu reden. Deswegen hab i's net mehr ausgehalten unter euch und bin g'gangen. Eure fragenden Gesichter hab i net mehr aushalten können. Es ist fürchterlich, Peter, wenn man fragende Gesichter sieht und dabei ständig weiß, dass man keine befriedigende Antwort geben kann. I will mich aber damit net entschuldigen. Denn was i vorhatte, war schlecht. Nun weißt du's. Sei net bös deswegen! Bleib mir der gute Nachbar, der du immer warst, auch wenn i's net geachtet hab!«

Bei diesen letzten Worten hatte sie ihn angeschaut, einen kurzen Augenblick nur, und hatte dabei gesehen, dass sein Gesicht wachsgelb leuchtete, worüber sie erschrak. »Ist dir schlecht, Peter?«, fragte sie bestürzt.

Er lächelte gezwungen und fuhr sich durchs Haar. »Man kann nicht gut sagen, es sei ein angenehmes Gefühl, wenn man erfährt, auf welch seltsame Weise man einem Attentat entkommen ist. Verstehst du das?«

Sie schwieg.

»Marei, die Konstruktion, das Gebälk deiner Seele ist nach unergründlichen Plänen gezimmert. Ich jedenfalls erkenne nicht, woher es seine Tragkraft hat. Darum hab ich es auch aufgegeben, schon lange aufgegeben, aus dir klug zu werden. Man muss dich wohl nehmen, wie du dich gerade gibst: heut so, morgen so. Du beherbergst viele Wetter, von denen eins das andere jagt. Wo mag in dir die Ruhe sein?«

»Du zweifelst an meiner Ruhe und lachst vielleicht auch, wenn i dir sag, dass i mich bloß in der Musik selbst vergessen kann. Und hab i mich vergessen, dann hab' i Ruh', Ruh' vor diesem ganzen Durcheinander hier, dös wie eine wilde Herde Schafe um mich herum ist.«

Das schien ein ehrliches Wort zu sein. »Warum musizierst du dann nicht mehr?«

»Deinetwegen, Peter! Erst hab i deinetwegen Musik gemacht, jetzt nehm i deinetwegen davon Abstand.«

»Entschuldige, Marei, das ist lächerlich! Sind wir denn noch Kinder?«

Sie hielt eine Weile inne. Dann fuhr sie langsam fort: »Kinder, fragst du? I bin kein Kind mehr.«

»Etwa ich?«

»Vielleicht, Peter!«

Er lachte, versuchte es wenigstens. »Ich bin sechzehn Jahre älter als du, weißt du das?«

»I weiß es. Doch mir scheint, hier gilt net die Zahl der Jahre, sondern das, was sie ausgefüllt hat. Sei net bös, Peter. Mir liegt es net, auf zwei Instrumenten gleichzeitig zu spielen. I kann's immer nur auf einem.«

Er stand am Tisch auf: »Nun, was ist? Wollen wir wieder zusammen musizieren?«

Sie schaute ihn fragend an: »Wirst du dann auch net vergessen, warum i heut bei dir war?«

»Also nach der Vesper, gell?« Er gab ihr die Hand und sie ging heim.

Nächtliche Besuche

Dann fiel der erste Schnee und blieb liegen.

Der Mühlbach brachte nicht mehr das für Säge und Mühle nötige Wasser herbei. So wurde die Säge stillgelegt.

Peter Huber hatte weit hinten im Forst zwei Tagwerk Holz gekauft, lauter hohe fehlerfreie Stämme. Die ließ er jetzt von den drei Kohlstättern fällen.

Die drei jungen Männer zimmerten sich dort eine Hütte, setzten einen Lehmofen hinein und verbrachten darin die Essenszeiten und die Nächte während der Woche. Samstagmittag kehrten sie in den Aschacher Grund zurück. Montagmorgen gingen sie mit Broten, Eiern und Speck wieder ins Holz.

Sie waren groß und kräftig aufgeschossen, die Drillinge, ordentlich in der Arbeit, aber schweigsam. Sie schwiegen vor allem dem Müller gegenüber. Was er von ihnen verlangte, wurde ausgeführt, denn sie wussten, was sie ihm verdankten. In ihre privaten persönlichen Verhältnisse ließen sie sich von niemand hineinschauen, am allerwenigsten vom Müller. Sie zählten bereits fünfundzwanzig Jahre, bewiesen jedoch ihrer Mutter die gleiche Liebe wie als kleine Buben. Ihr Wort galt ihnen mehr als das Wort der Bibel. Vor ihr allein hüteten sie kein Geheimnis. So herrschten im Aschacher Grund Harmonie und Stille. Nur wenn sie ganz allein unter sich waren, so wie jetzt im verschneiten Wald, redeten sie und besprachen sie alles, was ihnen auf dem Herzen lag.

Um diese Zeit – kurz vor Advent – strich der rote Franto an der Grenze vorbei und kam, weil die Nacht hereinbrach und er den Rauch aus der Hütte roch, in das neue Holz des Müllers von Sachrang. Ein Schneewind hatte eingesetzt und ließ es ratsam erscheinen, einen sicheren Unterschlupf aufzusuchen. Der Rote, bereits ganz grau geworden, stapfte mitten in den Wald hinein. Er mochte noch seine zwanzig Schritte von der Hütte entfernt gewesen sein, als er erregtes Gespräch vernahm. Oha, dachte er, da muss man erst horchen, ob man auch gelegen kommt. Denn wenn man alt wird, geht man hitzigen Auseinandersetzungen lieber aus dem Weg.

Langsam trat er näher und blieb, vor dem Wind geschützt, zwischen der Giebelseite und einer Schneewächte stehen.

»… und wenn's heut anders is bei uns, warum ist's dann anders, warum?« Das war doch der Müllner-Peter!

»Jetzt schweigt ihr! Jetzt, wo i zu euch herauskommen bin, damit diese Totenstille in unserer Mühl endlich aufhört. Oder bin i ein solcher, der was nachträgt?«

»Davon ist keine Red nit, Müllner! Wenn aber die Ertlhöferin auf die Mühl kommt – und allem Anschein nach kommt sie –, nacher gehn wir!«

»Die kommt net erst, die ist ja schon da! Fast jeden Abend ist's da und der Krautnudel, der arme Hund, muss im Frühjahr wieder auf'n Noppenberg und muss den Saustall ausmisten, den die Madame im Winter hat anwachsen lassen.«

»Weißt, Müllner, wenn schon einmal geredet wird, dann muss das gesagt sein: Uns ist's egal, wen du heiratst, wer uns aber die Suppenschüssel rührt, das ist net egal. Unsere Mutter is net mehr die Jüngste, das verstehen wir. Und dass eine Müllnerin her muss, das verstehn wir auch. Wenn's aber die Ertlhöferin sein soll, dieses Mannweib, dann musst du verstehn, dass wir mit der nix zu schaffen haben wollen!«

»Das war eure Red, gut! Und jetzt bin i an der Reih. Wer sagt, dass i's Marei heirat'?«

»Sagen tut das niemand; sehen tut man's.«

»Wer das sieht, der muss sich von der Einbildung befreien! I weiß, das glaubt ihr net! Und i kann mir denken, dass es sowas wie Einbildungen bei euch net gibt. Wenn i also dagegen red, red i mir die Lunge krank und erreich doch nix. Weil mir aber daran gelegen ist, dass in unserem Haus wieder helle Gesichter sind, hört jetzt meinen Vorschlag: Von nun ab sollt ihr drei mit mir und dem Marei zusammenspielen. Zu keiner Minuten will i allein mit ihr sein, zu gar keiner! So könnt ihr sehen und könnt hören, was zwischen uns beiden los ist. Freilich, wenn sie wieder krank werden sollt und i zu ihr auf den Hof gehen müsst, wär das eine Ausnahme. Denn schließlich bin i in unserm Dorf der Arzt – besser, i wär's net! Und jetzt redet weiter!«

Nach einer langen Pause begann einer: »Nun, Müllner, so war das ja net grad gemeint.«

»Doch, doch, das war schon so gemeint! Ihr habt mir am Zeug flicken wollen; und jetzt, wo i euch das Zeug hinlang, jetzt wollt ihr euch spreizen? So net, meine lieben Kohlstätter, so net! Ihr habt A gesagt, i hab B gesagt, jetzt habt ihr C zu sagen – oder zu spielen, nämlich C-Moll, die Sonate von Mozart am kommenden Samstag. Ist das klar? Oder gibt's dagegen Einwände? Jetzt lacht ihr! Gottlob! Das eine aber sag i euch noch: Solltet ihr je wieder irgendwas gegen mich haben, nachher seid net feig, sondern geht her und sagt mir's geradaus ins Gesicht.«

Die Tür knarrte, durch den Spalt fiel ein Lichtstreifen über den Schnee, der Müllner-Peter verließ die Hütte. Der rote Franto drückte sich enger an die Giebelwand, da es ihm zuwider gewesen wäre, als Lauscher ertappt zu werden. Der Müllner setzte mit einigen Sprüngen über den Hang hinab und befand sich bald auf dem Weg nach Sachrang.

Der Rote machte sich jetzt hörbar. Er hieb die schweren Stiefel aneinander, dass die Schneebrocken abfielen, dann hustete er kräftig und klopfte an die Hütte: »Heda, darf man da eintreten? Oder lässt man heutigentags einen alten Mann erfrieren?«

Die Tür wurde aufgerissen: »Ja, was ist denn das? Der Franto! – Lebt Ihr noch? – Man hat Euch schon jahrelang net mehr gesehen!«

»Seid ihr nicht die Kohlstätterbuben vom Aschacher Grund?«

»Freilich sind wir das! Kommt nur rein und taut Euch den Bart auf über dem Ofen!«

»Die Kohlstätter! Weiß Gott, sie sind's! Was treibt die Fanni, die Mutter, das alte Register? Ist sie gesund? – Und ihr? Wie steht's bei euch mit der Beweibung?«

Sie lachten hell auf.

Der Micherl beeilte sich, dem Gast etwas vorzusetzen. Es konnte nämlich immer nur einer in der engen Hütte werkeln, während die anderen mit angezogenen Füßen abseits sitzen mussten. Bald hatte der Franto seinen Tee und ein Stück Geselchtes dazu.

Er aß mit Behagen, bis einer fragte: »Franto, der Krautnudel hat uns erzählt, dass er einmal, viele Jahr ist's her, mit Euch Holz gefällt hat, auch mitten im Winter …«

»Und da meint ihr? … und bedenkt gar nicht, dass der Mensch von Jahr zu Jahr älter wird, älter und stiller. Damals brannte mir noch das böse Auge in dem Loch da drinnen, und ich glaubte, eine Aufgabe damit erfüllen zu müssen, eine große, die der Herrgott mir allein übertragen hat. Ich habe die Aufgabe erfüllt, das heißt, ich habe den Ertlhofer in den Tod getrieben. Ob's richtig war? Du lieber Himmel, wer weiß denn das! Jedenfalls ist meine Anja deswegen auch nicht mehr lebendig geworden. Dafür trieb aber der ganze Ertlhof zusätzlich noch in den Graben hinein, was ich nicht gewollt habe. Übrigens, was tut sich am Noppenberg?«

»Ja mei, es geht halt so leidlich dahin. Eine Bäuerin ist das Marei net, dagegen versteht sie sich aufs Handwerk mit dem Holz.«

»Freilich, vollkommen ist kein Mensch! Nur wird sie sich auf die Art schwer tun einen Bauern zu kriegen.«

»Die? Wer wird denn die heiraten?«

»Nun, so schlimm ist's ja wieder nicht. Sie besitzt einen Hof mit gutem Grund und Holz. Ich kenn den Hof, war selber jahrelang Knecht dorten.«

»Den Hof schon! Aber das Weib dazu?«

»Wieso? Schielt sie, oder ist die buckelig.«

»Wenn's nur das wär, so tät man sagen, sie kann nix dafür!«

»Was dann? Seid doch nicht so zugeknöpft!«

»Keiner von uns weiß, was an dem Marei net richtig ist. Nur kommt einem vor, als fehlte ihr zum Mann noch was, und zum Weib reicht es auch nicht.«

Nachdenklich und ganz in sich hinein gekehrt murmelte der Rote: »Vielleicht hat sich einer an dem Mädchen versündigt!« Gierig schluckte er dann den letzten Bissen Brot hinunter und stand von der Kiste auf, auf der er gesessen hatte: »Nix für ungut, meine lieben Buben, doch ich kann nicht bei euch bleiben. Hab noch was vor bis zum Morgengrauen.« Er drückte sich die Pelzmütze auf die graue Mähne und verließ die Hütte ohne Gruß und Dank.

Jetzt erschien er den Kohlstättern unheimlich. Sie legten sich zwar gleich zur Ruhe, es dauerte jedoch lange, ehe der Schlaf alle Eindrücke dieses nächtlichen Besuchs von ihren Schläfen gewischt hatte.

Um den Ertlhof fauchte der Schneesturm.

Die alte Magd hatte vergessen, im Hühnerstall die Klappe vor dem Steigloch zu schließen, und so wackelte sie jetzt hin und her und erschreckte das frierende Federvieh. Die weitgespannten Äste der uralten Kastanie vor dem Hause knarrten, und klirrend fiel der Raureif herab, wenn sich der Wind in ihnen verfing. Von der Mühle herauf flackerte manchmal ein Lichtschein.

Und die Marei da oben schlief und träumte. Sie träumte von den Jahren, als sie noch ein Mann war und kämpfte in ihren Träumen mit ihm, dem sie wohl gehören, aber nicht Untertan sein mochte. Sie wälzte sich vom Rücken auf die Seite, weil ihr die Narben zwischen den Schultern brannten und fühlte sich plötzlich bedroht, warf das Bett von sich und stand aufrecht in der kalten Kammer. Sie ergriff das Hackebeil, das auf der Schublade lag: »Ist jemand da?«

»Ertlhoferin, erschrick nicht! Ich bin's, der rote Franto. Leg das Beil weg und komm herunter! Ich hab mit dir zu reden. Der Kienspan brennt schon, und in der Kuchel ist's warm!«

Das Beil behiet sie in der Hand, aber sie folgte der düsteren Gestalt ohne Widerrede.

Wie er nur über die Treppe ging! Unter jedem anderen Tritt knarrte sie – unter seiner wuchtigen Gestalt nicht. Vielleicht wusste er, wohin er treten musste, damit sie nicht knarrte, denn er kannte ja die Treppe. Er war kein Fremder im Haus. Deshalb konnte er auch bis in die Kammer eindringen.

Er ging in die Kuchel und setzte sich an den Herd, als geschähe dies tagein, tagaus nach alter Gewohnheit. Der

Kien strahlte sein Gesicht einseitig an und flackerte auf der dunklen Wand im Hintergrund mit dem geierhaften Profil.

»Warum hast du denn das Beil immer noch in der Hand? Schäm dich, Ertlhöferin! Du wirst doch nicht dem alten Franto das Beil über den Schädel schlagen wollen! Der Franto hat dich oft auf seinem Nacken, auf diesem Nacken da, reiten lassen. Geh, Marei, stell das Beil weg und setz dich zu mir! Die Nacht ist für uns beide wichtig.«

»Dich hat die selige Mutter den bösen Feind unseres Hofs geheißen!«

»Die gute Maria – Gott lass sie den Frieden gefunden haben –, das arme Herz! Sie hat's nicht anders verstanden. Sie hätt's auch nicht verstanden, wenn ich zu ihr gekommen wär, so wie jetzt zu dir, und mit ihr geredet hätt. Du aber verstehst's, denn ich, ich hab dich mitgeformt.«

»Was? Du? Du hast mit meiner Mutter ...«

»Gott bewahr! So nicht, Marei! So nicht! Setz dich zu mir! Ich hab dir einiges zu sagen, sehr Wichtiges!«

Wie väterlich seine Rede klang! So durchsichtig, ungefärbt wie frisches Harz an einem knorrigen Baum. Doch blieben am Harz die Fliegen kleben ...

»I trau dir net!«

»Du traust mir nicht! Das ist freilich kein Wunder. Nun, so bleib halt dort stehen mit dem Beil und horch mir zu!«

Und er fing an von seinen jungen Jahren zu erzählen, von seiner schönen Frau Anja, von der Freude, mit der sie auf dem Hof des Ertlbauern Knecht und Magd gewesen waren, und wie sie geschuftet und sich abgerackert hätten, damit der Hof gedeihe, und wie auch der Bauer mit ihnen zufrieden gewesen sei.

Alles sei gut gegangen bis zu dem Tag, da sich der Ertlhöfer an der Anja vergriffen habe. »Damals warst du erst zwei Jahre alt, deine Mutter stand noch in der Blüte einer jungen Frau, obwohl sie viel unter seiner Wildheit zu leiden hatte.«

Er schilderte mit allen Einzelheiten, wie es zugegangen war und wie ihm am Ende der Bauer durch einen Schlag das böse Auge gemacht hatte. »Jetzt, Marei, versetz du dich einmal in die Lage eines Knechtes, eines rüstigen Mannes, eines Fremdlings, dem das liebe Weib unter den Händen verblutet und der sich dann noch zum Krüppel schlagen lassen musste! Du kannst dich in diese Lage versetzen, du schon, denn du bist ein halber Mann – ich hab dich ja dazu gemacht. Ja, ich! Mit dem bösen Blick, den mir dein Vater zugefügt hatte, hab ich dich als Kind verbrannt. Pack jetzt das Beil dort und schlag mir's über den Kopf, wenn du in meiner Lage anders getan hättest! – Du schlägst nicht? So weiß ich, dass du mich verstehst. Gott sei Dank! – Soweit das Vergangene, jetzt zum Gegenwärtigen!«

Der Rote wühlte mit fiebriger Hand in der Brusttasche seines abgeschabten Pelzes: »Seitdem ich meine Untat an dir eingesehen hab, versuchte ich Rinden, Wurzeln, Kräuter und Blüten, mörserte auch Steine und Salze. Ich glaub nun, dass ich's gefunden hab, was dir das Muttertum wieder herstellt, wenn du eine harte und gotterbärmliche Entbindung mit hinnehmen willst. In diesem Flascherl ist das Mittel. Von Stund ab will ich nicht mehr zwischen dir und dem Mann stehen. Seht zu, dass es euch gerate!«

»Welchen Mann meinst du?«, fragte Marei schüchtern und lauernd.

Er stand langsam auf und knöpfte sich den Pelz zu: »Ertlbäuerin, mir scheint, wir werden uns noch einmal sehen, ein einziges Mal noch – aber dann kann ich dir nicht mehr helfen!«

Und mit müden Schritten, in denen das Alter zitterte, ging er in die winterliche Nacht hinaus. Die Klappe vor dem Steigloch des Hühnerstalls wackelte immer noch. Franto stapfte hin und riss den Hanffaden durch. Das Loch war zu. Die Hühner konnten schlafen.

Und jetzt in den Aschacher Grund!

Er war nicht mehr rüstig zu nennen, der Franto. Der Schneesturm vertrieb ihm manchmal den Atem und zwang ihn, stehen zu bleiben und zu verschnaufen. Freilich, der Schnee auf dem bahnlosen Weg reichte bis an die Knie, da und dort bis an die Hüften. Wer kam da vorwärts?

Eben wollte der Rote zur Mühle einbiegen, als er zwei Männer wahrnahm, die ihm entgegenkamen. Sie schienen es eilig zu haben. Der eine war Peter, der seinen Fellsack trug und wohl zu einem Kranken ging. Den anderen kannte er nicht.

»Guten Abend, gute Nacht oder guten Morgen! Weiß nicht, wie man um diese Zeit sagen muss!«

»Höre ich denn recht?«, erwiderte Peter.

»Und wie recht! Nur scheint's dir zu pressieren …«

Peter begrüßte den seltenen Gast und hängte sich an seinen Arm: »Jetzt fällt mir ein Stein von der Brust. Komm mit, Franto, ich muss zum Ebert-Wirt!«

»Zum Ebert-Wirt! So, so! Tät mich auch wundern, wenn der Würgengel bei der Sorte Mensch vorüberginge! Gehen wir! Obwohl es, der Bibel gemäß, besser ist, einem Bären zu begegnen, dem das Junge geraubt wurde, als einem Narren in seiner Narrheit.«

»Seit wann beschäftigt dich denn die Bibel, Franto?«

»Wie kannst du fragen, Müllner? Wenn sich die Futterkrippe des Lebens sachte leert, sucht man daneben die guten Brocken zusammen, die einem in der Hast des Fressens herunterfielen. Tröst dich nur, es wird dir einst nicht anders gehen! – Wer ist der andere da?«

»Der Schwiegersohn, der Mann von der Christl.«

»Freut's dich wohl, junger Mann, dass du ihn bald los wirst, den alten Nimmersatt? Dir sei's vergönnt! Hast sowieso in den Dreck gegriffen bis an die Ellenbogen, als du dich an die Junge herangemacht hast. Oder geht sie etwa nicht mehr aus der Schnur?«

»Ja mei, was soll man da sagen?«, erwiderte der Metzgergesell.

»Stimmt, junger Mann! Gar nichts sollst du sagen! Hast ja auch sicher nichts zu sagen in der Wirtschaft. Und sagst du was, dann schmeißen sie dich hinaus. So ist das nämlich Brauch bei den einzigen Töchtern. Wieviel Kinder habt ihr?«

»Vier.«

»Und wieviel sind von dir?«

Der andere schwieg verlegen.

»I will dir's sagen, i bin ihnen neulich begegnet. Was heißt neulich – im Herbst ist's gewesen. Keines ist von dir, kein einziges. Du hast ihnen höchstens die Ohren ein wenig eingesäumt. Doch das tut nichts! Hauptsach ist, man verträgt sich, und die Kinder wissen, wohin sie gehören. Was fehlt ihm denn, dem Alten?«

»A Schlagerl hat'n gstroaft.«

»So, der Schlag hat ihn gerührt! Die Schläge kenn ich! Hätt er in seinem Leben mehr andere Schläge gekriegt, wär er von dem heutigen nicht angerührt worden. Kann er reden?«

»Man versteht's net, was er sagt.«

»Gottlob, dass es wenigstens die Zunge mitgetroffen hätte, die ist eh das niederträchtigste Stück an seinem Leib gewesen! Hast du die Blutegel bei dir, Müllner?«

»Alle fünf!«

»Junger Mann, du richtest jetzt zwei Bottiche her, den einen mit heißem, den anderen mit eiskaltem Wasser, verstehst du? Und dein Weib soll in der kältesten Kammer ein Bett richten! Geh voraus!«

Der Rote wandte sich an Peter und raunte ihm zu: »Setz ihm die Egel an die Beine! Dann machen wir mit ihm Wechselbäder. Es ist freilich eine Rosskur. Aber es gibt auch Ochsen, die eine Rosskur ertragen. Mich tät es wundern, wenn ich mich hier getäuscht hätt.«

Gemeinsam betraten sie die große Stube. Die Christi – ihrem Aussehen nach die Judith von Rubens – stand neben der Tür und wischte mit dem Schürzenzipfel über die Augen. »Was flennst du, dummes Ding?«, herrschte sie der Franto an, »zum Flennen hast du Gelegenheit, wenn er abgekratzt ist. Mach die Fenster auf, dass eine anständige Luft herein kann!«

Der Alte lag unter einem Haufen Federnsäcke, schwitzte und stöhnte. Aus den Mundwinkeln lief ihm der Speichel. Als er den Franto sah, vergrößerten sich seine Augen und unartikuliertes Geschrei entrang sich seiner schweratmenden Brust.

»Sei ruhig, Ebert-Wirt, sonst fängst du dir von mir eine ordentliche Tracht Schellen. Oder meinst du, der Müllner und ich, wir vergeuden unsere kostbare Zeit, um dir was anzutun? Dass wir zu dir herein sind, betrachten wir als Christenpflicht, die du freilich bloß dem Namen nach kennst.«

Peter Huber packte seinen Fellsack aus. Franto zog vom Wirt die Federbetten weg.

Gemeinsam rollten die jungen Wirtsleute zwei hohe hölzerne Fässer herein und schleppten dann in Kübeln das Wasser herbei. Der alte Wirt schaute und versuchte zu reden, blieb aber unverstanden.

Nachdem Peter die Egel angesetzt hatte, erklärte Franto den jungen Leuten kurz, was nun zu geschehen hätte. Dann packten sie zu viert den schweren Mann, hoben ihn an und versenkten ihn im kalten Wasser. Er brüllte. Franto spritzte ihm eine Handvoll Wasser in den Mund, sodass er sich verschluckte und mächtig zu husten begann. »So ist's recht, Ebert, die Lungen müssen nämlich auch mittun! – Auf, ins Heiße, und ins Kalte, und wieder ins Heiße.«

Am Ende wickelten sie ihn in einige Wolldecken, trugen ihn in die kalte Kammer und legten Federbetten über ihn. Vor den Fenstern begann der Morgen zu grauen und es glitzerte schon in den Eisblumen an den Scheiben.

»Jetzt lasst ihn in Ruhe! Schaut nach ihm, wenn die Sonne aufgegangen ist! Entweder lebt er, dann dankt unserem Herrgott, oder er ist tot, dann möge ihm der Himmel gnädig sein!«

Peter und Franto verließen die Wirtschaft.

»Hab heut Nacht zu dir kommen wollen, ist dir's recht?«

»Wie kannst du fragen, Franto!«

Sie stapften dahin. Der eisige Wind wehte von Tirol herüber und zerstach ihnen mit feinen Schneenadeln das Gesicht. In den Gehöften, an denen sie vorbeikamen, krähten die Hähne und verlangten ins Freie.

»Blödes Federvieh!«, brummte der rote Franto laut. »Da verlangen sie die Freiheit, lässt man sie aber heraus, erfriert ihnen der geschwollene Kamm. Freiheit ist ein alter Wein: Man darf sie nur schluckweise genießen und muss sie ängstlich hüten vor den Unbeherrschten, denn die saufen sie hinunter wie Wasser, bis sie ihnen am Ende ins Hirn steigt.«

»Bist du heut moralisch, Franto?«

»Nun ja, es muss immer wieder mal einen geben, der solches Zeug denkt. Sonst stehen die Leut eines Tages da, mit der Bibel in der Hand und fragen verwundert, ob das etwa Keilschrift sei.«

»Leider sind die Gedanken stumm und dringen an kein Ohr.«

»Da irrst du! Nichts geht in dieser Welt verloren, am wenigsten das Gedachte. Darum eben haben wir heut einen solchen Saustall beisammen, weil zu viel Mist gedacht wurde. Alles, was getan wird, muss erst bedacht sein. Wär auf der Welt mehr Gutes erwogen worden, gäb's weniger Krieg und Jammer!«

Sie gelangten in den Aschacher Grund und begaben sich in Peters Kammer. Nachdem sie sich die gefrorenen Pelzmäntel ausgezogen hatten, setzte sich der Rote an das Öfchen und sprach: »Das Menschenleben ist voller Rätsel. Stell dir vor, Peter, da sitzt ein Weib auf einer Insel inmitten eines reißenden Flusses. Am Ufer rechts und links von ihr stehen zwei Fischer bei ihren Kähnen. Der eine Fischer tät sie gerne holen, doch sie mag ihn nicht. Der andere Fischer will sie nicht in seinem Kahn haben, und dennoch möchte sie gern bei ihm sein. Was soll das Weib tun?«

Der Müllner schmunzelte: »Was sie tun soll? Sitzen bleiben, bis der Hunger kommt!«

»Oh, und selbst wenn tausend Hunger kämen, wären auch die tausend nicht imstande, die Verblendung eines Weiberherzens zu beheben!«

»Nun, was wird sie dann tun?«

»Sie wird ins Wasser springen und an den rollenden Felsblöcken zerschellen. Rätsel des Menschenherzens …!«

»Was soll's mit dieser Geschichte, Franto?« Peter wurde plötzlich hellhörig. »Franto, willst du nicht deutlicher sein?«

»Doch! Ich bitte dich um eine Schlafstelle. Ich war die ganze Nacht unterwegs und bin unsäglich müde. Darum habe ich auch Rätsel erzählt. Kinder und Großväter lieben Rätsel, namentlich solche, die aus Märchen und Wirklichkeit zusammengewoben sind. Lass mich jetzt schlafen, Peter!«

Der Müllner bot ihm seine eigene Liegestatt und verließ schweigend die Kammer.

Hinter den Bergen ging die Sonne auf.

Das Oktoberfest

In der Mühle begann ein künstlerisches Treiben, wie es zuvor noch nie stattgefunden hatte. Allabendlich Schlag sieben Uhr traf Marei mit ihrer Bratsche ein. Peter legte Noten auf, ergriff die Harfe, und man spielte. Samstags und sonntags gesellten sich die Kohlstätter hinzu. Man probte Mozarts »Kleine Nachtmusik«.

Lief die Mühle nicht, so war auch Thomas, der Krautnudel, zugegen. Er malte. Es erregte jedesmal die Heiterkeit der versammlten Musikantenschaft, wenn er mit seinem vier Ellen langen Brett kam, das nur eine Handspanne breit war. Er hatte sich vorgenommen, dieses Brett doppelseitig zu bemalen, und zwar Szenen aus dem Leben Jesu auf der einen, den Kreuzweg auf der anderen Seite. Der Kreuzweg sollte von den üblichen seiner Art abweichen und das grauenvolle Geschehen auf Golgotha dramatisch darstellen. Er hatte die fingergroßen Figuren bereits skizziert.

Da waren wie auf einer langen Straße viele daherschreitende Personen zu sehen: der Kerkermeister, Annas, Kaiphas und Herodes hoch zu Ross, Hornisten mit Zipfelmützen, die jüdischen Werkleute, die Schächer, die römische Wache, der Hauptmann, die weinenden Frauen und viele andere, die auf gute oder böse Art am Sterben Christi mit beteiligt waren. Auf der Gegenseite des Brettes reihte sich Bild an Bild von der Verkündigung bis zur Herabkunft des Heiligen Geistes.

Inzwischen war auch der neue Pfarrer installiert worden. Eusebius Sänftl, ein knapper Fünfziger, bereits grauhaarig und mit lieben blassblauen Augen. Die Sachranger freuten sich, weil sie endlich für würdig befunden worden waren, einen ständigen geistlichen Betreuer bei sich zu haben. Sie liebten seine Art zu predigen, am meisten aber seinen Umgang mit ihren Kindern.

Mit dem Müllner-Peter verband ihn seit der ersten Begegnung ein stilles ungenanntes Vertrauen. Nicht, dass sie viel miteinander geredet hätten; sie wussten, dass sie einer gemeinsamen Sache dienten. So fügten sich ihre beiderseitigen Tätigkeiten lautlos ineinander, dass es den Gläubigen schien, als wäre alles schon immer so gewesen.

Bei der Jahresschlussfeier am Silvesterabend erschien auch die junge Ertlbäuerin am Kirchentor. Nach dem gemeinsamen Eingangslied der Gemeinde, ehe der Pfarrer zur letzten Ansprache im alten Jahr die Kanzel bestieg, spielte sie auf der Bratsche, begleitet vom Pizzicato des gesamten Orchesters, das Largo von Händel. Das Spiel war so innig und so voll still gehüteter Wehmut, dass sich an diesem Abend jeder, der im Herzen noch einen Stachel gegen die Ertlhöferin verbarg, im geheimen mit ihr versöhnte. Peter Huber musste sich abseits wenden und die Augen trocknen. Und selbst der wenig musikalische Pfarrer Sänftl begann seine Rede mit den Worten: »Die Geige, Geliebte im Herrn, die wir soeben gehört haben, hat in uns all die Gefühle angesprochen, mit denen wir ein scheidendes Jahr an die Ausgangstüre begleiten …«

Als die Feierlichkeit geendet hatten und die tiefe Nacht über das Tal hereingebrochen war, lud Peter die Nachbarin zu einem Glas Wein in die Mühle ein.

Da saßen sie nun beisammen in der großen Stube mit den Kohlstättern und dem Krautnudel, während die Fanni Speise und Trank auf den Tisch brachte, als beginge man eine Hochzeit. Der größte Wandel zugunsten Mareis mochte sich wohl in den Herzen der Drillinge vollzogen haben. Sie redeten jetzt mit ihr ebenso herzlich und ungezwungen wie damals, als sie noch alle Kinder gewesen waren.

Der Krautnudel dagegen verharrte in seiner Abwehr. Er sprach auffallend wenig und überging bewusst jegliche Äußerung, die sich auf Marei hätte beziehen können. Ruhig blieb auch die Fanni, bei der dies jedoch nicht so auffiel, weil sie an sich zu den Stillen zählte.

Peter beobachtete diese Vorgänge mit unmerklichem Interesse und freute sich heimlich, dass wenigstens eine Wand zwischen Mühle und Noppenberg gefallen war. Um Mitternacht wünschte man sich ein frohes Jahr 1810. Hierbei artete die Abneigung Krautnudels zur Taktlosigkeit aus, denn er unterließ es, Marei die Hand zu geben. Um die dadurch entstandene peinliche Stimmung nicht zu verlängern, sagte er »Guten Morgen« und zog sich in die Müllerstube zurück.

»Dass ein Franzose so etwas tut«, sagte Peter, als er gegangen war. »Es scheint, er wird alt!«

Lächelnd erwiderte Marei: »Um alt zu werden, ist er noch zu jung, und um Franzose zu sein, ist er schon zu lange in Bayern!«

Diese Bemerkung erheiterte alle. Dann holte man die Instrumente und spielte zum soundsovielten Mal Mozarts Kleine Nachtmusik.

Als der Morgenwind an den Fensterläden klapperte, verabschiedete sich Marei von den Kohlstättern. Fanni hatte sich schon längst zur Ruhe begeben.

Peter begleitete die Nachbarin heim.

»Sehe ich recht«, sagte Peter, »dann hat unser Leben hier in Aschach wieder Farbe und Glanz erhalten, seitdem wir harmonieren.«

»Willst sagen, seit wir Musik machen. Die Musik ist ein Betäubungsmittel, wenigstens für mich.«

»Als Betäubungsmittel ist sie mir zu heilig«, entgegnete Peter nach einer Weile.

»Mein Gott, warum sollt's net auch heilige Betäubungsmittel gebn?«

Sie schwiegen.

»Was hast du schon zu betäuben, Marei?«

Da lachte sie: »Wann i nix hab, wer dann? Oder glaubst leicht, das, was i erleben hab müssn, hätt keinen Schatten gehabt? Betäubt man sich, sieht man weniger, besonders von dem Schatten ...«

»Aber auch weniger Licht!«, warf Peter dazwischen.

»Dös freilich muss man in Kauf nehmen. Doch lieber ist mir a weng weniger Licht, als zuviel Schatten. Zu wenig Licht, dös bedrückt; zuviel Schatten aber erschreckt. – Wunderst dich net, Peter, was i heut red? Fast so wie du! Bei mir ist's aber bloß der Wein und weil wir a Musi gmacht habn. In a paar Stunden lachen mi wieder die Küh und die leeren Wänd an. Und so geht's weiter: Tag für Tag, jahrein, jahraus, achtzehnhundertzehn, achtzehnhundertzwanzig, vielleicht achtzehnhundertdreißig oder achtzehnhindertvierzig. Wen kümmert's?«

»Dös klingt tragisch, Marei, fast wie im Theater. I kann dich aber verstehn. Wenn eins den Lebensinhalt net in der eignen Brust hat – von außen her kommt er net. Den Inhalt muss jeds in sich selber gebären.«

»Ums Gebären wär's net, es handelt sich um die Zeugung. Auch so ein Lebensinhalt, wie du's nennst, muss doch gezeugt werden. Dös hätt gschehn müssen durch alle die, die in der Jugend um mi herum waren – zu denen hast auch du gehört, Peter Huber ...«

»Du meinst, wir alle hätten versagt. Was mich angeht, so meinst du's zu Unrecht. Du bist mir ausgewichen.«

»Weil du hinter meinem Rücken mit der Mutter gekartelt hast.«

»Was dir deine Mutter als mein Wort erzählt hat, weiß ich net und interessiert mich auch net. Jedenfalls hast du net verlangen können, dass ich einem vierzehnjährigen Deandl nachlauf. Das hast du aber erwartet. Weil ich dann net kommen bin, hast du deinen Eigensinn net mehr derkraftet und bist davon gelaufen, auch vor dir selber – sogar vor deinem Geschlecht.«

Mit leiseren Worten setzte er nach einer Weile hinzu: »Und mir scheint, dass du bis heut immer noch auf der Flucht bist. Marei, man kann net an einen brauchbaren Lebensinhalt denken, ohne dass man vorher ja gsagt hat zu dem Menschen, der man nun einmal ist – mit allen Unzulänglichkeiten, Irrungen und Verkrümmungen. Du aber machst dir's leicht. Du suchst Schuldige, die an dir schuldig worden sind. Such net andere, such erst dich selber! Und hast du dich gfunden, dann darfst nach einem andern ausschaun, einem Helfer – aber net fordernd, sondern bittend …«

Marei schwieg. So gelangten sie vor das Gartentor.

»Es war viel auf einmal Peter. I dank dir schön, dass du mitgangen bist!«

»Pfüat di, Marei!«

Das Jahr 1810 vergrößerte Bayern, zerstückelte Österreich und besiegelte diese Zerstückelung durch die Verschwägerung Napoleons mit dem Hause Habsburg. Der Korse stand auf dem Höhepunkt seiner Macht, und alle Völker, auf die seine Gnadensonne schien, freuten sich. Kein Wunder, dass auch in Bayerns Königshaus hochzeitliche Gefühle erwachten, besonders da man bereits sichere Kunde von gelegentlichen Entgleisungen des Kronprinzen besaß. Die rauen Sitten des Soldatenlebens hatten die leider vorhandene Unbotmäßigkeit des angehenden Monarchen noch gestärkt. Man durfte also keine Zeit verlieren und musste eine ebenbürtige Frau finden, damit einer weiteren Entartung Einhalt geboten würde. Die Ausersehene war Therese von Sachsen-Hildburghausen, nachdem die Hofärzte an der Isar und an der Werra bestätigt hatten, dass Wittelsbach und Wettin eine gute Mischung gäbe. Bald hatten beiderseitige geheime Geschäftsträger die Liaison ausgehandelt, und eine glanzvolle Verlobungsfeier wurde für den Herbst beschlossen und verkündet.

Die Zeitungen bemühten sich seit dem frühen Frühjahr, das bevorstehende Ereignis kuchenbreit zu walzen. Es musste auch wahrlich beachtet werden, dass Napoleon nicht irgendeine seiner Cousinen oder Nichten als künftige bayerische Königin vorgeschlagen hatte – was durchaus möglich gewesen wäre.

Sogar die Sachranger besprachen diese Verlobung. Der Kronprinz stand ihnen durch die Geschichte mit dem Müllner und der Ertlbäuerin irgendwie nahe. Die Ehre, die diesen beiden zuteil geworden war, hob die gesamte Dorfgemeinschaft. Für Ludwig – so meinten sie – ist Sachrang eben nicht mehr ein bloßer geografischer Begriff, ein Dorf unter tausend Dörfern, sondern ein Ort, wo ihm persönlich bekannte Menschen wohnten, die ihm sogar zum Abendessen zünftig aufgespielt hatten.

Und die zwei Rösser, die er ihnen geschenkt hatte, durfte man als Zierde des Sachranger Bauernstandes betrachten. Sie beeindruckten besonders, wenn sie miteinander gingen, wie in diesem Frühjahr. Da pflügte nämlich der Krautnudel bald die Mühlenfelder, bald die am Noppenberg, und stets mit beiden Rössner zusammen. Der Franzose versah überhaupt alle schweren Arbeiten am Noppenberg.

Ja, ja, der Müllner-Peter war schlau geworden! Er ließ sich nichts mehr nachsagen. Lieber schickte er den Knecht zu seiner Zukünftigen und blieb selber daheim. Man hatte ihn genug im Dreck herumgezerrt, das war gewiss nicht recht. Ein anderer wäre an seiner Stelle verbittert und hätte sich von der ganzen lästigen Sippschaft ausgeschlossen. Er dagegen half nach wie vor, wo Hilfe vonnöten war. Sogar den Ebert-Wirt hatte er wieder auf die Beine gestellt, den alten Hallodri. Man merkt eben genau, das ganze Wesen eines Menschen nimmt die Bildung an, die er genossen hat. Überhaupt, wer maßt sich an, die privaten Sachen des Müllers zu bekritteln? Es geht doch, weiß Gott, niemand was an, ob er mit der Ertlbäuerin ein Techtelmechtl hat oder nicht! Will er sie heiraten, nun gut, so lasst ihn doch! Freilich, einem solch feinen Mann tät man von Herzen gern eine bessere wünschen. Aber schließlich hat noch jeder die geheiratet, die er gern mochte, namentlich wenn er in dem gesetzten Alter war wie der Müllner …

Während des ganzen Sommers musste der Krautnudel auf dem Ertlhof aushelfen.

Warum schaffte die junge Bäuerin keinen Knecht an? Ohne Mann konnte es auf dem Hof nicht weitergehen, nach ihrer schweren Verletzung nicht mehr. Darüber machte sich auch Peter Huber seine Gedanken. Gut, der Thomas ging während des Sommers nicht ab, solange die Kohlstätter rüstig beim Zeug waren. Wenn aber einer von denen heiratete, was dann? Berührte es nicht merkwürdig und roch es nicht fast nach Ausnützung, wenn man die Gutmütigkeit des Nachbarn als festen Posten in die eigene Rechnung setzte?

Peter überlegte und stellte sich dabei noch eine andere Frage: Aus welchem Grund war der Krautnudel jetzt so willig geworden, wenn es hieß, er müsse auf dem Ertlhof arbeiten? Wo er doch noch in der Silvesternacht gegen das Marei eine offene Abneigung bekundet hatte?

Warum begab er sich denn sogar sonntags auf den Noppenberg und blieb dann dort bis in die späte Nacht hinein? Weshalb pfiff er so schelmisch und zwinkerte mit dem linken Augenlid, wenn ihn die Kohlstätter mit »Ertlhöfer« anredeten? Marei war auch bereits wiederholt zu den gemeinsamen vereinbarten Musikproben nicht erschienen, und zwar immer dann, wenn der Krautnudel bei ihr war.

An einem jener Sommerabende, als die Kohlstätter ins Wirtshaus gegangen waren, setzte sich Peter in die große Stube zur Fanni und legte ihr diese Fragen vor. Die alternde Frau hörte ihn ruhig an und schüttelte dann verneinend mit dem Kopf: »Der Krautnudel will von der nix, vielleicht aber umgekehrt. Nur wird sie sich dabei arg in die Finger schneiden!«

Mehr konnte Peter aus der Fanni nicht herausbringen, trotz mancherlei Fragens. Vielleicht wusste sie auch wirklich nicht mehr – oder wollte sie vielleicht nicht mehr wissen, weil sie auch schon der Franzose ins Vertrauen gezogen hatte?

Die Sonntagssonne stand hoch über dem Himmel und zeichnete den schmalen Schatten des Gartentors auf den dürren Kies. Marei stand seitlich in der Fensternische ihrer sauberen Stube, vor sich ein Föhrenbrett nebst ein paar Farbtiegeln, und malte. Sie malte das Gartentor mit dem schmalen Schatten, links davon die Birke, rechts die Giebelseite des weißgetünchten Hühnerstalls.

»Wer ein Bild malt«, sagte der Krautnudel erklärend hinter ihr, »der malt keinen Hühnerstall und malt keine Birke, sondern malt ein Bild von dem Hühnerstall und von der Birke. Was in der Wirklichkeit weiß ist, muss auf dem Bild nicht unbedingt auch weiß sein. Bilder sind der Ausdruck einer internen Vision.«

»Red net so gscheit, Krautnudel! Was weiß i, was eine interne Vision ist?«

»*Eh bien*, wenn ich so über das Ganze hinschaue, was in deinem Bild hier soll eingefangen sein, dann erscheint mir's gar grün. Grün sind die Wiesen da unten, grün ist der Wald dort hinten, grün ist das Birkenlaub in dem Eck da oben, sogar der Schatten hier ist grün. Alles ist grün. Selbst der weiße Giebel ist grün – nur ist eben alles anders grün. Du musst nur richtig schauen, nicht bloß mit den Augen im Kopf schauen, Maler müssen mit dem Herzen schauen!«

Sie antwortete nichts, sondern mischte Grün zu ihrem Weiß und malte weiter. Er sah ihr lange zu, dann murmelte er leise: »Hättest du vor zehn Jahren einen Pinsel in die Hand genommen, *vraiment*, heut täten sie sich um deine Altarbilder reißen!«

Sie schwieg und malte – und malte, wie er ihr's angesagt hatte: alles in Grün. Als sie fertig war, schaute sie ihn scharf an und sprach: »Net, weil du's gesagt hast, sondern weil i's genau so gesehen hab wie du!«

»Verkauf's und du kriegst zehn Gulden!«

»Von wem?«

»Von mir!«

»Du kannst's umsonst haben und ein anderer kriegt's net für hundert!«

Seitdem hing das Bild in der Müllerstube über Krautnudels Bett.

Marei aber malte weiter. Sie nahm aus allen ihren Schränken die Türfüllungen heraus und bemalte sie. Sie malte Schlösser und Teiche mit Schwänen, Burgen auf Bergen und Windmühlen auf Hügeln. Sie besaß eine reiche Einbildungskraft und erfand Wunderblumen und Vögel mit seltsamem Gefieder. Der Krautnudel aber staunte sie an, sooft er ein neues Werk bei ihr sah.

»Warum tust du so, falscher Franzos, wo du mich doch net leiden kannst?«

»Warum fragst du? Lass dir eins sagen, Marei: Du und du, das ist bei dir nicht eines und dasselbe! Wenn du aus dir herausgehst, bist du zu bewundern, wenn du in dich hineinschlüpfst, wirst du aufgeblasen wie ein Frosch und redest, dass man dich ohrfeigen muss.«

»Nun, du hast das eine wie das andere an mir net versäumt. Deswegen steht dir auch jederzeit die Tür zu meinem Hof offen.«

»*C'est bon!* Einmal hab ich dir diese Tür vor der Nase zugeschlagen. Heut schlag ich sie nicht zu – ich komme aber auch heut noch nicht durch diese Tür herein, verstehst mich, Marei?«

»Mehr brauch i net zu wissen!«

Als sie dieses letzte Wort sagte, überkam es den Krautnudel wie ein Schüttelfrost: Da hast du's wieder! Schlüpft sie in sich hinein, bläst sie sich auf wie ein Frosch ... Er verabschiedete sich kurz und eilte heim.

Wochen kamen und vergingen, es begann zu herbsteln. Thomas Krautnudel aber mied den Noppenberg, als säße da oben der Leibhaftige.

Um dieselbe Zeit rüsteten sich in München Adel und Bürgerschaft für die großen Verlobungsfeierlichkeiten des Kronprinzen Ludwig. Auf der Höhe zwischen Sendling und Neuhausen und der davorliegenden Wiese versammelten sich Schaubudenleute, Seiltänzer, Bänkelsänger und Savoyarden, Feuerspeier, Degenschlucker und Schlangenweiber, Wanderprediger, Wahrsagerinnen, Fahrende mit allerlei Musik und Harfenmädchen aus Donau-Österreich. Nächtens strichen feile Weiber um die vielen

Bierbuden und verhalfen manchem gestandenen Bürgersmann zu einer herzhaften überzuckerten Sünde, während sich die biederen Ehefrauen in den Frisierstuben zwischen dem Karlstor und dem Tal herumtrieben und allabendlich neue Riechwässerlein und Schminken probierten. Ein allgemeiner Taumel hatte die Residenzstadt des bayerischen Königs erfasst – ein gutes Omen für die Beliebtheit des angehenden Herrschers.

Ludwig selbst hatte zu den Vorbereitungen nicht viel zu sagen, denn dies stand ihm nicht zu. Ab Mitte September musste er täglich Zeremonienmeister empfangen und sich von ihnen anhand vorgelegter Planzeichnungen über die einzelnen Etappen des Festes instruieren lassen. Die Hofschneidermeister schufen für ihn sechzehn verschiedene Garderoben, die je nach Art und Charakter des jeweiligen festlichen Vorgangs getragen werden sollten. Außerdem hatte der Kronprinz auf allerhöchsten Wunsch des Königlichen Vaters die Auflage bekommen, täglich zwei Stunden im Turnierhaus scharfen Reitunterricht zu nehmen und zwar im Beisein einer grellspielenden Blechmusikbande, damit sich der edle Rappenhengst an den bevorstehenden Lärm und das Gejohle der Massen gewöhne.

Drei Tage vor dem Eintreffen der herzoglichen Verlobten ließ Graf Montgelas, der Einfädler aller politischen Bindfäden, bei Ludwig um eine Audienz nachsuchen, die ihm natürlich auch gewährt wurde, weil sie trotz der sonstigen Spannungen zwischen den beiden Männern gewährt werden musste. Es sei, so ließ sich der Graf vernehmen, der sehnlichste Wunsch aller bayerischen Untertanen, als deren Exponent er sich gewissermaßen in diesem Augenblick fühle, dass Seine Königliche Hoheit mit der ausersehenen Prinzessin von Sachsen-Hildburghausen jenes stille Fürstenglück im Familienkreis fände, das als ein Unterpfand der Achtung und des Wohlergehens des beherrschten Volkes zu betrachten sei. Der starke Wille des Mannes werde durch die sanfte Gewalt der liebenden Gattin in jene ausgeglichene breite Bahn gelenkt, auf welcher alle wohlmeinenden Untertanen so gern zu wandeln beliebten. Daraus entsprösse alsbald jene Harmonie zwischen Fürst und Volk, die der Garant sei für eine glückliche Zukunft des Königreiches.

Mit dieser Bemerkung hatte der Graf zart auf die außenseitigen Ideen des Kronprinzen angespielt; war auch von diesem vollkommen verstanden worden. Denn die erste Frage Ludwigs nach Beendigung der wohlgefassten staatsministeriellen Rede des Grafen lautete:

»Nachdem also alles, nämlich Braut und Fest, mit Wohlbedachtsamkeit zu Unserer Beglückung ausersehen und präpariert wurde, möge er verstattet sein zu wissen, ob auch der in erster Linie Betroffene einen Wunsch äußern darf.«

Und die bejahende Antwort vorwegnehmend fuhr er fort: »Wir gedenken, Uns nach Ablauf des gesamten Zeremoniells mit Unserer Verlobten für einen Abend nach der Blutenburg zurückzuziehen, um im Kreise einiger von Uns selbst noch zu bestimmenden Freunde nicht mehr bloß Kronprinz, sondern Mensch sein zu dürfen. Wir bitten, diese Unsere Frage als Unseren innigsten Wunsch Unserem Königlichen Herrn Vater vortragen zu wollen, weil Wir bei dem großen Vorhaben nicht nur der Befohlene sein wollen!«

Montgelas antwortete im Bewusstsein der ihm übertragenen Plenipotenz: »Königliche Hoheit, zur Stunde noch wird der Auftrag an alle Zuständigen ergehen, dass dem Wunsche Eurer Hoheit gemäß in der Blutenburg alles geordnet werde!« Und mit tiefer Verneigung, aus der mehr Hoheit als Ergebenheit sprach, zog sich der Staatsmann zurück. Er hatte dem Verlangen des Kronprinzen um so bereitwilliger nachgegeben, als er hoffte, auf diese bequeme Weise »die noch zu bestimmenden Freunde« des künftigen Monarchen kennenzulernen; denn sag mir, mit wem du umgehst, und ich sage dir, wer du bist

Nach dieser offiziellen Aufwartung, die zu Nymphenburg stattgefunden hatte, kehrte Graf Montgelas in die Residenz zurück. Unverzüglich beorderte er einen Boten nach dem Hause mit der Wappentür beim Viktualienmarkt zur Baronesse Terry von Lilien, die als Begleiterin ihres Bruders Borgias wegen des kronprinzlichen Verlobungsfestes von Wien in die Heimatstadt zurückgekommen war. Der Bote überreichte das Billett, darin die Baronesse allergütigst ersucht wurde, ehetunlichst wegen dringlicher Angelegenheit vorsprechen zu wollen. Borgias, der das Billett mitlas, drängte die Schwester sofort zu gehen; er wusste, dass er ihr allein seine Stellung am Wiener Hofe verdankte, wusste auch, dass Terry in den Augen des Grafen Montgelas mehr galt als er selbst.

»Baronesse, die bayerische Regierung erinnert sich in dieser Stunde der hohen musischen Fähigkeiten, die Sie vormaleinst in den Dienst des Kurfürsten Karl Theodor stellten, erinnert sich auch der Verdienste Ihres Herrn Vaters, des Barons Darius von Lilien selig, als Verwalter der damals kurfürstlichen Schlösser. Und um es kurz zu sagen: Seine Hoheit, der Kronprinz, gedenken sich nach Ablauf der offiziellen Feierlichkeiten mit wenigen Freunden intimst nach der Blutenburg zu retirieren. In Ansehung des Vorerwähnten ersucht die Regierung Sie, Baronesse von Lilien, die Blutenburg in die Verfassung zu bringen und jeglich Ding dortselbst so zu regeln, dass der stillen Festesfreude unseres Kronprinzen kein Abbruch geschehe. Die Regierung sagt alle erforderliche Unterstützung zu. Wollen Sie sich dieser heiklen Aufgabe unterziehen, Baronesse?«

»Dieses Vertrauen ehrt zwar sehr, Exzellenz; sollte man aber eine derartige Aufgabe nicht eher in die Hand eines Mannes legen?«

»Eben nicht, Baronesse! Künstler – und man muss den Kronprinzen zu dieser Gattung Mensch rechnen – können nur von Künstlern, und hier wiederum nur von künstlerischen Frauen, letztgültig verstanden werden. Ferner ist es in Bayern kein Geheimnis mehr, dass kein Mann in die Nähe des Kronprinzen kommt, er sei denn von ihm selbst gerufen. Frauen dagegen tun sich leichter …« Der Graf schmunzelte.

»Junge Frauen vielleicht!«, erwiderte Terry.

»Es entscheidet nicht so sehr das Alter, sondern vielmehr der Genius, meine liebe Baronesse!«

»Wenn Sie meinen, Exzellenz, bitte! Ich erwarte Ihre weiteren Instruktionen!«

»Die bayerische Regierung wird Ihnen dieselben ab morgen früh laufend von Bogenhausen aus zukommen lassen. Seien Sie bedankt, Baronesse von Lilien!«

»Bogenhausen, den vierundzwanzigsten September, morgens. Hochverehrte Baronesse! Wie bekannt geworden, gedenken der Kronprinz zu seinem Feste allerhöchstens vierzig Personal zu invitieren. Inwieweit selbige männlichen oder weiblichen Geschlechts seien, konnte bis dato nicht eruiert werden. Ergebenst: Graf M.«

»Bogenhausen, den vierundzwanzigsten September, kurz vor Mittag. Hochverehrte Baronesse! Nach soeben gehabter Audienz bei Seiner M. dem König werden Baronesse ersucht, sich zwecks Gestaltung des geplanten Festes in der Blutenburg persönlich als im Auftrag Seiner Majestät an den Kronprinzen zu wenden. Hierbei müsste tunlichst unterlassen werden, nach Qualität der zu invitierenden personarum zu fragen, auf dass nicht ein falscher Verdacht erwecket werde. Ergebenst: Graf M. – Postscriptum: Im Falle, dass es noch nicht bekannt wäre: Der Kronprinz hat ein Gelöbnis getan, solange keinen Kaffee zu trinken, als Deutschland von der Herrschaft des Kaisers der Franzosen noch nicht befreit ist!«

»Bogenhausen, den vierundzwanzigsten September, nachmittags. Hochverehrte Baronesse! Ein soeben perlustriertes Schreiben des Adjutanten Seiner Königlichen Hoheit gibt Veranlassung, beim Kronprinzen anzufragen, wie es bei dem Feste mit einer musikalischen Umrandung bestellet sei, zumal ja ein Fest ohne Musik nicht recht denkbar wäre. Sollte der Kronprinz dieser Frage ausweichend begegnen, müsste insistierend darauf aufmerksam gemacht werden, dass sich Baronesse bereits um ein Kammerkonzert umgesehen hätten. Die darauf erfolgende Reaktion des Kronprinzen ist achtsam zu notieren. Ergebenst: Hochdero ergebener Graf M.«

Diese drei Schreiben gelangten innerhalb von sieben Stunden in die Hände der Baronesse von Lilien. Mit Abscheu erkannte sie daraus, dass man sich ihrer als einer Spionin bedienen wollte. Am liebsten hätte sie dem Grafen in sein Palais nach Bogenhausen geantwortet, er möge sich für eine derartige Aufgabe eine andere Festgestalterin suchen. Um der Stellung ihres Bruders willen durfte sie das jedoch nicht.

Das wusste Montgelas; sie selbst aber wusste, dass er gehässig genug wäre, Borgias sofort seines Amtes zu entheben, wenn sie ihm jetzt eine Absage gäbe. Wie schlau, Graf Montgelas! Du willst einen Brei kochen, ich aber soll ihn rühren und mir die Finger verbrennen! Sehr schlau, Graf, und doch nicht schlau genug!

Der Adjutant des Kronprinzen Ludwig meldete die Baronesse von Lilien und flüsterte: »Ein Gesicht, wie aus einer Gemme geschnitten; leider zwanzig Jahre zu alt!«

Ludwig kannte die von Lilien nur vom Hörensagen als einstige Hofmusikanten des Kurfürsten Karl Theodor. Es schien ihm nicht unschicklich, dass die Regierung gerade sie für Blutenburg ausersehen hatte. Man müsste etwas mehr über ihre Gesinnung wissen, denn was mit Montgelas in Berührung kam, pflegte zwei Gesichter zu haben.

Ludwig, in seiner beliebten weißblauen Uniform des Regiments, begrüßte Terry mit feiner Höflichkeit und geleitete sie an den marmornen Prunktisch. Die schwarzseidene vielfältige Robe schmiegte sich um ihre schlanke Gestalt in fürstlicher Einfachheit. Ohne die schweren Amethyste an der Platinkette wäre sie einer Äbtissin ähnlich gewesen.

»Wir freuen uns sehr, Baronesse, Unser ganz eigenes kleines Verlobungsfest in Ihren Händen zu wissen. Wir werden bemüht sein, Ihnen nach Unserem Vermögen jegliche Unterstützung zukommen zu lassen. Nun wollten Sie Uns wohl sicherlich irgendwelche Wünsche vortragen. Wir bitten darum!«

»Königliche Hoheit, nicht so sehr Wünsche sind es, die mich zu Eurer Hoheit führten, sondern Fragen. Zunächst einmal: Soll es ein Saalfest oder ein Gartenfest sein?«

»Sehr geschätzte Baronesse, diese Frage müssten wir beide an den lieben Herrgott richten; von seinem Wetter, das er uns schicken wird, hängt nämlich die Antwort ab. An sich wäre Uns freilich ein Gartenfest lieber.«

»Damit wären wir auch schon bei der zweiten Frage: die Musik. Eine Saalmusik ist nicht immer auch für das Exterieur geeignet.«

»Was die Musik betrifft, so haben Wir bereits eine Verfügung getroffen. Wir bedauern, darüber nicht vorher mit Ihnen, verehrte Baronesse, gesprochen zu haben. Von Unserem Feldzug her kennen Wir nämlich drinnen im Gebirg drei liebe Menschen, einfache Leute zwar, aber gottbegnadet in ihrem Können. Man wird Uns auch hier wiederum Vorhaltungen machen, die Etiquette – wie schon so oft! – nicht beachtet zu haben. Indessen sind Wir der Meinung, dass echte Kunst jeden Menschen hoffähig macht, auch einen Müller, eine junge Bäuerin und einen schlichten Schlosskapellan. Diese drei sind es nämlich, die Wir eingeladen haben.«

Terry bebte leise. Sie müsste dem Kronprinzen antworten, im Sinne Montgelas müsste sie widersprechen – sie vermochte kein Wort zu sagen.

Ludwig schaute sie fragend an: »Sie gehen mit Uns nicht einig, Baronesse?«

»*Mille fois pardon*, Königliche Hoheit! Ich wurde plötzlich von einem Nebengedanken überfallen.«

»Oh! Wie Wir das bedauern! Gehören also auch Sie zu denen, welche vor dem bayerischen Kronprinzen Theater spielen müssen, weil sie von der bayerischen Regierung anders instruiert wurden? Von den meisten Männern Unserer Umgebung sind Wir solches gewöhnt; von Frauen weniger. Von Ihnen gar, die Sie vormaleinst Unsere Vorgänger mit hoher Kunst beglückt haben, hätten Wir dieses am allerwenigsten erwartet.« Ein triumphierendes, zugleich abweisendes Lächeln legte sich auf Ludwigs Gesicht.

Terry war blass geworden. Langsam strich sie mit der Hand über ihre feingefältelte Stirn. »So nicht, Königliche Hoheit, so nicht! Dass Hoheit eine Frau meines Alters jetzt vor sich weinen sehen, hat nichts mit Politik, noch gar mit Intrige zu tun. Hoheit, vergeben Sie einer alternden Frau, dass sie noch ein Herz hat, das einst liebte! Wenn dieser Müller Peter Huber heißt und in Sachrang daheim ist, dann bitte ich Hoheit, auf meine Dienste bei der Gestaltung Ihres Festes verzichten zu wollen. Ich möchte Peter nicht wiedersehen.«

Ludwig war über dieses schlichte Geständnis erstaunt. Er erhob sich und fasste Terry bei den Händen: »Baronesse, uns ist jetzt etwas zugefallen, das wir beide nicht ahnen konnten. Dass ich, junger Mann, Einblick in eine zarte Tiefe Ihres Herzens gewinnen musste, bitte ich jedoch nicht zum Anlass des Voneinandergehens, sondern vielmehr als Garantie ehrlicher und schöner Zusammenarbeit zu betrachten. Und richten Sie trotzdem Unser kleines Fest! Denn jetzt wüssten Wir wirklich, dass es in guten Händen liegt!«

Die Unterredung der beiden ungleichen Menschen, die sich auf so seltsame Art in kurzer Zeit seelisch nahegekommen waren, zog sich noch lange hin.

Terry verriet den Grafen Montgelas nichts, sondern nahm sich vor, von sich aus den Interessen beider Männer gerecht zu werden, ohne dabei den einen gegen den anderen auszuspielen. So erfuhr sie die Namen derer, die Ludwig geladen hatte, lauter Heißsporne und Feinde Napoleons, die sie dem Grafen niemals nennen durfte. Hingegen veranlasste sie den Kronprinzen, der vorläufigen Bestellung eines Kammerorchesters zuzustimmen, weil man nicht mit Sicherheit auf die Ankunft der Gebirgler rechnen konnte und dann im letzten Augenblick peinlich berührt wäre, wenn man ohne Musik dastünde. Zuletzt ersuchte sie den Kronprinzen noch, aus gewissen Gründen die Einladungen nicht schriftlich, sondern durch Kurier ergehen zu lassen.

Dem Grafen berichtete sie am frühen Nachmittag, Ludwig habe ihr von einem Müller, einer Bäuerin und einem Schlosskapellan erzählt, die er als Musikanten zu dem Feste geladen hätte; offenbar sei er jedoch davon wieder abgekommen, weil von seiner Seite der Bestellung eines Kammerorchesters nichts im Wege stünde. Von der Liste der Geladenen berichtete sie dem Grafen nichts.

Dann begann das große Verlobungsfest.

Die Münchener feierten es in den Kirchen und Theatern, in lustigen Umzügen durch die Straßen, in bunt beleuchteten Redouten auf allen freien abendlichen Plätzen der Stadt.

Soldaten und Bauern führten Standkonzerte von Nymphenburg bis zum Rathaus auf. Überall musste sich der Kronprinz mit »seiner Sächsin« zeigen, er musste mit der Hand, sie mit einem Tüchlein aus blauer Seide winken. Am lebhaftesten ging es natürlich »auf der Wiesn« zu, wo selbst Bauern aus ganz Bayern zu einer landwirtschaftlichen Ausstellung zusammengeströmt waren. Hier erschienen die Verlobten an jedem zweiten Abend und mussten den steinernen Maßkrug mit dem starken Wiesnbier leeren. Die Sächsin besaß dazu freilich kein Geschick, das zarte Dingerl war an solch manniges Geschirr nicht gewöhnt; doch sie machte frohe Miene, und das genügte den rauen Männerkehlen, sie hochleben zu lassen.

Das verlobte Paar fand in diesen Tagen wenig Ruhe und für sich selbst keine Zeit. Täglich musste bis zu fünf Malen die Garderobe gewechselt werden. Prinzessin Therese begann an Kopfweh zu leiden wegen der fast ununterbrochenen Tätigkeit der Coiffeusen an ihrem Haupthaar. Und befanden sich die beiden dennoch einmal ein paar Stunden allein, so waren sie zu müde, als dass sie sich des jungen Glücks ihrer Zweisamkeit hätten erfreuen können.

Ja, die Familienfeste der Könige sind Eigentum ihrer Völker, hatte Graf Montgelas zu Beginn der Feierlichkeiten gesprochen. Er hatte nicht übertrieben.

Nur einer frohlockte in diesen Tagen in seiner stillen Zufriedenheit: Das war der gute König Max. Gottlob, das war ihm wieder einmal gelungen! Und das Volk, das da und dort wegen der franzosenfreundlichen Politik des bayerischen Hofes zu rumoren begonnen hatte, jubelte wieder. Panem et circenses, hatten die alten römischen Kaiser gesagt und hatten ihr Volk ins Colosseum geführt. Es stimmt schon; man braucht euch nur einmal richtig abzuschirren und in die Bierzelte zu schicken, dazu zeigt man euch ein paar hübsche Weiber und ein paar fesche Uniformen, Herrgottsakra! und ihr seid wieder die frommen und biederen Nachkommen der frommen und biederen alten Bajuwaren!

Dass sich der gute König bei diesen Gedanken mit seinen lieben Bayern irrte, wer konnte ihm das verdenken! Diese Gedanken waren ja nicht die seinen: Der allmächtige Minister Montgelas hatte sie ihm eingeblasen. Freilich, der kleine Mann vermag mit einer Wiesnmaß viel Ärger hinunterzuschlucken; doch die großen Söhne des bayerischen Volkes, deren Blicke über die Wiesn hinweg in die Zukunft hinausschauen, diese deine besten Söhne, guter Vater Max, vermag auch dein Minister nicht zu täuschen! Die denken wie dein leiblicher Sohn Ludwig – und die freuen sich still auf die Zusammenkunft mit ihm und ihresgleichen in der Blutenburg, wenn all dieser Taumel vorbei sein wird …

Der Brief, den die geheimen Agenten des Grafen Montgelas »perlustriert« hatten, war an die Jungfer Maria Hell, Ertlbäuerin zu Sachrang, gerichtet und wurde ihr durch einen Sonderboten von Prien aus eilends zugestellt. Er lautete: »Meine liebe tapfere Maria! Ich hoffe, dass du und der Müller noch die Rösser besitzt, die ich euch zu Hohenaschau geschenkt hatte. Besteigt sie jetzt und kommt miteinander am zweiten Oktobersonntag zu mir in die

Blutenburg. Ich will das Fest meiner Verlobung nicht bloß öffentlich, sondern auch mit Freunden in der Stille feiern; dazu gehört ihr. Meine Einladung ist aber nicht ganz uneigennützig: ihr sollt nämlich zu diesem Feste meine Musikanten sein, zusammen mit dem Herrn Schlosskapellan, den ich zu verständigen bitte. Ihn soll der Graf Preysing zu mir schicken. Ich erwarte euch so bestimmt, als ich euch meiner Freundschaft versichere. Ludwig von Bayern.«

Marei kam mit diesem Schreiben in die Mühle; es war abends nach dem Stallgehen. Peter saß bereits in seiner Kammer und studierte. Er begrüßte sie freundlich wie immer, obwohl sie, seitdem sie malte, ein seltener Gast geworden war. Ohne ein Wort zu sagen, legte sie ihm das Schriftstück des Kronprinzen hin.

Er schmunzelte: »Da wird man net gut nein sagen können!«

»Freilich net! Aber was zieh i an? Hab nix G'scheits mehr im Kasten hängen.«

»Dös ist net die allererste Sorg, Marei! I frag mich, ob du zwei Tag lang reiten kannst, und nachher wieder zurück. Wär's net besser, du fragst den Herrn Benefiziat, ob er dich im schloss-herrlichen Wagen mitnimmt?«

»Hast Angst vor mir, Peter?«

»Du bist kindisch! I kenn deinen Zustand besser als du selber. Mit deiner Lunge ist kein Spaß zu treiben.«

»Ist schon recht, Peter! Aber entweder reit i, oder i bleib dahoam!«

»Meinetwegen! Dann machen wir's so: Wir reiten bis Rosenheim, dort schaust du dich um nach einem G'wand; am Tag darauf bis Holzkirchen und am dritten endlich bis München.«

»Und was spielen wir?«

»Dös frag i mich auch!«

»Den Talwind auf alle Fälle!«

»Dös is net viel, Marei, für einen ganzen Abend, der bis in die Nacht hinein dauert!«

»Und wie wär's, wenn wir die Kohlstätter mitnähmen?«

»Die Kohlstätter sind net geladen.«

»Dös ist egal! Wenn sie vor der Türe stehn, sind sie eben da!«

»Gut! Dann schick i sie mit der Post von Prien aus – wenn sie wollen.«

»Verlass dich drauf, Peter, wenn i mit denen red, nachher wollen sie auch!«

»Eins sag i dir noch, Marei: Unter keinen Umständen darfst du Flöte blasen; es wär ein Verbrechen an deiner Gesundheit!«

»Wenn du's sagst, dann werd i's lassen! Jetzt geh i zu den Kohlstättern hinunter. Du aber könntest dir noch was einfallen lassen, sowas wie den Talwind, für die Harfe und die Bratsche.«

»Will's versuchen, Nachbarin!«

Nachbarin hatte er gesagt. Wie unpersönlich! So sagt man auch Maierin und Huberin und Zellmerin und Rottlerin! Es schien überhaupt, als ob sich die Entfernung zwischen dem Ertlhof und der Mühle seit einiger Zeit wieder vergrößerte. Woher das wohl kam? Sicherlich war wieder sie die Ursache! Die Mannsbilder befinden sich doch immer im Recht, und wird in der kleinen Welt des Bauern etwas verbogen, so trägt gewiss das Weib die Schuld. Wie es aussieht, gewöhnt sich jetzt der Peter die Art seines Knechtes Krautnudel an. Vor denen beiden möchte das Weib jedes Wort und jede Gebärde erst auf die Goldwaage legen. Sind die empfindlich und feinfühlig wie junge Nonnen!

Da hat sie dem Krautnudel erklärt, dass ihm ihre Tür jederzeit offenstehe und schon ist er eingeschnappt. Da ist sie etliche Wochen nicht mehr in die Mühle gekommen, weil ihr das Bildermalen mehr Spaß gemacht hat als das Musizieren, und schon nennt man sie Nachbarin. Die drei Kohlstätter sind da noch am natürlichsten. Mit denen kann sie frisch und herzlich reden, so wie ihr der Schnabel gewachsen ist, die bleiben ihr nichts schuldig, sondern geben mit gleicher Münze heraus. Freilich, die Kohlstätter sind auch noch keine Männer, sind eher noch Buben, groß wie die Bären, aber immer noch Buben. Ihnen fehlt Erfahrung. Sobald sie diese einmal haben, werden sie genau wie die zwei Alten und erwarten, dass sich das Weib wie ein Hündlein vor ihnen demütige, niemals eine eigene Meinung habe und gar nie diese eigene Meinung vor die männliche Meinung stelle. Ist doch wahrhaftig alles ein Krampf!

Andererseits wiederum lässt sich's nicht leugnen, dass im Zusammenstand zwischen Mann und Weib nicht alle beide die erste Geige spielen können; das gäbe niemals ein Duett. Eines von den beiden muss Sekund geigen, da hilft alles nichts!

So dachte Marei auf dem Heimweg zum Noppenberg, nachdem sie die Kohlstätter mit Leichtigkeit für die Fahrt nach München gewonnen hatte. Die halbe Nacht hing sie diesen Gedanken nach, verwarf sie, ergänzte sie, lachte über sich selbst, wurde schwermütig, dass ihr das Weinen in der Kehle steckenblieb – und war am Morgen so benommen, als hätte sie sieben Nächte lang kein Auge zugetan. Am einfachsten wär's, man schlüge sich das Heiraten glattweg aus dem Sinn – wenn man gesund wäre wie ein anderes Mädel und wenn man eine Bäuerin wär wie andere alleinstehende Bäuerinnen. Doch was versteht sie schon von Feld und Vieh! Und mit ihrer zerstochenen Lunge wäre sie niemals mehr den Strapazen der Landwirtschaft gewachsen. Ihr bleibt keine andere Wahl, als sich einen

Mann zu suchen, sofern sie nicht auf ihre alten Tage an den Bettelstab geraten will.

Auch der Müllner-Peter war in dieser Nacht nicht zu Bett gekommen; er hatte die Anregung Mareis aufgesogen, gleichwie ein dürrer Schwamm das Wasser aufsaugt; ein Charakterstück für Bratsche und Harfe. Als die Morgensonne hinter der Kampenwand ihre Strahlen hervorscheinen ließ, lagen auf dem Tisch fünf beschriebene Notenblätter, über dem ersten als Titel »Der Wassermann – amabile«.

Ob man wohl so etwas zu einer Königlichen Verlobung spielen darf? Könige und Herrscher dieses Jahrhunderts lieben vielleicht mehr das Heroische, das Aufmarschierende mit Trommeln und Kampftrompeten. Leider!

Der Musikant von Sachrang ist kein Kämpfer. Und haben sie ihn geladen, dann müssen sie sich eben das anhören, was er ihnen zu bieten vermag, das Stille, das Durchsichtige, das Perlende, das Wasser seiner Mühle. Im Wasser ist Liebe und Sauberkeit; alle Religionen vollziehen ihre geheimnisreichsten Riten mit Wasser. So darf man wohl auch einem jungen König und seiner Braut von der Musik des Wassers darreichen.

Noch ehe die Kohlstätter an ihre Arbeit gingen, hatte Peter sein nächtliches Werk ins reine geschrieben. Mit dem Blatt für die Bratsche schickte er den Micherl auf den Noppenberg.

Am Abend kam Marei wieder. In ihr herbes Knabengesicht hatte sich ein Zug von Weichheit eingeschlichen, der dieses Gesicht seltsam schön machte. »Peter«, sagte sie (und auch dies mit einer ganz anderen Stimme), »sowas Hauchdünnes kann i gar net ordentlich spielen; dazu fehlt mir einfach der Grundton da drinnen.«

Lächelnd entgegnete er ihr: »Du brauchst bloß die Melodie zu spielen, den Grundton hat immer die Harfe. So sollte es auch im Leben sein: Das Lied, die Melodie ist fraulich; der Grundton und der gemessen schreitende Bassgang muss männlich sein. Dieses wollen wir mit unserem Wassermann den beiden Verlobten sagen.«

»Da soll sich einer auskennen!«, dachte Marei. Meint man, er beginnt endlich zu reden, gleich hat er wieder abgelenkt. Aber schön hat er's gesagt, das vom Lied und vom Grundton; er weiß die Dinge beim Namen zu nennen, mit Worten und in Tönen.

Dann übten sie das neue Werk.

Als die Mitternacht gekommen war, fehlte nichts mehr an der schönen Harmonie. Alle Härten waren ausgeglichen, alle Feinheiten ruhten im Gleichmaß und das Geheimnisvolle des Wassers tropfte durch die Akkorde.

Er begleitete sie heim. Dabei henkelte sich Marei an seinen Arm – das erste Mal, dass sie sich an einen Mann anlehnte.

»Ob du mich wohl haben möchtest, Peter?«, fragte sie, als sie durch den Hohlweg schritten.

Nach einer Weile antwortete er, wobei ihm das Herz plötzlich rascher schlug: »Marei, i hab noch net vergessen, was du mir voriges Jahr zu Michaeli auf dem gleichen Weg in der Nacht gesagt hast. Weißt du's noch?«

Da lehnte sie ihren Kopf leicht an seine Schulter: »Und wenn i dös alles net gesagt hätt damals? Oder wenn's heut so wär, als hätt i's niemals gesagt?«

Er drückte ihren Arm fester an sich und erwiderte: »Marei, du bist ein großes Rätsel; lass mir Zeit, ob i's errat!« Dann strich er noch mit der Hand über das leichte Gewell ihres Haares, sagte gute Nacht und ging seinen Weg zurück.

Auf der Blutenburg

Am Morgen des zweiten Oktobersonntags nach beendetem Gottesdienst marschierten zwei Kompagnien vom Leibregiment des Kronprinzen unter den beiden Anfahrtsalleen der Blutenburg auf. Major Ritter von Rösch, dem diese ebenso ehrenvolle wie ungewöhnliche Wache anvertraut war, inspizierte persönlich jeden einzelnen Mann und ließ darauf den Tagesbefehl verlesen. Darin hieß es, dass die Liste der einzulassenden Personen im Torhaus zu strengster Geheimhaltung aufliege und dass man sich in allen Zweifelsfragen einzig und allein an Baronesse von Lilien zu wenden habe, die für diesen Tag als Majordomus der gesamten Blutenburg vorstehe.

Widersetzlichkeiten habe man rücksichtslos und erforderlichenfalls mit blanker Waffe zu begegnen. Die Grenadiere, meist reife Männer, denen der Vollbart wie eine Sichel unter dem Helmriemen hervorstand, fühlten sich durch diesen Befehl heroisch angehaucht und hegten insgeheim den sehnlichsten Wunsch, es möchte doch zu einem Zwischenfall kommen, damit man wieder einmal Gelegenheit habe, seine Treue zum Kronprinzen tatsächlich zu bekunden. Dabei dachten sie an etwaige Spione des »Franzosenministers« Montgelas, denen sie herzlich gern zu etwas Blutvergießen verholfen hätten.

In Wirklichkeit hatte Graf Montgelas damit gerechnet, im Verlauf des Festes den einen oder anderen Horcher und Beobachter auf die Dachböden und Turmluken der Burg schmuggeln zu können. Umso empörter war er jetzt, als man ihm vom Aufmarsch der zwei Kompagnien berichtete. Dass mit der von Lilien nichts Rechtes anzufangen war, hatte er bereits seit etlichen Tagen eingesehen; denn entweder war sie wirklich so unbefangen wie sie tat, oder sie war nicht ehrlich zu ihm. Auf jeden Fall war sie völlig ungeeignet für die ihr zugedachte Aufgabe. Er hatte sich in ihr getäuscht, gab jedoch allein die Schuld sich selbst. Warum war seine Wahl auf sie gefallen? Sonderbarerweise war es ihr bis zur Stunde noch nicht einmal gelungen, in die Liste der Geladenen Einblick zu gewinnen. Natürlich konnte man ihren Posten jetzt nicht mehr umdisponieren, ohne sich dadurch eines offensichtlichen Affronts gegen den Kronprinzen schuldig zu machen. Dafür sollten ja die Horcher angesetzt werden. Und nun diese zwei Kompagnien! Fiasko! Parbleu! Eine verpasste Gelegenheit!

Kurz vor Mittag traf die Kalesche derer von Lilien vor der Blutenburg ein. Major von Rösch ließ seine gesamte Abteilung unters Gewehr treten und begrüßte Terry mit der hohen Förmlichkeit eines Vogtes der Burgherrin gegenüber. Sie dankte mit bescheidener Herzlichkeit und gewann im Augenblick die Zuneigung aller.

Alsbald instruierte sie noch einmal die angetretene Dienerschaft und begab sich dann in die Küche. Hier begegnete ihr auch der Kellermeister und nahm die letzten Weisungen über die Reihenfolge der Getränke entgegen. Bei der Beschließerin erkundigte sie sich noch einmal nach der Anzahl der Schlafgelegenheiten, war ja doch damit zu rechnen, dass ungefähr die Hälfte der Gäste in vorgeschrittener Stunde nicht mehr nach Hause gelangen würde. Auch vom Stallmeister erhielt sie Rapport über die Unterbringungsmöglichkeiten der Reittiere und Kaleschen. Als auch hier überall die letzten Anordnungen getroffen waren, ließ sie sich von einer Kammerjungfer der Prinzessin Therese in den Trakt des Herrenhauses führen, welcher für die Bleibe der Verlobten bestimmt war. Im brokatverhüllten Schlafgemach hing das Bild der schönen Agnes Bernauer. Terry verweilte ein wenig davor und bedachte kurz das traurige Geschick dieser armseligen Geliebten, für welche just diese »Blutenburg« erbaut worden war. Ach wie bitter ist's, wenn eine junge Liebe nicht erfüllt wird!

Die Baronesse begab sich in ihr Zimmer neben der Turmstube, wo Cathrine eben damit beschäftigt war, die schwarze Robe der Herrin zu richten.

»Ich glaub, Baronesse, wir müssen uns anziehen; die ersten Gäste sind scheint's schon draußen.«

»Was dir nicht einfällt, Cathrine, 's ist doch kaum der Mittag vorüber!«

»Bestimmt, ich hab sie gesehen. Drei junge Kerle, einer so groß und breit wie der andere! Mir kam vor, als hätt ich sie sogar mit der Wache streiten hören.«

»Dann sind's keine Gäste!«

Man vernahm jetzt deutlich, dass es im Torraum recht laut herging. Terry horchte. Der Lärm verstärkte sich. Männer schrieen. Es knallte an die schwere Eichentür. Unterdrückte gurgelnde Laute, schmerzvolles Gestöhn.

Terry eilte hinaus, schellte an der Glocke, der Torposten öffnete. Welch ein Bild! Da bemühten sich die Soldaten, drei Männer zu binden. Der Wachoffizier sprang herbei und begann mit hastigen Worten die Situation zu erklären. Die Baronesse deutete ihm still mit der Hand an zu schweigen und trat an die jungen Männer, die nun endgültig gefesselt dastanden, langsamen Schrittes heran. Man hatte ihnen übel mitgespielt: Sie bluteten. Auch von den Wachposten strichen etliche über die blau unterlaufenen Beulen in ihren Gesichtern.

»Guten Tag, *messieurs*!«, sagte sie sanft zu den Gebundenen. »Was führt Sie zu mir?«

Alle, auch die Posten, verharrten schweigend.

Terry schaute die drei jungen Männer abwechselnd an und sah doch immer bloß ein und dasselbe erbittert funkelnde Augenpaar.

»Haben Sie nicht gelernt, *messieurs*, dass man die Frage einer Frau zu beantworten hat, selbst wenn man lügt?«

Erwiderte der eine: »Wir sind keine *messieurs* nicht, liebe Frau, sondern Müllerburschen aus Sachrang; und dös wollen uns die Hammel da net glauben!«

»Und lügen tun die Kohlstätter nie net! Merken S' sich dös!«, fügte der andere ergänzend hinzu.

Da fuhr der Offizier dazwischen: »Ihr sprecht mit der Herrin des Hauses, ihr ungehobelten Lümmel!«

»Dös ist uns Wurscht!«, blitzte der Micherl dazwischen. »Wir wollen zum Herrn Kronprinzen und net zu derer Hausherrin da! Holt uns doch den Herrn Ludwig selber raus und lasst uns reden mit ihm; nachher werdet Ihr's ja sehn! Statt dem schleppen's ein Weiberts daher!«

Die Gemüter begannen sich erneut zu erhitzen, doch Terry trat mit ausgebreiteten Armen vor: »Ihr seid von Sachrang? Kennt ihr einen Peter Huber?«

»Dös ist ja unser Meister, der uns mit der Post hergeschickt hat.«

»Kommt er selber nicht?«

»Freilich! Zusammen mit dem Marei, wegen der Rösser, die wo ihnen der Herr Kronprinz geschenkt hat.«

Die Baronesse verstand manches von dem Angedeuteten nicht, doch soviel war ihr klar, dass die jungen Männer keine bösen Absichten im Schilde führten.

Deshalb wandte sie sich an den Offizier und bat ihn, die Burschen einzulassen, weil sie sich mit ihnen ohne Zeugen besprechen wolle. Sofort wurden die Kohlstätter freigemacht und folgten der Baronesse ins Innere der Blutenburg.

»Jetzt sagt mir ehrlich: Was wollt ihr hier?«

»Was wir wollen? Wir wollen gar nix! Wir sollen bloß was. Und zwar Musik sollen wir machen mit dem Marei und dem Müllner-Peter. So hat uns der Peter gesagt und hat uns mit der Post von Prien auf München geschickt. Wann Sie dös net glauben, nachher müssen S' eben warten, bis der Huber selber kommt!«

»Habt ihr das der Wache nicht gesagt?«

»Sie san guat, Frau! De Lackl haben einen ja gar net reden lassen!«

Die Baronesse von Lilien ordnete unverzüglich an, dass die jungen Männer Gelegenheit zum Waschen und anschließend eine anständige Bewirtung bekämen. Dies, so meinte sie für sich, würde am ehesten ihren begreiflichen Unmut besänftigen. Sie hatte sich nicht getäuscht. Als die drei Kohlstätter in der Gesindestube saßen, gekämmt und gebürstet, vor sich die zinnerne Bierkanne und ein Stück westfälisches Rauchfleisch von der Größe eines Pferdefußes, fühlten sie sich so recht abgeschirrt wie am Sonntag und trommelten befriedigt mit den Fingern auf die Tischplatte. Und als Terry gar selber noch einmal kam und sich nach den blauen Flecken erkundigte, beteuerten sie nicht ohne Stolz, bedeutend mehr ausgeteilt, als eingesteckt zu haben.

Terry lächelte, doch hielt sich hinter diesem Lächeln viel Unruhe versteckt; nicht wegen der drei Mühlburschen – die waren ja wieder ins Gleichgewicht gebracht –, sondern wegen des Wiedersehens mit Peter Huber. Um sich nicht in diesen Gedanken weiter zu verlieren, suchte sie die Beschließerin auf und verfügte, es müssten in die Turmstube, die man für Peter Huber reserviert habe, noch drei Strohsäcke gebracht werden, samt Linnen und Decken. Und wieder begab sie sich zurück zu den Burschen und fragte, was für Instrumente sie spielten.

»Wie's grad verlangt wird: Violine, Cello oder Bassgeige, allenfalls auch Horn; nur Bratsche net, denn die Bratsche spielt 's Marei, und derer kann niemand das Wasser reichen!«

Woher es denn komme, dass sie so vielseitige Musiker wären?

»Ja mei, Frau Schlossherrin, Sie kennen eben unseren Müllner-Peter noch net! Wenn S' den erst einmal kennen und gehört haben, wie der mit seiner Harfen tut, gar wenn's Marei mit der Bratsch'n dabei ist, nachher flennen S' Rotz und Wasser, liebe Frau! Von dem Peter haben wir das alles gelernt.«

Ob denn dieser Peter Huber Musiklehrer sei; vorhin habe es doch geheißen, er wäre ein Müller?

»Unser Peter, der ist alles! Freilich, Müller zuerst, und Sägewerker und Bauer auch. Dann Chormeister und Arzt für Mensch und Vieh; und zwar was für ein Arzt! Das Marei zum Exempel, das mit seinen fünf Lungenstichen schon ganz nahe bei der Friedhofmauer war, hat er wieder hergerichtet, grad wie eine Brautjungfer. Dafür wird er's wohl auch heiraten, heißt's.«

Sei das Marei jene Ertlbäuerin Maria Hell aus Sachrang?

»Ja, freilich! Die werden S' bald z' Gsicht kriegen, Frau Schlossherrin. Ein ganz ein sauberes Weiberts, da gibt's nix! Aber ein Köpferl hat die: mehr Hörnderl als Haar! Unsereiner müsst sich sowas schon reiflich überlegen. Doch schließlich ist der Müllner-Peter seine sechzehn Jahr älter, und die allerhöchste Zeit wär's auch. Das wird nachher einen Wirbelwind geben im Aschacher Grund, prost Mahlzeit! Gottlob, unsereiner ist alt genug und kann notfalls sein ehrlich Brot auch anderswo verdienen …«

Das süffige Hackerbier hatte die drei Kohlstätter gesprächig gemacht. Dazu kam das Interesse, das ihnen die »Frau Schlossherrin« entgegenbrachte. So wie die, hatte ihnen zeitlebens noch niemand zugehört. Grad wichtig kamen sie sich vor mit ihrer Erzählung aus den paar Geviertmetern Heimat, aus denen sie das erstemal in die große Welt hinausgelassen worden waren. Liebe Buben! dachte Terry; und im Fortgehen dachte sie dann an Peter Huber.

Cathrine hatte die schwarze Robe gerichtet, die lange Kette mit den Amethysten, die weißen Spitzenhandschuhe aus Brüssel, dazu das japanische Fächerblatt (ein Geschenk aus dem Nachlass des berühmten Freisinger Oheims Anton Katarin, der vor einem Jahr im Dienste der böhmischen Rosenberge gestorben war). Terry kleidete sich an. Bald mussten die ersten Gäste eintreffen. Diese würden zwar vom Hofmeister empfangen; immerhin konnte es möglich sein, dass man ihrer selbst bedurfte.

Sie stand vor dem Spiegel. Gewiss, mit Vierzig ist eine Frau nicht mehr jung; ein achtundzwanzigjähriges Bauernmädchen mag über mehr Reize verfügen. Immerhin, wer sich in diesen vierzig Jahren so halten konnte wie sie, wer sich jeglicher Ausschweifung entziehen konnte wie sie, wer an Leid und Freud kein erschütternd Übermaß zu ertragen hatte wie sie, dem verbleibt ein zarter Hauch von Jugend und das verspielte Flackern, welches Mutter Natur allein in die Augen unberührter Mädchen gestreut hat. Ja, Peter, noch darf ich mich sehen lassen vor dir – und deiner jungen Frau! Und ich werde nicht erröten!

Warum auch?

Erröten müsste, wer sich beschuldigt, beschämt fühlt. Du kannst mich weder einer Schuld, noch einer Schande zeihen. Dass ich dich vergeblich liebte, setzt mich vor dir nicht herab; ich habe mich nie verloren.

Nein, Gott sei's gedankt! verloren hat sich die Baronesse von Lilien nie, auch in der Zeit ihrer schönsten Liebe nicht! Wohl war sie deshalb in ihren Kreisen stets für altmodisch und nonnenhaft gehalten worden. Sie hatte den Glanz ihrer Haut und das Flackern ihrer Augen immer noch bewahrt …

Sie lächelte sich selber zu. Ihre Zähne blitzten unter den fein geschnittenen Lippen – da wandte sie sich ab. Man darf nicht eitel sein!

Vom Torturm der Blutenburg her kündete die alte Uhr die sechste Abendstunde. Alle geladenen Gäste waren nun bereits eingetroffen, ausgenommen Peter Huber und Maria Hell. Dafür kamen vier Ungeladene, die drei Kohlstätterbuben und ein seltsamer Kauz in der Uniform eines spanischen Unteroffiziers, genannt Johannes Andreas Schmeller. Während sich im Hofe alle übrigen Männer begeistert um diesen Schmeller scharten, standen die Kohlstätter bei der kleinen Kirchentür und beratschlagten, was zu tun wäre, wenn der Müllner und das Marei nicht zeitgerecht ankämen. Denn in einer Stunde würden die hohen Verlobten erwartet; dann musste musiziert werden. Zu dritt?

Ja freilich zu dritt! Was kann man denn schon zu dritt spielen? Wäre doch wenigstens der Benefiziat von Hohenaschau da, dann gäb's ein Quartett. Doch der war vor ein paar Minuten durch seinen Herrn, den Grafen, wegen Bettlägerigkeit schriftlich entschuldigt worden.

Eben trat Baronesse von Lilien durchs Gartentor in den Hof herein; sie hatte dort veranlasst, dass die wohlriechenden Rauchhölzer angezündet wurden, wegen der vielen Mücken. Wie auf Kommando eilten die Drillinge auf sie zu; sie waren erregt und gestikulieren heftig mit den Händen. Terry schmunzelten. Sie war entzückt von dem Ernst, mit welchem die jungen Männer die heikle Situation betrachteten; als ob sie selber schuld wären an dem Regiefehler.

»Zu dritt lässt sich einfach nix spielen im Freien heraußen! Dös werden S' doch einsehn, Frau Schlossherrin! …«

»Nix lässt sich spielen, gar nix! Zwei Violinen und Cello ist zu schwach, weil der richtige Bass fehlt. Violine, Bratsche und Bass klingt leer; zwei Violinen und Bass noch leerer!«

»Und wenn noch eine Violine dazukäme?«

»Ja mei, nachher wär alle Not verreckt!«

»Gut denn! Macht euch jetzt im Garten draußen zurecht! Legt eure Noten auf! Sobald die Herrschaften eingezogen und begrüßt sind, bringe ich euch zur Ouvertüre die erste Violine. Und jetzt will ich eure sauertöpfischen Gesichter nicht mehr sehen; sie verderben die gute Stimmung!«

Weg war sie und unter den Gästen verschwunden.

Diese Gäste! Lauter Männer! Die »Frau Schlossherrin« ist bis jetzt das einzige Weib, das man im Hofe sah. Und was für Männer! Durchaus junge Kerle, keiner über fünfunddreißig, wie es schien. Und Monturen aus aller Herren Länder, sogar ein Pastor mit weißen Päffchen an der Halskrause.

Die Kohlstätter beeilten sich, der erhaltenen Aufforderung nachzukommen. In der Kapelle und über den Bänken lagen Musikinstrumente nach Wahl. Sie nahmen zwei Violinen, eine Bratsche und den Kontrabass und begeben sich in den Garten.

Hier dampften in allen Ecken die Rauchfeuer; die milde Abendluft trug ihre Schwaden sanft durch die Baumwipfel und die weißblauen Girlandenketten, zwischen denen wohlgeformte Kerzentrauben hingen. Bald würde man sie anzünden, die Dunkelheit zog sachte am Horizont herauf.

Silberne Kandelaber prunkten zwischen Nymphenburger Porzellan und hauchdünnem Böhmerglas, nachgezüchtete Rosenbäumchen standen wie Gardisten hinter den weinroten, samtbezogenen Sesseln. Gegenüber der Kronprinzentafel im offenen Feld war über einem Podium eine Muschel aus Gips errichtet worden, davor anstelle von Notenpulten bücherhaltende Putti. Die Beleuchtung des Podiums liegt kunstvoll im Muschelkranz versteckt und konturierte die nachgeahmten Rippen von Perlmutt. Das Ganze ähnelte einer Märchengrotte in Meerestiefen oder einem Springbrunnen in verzauberten Schlössern.

Der junge Hildesheimer Baumeister Klenze, den Terry von Lilien mit dieser Gestaltung beauftragt hatte, konnte sich nach der Fertigstellung nicht verwehren zu sagen, dass der äußere Rahmen dieses Gartenfestes nicht auf die Ehrung des verlobten Herrscherpaares, sondern der hierzu gedungenen Musikanten abziele. Darauf hatte die Baronesse lächelnd erwiderte: »Verlobungen zelebriert man nur auf der Erde, Musik aber auch im Himmel!«

Die Kohlstätter, in gleichen langschößigen braunen Röcken, schwarzen Hosen und dunkelblauen Strümpfen, betraten diesen Wunderbau auf den Zehenspitzen.

»Wann dös nur net schief geht!«, brummelte einer.

Und ein anderer erwiderte: »Halt's Maul, sonst hört man uns durch den ganzen Garten; das hohle Ding da gibt einen starken Hall.« Sie legten die Noten auf, denn diese hatte ihnen der Peter von Sachrang mitgegeben. Ein Menuett von Mozart; das würden sie zuerst spielen. Und da ist dieses seltsame Ding für Harfe und Bratsche, heißt »Der Wassermann – amabile«; soll man's auflegen?

Wird er noch kommen? Nun ja, man kann's auflegen! Und die Harfe und noch eine Bratsche könnte man ja schließlich auch noch aus der Kapelle herüberholen.

Freilich, es sähe schon etwas dumm aus, wenn die ganze Nacht eine Harfe da herobensteht und niemand spielt sie. Soll's aussehen, wie's will. Am End musste der Herr Kronprinz froh sein, dass wenigstens sie da sind, die

Kohlstätter! Sonst könnt's sein, dass ihm einer von den Küchenjungen etwas am Hackbrett vorhauen müsst. Die Noten wurden noch vollends aufgeteilt, die Harfe und Bratsche wurden geholt. Dann setzten sich die Kohlstätter nieder und schauten den Dienern zu, wie sie Kerzen anzündeten. Drüben, jenseits der Gartenmauern, wurden Kommandorufe laut. Major von Rösch zog mit seinen Kompagnien zum Empfang des Kronprinzen auf; mächtig erschallt jetzt seine Stimme, von eleganten Degenführungen unterstützt.

Nun vernahm man das Trappeln einer Kavalkade, Räder einer Kalesche knirschten im Kies. Vom Torturm schlug es sieben Uhr. Die Gartentür ging auf, die Geladenen traten ein und bildeten Spalier bis zur Tafel hin.

Der Hofmeister erschien mit Terry von Lilien, hinter ihnen sechs Offiziere von der Leibgarde des Kronprinzen, darauf er selbst, am Arm das Prinzesschen Therese von Sachsen-Hildburghausen. Die Männer erhoben ihre Mützen, Kappen und Hüte und begrüßten das Paar mit Hoch- und Heil-Rufen. Während der Hofmeister allen die Plätze anwies, betrat die Baronesse das Podium, auf welchem die drei wuchtigen Kohlstätter standen. Vor ihnen nahm sich das zarte Frauchen aus wie ein Mädchen unter Riesen. Die Herrschaften hatten sich gesetzt und schauten staunend und bewundernd zur strahlenden Muschel hin.

»Königliche Hoheiten, Hohes Haus!«, begann Terry – und in diesem Augenblick trat Peter Huber mit dem Marei zur Gartentür herein. Erstarrt blieben sie stehen. Die Baronesse, vom Licht geblendet, gewahrte sie nicht und fuhr fort: »Burgmütterchen begrüßt mit herzlicher Freude die Glücklichen und wünscht ihnen, den Ermüdeten, im Kreise treubewährter Freunde jenes frohe, befreite Aufatmen, das ihnen als Geschenk dargebracht wird nach den Wochen der höfischen Unrast und Hast. Glanz blendet, Jubel übersättigt, wahre Freundschaft aber erfrischt; sie ist lauter und kennt keine Umwege, keine Formulierungen und kein Zeremoniell, weil sie selbst aller Herzen höchster Adel ist. Also möge es uns allen an diesem Abend gelingen, die vor unseren Türen aufgestellten Hürden wegzuräumen, damit die Wege frei werden von Seele zu Seele!« Während sie nach ihrer Verneigung noch bejubelt wurde, tat sie einen Schritt zur Seite, nahm die Violine zur Hand, staunend griffen die Drillinge nach ihren Instrumenten, sie gab ein unmerkliches Zeichen, – und fein wie Lichtstrahlen im Kristallglas begann von Mozart das Menuett.

»I geh jetzt!«, flüstert das Marei und stieß den Müllner-Peter in die Seite. »Da hab n wir nix mehr verloren, bei denen!«

Peter brauchte eine Zeit, ehe er diese Worte wahrgenommen hatte; er hörte Terrys Geigenspiel und war in Gedanken über Jahrzehnte in seine Jugend zurückgeeilt: auf den Söller des Hauses mit der Wappentür am Viktualienmarkt ... in den Spiegelsaal der Amalienburg ... in die Kirche auf der einsamen Wiese unter dem Freisinger Berg ... an die Stelle, wo das Edelfräulein eine Wegwarte gepflückt hatte ...

»Meinst net, Peter, dass wir gehn soll'n?«, flüsterte Marei. Er wandte sich ihr zu und schaute sie mit Augen an, in die langsam das Verständnis ihrer Worte einkehrte.

»Gehn willst? Und wer soll nachher unsern Wassermann spielen?«

Da näherte sich ihnen der Hofmeister. »Fräulein Hell und Herr Huber? Sicherlich durch Widerwärtigkeiten aufgehalten gewesen? Leider sehr verständlich in unserer unsicheren Zeit! Vielleicht wollen Sie sich den Staub der Landstraße abbürsten. Darf ich bitten?«

Er geleitete sie aus dem Garten, hinüber in die Brunnenstube. Hier machte sich eine Dirn an ihren Kleidern zu schaffen, während sie sich in einem wohlriechenden Wasser wusch. »Wo sollten wir denn auch hingehn, jetzt in der Nacht? Hast du dir das überlegt, Marei?« – Sie gab ihm darauf keine Antwort, sondern richtete sich das schwarze Haar, dass es an den Seiten der Haube herausschaute.

»I glaub«, sagte er, »die haben mit uns allweil noch gerechnet, weil die Harfe droben steht.«

»Vielleicht!«, erwiderte sie; dann traten sie aus der Brunnenstube hinaus. Da stand die Baronesse.

»Willkommen, verspätete Musikanten von Sachrang! Und seien Sie nicht ungehalten, dass ich mich in Ihr Handwerk eingemischt habe. Doch die drei Vorläufer wussten sich keinen Rat. Jetzt wollen wir uns beeilen. Seine Königliche Hoheit haben bereits nach Ihnen gefragt.«

Schon stand sie zwischen beiden, schon begaben sie sich in den Garten und verneigten sich vor Ludwig. Er freute sich, fragte kurz nach ihrem Befinden und sprach, indem er Marei sanft auf die Wange tätschelte: »Nun lasst uns festliche Töne hören!«

Die Baronesse geleitete sie noch auf das Podium, wo sie von den Kohlstättern mit strahlenden Gesichtern empfangen wurden. Dann war Terry verschwunden.

Peter Huber dankte ihr im Herzen, dass sie ihn nicht gekannt hatte. Zugleich schämte er sich. Weiß Gott, er hatte sich feig benommen! Er hatte sie, die ihn einst liebte, verleugnet wegen Marei, die mit ihren und seinen Gefühlen umsprang wie das Wetter im April. Welche Opfer hätte er von Terry verlangen können, die ihm zuliebe nicht gebracht worden wären? Marei dagegen, ein launenhaftes Halbweib mit einem heruntergekommenen Hof, gebärdete sich, als würde sie ihm eine Gnade erweisen, falls sie ihn – möglicherweise – zum Manne nähme!

Freilich, zwischen damals und jetzt lagen zwei Dutzend Jahre, und die Zeit ist ein Steinmetz, der bisweilen Marmor zu Türschwellen verarbeitet, wenn es ihm so gefällt. Nicht alles, was Wert hat, bleibt wertvoll; Auf- und Abstiege unterliegen den Launen des Schicksals, das sich um die bei Menschen eingebürgerten Geltungen nicht kümmert. Peter Huber, reiß dich los von deinen Erinnerungen! Jedes Menschenleben gleicht einer Parabel: Du und Terry, ihr versäumtet es, in eurem Tangenten-punkte das Haus zu bauen, – jetzt fliehen eure Linien auseinander. Es ist Zeit, achtzugeben ...!

Die Küchenordonnanzen trugen auf; es klapperten Bestecke und Porzellan. Leise wisperte die Unterhaltung an der Tafel, nur hie und da unterbrochen von einem lauten Auflachen des Grafen Esterhazy, weil der österreichische Geschäftsträger Freiherr von Hruby faule Witze erzählte.

Inzwischen saßen die Sachranger Musikanten in einem Verschlag neben der Küche und ließen sich die herrschaftlichen Überbleibsel schmecken. Marei erzählte den Kohlstättern vom Hergang der Reise; das verspätete Eintreffen verdankten sie ihrem lahmgewordenen Gaul.

»Und wenn wir gleich gar net kommen wär'n, hätt's auch nix g'schadet. Ihr habt ja mit derer Schlossherrin ein ganz sauberes G'spiel z'sammbracht!«

»Da hast gar net unrecht, Marei!«, meint der eine. »Wir haben vielleicht blöd dreing'schaut, wie die mit einemmal die Geign packt hat! Und einen Strich hat die! Dass d' moanst, sie streicht auf lauter Butter!«

Peter Huber aß und schaute nicht auf. Er fürchtete, seine Augen könnten die Unsicherheit seines Herzens verraten. Jetzt tat er auch so, als hätte er die Rede des Kohlstätters gar nicht vernommen.

»I nehm ihrem G'spiel gar nix weg«, sagte Marei. »Nur frag i mich, zu welchem End uns dann der Kronprinz hat kommen lassen, wenn er selber seine Musikanten im Haus hat!«

Diese Frage war an Peter gerichtet. Er musste sich jetzt in die Rede einschalten. »Zu welchem End?«, wiederholte er. »Mir scheint, die Herren da drinnen im Garten haben Ursach, keinem x-beliebigen Münchner zu trauen. Denn so einer könnt am anderen Tag hergehn und ein falsch aufgeschnapptes Wort dem Herrn König berichten, der wo ein Freund der Franzosen ist; der Kronprinz aber ist's net, sondern er steht mit dem Napoleon auf Kriegsfuß. Und was die Schlossherrin betrifft, so war dös grad ein glücklicher Zufall, mein i.«

»Hast du die gekannt, die Schlossherrin? Weil's Augen herg'macht hat auf dich.«

Peter spürte heißes Blut im Nacken heraufschießen. »Sie soll bei Hofe vorgespielt haben, noch zur Zeit der Kurfürsten.«

»Also kennst sie doch? Muss ein nettes Dingerl g'wesen sein, wo sie noch jung war!« Marei rührte an ein Geheimnis; sie drohte es zu lüften. Einen Herzschlag lang empfand Peter den Griff einer räuberischen Hand.

Dann straffte er sich, schaute hoch auf, wie einer, der einen Sieg davongetragen hat, und sprach: »Ja, i hab sie gekannt und wir haben uns in Ehren lieb gehabt, sehr lieb!«

Als er das mit starker Betonung gesagt hatte, erhob er sich, um unter dem starren Schweigen der anderen den Raum zu verlassen. Unter der Tür trat ihm die von Lilien entgegen; ob sie dieses Wort gehört hatte? …

»Baronesse Terry, wir haben gegessen und getrunken. Ist's nicht bald an der Zeit, dass wir wieder etwas tun?«

Ein zarter Hauch von Röte flog ihr Gesicht an: »Monsieur Huber, die Stimmung der Männer draußen verträgt keine Kunst mehr. Sie sind am Reden und am Trinken.

Das Empfindungsloseste ist ein Mann, wenn er trinkt und redet! Ich schlage Ihnen vor: Bringen Sie dem verlobten Paar im Wurzgärtlein vor dem Herrenhause ein Ständchen zur guten Nacht; mir scheint nämlich, dass die Prinzessin sehr müde ist. Ich werde Licht und die Instrumente bringen lassen.«

»Licht nicht, Terry! Was wir für das Ständchen brauchen, sind doch bloß die Harfe und die Bratsche, gell, Marei?«

»Wenn du meinst, Peter ...«, antwortete Marei mit einer Stimme, die ergeben und an ihr fremd klang.

Wenig später verabschiedete sich Ludwig mit Prinzessin Therese von den Männern und begab sich in Begleitung seiner Gardeoffiziere ins Herrenhaus.

Die Fenster standen offen, die seidenen Vorhänge waren zugezogen, hinter ihnen spiegelte der milde Kerzenschein. Jenseits der Mauer, die von zwei Türmen flankiert wurde, murmelten die Wellen der Würm aus alter Zeit von einem fürstlichen Freier, der die ihm heimlich vermählte Bürgerstochter hier seinem Herzen bewahren wollte, dann aber mit einer anderen in den gleichen Räumen das Osterfest feierte und Schachbrett spielte, während die Erinnerung an die ertränkte Bernauerin noch von den Wänden tropfte.

An dieser Mauer zwischen den Türmen hatten sich die Sachranger aufgestellt; Terry hatte sie mit einem Windlicht leise dahin geführt. Ein Haselnussgesträuch verdeckte sie vor den Blicken des fürstlichen Paares und der Eskorte. Die Baronesse löschte das Licht. Da wölbte sich wieder die klare Nacht über ihnen. Sanft begannen die Kohlstätter ein perlendes Piccicato, jetzt fielen Harfentöne zwischenhinein – das waren Regentropfen, stille und laute, rieselnde und klatschende. Fein strich die Bratsche in A-Dur an – das war, als zöge einer einen duftigen Tüll vor einem Riesengemälde auf: Ein Gemälde aus Tönen, das dem, der zu lauschen weiß, in Farben erscheint. Über die Gipfel aller Gebirge geht ein Mann. Die hohlen Hände hält er gleich Schalen zu den Rändern der Wolken empor und sammelt von ihnen alles kostbare Nass, das die Erde belebt. Wie Adern rinnt ihm das Wasser zwischen den Fingern durch, die Arme und den Körper entlang; dort aber, wo es von seinen Füßen den harten Fels benetzt, wird es zu Schnee und Eis, bildet Gletscher in den Schründen und Lawinen in den Karen.

Das Wasser, welches ihm in den hohlen Händen verblieb, trägt der Mann eilends hinab in die Täler der Menschen. Er befruchtet ihnen die Kornfelder, die Blumengärten und die Weinberge, betritt ihre Tempel und füllt ihnen die Taufbrunnen und die sakralen Gefäße an; ihren Kindern richtet er das Bad und ihren Armen den kühlen Trunk von der Quelle am Wegrain. Den Rest schüttet er von sich und speist damit Bäche, Flüsse und Seen.

Dann schreitet der Wassermann – da capo – abermals zurück zu den Gipfeln der Gebirge und beginnt sein Werk von Neuem, ohne Aufsehen und ohne Dank, mit stetigem und liebenswürdigem Eifer – amabile.

Das Licht im Gemach des Fürstenpaares war erloschen. Geräuschlos schob sich ein Vorhang zur Seite. Zwei Gesichter lauschten in die klingende Nacht hinaus. Zwei Herzen, nahe beieinander, ahnten das flutende Geheimnis des Wassers, das die dort an der Gartenmauer in das Gespinst ihrer Töne eingefangen hatten, und wurden weit; weit für die Freuden und Sorgen eines Landes, dem sie einst als Herrscher vorstehen werden, dessen Geschick zu lenken sie vom Himmel berufen sind: Schicksal der Menschen, so gleichst du dem Wasser! Walte Gott, dass wir ihm ein wohlbehütender Damm seien, damit es einmünde in das unendliche Meer! Dies und sonst nichts ist die Aufgabe der Fürsten.

Am anderen Tag – die Gäste hatten sich verloren oder schliefen noch – ließ der Kronprinz die fünf Sachranger Musikanten ins Herrenhaus kommen. Gemeinsam mit ihnen und der Baronesse von Lilien war für das verlobte Paar zum Frühstück gedeckt.

Weißes Nymphenburger Porzellan. Neben jedem Teller das Mundtuch. Die Kohlstätter taten, was sie die anderen tun sahen, hoben das Mundtuch auf, um es an die Brust zu stecken. Da lagen bei jedem hundertfünfzig Gulden; bei der Ertlbäuerin eine Kasette mit Brosche und Ohrgehängen in reinem Gold; beim Müllner-Peter ein Brief; bei der Baronesse ein Ring aus Platin mit der weißen Lilie im blauen Emaillefeld.

Als der Kronprinz die staunenden Gesichter sah, meinte er mit legerer Miene: »Für die Drillinge ist es das Einstandsgeld zu unserem Regiment. Wir haben erfahren, was sich gestern vor dem Eingang der Blutenburg begeben hat, und möchten daher solche Grenadiere nicht gerne missen. Der tapferen Jungfer Ertlhöferin diene das Geschmeide zu einer baldigen Hochzeit. Unserem Meister aber, der uns zu Ehren seinen Wassermann komponiert hat, gaben wir vorläufig bloß ein Versprechen. Wir wollen es einlösen, sobald wir mit Gottes Gnaden in Bayern die Krone tragen. Unsere Baronesse jedoch soll an dem Ringlein erkennen und wissen, dass wir ihr zeitlebens dankbar sind für die verbrachten Stunden des Alleinseins unter Freunden.«

So schenken Könige!, dachte Peter Huber und bedachte, dass er nun bald einsam sein werde mit dem Krautnudel und der alternden Fanni; denn in den Augen der Kohlstätter leuchtete die Begeisterung für das Soldatentum.

Freilich, man durfte es den Burschen nicht verübeln: zeitlebens waren sie aus den Bergen nicht herausgekommen; nun schien ihnen eine neue Sonne aufzugehen. Marei nahm das Geschenk des Kronprinzen mit stillem Herzen auf, doch es störte sie hierbei die Gegenwart der Baronesse. Dieses Weib war vor ihr da gewesen, war vielleicht jetzt noch da – in Peters Herzen.

Das gestrige Wiedersehen, das heutige Beisammensitzen konnte Zustände heraufbeschwören, die an Mareis eben beginnendem Hausbau rüttelten. Und dass dieses adlige Weib den einstigen Studenten und Liebhaber nicht vergessen hatte, wer wollte das verkennen? Da sitzt sie wie eine Teepuppe! Die niedergeschlagenen Augen täuschen nicht über das zarte Rot hinweg, das auf ihren Wangen glüht und nichts anderes ist, als der Widerschein innerlichen Entflammtseins.

Oh, man müsste diese Mucken der Weiber nicht selber studiert haben, als man noch als junger Mann in der Welt stand! Es gibt nichts Durchtriebeneres als ein Weib, das Feuer gefangen hat! Skrupellos setzt es sich über jegliches Hindernis hinweg, seien es selbst sakramentale Bindungen.

Ein Weib, das liebt, ist ein Brand, der nicht gelöscht werden kann; er muss wüten, bis er sich selbst verzehrt hat. Und dieser Brand wütet noch in der scheinheiligen Jungfer, die man »Terry« nennt, als ob der gelobte Name der heiligen Theresia zu schlecht, zu minder wäre! Sicherlich hat sie keinen Mann ihresgleichen gekriegt und musste sich unter den Bürgerlichen und Bäuerlichen einen Dummen suchen. Im Peter hatte sie ihn gefunden. Und das musste ihr der Neid lassen: Einen schlechten Geschmack besaß sie nicht. Aber nur sachte, gute Jungfer Terry! Marei ist immer noch Nachbarin des Müllers im Aschacher Grund, und München ist Sachrang nicht gerade nahe! Sollte es einen Wettlauf geben, dann nur zu! Näher als der Nachbar kann niemand dem Ziele sein!

Marei reckte sich auf und betrachtete die Baronesse mit einer Miene, als hätte sie die Magd beim Eierdiebstahl ertappt. Terry wischte sich mit dem Mundtuch die Lippen ab und dachte: Armes Mädchen! Die Zeit, dir ins Gehege zu kommen, ist an ihm und an mir vorbeigegangen. Sei nicht kleinlich und gönne uns wenigstens in einem Blick die Seligkeit der Erinnerungen!

Dabei schaute sie klar auf Peter Huber hin und begegnete seinen dunklen Augen für eine angemessene Weile. Ob dieses Mädchen deine Erfüllung sein wird? Freilich, in ihren Fingern liegt Finesse, der Strich ihres Bogens ist fresca gentilezza; so bedeutet sie sicher unter allen, die dir nahe sind, die beste Ergänzung. Die Musik aber und das gesetzte Gleichmaß der Musik, das du suchst, Peter, entströmt nicht den Händen, sondern dem Herzen. Walte Gott, dass sich dieses in dem Mädchen noch aufzuschließen vermag!

Die Kohlstätter traten die Rückreise nicht mit an, sondern wollten noch etliche Tage in München verweilen. Peters und Mareis Abschied vom Kronprinzen war herzlich, der von der Baronesse förmlich, die gewollte Kälte der jungen Ertlbäuerin ließ jedes freundliche Wort auf den Lippen Terrys ersterben.

Weil Mareis Ross wieder gute Gangart hatte, gelangten sie noch an diesem Tag bis Holzkirchen. Es war ein schweigsamer Ritt. Erst am Abend, als sie im Gasthof »Zur Post« abgestiegen waren, nahm Marei den Müller ins Verhör. Anfangs wollte ihm die Darstellung seines einstigen Verhältnisses zu Terry nicht recht aus dem Herzen. Je weiter er sich aber in der Erinnerung verlor, desto wärmer wurde seine Rede, sodass er am Ende selbst der kleinsten

Einzelheiten mit seliger Freude gedachte. So interessiert die junge Bäuerin jede Erregung in den Worten des Erzählers erlauerte, so bitter wirkte auf sie die Erkenntnis, dass dieses adlige Weib tief in Peters Seele herrschte und von dort her den Gang seiner Gedanken und Empfindungen diktierte.

Marei vermochte während der Nacht kein Auge zu schließen. Ein heftiger Kampf mit der unsichtbar gegenwärtigen Rivalin war in ihr entbrannt. Sie erwog hundert Gegenangriffe und verwarf sie. Sie erwog hundertmal, sich Peter aus dem Sinn zu schlagen und dafür den Krautnudel kleinzukriegen. Immer wieder stand die Baronesse vor ihren Augen und schaute ihr mit souveräner Ruhe fragend ins Gesicht: Willst du mit Gewalt erbrechen, was nur ein feines Herz erschließen darf?

Marei vernahm diese warnende Frage nicht mehr. Unter ihr in der Durchfahrt rollten die Wirtsknechte Bierfässer über die Pflastersteine, hungrige Hähne krähten, ein Hund bellte. Die Nacht neigte sich dem Ende, die streitbaren Träume verblassten. Müde erhob sie sich und trat vor den halberblindeten Spiegel. Sie prüfte ihr Gesicht, ihre Gestalt. Sie nestelte an ihrem dunklen Haar. Sie strich mit dem Handrücken über ihre Haut. Sie griff an die Brust und fuhr die Hüften entlang. Lächerliches Getue! Und damit soll sie einen Mann gewinnen? Das mag denen in der Stadt recht erscheinen; sie mögen ihr Fleisch zur Schau stellen wie der Metzger das seine! Eine Ertlhöferin heiratet man so, wie sie ist, oder man lässt sie stehen!

Nachdem die Rösser gefüttert waren, ritten sie weiter. Die Sonne war noch nicht aufgegangen. Auf den Spitzen der Alpen im Süden erglomm der erste Schein.

»Was meinst du dazu, Peter: Muss der Mensch heiraten, dass er glücklich ist?«

»Müssen tut er net, Marei, aber ’s ist das Natürliche. Und dabei scheint mir, dass der Mann das Alleinsein noch leichter erträgt als die Frau. In der Frau ruft nämlich net bloß das Weib nach dem Manne, sondern auch das Kind. Freilich, dieses Rufen lässt sich ins Oberirdische verlenken, beim Manne sowohl, wie bei der Frau; sonst gäb’s ja keine Geistlichen und keine Nonnen. Aber selbst die bedürfen dazu einer besonderen Gnade, wenn sie in Ehren beharren wollen. Der gewöhnliche Mensch jedoch tut sich in der Einsamkeit schwer. Mir zumindest geht’s so.«

»Dass du dann solang gewartet hast?«

»Und i werd weiter warten, und dann so ganz sachte das Warten aufgeben; man kommt ja in die Jahre ...«

»Du kannst das. Du bist gesund und bist Mann.« Marei schwieg. Der ungesagte Satzteil schwebte antwortheischend in der Luft.

»Wann i dich recht versteh, Marei, nachher willst du von mir wissen, was du tun sollst. Weiß Gott, da is net leicht zu raten. Kommt dazu, dass wir dir von jetzt an kaum mehr helfen können. Du weißt’s ja selber: Die Kohlstätter verlassen mich, und i muss zusehen, wo i einen anständigen Sägewerker krieg und einen Handlanger obendrein. Du brauchst einen Knecht und eine jüngere Magd.«

»Brauchen schon! Was aber bleibt dann noch übrig?«

»Und wenn gar nix mehr übrig bleibt – was sein muss, muss sein!«

»So net, Peter! So wirtschaft’ i net weiter! Lieber geb’ i das ganze Sach dran und verding’ mich als Schreiner!«

»Wenn der Hof den Bauern ernährt, solang’ er schafft, dann ernährt er ihn auch noch im Austrag. Der Handwerker dagegen schaut oft dem Hunger ins Gesicht, wenn er aufhören muss zu werken. Woher woaßt du, wie lang du werken kannst, du mit deiner gebrochenen Kraft?«

Wieder ritten sie schweigend nebeneinander dahin. Die junge Bäuerin erkannte mehr und mehr den bitteren Ernst ihrer Lage. Bliebe sie allein, so drohte ihr ein jammervolles Alter; wo nicht, musste sie sich einem Manne ausliefern. Ja, wenn der Krautnudel zu ihr auf den Hof käme! Der könnte tun wie der Herr und wär' am End' dennoch immer nur ihr Knecht. Doch der wollte nicht. Und der Peter?

»Merkst du net, Peter, was i gern sagen möcht'?«

»Und wie i 's merk! Nur kommt's darauf net an!«

»Sondern?«

»Sondern, ob sich deine Ansicht von damals zu Michaeli grundsätzlich geändert hat. Und wenn ja, warum?«

Marei überlegte eine Weile. »Auf die Frage könnte dir der rote Franto am besten antworten. Im vergangenen Winter war er einmal nächtens bei mir und hat mir ein Gebräu geschenkt.« Und ganz leise und mit halb abgewandtem Gesicht: »Seitdem bin i Weib.«

Peter Huber hielt das Ross an und schaute auf sie, als wäre sie von weither zurückgekommen: »Marei, vielleicht sind wir jetzt net mehr allein …«

Als die ersten Fröste einfielen, begann der Tod in Sachrang zu ernten. Innerhalb einer Woche streckte er den Ebert-Wirt und den Grottenbacher-Haunstetter nieder. Am ersten Sonntag im Advent holte er sich den Steindlmüller vom Außenwald, und ein paar Tag darauf die Therese Mitterwallnerin aus der Magdalenenhütte.

Während der Wirt und die zwei Bauern mit großem Gepränge zu Grabe getragen wurden, ging es bei der Beerdigung der armen Resei sehr still her. Wie man erfuhr, hatte sie in den letzten Jahren keinem Mann mehr Zutritt bei sich gewährt und war seitdem, da keine Bäuerin sie willig zu Lohnarbeiten einlud, buchstäblich langsam verhungert. Das war so unauffällig gegangen, dass sich jetzt hie und da einer im Gewissen vorhielt, wie schandvoll es eigentlich sei, dass ein Mensch mitten unter Bauern des Hungertodes sterben konnte.

Als der Pfarrer Sänftl mit seinem Chormeister die letzten Segensworte in ihr Grab hinab gesprochen hatte, begann Peter Huber plötzlich zu weinen. Nicht aus Schuldgefühl, denn er hatte ihr immer wieder ein paar Pfund Mehl ins Haus bringen lassen; aber sie war, wiewohl fremd, ein ganzes Stück seines Lebensweges mit ihm gegangen, dass es ihm jetzt schien, als verlöre er ein Mitglied seiner eigenen Familie. Der Pfarrer sah das Mitgefühl des Chormeisters und begann mit einem Mal angesichts der vier gemeindlichen Leichenträger und der drei oder vier frommen Frauen zu reden: »Trauernde Hinterbliebene, so darf ich wohl uns alle nennen, die wir hier um das armselige Grab der Mitterwallnerin versammelt sind! Unsere Trauer ist freilich anderer Art, als die bei üblichen Begräbnissen zeternder Menschen; vielleicht ist sie aber echter als jene. Was hat dieser Leib da, was hat die Seele, die aus diesem Leibe entwichen ist, in den vierzig Jahren gelitten! Wir irrten wohl sehr, meine Lieben, meinten wir, dieses arme Weibsen hätte Lust an ihrem Leben empfunden. Sie war als öffentliche Sünderin durch unser Dorf und weit ringsum verschrieen. Doch sie trifft die allergeringste Schuld! Schuld sind weiß Gott diejenigen, welche sie zur Sünderin gemacht haben! Haltet einem hungrigen Hündlein einen Brocken Fleisch hin und sagt zu ihm: ›Mach bitte, bitte!‹, dann wird der Hund um seines leiblichen Lebens willen tun, was er sonst nicht täte. Es ist dies freilich ein rüder Vergleich, aber es steckt ein gut Stück Wahrheit drin.

Der Herrgott hatte unserer guten Mitterwallnerin nicht viel geistigen Erkennens gegeben, dafür aber ein liebes

Herz. Dieses Herz ist von Mannsleuten dieses Dorfes mit schmutzigen Füßen getreten worden. Der eine oder andere von euch wird sich noch des grausamen Spiels erinnern, das man mit ihr in einem Hexenprozess trieb. Oh meine Lieben, wer vermöchte zu ermessen, was dieses gute Herz damals an Leid geschluckt hat, als man ihr den Körper auf der Folterbank zermarterte! Damals, so will es scheinen, büßte die Mitterwallnerin die eigenen und viele fremde Sünden ab, jene Sünden nämlich, die nicht von ihr, sondern an ihr begangen wurden.

So deutet denn der schlichte Grabhügel, der sich nun bald über ihrem toten Leibe erheben wird, wie ein ausgestreckter Zeigefinger auf viele und viele dieses Dorfes hin, gleich als wollte er sagen: Auch du, auch du, auch du bist schuldig geworden!

Trauert also, ihr Leute von Sachrang, und betrauert euch selbst, wenn ihr den Zeigefinger auf euch gerichtet fühlt! Verachtet mir diese Tote nicht, sondern betrachtet sie eher als eine Mahnerin eurer sündigen Gewissen. Der Herr aber gebe ihr die ewige verdiente Ruhe; er lasse sein Licht über ihr leuchten und schenke ihr den Frieden, den sie suchte und nicht fand!«

Nach dieser Rede verließen alle schweigend den Friedhof. Beim Kirchentor wartete ein Amtsbote. Er fragte nach dem Müllner-Peter aus Sachrang, Hohenaschauer Gerichtsbarkeit. Dann überreichte er einen Brief, vom Herrschaftsgericht Prien am See gesiegelt. Peter stieg zum Kirchenchor hinauf, ordnete seine Noten und öffnete darauf das Schreiben.

»Zwecks Testamenteröffnung des verstorbenen Bauern Steindlmüller vom Außenwald bei Sachrang wird hierdurch der Müller Peter Huber aus Sachrang zum neunten Dezember h. a. vor ein hiesiges Amtsgericht geladen und besteht hingegen kein Einwand.«

Was hatte er, der Müllner-Peter, vom Steindlmüller zu erben? Soweit er sein Geschlecht zurückverfolgen konnte, bestanden zwischen dem Aschacher Grund und dem Außenwald keine nennenswerten verwandtschaftlichen Beziehungen. Zudem musste die Marthl als einzige Tochter voll erbberechtigt sein …

Unter diesen Erwägungen kehrte Peter in seine Mühle zurück. Hier kam ihm das Marei mit einem gleichlautenden Schreiben entgegen.

»Da liegt was in der Luft; mir ahnt nix Gut's!«, sagte die junge Bäuerin. »Der Steindlmüller – Gott hab ihn selig! – war schon allweil ein alter Fuchs und hat zeitlebens viel gelesen.«

»Am Lesen kann's net liegen, Marei; hab' auch schon viel gelesen in meinem Leben und wüsst' net, wieso i am End z'wegen dem schlechter sein sollt'!«

»Dös war was anders bei dir! Aber der Steindlmüller, der hat allweil mehr gewusst, wie die andern. Mein Vater selig soll mal gesagt haben, dass der die Flöh' husten hört. Solchene Leut sind gefährlich!«

Chrysostomus Geier, der Amtsrichter, war ergraut. Auch schien er ruhiger geworden zu sein. Ein neuer Amtsdiener war da, auch ein jüngerer Sekretär. So sterben die Menschen fort und man wird alt, dachte Peter Huber und setzte sich auf die Bank neben die Marthl, die in tiefes Schwarz gehüllt war. Er begrüßte sie mit kurzem Kopfnicken; Marei begrüßte die Cousine nicht.

Der Amtsdiener zeigte den dreien einen großen verschlossenen Brief, auf welchem von der bekannten Hand des Richters geschrieben stand »Testamentum Steindlmüller«, und machte sie aufmerksam, das rote Amtssiegel besonders zu beachten.

Dann reichte er den Brief dem Richter zurück und dieser begann dann vorzulesen: »Nachdem die hier gegenwärtigen Marthl Steindlmüller als Tochter, Peter Huber, genannt der Müllner-Peter, und Maria Hell, Ertlbäuerin, sämtlich aus der Gemeinde Sachrang, die Integrität des Siegels begutachtet, eröffne ich hiermit das Testament des Steindlmüllers vom Außenwald, welches folgenden Wortlaut hat:

›Ich, der Steindlmüller, freier Bauer vom Außenwald, tue also meinen letzten Willen kund bezüglich dessen, was mein und mir gehörig ist.

Primo, ich vermache den Hof mit Haus, Vieh und Gerätschaft und allem Inventar, mit Feld, Wald, Wiese und Acker, so wie er zum Zeitpunkt meines Hinscheidens mein Eigen gewesen ist, ganz alleinig meiner leiblichen Tochter Martha, sofern sie einem Manne ehelich noch nicht verbunden ist.

Secundo, sollte sie jedennoch einen Mann geheiratet haben, so möge ihm und ihr alles zu gleichen Teilen gehören, so zwar, dass der Mann sein Halbteil nur an meine Tochter veräußern darf, und an niemanden sonst.

Tertio, ist meine Tochter zum Zeitpunkt meines Hinscheidens noch ledig und ist der Müllner-Peter Huber aus dem Aschacher Grund willens, sie fortab ehetunlichst zum Eheweib zu nehmen, so ersuche ich ein Hohes Gericht, meiner Nichte Maria Hell, Ertlbäuerin vom Noppenberg, vorzuschlagen, sie möge ihren Hof mit dem meinen als gleich für gleich vertauschen, wiewohl der meine um dreizehn Tagwerk Ackerlands größer ist und zudem noch neun Tagwerk hohen Waldbestands aufweist, damit der Ertlhof alsdann mit dem Hofe des Müllners zu einem vereinigt werden könne; selbiger Ertlhof ginge alsbald zur Gänze in den Besitz des Müllners Peter Huber über, alldieweil ich diesen als einen Mann von vortrefflichen Eigenschaften kenne und von ihm das gesicherte Bewusstsein habe, dass er meiner Tochter Martha zeitlebens ein ordentlicher Ehegespons wäre und sie in ihrer Mitgift niemals zu schädigen gedächte.

Quarto, auf dass meiner abgeschiedenen Seel das Heil widerfahre, verpflichte ich meine Erben auf zwanzig Jahre hinaus, alljährlich am Tag meines Heimgangs bei Sankt Michael zu Sachrang ein Seelenamt lesen zu lassen, wo hierbei der große Chor, also wie ihn gegenwärtig der Müller Peter Huber aufgestellet hat, gegen eine Taxe von zehn Gulden das Requiem zu singen habe.‹ Dies in Beisein eines Hohen Gerichts zu notam gegeben, datum et signatum, das wäre dann soweit das Testament des Steindlmüllen.«

Doktor Geier hielt inne und schaute auf: »Gemäß dem Wunsche des Erblassers in puncto tertio ergeht die Frage an den Müller Peter Huber aus dem Aschacher Grund, ob er willens ist, die Jungfer Martha Steindlmüller ehetunlichst zum Eheweib zu nehmen?«

Peter erhob sich: »Davon ist niemals die Rede gewesen und ist auch jetzt keine Rede!«

Der Richter fuhr fort: »Nach dieser Aussage, welche an Klarheit nichts zu wünschen übrig lässt, bedürfte es der weiteren Frage an die Jungfer Maria Hell nicht mehr; ein Hohes Gericht stellt sie lediglich aus Gründen der Pietät dem Erblasser gegenüber. Maria Hell, hätte Sie auf den Vorschlag des Steindlmüllers eingewilligt und ihren Hof mit dem seinigen vertauscht?«

Marei stand auf. Zorn funkelte aus ihren dunklen Augen. »Da muss i bloß lachen!«, sagte sie, und das Sätzchen klang wie der Schnitt einer gewetzten Sichel.

Dann setzte sie sich wieder.

Der Richter: »Nicht so, Jungfer Maria Hell, nicht so! Und hätte sich der Steindlmüller hundertmal mit seinem Vorschlag geirrt, so wollen wir ihn dennoch nicht verlachen. De mortuis nisi bene! Das Testamentum eines Menschen ist der letzte liebe Schein am Abendhimmel seines Lebens, ehe die Nacht aufzieht. Dergleichen verlästert man nie! Antworten Sie also auf die Frage des Gerichtes mit Würde: Ja oder nein!«

»Nein!«

»Somit mögen Peter Huber und Maria Hell den Saal verlassen. Sie sind nicht mehr vonnöten.«

Der Schlitten des Aschacher Müllers sauste knirschend über den verharschten Schnee. Peter führte die Zügel. Marei saß im dicken Schafwollpelz neben ihm. Es dämmerte bereits. Da und dort hatten die Talhöfer schon den Kien angezündet; matt flackerte das Licht durch die eisgeblumten Fenster. Die Bäume an der Straße, von Raureif gepanzert, deuteten mit ihren Ästen wie Palastwächter auf den verschneiten Hochwald hin, in welchen jetzt der Schlitten einbog. Ruhe umfing die Herzen der zwei Menschen wie ein Märchen, das die Muttererzählt.

»Dumm war er net, der Steindlmüller!«, begann Marei.

Peter erwiderte nach einer längeren Weile: »Dass er die andern für dumm angesehen hat, war freilich net gescheit von ihm! Doch lassen wir das, Marei! Reden wir lieber von uns!«

Marei lugte über ihren Pelzkragen zu ihm auf: »Meinst du, dass wir's dürfen?«

»Dass wir's müssen, mein' i! Denn so ohne Klarheit in den Tag hineinleben, in jede Nacht hineinschlafen, das lähmt ...«

Vor ihnen überquerte ein Fuchs den Weg; das Ross begann daraufhin zu scheuen und bäumte sich auf. Peter rief ihm ein paar beruhigende Worte zu. Dann war es wieder still.

»Klarheit, sagst du!«, begann Marei. »Klarheit darüber, ob ein Mann und ein Weib zusammengehören, kriegt man vielleicht, wenn sie einmal ihre Silberhochzeit feiern. Wer von uns weiß denn schon, was morgen sein kann und was übermorgen?«

»Das weiß freilich niemand, Marei! Bei uns geht's auch gar net um das Morgen oder das Übermorgen, sondern um das Heut. Sprich dich einmal deutlich darüber aus, was du willst! Bin's langsam müde, wie ein folgsamer Hund deinen Spuren nachzugehen und hinter deinen oft abwegigen Schritten dreinzuschnüffeln …«

Marei wollte aufbegehren. Er aber unterbrach sie: »Jetzt bin i am Wort! Dass i zehn Jahr lang ein halber Knecht gewesen bin auf dein'm Hof, dös will i jetzt net bereden. Und dass i dir g'holfen hab, wo du elend warst, das versteht sich von selber. Aber dass du jetzt immer noch mit mir umeinand springen willst, als hätt' i nix anders zu schaffen, als auf deine Launen zu balzen, dös muss einmal sein End haben. Entweder du bleibst allein: Dann nimm aber auch dein Sach selber in die Hand und kümmer' dich rechtschaffen; oder wir gehn zusammen und heiraten: Dann nehm i unser beider Sach in die Hand. Dös sieht jetzt aus, als setzt i dir 's Messer auf die Brust; Gott bewahr mich davor! Nur ist's bei mir so, dass i lang wart, weil i's Warten g'lernt hab. Aber alles Irdische hat sein End, auch mein Warten. Und jetzt wär's bei mir so weit.«

Was für eine Tonart! Marei schnappte förmlich nach Luft. »Wie du mit mir red'st, Peter! Wenn i net wüsst, dass du neben mir sitzt, i könnt net glauben, dass du's bist!«

»Brauchst z'weg'n dem net bös sein auf mich, Marei. Nur hat eben jedes Faß einen Boden und jeder Topf einen Rand und auch der Geduldfaden hört einmal auf. Hab dir das sagen müssen, dass du dir's bis Neujahr noch ruhig überdenken kannst. Falls du dann immer noch net weißt, was du willst, sollst du wenigstens wissen, dass i über das, was mich selber betrifft, schon heut ganz im Klaren bin, so und so!«

Inzwischen war es so finster geworden, dass Peter anhalten musste, um die Deichsellaterne anzuzünden. Sie redeten jetzt nichts mehr: Er hatte alles gesagt, ihr dagegen hatte sein Ton die Stimme verschlagen. Als sie zum Mühlenweg kamen, verlangte sie auszusteigen, weil sie das letzte Stückchen zum Noppenberg zu Fuß gehen wollte. Er wehrte es ihr nicht und fuhr allein auf seinen Hof.

Harte Worte! dachte er bei sich. Und dennoch empfand er ein heimeliges Glück in dem Bewusstsein, nun endlich eine deutlich erkennbare Linie zwischen seinem und ihrem Herzen gezogen zu haben.

In der Stube saßen die Kohlstätter mit dem Krautnudel auf der Loderbank und wärmten sich das Kreuz an den dunkelgrünen Kacheln des Ofens. Der Krautnudel erzählte anschaulich und mit vielem Temperament von den Ereignissen anno sechsundneunzig, als die Franzosen die Mühle geplündert hatten. Eben wollte er vom Marei berichten, wie es der schnauzbärtige Sergeant hinter die Mühle gezerrt, da fuhr Peter in den Hof ein.

Ohne Verzug erhoben sich die Kohlstätter und gingen hinaus, um Ross und Schlitten unter Dach zu bringen. Vom Tirol herüber quoll ein dichter nasskalter Nebel ins Tal herein. Dergleichen Witterung ist ungesund für Leib und Seele, für Mensch und Tier. Man muss sich beeilen, ins Warme zu kommen.

Peter aß in der Stube und sagte ihnen nebenbei in kurzen Worten, was sich am Herrschaftsgericht zugetragen. Als er beendet hatte, fällte der Krautnudel eines seiner apodiktischen Urteile und sprach: »Wahrlich, der Steindlmüller ist gewesen ein frommer Mann; nur schade, dass man aus seiner Anstrengung zur Frömmigkeit *clairement* erkannte, wie gern er das Böse getan hätte!«

Die Kohlstätterbuben lachten hellauf und auch Peter schüttelte den Kopf: »Wenn man dich so hört, Thomas, möcht einer meinen, du seiest der Philosophenschule entlaufen!«

Schlagfertig erwiderte der Franzose: »Zu was brauch ich Schule, wenn ich Augen hab im Kopf und das Leben sch!? Selig sind, die sehen und doch nicht sehen, hören und doch nicht hören! ...«

Er blinzelte Peter zu und verließ die Stube.

Das war wieder so eine Zweideutigkeit, die er liebte und mit denen er seine Umwelt irgendwie in Schach hielt. Man war gezwungen, dem Sinne seiner Reden nachzuspüren, und fand am Ende mehr dahinter, als er vielleicht gemeint hatte; jedenfalls fühlte man sich ihm gegenüber ein wenig unsicher, wenn nicht gar unterlegen. Peter ärgerte sich jedesmal. Er sagte denn auch nichts mehr als gute Nacht, nahm die Zeitung, die der Pfarrer geschickt hatte, und stieg zu seiner Kammer hinauf.

Er fand aber nicht Lust die Zeitung aufzuschlagen, sondern überdachte noch einmal, was er seiner Nachbarin auf dem Weg von Prien her gesagt hatte. Es war nicht viel gewesen, aber hart! Hatte er dazu das Recht gehabt? Musste sich jetzt das Marei nicht in die Schranken gefordert fühlen und eine Entscheidung fällen, die vielleicht noch nicht reif war? Und würde eine verfrühte Entscheidung nicht zu ihrem und seinem Nachteil sein?

Peter wurde unruhig.

Gewiss, Marei war anders geworden. Die Zusammenkunft mit dem roten Franto schien – nach ihrer eigenen Aussage einen bedeutsamen Schnitt in ihrer Natur verursacht zu haben, sodass in ihr das Weibtum erwacht war. Dazu gesellte sich die Tatsache, dass sie Peter unverhohlen ihre Zuneigung bekannt hatte ...

Peter Huber, das sind unverkennbare Markierungen, die auf eure Verbindung hindeuten könnten, nicht erwähnt die Ergänzung im Künstlerischen, die du durch sie erfahren würdest. Sind aber auch die Ursachen klar, die Beweggründe, weshalb Marei Sehnsucht empfindet nach dem Manne? Nicht alles, was heiratet, heiratet aus Liebe! Geborgenheit und Versorgtsein sind auch beachtliche Triebfedern im Herzen eines Weibes; sie können zeitweilig stärker sein als die Gebote des seelischen Gleichklangs.

Was dann, Peter Huber, wenn du mit deiner harten Rede und deiner Festsetzung eines Entscheidungstermins diese Triebfedern noch mehr angespannt hast? Liebe kann man doch nicht erzwingen! Und wenn sie die deine wird, ohne dass auch ihr liebendes Herz in deine Arme eilt – was dann? Oder willst etwa auch du in den Irrtum derer verfallen, die da meinen, die Liebe stelle sich im Laufe des ehelichen Lebens von selber ein? Vielleicht gibt es das unter den biederen Leutchen deiner Umwelt, die unkompliziert und problemlos sind wie das liebe Vieh in ihren Ställen, vielleicht? Du bist anders, Peter Huber! Du hast ein hellhöriges Herz, deine Seele gleicht deiner Harfe: Wer falsch auf ihr spielt, beleidigt sie.

Was also, wenn Marei auf ihren Saiten nicht jenes hohe Lied anschlüge, das du in der ehelichen Verbindung von deiner Frau erwartest?

Es wäre besser, du gingest noch in dieser Nacht auf den Noppenberg und entbändest sie der harten Forderung, die du an sie gestellt hast. Einundvierzig Jahre bist du alt geworden und hast keine Ehegefährtin an deiner Seite gehabt; was nötigt dich jetzt zu Hast und Übereile? Alles Lebendige braucht seine Wachstumszeit – warum sollte das Lebendigste unter den Menschen, die Liebe, davon eine Ausnahme machen?

Er stand auf, zog seinen Pelz an, an dem noch die Feuchtigkeit des Nebels hing, und verließ die Mühle.

Marei hatte das letzte Stück zu ihrem Hofe tief in Gedanken versunken zurückgelegt, war in die Stube getreten fast wie eine Fremde, die von weit her kommt, hatte die Magd zu Bett geschickt und saß jetzt in der Kuchel im flackernden Schein des Kienspans.

Respekt, Müllner-Peter, das waren heut' männliche Worte! Von der Seite kenn' ich dich noch gar nicht. Es sind keine Schmeicheleien gewesen, die ich aus deinem Munde hören musste, nein, wirklich nicht! Aber so gefällst du mir. So viel Rückgrat hätt' ich dir nicht zugemutet. Bist eben doch ein Mann! Heut hast du das letzte Wort gehabt. Recht so! Eins von beiden muss das letzte Wort haben, und es ist weiß Gott besser, wenn es der Mann hat! Bisher hast du immer bloß geholfen und geraten, warst teilnahmsvoll und liebenswürdig; jetzt hast du endlich einmal diktiert. Nun fühl ich mich erleichtert. Du hast mir ein Großteil dessen abgenommen, was mich immer in Spannung hielt – weil es nicht ganz zu mir passte.

Müllner-Peter, heut hab ich dich wirklich bewundert, hab dich von innen heraus lieb gewonnen. Wenn du so bist und so bleibst, dann will ich gern zu dir gehören! All die Jahre her sehnte ich mich nach deinem Widerspruch, doch vergeblich; nun fühl ich mich ruhig werden in deiner Nähe, denn ich weiß, dass du immer einen Schritt vor mir sein wirst – und das ist gut!

Marei lehnte sich auf der Bank behaglich an die warme Mauer zurück und schaute mit ihren dunklen Augen in den knisternden Kien.

Schritte draußen im Hof, im knirschenden Schnee … Marei verharrte in ihrer lässigen Haltung und horchte: Ist er's? Er ist's! Jetzt steht er im Türrahmen. Er sieht die blinkenden Feuer in ihren Augen lodern; Feuer, die sich mit dem Kienspan bewegen; er sieht ihren überredenden Leib. Langsam erhebt sie sich, nimmt den Kien aus dem

Ring und taucht ihn ins Wasser. Es ist ganz finster und wohlig warm; es riecht nach verkohlenden Fichtenreisern und nach Harz. Es riecht auch nach ihrem Haar, nach ihrem Hals. Nun schlägt ihm der herbe Duft ihrer Haut entgegen...

Marei saß wieder allein. In ihrem aufgepeitschten Blut kochen Gedanken hassender Enttäuschung.

Warum musste er noch reden, ehe er ging. Warum verließ er sie nicht wie ein Mann, stumm und aufrecht und mit dem Bewusstsein der Selbstverständlichkeit dessen, was geschehen war? Warum stammelte er noch Entschuldigungen mit wenn und aber? Er war wieder in sein altes Fahrwasser gefallen, also doch kein Mann. Klangen seine Worte nicht wie Rückzieher, wie holperige Ausreden eines dummen Buben, der die Prügel seines älteren Bruders fürchtet?

Marei schämte sich für ihn.

Ihre Scham wuchs mit jeder Stunde, die sie wachend dasaß und das Geschehene überdachte. Gegen Morgen, als sich bereits das Vieh im Stall erhob, ist ihr aus der Scham und dem damit verbundenen Zorn ein fester Entschluss gereift: Was immer auch geschehen mag, der Müllner darf nie mehr seine Hand nach ihr ausstrecken! Der nie mehr! ... Dafür aber der andere! ...

Der Andere

Es war wohl einer der traurigsten Heiligen Abende, die im Müllerhaus je begangen wurden. Um den weißgedeckten, reichbedachten Tisch saßen die fünf Männer und schwiegen. In der Kuchel werkelte die Fanni und wischte sich ein über das anderemal die Tränen von den Wangen, damit ihrer nicht so viele in die dampfenden Schüsseln fielen.

Morgen wollten die drei Kohlstätter mit Sack und Pack Sachrang verlassen; heute früh hatten sie den Aufruf vom Regiment des Kronprinzen erhalten. Peter Huber sann und sann und konnte die abweisende Härte Mareis nicht begreifen, mit der sie ihm seit jener Nacht begegnete. Der Krautnudel aber saß breit und klotzig da und dachte: Ertlbäuerin, du bist eine Schlange! Doch lieber eine Schlange, als den kalten Strohsack in der Müllerstube!

Es wurden während des ganzen Abendessens keine zehn Sätze geredet. Die Gedanken der Männer, die einst in fast selbstverständlicher Harmonie um das Wohl und Wehe des Hofes und seiner Einrichtung kreisten, waren wie aufgescheuchte Sperlirrge auseinandergeflattert. Wohl zog eine stille Sehnsucht an ihnen und wollte sie herbeizerren zu den Interessen des Hauses, an dessen Tische sie saßen; aber sie hatten sich schon zu weit abseits verloren und fanden den Weg nicht mehr zurück. Der Friede auf Erden, der – wenn je – dann gerade am Heiligen Abend in die Mitte der Familien hineintritt und seinen Segen unter allen verteilt, fand keine Einkehr im Aschacher Grund. Die Männer erhoben sich vom weihnachtlichen Tisch, so wie man in einer wildfremden Schänke aufsteht, wenn man einen Krug fades Bier gegen den brennenden Durst getrunken hat, herzlos und mit dem Gefühl: Gottlob, dass man aus dem Loch wieder hinauskommt!

In der Mitternachtsmette sangen die drei Kohlstätter noch einmal das Hirtenlied, das Peter vor Jahren eigens für sie geschrieben hatte. Sie sangen es ohne Seele, fast so, wie man einen Gassenhauer singt, den man vor jedem zweiten Hoftor wiederholen muss. In dieser Mette geschah es auch, dass Peter seinen Chor beim Sanctus vollkommen aus der Hand verlor und »umwarf«. Während nämlich der Chor, so wie es sein sollte, das Sanctus begann, hatte er das Benedictus eingespielt. So waren die Buben gezwungen gewesen, um eine Quint höher zu beginnen; als dann das hohe A kam, fingen sie an zu krächzen, und der ganze Gesang fiel jämmerlich auseinander. Peter war darüber so entsetzt, dass er nicht mehr weiterspielen konnte. Es entstand vor der Wandlung eine peinliche Stille, die den ganzen schönen Weihnachtsfrieden der gläubigen Gemeinde durch stilles Lachen und halblautes Kritisieren verdarb.

Peter fühlte sich in seiner Zerfahrenheit ohnmächtig. Sein einziger Gedanke war: Was wird Marei von mir halten, die unten in einer Bank sitzt?

Aber sie saß nicht unten, sondern daheim in ihrer Kuchel auf der warmen Bank und wartete auf den Krautnudel. Dieser war denn auch der Form halber mit allen bis zur Kirchentür gegangen, hatte sich dann abseits gewandt und war hinter den Häusern herum auf den Noppenberg geschlichen. Und so geschah es in jeder der zwölf Raunächte, da in der Mühle die Arbeit ruhte, dass der Franzose die junge Ertlbäuerin aufsuchte.

Peter Huber gewahrte nichts. Er wusste, dass er bei der Nachbarin kein gern gesehener Gast mehr war; sie hatte ihm das nach jener Nacht zweimal deutlich zu verstehen gegeben. So blieb er daheim und versuchte das Gleichgewicht seines Herzens wieder zurückzugewinnen. Wie schwer war das! Eine fast Jahrzehnte alte, wenn auch nicht immer eingestandene Hoffnung war ihm unerwartet in Erfüllung gegangen und im gleichen Augenblick jäh wieder zerbrochen.

Am Morgen des Festes der Heiligen Drei Könige betrat die alte Magd der jungen Ertlhöferin das Widum. Sie begegnete dem Pfarrer Eusebius Sänftl im Hausflur, gerade als er sich den Pelz anzog, um in die Kirche hinüber zu gehen. Ohne ein Wort der Einleitung erklärte sie dem Geistlichen unter Tränen, dass sie nicht mehr länger in dem Sündenpfuhl am Noppenberg bleiben könne, nicht einmal bis zu Lichtmess. Sie habe von Jugend auf ein gottesfürchtiges Gemüt und wolle daher mit einer Hure nicht mehr unter einem Dach verweilen. Sie sei in Ehren grau geworden und habe aus Mitleid mit der jungen Ertlbäuerin ihre letzte Kraft darangegeben. Nun aber, da sie gewahr geworden, dass der Müllner-Knecht Nacht für Nacht zu sündigem Treiben eingelassen werde, sei alles Mitgefühl erstorben. Sie werde den Hof nicht mehr betreten, sondern zu einer Bekannten ins Tirol hinüber gehen, wo sie ihre letzten Tage verbringen wolle.

Pfarrer Sänftl nickte beifällig und tröstete das alte Weiblein. Er kannte seine Gebirgler, wusste auch, was sich in den winterlichen Nächten auf den einzelnen Höfen zutrug.

Nach beendigtem Gottesdienst traf er unter der Kirchentüre seinen Chormeister, den Müllner-Peter. Und weil ihm gerade die alte Magd wieder zu Sinn kam, sagte er: »Vielleicht wär's net schlecht, Müllner, wenn du die nächtlichen Spuren deines Knechts einmal verfolgen möchtest; 's ist weiter keine beschwerliche Aufgabe, denn zwischen der Mühle und dem Noppenberg liegt bloß eine schmale Wiese!«

Mit diesen Worten gab er Peter die Hand, lächelte und ging. Während sich der Müller, heimwärts gehend, diese Rede überlegte, fiel ihm ein, dass Fanni erst vor einigen Tagen ganz nebenbei gesagt hatte, die Mühle stünde seit vielen Nächten allein. Er wollte auf diese Bemerkung nichts geben, denn wenn Frauen über die Zeit sind, werden sie klatschsüchtig. Nun aber, da man die Sache bereits vor den Pfarrer gebracht und dieser den Noppenberg genannt hatte, fiel auf die Geschichte ein ganz anderes Licht.

Beim Mittagessen betrachtete Peter den Krautnudel genauer und erkannte, dass er müde und abgespannt aussah. Seine Gesten waren hastig, seine Augen trüb und gerändert.

Als die Fanni den Tisch abgeräumt hatte, erhob sich der Krautnudel. Sonst war er an Festtagen stets gern sitzen geblieben und hatte mit dem Peter eine gute Pfeife Tabak geraucht. Peter stand ebenfalls auf. Unter der Tür meinte er: »Willst mit auf meine Kammer gehen?« – Wortlos folgte der Franzose.

»Es hat keinen Zweck«, begann der Müller, als sie sich in die Eichenstühle gesetzt hatten, »es hat wirklich keinen Zweck, Thomas, an der Sache lange herumzureden. Ich hab erfahren, dass du ganze Nächte auf dem Noppenberg zubringst. Dein Privatleben geht mich ansonst nichts an; nachdem sich aber der Pfarrer bereits eingemischt hat, ist diese Angelegenheit nicht mehr ganz privat. Ich erwarte von dir jetzt keine Rechtfertigung. Ich werde aber dem Gesellen, der morgen kommt, nicht die Knechtstube hier im Haus, sondern deine Kammer drüben in der Mühle anweisen. Es geht nicht an, dass die Mühle jede Nacht allein steht, namentlich in den gegenwärtigen unsicheren Zeiten. Hast du etwas dagegen?«

Der Krautnudel hatte während dieser Rede wie zusammengeknickt dagesessen. »Sie ist eine Natter, eine Sybilla!«, sprudelte er heraus.

»Meinst du die Ertlbäuerin?« Peter stellte die Frage leichthin, als redete man vom Wetter. »Wenn du die meinst, Thomas, dann solltest du nicht vergessen, dass sie einmal Müllerin wird hier im Aschacher Grund; deine Chefin also, wie du zu sagen pflegst. Du ersparst dir dann den Weg durch den Schnee!«

»Du bist giftig, Chef, aber ich habe dein Gift verdient!«

Peter Huber erhob sich und reichte seinem Knecht die Hand. »Dann nichts für ungut, Thomas! Es war eine Rede unter Männern!«

»*Alors*, darf ich in der Müllnerstube bleiben?« Krautnudel fragte leise und fast schüchtern.

»Wenn du meine Interessen mit deinen privaten Dingen vereinbaren kannst, bitte, dann magst du bleiben!«

»*C'est fini*! Aus!« Der Franzose machte eine Verbeugung und straffte sich dann. Es schien, als atme er auf.

Etwa acht Tage danach brachte ein Kind einen Brief in die Mühle. Der Brief sei für den Krautnudel. Peter übergab ihn. Es war wohl der erste Brief, den der Knecht während der langen Jahrzehnte seines Aufenthalts im Aschacher Grund erhalten hatte. Und der Brief kam vom Nachbarhof, vom Noppenberg.

»Siehe da, Chef, das Weib der Apokalypse!«

Auf einem Blatt stand geschrieben: »Warum kommst Du nicht, Thomas?«

Am selben Tage erfuhr man in der Mühle, dass die Ertlbäuerin seit Dreikönig keine Magd mehr hatte und nun ganz allein auf ihrem Hofe werkelte. Es wurden Gerüchte über die Vorfälle laut, die zur Flucht der Magd geführt hatten. Weil aber kein Ebert-Wirt mehr da war, der diese Gerüchte von Ohr zu Ohr weitergeblasen hätte, verloren sie sich bald.

In der Mühle verloren sie sich nicht. Peter und der Krautnudel hingen getrennt dem Gedanken nach, wie lange wohl das Marei die Obsorge des Hofes allein verkraften werde. Während der Krautnudel eine hässliche Schadenfreude nicht gut meistern konnte, erwog Peter immer wieder den Gesundheitszustand der jungen Bäuerin.

Nach der gegenwärtigen Lage der Dinge war es aussichtslos, gleich wie in den vorhergegangenen Jahren eine Arbeitskraft von der Mühle auf den Ertlhof abzustellen.

Ebenso aussichtslos schien es, dass sich ein Knecht oder eine feste Magd finden werde, ein Dienstverhältnis mit dem Marei einzugehen. Hierfür besaß der Noppenberg im Priental einen zu schlechten Ruf; und der schlechte Ruf eines Bauernhofes ist ärger als eine Seuche auf ihm. Denn eine Seuche kann unverschuldet sein und geht vorüber. Nicht so der schlechte Leumund: Dieser wird leicht erblich und wächst von einem Geschlecht mühelos ins kommende hinein. Trotz der Lastenfreiheit des Ertlhofes, so bedachte Peter Huber, wird man wohl seinen Zusammenbruch leicht abwarten können. Abwarten können, ja! Ob man ihn auch abwarten darf? Normalerweise nicht! Bauernhöfe haben so viele Türen, durch die das Unglück eingehen kann; müssen darum auch ebensoviele Türschwellen haben, über die der helfende Nachbar tritt. Nach den jüngsten Ereignissen freilich konnte niemand mehr dem Müller zumuten, dass er auch nur einen Finger krümmte, das drohende Verhängnis über dem Noppenberg aufzuhalten. Und dennoch …

Der Schnee auf den Bergen schmolz, der Mühlbach schwoll an, die Säge lief auf vollen Touren und zertrennte Stamm auf Stamm. Jetzt durfte im Aschacher Grund keine Hand untätig sein. Kam aber der Abend, dann fielen die Männer in ihre Betten wie die Hölzer und schliefen wie die Murmeltiere. So will es der Lebensrhythmus der Gebirgler: Im Walten der Natur schwingt er mit.

In einer dieser Frühjahrsnächte wurde der große Hund in der Mühle laut und wollte sich nicht beruhigen. Peter wachte auf und trat im Dunklen ans Fenster. Eben huschte eine Frauengestalt über den rückwärtigen Teil des kiesigen Hofes und verschwand im Mühlenhaus. Allem Anschein nach war's die Nachbarin. War sie es wirklich, dann suchte sie den Krautnudel auf. War sie's nicht, dann würde sie der Franzose hinauswerfen und morgen dem Chef von dem nächtlichen Besuch berichten. Peter legte sich wieder zu Bett und schlief ein – bis er durch den Hund abermals geweckt wurde. Wieder schaute er durchs Fenster.

Es bot sich ihm ein böser Anblick. Das Weib hatte sich drüben vor der Tür des Mühlenhauses an den Knecht geklammert, während er sich mit wilder Gewalt von ihr befreite. Dabei schlug er auf sie ein, so sehr, dass sie zu taumeln begann. Sie ließ von ihm los, krümmte sich und kroch dann mit torkelnden Schritten über den Holzplatz, über den Steg am Wurbaum, um dann jenseits des Baches im Gehölz zu verschwinden.

Sicherlich waren während dieser harten Auseinandersetzung auch Worte gefallen; weil sich jedoch der Hund wie wild gebärdete, hatte Peter nichts verstehen können. Es genügte aber schon das Gesehene, sein Herz mit einer Flut des Entsetzens zu überschütten. Soweit also kam's mit dir, stolze Nachbarin, dass dich ein fremder Knecht verprügeln muss! Und der Krautnudel ist kein Hitzkopf, noch weniger ein Raufbold. Wenn er gegen ein Weib seine Hand erhoben hat, dann geschah dies ohne Zweifel aus gerechtfertigten Gründen. Was wolltest du von ihm, Marei?

Am Tag darauf benahm sich der Franzose heiter und freudig erregt, als wäre er während der Nacht um zwanzig Jahre jünger geworden. Er summte Lieder vor sich hin, sein Gang offenbarte Kraft und Schwung, in seinen Handbewegungen schien die alte angestammte Eleganz wieder erwacht zu sein. Peter beobachtete ihn genau und musste sich gestehen, dass an dem Benehmen des Knechtes keine Unehrlichkeit war. Die nächtliche Auseinandersetzung schien den Mann von einer Last befreit zu haben.

Der Pächter

Der Landrichter Doktor Chrysostomus Geier begrüßte Peter Huber mit viel Devotion, öffnete ihm die Tür und ließ ihn in die Amtsstube eintreten.

»Herr Huber, es schwebt offenbar ein tragisches Geschick über dem Ertlhof zu Sachrang. Jedenfalls hat mich die Jungfer Maria Hell ersucht, Ihnen den Hof zur pachtlichen Übernahme anzubieten. Als Grund hierfür macht sie geltend, dass Ihnen seit vielen Jahren die Bodenbeschaffenheit wie auch alle sonstigen landwirtschaftlichen Verhältnisse am Noppenberg vertraut seien. Außerdem würden wir es vom Standpunkt der Grundherrschaft aus vollauf begrüßen, wenn gerade dieses Anwesen in ordnende Hände gelangte. Warum, das dürfte Ihnen besser bekannt sein als uns. Den Pachtzins betreffend hat uns die Jungfer Hell vollkommen freie Hand gelassen. Wir würden angesichts des sehr im argen liegenden Viehbestandes und der entkräfteten Felder den Betrag von zweihundert Gulden als angemessen betrachten. Dies ist unser Anliegen. Nun bitte ich Sie, Herr Huber, dazu Stellung zu nehmen.«

»Wird die Jungfer Hell auf dem Anwesen wohnhaft verbleiben?« Peter stellte diese Frage rasch.

»Es müsste nicht unbedingt sein, Monsieur Huber; denn es bestünde die Möglichkeit, dass die Jungfer zu einer Base nach Rosenheim verzieht. Gleichwohl wolle sie von dieser Möglichkeit nur auf ausdrücklichen Wunsch des Pächters hin Gebrauch machen. Wäre es demnach Ihr ausdrücklicher Wunsch?«

»Es wäre für eine Abmachung die erste Voraussetzung, Herr Landrichter!«

»Gut, Monsieur! Und was setzen Sie noch voraus?«

»Zweitens, dass die Pacht die ersten vier Jahre unkündbar ist. Denn ich will in die Felder nicht nur hineinstecken, sondern auch etwas herausholen. Andernfalls wäre das Unternehmen nicht rentabel.«

»Der Beweggrund ist einleuchtend. Wir werden die Jungfer Hell zu dieser clausula verhalten. Und sonst?«

»Ich erbitte mir noch eine Woche Bedenkzeit. Sollte ich vorher zu einer Entscheidung gelangen, würde ich das Hohe Gericht davon in Kenntnis setzen.«

»Wir danken Ihnen, Herr Huber, und erwarten im Interesse des Hofes Ihre Zustimmung!«

Zunächst besprach Peter dieses Vorhaben mit der Fanni. Sie stimmte dafür. Dann zog er den Krautnudel zu Rate. Der war begeistert und bot sich als Verwalter an. Damit hatte Peter gerechnet. Die nächstfolgenden Tage dingte er eine gute Magd und stellte bei sich noch einen Müllerburschen ein.

Am ersten März wurde am Herrschaftsgericht zu Prien der Pachtvertrag gefertigt. Am Morgen des zweiten März verließ Marei ihren väterlichen Hof. Am Mittag desselben Tages betrat Thomas Grand d'Oudel, genannt der Krautnudel, am Noppenberg die Stallung und streute dem Ross, den fünf Kühen und den zwei Kälbern einige Metzen Hafer in die Krippen, auf dass sie den Beginn des neuen Regiments als einen Festtag betrachteten und »nach Tunlichkeit«, wie er sich ausdrückte, in Erinnerung behielten.

»Denn es steht geschrieben«, fuhr er fort, »du sollst deinem Ochsen das Maul nicht verbinden!«

Peter wies die neue Magd ein und besichtigte dann mit dem Franzosen langsam den Hof von oben bis unten. Die Baulichkeiten befanden sich in gutem Zustand. Das Viehfutter konnte kaum bis zum Anschluss ans Grünfutter reichen. Vom Saatgut war so gut wie nichts vorhanden. Das Gerät bedurfte einer gründlichen Überholung durch den Schmied.

»Sie hat getan, was sie konnte«, sagte Peter, »natürlich darf man von einer alleinstehenden jungen Bäuerin, die bloß die halbe Kraft hat, und einer alten Magd keine geordnete Wirtschaft verlangen; ich hatte mir's eigentlich schlimmer vorgestellt.« Der Krautnudel sagte dazu nichts.

Nach Beendigung ihres Rundgangs setzten sie sich mit der Magd in die gute Stube. Gemeinsam besprachen sie die für die nächsten Tage vordringlichen Aufgaben und kamen überein, an jedem Samstag nach dem drei-Uhr-Läuten die Arbeiten für die darauffolgende Woche auszumachen. Denn nur durch ganz planvolles Handeln, erklärte Peter, könne man den Hof wieder so weit in die Höhe bringen, dass er, was man von seiner Größe erwarten dürfe, auch trage. Der Hof gehöre mit zu den besten Höfen der Gemeinde, erfordere allerdings den ganzen Einsatz von Mensch und Tier. Wenn alles gut gehe, werde man im kommenden Frühjahr einen Knecht einstellen können. Peter wünschte den beiden Verträglichkeit und viel Glück im Stall. Darauf verließ er sie.

Das Frühjahr kam. Die Aussaat begann. Sämtliches Saatgetreide erhielt der Ertlhof von der Mühle, wofür allerdings eine gleichwertige Gegenlieferung in Form von Holz erfolgen musste. Peter wollte grundsätzlich nicht, dass dem Noppenberg etwas geschenkt würde. Auf Geschenke durfte ein solcher Hof nicht angewiesen sein. Der Krautnudel, nunmehr auf sich selbst gestellt, entfaltete eine bewunderungswürdige Betriebsamkeit. Es gelang ihm sogar, ohne Peters Wissen, bei den Bauern da und dort einige Fuhren Stallmist zu kaufen, sodass er damit zwei Tagwerk Acker bestreuen konnte.

Zur Heuernte war den Sachrangern günstiges Wetter beschieden; ebenso gut brachten sie das Getreide in ihre Scheunen. Dass es beim Kartoffelklauben regnete und dass ein kalter Wind die Hände erstarren ließ, findet man im Gebirge natürlich. Und dass man die Rüben herausstach, als bereits der erste Schnee gefallen war, wurde auch nicht weiter als tragisch empfunden. Alles in allem konnte man sagen, dass dieses Jahr mit zu den besten seit der Jahrhundertwende zählte. So sah man denn unter den Bauern allenthalben zufriedene Gesichter – und beim Wirt, häufiger denn sonst, angetrunkene Männer.

Der Müllner-Peter und der Krautnudel mussten sich auch hie und da in der Wirtschaft sehen lassen. Dies um so mehr, als die alte Garde, die dem Aschacher Grund feindselig gesinnt gewesen, nicht mehr unter den Lebenden weilte. Von den Jungen hingegen war eine beachtliche Anzahl durch Peters Kirchenchor gegangen, teilweise sogar noch aktiv darin tätig. Andere wieder verdankten dem Müllner die eigene oder die Gesundheit eines ihrer Angehörigen.

So hatte sich das Blatt unmerklich gewendet, und Peter galt neben dem Pfarrer als der geachtetste Mann im Dorfe. Den Schulmeister nahmen die Bauern nicht für voll, weil er noch zu jung war und auch jene feine Einfühlungsgabe nicht besaß, die der Gebildetere im Umgang mit den einfacheren Menschen offenbaren muss, sofern er unter ihnen nicht bloß bestehen, sondern auch ihr Vertrauen gewinnen will. Der Vorsteher des Gemeindeamtes war noch der einzige, mit dem der Müllner-Peter nicht warm werden konnte. Sebastian Kratzer, ein alter Bauer, verwaltete das Amt schon fast zwei Jahrzehnte. Schweigsam und nicht wenig misstrauisch, ließ er niemand an sich herankommen. Er tat auch nichts zum Wohl der Gemeinde, sondern beschränkte seine Tätigkeit auf die ordnungsgemäße Weitergabe aller Weisungen, die von Hohenaschau oder Prien her an ihn herangetragen wurden. So bedeutete er für die Gemeindemitglieder ziemlich nichts; in den Augen seiner vorgesetzten Behörden aber galt er als ein handsamer Mann, denn sie stellten ihn anderen, tätigerin Vorstehern oft als Beispiel eines mustergültigen Beamten hin.

So saßen sie wieder einmal beisammen in der vorwinterlichen Zeit und gerad mit dem alten Kratzer an einem Tisch. Der Pfarrer Sänftl und einige jüngere Bauern hatten sich auf einen Schafkopf zu ihnen gesellt. Der Krautnudel, der es mit dem Pfarrer gut verstand, redete fleißig.

Plötzlich wandte sich der Gemeindevorsteher an den Franzosen, klopfte ihm auf die Schulter und sagte: »Nur damit's net vergessen wird: Die Steuern vom Ertlhof sind schon lange fällig!«

Krautnudel schaute auf Peter; der hatte das auch gehört wie all die anderen. Der Müller fühlte sich bloßgestellt. Er runzelte leicht die hohe Stirn: »Wenn's was auszuhandln gibt über den Ertlhof, alsdann geht das mich an, Kratzer, und keinen andern net!«

»Nachher hast's ja gehört: Steuerschulden liegen auf dem Ertlhof!«

»Seit wann zahlt der Ertlhof Steuern?«

»Seitdem du ihn in Pacht hast. Die vormals gewährte Steuerfreiheit ist nämlich der jungen Ertlhöferin gewährt worden von wegen besonderer Verdienste, net aber dem Hof.«

»Wo steht das?«

»Das steht net, Müllner, das ist!«

»Wann's net steht, Kratzer, sondern bloß ist, alsdann ist's ein Irrtum in deinem Kopf. In jenem Decretum über die Steuerfreiheit der Jungfer Maria Hell heißt's nämlich wörtlich: ›ob weiterhin ledig, oder jemals einen Mannes Ehehälfte‹. Wird sie aber eines Mannes Ehehälfte, so kann der Mann verlangen, dass der Hof nach seinem Namen geht. Geht nun der Hof nach dem Namen des fremden Mannes und bleibt steuerfrei, dann bleibt er es um so mehr, wenn er den Namen seiner Besitzerin behält und nur in Pacht vergeben wird. Wenn dir das net klar ist, Kratzer, dann magst nach Prien gehn; dorten werden sie dir ein Licht anzünden!«

»Da brauchst net so aufzugehn; dazu gibt dir niemand koa Recht net!«

»Doch, doch, Kratzer, das Recht hab ich; und zwar hat mir's der gegeben, der amtliche Dinge an den Biertisch bringt: nämlich du!«

Der Vorsteher erhob sich, rückte den Hut, den er nicht abgelegt hatte, in die Stirn herein und verschwand. Die ganze Gaststube war gespannt der Auseinandersetzung der beiden Männer gefolgt. Jetzt wurden die Jüngeren heiter und riefen dem Müllner zu: »So war's recht! Dem hast's geben! Das langt ihm bis in d' Haut nei! Warum sich der auf einmal so viel Kraut rausgenommen hat?«

Dieses Warum beschäftigte auch den Müllner-Peter. Warum hatte dieser schweigsame und bedachte Mann plötzlich einen solchen Fehltritt gemacht. Diesem Fehltritt lag die unverkennbare Absicht zu Grunde, dem Pächter eins auszuwischen. Warum das?

Die Antwort kam zu Weihnachten, als durch Sachrang die Nachricht lief, das Ertlbauern-Marei sei beim Gemeindevorsteher Kratzer zu Besuch. Da erinnerten sich die Alten, dass zwischen Kratzers Ehefrau und dem Manne der Rosenheimer Base, bei der sich die junge Bäuerin aufhielt, verwandtschaftliche Beziehungen bestanden. So mochte also der Bauernneid dem Vorsteher jenen Angriff auf den Müllner diktiert haben.

Marei zeigte sich in den Tagen, da sie beim Kratzer weilte, nie öffentlich. Ihre Kirchenbesuche richtete sie so ein, dass sie später kam und früher ging, um nicht mit den übrigen Gläubigen ins Gespräch zu kommen. Dem Gerede der Leute nach war sie sehr gut gekleidet, im Gesicht jedoch blass und von Kummer gezeichnet. Wer wollte auch diesen Kummer nicht verstehen? Marei war krank.

Das Bewusstsein ihrer Krankheit trieb sie heim, an den Ort, wo sie den Mann kannte, der allein ihren Zustand zu würdigen verstand. Da sie aber nunmehr seine Nähe empfand, gebrach es ihr an Mut, den entscheidenden letzten Schritt zu tun. Vielleicht war es auch jener falsche Stolz, von dem Frauen aufgebläht werden, die einen Mann betrogen haben. Jedenfalls reiste sie von Sachrang wieder fort, an der Lunge von beängstigenden Qualen gepeinigt.

Doch darüber machte sich niemand Gedanken – auch Peter Huber nicht.

Während sich mit dem Beginn des Jahres 1812 in Bayern der gewaltige Feldzug Napoleons gegen Russland ankündigte (die drei Kohlstätter schrieben darüber in einem Briefe an ihre Mutter), setzte der Ertlhof unter Krautnudels Leitung seinen Aufstieg fort. Der im Vorjahr von Peter zugesicherte Knecht musste eingestellt werden. Der Rinderbestand hatte sich von sieben auf zehn erhöht. Außerdem erwartete man in diesem Jahre drei Kälbchen, die großgezogen werden sollten. Der Müllner-Peter freute sich, sooft er den Hof betrat, über den Schwung, mit dem die drei Menschen ihre Aufgaben bewältigten. Der Krautnudel verlor seinen als Müllerbursch angesetzten Speck vollständig und wurde so schlank, dass Peter zur Mäßigung mahnen musste.

Im Juni erfuhr die Fanni, dass ihre Söhne mit unter den dreißigtausend Männern, die Bayern zu stellen hatte, gegen Osten marschierten. In der oft hellseherischen

Vorahnung alter Leute, sie niemals wiederzusehen, erkrankte sie ernstlich, dass sich Peter gezwungen sah, für Küche und Keller eine Magd einzustellen. Sie hieß Gertrud und war die Nachgeborene Tochter eines armseligen Halbhufers zu Innerwald. Ihrem Leumund und dem äußeren Anschein nach war sie brav. Trotz der erst achtzehn Jahre wurde ihre strotzende Gesundheit für einige frauliche Lästermäuler zum Anlass der Erwägung, der Müllner-Peter habe nun endlich das Alleinsein satt. Bald erfuhr man, dass die Marthl vom Außenwald dieses Gerede beflissentlich in Umlauf setzte. Ob sich damit Ihre Aussicht vergrößerte, Müllnerin im Aschacher Grund zu werden? Peter stellte einem Kunden, der ihm das Gerede zu Ohren brachte, diese Frage und lächelte …

Gegen Ende des Sommers – die Fanni hatte sich wieder leidlich erholt – brachte ein berittener Kurier einen Brief an den Müller Peter Huber zu Sachrang. Trotz seiner von Gold strotzenden Uniform benahm sich der Mann dem Müller gegenüber sehr zurückhaltend und fast ehrfürchtig. Bei Übergabe des Briefes erklärte er, ihm sei geboten worden, auf umgehende Antwort zu warten.

Peter begab sich in seine Kammer und öffnete das versiegelte Schreiben.

Dem hochlöblichen Herrn Peter Huber!

Im Auftrag Seiner Königlichen Hoheit, des Kronprinzen Ludwig von Bayern, ergeht die Frage, ob Herr Peter Huber gewillt sei, sub auspiciis Seiner Königlichen Hoheit mit der Jungfer Maria Hell eine Unterredung zu pflegen. Sollte Herr Peter Huber hierzu sein Einverständnis erklären, wäre er gebeten, sich ehetunlichst auf Schloss Hohenaschau einzufinden.

m. p. Berks, Adjutant

Sub auspiciis

Sie standen auf der Rundbastei der Vorburg von Hohenaschau. Die milde Nachmittagssonne warf drei lange Schatten auf die großen Pflastersteine.

Der Kronprinz wandte sich an Peter: »Huber, ich weiß, was vorgefallen ist. Ich bin deshalb auch weit entfernt, für Maria Hell Partei zu ergreifen oder mich gar zu ihrem Anwalt zu machen. Ihr seid mir beide liebe Menschen, euch danke ich schöne Stunden. Dass sich zwischen eure Zusammengehörigkeit eine unerbittliche Dissonanz stellt, bedaure ich zwar sehr, vermag es aber nicht zu ändern. Zudem seid ihr beide älter als ich und verfügt über die größere Lebenserfahrung. Wenn ich der Bitte Maria Hells um diese Zusammenkunft statt gab, so nur deshalb, weil ich erkenne, dass sie einen Arzt braucht. Wer sie anschaut, zweifelt nicht daran. In einer Zeit, wo auf den Schlachtfeldern Russlands Tausende durch den Wahn eines Usurpators hingemäht werden, kriegt man Achtung vor dem Leben. Allein deshalb bitte ich Sie, Peter Huber, nehmen Sie sich ihrer noch einmal an. Wer schon einmal von einem Arzt aus den Krallen des Todes ins Leben zurückgeholt wurde, hat Vertrauen zu diesem wie zu keinem anderen. So legen wir also das Leben dieser Maria Hell abermals in Ihre Hände, Peter Huber!«

Ludwig reichte dem Müller die Hand und ging weg.

Marei lehnte an der Brüstung der Bastei. Sie trug ein himmelblaues Kleid. Zwischen diesem Himmelblau und der Rabenschwärze ihres Haars lag das Gesicht wie Wachs. Peter musste an einen Rauschgoldengel denken, dem man die Wangen zu färben vergessen hatte.

Langsam wandte sie sich um und schaute ihn an. »Peter, i kann net mehr weiter!«

»Wo wohnst du?«, fragte er kurz.

»Seit etlichen Tagen hier auf dem Schloss. Und i kann bleiben, solang' i mag, hat der Kronprinz gesagt.«

»Was hast du für Beschwerden?«

»Eigentlich gar keine!«

Er nahm sie an der Hand und fühlte den Puls. Dann ließ er sie tief atmen und legte sein Ohr an ihren Rücken. Und wieder griff er an die Pulsader. Dann kehrte er sich halb ab von ihr und schaute über die Mauerbrüstung ins Priental hinab, durch welches der Wind einen Hauch des Chiemsees heraufwehte: Ja, sie ist krank! Doch nicht an der Lunge. Das Herzeleid quält sie. Das Gemüt, das in ihr fast widernatürlich heftig entwickelt ist, vergiftet ihren ganzen Körper. Sie muss heim, sie braucht ihren Hof, sie braucht …

»An der Lunge fehlt es net. Du brauchst einen Mann, vielleicht den Krautnudel. Der will aber nix mehr von dir, das weiß ich.«

»I will wieder auf den Noppenberg.«

»Vier Jahre sind ausbedungen. Und kämst du früher, liefe mir der Krautnudel davon. So wie der Hof sich jetzt entfaltet, wär' das eine Sünd', Marei.«

»Und wenn i darüber flöt'n geh', ist das keine Sünd'?«

»Wenn du flöt'n gehst, alsdann gehst du an deiner Unbeherrschtheit flöt'n. Dir fehlt nämlich das, was in der Welt Religion genannt wird. Ich weiß, du gehst in die Kirchen, du betest wohl auch und gehst zu den Sakramenten. Das ist noch keine Religion. Erst wenn das tägliche Leben immer und immer wieder von der Allgegenwart Gottes erfasst und getragen wird, hat man Religion. Dein Alltag dagegen, Marei, hat mit unserem Herrgott überhaupt nix zu tun; bei dir dreht sich alles um dich selber. Und geht's einmal nicht so, wie du dir's einbildest, dann meinst du, das Leben sei zugedreht. Will dir was sagen, Marei: In solchen Augenblicken fängt's erst an interessant zu werden. Freilich, wenn einer wie du stets allein die Deichsel führt, fährt der Karren in den Dreck. Man muss schon mit der Deichsel gehen, aber unserem Herrgott muss man den Vorzug lassen. Vielleicht kannst du gar nix dafür, dass du so bist. Doch darfst du net meinen, dass es so recht ist, wie du bist.«

Unwillkürlich hatte Marei bei dieser Rede Peters an die Worte des alten Abtes von Wilten denken müssen, die er damals in der Nacht zu ihr gesprochen: Maria, du trägst den Namen der demütigen Mutter des Herrn! …

»Es muss aber doch was geschehn mit mir. Oder soll i da auf Aschau hocken bleiben, bis die vier Jahr' um sind?«

»Etwas geschieht immer, Marei! Kein Mensch aber darf sich erdreisten, das, was geschehen wird, vorauswissen zu wollen. Soweit sehe ich klar, dass du nur durch Ruhe die Festigung deiner Gesundheit wiedererlangen kannst. Ruhe heißt in diesem Falle nicht Schlaf, sondern Windstille des Herzens. Hast du hier die Möglichkeit, etwas zu arbeiten?«

»Sie haben eine Schreinerei.«

»Gut! Dann arbeite in der Schreinerei! Vielleicht kannst du auch mit dem Herrn Benefiziat musizieren. Wenn ihr wollt, geselle ich mich jede Woche einmal zu euch.«

»Das wär' recht« sagte Marei und ihre Augen leuchteten kurz auf.

Trotz des fürchterlich kalten Winters machte Peter Huber sein Versprechen wahr und kam allwöchentlich einmal nach Hohenaschau. Von einem zum anderen Mal konnte er eine immer stärkere Aufwärtsbewegung von Mareis Zustand feststellen. Man musizierte, doch waren die Männer nicht ganz bei der Sache. Von Tag zu Tag flogen neue Schreckensnachrichten über das Land: Napoleon war siegreich in Moskau eingerückt, aber die Hungersnot und die schreckliche Kälte hatten die Halbmillionen-Armee bis auf hunderttausend Mann vernichtet. Die eine der beiden bayerischen Divisionen unter Deroy war bereits auf dem Hinmarsch bei Polozk aufgerieben worden, zusammen mit ihrem General. Angeblich sollten nur noch viertausend bayerische Soldaten am Leben sein und diese waren auf ausdrücklichen Befehl Napoleons mit General Wrede zur Deckung des Rückzugs ausersehen worden. Wer wird da noch übrig bleiben? – Am achtzehnten Dezember erfuhr man zu München den letzten Heeresbericht des bei Nacht in Paris eingetroffenen Franzosenkaisers: »Die Große Armee ist verloren!« Und am Heiligen Abend kamen die letzten paar hundert Bayern, zerschunden, verhungert und erfroren, in der Landeshauptstadt an. Die drei Kohlstätter befanden sich nicht mehr unter ihnen. Das Herz der alten halbgebrochenen Fanni vermochte diesen Schlag nicht zu verwinden. Am Morgen des Festes der Unschuldigen Kinder war sie nicht mehr aufgewacht. Peter Huber ließ die treue Frau mit großer Zeremonie am Silvesternachmittag bestatten, gleich als wäre sie seine Mutter gewesen. Vier liebe Menschen, mit denen er die Hälfte seines bisherigen Lebens freundlich und leidlich verbracht, waren auf einmal von der Liste gestrichen.

Im Frühjahr 1813 fanden neue Aushebungen statt. Es hieß, Napoleon wolle sein Glück gegen die Russen noch einmal versuchen. Und wieder hieß es, die Preußen hätten sich den Russen angeschlossen und der österreichische Kaiser, wiewohl Schwiegervater des Franzosen, gedächte dasselbe zu tun.

Inzwischen bewegte sich das Hauptheer der Bayern unter Wrede an den Inn, entgegen der Weisung des Korsen, bei Würzburg zum Hauptheer der Franzosen zu stoßen.

Damit war der Anfang zur Lösung aus dem lange bestandenen Rheinbunde gemacht.

Viele Jungbauern eilten jetzt zur Fahne. Peter fragte den alten Benefiziaten Beetz, wie er sich zu dieser vaterländischen Begeisterung stellen solle. Ein Mann mit dreiundvierzig Jahren sei nicht mehr der jüngste, gleichwohl ...

Der Benefiziat unterbrach ihn: »... gleichwohl noch jung genug, um von der einen oder anderen Seite für die Narretei des Napoleon erschossen zu werden! So meinst du doch, Müllner? Und ich sag' dir, lass du vom Kriegshandwerk die Hände weg! Hände mit soviel Feinheit und ein Herz mit soviel Musik, die taugen in offener Feldschlacht nichts, wohl aber taugen sie für die Werke des Friedens, vielleicht sogar – ich darf es aussprechen – für eine Hochzeit. Denn das Marei sieht in dir schon längst mehr als den Nachbarn, mehr als die erste Stimme in unserem Terzett. Merkst du das nicht, Müllner-Peter von Sachrang?«

Freilich hatte er's gemerkt! Aber diesmal wollte er sie werben lassen, solange, bis er nach menschlichem Ermessen die Sicherheit hätte, dass ihre Neigung bestehen würde. Er bemühte sich, ihre einstige Treulosigkeit zu vergessen: Menschen sind keine Engel, auch das Marei nicht! Nur durfte sich dergleichen nicht wiederholen. Hierin vertraute er dem Krautnudel mehr.

Während der Aussaat setzten die wöchentlichen Konzerte auf Hohenaschau manchmal aus. Kam aber Peter wieder, so war des Fragens fast kein Ende mehr. Er musste ihr bis ins einzelne erklären, was sich auf ihrem Hof begebe, wie dieses und jenes Feld bestellt worden sei, wieviel Milch die Kühe gäben und was die Hühner legten. Sie fragte nach dem Umsatz der Mühle, nach den Leistungen der Säge; erkundigte sich besonders eingehend nach der Tätigkeit der hübschen Gertrud und ließ dabei

Bemerkungen fallen, aus denen die getarnte Eifersucht schlecht wegzudenken war.

Um dieselbe Zeit begann die Gertrud zu kränkeln. Auf Peters Fragen erwiderte sie, es sei weiter nichts Schlimmes und werde schon wieder vorübergehen. Seine Art war es nicht, sich und seine Heilkunde aufzudrängen. So ließ er sie weiterwerkeln, bis er plötzlich eines Abends unverhofft dazukam, wie sie sich Glühwein braute und Schnaps mit Paprika. »Wenn's so ist, Gertrud, dann sagst mir gleich, im wievielten Monat und wer's war!« Wie üblich in solchen Fällen, begann das Mädchen zu weinen und erklärte darauf, dass ihr der Schulmeister, der Herr Präparand Stockinger, keine Ruh' net gelassen hätt', und jetzt sei's halt gescheh'n.

Am andern Tag ließ der Müllner-Peter den Präparanden zu sich kommen. Der junge Mann zählte kaum zweiundzwanzig Jahre. Seine Kleidung befand sich in üblem Zustand. Sein Auftreten jedoch schien er einem Hofrat oder einem Herrn vom mittleren Adel abgeschaut zu haben. Er trug eine schmutzige Halskrause und Handschuhe von nicht mehr bestimmbarer Farbe. Er trat zu Peter in die Kammer und ließ die Tür hinter sich offen, gleich als müsste sie von einem Kammerdiener geschlossen werden.

»Warum machen Sie die Türe nicht zu, Herr Präparand?« Stockinger überhörte diese Frage, streifte seine Handschuhe ab und sagte protzig: »Er hat mich rufen lassen, Huber!«

Peter stand auf und schloss die Tür selbst. »Wer Er?«, fragte er dann. Hoch aufgerichtet und die Hände in die Hüften gestemmt, stellte er sich vor den Schulmeister nahe hin: »Wenn du vielleicht meinst, du grüner Junge, dem Müllner-Peter mit deiner dummen Aufgeblasenheit imponieren zu können, dann irrst du. Da bist du nämlich noch auf der Wassersuppe geschwommen, als ich bereits um ein ganz Erkleckliches mehr in meinem Kopfe hatte als du heute. Da setz dich nieder! Jetzt reden wir ein ernstes Wort miteinander, und zwar über unsere Gertrud!«

»Darüber wird's nicht wohl viel zu reden geben, meine ich!«

»Meinst du? So sieht's dir ähnlich! Das arme Mädel hätte schwerlich an einen Dümmeren geraten können; sie tut mir leid! Aber das spielt jetzt keine Rolle. Also, da gäb's nichts zu reden, meinst du? Das wird sich herausstellen! Also, wann gedenkst du sie zu heiraten?«

»Heiraten? Wer redet vom Heiraten? Bei meinem spärlichen Gehalt?«

»Und wer wird das Kind ernähren?«

»Herr Huber, aber ich muss schon bitten, von wegen Kind ...«

»Was? Ableugnen willst du's?« Peter holte aus und gab ihm eine Ohrfeige, dass er halb vom Stuhle rutschte. »So! Und jetzt frag ich dich nochmals: Wer wird das Kind ernähren?«

Die Stimme des Präparanden flatterte: »Sie wird es wegmachen, das Kind.«

»Hast du ihr das geraten? Hast du ihr auch die Mittel dazu geraten?«

»Es tut mir leid, ich kann nicht anders!«

»Als du sie aber verführtest, tat es dir nicht leid, du Lausbub, dreckiger! Jetzt hör zu! Dass du kein Gewissen hast und Unseren Herrgott nicht fürchtest, dessen Zorn du durch einen Mord im Mutterschoße herausforderst, das ist deine Angelegenheit. Ich bin dein Sittenrichter nicht! Dass du dich aber an meiner Magd vergriffen, die bis zu Lichtmess in meinen Diensten steht, das geht mich an! Denn für mich ist die Magd kein Arbeitstier, sondern Familie. Du hast dich also an meiner Familie vergriffen. Ich stehe an der Spitze meiner Familie und trage dir demnach folgendes auf: Erstens wirst du sie innerhalb der nächsten vier Wochen heiraten. Zweitens wirst du neben deinen Unterrichtsstunden noch eine verdienstliche Arbeit verrichten. Es dürfte zu Sachrang nicht leicht sein, eine solche zu finden; denn für die Bauernarbeit taugst du nicht. Ich stelle es dir also anheim, für einen Gulden Wochenlohn und das Essen bei mir in der Säge dem Sägewerker zu helfen. Drittens wirst du dieses Geld in eine Sparbüchse tun und aufheben, bis das Kind zur Welt kommt. Dann werde ich zehn Prozent zu dem, was sich in der Büchse befindet, hinzulegen, werde auch – wenn es euch beiden passt– das liebe Hascherl aus der heiligen Taufe heben. Ich hoffe, Präparand Stockinger, dass du mich verstanden hast. Sollte das jedoch wider Erwarten nicht der Fall sein, dann fahren wir auf der Stelle ans Herrschaftsgericht; ich könnt dort erwirken, dass dir die Schulmeisterei ein für allemal aberkannt wird. Und obendrein verklagte ich dich wegen Schädigung meines Hausfriedens. Geh jetzt heim und überleg dir's! Morgen kommst du wieder!«

Am anderen Tage kam er und sagte zu allem Ja. Peter rief die Gertrud herbei. Vor ihr musste Stockinger alles wiederholen. Sie weinte wieder und bat dann, Peter möge doch den Herrn Schulmeister nicht mehr ins Gesicht schlagen; es sei ihr bis ins Herz hineingefahren, als sie das gestern gehört habe. Peter Huber erwiderte lächelnd, er verpflichte sich, als Entschädigung für die Ohrfeige, dem Brautpaar die Hochzeit zu richten, »und es soll nicht die geringste sein!«

So geschah es auch.

Die Geschichte erzählte Peter dem Benefiziaten Beetz und dem Marei. Der Geistliche meinte: »Ob dergleichen handgreifliche Seelsorge im Sinne des Lieben Gottes ist, sei dahingestellt; manchmal freilich müssen die Menschen zu ihrem Glück, dem natürlichen wie auch dem übernatürlichen, ein wenig gezwungen werden!« – Marei schien ein Stein vom Herzen gefallen zu sein. Sie fragte sofort, wer denn die Hauswirtschaft führen werde, wenn die Gertrud ihre Stunde erwarte. Peter zuckte mit den Schultern. Er hatte sich diese Frage schon selbst gestellt. Der Benefiziat fasste die beiden an den Armen: »Wie wär's, wenn ich jetzt vor euch zweien die Rolle des Müllners vor dem Schulmeister und seiner Gertrud spielte? Ohne die bewussten Watschen natürlich, aber doch ein bisschen regulativ. Wer euch beide so kennt, wie ich euch kennengelernt hab', der kann's doch unter Fausthandschuhen greifen, dass mit euch etwas zusammengehen muss. Gewiss, das Marei hat sich vergangen. Wir alle sind nur unnütze Knechte, sagt der Herr. Und wer ohne Sünde ist, der werfe den ersten Stein auf sie. Man muss verzeihen, Müllner-Peter, nicht bloß einmal und nicht bloß siebenmal, sondern siebzigmal siebenmal, sagt der Herr.«

»Das wären nette Aussichten, Hochwürdiger Herr, wenn's Marei siebzigmal siebenmal …!«, warf Peter lachend dazwischen.

»So ist's nicht gemeint! Ihr wisst, wie ich's meine.«

Peter schaute auf Marei und gewahrte eine verklärte Miene in ihrem Gesicht. Nach einer Weile sprach er: »Sechzehn Jahr' Altersunterschied …«

Der Benefiziat unterbrach ihn: »… sind in eurem Alter nicht mehr von nennenswerter Bedeutung. Die Weiber, so heißt's, klingen nach dem Dreißigsten ab; die Männer jedoch gelangen nach dem Vierzigsten erst in die volle Reife. Mir will überhaupt scheinen, dass das Alter zweier Eheleute nicht so ausschlaggebend ist, wie man's alleweil hinstellt. Ich kenne Ehen, da ist der Mann sogar um einiges jünger als die Frau, und sie harmonieren dennoch. Auf die Harmonie kommt's an! Und wo könnt' es eine bessere Harmonie geben, als zwischen Menschen voll so vieler Harmonie?«

Benefiziat Beetz nahm die Arme der beiden, wie er sie hielt, und hängte sie ineinander: »So, und ich geh' jetzt. Was weiter zu besprechen ist, bleibt eure Sach'. Macht's gut! Und noch eins. Falls es euch grad willkommen wär', so stünden die Schlosskapelle hier auf Hohenaschau und der alte Benefiziat jederzeit zur Verfügung.«

In den Wipfeln der drei großen Kastanien im Schlosshofe fächelte der Abendwind. Die Kuhdirn schritt zum Ziehbrunnen und ließ den hölzernen Eimer an der verrosteten Kette in den Schacht hinunterrasseln. Oben in den Gängen flackerte das Windlicht des Lampenanzünders, der etliche Säle erhellen musste. Ein Zug aufgescheuchter Stare jagte über das Stückchen Himmel hin, das aus der Tiefe des Schlosshofes sichtbar war. Peter und Marei stiegen die steinerne Treppe zur Bastei hinan. Die Nacht zog ihren blaugrauen Schleier über die Berge herein. Vom Walde her verwehte sich der Duft junger Tannenreiser.

»Mir ist's net gegeben, Marei, um eine Notwendigkeit herum ein groß' Gered' zu machen. Zum Herbst braucht der Aschacher Grund eine Frau. Willst du?«

»Wenn du noch magst, Peter, nacher will i gern.«

»Die Pacht auf dem Ertlhof dauert noch ein Jahr; alsdann gehört er wieder dir. Aber der Krautnudel bleibt droben, solang' i leb'. Daran darf sich nix ändern!«

»Dös is recht so!«

»Ob uns der Herrgott wird Kinder schenken?«

»Wer weiß das schon, Peter?«

»Einen Müllner für den Aschacher Grund und eine Bäuerin für den Noppenberg.«

»Und Musikanten alle beide!« Marei lächelte selig und schmiegte sich an ihn. »Leicht wirst's net haben mit mir, Peter. I hab' aber den besten Willen.«

»Wenn wir den haben und dazu eine gute Portion Geduld miteinander, alsdann ist mir net bang'.«

»Lassen wir uns hier trauen, oder zu Sachrang?«

»Du magst's entscheiden.«

»Im Schloss wär' mir lieber.«

»Mir auch, Marei!«

»Am Montag fang' i an, unser Bett und den Schrank zuschreinern. Alles himmelblau und Bilder mal' i drauf ...«

Peter neigte sich ihr zu und küsste sie. Ihr Gesicht war heiß. »Hast du Fieber, Marei?«

»Fieber net, nur Freud'!«

Die erhobenen Zeigefinger

Peter Huber ritt in der Nacht noch heim und am anderen Tage nach dem Sonntagsgottesdienst ins Tirol hinüber zum Chirurgus Rusegger. Er hatte den Kollegen schon lange nicht mehr gesehen.

»Wir werden alt, Peter! Du freilich merkst es noch nicht; lass aber zehn Jährlein vergehen, dann wirst du spüren, wie der Mensch abbröckelt.«

»Schlechter Zuspruch für einen, der heiraten will, Sebastian!«

»Was? Jetzt noch heiraten?«

»Nicht so sehr meinetwegen, aber Aschach braucht eine Müllnerin und der Noppenberg eine Bäuerin.«

»Was geht dich denn der Noppenberg an? Lass die Ertlhöferin ...«

»Das ist es ja gerade! Ich habe den Ertlhof seit drei Jahren in Pacht, weil's Marei nicht mehr zu Rande kam; und nun will ich sie heiraten.«

»Die?«

»Du bist der Erste, zu dem ich rede, Sebastian.«

»Hm! Was willst du jetzt von mir hören? Soll ich dir die Hände schütteln und sagen: Du Prachtkerl!, oder soll ich dir eine runterhau'n und schreien: Du Rindvieh!, oder soll ich mich von dir abwenden und zum Nachbarn gehen? Was soll ich?«

»Du sollst mich verstehen, sonst nichts!«

»Verstehen, sagst du! Verständliches kann man verstehen; der Unsinn ist unverständlich. Kommt gar dieser Unsinn so vierkantig daher wie jetzt, dann müsst' man höchstens weinen, wenn man's könnt'. Ich kann's nicht mehr!«

»Dein Spott verletzt. Weißt du das?«

»Das ist kein Spott, Peter, das ist mein Ernst!«

»Sag, was hast du gegen sie einzuwenden? Sie ist ein unglückliches Weib, wenn sie allein bleibt.«

»Und das ist ein Grund für dich, dass du sie heiratest? Demnach müssten die unglücklichen Weiber weggeheiratet werden, und die glücklichen, die sonnigen, die wirklich schönen Frauen müssten sitzen bleiben! Ich bedauere, Peter, hier komme ich nicht mehr mit!«

»Ich darf dich daran erinnern, Sebastian, dass der, welcher verallgemeinert, meistens übertreibt.«

»Das stimmt, ich wollte übertreiben, aber nur, um dir ganz deutlich zu erkennen zu geben, wie unmöglich ich dein Vorhaben finde. Du sagst, es gehe nicht so sehr um dich, als vielmehr um deinen Hof und um ihren Hof und überhaupt darum, dass sie ohne dich unglücklich ist. Das alles glaube ich dir! Nur bitte ich zu bedenken, dass die Ertlhöferin auch mit dir unglücklich sein und bleiben wird. Warum? Weil der Glückliche immer eine harmonisch in sich selbst gegründete Persönlichkeit sein muss, was bei der Ertlbäuerin nie zu erwarten ist. Merk dir eins: Dieses Weib wird stets unter Zwang stehen und sich nur unter Zwang behaupten können. Fällt je einmal der Zwang von ihr ab, löscht sie aus.«

»Und ich hatte gehofft, du wirst mein Trauzeuge!«

»Mach' ich, Peter, mach' ich! Ich betrachte es mit zu meinem Berufe gehörig, einem Menschen seine Dummheit zu bezeugen. Wenn du mich nach diesem Wort noch haben willst – bitte! Wann soll die Hochzeit sein?«

»Nix für ungut, Sebastian! Entweder komm' ich selber noch einmal herüber, oder ich schicke jemanden vorbei.«

»Peter, du bist und bleibst mir nach wie vor ein sehr lieber Mensch! Vergiss das nicht!«

Er ritt hinunter nach Walchsee zum Auerhof, zur Ursel. Sie hatte bereits fünf Kindern das Leben geschenkt, das sechste war unterwegs. Kann man in so wenigen Jahren soviel verlieren? Matt glänzen die einst so frischen Augen, die Bewegungen gleichen dem eintönigen Geschaufel eines Mühlenrades, ihre Worte quälen sich heraus wie ein ausgegossener Brei.

»So, heirat'n willst? Wenn d'meinst, nacha wird's schon recht sein.«

Dem Auer, dem Schwager, erklärte Peter, dass er sich in aller Stille zu Aschau trauen lassen werde. Man möge deshalb in der Verwandtschaft nicht ungehalten sein, wenn er von Einladungen Abstand nehme.

»Ist schon recht!«, sagte der Bauer und fragte dann, mit einem Blick nach den Wolken, ob das Erntewetter wohl noch ein paar Tage aushalten werde. Heiraten, gebären und sterben ist nichts Besonderes; das liegt so in der Natur. Aber zu Tod ärgern könnt' man sich, wenn es einem ins Heu regnet, das man mit soviel Liebe wachsen und dörren sah …

Am späten Nachmittag war Peter Huber wieder im Aschacher Grund.

Eines Abends im August tauchte dann plötzlich der Franto auf.

»Als der Herrgott den Menschen schuf, schuf er ihn als Müller und klatschte dann vor seinem eigenen Werk in die Hände; etwas Besseres hätte ihm schwerlich gelingen können!«

»Du hast leicht spotten, du willkommener Tagedieb!«

»Tagedieb, sagst du! Nun ja, es gibt auch Nachtdiebe, solche nämlich, die den Weibern die Nächte wegstehlen – zu denen gehör' ich allerdings nicht! Übrigens, ich hab' mich seit einem halben Jahr nicht mehr sattgegessen; du könntest deinem Überfluss befehlen, sich meines ausgetrockneten Gebeins zu erbarmen!«

Peter ließ alle Arbeit ruhen und begab sich mit dem einstmals Roten in seine Kammer hinauf.

Die Gertrud brachte ihnen das Abendbrot.

»Ob das bei allen Großkopfeten der Brauch ist, dass sie sich, wenn sie in die Jahre kommen, junge Weiber nehmen?« Franto stellte die Frage so für sich hin, als das Mädchen weg war.

»Du wirst doch nicht meinen, dass sie von mir in anderen Umständen ist!«

»Hätt' mich auch gewundert. Immerhin bleibt es ein gutes Werk fremde Kinder zu erziehen, wenn man keine eigenen hat.«

»Vielleicht werde ich bald eigene Kinder haben, wenn es stimmt, was mir Marei von deinem Besuch gesagt hat.«

»Also ist es soweit!«

Peter nickte.

Der Böhme nahm einen zügigen Schluck aus der Bierkanne, stemmte seinen derben Stock mit der Spitze an den Blumenkasten am Fensterbrett und schaute zum offenen Fenster hinaus in die tiefe Abendröte. Oder schaute er auf den Noppenberg hinüber? …

»Was hältst du von meinem Vorhaben, Franto? Du hast sicherlich etwas zu sagen.«

»Zu sagen eigentlich nicht. Es gibt Dinge, die man beredet, und Dinge, die man beriecht. Meine Nase riecht, dass es der Ertlhöferin gut tun wird; und dir wird es nicht schaden. Es bestätigt sich wieder, dass Bestimmungen, die in den Wolken hängen, mit unabänderlicher Sicherheit auf die Menschen zueilen und auch über Jahre hinaus ihren Ort erreichen. Wer da noch vom Hintergründigen redet, faselt. Alles Menschliche marschiert in der ersten Reihe. Übrigens ...«

Mitten in seiner Rede stieß er vor und warf mit der Stockspitze den Blumenkasten voll üppiger Geranien hinaus, gleichzeitig erklang ein schmerzlicher Aufschrei unten im Hofe.

Peter Huber fuhr auf und eilte in großen Sprüngen die Treppe hinab. Da lag der junge Schulmeister Stockinger und bemühte sich aufzustehen. Peter packte ihn und trug ihn in die große Stube. Hier schluchzte die Gertrud. Da kam auch der Einäugige. Er knöpfte dem jungen Mann das Hemd am Halse auf.

»Ist nur das Schlüsselbein. Drei Wochen schön ruhig liegen, dann sieht es aus, als wär' nix gewesen. Hätt' übrigens schlimmer werden können! Wirst ihn jetzt gut pflegen, Gertrud! Und du, Schulmeisterlein, wirst Geduld lernen und wirst ihr schön brav folgen, gell?«

Er drehte sich um und verließ die Stube.

Peter verband den Stockinger mit essigsaurer Tonerde, traf noch einige Anordnungen und folgte dann dem Roten in die Kammer hinauf.

»Franto, was war das mit dem Kasten?!«

»Müllner-Peter, der Kasten flog zu einer ihm bestimmen Zeit vom Fensterbrett – Bestimmung! Er schlug dem Schulmeister das Schlüsselbein an – Bestimmung! Die

Gertrud wird ihren Mann ein paar Wochen lang betreuen, sodass er ihre Liebe erkennt. Bisher hat er noch nicht gewusst, was Liebe ist. Er wär' ihr eines schönen Tags davongelaufen. Alles Bestimmungen, die in den Wolken hängen – oder als Geranien auf einem Fensterbrett stehen …«

»Du bist machmal unheimlich, Franto!« Peter spürte die kalte Gänsehaut über den Rücken hinabrinnen.

»Unheimlich, sagst du. Damit sagst du nichts Neues. Jeder sagt's! Dir dürfte ein anderes Wort einfallen.«

»Warum weichst du aus?«

»Richtig! Ich weiche aus. Ich muss ausweichen, weil du genau so ein Narr bist wie die anderen, die fortwährend fragen. Immer nur fragen! Sie meinen, der Franto trage wie der liebe Herrgott ein großes Buch in seinem Hirn herum. In diesem Buche stünde alle Zukunft aufgeschrieben. Er brauche sie nur herauszulesen. Ich weiß genausoviel und genausowenig wie die anderen. Bisweilen nur packt mich ein untrügliches Gespür. Dann tue ich etwas oder sage etwas, das sich nachgerade als vernünftig herausstellt. Von diesem Gespür bis zum Wissen führt aber kein Weg. Wundert's dich jetzt, Müllner, dass ich deiner Frage nach dem Eheglück mit der Ertlhöferin ausweiche? Wundert's dich noch? Glaub mir's, Peter, du bist mir der Freund zu groß, als dass ich dich in ein Unglück hineinrennen ließe, wüsste ich, dass du vor dessen Tür stündest. So! Und jetzt steig mir auf den Buckel mit deiner Heiraterei! Was sagst du zum Napoleon? Voriges Jahr haben sie ihm aus Russland heimgeleuchtet; heuer will er sein Licht im Sachsenlande wieder anzünden.«

»Ich verstehe nichts von Politik, kümmere mich auch nicht darum.«

»Wer redet von Politik? Ich rede vom Franzosenkaiser. Und da bin ich der Meinung, dass ein Mensch, der einmal seine Grenzen überschritten hat, einem ausgegossenen Wasser gleicht, einer Pfütze. In Pfützen aber tritt man mit Wonne hinein, wenn man gute Stiefel anhat. Du, Peter, ich hab' allen Respekt vor einem russischen, preußischen und österreichischen Stiefel, namentlich dann, wenn es die drei auf eine und dieselbe Pfütze abgesehen haben.«

»Was würde dann aus uns Bayern?«

»Mehr Söhne Bayerns können von den anderen kaum noch unter das Hackmesser genommen werden, als sich der Napoleon bereits genommen hat. Freilich, bisher hieß es nicht Hackmesser, sondern Altar des Vaterlandes. Nur dass es für den, der daran glauben muss, wurscht ist, wie's heißt. Das ist nämlich die Lüge vom schönen Tod und vom schrecklichen Tod. Als ob es zwischen Tod und Tod einen Unterschied gäbe! Der Tod ist für jedes Licht das Ausgeblasenwerden. Vom Docht hängt es ab, ob er duftet oder stinkt, wenn die Flamme verlöscht wird.«

»Ich bewundere dich, Franto!«

»Zwecklos, leider! Von deiner Bewunderung vergeht mir der Durst nicht. Eine Kanne Bier wär' mir lieber.«

Peter rief nach Gertrud. Sie füllte die Krüge.

»Was macht übrigens deine Musik, Müllner-Peter? Und deine Apotheke?«

»Meiner Musik geht's wie einer Dotterblume: Ist die Wiese feucht, gedeiht sie; geht das Grundwasser zurück, wächst sie kümmerlich.«

»So wird die Ertlhöferin für dich eine Überschwemmung sein!«

»Du Spötter!«

»Vielleicht reden wir noch einmal darüber!«

»Und was die Apotheke betrifft, so gibt's nicht mehr viel zu tun. Unsere Sachranger sind gesund, ihr Vieh nicht minder. Und empfindlich sind sie auch nicht. Nach der Wehmutter wird mehr gefragt.«

»Die Wehmutter? Seit etlichen Jahren habt ihr doch die Loichlin?«

»Kennst du sie?«

»Ich werd' die alte Kartaune nicht kennen! Sie selber kennt mich vielleicht nicht.«

»Voriges Jahr war sie bei mir in Behandlung. Ein seltsamer Fall: beide Daumen zerquetscht.«

»Wie hat sie das angestellt?«

»Scheint irgendwo unter die Räder gekommen zu sein, drüben bei euch im Tirol.«

»Unter die Räder! Gut! Sag' ich, gut! Vergangenen Winter war's, da sitz' ich beim Steldinger – das ist ein großer Einödhof drüben – in der Kuchl und flick' Töpfe zusammen. Eines Tags hör' ich sie draußen in der Stube tuscheln, die Alte, die Junge und den Großknecht. Ich horche ein wenig deutlicher hin: Da ist doch die Junge vom Knecht in anderen Umständen, und der Alte soll's nicht wissen, weil er sonst allen beiden das Kreuz abbricht. Auf einmal sagt die Alte, dass sich die Wehmutter von Sachrang aufs Massieren verständ'. Unter hundert Gulden mache sie's aber nicht. Erwiderte der Knecht, die hundert Gulden tät er schon beitreiben. Die Alte beschwichtigt ihn und will selber die Hälfte drauflegen. Nur müsste der Knecht besagte Wehmutter zur Nachtzeit herbeiholen, und machen müsst' sie's hinten bei der G'sottmühle, damit der Alte nix wegkriege. Das höre ich also alles mit. In der Nacht – ich schlafe bei den Rössern im Stall – stelle ich mich hinter die Scheune zur G'sottmühle. Und richtig, da kommt er mit der Loichlin. Die Junge ist auch schon da. Sie wird auf den Boden über ein paar Decken gelegt. Die Loichlin beginnt ihr mörderisches Handwerk. Die Junge schreit, dass er ihr die Gosch'n zuhalten muss. Und am End sagt die grausame Wehmutter, dass sie wohl noch zweimal wiederkommen müsse. Davon will zwar die Junge nix wissen, aber der Knecht besteht darauf und die Loichlin auch. Verflucht! Da tut mir die Junge leid! Ich mach' mich dünn und auf den Weg gen Sachrang. Binde mir vorsorglich noch ein Tuch über die Nase. Droben im Jungholz nächst der Grenze schlage ich mich abseits und warte. Ich warte nicht lange, da kommt sie. Der Knecht war bloß bis zur Grenze mitgegangen. Ich hör' förmlich ihre breiten Hüften im knirschenden Schnee daherwalzen. Wie sie nahe ist, pack' ich sie und drücke sie bäuchlings nieder, mit der Visage in den Schnee. So kann sie nicht schreien. Drauf raune ich ihr in die Ohren: ›So, Mutter Loichlin, du vielfältige Kindsmörderin, ich will dir jetzt die Daumen ein klein wenig behandeln, dass dir in Zukunft das Massieren vergeht.‹ – Dann hab' ich ihr noch einen anständigen Tritt hintenhin gegeben und bin verschwunden … Die Daumen kennst du!«

»Sie sahen böse aus.«

»Meinst du, der Rote verrichtet eine halbe Arbeit? Bin kein Tugendbold, weiß der Himmel! Aber nach dem Ertlbauern ist die Loichlin das niederträchtigste Mensch, welcher mir bisher auf Gottes Erdboden begegnete.«

»Dass du den Ertlbauern noch immer nicht vergessen kannst!«

»Müllner-Peter, der Mensch kann leichter verzeihen als vergessen, namentlich wenn man ganz allein in der Welt steht und dabei bedenkt, dass es hätte so schön anders sein können.«

Peter Huber besann sich eine Weile: »Du, Franto, wirst du auch das Marei verfolgen?«

Der Einäugige lächelte: »Ich verfolge niemanden; ich bin nur immer da.« Bei diesem Wort verlor sich sein starrer Blick in eine sehr weite Ferne.

Der Schulmeister Stockinger verbrachte eine recht fiebrige Nacht. Gegen Morgen dann schaute Peter nach seinem Verband. Dann begab er sich ins Widum zum Pfarrer Sänftl.

Der hörte seinen Chormeister ruhig an und überreichte ihm auch ohne Zögern das schriftliche Einverständnis zur Trauung in Hohenaschau. Peter wartete dann noch eine Weile, ob der Pfarrer vielleicht eine persönliche Äußerung machen würde. Doch Eusebius Sänftl schwieg. Schwieg er aus Teilnahmslosigkeit, oder schwieg er aus Missbilligung? Eine Zustimmung war es sicherlich nicht, dieses Schweigen. Und darum fühlte sich Peter innerlich bedrückt.

Als er wieder in die Mühle zurückkehrte, fand er einen Brief vor.

»Lieber Peter Huber! – Betrachten Sie es nicht als Einmischung in Ihre Angelegenheiten, sondern als den Ausdruck einer gewissen Mitverantwortlichkeit an Ihrem Geschick. Ich erfahre soeben, dass Sie sich mit der Absicht tragen, die Jungfer Hell vom Ertlhof zur Ehegattin zu nehmen. Wissen Sie, lieber Huber, was das für Sie bedeutet? Sie werden ein Leben lang an einen gottlosen Menschen gebunden sein! Denn imgrunde ihres Wesens ist die Jungfer Hell ohne Religion. Sie dagegen, lieber Freund, den ich in langjähriger Zusammenarbeit kennen und schätzen gelernt habe, sind nicht der Mann, der die Fesseln eines solchen Charakters dauernd zu ertragen vermöchte. Ihre kunstsinnige Seele erträgt nach meiner Meinung überhaupt keine dauernde Bindung an eine Frau. Wenn Sie auch vielleicht meinen, durch die zweifellos pravuröse Jungfer Hell eine Ergänzung ihrer Kunst zu erfahren, so könnte dies immer bloß für eine kurze Zeitspanne sein. Mit einem Male brauchen Sie dann wieder eine Periode schöpferischer Stille. Und diese werden Sie auf keinen Fall an der Seite der Hell gewinnen können. – Halten Sie meine Warnung für einen Freundschaftsbeweis und nehmen Sie, lieber Huber, meinen priesterlichen Segen an. Ihr Harlander, Pfarrer.«

Peter faltete das Blatt langsam zusammen. So langsam macht man ein Gebetbuch zu. Dann band er sich die bestaubte Müllerschürze aus Sackleinwand um und begab sich – wie jeden Tag – zur Arbeit in die Mühle.

Der Entschluss

Gegen Abend kam der Krautnudel vom Noppenberg. Die Stute sei mittags unruhig geworden und werde wahrscheinlich in der Nacht fohlen.

Peter nahm den Lederbeutel mit den tierärztlichen Instrumenten von der Wand und folgte dem Franzosen auf den Ertlhof. Sie erschienen nicht zu früh. Nach einer knappen Stunde lag das junge Rotfüchslein vor dem ruhig atmenden Muttertier.

Darauf lud Thomas seinen Herrn in die große Stube und setzte ihm einen Südtiroler Roten vor. Peter trank seinem Verwalter freundlich zu und wünschte ihm auch weiterhin Glück im Stall. Dann ließ er seine Blicke an den Möbeln entlanggleiten. Alles, was da stand, war handwerkliche Meisterarbeit. Die Brandmalereien auf Truhen und Bänken verrieten eine hoch über dem Durchschnitt stehende Begabung. So ist das Marei! Sie wirft Werte aus sich heraus mit der Geste eines, der viel davon hat. Ihrem Tun haftet das Merkmal der Selbstverständlichkeit an. So selbstverständlich wird sie jetzt auch heiraten, ihn heiraten …

»Soll ich ein Licht anzünden, Chef?«

»Braucht's nicht, Thomas! Ich geh' wieder.«

»Warum machst du dich so rar bei mir?«

»Du bist doch Müller genug, um zu wissen, was in dieser Jahreszeit bei uns imgrunde los ist! Oder hast du das schon vergessen?«

Der Krautnudel machte nur: »Hm!«

Peter Huber aber nahm seinen Fellsack und verabschiedete sich kurz.

Draußen war es Nacht; von jenen Nächten eine, die mit der Leuchtkraft ihrer Sternenklarheit die Menschenseele aus ihrem Hause, dem Körper, herauslocken und in die flimmernde Atmosphäre geahnter Unendlichkeit stellen.

Peter schritt durch den atmenden Buchenwald zur Ölbergkapelle hinauf. Er betrat den Chorboden und setzte sich an seine Orgel. Ein blaugrauer Schein zwängte sich durch die verstaubten Fensterscheiben und geisterte über die vergoldeten Ränder der langen Tuniken barockener Engelsfiguren auf dem Hochaltar. Die Himmlischen begannen sich zu regen, die vierkantigen Heiligenbilder schlugen in ihren Rahmen die schweren Bücher auf und sangen. Peters Orgelspiel glich sich ihren Stimmen an und untermalte sie pianissimo.

Je höher ihr Gesang aufsteig, desto deutlicher wurden ihre Gesichter. Da waren es nicht mehr Heilige aus vergangenen Tagen, sondern Menschen von gestern und vorgestern. Dort die Mutter, die Hupf-Margaret, mit ihren guten Augen. Langsam und andächtig wandte sie ihren Kopf um und schaute zum Chor hinauf: Überleg dir's halt nochmal, Bua, das mit dem Ertlbauern-Marei! Und weiter sang sie aus ihrem Buche. – Der Müllner-Schorsch, der Vater, hielt eine Urkunde in der Hand, das Pergament, das sie in den regulierten Mühlbach eingemauert hatten … den Erben zum dauernden Vermächtnis! Dabei wanderten seine Blicke fragend zum Chorboden hinauf. – Die schwarzhaarige heilige Cäcilia ähnelte ganz und gar der jungen Schwester Ursel; sie lächelte, und in dem Lächeln lag ein leiser Spott: Du und die? Geh, Peter! – Der heilige Georg drüben verdreifachte sich, das waren die drei Kohlstätter, sie sangen ein altes Soldatenlied:

Uns drängt es nicht, das Haus zu mehren,
Wir geben unser Blut in Ehren.
Auf stehn die Tore angelweit
aus dieser in die andere Zeit.

So schritten sie singend ins Grau der Nacht hinaus, ohne ihren einstigen Meister eines Blickes zu würdigen. – Und dort im Eck auf der Epistelseite die heilige Mutter Anna. Glich sie nicht der alten Fanni? Sie schaute nicht auf, sondern strich langsam an ihrem faltenreichen Kleide nieder und redete von einem Garten, in welchem die eine Blume gedeiht, während auf demselben Boden die andere verdorrt. – Sogar die beiden Schächer neben dem Gekreuzigten wurden lebendig. Der eine, mit dem Gesicht des Ertlbauern, lachte spöttisch, während der andere, der dem Ebert-Wirt gleichsah, frech wie ein Schusterbub zu pfeifen begann. Nur der alte Pfarrer Aiblinger, der würdevoll auf dem Stuhle des Propheten Jesaia saß, wischte mit der dürren Hand über die Augen und nickte: Vor Gott entscheidet nicht die getane Tat, sondern die Absicht, in der sie getan wurde. So prüfet denn euer Gewissen!

Peter Huber zog seine Hände jäh von den Tasten der Orgel zurück. Hatte er geträumt? Er hatte doch auf der Orgel gespielt! Wie konnte er auf der Orgel gespielt haben, da niemand den Blasbalg gezogen hatte? … Ja, Zeit wird's, dass man aufhört zu träumen!

Das Staunen der Sachranger war nicht gering, als sie während des sonntäglichen Gottesdienstes von der Kanzel erfuhren, dass der Müllner-Peter nun doch mit der Ertlbäuerin in den Stand der heiligen Ehe zu treten gedächte. Sie ist eine Füchsin, meinten die meisten, und ganz gleich ihrem Vater: Erst dreht sie dem Müllner den verluderten Hof an und lässt ihn aus dem Schlamassel herauswirtschaften; nun rückt sie näher; und eines schönen Tages sitzt sie vielleicht alleinig darauf und lacht sich den Buckel voll über die Dummheit des guten Nachbarn. Er hat eben kein Glück, der Peter! Manch eine reiche Bauerntochter hätt' sich alle zehn Finger abgeschleckt, wenn sie als Müllnerin bei ihm eingegangen wär'. So gerät er ausgerechnet an die; und das alles nur wegen dem bisserl Geigenspiel! Wie schlau sie's eingefädelt hat! Lockt ihn nach Hohenaschau, damit er bei der Trauung die bemitleidenden Gesichter der Dörfler nicht sehen kann. Falsch und hinterlistig wie der Alte! Der Apfel fällt nicht weit vom Stamm, und was von den Gehörnten kommt, trägt Hörner!

Bei der gemeinsamen Beratung am Samstag nach dieser ersten kirchlichen Verkündigung fragte Thomas, der Krautnudel, seinen Herrn mit ernster und kalter Miene, wie das nun auf dem Noppenberge weitergehen werde. Peter entgegnete: »Alles bleibt, wie's ist! Die Müllnerin gehört in die Mühle!«

Die schwangere Gertrud ordnete mit der herbeigeeilten Mutter und ihrem Manne, dem Schulmeister Stockinger, alle Stuben und Kammern des Wohnhauses. Die Müllerburschen ebneten den Hofplatz und die Wege säuberlich ein. Der Sägewerker richtete den Holzplatz, als gälte es eine Auktion zu veranstalten. Einige Bauern, denen Peters ärztliche Kunst Siechtum oder Seuche vom Hof vertrieben hatte, brachten Geschenke ins Haus: böhmisches Linnen, niederländisches Tuch und Weine aus dem südlichen Tirol. Der Pfarrer Sänftl schickte seinem Chormeister ein kostbar gebundenes Notenbuch, in welchem achtundzwanzig Streichquartette von Wolfgang Amadäus Mozart enthalten waren. Von seinen Geschwistern erhielt Peter nichts; nur die Ursel ließ durch ihren großen Sohn dem Onkel ein blauseidenes Halstuch, der künftigen Tante ein silbernes Halsgehänge mit blauen Steinen bringen.

Am zehnten Oktober las man in der Münchener Zeitung, dass sich der König von Napoleon losgesagt habe und ein Bündnis mit Österreich eingegangen sei. Die Gesichter der Bauern begannen bei dieser Nachricht zu strahlen. Gottlob, dass wir wieder unter uns sind!

Am Abend des zwölften Oktober betrat der alte Kratzer die Mühle im Aschacher Grund. In seiner Eigenschaft als Gemeindevorstand halte er's für recht und billig, dem besten Sohne des Dorfes, der schon so viel Gutes gestiftet habe, Glück zum bevorstehenden Ehestand zu wünschen. Peter verstand, dass dieser Glückwunsch nicht so sehr von den Interessen der Dorfgemeinschaft diktiert war, sondern eher der Freude darüber entsprang, dass er die der Familie Kratzers nahestehende Ertlhöferin zum Weibe nahm.

Als der Hahn seinen frühen Weckruf ins Morgengrauen des dreizehnten Oktober 1813 hineinkrähte – und als mustergültiger Hahn tat er das um halb drei Uhr früh –, erhob sich Peter Huber zum feierlichsten Vorhaben seines Lebens. So will es der Ruf, den der Schöpfer in das Blut der Menschengeschlechter gehaucht hat: Crescite et multiplicamini! wachset und werdet! et renovabitis faciem terrae, so erneuert sich das Gesicht der Welt.

Was bedeutet es, dass man das Jahr dreizehn zählt und vom Kalender den dreizehnten liest? Was bedeuten die verheißungsvollen Aussagen derer, die um Peter herum sind oder einst um ihn waren? Was bedeutet es auch, dass die C-Saite springt, als er sich für einen kurzen Augenblick an die Harfe setzt und mit den Fingern durch einige festliche Akkorde wühlt? Nicht ein Aberglaube soll den Morgen trüben, sondern der Glaube an die Güte dieses Tages möge das gewollte Glück herbeiführen!

Unten in der kalten Dunkelheit des Hofes stampfte das Ross, das der Stockinger aus dem Stalle geführt hat. Peter im dunkelbraunen schweren Frack, um den Hals das blauseidene Tuch der Schwester, griff rasch den hellgrauen Zylinder, eilte die Treppe hinab und schwang sich in den Sattel.

»In Gottes Namen!«, flüsterte die Gertrud kaum hörbar unter der Haustüre.

»In Gottes Namen!«, sprach Peter mehr zu sich selbst, denn als Antwort auf den Segenswunsch der Magd, und ritt durch das Hoftor in die feuchte Oktobernacht hinaus.

Die Hälfte der Sachranger Bauern schlief noch. Die aber, welche sich beim Vernehmen des Pferdegetrappels ans Fenster begaben, erkannten nichts Deutliches und meinten am End', es sei eben irgendein reitender Kurier – keine Seltenheit in diesen kriegerischen Zeiten.

Als das Morgenlicht aufzudämmern begann und der Nebel im Tale sich verdichtete, kam Peter Huber beim Schuster in Stein an die schmale Brücke über die Prien. Da blieb mit einem Male das Ross wie erstarrt stehen. Die Kälte hatte den Reiter träumend gemacht. Er schaute jetzt voraus. Da schien ihm doch, als stünde das Marei inmitten der brauenden Nebelschwaden händeringend über dem Brückenbogen. Etwas Entsetzliches stand auf ihrem blutleeren Antlitz geschrieben. Vom Grauen gepackt schrie Peter: »Hierher, Marei!« … Da war das Gesicht verschwunden, und das Pferd schritt weiter.

Die Schusterin aber grüßte von ihrem Hofe herab, wo sie die Hühner fütterte: »Habt acht auf die Nebelgeister, Müllner-Peter von Sachrang! Sie schnüren einem manchmal die Kehle zu. Aber Ihr seid ja ein Arzt und habt die Mittelchen dagegen! Gott befohlen!«

Das Brautpaar hatte gebeichtet und kniete auf dem mit weinrotem Samt überzogenen Betschemel vor dem Altar. Zwei braune Wachskerzen und das rote Fünkchen des ewigen Lichts erhellten spärlich die graugetünchte halbrunde Apsis der Kapelle. Der leidende Erlöser, der an seinem Kreuz aus dem düsteren Gewölbe herabhing, schien sich im Geflacker der Lichter zu bewegen. Der Morgenwind rüttelte an den verbleiten bemalten Fenstern. Von den Steinfließen des kahlen Bodens kroch die Kälte herauf.

Die geladenen Trauzeugen waren nicht gekommen. Dafür stehen der alte Vogt und der junge Schulmeister von Aschau hinter den Brautleuten. Noch tiefer im Raume saßen fünfzehn oder zwanzig Männer, lauter Burgknechte, die vier Jahre zuvor Zeugen gewesen waren, als das Marei den Handstreich der Tiroler vereitelt hatte. Weiß Gott, wenn solch ein Weibers heiratet, das muss einer gesehen haben. Ob's der Müllner mit der aufnehmen kann?

Ein sauberes Paar sind sie, das müsste ihnen auch der Neid lassen. Sie hat sich schier raffiniert angezogen; zwar nicht herkömmlich – wann wäre denn je einmal eine Bäuerin in himmelblau zum Traualtar gegangen! –, aber es passt zu dem schwarzen Haar und dem weißen Busentuch wie auf einer Malerei. Was ihn betrifft: Nun, er ist schon immer ein stattlicher Mann gewesen. Der Frack und die enge helle Hose mit den Lackstiefeln straffen seine hohe Gestalt. Es lässt sich eben nicht verleugnen, dass er ein Studierter und nicht zusammengerackert ist. Wenn sie's miteinander verstehen, dann gibt's zu Sachrang noch ein sehr beachtliches Müllnergeschlecht – wozu es übrigens höchste Zeit wär'. – So die Gedanken der Männer. Weiber waren nicht da, weil die auf der Burg das Marei nicht leiden konnten.

Jetzt tritt der Benefiziat Beetz an den Altar. Er stellt sich vor das Brautpaar und rückt mit seinen knochigen Händen an der golddurchwirkten Stola, dann hüstelt er fast verlegen: »Meine lieben Freunde! Ich habe im Lauf meiner vielen Jahre schon manch ein adliges Paar an diesem heiligen Orte hier zusammengetraut. Ich fühlte mich jedoch mit keinem davon so innerlich verbunden wie mit euch. Dies nicht so sehr deshalb, weil ich mit euch festliche Stunden gestaltgewordener Kunst verleben durfte, sondern weil ich das gesicherte Bewusstsein hege, dass Mann und Weib selten so von Natur aus auf einander abgestimmt waren wie ihr. Dies bedeutet zwar eine große göttliche Gnade, bietet euch selber jedoch noch keine Gewähr für ein ungetrübtes Zusammenleben. Solcherlei Gewähr gibt unser Herrgott niemandem, weil er einem jeden Menschen den freien Willen gibt, kraft dessen ihr aus euch selber heraus die Harmonie des Ehestands gebären sollt. Diese Geburt steht vor der Geburt von Kindern. Und ihr ahnet leicht, was von beiden die schwerere Aufgabe ist. Ach, meine lieben Freunde, meine Bangigkeit wächst in dem Maße, als ich weiß, wie hellhörig und leicht verstimmbar eure künstlerischen Naturen sind! Gerade ihr werdet ein Doppeltes und Dreifaches an gegenseitiger Ehrfurcht vonnöten haben, weil eure Seelen, kraft der Fähigkeit auch zarte Dissonanzen zu wittern, viel leichter auseinanderpendeln und viel schwerer zurückschwingen. Darum beschwöre ich euch hier Im Angesichte des Allerhöchsten: Fürchtet einander in Ehren und ehret einender in Furcht! Lasset dieses mahnende Wort eines alten Gottesknechtes nicht in diesem Raume verhallen, sondern wäget es ab und prüfet es ernst und leget es mit in eure versprechenden Hände hinein! Nur so wird dann auch der Segen des Allmächtigen, den ich als Vertreter der Kirche Christi nunmehr auf euch herabrufe, in euren Seelen wie auch in euren Leibern wirksam werden. Das aber walte Gott. Amen.«

Der Benefiziat rief nun die Brautleute bei ihren Namen und nahm ihnen das gegenseitige feierliche Eheversprechen ab, Wort für Wort, in klaren Sätzen. Dann begann er die stille Messe pro sponsis. Der Schulmeister hatte sich ans Harmonium gesetzt und spielte ein paar schlichte Marienlieder. Der Sang der Männer ähnelte den rauen Weisen der Landsknechte.

Nach dem Gottesdienste traten die Burgleute zum Altar vor und wünschten Glück und Segen. Peter Huber stiftete ihnen ein Fass Bier mit der gehörigen Anzahl von Weißwürsten. Er selbst war mit seiner Frau und den beiden Zeugen beim Benefiziaten Beetz zum Frühstück eingeladen worden.

Wie formlos und bieder sich die heilige Handlung auch vollzogen hatte, sie war von Peter und Marei doch als der Beginn eines anderen Lebensabschnitts empfunden worden. Der junge Schulmeister präsentierte ihnen auf einem sauber geschriebenen Bildtäfelchen einen Vers, den er schüchtern vortrug:

Stille ist vorbei,
Ketten hat, was frei,
Halb nur wiegt das Blei,
Echo hat der Schrei,
Nichts ist einerlei:
Zweimal eins ist zwei!

Dieser dreizehnte Oktober war ein Dienstag, ein gewöhnlicher Arbeitstag für die Bauern. So hatte denn auch niemand Zeit, gaffend auf der Dorfstraße zu stehen, als der Kammerwägen der jungen Müllerin in den Abend von Sachrang hineinfuhr. Es befand sich nicht viel auf dem Wagen: ein Schrank, ein breites Bett und etliche eisenbeschlagene Truhen. Diejenigen freilich, die näher hinschauten, mussten erkennen, dass diese Möbel wertvolle Schreiner- und Malerarbeit waren. Nicht umsonst hatte Marei ihre ganze Kunst aufgewandt. Über den kaiserblauen Untergrund waren sinnige Ornamente von Blumen, Früchten und Vögeln in leuchtenden Farben gemalt; in den beiden oberen Feldern des Schrankes ruhten zwei Landschaftsgemälde: links eine Windmühle am Ufer eines schiffbaren Kanals, rechts ein verfallenes Schloss zwischen Akazienbäumen am Strande des abendroten Meeres. In beide Bilder hatte die Malerin eine Sehnsucht nach der Ferne, nach der unwirklichen Wirklichkeit des Märchens hineingewoben. Dinge, die sind, aber für die junge Frau nie sein werden. Ruheloses Verlangen nach Ruhe. Bejahung eines Widerspruchs …

Sie trugen die Möbel des bräutlichen Wagens hinauf in die große Kammer an der Südseite, während sich das junge Paar in der Stube mit dem Pfarrer Sänftl und dem Vorsteher Kratzer zu Tische setzte. Die Gertrud hatte Rebhühner gebraten. Ihr Mann, der Lehrer Stockinger, servierte Bier und Wein. Marei fühlte sich unter den Männern wie daheim und freute sich innerlich, dass der Kratzer seine Frau nicht mitgebracht hatte; wenn diese auch zu ihren Anverwandten gehörte, so mochte sie dennoch das alberne Gerede der Vorsteherin nicht leiden.

Eben hatte der Pfarrer den Wunsch geäußert, die Neuvermählten sollten musizieren, als ein halbwüchsiges Mädchen vom Gerstenmaier, einem armseligen Viertelhufer im Außenwald, mit einem Windlicht in der Laterne daherkam und den Müllner-Peter bat, er möge rasch zum Vater kommen, weil ihm sehr schlecht sei. Wo es denn fehle? Das wisse man leider nicht, weil er nur stöhne und nichts als stöhne und kein Sterbenswörtlein sage. Meinte der Pfarrer Sänftl, ob er denn nicht auch mitkommen solle? So schlimm werde es wohl noch nicht sein, erwiderte das Mädchen, dabei schoss ihm die Röte ins Gesicht.

Peter schaute seine Frau an: »So ist's Marei, du wirst dich auch daran gewöhnen müssen!« Sie antwortete nichts, sondern betrachtete unverwandt das Mädchen des Viertelhufers. Peter erhob sich, kleidete sich in seiner Kammer um und verließ dann mit dem Kinde den Hof. »Bleibt fein da!«, rief er noch durchs Fenster, »werd' net lang aus sein!«

Etwa zehn Minuten später sagte die junge Müllerin zu den zwei Männern, sie habe eine böse Ahnung, stand vom Tische auf, warf sich ein Wolltuch um die Schultern und folgte ihrem Manne in die Nacht hinaus. Der Pfarrer und der Vorsteher schüttelten die Köpfe und gingen auch …

Die Hochzeitsnacht

Die Tochter des Viertelhufers trippelte sehr rasch neben Peter Huber einher. Er hatte Mühe bei gutem Atem zu bleiben. Dabei erzählte sie ohne Aufhören von diesem und jenem Dorftratsch, den sie dem Gespräch der Erwachsenen abgefangen hatte; befragte er sie jedoch nach ihrem Vater, so wusste sie nichts anderes zu sagen, als dass er stöhne. Wie herzlos manche Kinder erzogen werden, dachte Peter. Anstatt um das Leben des kranken Vaters besorgt zu sein, schnäbelte sie von nichtsnutzigen Dingen.

Sie bogen jetzt ins hohe Gehölz ein, das vor dem Außenwald lag. Der Weg verengte sich. Das Mädchen überholte Peter und schritt hastig mit der Laterne voraus. Und ihr Mundwerk plätscherte wie ein Wasserfall. Der Waldweg, der sich mittlerweile zu einem Pfade verjüngt hatte, schlängelte sich nun in eine Kiesgrube hinein und war beiderseits von steilen Wänden flankiert. In diesem Augenblick hörte Peter, wie hinter seinem Rücken jemand niedersprang. Er fühlte sich gepackt, zur Seite geworfen, und seine Bauchwand durchfuhr ein kalter Stahl, dem brennender Schmerz folgte. Er griff an seinen Leib und spürte die Eingeweide. Er schrie nach dem Licht, doch das Licht war fort und das Mädchen war fort; nächtliche Stille ringsum. Er zog den Fellsack unter seinem Rücken hervor, griff mühsam hinein und entnahm eine Handvoll blutstillender Kräuter. Diese breitete er über seine Wunde, und indem ihm das helle Bewusstsein langsam entwich, sah er hinter vielen Schleiern sein Weib Marei im himmelblauen Hochzeitskleid, mit einem schwarzen Schaltuch um die Schultern. Sie kniete vor ihm hin, löste das weiße Busentuch aus ihrem Mieder und da schien ihm, als wäre es sein Leichentuch. Er wandte das Gesicht zur Seite und stimmte das Totengebet für sich selbst an: Misere mei, Deus, secundum magnam misericordiam tuam.

Sachrang, den vierzehnten Oktober 1813
An das Königlich Bayerische Herrschaftsgericht Prien

Hierdurch wird ein über die Massen bedauerlicher Zwischenfall zur Kenntnis gegeben, welchselbiger sich in der verwichenen Nacht auf Sachranger Gemeindegebiet ereignete. Der Müller und Arzt Peter Huber von hier ward gestern in vorgeschrittener Abendstunde von der Tochter des Viertelhufers Gerstenmaier, genannt Annamirl, in zufälliger Gegenwart des unten Gefertigten zu einem Krankenbesuch ihres Vaters gebeten. Huber folgte ihr denn auch, in Erkennung seiner Pflicht, unverzüglich. Als sie nun in die Kiesgrube nächst dem Außenwald gelangten, geschah die Verhängnis: Huber ward von einem Menschen angefallen und ihm ward der Leib aufgeschlitzt, dergestalt, dass er sich bis zur Stund noch in allerhöchster Lebensgefahr befindet.

Der gefertigte Gemeindevorstand ließ in der heutigen Morgenfrühe das besagte Mägdlein Annamirl zu sich kommen und es bedurfte nur eines geringen Zuredens, da bekannte selbiges Kind unter Tränen, dass es von der jungen Bäuerin Martha Steindlmüllerin lügnerischerweise zu diesem Gang angehalten worden seie. Ich erbot mir denn sofort die genannte Bäuerin und sagte ihr meinen Verdacht frei aufs Gesicht zu. Nach anfänglichem Leugnen und nach gerader Gegenüberstellung mit dem Mägdlein gab sie zu, ihren Knecht Sepp Pichler, welcher ein armer Irrer ist, zu dem mörderischen Überfall auf den Huber angestiftet zu haben. Ursach dessen: Sie vergönnte dem Huber, welcher just am gestrigen Tage geheiratet hat, seine junge Frau nicht.

Da nun zu befürchten steht, dass der Gestochene mit Tod abgeht, wolle das Königlich Bayerische Herrschaftsgericht über den Grad des Verbrechens weiter befinden, und empfiehlt sich dem Königlich Bayerischen Herrschaftsgericht hochachtungsvollst

Kratzer, Gemeindevorstand.

Marei war in der Nacht zu einigen jungen Bauern geeilt. Die hatten ihr den bewusstlosen Mann auf einer Bahre aus Ästen in die Mühle getragen. Zwei Stunden darauf war auch der Chirurgus Rusegger angekommen.

Peter Huber hatte noch immer nicht ins Bewusstsein zurückgefunden. Heftige Fieber und Fröste jagten weiter durch sein Blut und verwüsteten die Kraft des Herzens. Rusegger wich nicht vom Lager, Marei stand unentwegt neben ihm und fragte immer wieder, ob die Gefahr nicht endlich nachlasse. Sie weinte nicht; an den Zuckungen aber, die bisweilen über ihr Gesicht und durch den ganzen Körper rieselten, konnte man erkennen, wie sehr sie um ihren Mann besorgt war. Rusegger bewunderte sie und bat ihr während dieser harten Stunden in seinem Innern vieles ab.

In der zweiten Nacht holten sie den Pfarrer Sänftl. Er gab dem Bewusstlosen das Sterbesakrament. Kurz darauf wurde Peter ruhig. »Entweder kommt jetzt der Schlaf oder es kommt das Ende!«, sagte der Chirurgus. Bei dieser Bemerkung fühlte Marei ihre letzten Kräfte schwinden. Rusegger konnte sie noch rechtzeitig in seinen Armen auffangen. »Jetzt wird's recht!«, sagte er zum Pfarrer, »und wer fängt mich auf, wenn ich einknicke?«

»Ihr werdet nicht zusammenknicken, Chirurgus! Der Liebe Gott möge Euch seine Kraft geben! Ihr müsst uns den guten Müllner-Peter erhalten. Dergleichen Menschen werden nicht viele in einem Jahrhundert geboren.«

»Weiß ich, Herr Pfarrer, weiß ich! Doch bin ich leider mit meiner Kunst am Ende. Ich habe ihm den zerrissenen Leib wieder zusammengeflickt; aber ehrlich gesagt, Herr Pfarrer, ich kann mir nicht denken, wie er damit weiterleben soll. Ich habe meine Grenze erreicht. Was darüber hinausliegt, gehört in Ihr Ressort.«

Der Pfarrer lächelte: »In mein Ressort, Chirurgus Rusegger! Wie Ihr das sagt! Ich habe in meinem Ressort nur noch das Gebet. Wenn Ihr wollt, helft mir beten!«

Da knieten die zwei Männer am Fuße des Krankenbettes nieder und begannen den schmerzreichen Rosenkranz: Jesus, der für uns Blut geschwitzt hat, der für uns gegeißelt worden ist, der für uns mit Dornen gekrönt wurde, der für uns das schwere Kreuz getragen hat, der für uns gekreuzigt worden ist ...

Peter Huber schlief.

Neben ihm, hingestreckt auf eine Bank, schlief auch Marei. »Sie könnt' einem leid tun, das arme Weib!«, sagte Rusegger. »Siebenundzwanzig Jahre lang hat sie mit sich selber in Unrast, Zweifel und Leid gekämpft; und jetzt, da ihr Leben einen Sinn zu gewinnen begann, steht sie wieder vor Rätseln und verschlossenen Türen.«

»Meint Ihr, Chirurgus, dass er von uns gehen wird, der Peter?«

»Und wenn er auch am Leben bleibt, glauben Sie mir, Herr Pfarrer, dann ist er ein Wrack und kein Mann mehr für diese Frau. Frauen wie diese, die selber zur Hälfte Mann sind, ertragen nichts weniger als einen Ehepartner, den sie bedauern müssen. Er müsste einen halben Himmel hoch über ihr stehen, nicht bloß als Künstler, sondern als Herr.«

»Ist es also doch wahr, was man über sie spricht ...?«

»Ich bin überzeugt, Hochwürden, dass sich in diesem Hause noch eine gewaltige Katharsis vollziehen wird. Vielleicht erleben wir beiden den letzten Akt.«

Eusebius Sänftl blieb noch eine Weile in der Krankenkammer und verrichtete sein Stundengebet; dann verließ er den Chirurgus mit der Versicherung, am frühen Tage wieder vorbeikommen zu wollen.

Peter schlief bis an den Morgen. Als er erwachte, erwachte er auch ins Bewusstsein. In kurzen Sätzen schilderte ihm Rusegger seinen Zustand. »Und welche Chancen gibst du mir?«, fragte Peter still.

»Wenn es das Herz erkraftet, dass du vierzehn Tage lang nur von Kamillentee leben kannst, dann sind wir über den Berg, Peter!«

»Was ist mit Marei?«

»Auch sie hat geschlafen, das arme tapfere Ding! Dort liegt sie noch. Lass sie ruhen!«

»Das arme, tapfere Ding!«, wiederholte Peter langsam und schloss die Augen. Rusegger merkte, dass das Bewusstsein wieder entschwunden war.

Die vierzehn Tage vergingen und Peter Huber überdauerte sie. Es wurde aber auch ihm selbst von Tag zu Tag klarer, dass bis zu einer haltbaren Genesung ein sehr weiter Weg führte, und dass er selbst dann nur noch ein halber Mensch sein werde. Und nun die junge Frau! Er war nüchtern genug, das Gewicht dieses Problems in allen Einzelheiten bei sich zu erwägen; die schlaflosen Nächte gaben ihm genügend Zeit dazu. In diesen Nächten sah er viele schöne Hoffnungen aus seinem Herzen wegschwimmen: Es wird ihm keine Nachkommenschaft mehr geschenkt werden. Die große Periode künstlerischer Fruchtbarkeit in der Gemeinschaft mit seiner Frau wird den Erfordernissen des Alltags in der Mühle zum Opfer fallen; und dabei wird er noch Gott danken dürfen, wenn Marei allem gerecht wird. Freilich, sie ist energisch und wird ihren ganzen Stolz darein setzen, möglichst rasch in die Rolle der Aschacher Müllnerin hineinzuwachsen; aber auch sie ist nur noch bedingt als ganze Kraft anzusprechen. Der Schulmeister Stockinger und seine Frau Gertrud sind vor etlichen Tagen weggegangen, weil sie zu ihrem Kinde wollten, das bei der Mutter war. In der Mühle befindet sich ein Gesell und in der Säge ein einziger Werker. Und die Bauern werden jetzt das Holz anfahren. Ein Mann in der Säge bedeutet da soviel wie gar nichts. Mag man auch annehmen, dass nach der siegreichen Schlacht bei Leipzig, wo man den großen Napoleon endlich aufs Haupt geschlagen hat, viele junge Männer wieder ins zivile Leben zurückkehren werden – wer von denen wird sich gleich in den Aschacher Grund begeben und da so tanzen, wie eine junge Frau ihm vorpfeift? Eine Frau, die von der Säge nichts versteht …

Eines Nachts offenbarte er Marei seine Sorgen. Sie schwieg und gab damit zu erkennen, dass sie genau so wie er über alle diese Dinge nachgedacht und keinen Ausweg gefunden hatte. Gewiss, es gab noch einen Ausweg, eine Lösung; es gab noch den Krautnudel. Das wusste Peter und das wusste Marei. Wer aber sollte diese Lösung aufrufen und den Namen nennen? Peter wollte seiner Frau nicht weh tun, denn der Krautnudel hatte sie geschlagen; und Marei wollte ihrem Manne nicht weh tun, denn der Krautnudel hatte einst das Lager mit ihr geteilt. Und dass er selber vom Noppenberg herunterkäme, war nicht zu erwarten. Sicherlich hatte er vom schlimmen Zustand Peters erfahren und war nicht erschienen. Er wird droben seine Pflicht tun, wird allenfalls die Magd mit Getreide zur Mühle schicken, doch er selbst kommt ungerufen nicht.

Der Winter fiel ins Land. Die Bauern brachten ihr Holz.

Marei, die einst geträumt hatte, als saubere Hauswirtin, unter der Türe stehend, den Daherfahrenden ihren freundlichen Gruß entbieten zu können, musste einen alten Männermantel anziehen, einen Prügel in die Hand nehmen und beim Abrollen behilflich sein. Sie musste sich raue Reden und rohes Gelächter über ihre Unzulänglichkeit anhören. Sie war schmierig und schmutzig von oben bis unten und oft viel zu müde, sich ein anständiges Essen zu kochen. Sie litt. Vor allem litt sie unter den Qualen der nagenden Reue. Was war denn aus ihr geworden? Eine Müllnerin? Schlechter als die schlechteste Magd war sie gestellt! Einer Magd konnte der Herr sagen: Geh und lade Holz ab! Bei ihr aber gehörte das zur Tagesordnung. Eine Magd beanspruchte am Sonntag ihre Stunden der Ruhe. Sie dagegen musste Wäsche waschen und Gänse rupfen und zuschauen, wie sich der Müllergesell mit dem Sägewerker auf der Loderbank beim warmen Ofen gütlich tat, ehe sie ins Wirtshaus gingen. Ihr Mann aber lag oben in der Kammer im Bett und konnte sich noch nicht allein zur Seite drehen, geschweige denn aufsetzen.

Dafür aber tat sich der andere, der Krautnudel, auf ihrem Hofe am Noppenberg gütlich und stolzierte um wie ein Truthahn. Da griff sich Marei an die Stirn, als wäre ihr eine Erleuchtung gekommen. Gewiss, sie war jetzt die Frau des Müllners; aber sie war immer noch Besitzerin ihres Ertlhofes. Der Pachtvertrag bestand noch zurecht und würde am ersten März 1815 enden. Dann ist's aus mit deiner Herrlichkeit, Krautnudel! Dann wirst du es sein, der Holz abladen hilft, und ich werde auf dem Noppenberge – sie zuckte zusammen, nein, ich gehöre in die Mühle und der Ertlhof ist mit mir an den Peter verheiratet ... Immerhin, darüber müsste man in einer ruhigen Minute – wenn's je noch einmal eine solche gibt! – nachdenken, scharf nachdenken.

Die Minute kam, es kamen viele Minuten – und Marei löste sich mit ihrem Herzen schlangenhaft aus der Ehe mit dem Müllner-Peter heraus. Und eines Tages besann sie sich nicht lange: Sie zog eine Mannshose und lange Schaftstiefel an. Das war kurz vor Weihnachten. Peter erschrak, als er sie so in seine Kammer eintreten sah. Sie lauerte wie eine Raubkatze auf seine Vorhaltungen. Er merkte das und schwieg; sie wiederum spürte sein bewusstes und gewolltes Schweigen. So!, dachte sie, du willst nicht! Dann werde ich anfangen, denn einmal muss es sein!

»I weiß schon«, sprach sie, »dass di mein Anzug net gefreut, weiß auch, dass er sich net schickt für die Müllnerin von Aschach. Aber erstens bin i die Müllnerin bloß der Form nach; in der Wirklichkeit bin i nämlich ein Holzknecht. Und zweitens schickt sich für den Holzknecht der Anzug da hundertmal besser, als ein klebriger Weiberschurz und ein froststarrer Kittel. Dass die Bauern jetzt wieder ihr Maul aufreißen, dös ist sicher. Sie haben's aber bisher auch schon aufgerissen, wenn i mit dem Hebeklotz zwischen den Baumstämmen gewerkelt hab und net zu Rande kommen bin, weil's eben keine Weiberarbeit net ist ...« Sie wollte noch vom Krautnudel sprechen. Weil sich aber Peter die Augen mit der Hand überdeckte, was aussah, als beschirme er sein Gesicht, unterließ sie die Bemerkung und sagte nur noch kurz: »Jetzt red' du!«

Peter nahm die Hand von den Augen nicht weg; es währte eine Weile, ehe er leise begann: »Der Himmel mag mir's bezeugen, dass i weiß, was auf dir lastet, Marei. Dass du Hose und Stiefel anziehst, wenn dir's praktischer erscheint, das wird dir niemand verübeln. Doch i fürcht', 's ist mehr!«

»Was heißt mehr?«, fragte sie rasch.

»Frag net!«, antwortete er kühl. »So unklug bist du gar net, dass du net wissen tätst, was i mein'! Wenn du aber glaubst, dass es so recht ist, wie du's machst, dann soll mir's auch recht sein. Meine Schuld ist's net, dass i zum Krüppel worden bin, das weißt du. Dass i aber den Krautnudel net vom Noppenberg holen und dich hinauflassen kann, das verstehst du wohl auch. Und verstehst du's net, nacher ist nix mehr drüber zu reden!«

Da verließ sie wortlos die Kammer.

Seine Rede war zu deutlich gewesen; er hatte vor ihrer Seele einen Vorhang zerrissen und in ein Versteck geschaut, darin sie ganz allein zu sein wähnte.

Gespräche

An Ostern des Jahres 1814 war Peter Huber wieder so weit gekräftigt, dass er mit seinem Chor eine Probe halten und dann die Festmesse spielen konnte. Ein halbes Jahr hatten die Sachranger in ihrer Kirche keinen Orgelton gehört. Auf allen Gesichtern strahlte Freude, als ihr Chormeister nach dem Gottesdienste, von zwei jungen Männern geführt, die Treppe herabkam und auf dem Kirchplatze erschien.

Gell, Peter, schwer hat's dich mitgenommen! Aber jetzt ist sie eingenäht worden, die Steindlmüllnerin, vier Jahr' lang darf sie brummen drunten zu München. Und dem Knecht, dem Deppen haben sie fünfundzwanzig auf die Fußsohlen gemessen und haben ihn dann über die Grenze hinübergejagt, von wo er hergekommen war. Herrgottsakra, man möcht's net glauben, auf was für teuflische Ideen ein eifersüchtig Weibsen kommt!

So redeten sie mit ihm von Gesicht zu Gesicht. In der Schänke aber, wo sie dann ohne ihn beisammen an den Tischen saßen und die Festtagspfeife rauchten, hieß es: Ja, da fress i doch gleich einen Besen, wenn der Müllner-Peter mit der Ertlbäuerin net in den Dreck neingelangt hat! Und in der Kirch ist sie auch net g'wesen; andere haben ihn hinunterführen müssen in den Aschacher Grund.

Die, und in die Kirch' gehn! Dös wär' was Lustig's, wann die mit ihren Hosen und Schaftstiefeln daher marschieren tät und hinein in die Kirch'n! Die hat leicht was herzuzeigen, die Müllnerin! Die Schenkel – und was noch so drum und dran ist! Kruzines'n! Und der Peter, der arme Hund, zittert und klappert wie ein achtzigjährig's Manderl! Dös kann doch niemals nicht ein guter Zusammenstand sein!

Der Müllner ähnelt ganz seiner Mutter, der seelensguten Margret – Gott hab' sie selig! Und die Ertlhöferin, du meine Güte, die hat's von ihrem Alten, dem ganz ausgeschamten Hallodri, von dem zwischen hier und der Grenz' keine Magd net sicher war! Es scheint, da knistert's in den Balken …

Am Nachmittag hielt der Pfarrer Anton Harlander von Walchsee als Gast die feierliche Vesper, während ihm Eusebius Sänftl und der Benefiziat von Hohenaschau assistierten. Darnach trafen sie sich im Widum bei einer Tasse des wohlduftenden Kaffees, den der alte Herr von seiner Schlossherrschaft zum Festgeschenk erhalten hatte.

»Ich bin kein Prophet, Hochwürdige Confratres«, sagte Harlander nicht ohne Pathos, »doch werden wir den Tag der Katastrophe in der Mühle erleben!«

Pfarrer Sänftl nickte bloß, der alte Herr Beetz schwieg. Weiß Gott, wenn das alles stimmte, was der Harlander über das Marei erzählt hatte, und wenn man die gegenwärtige Situation betrachtete, dann durfte man schwarz sehen.

»Und ich sage Ihnen, meine Herren, die Jungfer Hell ist gottlos!«

»Aber Harlander, bitte, bitte!!«

»Jawohl, ich habe sie kennengelernt zu einer Zeit, da sie auf der Höhe ihrer Kraft und Gesundheit stand; ich kenne ihr wahres Gesicht.«

»Harlander, wir haben als Priester die Pflicht, an das Bessere im Menschen zu glauben!«

»Herr Beetz, daran glaube ich so lange, als mich nicht die Überzeugung zum Gegenteil zwingt. Im Falle Maria Hell bin ich zum Gegenteil gezwungen worden.«

Sänftl faltete die Hände: »Wir sind die Ausspender der Geheimnisse Gottes; Richter menschlicher Schicksale sind wir nicht.«

Beetz erhob sich: »Gestatten Sie, meine Herren Kollegen, ich gehe jetzt auf eine Stunde in die Mühle ...«

Sie saßen gerade beim Vesperbrot, als der Benefiziat die große Stube betrat. Marei lud ihn an den Tisch. Er dankte, weil er soeben vom Tisch aufgestanden sei. Nach einer Weile zogen sich der Sägewerker, der Müllergesell und die Dirn in ihre Kammern zurück, um sich für den Osterfesttanz zu richten. Beetz war mit Peter und Marei allein.

»Seit der Trauung hab ich euch nicht mehr gesehen. Eine lange Zeit. Und was hat sich da nicht alles getan!«

Peter Huber nickte leicht und schaute starr vor sich hin. Marei ging einen Schritt ans Fenster, als wäre ihr draußen etwas aufgefallen.

»Gerade ihr werdet ein Doppeltes und Dreifaches an gegenseitiger Ehrfurcht vonnöten haben, so sagte ich wohl damals.«

Beetz schwieg. Sein Wort stand in der Stube wie eine Anklage.

Ganz leise und wie wenn er jedes Wort genau abgewogen hätte, sagte Peter: »Herr Benefiziat! Die letzten sieben Monate bedeuten für Marei und mich soviel wie sieben Jahre. Sieben Jahre verwandeln die Ehe, heißt es. Mich haben sie zum Krüppel gemacht. Kein Wunder dann, dass Marei hart geworden ist.«

»Was heißt da hart?«, warf die junge Müllerin gereizt dazwischen. »Kann man etwa weich sein, wenn alles auf einem lastet?«

»Es sollte kein Vorwurf sein, Marei! Im Gegenteil, ich weiß, was du mitgemacht hast, und wollte damit deine Veränderung erklären.«

»Hier braucht's keine Erklärung net!«

»Aber Marei!« Der greise Priester wandte sich ihr zu. »Setz dich doch ein wenig zu mir. Wir haben uns früher doch so gut verstanden. Denk auch an die lieben Samstagabende, die wir zu dritt im Musiksaal auf Hohenaschau verbrachten. Waren das nicht Freudenfeste für unsere Herzen?«

Marei verharrte am Fenster.

Nach einer Weile vergeblichen Wartens fuhr der Benefiziat fort: »Meine lieben Freunde! Nachdem der göttliche Segen zu eurer Ehe durch meine unwürdigen Hände gegangen ist, habe ich geglaubt, bei euch ein kleines Vaterrecht zu haben und kam her. Ich mahne euch in Liebe: Schlagt keine Türen voreinander zu! Reißt auch keine Türen voreinander gewaltsam auf! Wartet eines aufs andere in Geduld! Die Menschenherzen sind pendelnde Goldringe an einem seidenen Faden. So wie sie auseinander pendeln, pendeln sie wieder zusammen. Und um eines bitt' ich euch: Tragt eure Dissonanz nicht hinaus auf die Straße! Befriedigt mit eurem Leid nicht die Lüsternheit der anderen! Wenn es euch schon nicht gelingt euer Eheglück zu bewirken, so haltet euch wenigstens euer Eheleid heilig! Bleibt Gott befohlen!«

Der alte Herr stülpte sich mit beiden Händen zitternd den großen schwarzen Hut über das lange weiße Haupthaar und verließ die Stube, ohne den beiden die Hand zu reichen. Bevor er das Widum betrat, kniete er in der Kirche zwischen den blauen Säulen vor dem Altarbild des heiligen Michael hin und betete.

Das Christfest

Mit Sommerbeginn fühlte sich Peter Huber rascher genesen. Zwar vermochte er noch nicht Hand anzulegen bei den Arbeiten seines Anwesens, doch spürte man sein ordnendes Walten allenthalben. Marei beteiligte sich bei den härtesten Arbeiten in Mühle und Säge, obwohl er ihr wiederholt nahelegte, dies zu unterlassen. Die hauswirtschaftlichen Dinge wurden von der Magd getan; kam die Mittagszeit, so setzte sie sich mit an den Tisch wie eine, die ihr Essen verdient hat. Stand sie vom Tische auf, so machte sie sich's auf der Loderbank bequem, genau wie die Knechte. Wenn die Bauern in die Mühle kamen, um sich ihr Getreide gegen Lohn mahlen zu lassen, war die Magd da, um die Mahlmitze zu kassieren. Die Herrin werkte und schuftete draußen herum und schickte alle, die ihr das Geld geben wollten, zur Magd in die Stube.

Alle Gedanken, die sich Peter darüber machte, liefen darauf hinaus, dass Marei in ihr einstiges mannweibliches Wesen zurückverfallen und darüber gar nicht unglücklich war'. Sollte er versuchen, noch einmal versuchen, sie an ihre Aufgaben als Frau des Hauses zu erinnern? Nein, dazu besaß er die Kraft nicht mehr. Alle Bemerkungen, die er in dieser Hinsicht gemacht, alle Reden, die er darüber gehalten hatte, waren von Marei mit trotzigem Schweigen quittiert worden. So soll sie ihren Willen haben! Er schaffte ihr nichts, und sie kümmerte sich um nichts.

Am dreizehnten Oktober, dem ersten Jahrestag ihrer Hochzeit, schenkte er ihr einen schweren Silberring mit einem großen schwarzen Stein, in der stillen Hoffnung, sie werde dies zum Anlass einer Annäherung nehmen. Vergebens. Sie sagte: »Dankschön!«, lächelte unverbindlich und brachte den Ring in ihre Kammer, die sie bis zur Stunde mit Peter noch nicht geteilt hatte. Sie veranlasste in keiner Weise, dass dieser Tag durch eine kleine Besonderheit Erwähnung fände. Weder am Tisch, noch am Fensterbrett stand eine Blume. Peter hatte wenigstens diese kleine unpersönliche Aufmerksamkeit erwartet.

Am Heiligen Abend geschah dann endlich, was nicht mehr aufzuhalten war.

Nach dem Essen, das wiederum die Magd gerichtet hatte, musste Marei, als Frau des Hauses der Gewohnheit gemäß, alle Tischgenossen bescheren. Sie erhob sich jedoch müde und umständlich am Tisch und setzte sich, wie immer, auf die Ofenbank. Da zog Peter den Geldbeutel heraus und gab seinen Angestellten je drei Gulden. Sie bedankten sich, wünschten ein frohes Fest und eilten zu ihren eigenen Angehörigen heim.

Peter aber warf sich den Pelz über und begab sich auf den Noppenberg.

Er kam gerade in dem Augenblick, als der Krautnudel seiner Magd eine zierliche Halskette schenkte; sie dagegen gab ihm eine Pfeife und ein Pfund holländischen Tabak.

»So ist's recht! Und was krieg' ich?« Mit diesen Worten trat Peter ein.

»Chef, du kommst?« Der Krautnudel begrüßte ihn, zog ihn an den Tisch und schickte die Magd fort. »Chef, es sind fünfzehn Monate vergangen, seitdem du zuletzt heroben warst.«

»Das kannst du nicht verstehen, Thomas! Tröste dich, ich versteh's auch nicht. Aber es ist so! Und Dinge, die sind, kann man nicht ungeschehen machen – auch eine verpfuschte Ehe nicht.«

»Ist es soweit?«

»Nun wird sich sicherlich Folgendes ergeben: Im kommenden Frühjahr läuft der Pachtvertrag für den Noppenberg ab –«

»Und?«, unterbrach Krautnudel.

»Ja und? Das kannst du dir denken!«

»Ich kann nur denken, dass dem Manne gehört, was er angeheiratet hat.«

»Meinst du, ich streite? Wenn Marei am ersten März hergeht und ihren Hof zurückfordert, dann bist du am zweiten März bei mir in der Mühle.«

»*Merte alors!*«

»Wir müssen uns darauf vorbereiten, Thomas!«

»Wie will sie denn den Hof halten? Wer soll für sie arbeiten?«

»Es ist zunächst nicht unsere Sache, diese Fragen zu beantworten. Marei besitzt einen klugen Kopf. Sollte sie jedoch mit ihrem Hofe allein nicht zu Rande kommen, dann werde ich ihr helfen. Oder hört sie etwa auf meine Frau zu sein, weil wir uns nicht verstehen?«

»*C'est fou!*«

»Mag sein, dass es verrückt ist! Ich habe jedoch durch meine Vermählung die Verpflichtung übernommen, für die Frau zu sorgen, solange sie meiner Sorge bedarf.«

»*Assez*, Chef, hör auf! Einer von uns ist betrunken; vielleicht wirkt bei mir noch der Wein, den ich mir vor acht Wochen gegönnt hab …«

»Du spottest! Und dennoch gehen mir die Dinge schon länger als acht Wochen durch den Kopf.«

»Freilich, Ehen werden im Himmel geschlossen.«

»Stimmt, Thomas! Aber auch davon abgesehen, halte ich es für ein Verbrechen, wenn der Mann sein krankes Weib im Stich lässt; und Marei ist krank, nicht körperlich krank, sondern da drinnen, im Gemüt. Oder glaubst du, solche Krankheiten zählen nicht? Ich wär', weiß der Himmel, ein schlechter Arzt, wüsste ich nicht, dass derlei Krankheiten den Menschen früher zugrunde richten, als manche gefährlich anmutende Indisposition des Körpers.«

»Respekt, Chef! *En tout cas*, mit mir darfst du jederzeit rechnen. Aber verschone mich, bitte, vor ihr!«

Sie besprachen dann die sich möglicherweise ergebenden Einzelheiten. Als die Glocken zur Mitternachtsmette das erste Mal läuteten, begaben sie sich gemeinsam zur Kirche.

Pfarrer Eusebius Sänftl predigte in seiner schlichten Art vom inneren Frieden, der durch den menschgewordenen Gottessohn in diese Welt gebracht worden war, und vom äußeren Frieden, der nun nach der Niederwerfung Napoleons in alle Länder Europas zurückgekehrt sei. »Doch haben wir«, so fuhr er dann fort, »noch eine große Friedlosigkeit zu beklagen, die Trunksucht nämlich, die gerade in der letzten Zeit unter unseren Bauern wie eine schleichende Pest um sich greift. Korn und Kartoffeln, die uns der liebe Gott zur täglichen Ernährung auf den Feldern wachsen lässt, werden nun fuhrenweise zu Schnaps verbrannt. Der Schnaps wiederum verbrennt den Frieden der Familien. Wehe, wenn der Herr seine Zuchtrute erhebt und unsere ertragreichen Felder mit Hagel und Misswachs schlägt! Versündigen wir uns nicht an der Gabe Gottes! ...«

Es befand sich niemand in der Kirche, der bei diesen Worten des Pfarrers nicht an die beiden Töchter des Grottenbacher-Haunstetter dachte. Sie hielten sich seit dem Ende des Krieges einen Knecht, einen Zugelaufenen irgendwoher aus dem Morgenlande, wie es hieß, der sich aufs Schnapsbrennen verstand. Neben dem sonstigen Wesen, das die Haunstetter Weibspersonen mit ihm trieben, verdankten sie ihm ihren schwungvollen Kornhandel. Es war ja schon kein Geheimnis mehr, dass sie das gute Getreide, das ihnen die schnapsgierigen Bauern brachten, zu teueren Preisen bei Nacht und Nebel nach Österreich hinüber verkauften, ihren Lieferanten aber einen elenden Fusel abgaben.

Alle verdammten sie; doch fast alle waren ihre Kunden. Peter Huber gedachte jener Nacht vor dem Widum, da ihm der alte Haunstetter – Gott habe ihn selig! – eine dieser Töchter zur Ehefrau angeboten hatte, als Preis für eine Abtreibung. Weiß der Himmel, mit der Marei hatte er in die Nesseln gegriffen, doch mit der anderen wäre er ganz in den Dreck gefallen!

Als Peter sein Haus betrat, merkte er, dass seine Frau in der Kuchel war. Sie erwiderte seinen Gruß kaum hörbar. »I leg' mich noch eine Stund' hin«, sagte er dann und begab sich in seine Kammer.

Nach einer Stunde klopfte sie an seine Kammer und brachte ihm die allmorgendliche Milchsuppe. Er hatte die Suppe sonst stets in der Stube unten gegessen, wenn die Magd kochte. Heute, am hohen Christtag, war die Magd bei ihren Eltern daheim.

Warum diese Zeremonie mit der Suppe? Wollte Marei in der Stube allein sein? Er stellte sich diese Frage, hing ihr aber weiter nicht nach, weil ihm das Weihnachtsfest für solche Gedanken zu heilig schien.

Um neun Uhr begab er sich in die Kirche zum Hochamt. Als er wieder zurückkam, hatte Marei für ihn in seiner Kammer gedeckt; in geschlossenen Schüsseln stand auch das Essen bereit. Er brauchte sich nur zu bedienen. Hotelgast im eigenen Hause!, dachte er sich. Dann entschloss er sich kurz, das Essen nicht anzurühren, und ging – angezogen, wie er war – zum Krautnudel auf den Noppenberg.

»Wären wir nicht besser allein geblieben, Chef? Drunten in der Mühle? Du mit deinem Chor, und ich als dein erster Knecht? Das Weib hat uns auseinander gebracht. Wir haben so schön gezogen an einem Ortscheit. Jetzt ist unser Gespann zerrissen. *Malheur à toi!*«

»Und wer weiß, wie es noch endet, Thomas!«

»Wie es endet? Ich weiß, wie es endet! Wie es enden muss! Sie kommt wieder herauf, und ich geh' wieder hinunter.«

»Du irrst! Sie wird nicht heraufgehen!«

Als der Pachtvertrag am ersten März ablief, tat Marei, als ob sie davon nichts wüsste. So verlängerte sich der Vertrag stillschweigend um weitere vier Jahre.

In diesen Märztagen wurde es auf der Straße von Sachrang lebendig. Mit Spiel und Sang kehrten die bayerischen Grenadiere und Landjäger aus Tirol zurück; dieses Land war im Wiener Kongress wieder den Österreichern zugesprochen worden. Lachend und spottend erzählten die Soldaten, die zu einem Imbiss in die Mühle kamen, von den Freudenfesten, die man drüben im »heiligen Land« über ihren Abmarsch gefeiert hatte. Doch sie selbst wären bemüht gewesen, ihnen die Freude nach Möglichkeit zu vergällen: »Einen Saustall haben wir ihnen z'rucklassen, dafür brauchens Monate zum Ausmisten, die Kraxltrager, die damischen! Und wo sich's net allzu schwer hat machen lassen, da haben die Weiber noch ein klein's Andenken auf neun Monat' hinaus gekriegt. Kruzitürk'n, dös war eine Gaudi, die zehn Jahr' Besatzungszeit! Gelebt ham ma, und ein'n Durst ham ma allweil gehabt und d' Leut ham springa müssen, grad wia mir ihnen pfiffen ham! Schad', dass's aus is!« So erzählten sie.

Während die einen erzählten, schnüffelten die anderen im Haus, in der Mühle und Säge umher, ob sie etwas Brauchbares zum Mitnehmen fänden. Jetzt, da sie aus dem zurückgelassenen Überfluss kamen, schien ihnen alles gut. So stahlen sie wie die Raben, machten auch nicht viel Federlesens mit den Weibern, sondern versuchten sie zu nehmen, wie sie ihnen gerade in die Quere kamen.

War da auch einer, der hinten am Holzplatz, wo die Schwartlinge gestapelt lagen, an die junge Müllerin geriet. Und weil eben niemand in der Nähe war, packte er sie und wollte sie den Hang hinunterzerren. Doch Marei trug in der Brust noch eine Erinnerung an ihre Jugend. Sie ergriff einen Holzprügel und schlug den Mann auf den ersten Hieb nieder. Und sie hätte ihn erschlagen, wenn nicht Peter, von dunkler Ahnung getrieben, dazugekommen wäre. Aus der Situation erkannte er sofort, dass die Tötung des Soldaten sehr peinliche Folgen nach sich ziehen konnte; andererseits verstand er die Haltung seiner Frau nur zu gut.

Schnell warf er sich auf den Mann und schleuderte ihn von der Böschung in den Mühlbach hinab. Dieser war zwar sonst nicht tief, weil aber das Schmelzwasser von den Bergen niederging, reichte dem Geschlagenen die Flut bis an den Hals. Er schrie. Seine Kameraden rannten herbei und zogen ihn heraus. Sie ergriffen auch sofort Partei für ihn und fassten den Müller. Im Nu hatten sie ihn gebunden. So schleppten sie ihn in den Hof zurück. Der aber, den sie aus dem Bache gezogen, nahm sein Gewehr und erklärte, sie sollten ihn zur Straße hinüberführen, dort wolle er »den Sauhund, den drecketen« über den Haufen schießen.

Marei folgte zunächst, rannte aber dann plötzlich voraus und war auf der Straße, als eine schwere Kutsche von Tirol her um die Biegung kam. Wie ein beherzter Großknecht warf sie sich den beiden Rössern in die Zügel. Das Gefährt stand. Der Kutscher fluchte. Da ging die Fensterscheibe herab und mürrisch schaute ein Soldatengesicht heraus.

Da schrie Marei: »Ein'n Moment, Herr Richter! Schau'n Sie sich den Saustall an! Die wollen da einen Unschuldigen erschießen!«

Sofort trat der Angesprochene aus dem Wagen, wobei er die goldenen Knöpfe an seinem schwarzroten Frack schloss: »Was will das Weib denn? Und wieso nennt Sie mich Richter?«

Marei ging nahe zu ihm hin und flüsterte ihm längere Zeit ins Ohr. Da lachte der Mann hell auf: »Da sehe einer sich solchen Zufall an! Und sonst geht es dir jetzt gut? Was soll die Hose? Bist wohl noch immer nicht ganz geheilt? Du solltest ja einen Mann geheiratet haben, Maria, stimmt denn das?«

»Ja, 's ist ja auch mein Mann, den die Kerle dort drüben erschießen wollen! Und dabei hat mich der da, dem ich einen Binkel auf die Stirn droschen hab, angepacken wollen!«

Während dieser Unterredung standen die Soldaten, die mit dem Müllner-Peter auf die Straße gekommen waren, still, denn sie hatten einen ihrer Offiziere erkannt.

Herr von Pinkus wandte sich an den mit der Beule: »Hast du der Frau Gewalt antun wollen?«

»I hab's net ernst g'meint, Herr ...!«

»Hast sie also nur zum Spaß haben wollen, was?« Er winkte einem anderen, der danebenstand. »Zeig deine Hand her! Gut! Ordentliche Pratze! Gib jetzt dem Spaßvogel da sechs Watschen, aber richtige!«

Die Sanktion wurde vollzogen.

Pinkus sprach weiter: »Was ihr drüben gemacht habt, Männer, das liegt hinter uns! Wir sind jetzt in die Heimat zurückgekehrt und haben uns so zu benehmen, wie es der Ehre unseres glorreichen Königs, dessen Rock wir tragen, gebührt. Konnte nicht der Mann oder Bruder dieser Frau in euren eigenen Reihen stehen? Schämt euch, und fort zu eurem Haufen!«

Die Soldaten salutierten und zogen eilig ab.

Pinkus schaute ihnen eine Zeitlang nach, dann sagte er zu Marei: »Weißt du, Mädchen, sie sind nicht schlecht, nur verwahrlost. Jeder Soldat verwahrlost, wenn er keine Aufgabe hat. Und du hast Glück gehabt! Es ist, scheint's, gar nicht so schlecht, in die Hände eines Militärrichters zu fallen! Leb wohl und nimm deinen gebundenen Mann mit heim!« Er gab ihr einen Schlag auf die Schulter und kehrte wieder in seinen Wagen zurück. Die Pferde zogen an. Marei winkte nach.

Dann wandte sie sich Peter zu und band den Strick an seinen rückwärts geschnürten Hände auf.

»Jetzt steht's gar schon drei zu eins für dich Marei!« Peter sprach's und nahm seine Frau bei der Hand.

»Lass nur«, sagte sie, »'s ist ja meinetwegen geschehn!«

So gingen sie gemeinsam zur Mühle zurück, ohne ein weiteres Wort zu reden. Peter war noch sehr erregt. Gleichwohl drängte sich ihm die Frage auf: Wer war dieser Offizier, den Marei als Richter angesprochen hatte? Woher kannte sie ihn? Sicherlich aus ihrer Innsbrucker Zeit. Wie aber konnte es möglich gewesen sein, dass sie als Schreinergesell mit solch hohen Männern in Verbindung trat? Oder war sie anders mit ihm in Verbindung gekommen? Nicht als Schreinergesell, sondern als Mädchen, als eine der üblichen Garnisonsweiber?

Was war überhaupt während ihrer zehnjährigen Abwesenheit von Sachrang geschehen? Was wusste er von ihr? Nichts! Sie hatte ihm nichts erzählt, und er hatte nicht gefragt, weil er ihren Abscheu vor Fragen kannte. Er hatte sie in sein Haus geholt als tabula rasa, als ein unbeschriebenes Blatt. War sie das? Oder war sie vielleicht mehr beschrieben, als er zu ahnen wagte?

Den ganzen Tag schlich Peter mit diesen Fragen umher. Am Abend hatte er sich endlich soweit beruhigt, dass er sich die Zwecklosigkeit solcher Selbstquälerei bestätigen konnte. Es vergrößerte sich allerdings die Entfremdung, die zwischen ihm und ihr bereits bestand, um ein weiteres gutes Stück.

Etwa zwei oder drei Wochen nach diesem Ereignis stand Marei eines Morgens reisefertig in der Stube. Als er sie sah, kam sie seiner Frage mit der trockenen Bemerkung entgegen: »I fahr' jetzt auf acht Tage ins Tirol!«

Erst schwieg er eine Weile, dann sagte er zum Sägewerker, der noch am Frühstückstisch saß: »Du spannst den Braunen ein und fährst die Frau bis Kufstein!« Er drehte sich um und verließ die Stube.

Wiedersehen

Die Fahrt im Postwagen von Kufstein nach Hall war nicht vergnüglich. Immer wieder wurden sie von den Detachements der abziehenden Bayern aufgehalten. Die Soldaten schrien ihnen ihre rohen Späße zu und taten wie die Schulbuben, die von der höheren Klasse Hiebe bekommen haben.

Als Marei in Hall die Post verließ – es war bereits düster geworden –, gewahrte sie, dass die Bürger ein Befreiungsfest gefeiert hatten. Da standen Triumphbogen, an den Häusern hingen Girlanden und Fahnen in den Farben des Landes und Staates. Der Marktplatz sah verunreinigt aus. Die Besitzer von Buden und Ständen packten beim Laternenschein ihre Sachen auf Handkarren. Nur auf den Schaukeln und Ringelspielen tummelten sich noch einige junge Leute. Aus den offenen Fenstern der Gastwirtschaften schwoll der raue Gesang der Bürger, die in Bier und Wein die Erinnerung an die überstandene Knechtschaft ertränkten.

Eben wankte der Laternenanzünder vorüber. Auch er hatte den Tag wohl etwas festlicher begangen, als es die Belange seines nun beginnenden Dienstes eigentlich erlaubt hätten; denn er tat sich schwer, seine Leiter in der erforderlichen Schräge an die Laternenpfähle zu lehnen. Doch das wird ihm niemand verargen. Heute gewiss niemand.

Marei wandte sich an den weinseligen Mann und fragte ihn ein wenig über den Hergang des Festes aus. Da war natürlich der Sepperl, der Speckbacher vom Gnadenwald, der große Nationalheld, dabeigewesen, und geredet hatte er, genauso wie dortmals vor der Geschichte vom Jahre neun, nit viel, aber Wichtiges. »Ja, der Sepperl! Eine Zeit lang hat er sich in Wien aufgehalten, weil er ins Tirol nit hat rein gedurft; aber mit die Wiener hat er's fei gar nit, der Sepperl. Nur darf er's nit laut sagen. Aber so unter vier oder sechs Augen, du meine Güte!, da hat er Sachen verzählt über die Wiener, dass d' könnt'st gleich eine Stinkwut kriegen. Aber Punktum! Dös verstehst eh nit, Madel! Und jetzt lass mir mei' Ruh! Was meinst, was ich für Schläg' krieg', wenn mi' mei' Alte mit dir da stehn sieht! Ich bin im Dienst! Gute Nacht, Madl!«

Sie wollte noch fragen, ob der Speckbacher etwa in einer der Wirtschaften wäre, doch schenkte er ihr kein Gehör mehr. So wandte sie sich langsam vom Marktplatze ab und schlug den Weg nach dem Gnadenwald ein. Als sie beim Meister Fuetscher vorüberkam, merkte sie, dass ein neues Firmenschild über der Tür prangte. Sie konnte den Namen nicht lesen, da es schon dunkel geworden war. Hatte also das Nannerl doch noch einmal geheiratet!

Eine seltsame Wehmut überkam Marei. Damals hatte sie noch etwas gegolten. Ach Gott, was ist man als Weib doch eine erbärmliche Kreatur! Man zählt nur halb; was man sagt, hat kein Gewicht, was man tut, kein Ansehen. Als Mannsbild steht man da, und schon durchs bloße Dastehen ist man ein Jemand. Als Mann geht man vor die Mauern der Stadt; man schießt ein paar andere Leute nieder, ein paar Feinde; dann kehrt man heim und wird gefeiert, weil man Geschichte gemacht hat. Als Weib werkelt man vom Morgen bis zum Abend, man ist müde tagaus, tagein, man schindet und plagt sich, und am Ende heißt's:

Nun ja, sie hat ja nix weiter zu tun als zu kochen und zu putzen – Weiberarbeit!

Marei war inzwischen in den Hohlweg eingebogen. Schon sah sie ab und zu zwischen den Baumstämmen ein Licht schimmern. Ob er daheim sein wird? Und wenn, ob er dann nicht einen Haufen Besucher hat? Lauter hohe Tiere, die ihn beweihräucherten? Wird er sie überhaupt aufnehmen? Jetzt, da sie ein Weib, bloß ein Weib ist?

Da schlug ein Hund an. Marei ging langsamer. Das niedrige Holzhaus vom Speckbacher lag frei vor ihr. Eine ältere Frau kam mit einer Laterne vor die Tür heraus und beruhigte den Hund. Dann fragte sie in die Nacht: »Ist da jemand?«

»Ja, i' bin's! I hätt' gern den Speckbacher-Sepperl gesprochen, weil i ihm ein'n schönen Gruß sagen soll vom Kofler-Franzl.«

»Jetzt mitten in der Nacht? Ja, wo kommst denn her, Madl? Geh halt eini zu mir! Der Sepperl, weißt, der ist nit da, der ist nach Innsbruck. Und i glaub's nit, dass er heut noch heimkommt. Dem geht's jetzt gar dick ein, wo er wieder im Land ist, überall wollens ihn sehn und nix als sehn. Und reden soll er, wo doch das Reden gar nit seine Art ist. So, da setz dich her! Die Nacht ist kalt. Für ein so jung's saubers Weiberleut ist da nix!«

In der Küche brannte eine Petroleumlampe über dem Tisch in der Ecke. Auf dem weißen Tischtuch lag ein Rosenkranz mit großen silbernen Perlen. Der Bienenkorbofen strahlte schöne Wärme aus.

»Bist aber nit aus der Gegend da?«

»I bin von drüben. Aber i hab lange Zeit z' Innsbruck gelebt.«

»Gell ja, man merkt's gleich, dass du von drüben bist. Und z' Innsbruck hast gelebt? Bist vielleicht im Dienst g'wesen bei einer Herrschaft?«

»Im Kloster Wilten war i, Mutterl!«

»So, so, in Wilten! Da ist amal a weitläufiger Vetter von uns Abt g'wesen. Mauritius hat er g'heißen. Soll gar ein g'scheiter Kopf g'wesen sein, der Herr Mauritius.«

»I hab ihn gekannt!«, erwiderte Marei. Darüber erfreut, begann die alte Frau alles zu berichten, was sie über ihren Verwandten wusste, angefangen von seiner Kindheit bis zu seinem Tode, der ihn kurze Zeit nach seiner Verbannung in Wien ereilt hatte.

Inzwischen war es Mitternacht geworden. Da kochte die gute Alte noch einen Tee und bat Marei, sich's häuslich zu machen, weil sie ja unter allen Umständen hier übernachten müsse.

Marei tat, wie ihr geheißen, und fragte zwischen hinein, wann denn der Speckbacher wohl zurückkommen würde.

»Ach ja, du meinst wegen dem Gruß von dem – wie hat er gleich geheißen? Mein Gott, wann man alt wird, merkt man sich gleich gar nix mehr!«

»Kofler-Franzl!«

»Ah, so, Kofler-Franzl, Kofler-Franzl, Kofler-Franzl. I muss mir den Namen ein paarmal hersagen. Ist dös leicht dein Mann, der Kofler-Franzl?«

»Nein, Mutterl, mein Mann ist's nit. Der ist bloß zu der gleichen Zeit, wo i zu Wilten war, als Klosterschreiner dorten gewesen. Da hat er den Speckbacher kennengelernt.«

»Klosterschreiner, sagst du? Und Kofler? Ist der nit auch Gesell g'wesen drunt' beim Fuetscher in Hall?«

»Glaub schon, dass er auf der Walz auch in Hall war.«

»Soll von euch drüben, von Oberammergau g'wesen sein; stimmt dös?«

»Ob er grad von Ammergau war, weiß i nit; aber ein Bayer war's.«

»Da fallt mir ganz was Merkwürdig's ein: Da haben sich doch die Leut erzählt, natürlich erst, wo er dann weg war, er hätt' einen bayerischen Sergeanten z'sammeng'schossen, und dann hätt' sich herausgestellt, dass er gar kein Bursch nit, sondern ein Madl g'wesen ist. Meinst, dass dös wahr sein könnt?«

Marei zögerte einen Augenblick: »Etwas Wahres ist schon dran. Und grad z'wegen dem hab i mit dem Speckbacher reden wollen. I bin nämlich selber der Kofler!«

Sie stand auf, trat vors Fenster und schaute in die Nacht hinaus. Die alte Mutter Speckbacherin hinter ihr musste sich auf die Ofenbank hinsetzen, weil ihr ein wenig schwindlig geworden war. Es verging eine geraume Zeit, ehe sie sich derfangen hatte.

Marei ließ ihr jedoch keine Weile weiter zu fragen, sondern begann – immer noch am Fenster – ihr ganzes Lebensschicksal zu erzählen, angefangen von den reiferen Kindheitstagen, da sie mit dem Müllner-Peter zu musizieren begonnen, bis herein in die Gegenwart. Sie ließ nichts aus, sie beschönigte nichts; sie nahm dem Peter nichts von seiner Ehre, bekannte aber ohne Umschweife, dass sie weder zu ihm, noch zu sonst einem Manne jemals eine innerliche Zuordnung empfunden habe. Sie verglich ihre Heirat und die ihr vorausgegangenen Empfindungen mit den Gemütserregungen, die man beim Abspielen eines Musikstückes empfinde: Solange sich Note an Note reiht, sind sie da; ist jedoch der Schlussakkord verklungen, steigt das Herz, ohne auch noch einen längeren Nachhall zu verspüren, in die Gleichmäßigkeit des Alltags zurück.

So sei es ihr zeitlebens ergangen. Immer habe das Neue, das von Unsicherheit Umwitterte, den Rhythmus ihrer Tätigkeit bestimmt. Sei es nicht mehr faszinierend gewesen, habe es keinerlei Bedeutung mehr für sie gehabt.

Wohl wisse sie, dass es im Leben Pflichten gebe, die man nicht abstreifen könne, ohne sich selbst zu verderben; sie besitze jedoch schlechthin nicht die Kraft, in diesem Pflichtenkreise zu verharren, selbst auf die Gefahr hin, dass ihr Leben unaufhörlich ein ruheloses Vagabundieren darstellen werde.

»Seh i etwas, so packt's mich; hab i's dann in der Hand, lässt's mich los, und wenn i ihm auch noch so laut nachschrei', i ruf's nimmer z'rück!«

Mit diesem Satz beendete Marei die Generalbeichte ihres Lebens vor der alten Speckbacherin. Da war es drei Uhr morgens.

Die alte Frau nahm den Rosenkranz mit den silbernen Perlen in die runzeligen Hände und neigte den Kopf darüber. Das sah aus, als ob die Perlen aus ihrem Haar gefallen wären.

»Kind«, sagte sie, »dir sitzt eine Faust im Nacken; i will, solang' i noch leb', für dich beten. Nur eines bitt' i dich, geh fort von ihm, dass er nit irre wird an sich selber und an der ganzen Welt!«

Als Marei um die Mittagszeit nach Innsbruck ging, begegnete sie dem Speckbacher, der mit einer Schar alter Kameraden daher kam. Er sah sie mit einem Aufblick, erkannte sie aber nicht; und sie wagte nicht ihn anzureden. Wozu auch? Wenn schon seine Mutter, die an Lebenserfahrung gewiss reicher war, keine Worte hatte, was hätte sie erst von ihm, einem Manne, erwarten können? Was erwartete sie überhaupt? Ihr blieb nichts mehr zu erwarten! Sie musste jetzt handeln und zwar im Sinne der alten Speckbacherin: um Peters willen gehen!

Gehen! – Und wohin?

Marei schlenderte in Innsbruck planlos durch die Straßen. In ihren Gedanken brütete sie über alten Erinnerungen, zwischen die sich immer wieder die Frage nach der Zukunft zwängte.

Als der Abend hereinbrach, erfuhr sie, dass die nächtliche Post nach Kufstein wegen der abziehenden Bayern bis auf weiteres nicht verkehre. So begab sie sich an den Innrain ins Hospital und bat um Herberge, die ihr auch gewährt wurde. Eine Nonne führte sie in einen großen Saal. Hier befanden sich zwei Mädchen, die beide mit bayerischen Soldaten Wesens gehabt hatten und nun, nach dem Abschied ihrer Freunde, von ihren Angehörigen auf die Straße gesetzt worden waren. Sie zählten kaum zwanzig Jahre. Es waren keine erbaulichen Gespräche, die die beiden Mädchen miteinander führten. Zudem sprachen sie so laut, dass Marei unwillkürlich mithören musste.

Nach wenigen Minuten wusste sie bereits, dass die eine mit einem Militärrichter befreundet gewesen war. Dieser, Witwer und bereits Vater von heiratsfähigen Töchtern, habe ihr die Ehe versprochen gehabt. Nun sei er fort wie's Würstl vom Kraut und sie stehe da im vierten Monat.

»Bis zum letzten Tag hat er mir gesagt, dass er mich in seiner Kutschen mitnimmt. Und dann ist der feige Lump rückwärts im Hof eingestiegen, und als er an mir vorbeifuhr, da hat er noch 's Fenster aufgemacht und rausgeschrien: ›Leb wohl, Kamilla, 's wär' so schön gewesen!‹ Und gelacht hat er, der Boafack! Als ob's eine Heldentat wär' ein Weib zu schwängern! Was für einem Mann darf man denn überhaupt noch trauen, wenn man schon von so einem ausgeschmiert wird?«

Das Mädchen weinte, und die Kameradin weinte – wohl wegen der gleichen Erfahrung – still mit.

Marei wollte schon fragen, ob der Militärrichter etwa Pinkus geheißen habe. Sie unterließ es aber, weil sie nicht in die privaten Dinge dieser Frauen einbezogen werden wollte. Es stand jedoch für sie fest, dass es Pinkus war.

Erneut wuchs in ihr der Ekel und Abscheu vor diesem Manne …

Am nächsten Tag bestieg sie den Postwagen.

So kam Marei nach vier Tagen wieder heim. Peter wunderte sich über ihren kurzen Verbleib, fragte aber nicht.

Das Hungerjahr

Am achtundzwanzigsten August ballte sich in den Nachmittagsstunden über dem Priental ein Gewitter zusammen. Die Gebirgler waren an schwere Wetter gewöhnt; die plötzlich hereinbrechende Finsternis aber und die Schwüle, die sich lähmend auf den Atem legte, ließ Schreckliches ahnen.

Peter Huber eilte durch sein Anwesen, ließ Tore, Türen und Fenster schließen, klammerte die in der Nähe des Baches liegenden Baumstämme mit Ketten fest und befahl dem Sägewerker, den Wurbaum und alle Schützen bis aufs Äußerste zu öffnen. Die Dirn band das Vieh in den Ställen los und stellte dann die Wetterkerze brennend auf den großen Tisch in der Stube. Marei hatte sich in ihre Kammer zurückgezogen und packte Betten und Wäsche zusammen. In der Mühle hämmerte der Gesell und klemmte das Getriebe vom Wasserrad ab.

Da stand ein heißer Stoßwind auf und trieb die Sandkörner an die Fensterscheiben.

»Macht die Läden zu!«, schrie Peter. Alle stürzten noch einmal ins Freie. Doch sie kamen nicht mehr rund. Durch die Finsternis drang plötzlich ein gelber Strahl, darin sausten faustgroße Hagelstücke nieder. Es war ein Rauschen und Stöhnen ringsum, zwischenhinein vernahm man das jähe Bersten von Holz und das Klirren von Glas. Blitz und Donner schienen kaum mehr voneinander getrennt. Peter stand mitten in der Stube und horchte, wie die Wellen des Unwetters am Wohnhaus rüttelten. Es knisterte bisweilen im Baugefüge. Die Dirn hatte sich in die Kuchel zurückgezogen und wimmerte bei jedem Donnerschlag: »Mein Gott, mein Gott, jetzt geht die Welt unter!« Marei lehnte unter dem Türstock, blass wie die Wand. Peter trat zu ihr. Da schmiegte sie sich an ihn; er legte seinen Arm um ihre Schultern. Sie zitterte.

»Wir sind in Gottes Hand!«, flüsterte er ihr leise zu. Sie vergrub ihr Gesicht an seiner Brust.

An den Grenzen werden die Länder unsicher, dachte Peter. Kommt der Mensch an seine Grenze, verliert er sich und versinkt. Dann klammert er sich selbst an den schwächsten Halm. »Marei, die starken Schläge sind vorüber; in zehn Minuten haben wir's überstanden. Gott behüt' uns noch die zehn Minuten!«

Plötzlich hörten sie durch das brausende Wetter einen erbärmlichen Aufschrei des Hundes. Man hatte ihn nicht losgekettet. »Das arme Vieh! Jetzt hat er dran glauben müssen!«

Der Hagel ließ langsam nach und wich einem ergiebigen Sturzregen, die Pausen zwischen Blitz und Donner vergrößerten sich, das Wetter verzog sich. Der Müllergesell und der Sägewerker stülpten Säcke über Kopf und Rücken und begaben sich ins Freie, die Magd rannte zum Stall. Peter fasste Marei unter dem Arm; sachte stiegen sie zu seiner Kammer hinauf. Sie setzte sich in den Lehnenstuhl an seinem Tisch, er zündete die Lampe an und setzte sich ihr gegenüber auf sein Bett.

»Peter, zwischen uns zweien hat's ganz aufgehört; i weiß schon, dass i schuld bin.«

»Zwischen uns zweien konnte net viel aufhören, Marei; 's hatte ja noch nix angefangen.«

»Wär's net besser, wann i auf den Noppenberg zurückging'?«

»Ob's besser wär', wer weiß das schon? Ehrlich gesagt: Für mich wär's vielleicht besser; aber für dich?«

»Freilich, für mich wird's hart; aber was ist denn net hart?«

»Das stimmt, Marei; hart wird's für dich allweil! I mein' net die Wirtschaft und das Werkln droben; denn du bist und bleibst mein angetrautes Weib und i helf' dir da und dorten. Aber 's ist was anders, Marei, was du net verwindest: deine Unruh'. Du wirst deine Unruh' net los, auch wenn du allein am Noppenberg sitzen bleibst. Ober kurz oder lang treibt's dich wieder fort.«

»Kannst du mir hierin net helfen, Peter?«

»Einmal hab i gemeint, es wär' dir geholfen, wenn wir ein Kind hätten oder eine Stube voll Kinder. Aber wir werden kein Kind haben ...«

»Nein, Peter, das werden wir net. I bin ein Weib und bin doch kein Weib, i bin verhext, verzaubert, verdorben. I hab's versucht, mit dir versucht und mit dem Krautnudel versucht; und wenn's so weit war, dann hab i die Lieb' net, die unsereins bräucht' für ein Kind. Der Rote hat mir wohl den Wurzelsaft geben. Der Wurzelsaft peitscht das Blut, die Lieb' aber gibt er net. Die Lieb' gibt einem niemand, net der Mann und net der Arzt. Die Lieb' kommt mit dem Weib zur Welt. Bei mir ist sie ausblieben; und deshalb dem bin i kein Weib net. Verstehst mich jetzt, Peter? Manchmal möcht' i schon sein, wie i sein sollt'; aber dann geht's einfach net. Dann würgt's mich und dann wird mir ums Herz herum so kalt und so hart wie Eisen. Ausspucken könnt' i und alles z'samm'schlagen könnt' i aus lauter Ekel vor mir selber und vor den anderen. I bräucht' vielleicht einen Menschen, der mir zugleich nah und fern ist, so wie du warst damals, als wir noch net verheirat't waren.«

»Dieser Mensch existiert nur so lange, als er um dich wirbt und um dich werben kann. Solange ist er dir nah und fern. Am End' aller Werbung aber steht entweder die Erfüllung oder die Verneinung.«

»Was bleibt dann noch zwischen uns?«

»Was zwischen uns bleibt? Das Sakrament, und selbst das ist noch net wirksam geworden. Praktisch bleibt also nix! Du kannst bei mir wohnen, du kannst von mir fortgehen; 's ist ein und dasselbe. Ob du dies, ob du das tun sollst? Die Entscheidung ist bei dir ganz allein.«

»Wirst du mich net eines Tages fortjagen?«

»Das werd' i nie! Und selbst dann, wann du gern gegangen sein solltest, darfst du wiederkommen nach deinem Belieben.«

»I dank dir schön, Peter! Du hast ein Kreuz mit mir!«

»Jeder hat sein Kreuz! – Geh jetzt schlafen, Marei; das Wetter ist vorbei.«

Der Regen fiel aus dem nächtlichen Himmel. Die Dachrinnen erschluckten seine Fülle nicht mehr und troffen über. Hinter der Säge schaufelte der Sägewerker ein Loch aus und begrub den Hund, den der Hagel erschlagen hatte. Der Müllergesell prüfte den Wasserstand im Mühlgraben. Die Magd trocknete sich das nasse Haar und kämmte es; sie schickte sich an zur Ruhe zu gehen. Peter stieg unter alle Dächer seines Anwesens und verstopfte notdürftig die Löcher in den geborstenen Schindeln; zwei oder drei Schock neue wird man brauchen, um den Schaden morgen oder übermorgen zu beheben.

Die Ernte war vorüber. Bei den Grottenbacher-Haunstetterinnen blühte das Schnapsgeschäft. Die Bauern ließen trotz der Predigten des Hochwürdigen Herrn Eusebius Sänftl Korn und Kartoffeln zu Fusel brennen. Peter Huber hatte bereits in den vergangenen Jahren die Erfahrung gemacht, dass er sein Gewerbe zu einem großen Teil auf Saatguthandel umstellen musste. Viele Bauern besaßen nämlich im Frühjahr nichts mehr, was sie dem Acker anvertrauen sollten. Die Mühle glich also im Herbst einem Lagerhaus. Ebenso nahm der Umfang des Sägewerks zu, weil die Bauern das Saatgut meist mit Holz bezahlten.

Während sie so selbst mehr und mehr verarmten, trieben sie den Umsatz des Müllers und der beiden Haunstetter Schwestern fast gewaltsam in die Höhe. Freilich raisonnierten sie in der Schänke gegen Ausbeutung und Wucher; dass sie selbst die Schuld trugen, wollte ihnen nicht einleuchten.

Nachdem sich das Verhältnis zwischen Peter und Marei durch die Aussprache im August entspannt hatte, zog sich Marei von den Arbeiten in der Säge zurück und nahm sich mehr und mehr des Getreidehandels an; Peter brauchte sich darum kaum mehr zu kümmern. Zudem besaß sie die rechte Kenntnis des Holzes und wusste es wertmäßig einzuschätzen.

Die Bauern verhandelten gern mit ihr. Bisweilen fragten sie – die jüngeren waren ja in Mareis Alter –, ob denn in der Mühle jetzt gar nicht mehr Musik gemacht werde. Marei lächelte: Mein Gott, wer hat schon Zeit für Musik!

Eine ähnliche Antwort erhielt auch der alte Herr Beetz von Hohenaschau, der um diese Zeit wieder einmal im Aschacher Grund vorbeikam. Nur erkannte der, dass nicht der Zeitmangel, sondern andere Gründe das Leben in der einst singenden Mühle klanglos gemacht hatten. Er ging wieder und war wenigstens insoweit zufrieden, als er zwischen Peter und Marei ein leidliches Nebeneinander sah. Schon das bedeutete eine Gnade in dieser Zeit. Denn der Branntwein hatte allenthalben Unfrieden und Verwüstung in die Familien gebracht. Wie viele Weiber kamen mit verheulten Gesichtern zu ihren Pfarrherren und beklagten ihr Geschick! Wie viele Mägde brachten ihre unehelichen Kinder zur Taufe und scheuten sich, den Namen der Väter anzugeben, obwohl ihn die Spatzen von allen Dächern pfiffen! Wir sind gottlos geworden, erklang es von den Kanzeln der Kirchen; wehe, wenn der Herr sein rächendes Strafgericht über uns eröffnet! Und wiederum: Gottes Mühlen mahlen langsam, aber sicher!

Ja, Gottes Mühlen mahlten! Während die Müller an den Wassern fast bei jedem Getreidesack bedachten, ob es ratsam sei, ihn zu vermahlen, begannen die Mühlen Gottes bereits, ihre ersten Verhängnisse auszuschütten. Die Bauern hatten im März 1816 ein spärliches und mühselig erkauftes Saatgut kaum in die Erde gesenkt, da setzte im April eine ungewöhnlich regenreiche Wetterperiode ein, die sich dann vom dritten Mai bis in den August hinein pausenlos fortsetzte, begleitet von heftigen Gewittern, Hagelschlägen, Wolkenbrüchen und Kälte. Da verfaulte Gras und Getreide. Es verfaulten die Kartoffeln und die Hülsenfrüchte. Zur Not wuchsen taube Ähren auf. Die Ernte – sie betrug kaum ein Drittel der gewöhnlichen – verspätete sich um mindestens zwei Monate und wurde im Priental größtenteils noch unter dem frühen Schnee begraben. Peter Huber hatte fast nichts zu mahlen. Der schlechte Samen der geringen Winteraussaat ging überhaupt nicht mehr auf. Dafür aber vermehrten sich die Schnecken, Feldmäuse und sonstiges Ungeziefer. Das Unkraut schoss in die Halme und überwucherte die einst so gesunden Fluren.

Am zwölften Oktober las Peter Huber einen kritischen Artikel in der Münchener Zeitung: »Nun müssen viele einstige Produzenten selbst zu Käufern werden. Gewissenlose Spekulanten nutzen, begünstigt durch die noch tastenden behördlichen Maßnahmen, die Lage durch Aufkäufe und Preistreibereien aus. Die Besorgnisse vieler vor der drohenden Hungersnot schrauben die Preise weiter in die Höhe und vermindern die allgemeinen Vorräte noch mehr. Dazu kommt die Schwierigkeit, bei der gewaltigen Ausdehnung der Teuerung für eine rasche und ausreichende Einfuhr zu sorgen, die sich über den größten Teil Europas erstreckt, und bei der Umständlichkeit unserer Verkehrsverhältnisse.«

Peter spürte die Wahrheit dieser Zeilen an seinem eigenen Betrieb. Holzreiche Bauern boten ihm für eine halbe Metze Korn ein und zwei Klafter Holz an. Er hätte, um allen Angeboten gerecht werden zu können, die vierfache Holzlagerfläche haben müssen. Was blieb ihm anderes übrig als abzulehnen, zumal sich seine Vorräte bis auf das eigene Saatgut für seine beiden Höfe verringert hatte.

Da begannen sie gegen ihn aufzubegehren. Der Präparand Stockinger glaubte jetzt die Ohrfeigen von ehedem rächen zu können und hielt beim Ebert-Wirt Reden gegen die Müller im Allgemeinen, meinte natürlich Peter Huber. Genauso, wie man die Bierbrauer in ihrem eigenen Bier ersäufen solle, möge man sich in Bezug auf die Mühlenhyänen das gute Vorbild der Türken nehmen, bei welchen man die wuchernden Müller mit den Ohren an die Türen nagele. Deren Ohren seien ja groß genug, zumal sie von den Eseln abstammten, und an großen Türen, hinter denen sie ihr Wuchergut verwahrten, gebräche es ihnen auch nicht.

Manche unter ihnen verstünden es zudem, zum sogenannten Lobe Gottes auch noch die Orgel zu schlagen und so über ihre Verderbtheit hinwegzutäuschen. Solche seien noch gefährlicher in ihrer Scheinheiligkeit; man müsse ihnen die ruchlosen Finger abschlagen, auf dass ihnen das Orgelschlagen verginge.

Peter Huber erfuhr das und war aufs Äußerste gefasst, nicht so sehr wegen der Bauern, die immer noch etwas zum Zusetzen hatten, als vielmehr wegen des jungen Fanatikers, der mit den Seinigen zweifellos an Hunger litt, jedoch zu eingebildet war, als dass er um eine gnädige Gabe gebeten hätte. Er verschaffte sich zwei Wolfshunde, die er nachts in seinem Hofbezirk frei streichen ließ. Darauf posaunte der Präparand, der Müller habe sich mit Bluthunden umgeben, die er zudem in Ermangelung eines natürlichen Nachwuchses an Kindes statt angenommen habe.

Dieser ätzende Spott schlug Marei eine Wunde.

In der Nacht des zwölften Dezember nahm sie einen der Hunde und verließ, von niemandem bemerkt, den Hof. Hinter dem kleinen Häuschen, darin Stockinger mit seiner Familie bei der Schwiegermutter wohnte, kauerte sie sich an den Holzmeiler.

Sie hörte das Kind weinen, das Peter aus der Taufe gehoben hatte, hörte die beiden Frauen laut den Rosenkranz beten. Der Präparand selbst befand sich in der Schänke. Gegen Mitternacht, Marei war schon halb erstarrt, knurrte der Hund. Sie beruhigte ihn und sah, wie der Mann über den Wiesenhang durch den tiefen Schnee daherstapfte. Nun huschte sie vor das Haus in den Schatten des Brunnens. Stockinger hustete, er schien sich erkältet zu haben. Jetzt trat er durch das Hoftor. Marei reckte sich auf und stand fast Brust an Brust vor ihm. Der Hund grollte.

»Und?«, fragte Stockinger erschrocken.

»Ein Kind hab i net, aber wohl eine Faust!«, sagte Marei halblaut und streckte den hageren Mann mit einem Schlag in den Schnee. Darauf bellte der Hund und stemmte sich mit den Vorderpfoten auf den Daliegenden. Die Tür des Häuschens ging auf, die beiden Frauen erschienen darunter.

»I bin's, die Müllnerin von Aschach. Es ist z'wegen dem, dass er mich beim Ebert-Wirt durch'n Dreck hat zogen.

Da liegt er jetzt selber wie ein Dreck! Gut Nacht!« Marei sprach's, rief den Hund an und ging.

Am anderen Tage erstattete Stockinger Anzeige beim Gemeindevorstand. Der alte Kratzer kam persönlich in die Mühle und redete zunächst mit Peter allein, dann mit beiden Ehegatten zusammen.

»Das ist gröbliche Körperverletzung, außerdem blutet der Präparand durchs linke Ohr, wovon zu entnehmen, dass ihm das Gehör zerschlagen worden ist.« So der amtswaltende Gemeindevorsteher.

»Hätt' ihm lieber die Zunge zerschlagen, aber er ist mir zu nah' gestanden«, erwiderte Marei.

»Das wird sein Nachspiel haben in Prien, denn er besteht drauf, dass ich's nach Prien melde.«

»Und wie wär's denn mit einem Schmerzensgeld?«, fragte Peter.

»Das sowieso, Müllner! Nur wird's damit net abgetan sein. Wie aus seiner Red' zu entnehmen ist, verlangt er eine Leibesrente auf Lebenszeit, grundbücherlich vertragen.«

Vier Tage später fand vor dem Herrschaftsgericht die Auseinandersetzung statt. Doktor Chrysostomus Geier, immernoch Amtsrichter, saß weißhaarig und krumm hinter seinem Pult. Alles war an ihm alt geworden, nur die Augen nicht. Sie warfen noch die gleichen stechenden Blicke aus wie vor fünfundzwanzig Jahren; vielleicht machte sie der Hunger noch stechender.

Summa summarum, wo in aller Welt kämen wir hin, wenn sich jeder nach eigenem Gutdünken durch Faustesgewalt zu seinem Recht verhülfe? Die härteste Faust schlüge alsdann stets das Recht nach ihrer Seite. Wo ein Unrecht obwaltet, dort lasse man nachwalten den Richter, denn dazu ist er von Königs Gnaden in seinem Amt. Er wird das Gebogene zurechtbiegen, das Ungerade ebnen.

»Es ergeht somit im Namen des Königs folgender Rechtsspruch gegen Frau Maria Huber, geborene Hell zum Ertl, Müllerin von Sachrang: Indem, dass besagte Maria Huber dem Herrn Präparando Stockinger, gemäß vorliegender ärztlicher Befindung, durch Fausthieb das linke Gehörorgan abschlug, wodurch der Betroffene in seiner Eigenschaft als instructor parvulorum zeitlebens quoad existentiam suam behindert bleibt, hat mehrfach besagte Maria Huber ihm zeit seines Lebens eine alljährliche Leibesrente von hundert Gulden zu leisten, welche Leistung im Grundbuch der Gräflich Preysing'schen Herrschaft auf das Anwesen ihres angetrauten Ehemannes Peter Huber vernotieret wird. Datum et signatum ...«, sprach Doktor Chrysostomus Geier.

»Nein!«, schrie Marei dazwischen. »I hab selber einen Hof! Auf dem soll's stehen!«

Der Richter schaute auf Peter Huber: »Sie hat selbst einen Hof?«

Peter antwortete ruhig: »Ja, der Ertlhof ist bloß in meiner Pacht.«

»Ergo corrigatur! Vernotierung auf das Anwesen der Beschuldigten!«

»Es könnt' aber sein, Stockinger«, wandte sich Marei an den Schulmeister, »dass i dir noch einmal begegne; Gott behüt' dir dann das linke Ohr, das i so teuer bezahl'!«

Da erhob sich der Richter mit jäher Geste: »Diese Drohung, Maria Hell, zieht den Gewahrsam nach sich! Dieses Gericht hält zu Gnaden, dass die Drohung in affectu ausgesprochen ward.«

»Marei, sei ruhig!«, mahnte Peter und fasste seine Frau am Arm.

Sie sah ihn an und schwieg. Sie war blass, ihre Lippen bebten. Wie gefühllos verließ sie an der Seite ihres Mannes den Gerichtsraum.

Als sie miteinander im Schlitten zurückfuhren, sagte sie kurz vor Sachrang: »Soweit hast du's nun gebracht mit deinem Weib, Müllner-Peter, dass sie sogar dein Besitztum mit ihren Schandtaten belasten wollten. Es ist höchste Zeit. Im Frühjahr läuft der Vertrag ab; nachher geh i wieder auf den Noppenberg!«

Fast erschrocken schaute Peter auf sie.

»Es bleibt dabei, Müllner-Peter!«, bekräftigte sie kalt.

Dieser Winter war furchtbar. Nicht so sehr für die Sachranger Bauern, als vielmehr für das in Scharen herumziehende Bettelvolk. Kraut, Quecken und Gras gab es nicht mehr; so kochten sie Heu, Flechten, Moose und Baumrinden. Sie drangen in unbewachte Häuser ein und stahlen selbst den Schweinen das Fressen aus den Trögen, erschlugen die Kettenhunde und nahmen sie mit. Sie waren von der Ruhr erfasst und starben wie die Fliegen. Der Totengräber von Sachrang begrub in diesem Winter neun Leichen, die er an der Straße aufklauben musste.

Als es sich herumgesprochen hatte, dass jeder Vorbeikommende in der Mühle im Aschacher Grund eine Handvoll Roggen erhielt, setzten Pilgerzüge nach Sachrang ein. Unter diesen Leuten befanden sich auch solche, die nicht nur der Hunger, sondern die Abenteuerlust trieb; so geschah es, dass die einen bettelten, während die anderen raubten. Kurz nach Neujahr 1817 sah sich deshalb der Gemeindevorsteher genötigt, dem Müllner-Peter die weitere Roggenverteilung kategorisch zu verbieten, was durch mehrfachen Gemeindeaushang, namentlich vor der Einfahrt zur Mühle, kenntlich gemacht wurde.

Inzwischen hatte Peter Huber mit dem Krautnudel auf dem Noppenberge die bevorstehende Neuordnung besprochen. Alles sollte bleiben, wie es zum gegenwärtigen Stande war. Keine Änderung in Scheune und Stall, keine

Änderung auch in bezug auf die Dirn, nur sollte diese ihren Lohn künftig von der Mühle aus erhalten.

Der Krautnudel, der nun auch schon graue Schläfen hatte, schüttelte immer wieder seinen Kopf: »Dass du gut bist, Chef, *c'est bon!* Dass du so dumm bist, *pardon, c'est incroyable!* Einfach unglaublich!«

Am ersten März wurde im Mühlenhofe ein Schlitten mit Mareis selbstgeschreinerten Möbeln beladen. Als alles gerichtet war, wollte sie dem Knecht die Zügel aus der Hand nehmen. Peter kam ihr zuvor und sagte: »Setz dich drauf, Marei, i bin schließlich immer noch dein Mann!«

So fuhr er sie auf den Noppenberg, den sie sechs Jahre zuvor verlassen hatte. Der Krautnudel und die Magd stellten die Möbel ab. Dann nahm der Franzose das leere Gefährt und kehrte in die Mühle zurück.

Peter geleitete Marei in die Stube, die die Magd gründlich geputzt hatte. »So Marei, nun bist du wieder daheim. Hoffentlich glückt's dir jetzt besser! Der Hof ist so weit in Ordnung, dass er sich wieder selber trägt. Wenn's aber einmal net geht, da drunten hast du einen Nachbarn, der trotz allem mit dir verheiratet ist. Behüt' dich Gott!«

Er reichte ihr die Hand, Marei ergriff sie, legte ihren Kopf an seine Brust und weinte tonlos. Er strich mit der Linken über ihr dunkles Haar und drückte dann einen leisen Kuss darauf. Still wich sie von ihm zurück. Dann ging er.

Wenn auch die allgemeine Not in aller Munde war, so erregte doch dieses Ereignis im Dorf helles Aufsehen. Und wieder begannen die einen für Peter, die anderen für Marei Partei zu ergreifen; alle aber hatten es schon von allem Anfang gewusst, dass diese Ehe einmal so enden würde.

Ernsthafter erwog Pfarrer Sänftl die Angelegenheit. Für ihn stand zur Frage, ob sich die beiden nicht eines

Übergriffes gegen die kirchlichen Ehegesetze schuldig gemacht hatten. Er lud deshalb Peter Huber zu sich und besprach sich eingehend mit ihm.

Am Sonntag darauf, es war der zweite in der Fastenzeit, begann er seine Predigt mit den Worten des Apostels Paulus an die Thessalonicher: Wandelt so, dass ihr Gott gefallet! Und fuhr dann fort: »Die Wege Gottes, auf denen wir wandeln sollen, sind uns Menschen nicht immer von vornherein verständlich. Es mag sogar sein, dass Gott manche Menschen einen Weg führt, der uns zunächst als Ärgernis erscheint. Dann gehen wir gern her und ziehen solche Menschen über die Hechel unserer bösen Reden, ohne zu bedenken, dass der Herr selbst ihnen diesen und diesen Weg gewiesen hat. Machen wir uns doch nicht zu Kritikern unseres Wegweiser-Gottes! Woher weißt du und woher weißt du, was unser Herrgott mit deinem Bruder, mit deiner Schwester vorhat, wenn er sie einen anderen Weg führt als dich? Tausend Wege führen ins Himmelreich und steinig sind sie alle; manche sind steiniger, als wir meinen. Wandelt so, dass ihr Gott gefallet! Gott soll unser Weg gefallen, nicht dir und dir! Sonst hätte ja der Apostel schreiben müssen: Wandelt so, dass ihr den Menschen gefallet! Wohin kämen wir, wenn wir den Menschen gefallen wollten? Ins Narrenhaus kämen wir! Es kümmere sich also niemand um den Lebensweg des anderen, sondern jeder prüfe seine eigenen Schritte, ob sie auch bestrahlt seien von dem wohlgefälligen Glanze des Auges Gottes!«

Es befand sich wohl niemand in den Kirchenbänken, der nicht gewusst hätte, dass hinter diesen Worten die Ereignisse im Aschacher Grund standen.

Der Bürgermeister

Sachrang, den sechsundzwanzigsten Juli 1817
An das Königlich Bayerische Herrschaftsgericht in Prien

Endesgefertigter Gemeindevorstand von Sachrang erlaubt sich hiermit, einem Königlich Bayerische Herrschaftsgericht kund und zu wissen zu geben, dass er im Respekt auf seine dreiundsiebzig Jahre schön langsam nicht mehr imstand ist, die gemeindlichen Dinge zufriedenermaßen zu bewerkstelligen. Es tät not, dass ein neuer Gemeindevorstand in Betracht gezogen wäret. Nach nützlicher Erwägung eines Nachfolgers scheint dem Gefertigten gar keine andere Wahl übrig, als den Müllner von Aschach, Peter Huber, mit selbigem Amte zu betrauen. Denn er ist ein kluger Kopf, ein trefflicher Verwalter von seinem Sach, genießt einen guten Leumund lässt sich insonderheit mit keinem andern in eine Freundschaft nicht ein. Dass er sein Eheweib ausgetragen hat, gereichet ihm ehender zu einer Ehr, da sie nichts wert ist. Solches schreib ich, wenn sie auch mit meiner Familie verwandt ist.

Dieses wolle nach Tunlichkeit in Bälde bedacht werden und empfiehlt sich hochachtungsvollst einem Königlich Bayerischen Herrschaftsgericht

Anton Kratzer, Gemeindevorstand.

Es war Ende August. Die Bauern von Sachrang standen nun mitten in der langersehnten Ernte. Der Müller Peter Huber mähte auf dem Acker, der an der Straße lag, den letzten Hafer, während seine Magd hinter ihm abnahm, – da fuhr eine Amtskutsche in seinen Hof ein. Alsbald darauf rief ihn auch schon der Sägewerker mit hallender Stimme.

Peter trat in die Stube. Da saß der Landrichter Chrysostomus Geier. »Seltsam, Huber, dass wir zwei nicht auseinanderfinden können, was?«

»Nun ja, Herr Landrichter, anscheinend hat's die Gerechtigkeit bisher immer so gewollt.«

»Ja, ja, die Gerechtigkeit, Monsieur Huber! Je älter man wird, desto problematischer wird sie. Manchmal will es scheinen, als käme man mit der Liebe weiter.«

»Mit der Liebe, meinen Sie. Vielleicht, wenn der Liebe ein himmlischer Batzen Geduld beigegeben ist; meine persönliche Ansicht, Herr Landrichter! Übrigens, es ist heiß; trinken Sie mit mir einen Schoppen Bier?«

»Bitte! Aber ich bin gewissermaßen im Amt.«

»Ich bin dafür, man sollte im Leben immer zuerst dem Menschen und dann seinem Amte begegnen ...«

Peter Huber brachte aus dem Keller eine Kanne.

»Um auf Ihren vorherigen Satz zurückzukommen, Monsieur Huber: Sie haben Recht, doch scheint im Laufe der Jahre das Amt im Menschen zu verfleischen –«

»Und ihn dadurch zu verzwergen!«, warf Peter dazwischen und hielt dem Richter das Glas hin.

»Prost, Monsieur Huber, auf die beamteten Zwerge!«

»Nix für ungut, Herr Landrichter! Das war bloß die Ansicht eines einfachen Mannes, der – wie Sie sehen – im Schweiße seines Angesichts das tägliche Brot verdient.«

»Huber, warum haben Sie nicht studiert? Ich meine, weiterstudiert?«

»Eben deswegen, Herr Doktor Geier! Eben weil ich mir nicht vorstellen konnte, dass ich Zugtier eines anderen sein sollte. Und hätte man mir selbst goldenes Zaumzeug gegeben und mich an ein silbernes Ortscheit gespannt – Zugtier bleibt Zugtier!«

»Wenn dem so ist, bin ich umsonst von Prien zu Ihnen herausgefahren, ich will Sie nämlich einspannen. Im

Auftrag des Königlich Bayerischen Herrschaftsgerichts überbringe ich Ihnen die Ernennungsurkunde zum Gemeindevorstand von Sachrang.«

Der Müllner-Peter schaute über seinen blankgescheuerten Ahorntisch hinweg ins Leere. Nach einer Weile sprach er bedächtig: »Ja, Herr Landrichter, manche mögen solches als ehrenvoll ansehen, was es schließlich auch sein mag. Ich kann das Amt nicht annehmen.«

»Dann haben Sie gewiss beachtliche Gründe, um deren Bekanntgabe ich leider nun doch bitten muss. Denn über mir stehen andere, denen ich zur Rechenschaft verpflichtet bin.«

»Gründe! Ich selbst bin der Hauptgrund. Ich habe soeben einige Jahre hinter mir, in welchen mein Innigstes – wissen Sie, das, was man als das eigene Selbst in sich fühlt – in eine Sandgrube gefallen war. Es bemühte sich freilich immer wieder herauszukrabbeln, kollerte jedoch jedesmal, wenn es fast oben zu sein schien, wie die Ameise mitsamt dem Sande zurück.

Die Umstände brachten mit sich, dass ich heute mein Inneres gottlob wieder einigermaßen auf festes Erdreich gebracht habe. Nun gilt es, das Versäumte nach Möglichkeit nachzuholen.

Herr Doktor Geier, ich weiß nicht, ob Sie verstehen, wie sehr ich mich wieder nach der Musik sehne. Was war ich in den letzten Jahren anderes als ein musikalischer Handwerker. Ich habe die Orgel gespielt, etwa so, wie wenn man eine Fuhre Mist aufs Feld fährt. Ich habe Chorgesänge einstudiert, eingetrichtert, eingetrommelt, ohne jegliche Gemütsbewegung; im Gegenteil, oft empfand ich es als Last. Heute bin ich wieder so weit, dass ich, spiele ich einen Akkord fünf oder zehn weitere dazuhöre; dass ich nach einer Chorprobe befreit aufatmen kann, als hätte ich ein erfrischendes Bad genommen. Mir ist eine Gnade widerfahren, Herr Landrichter, und ich muss diese glückliche Zeit nützen. Begreifen Sie, dass ich mich da nicht mit Dingen befassen kann, die für meine eigene Gestaltung völlig unproduktiv sind?«

»Und Sie meinen, Huber, dass die Herrschaft sagt: Sehr gut, lassen wir die Gemeinde Sachrang ruhig von einem Idioten verwalten; Hauptsache ist, der Müllner-Peter befriedigt seine musischen Gefühle! Meinen Sie das?«

»Kann mich die Herrschaft zwingen?«

»Was heißt zwingen! Mir wird man vorhalten, dass ich als Amtsperson nicht einmal imstande bin, einen ehrenvollen Auftrag an den Mann zu bringen, an jenen Mann, den die Gemeinde selbst als den geeignetsten genannt hat.«

Peter lächelte: »Das heißt also, damit Sie nicht ausgepfiffen werden, soll ich eine Last auf mich nehmen, die mir zuwider ist. Ich sehe beim besten Willen nicht ein, wieso gerade Sie dieses Entgegenkommen von mir erwarten.«

Der Landrichter senkte das Haupt und sprach weich: »Entschuldigen Sie, Huber, ich habe mich unsachlich ausgedrückt – eine Folgeerscheinung des Alters und des Hungers ...«

»Das tut mir ehrlich leid, dass ich nicht daran dachte, Sie könnten hungern. Einen Augenblick, bitte!« Peter Huber ging zur Kammer und brachte Brot mit Geräuchertem. Der Richter nahm von beidem und aß mit der Gier des Ausgedörrten.

»Monsieur Huber, zwingen kann Sie niemand, es sei denn, die Rücksicht auf Ihre Mitbürger zwingt Sie. Oder glauben Sie, höheren Ortes weiß man nicht, wie es in Sachrang aussieht? Denken wir bloß an die Schnapsbrennerei. Oder Sie selbst, denken Sie doch daran, wie Ihnen der blöde Knecht im Außenwald mitgespielt hat! Denken

Sie an das Elend, das in den Familien herrscht! Denken Sie an die schulischen Verhältnisse!«

»Und ich soll diese Eicheln aus dem Feuer holen?«

»Peter Huber, ein klarer Kopf und eine feste Hand an der Spitze einer Gemeinde wirken Wunder. Und wenn es wahr ist, dass das Gute Zwang ausübt auf die, die es wollen, dann sind Sie gezwungen! Dazu kommt, dass Sie auf Grund Ihrer musikalischen Tätigkeit sowieso schon einen Teil der Gemeinde in Ihrer Hand halten. Dieser Teil steht einmal ganz sicher zu Ihnen. Ebenso haben Sie den Pfarrer auf Ihrer Seite – und das bedeutet in einer Landgemeinde den halben Erfolg in der Tasche. Bedenken Sie, Huber, das Gericht kann nicht hinter jeden Bürger einen Polizeimann stellen. Eine gesunde Bürgerschaft muss aus sich selbst heraus all die Kräfte mobilisieren, die ihren weiteren Fortbestand gewährleisten, *c'est clair*! Deshalb und deshalb allein schon dürfen Sie mir keinen Korb geben, Huber! Ich wüsste sonst wahrhaftig nicht, wer in Sachrang für dieses Amt noch infrage käme. Daher denn auch meine Bemerkung von vorhin über die Unannehmlichkeiten, die mir erwüchsen.«

»Es war, scheint's, unklug von mir, Ihnen Brot zu geben! Sie danken mir's damit, dass Sie mich überreden …«

»Nicht überreden, überzeugen wollte ich Sie! Und Sie sind überzeugt!«

»Schweren Herzens! Denn gerade jetzt hoffte ich, die Zeit des ewigen Sorgens und Kämpfens endlich überdauert zu haben, da eröffnen Sie mir eine neue Front …«

»Ein Waffengang ist des Menschen Leben auf Erdreich! So ähnlich, glaube ich, steht's in der Bibel. Gerade Sie dürfte der Satz nicht kalt lassen, Monsieur Huber!«

»Ihr seid, weiß Gott, nicht wenig ausgeschamt, ihr Richter, wenn selbst die Bibel zur Erreichung eurer Ziele herhalten muss!«

Doktor Geier lächelte: »Herr Peter Huber, hiermit überreiche ich Ihnen die Bestallungsurkunde zum Gemeindevorstand von Sachrang. Ich bin überzeugt, dass nach all den trübseligen Ereignissen zwischen uns, die ich ehrlich beklage, nunmehr eine Zeit herzlicher Zusammenarbeit beginnen wird, ad multos annos!«

Er erhob sich und drückte Peter Huber die Hand.

Am Nachmittag ließ Anton Kratzer die amtliche Ernennung seines Nachfolgers durch Aushang an mehreren Stellen verkünden und lud alle zur öffentlichen Amtsübertragung für den kommenden Sonntag zum Ebert-Wirt ein.

Als der alte Kratzer recht umständlich und förmlich, mit vielen immer wiederkehrenden Worten sein Amt niedergelegt und die Urkunde des Müllner-Peter verlesen hatte, erhob sich dieser unter den Männern: »Da habt ihr ihn also, den neuen Besen! Man hat mich zu dem Amt zwar net gezwungen, aber grad gern hab i's auch net genommen. Die einen von euch werden mich mögen; etlichen anderen bin i sicherlich ein Dorn im Aug'. Wir wissen demnach, wie wir zueinander stehn. Dass bei uns eine ganze Menge faul ist in der Gemeinde, das hätt' mir der Landrichter net sagen müssen; das wissen wir selber. Dass daran einiges geändert werden muss, wissen wir auch.

Da wär an erster Stelle die Schnapsbrennerei zu erwähnen. Net dass ihr jetzt meint, der Müllner-Peter hat lange Zähne nach eurem Korn. Gott bewahr'! Fahrt euer Korn meinswegen nach Aschau oder nach Prien oder sonst wohin! Aber fahrt es in eine Mühl'!

Und grad net, werden jetzt etliche bei sich sagen. Gut, ist mir auch recht! Dann werden wir um so ehender zu einer ordentlichen Dorfstraße kommen. Von heut ab wird nämlich für jeden Zentner Korn, der zum Brennen gebracht wird, in Sachrang und allen eingemeindeten Weilern ein Gulden für die Gemeindekasse erhoben.

Ja, schimpft nur! Ihr könnt mir auch eure Bierkrügel an den Kopf schmeißen! Der Gulden bleibt! Und i versprech' euch, dass mir keine zehn Zentner entgehen; so werd i aufpassen!

Es genügt mir nämlich, wenn i eure verhärmten Weiber und eure verwahrlosten Kinder betracht'! I stell' mich auf denen ihre Seiten. Von euch erwart' i jetzt die Bierkrügel; von denen aber erwart' i einen großen Dank.

Und merkt's euch: Den Dank krieg' i! Zum kommenden Frühjahr aber fangen wir mit der Dorfstraßen an; und irr' i net, so werden wir auch noch etliche Nebenwege richten können.

I hätt' schon noch einiges am Herzen, doch für heut soll's gnug sein. Aber i sag euch, dass mir das Wohl unserer Gemeinde so nahe liegt, wie mein eigenes. Wer mit mir hält, wird's net bereuen. Wer sich aber widersetzt, der zieht früher oder später den kürzeren!«

Diese Rede des neugebackenen Gemeindevorstands war ein Zunder und loderte bei den Töchtern des Grottenbachers in hellen Flammen auf. Am Abend des darauffolgenden Tages standen die beiden wie Rachegöttinnen vor ihm in der Stube. Jede hatte den Umfang von drei ausgewachsenen Bäuerinnen, ihre Gesichter glänzten rotscheckig vor Wut und Branntwein.

Sie fuchtelten und schlugen die Fäuste auf die blanke Ahorntischplatte, dass es eine Freude war. Peter Huber saß mit verschränkten Händen auf der Eckbank und hörte sich ihre wilden Verleumdungen gelassen an.

Als sie zum Zwecke eines tieferen Atemholens eine längere Pause einlegten – sie hatten sich völlig erschöpft –, meinte er so nebenbei: »Und jetzt hab i mich doch die ganze Zeit gefragt, welche von euch beiden mir euer seliger Vater hat andrehen wollen, wenn i dortmals zu der Abtreibung zugestimmt hätt'.«

Da floh plötzlich alle Röte aus ihren aufgedunsenen Gesichtern. Sie starrten ihn mit offenen Mündern an. Ihre Finger fieberten.

»Nun ja«, fuhr Peter fort, »so was fällt einem auf einmal wieder ein. Man macht sich dann so seine Gedanken. Aber das nur nebenbei, gell! Ihr werdet also den Gulden pro Zentner allwöchentlich getreulich an die Gemeindekasse abliefern, und – wohlgemerkt – für jeden Zentner, der neben'naus geht, zehn Gulden. Euern Knecht dürft ihr dann zum Frühjahr über die Grenz' jagen, dorthin, wo er hergekommen ist. Nehmt euch lieber einen andern, der was von Feld und Vieh versteht. Sonst aber will ich euch immer gern einen guten Rat geben; denn schließlich könnt' ja eine von euch jetzt meine Müllnerin sein. Gut' Nacht beinander!«

Sie gingen schweigend.

Und sie zahlten pünktlich.

Den Knecht mussten sie dann auch entlassen, weil sich das Schnapsbrennen nicht mehr lohnte und er von den harten Arbeiten eines Bauernhofes keine Ahnung hatte.

Die Dorfstraße konnte gerichtet werden; die Seitenwege nicht mehr. Denn so ergiebig war der Schnapsgulden wiederum nicht geflossen.

Ging Peter durch das Dorf, so lächelten ihm die Frauen zu; die Kinder grüßten ihn ehrerbietig wie den Herrn Pfarrer. Die Bauern, mit denen er nun häufiger an Samstagen zum Feierabend beim Ebert-Wirt zusammentraf, hörten ihm aufmerksam zu, wenn er von nutzbringender Felderwirtschaft oder von neuen landwirtschaftlichen Maschinen erzählte.

Ein Jahr war er nun im Amt. Das Gesicht des Dorfes hatte sich gewandelt, bis eines Tages der Präparand Stockinger kam, zerschunden und mit aufgeschwollenem Gesicht. »Ihre Frau, Herr Gemeindevorstand ...!«

»Ja, meine Frau! Ich werde mit ihr reden, Stockinger. Von nun ab hast du deine Ruhe. Genügt dir mein Wort, oder willst du die Sache weitergehen lassen?«

»Diesmal habe ich keinen Zeugen.«

»Gut, dann genügt, was ich gesagt habe!«

Der Gemeindebote, der sich allmorgendlich in der Mühle einfand, überbrachte Frau Maria Huber, geb. Hell, auf dem Noppenberg die amtliche Vorladung des Gemeindevorstands. Marei kleidete sich um und kam in die Mühle.

»Marei, der Stockinger war bei mir. Es kann ihm niemand bezeugen, dass du's warst. Das weiß er. I hab ihm aber versprochen, dass jetzt endlich zwischen dir und ihm eine Ruh' hergeht. Dabei denk i in erster Linie an die Schulkinder, die er zu unterrichten hat. Da wird nämlich nix G'scheit's aus dem Unterricht, wann er fortwährend auf der Hut sein muss. Und ein'n andern kann i vorderhand net hertun, weil die Gemeinde das Geld net aufbringt. Also Marei, lass es am End' sein! – Warum bleibst denn stehn? Setz di' doch nieder! Wie geht's dir nacher?«

»Wie mir's geht? Schlecht! Oder meinst, i hätt's anders erwartet?«

»Schaust auch net gut aus. Bist leicht krank?«

»Net krank und net g'sund, Peter!«

»Kann i dir helfen? Brauchst du was?«

»Mir kann niemand helfen, gar niemand! Wenn's einer gekonnt hätt', dann wärst du's gewesen; und du hast's auch net fertig bracht.«

»Mein Gott, Marei, so darf man doch als junger Mensch net reden! Du versündigst dich! Du musst dich z'sammenreißen! Mir scheint aber, du stellst dich her und sagst: ›So bin i, anders kann i net‹, und lässt den Karren davonfahren, wohin er will.«

»Stimmt, Müllner-Peter, stimmt haarscharf! Nur muss einer, damit er's anders macht, ein Ziel haben, welches das Andersmachen verlohnen tät. Und 's hat doch jeder sein Ziel! Selbst wenn's nur eine Halbe Bier ist, die er sich am Samstag vergönnt. Wenn aber eins gar kein Ziel hat? Und auch gar keine Aussicht hat, dass ein Ziel hergehen könnt'? Ja net einmal die Aussicht auf eine Aussicht! Was dann?«

»Marei, wir bleiben doch Christenmenschen! I bitt' dich!«

Sie lachte laut auf: »Wenn einem alles der Nase nach geht, ist's net schwer, Christ zu sein! Merk dir das, Müllner-Peter!«

»Du lachst und fällst ein Urteil übers Christentum. I sag' dir was, Marei! Übers Christentum dürfen diejenigen vielleicht ein Urteil fällen, die was davon verstehen. Du aber verstehst nix! Deswegen lass hier das Christentum aus dem Spiel; hier geht's nämlich gar net ums Christentum, sondern um einen Mangel an Beherrschung.«

»Dass i net soviel versteh' wie einer, der einmal hat Pfarrer werden sollen, dös woaß i! Und überhaupt: Pfüat di Gott!« Energisch schlug sie hinter sich die Tür zu.

Peter strich mit der Hand über die Stirn, die in den letzten Wochen merklich kahler zu werden begann.

Kurze Zeit danach kam der Krautnudel: »Mir scheint, Chef, Madame hat Ärger gehabt!«

Mit bestimmtem, fast hartem Ton erwiderte Peter Huber: »Thomas, nicht vergessen, sie ist und bleibt meine Frau!«

»Pardon!«, erwiderte der Franzose und ging wieder.

Der lange Johann

Etliche Wochen danach – die Stoppeln waren bereits geschält und die Kartoffeln eingemietet – kam die Magd vom Noppenberg mit Korb und Bündel und mit verweintem Gesicht. Sie trat zu Peter Huber in die Stube und begann erneut Tränen zu vergießen. Sie sei von der Frau Hals über Kopf ausgeschafft worden.

Warum?

Weil sie sich zu Kirchweih wieder einmal mit dem Krautnudel getroffen habe, was doch schließlich nicht so schlimm sein könne, nachdem sie volle fünf Jahre mit dem Thomas auf dem Hofe zusammen gearbeitet und gewirtschaftet hätte.

Der wahre Grund aber sei sicherlich ein anderer: Sie habe sich nämlich einen Knecht eingestellt. Der sei nun auch gekommen und da gäbe es dann freilich keinen Platz mehr für eine Dirn auf dem Hofe. Aber sie werde schon sehen, die Frau, wie weit sie mit dem Knecht kommt! Mehr als sie geschafft habe, könne der Knecht auch nicht; nur dass er mehr verbrauche und mehr verschlampe. Und das vertrage der kleine Hof, der sowieso schon wieder am Niedergang sei, niemals. Wohin aber solle sie denn, kurz vor dem Winter, gehen? Wer stelle um diese Zeit eine Dirn ein?

Jeder Bauer werde glauben, sie habe gestohlen oder sonst ein Unrecht begangen. Und wenn das schlecht sei, dass sich eine Dirn das eine oder andere Mal im Jahre mit einem Manne treffe, dann seien wohl im ganzen Land die Mägde schlecht, und die Frauen, die sich mit ihren Knechten einließen, noch viel, viel schlechter!

Peter hatte die Schluchzende ruhig angehört. Dann sagte er: »Ausgeschafft ist ausgeschafft! Daran kann i nix ändern. Aber jetzt gehst 'nüber zum Krautnudel und sagst ihm, er soll dir hier im Haus die große Kammer geben; i hätt' dich für sofort als Magd eingestellt!«

Am Abend ließ er den Franzosen in seine eigene Kammer kommen und erklärte ihm, dass er sich um das Privatleben seiner Leute nur dann kümmern werde, wenn daraus ein öffentliches Ärgernis entstünde. Er möge also vernünftig sein.

Der Krautnudel lächelte spitzig: »Chef, bald bin ich sechzig. Das Uhrwerk rostet. *Merci quand même*, dass du nicht Herrgott spielst wie Madame auf dem Noppenberg!«

Dann sprachen sie von dem neuen Knecht, den Marei gedungen hatte. Thomas wusste bereits, dass es einer von drüben sei, ein abgestandener Grenadier, an die vier Ellen lang, mit einem roten Schnauzbart, der ihm wie eine Adventskerze unter der Nase liege. Beim Gehen waberte er mit seinen Beinen so gefährlich um sich, dass man meine, er habe sie am Morgen nur einseitig eingehenkt. Die Heugabel werde man sich künftig auf dem Ertlhof sparen können; denn wenn sich der Johann ein wenig auf die Zehenspitzen stelle, lange er durch die Stalldecke bis an die Sparren des Heubodens. Immerhin, für die Feuerwehr der Gemeinde Sachrang sei er darum eine nicht unbedeutende Aquisition.

Eine Woche später – der Knecht Johann hatte sich immer noch nicht am Gemeindeamt gemeldet – verfügte Peter Huber sein unverzügliches Erscheinen. Er erschien nicht unverzüglich, sondern drei Tage drauf. Er trat in die Gemeindekanzlei ein, so wie einer in eine schmutzige Wirtschaft kommt, ohne Gruß und Wort. Als in Peter fragte, woher er sei, gab er zur Antwort, er wisse es nicht und beabsichtige auch nicht, auf weitere Fragen zu antworten. Huber erkannte hinter dieser dreisten Rede die

Unbotmäßigkeit Mareis; von sich aus hätte der Knecht, der als ehemaliger Soldat sicherlich den Begriff der Autorität kannte, niemals so zu sprechen gewagt.

Peter bedeutete ihm, auf einem Stuhle Platz zu nehmen, und schrieb einen Brief: »Du bist offenbar der Ansicht, Marei, mir durch Deinen Knecht etwas beweisen zu können. Und zweifellos wäre Dir das gelungen, wenn ich den Knecht zum Müllner-Peter gerufen hätte. So ist es aber nicht. Der Knecht wurde vor die Gemeindebehörde geladen, nicht weil er Dein Knecht ist, sondern weil der Gemeindevorstand die Pflicht hat, jede neue Person, die sich länger als eine Woche in seinem Amtsbereich aufhält, zu registrieren. Bei allem Verständnis für Deine Art, kannst Du von mir nicht verlangen, dass ich mich strafbar mache. Ich fordere Dich also auf, Deinen Knecht zu veranlassen, dass er Rede und Antwort steht. Nebenbei teile ich Dir noch mit, dass ich den Knecht genau so entlohne, wie ich die Magd entlohnt hätte. Solltest Du andere Vereinbarungen mit ihm getroffen haben, so fühle ich mich dadurch nicht berührt. Alles in allem sehe ich mit bestem Willen keine Ursache für Dein Aufbegehren gegen mich, da ich Deiner freien Entscheidung weiß Gott nicht im Wege stand. Dass Du freilich auf meinen Hof jetzt nicht mehr zurückkehren kannst, dafür setze ich Dein Verständnis voraus.«

Dieses Schreiben übergab Peter dem Knecht und schickte ihn fort.

Am anderen Tage kam er wieder.

Er heiße Johann Bichlmayer, sei fünfunddreißig Jahre alt, geboren zu Matrei bei Innsbruck, zuletzt längerdienender Korporal im k. u. k. Husarenregiment Nummero zwei. Ausweispapiere besitze er nicht; sie seien ihm unterwegs mitsamt der Uniform in einer Herberge gestohlen worden.

Erlogen vom Anfang bis zum Ende!, dachte Huber. Er schrieb aber alles auf und schickte dann den Knecht heim.

Am gleichen Abend noch fertigte er eine Eingabe an das Herrschaftsgericht in Prien mit dem Ersuchen, die Person des Knechtes überprüfen zu wollen, da es sich hier nach seiner unmaßgeblichen Mutmaßung um einen ausgemachten Landstreicher handle.

Die Wochen vergingen. Der Winter warf reichlichen Schnee ins Tal. Eisige Stürme fegten über die Hänge. Die Bauern brüteten auf den Ofenbänken, die Bäuerinnen mussten schier Tag und Nacht das Feuer hüten.

Eines Morgens – es hatte eben erst zu dämmern begonnen – kam der Gemeindebote mit der jungen Magd vom Steindlmüller zu Außenwald. Schrecklich, schrecklich! Die Bäuerin liege wie tot im Bett; ob sie noch warm sei, wisse man nicht, weil sich niemand hingetraut habe. Aber es stünden alle Schubladen und Kästen offen; auch schaue unter ihrem Kopfkissen das Stroh aus dem Sack heraus, grad so, als habe da einer nach ihrem Geldstrumpf gesucht.

Peter weckte den Krautnudel, der eben erst eingeschlafen war. Zu viert begaben sie sich nach dem Außenwald. Als sie gegen den Steinbruch einbogen, machte der Franzose auf eine lange Schrittspur aufmerksam, die sich dort jäh in den Wald hineinverlor. Die Spur war nicht alt, sonst wäre sie vom fallenden Schnee längst überweht gewesen. »Der Spur gehe ich nach!«, sagte der Krautnudel und verschwand zwischen den halbwüchsigen Bäumen.

Die alte Magd führte den Gemeindevorsteher und den Boten in die Schlafkammer der Bäuerin. Peter fand bestätigt, was die Junge ausgesagt hatte, fand auch, dass die Marthl tot war: erwürgt mit nackter Hand. Sie musste sich gegen ihren Angreife hart zur Wehr gesetzt haben:

Ihre Fingerspitzen waren blutig, so hatte sie ihn gekratzt. Peter suchte die ganze Kammer genau ab, doch fiel ihm nichts Verdächtiges auf.

Plötzlich drehte er sich ruckartig um und fasste die junge Magd mit hartem Griff am Halse: »So hat er sie gepackt und so hat er sie gewürgt – und du, du hast ihn einilass'n!« Langsam streifte er seine Hände vom Halse des Mädchens herab, doch so, als wollte er gleich wieder zufassen. »Wann ist er fort, der lange Johann, wann?«

Peter Huber schrie so laut, dass die draußen zusammengekommenen Neugierigen erschraken. Und wieder langte er nach dem Halse der Magd. Sie hing in seinen Händen wie eine Wachsfigur. Ganz nahe zog er jetzt ihr Gesicht an seine Augen und gab ihren Hals frei: »Sag, wann?«

Sie schluckte einige Male und röchelte dann: »In der zweiten Stund!«

Peter Huber ließ den Gemeindeboten im Außenwald verweilen und ordnete an, dass von den vier Höfen keine Menschenseele bis Mittag das Dorf Sachrang oder irgendeinen anderen Weiler zu betreten habe. Wer seinen Hof unter was immer für einen Vorwand verlasse, stehe schon im Verdacht der Mitschuld.

Dann eilte er heim. Von seinen Leuten erfuhr er, dass der Krautnudel schon vor einer Stunde zurückgekehrt und mit dem schnellen Gaul in Richtung Prien davongeritten sei. Er habe noch hinterlassen, sie sollten dem Chef sagen, dass man gut daran täte, von Wildbichl aus scharf nach Sachrang herüber zu schauen.

Peter gab sich den Anschein, als verstünde er den Sinn dieser Rede nicht. Ganz ruhig ging er durch sein Anwesen und wies jedem die Arbeit an, was sonst die Aufgabe des Franzosen war. Dann stieg er zur Ölbergkapelle hinauf, als ob er dort wieder einmal Orgel spielen wollte; er betrat sie aber nicht, sondern schlug sich in den Wald und gelangte auf einem Umweg nach Wildbichl, jenseits der Grenze. Hier blieb er bis Mittag in der Schänke sitzen und schaute unentwegt auf die Dorfstraße hinaus.

Als es zwölf Uhr läutete, zahlte er und ging auf dem ordentlichen Wege auf Sachrang zu. Der Himmel war klar geworden und kalt. Die Sonne trat hervor und warf ihren blendenden Glanz über die funkelnde Schneedecke. Der Noppenberg lag wie zum Greifen nahe. In den Fensterscheiben des Ertlhofes konnte man die Schattenbilder der alten entlaubten Kastanien sehen. Arme Marei!, sagte er für sich, dein Leben ist auch ein Schattenbild, das Schattenbild eines Baumes, der niemals Blätter trug!

Dann strebte er seinem Hofe zu.

Es wunderte ihn nicht, dass es hier aussah wie bei einer Einquartierung. Da standen zwei große Amtsschlitten, an der Sonnenseite waren zehn oder zwölf Pferde angepflockt und fraßen geruhsam aus ihren Hafersäcken. In der Stube aber ging es laut her. Unter der Tür kam ihm der Krautnudel entgegen: »Chef, sie wollen uns zwei zu Kriminalinspecteurs machen und nach München mitnehmen; *quand ä moi*, ich habe mit Danke abgelehnt!« Und er lächelte wie immer, wenn er einen Witz erzählte.

Beim Eintreten Peters erhoben sich die Polizeimänner und grüßten. Einer, der eine bessere Uniform trug, reichte ihm mit einer tiefen Verbeugung die Hand: »Eigentlich müssten wir Ihnen böse sein, Herr Huber, denn Sie sind uns um ein oder zwei Tage zuvorgekommen. Unsere Recherchen waren fast abgeschlossen; dann hätten wir zugepackt.«

Peter setzte sich an seinen Tisch: »Nur hat die armselige Marthl leider dran glauben müssen, ich meine die Steindlmüllerin vom Außenwald.«

»Das bedauern wir ebenso, Herr Huber, wie wir froh sind, dass dieser gemeingefährliche Mensch nicht mehr

Unheil angerichtet hat. Denn was der auf dem Gewissen hat, das geht auf keine Kuhhaut!«

Peter schaute den Langen an, der gebunden in der Ecke stand: »Ja, Johann Bichlmayr, oder wie du heißt, der Herrgott hat immer noch den längeren Arm!«

Marei stand unter dem Schatten des Scheunentores, als sich die Gendarmen mit ihren Schlitten und Pferden und dem langen Knecht Johann von der Mühle aus in Bewegung setzten. Wieder einmal schaute sie vom Noppenberg auf das Haus herab und den Mann, die für ihr schicksalhaftes Leben mitbestimmend waren, ohne es so gewollt zu haben.

Weiß Gott, der Müllner-Peter hatte es in allen seinen Bemühungen gut gemeint, war im Verständnis ihrer Wankelmütigkeit bis an die Grenze des Erträglichen gegangen. Jetzt stand sie allein da. Wer würde sich um sie kümmern? Um sie, die jeglicher Gemeinschaft ausgewichen war?

Ein harter Kopf ist gut, Marei; doch auch der härteste zerschellt an den naturgegebenen Tatsachen! Freilich, bei dir sind die Tatsachen nicht eigentlich naturgegeben – sie sind nebennatürlich geraten, und dadurch bist du nicht recht brauchbar fürs Leben, bist wie ein Stein im Strom, der geglaubt hat, mitfließen zu können.

Bittere, aber wahre Erkenntnis! Den Stein lässt man entweder liegen, bis ihn der Strom zermürbt oder glattgeschliffen hat, oder man nimmt ihn aus dem Strom heraus …

Sie nahm den Hofbesen und kehrte den zertretenen Schnee an den Gartenzaun; sie wollte die Spuren nicht mehr sehen, weder die des Knechts, noch die der Polizeimänner. Dann ging sie in die Stube und steckte alles Gewand, das von dem Langen noch da und dort herumhing, in den Ofen. Es stank, aber es wärmte noch das Wasser für die Tränke der Kühe.

Die Kühe! Was soll sie als alleinstehende Frau mit so viel Vieh anfangen? Und mit so viel Feld, das bestellt sein will? Marei sann den ganzen Nachmittag. Am Abend begab sie sich in die Mühle: »Müllner-Peter, i will mir zwei Küh' behalten; tätst du mir die fünf andern abnehmen? Ebenso behalt' i fünf Tagwerk Grund ums Haus herum; das andere magst du bebau'n, wie dir's gefällt.«

Peter Huber überlegte; es war verständlich, was sie vorhatte. An ihm lag es jetzt, ihr eine Lebensmöglichkeit zu schaffen.

»Gut, Marei! I übernehm' die Küh' und bezahl' sie dir im Laufe des kommenden Jahrs, wenn mir unser Herrgott die Gesundheit erhält. Die Felder übernehm i in Pacht und zahl' dir den gehörigen Zins. Nur brauch i dazu die Feldscheune.«

»Die Feldscheune ist freilich dabei; was tät i mit der Feldscheune?«

»Und du glaubst, dass du dann auskommst?«

»I leg' mir einen Hühnerhof an, für den Markt in Kufstein.«

»Sehr vernünftig, Marei! Geht aber bloß solange, als man dir an der Grenze keine Schwierigkeiten macht.«

»Hinhängen werden mich die Sachranger allweil!«

»Und was dann?«

»Ja, was dann?«

»Dann wird's heißen: Der Gemeindevorsteher bewirtschaftet ihr die Felder, damit sie besser schmuggeln kann.«

»Dem, der das sagt, dem schlag' i aufs Maul!«

»Marei, keiner reckt dir sein Maul hin. Ein Gerede ist immer hundertmäulig; schlägst du auf zehn, so schrein die neunzig andern umso lauter!«

»Vorläufig lass i's drauf ankommen!«

»Dös ist recht! Kommt Zeit, kommt Rat!«

Am Heimweg überdachte Marei, wie irrsinnig es von ihr gewesen war, diesem Manne, in dem sich Vernunft, Güte und Recht zusammengefunden hatten, davonzulaufen. Schwermütig schritt sie den Noppenberg hinan. Sie fühlte schon nicht mehr die richtige Freude an dem Vorhaben, mit dessen Verwirklichung sie nun beginnen sollte.

Sie begann aber trotzdem und hatte bis zum Frühjahr gut ausgedachte Hühnerställe gezimmert, Tröge und Zäune gefertigt. Es saßen auch schon die ersten Bruthennen über den Eiern.

Die Bischofsweihe

Gleichwie sich die allgemeine europäische Lage zu befrieden begann, fanden auch in Sachrang die Gemüter der Bauern und Häusler ihre Ruhe wieder. Die Männer arbeiteten wie zu Väterszeiten emsig auf dem Feld und im Wald, während die Frauen Kinder bekamen und großzogen, ohne der erst gestern überstandenen Not zu gedenken. Pfarrer Eusebius Sänftl brauchte nur noch zwei, höchstens drei uneheliche Geburten im Jahr zu verbuchen, brauchte auch kaum noch Eheweiber wegen übermäßigen Schnapsgenusses ihrer Männer zu trösten.

Der Andrang zum Kirchenchor war stark; es galt wieder als Ehre, dabei zu sein, zumal sich jetzt mit der Person des Chormeisters auch die des Gemeindeoberhauptes vereinigt hatte. Peter Huber konnte, wie in den ersten Jahren seiner Tätigkeit, Auslese halten und jene, die sich etwa für den Gesang nicht eigneten, dem Orchester zuteilen, oder – wenn es gar nicht anders ging – sie wenigstens für die Erlernung eines Hausinstrumentes begeistern.

Das Sachranger Tal begann wieder zu singen, noch mehr, es zog fast alle Dörfer der Prien entlang in seinen musikfreudigen Bann. So konnte der Müllner-Peter, als die Hohenaschauer das zehnjährige Jubiläum des Entsatzes ihrer Burg festlich begingen, einen zweihundert Kehlen starken Chor und ein Orchester von achtzig Mann auf der Schlossterrasse dirigieren.

Dass Marei, die Heldin jenes denkwürdigen Tages, zu dieser Feier nicht erschien, war allgemein vorausgesehen und auch verstanden worden. Man schickte ihr trotzdem durch zwei Aschauer Jungbauern ein Ehrendekret und eine in Silber getriebene Plakette des Schlosses in schwarzem Ebenholzrahmen. Als die zwei Bauern an jenem Abend von ihrem Ritt zurückkehrten, erzählten sie, die Bäuerin habe von dem Geschenk kaum Kenntnis genommen, habe ihnen aber lachend eine Mistgabel gezeigt und gesagt: Mit der hab' i ihn kalt g'macht, den Dreckskerl!

Und dagestanden sei sie, dass man sich fast hätt' fürchten können vor ihr ... Einige andere aber flüsterten, mit einem scheuen Blick auf den Müllner-Peter: Es scheint, sie spinnt!

Der alte Herr Benefiziat Beetz weilte nicht mehr unter den Feiernden. Graf Preysing hatte auch noch keinen Nachfolger für ihn ausersehen, in der Meinung, er brauche nicht königlicher zu sein als der König, der für das Bistum München-Freising seit der Säkularisation auch noch keinen Bischof bestätigt hatte.

Was diesen Bischofsstuhl betrifft, so waren freilich seit langem schon Verhandlungen mit dem Heiligen Vater in Rom im Gange. Diese Verhandlungen führte der Nuntius Serro Cassano, der nach dem zu höheren Würden aufgestiegenem Monsignore Ventinuglio das verantwortungsvolle Amt in München angetreten hatte. Im Herbst 1821 endlich wurde zwischen Papst und König eine brauchbare

Formel für den Verfassungseid des kommenden Kirchenfürsten ausgeklügelt.

So fand denn nach sechzehnjähriger Vakanz zu Allerheiligen an Lothar Anselm Freiherrn von Gebsattel in der Sankt Michaelskirche zu München die Weihe zum Bischof statt. Das ganze Bayernland empfand Freude darüber. Aus allen Gauen strömten sie nach der Hauptstadt, um Zeugen des Auftakts einer neuen religiösen Blütezeit zu sein.

Auch der Müllner-Peter, der seit jenem Gartenkonzert in der Blutenburg München nicht mehr betreten hatte, schloss sich den Pilgern an. Als er am Vorabend von Allerheiligen eintraf und einer Orchesterprobe in Sankt Michael beiwohnte, fand er – es war ein Zufall – einen Kameraden wieder, mit dem er seinerzeit studiert hatte. Dieser war irgendwo als wohlbestallter Dekan tätig und hatte sich in der Einsamkeit seines Kleinstädtchens zum Virtuosen auf dem Cello herausgebildet. Darum saß er auch hier mit im Orchester.

Sie verbrachten den Abend gemeinsam. Am anderen Tag erwirkte der geistliche Herr, dass Peter mit ihm den Kirchenchor betreten durfte.

Während der feierlichen Zeremonie sangen Chor und Orchester die Orgelmesse in A-Dur von Mozart – für den Organisten ein Bravourstück. Peter Huber fand einen Platz neben dem Spieltisch der Orgel. Prälat Vierlinger, der Domorganist; spielte auf dem Königlichen Instrument wie einer, der Macht hat.

Während der Wandlung, da alles schwieg, brach dem würdigen alten Herrn plötzlich auf der Stirn der Schweiß aus; er wurde blass, lehnte sich nach rückwärts und verlor das Bewusstsein. Peter fing ihn in seinen Armen auf, einige Herren von der Bassstimme griffen zu und trugen den totenbleichen Mann vom Chor.

Da war die Wandlung vorüber und die Messe sollte mit einem Solopart der Orgel weitergehen. Hilflos stand der Dirigent da; ebenso hilflos schauten alle auf ihn. Da saß aber schon Peter Huber am Spieltisch, stellte die Register und begann. Einige perlende Kadenzen und Kaskaden – er spielte sie mit dem Ebenmaß der vollendeten Beherrschung des Instrumentes, mit dem Glanz fröhlicher Beschwingtheit, woran man Mozart erkennt. Der Dirigent strahlte, hob den Taktstock und gab der Sopransolistin den Einsatz zum Benedictus. Das war reiner Jubel. Als dann aber die gesamte Fülle des Chors mit dem Hosanna in das mächtige Kirchenschiff hineinwuchtete und die Orgel mit vollem Werk die Kraft der Begeisterung unterfing, da fühlten sich die tausend Menschen im Haus des Herrn vom Göttlichen der Musik berührt.

Peter Huber sah nichts von der beglückten Aufmerksamkeit, er spielte, hingegeben an die Aufgabe, die ihm zugefallen war. Einmal ein solches Orchester, einmal einen solchen Chor haben! Und eine Orgel, aus der man die Herzen der Engel singen hört!

»Großer Gott, wir loben dich!«, sang das Volk am Schluss der hohen Feier. Da überkam Peter die Erinnerung an jenes Tedeum, das er einst in der Wies-Kirche bei Freising gespielt hatte – nicht für tausend Menschen, sondern für zwei, für sich und für sie …

Ob sie wohl auch unten in den rotbetücherten Bänken unter den Edlen saß? Oder ob sie es mit dem Hofe hielt, der nicht gekommen war? Sie stand doch dem Hofe nahe, der noch nicht den Mut aufbrachte, offiziell von der verschwägerten napoleonischen Aufklärung zurückzutreten.

Als der letzte Orgelton verklungen war, drängten sie um den Spieltisch, als gälte es einen Monarchen zu begrüßen. Der Dirigent fasste Peter an den Schultern und bat ihn sein Gast zu sein. Doch der cellospielende Dekan widersprach und pochte auf seine Kameradschaftsrechte. Diesem Wettstreit von Bekundungen der Dankbarkeit machte Peter Huber dadurch ein Ende, dass er alle ersuchte, ihn während der folgenden Stunden allein zu lassen, denn er sei nach München nicht aus Geselligkeitsgründen gekommen, sondern um sich am Pulsschlag der Großstadt zu stärken; dazu müsse man allein sein.

Den Umstehenden, die diese Worte hörten, blieb der lächelnde Mund offen. Erst als Peter aus ihrer Mitte gegangen und im Strom der Massen auf der Neuhauser Straße untergetaucht war, schüttelten sie ihre Köpfe: Schade um soviel Talent! Im Gebirg drin erfriert's!

Peter schritt gegen den Schrannenplatz zu. Er war still in sich versunken, lächelte vor sich hin wie ein Schulbub, der ein gutes Zeugnis bekommen hatte, und fühlte sich trotz der vielen Leute ringsum ganz einsam.

Bei der Heilig-Geist-Kirche ging er zum Viktualienmarkt durch, jenen Weg, den er vierzig Jahre zuvor fast täglich gegangen war. Dann stand er vor dem Haus mit der Wappentür. Er schaute zum Söller empor, auf dem er damals aus lateinischen Klassikern vorgelesen hatte. In dem Salon dahinter – wie deutlich sah er ihn! – glänzte sicher noch das vergoldete weiße Klavier, die Harfe lehnte in der Ecke neben dem Kamin. Daneben lag gewiss die Geige im Kasten aus Zirbelkiefer, jene Geige, die so schön sang.

Weiß Gott, er konnte sich nicht erinnern, dass noch jemand einen so zarten Anstrich zustande gebracht hätte. Sollte er läuten und hinaufgehen, nur damit er wieder einmal diesen Anstrich hörte? Nur noch eine Stunde Musik in diesem Hause! Oder wenigstens eine halbe Stunde …

Peter trat näher an die Tür hin. Und wenn er dann gefragt würde, was mit dem Mädchen sei, das damals beim Gartenfest in der Blutenburg die Bratsche gespielt habe? …

Da wandte er sich wieder ab, wandte sich vom Hause ab und trottete hinüber zur Pferdeschwämme. Dort standen ein paar alte Kastanien, die ihre letzten Blätter auf die Wasserfläche streuten. Hier setzte er sich auf eine steinerne Bank. Herbst! War Peter deshalb nach München gekommen, um ausgerechnet an der Pferdeschwämme den Pulsschlag der Großstadt zu erfühlen, wie er es den anderen plausibel gemacht hatte?

Sei nur ehrlich, Müllner-Peter! Du hattest dich ja schon bis zur Wappentür begeben ... Freilich, du bist verheiratet, bist somit gebunden und kannst es vor deinem Gewissen nicht verantworten, der Frau in die Augen zu schauen, die dich einst geliebt hat. Deine Zeitgenossen verständen dich gewiss und keiner verargte es dir. Du aber kannst es nicht.

Wüssten die Vorübergehenden, mit welch kleiner Not du da sitzest, sie lächelten über dich, zögen dich auf und führten dich noch einmal hinüber zur Tür, hinter der das Ziel deiner Sehnsucht und deine Ruhe wohnt. Doch sie wissen es nicht und beachten dich nicht. Sie reden von dem Ereignis in Sankt Michael.

Jung ist er nicht mehr, der neue Erzbischof, aber er hat den Höflingen die Schneid abgekauft; deshalb sind sie ja auch ausgeblieben, obwohl der König die Ausschmückung der Kirche veranlasst hat. Nun ja, das muss man dem guten Vater Max lassen: Er selber wär' nicht so, wenn es die vielen Ohrenbläser nicht gäb!

Und den Vierlinger hat doch grad' während der Wandlung der Schlag getroffen; 's ist schon ein Jammer! Da soll aber ein Zugereister – einige meinen, ein Müller aus dem Gebirg – die Situation erfasst haben. Und manche sagen, der spiele gar noch besser als der Vierlinger. Nach dem hochheiligen Amt war er jedoch verschwunden und weg wie die Wurst vom Kraut.

So ein Hirsch, so ein damischer! Anstatt sich um die Nachfolge vom Prälaten zu bewerben, die greifbar vor ihm auf dem Tisch liegt, macht er sich aus dem Staube. Mein Gott, 's ist halt auch so einer, der vom Leben nix versteht! Andere täten sich die Händ' abschlecken, und der … Die Dummen sterben eben nicht aus!

Nun, Müllner-Peter, so schlägt der Puls der Großstadt – was dich betrifft! Es ist wohl am besten, du gehst wieder nach Sachrang. Dort warten auf dich die Singenden und die Siechen. Dort heißt man dich keinen Dummkopf. Du bist schon zu alt geworden, als dass dir der Anschluss in der Großstadt noch glückte. Als du jünger warst, hast du nicht gewollt; jetzt will sie nicht!

Er erhob sich müde von der Steinbank und schlug den Weg gegen das Isartor ein. Dort hinaus führt der Weg nach dem Süden, nach den heimatlichen Bergen.

Am ersten Tage nach Allerseelen schrieb die »Münchener Zeitung«:

»Wie wir von unterrichteter Seite her erfahren, kam es während der kirchlichen Zeremonie der Bischofsweihe in Sankt Michael zu einem bedauerlichen Zwischenfall. Der uns allen bekannte Domorganist, Herr Prälat Vierlinger, wurde von einem leichten Schlaganfall betroffen. Er befindet sich in der Obhut der Barmherzigen Brüder und es besteht, ärztlichem Vernehmen zufolge, keine akute Gefahr. Wie uns weiter berichtet wird, handelt es sich bei dem auf fast mysteriöse Art verschwundenen Maestro, welcher unmittelbar nach dem Abtransport des Prälaten in dessen Dienst einsprang und Mozarts Orgelmesse mit vortrefflicher Eleganz zu Ende spielte, um einen Müller aus dem Dorfe Sachrang im Chiemgau, namens Peter Huber. Es wäre verlohnend, wenn sich die zuständigen Stellen dieses Künstlers annehmen wollten, hat es doch den

Anschein, als ginge es hier um einen Schatz, der gehoben werden müsste.«

Als Terry von Lilien diese Zeitungsnotiz las, begann das Blatt in ihrer Hand zu zittern. Also war er es doch gewesen, den sie von ihrem Hause hatte weggehen sehen, als sie in die Heilig-Geist-Gasse eingebogen war!

Warum hatte er nicht gewartet? Warum nicht wenigstens ein schriftliches Zeichen unter den Türklopfer geklemmt? Wenn er gekommen war, so hatte er einen Grund gehabt; und wenn er gegangen war, so schien dieser Grund nicht stark genug gewesen zu sein, ihn zum Warten zu bewegen. Wollte er also bloß einmal vorbeischauen? Terry strich sich eine graue Locke, die über die Schläfe hereingefallen war, hinters Ohr zurück. Dann schüttelte sie den Kopf. Kindische Gedanken! Gedanken eines verliebten Mädchens! Dreißig Jahre zu spät! Freilich, Peter Huber war einst in der Mitte ihres Herzens gestanden und merkwürdig!, er war nie ganz aus dieser Mitte gewichen.

Sie nahm das Papiermesser und schnitt die Zeitungsnotiz heraus. Und während sie diese behutsam auf den Sekretär hinlegte, lächelte sie still.

Es gehörte zu den Aufgaben Seiner Königlichen Hoheit, des Kronprinzen, täglich mindestens eine Stunde lang Zeitung zu lesen. Da jedoch Ludwig daran wenig Gefallen fand, hatte er seinen Adjutanten beauftragt, ihm diese Pflicht abzunehmen und nur das Beachtliche mit rotem Strich seitlich anzukreuzen. Die vorgeschriebene Lektüre dauerte dann höchstens zehn Minuten und vollzog sich in Gegenwart des Adjutanten, der das Angestrichene gegebenenfalls kurz zu erläutern hatte.

So las denn Ludwig auch die Notiz über Peter Huber, denn sie war rot bezeichnet.

»Ist das«, fragte er mit erhobener Hand, »der Mann?«

»Jawohl, Hoheit, es ist jener Müller, dem durch Euer Hoheit Dazwischentreten die bewusste Heldin von Hohenaschau ehelich verbunden wurde.«

»Gut! Nun, er hat von Uns ein Versprechen in der Hand, das Wir wahrzumachen gedenken, sobald wir dazu in der Lage sind. Übrigens müssten Wir uns wieder einmal der Dame von Lilien erinnern! Sie hat Uns damals auf der Blutenburg mit ihrem Arrangement einen vortrefflichen Dienst erwiesen. Und man soll Ludwig nicht undankbar nennen.«

»Die Dame von Lilien ist, soweit man erkennen kann, in hohem Maße mit sich selbst und ihren Kapitalien zufrieden. Es steht zu bedenken, Hoheit, ob eine allerhöchste Beachtung nicht eher als ruhestörend empfunden wird.«

»Richtig! Also keine allerhöchste Beachtung!«

»Immerhin, es besteht, oder bestand zumindest eine amouröse Liaison zwischen der Baronesse und dem Müller. Hoheit haben hier sehr scharfsinnig gefühlt. Von Wissenden wird sogar behauptet, die Baronesse habe in ihren besten Jahren des Müllers wegen jegliche Werbung ausgeschlagen; die Folge davon, dass sie jetzt bereits zu den Überzeitigen zählt.«

Der Kronprinz zuckte mit den Schultern: »Demnach besaßen Wir damals zum Heiratsvermittler nicht die gehörige Berufsgnade. Lassen Wir also die Finger davon weg!«

Das Hochwasser am neunzehnten Juli 1824

Die Ertlbäuerin hatte ihren Hühnerhof mit viel Klugheit angelegt. Er gedieh auch zunächst sehr gut, bis der Absatz von Eiern und Junghühnern über die Grenze durch die Tiroler plötzlich eingestellt wurde. Dann begannen die Transportschwierigkeiten nach Prien und weiter. Sie gestalteten sich so erheblich, dass das Geschäft kaum noch rentabel war. Zudem wurden die Hühner von der zu dieser Zeit im Lande grassierenden Pest befallen und verendeten zuhauf. So stand Marei eines Tages vor dem Nichts.

In ihrer Existenz war sie freilich nicht bedroht, denn die zwei Kühe, die sie sich behalten hatte, und der Pachtzins, den sie vom Müllner-Peter erhielt, gestatteten ihr ein leidliches Durchkommen.

Das aber, wovon sie sich in Wirklichkeit bedroht fühlte, war die Untätigkeit. Tagsüber streunte sie durch ihr Anwesen, durch Keller, Scheune und Stall. Sie kramte auf den Speichern und Böden, sie ordnete hier und ordnete dort. Zwischenhinein kochte sie sich etwas und war sich von vorneherein schon im Klaren, dass es ihr nicht schmecken würde. Abends legte sie sich müde hin, und dennoch floh der Schlaf aus ihrer Kammer.

In wirren Bildern begegneten ihrer Fantasie die leeren und ungenutzten Räume, die sie während des Tages durchstöbert hatte. Alle Gerätschaften und Tröge, Werkzeuge, Kübel und Gebinde traten wie Ankläger vor ihren Geist; sie wollten gefüllt, behandelt und verwendet sein, nicht aber von Spinnen überzogen. Doch gerade die Spinnen vermehrten sich in dem Maße, als sich die Mäuse verloren.

Das Katzenpaar, das sonst unaufhörlich durch den ganzen Hof spürte, lag träg auf den warmen Steinen und Bänken; nur wenn ihnen das Faulenzen gar zu unbehaglich wurde, verzogen sie sich ins Feldgebreit, wo es Wander- und Springmäuse gab und kräftige Maulwürfe. Marei verwünschte die Katzen und jagte sie mit dem Besen. Abends gab sie ihnen die gewohnte Milch nicht mehr. Eines Tages waren sie verschwunden und kehrten nicht mehr wieder. Sie hatten sich als Wilderer in die Wälder begeben.

Die Kühe hatten fast zu gleicher Zeit aufgenommen und gaben keine Milch mehr. Marei lebte jetzt von Haferbrei, den sie in Wasser kochte. Selten ging sie zum Metzger über die Grenze; sie war menschenscheu geworden. Kein Wunder, denn sie fiel allenthalben durch ihren zerfahrenen Ausdruck und die Hast ihrer Bewegungen auf. Einige lachten verstohlen, andere schüttelten mitleidig die Köpfe. Marei merkte das und hasste sie. Sie hasste jetzt alle und alles. Sie redete laut mit sich selbst, auch dann, wenn sie beobachtet werden konnte. Sie gestikulierte mit den Händen, blieb plötzlich stehen, um dann wieder ebenso unvermittelt in eine wilde Gangart zu fallen. Bisweilen sah man sie um ihren Hof rasen, als wollte sie einen losgewordenen Gaul erjagen. Doch sie jagte nichts, es sei denn sich selbst.

Natürlich begannen die Leute wieder zu reden und ihr Gerede drang auch zu Peter, allerdings nicht direkt, sondern über den Pfarrer Sänftl.

»Man nimmt Anstoß, lieber Huber, dass Sie sich nicht um sie kümmern …«

»Herr Pfarrer, was nützt es, wenn ich mich kümmere? Sie verschließt sich vor mir. Und treffe ich sie dennoch, so starrt sie mich an und gibt mir keine Antwort. Milch, Butter und Mehl, das ich ihr schicke, verschmäht sie, oder tritt es im Angesicht meiner Leute in den Boden.«

»Lieber Freund, das alles ist sehr bedauerlich. Was nützt aber Butter und Milch, wenn der Bäuerin vielleicht die Geborgenheit und die Obhut des Mannes fehlt? Wenn ihr der Halt, die feste Umgürtung, mit einem Wort, wenn ihr der Mann fehlt?»

»Herr Pfarrer, ich hab doch weiß Gott mehr getan, um unsere Ehe zusammenzuhalten, als was unter Hunderten einer tun würde.«

»Das bezweifle ich nicht! Wie wär's aber, wenn Sie versuchten, die Bäuerin heimzuholen? Ihre Seele kann sich in den Jahren der Trennung gewandelt haben. Verstehen Sie, Huber, noch einmal! Wir Menschen müssen ein bißchen sein wie der liebe Herrgott: einmal und noch einmal und immer wieder versuchen! Die Langmut ist eine göttliche Tugend.

Und die gute Ertlhofbäuerin? Ob nicht der Trotz, den sie so ungebändigt zur Schau trägt, letzten Endes aus der ungestillten Sehnsucht nach der Umfriedung des Mannes hervorgeht? Ich weiß, lieber Freund, vielleicht ist das alles ein müßiges Gerede! Wenn es aber noch eine Tür zum Glück des lieben Mitmenschen gibt, und sollte es auch nur eine armselige Bodentür sein, dann dürfte man sie nicht zuschlagen.«

»Aber, Herr Pfarrer ...!«

»Gewiss, Peter Huber, ich weiß es! Ich weiß aber auch, dass Sie sich in nichts vergeben, wenn Sie das Aussichtslose doch noch einmal versuchen. Schon um der Ruhe des Gewissens willen!«

Peter schwieg.

Pfarrer Sänftl stellte ihm ein Glas Wein hin.

»Die Frau, lieber Freund, ist anders geartet als der Mann. Das vergessen wir immer wieder. In ihrem Herzen gibt es so viel Abgründiges und Unberechenbares. Das macht ja am End' ihren Reichtum aus, den sie braucht, um damit die Herzen der Kinder zu beschenken. Freilich, wenn sie dann keine Kinder hat, weiß sie mit ihrem Reichtum nichts anzufangen. Das kann so weit führen, dass sie vor lauter Fülle an sich selbst irre wird – und überhaupt irre wird!«

»Herr Pfarrer, es widerspricht mir, eine Frau zu nötigen!« So!, dachte Peter Huber, jetzt ist es gesagt!

»Das ist es leider, mein lieber guter Müllner-Peter! Sie haben eine andere Art und passen mit dieser Art nicht in unsere Frauenwelt herein. Unsere Bäuerinnen und ihre Töchter sind gewohnt genommen zu werden: Und tut das der Mann nicht, so kommen sie mit ihm nicht klar. Sie, mein Bester, hätten ledig bleiben oder eine ganz anders gesittete Frau heiraten müssen, – wobei natürlich zu bedenken ist, dass wiederum diese Frau nicht zu uns hier ins Gebirg hereingepasst hätte. Immerhin, Geschehenes wird nicht dadurch ungeschehen gemacht, dass man seine Fehlerhaftigkeit erkennt; man muss es zum Guten ändern und – soweit es sich nicht mehr ändern lässt – zum Guten ertragen!«

Am Abend des gleichen Tages ging Peter Huber auf den Noppenberg.

Als er durch das Gartentor schritt, trat ihm Marei aus dem Stall entgegen. Sie hatte die Kühe besorgt und trug noch die Gabel in der Hand. Peter erschrak unwillkürlich; er hatte kurz in die Vergangenheit gedacht.

Marei strich sich das wild hereinhängende Haar aus der Stirn und lächelte: »Oha! Der Herr Bürgermeister! Kommt er leicht nachschau'n, ob's auf dem Ertlhof wieder einen Knecht gibt, den man an den Galgen bringen könnt'?«

»Du hast eine saubere Meinung von den Pflichten eines Gemeindevorstehers, wenn du mich zum Henker stempelst! Oder glaubst, 's wär' besser, man ließe die Würger frei umeinand' laufen?«

»Was willst du denn von mir?«

Peter Huber wusste nicht, was er auf diese Frage antworten sollte. Das Gespräch hatte so herzlos begonnen.

»Was i will? Dass du wieder zu mir kommst, hinunter in die Mühl!«

Marei schaute ihn eine ganze Weile bewegungslos an. »Und was tät i in der Mühl'? Soll i dir eine Magd ersetzen? Oder soll i bei dir schlafen und Kinder kriegen? Fürs erste bin i zu schwach; und fürs andere net brauchbar, das weißt du doch. Und überhaupt, was willst du von einer Zweiundvierzigjährigen?«

»I will weder das eine, noch will i das andere. I will, dass du net da heroben hocken bleibst wie eine Eule. Langsam fangen die Leut an, ihre Kinder mit dir zu schrecken …«

»Die Leut! Was gehn mich denn die Leut an! Nur wegen der Leut also willst du mich wieder bei dir haben? Dass sie an deiner sauberen Weste keinen Flecken ansehn! Auf dass sie sagen: Ja, ja, der Müllner-Peter, der gute und feine Ehrenmann! Da hat er das Mistviech wieder geholt, obwohl sie ihm keine Kinder bringen wird und auch sonst keinen Schuss Pulver wert ist. Jetzt hat er sie wieder geholt! Geht nur in die Mühl' und schaut sie euch an, die Ertlhöferin, die Eule! Ganz anderst ist sie worden. Hockt schön stad in der Stuben und kassiert die Mehlmitze mit niedergeschlagenen Augen. Das ganze Gesicht hat sie voller Reu und Leid, und die guten Vorsätz' hängen ihr grad so zum Hals heraus. Das alles, weil er so großmütig g'wesen ist und sie wieder heruntergeholt hat! Gell, Müllner-Peter, dös wär' halt nett? Nur sag' i dir eins: Da drauf könnt ihr warten! I bleib gern eure Eule, schon wegen eurer Kinder, dass sie schön brav werden! Und du, du wirst's schon noch derwarten. Am längsten hat's dauert!«

Marei hatte diese Rede fast geschrien. Jetzt warf sie mit einem starken Schwung die Gabel nach der Stalltür zu und verschwand in ihrem Wohnhause, wobei sie hörbar die Tür hinter sich verriegelte.

Nun steht wohl keine Tür mehr offen!, dachte Peter Huber und verließ langsam den Noppenberg …

Niemand weiß, wie es der Ertlbäuerin möglich gewesen ist, auf ihrem vereinsamten Hofe den Winter ins Jahr 1824 zu überdauern. Aus dem Schornstein ihres Hauses qualmte nie der Rauch. Ihre beiden Kühe gingen hochträchtig, sodass sie von ihnen keine Milch haben konnte. Vielleicht waren ihr noch ein paar Hühner übrig geblieben, die ihr nach und nach zur Nahrung dienten.

Als der Mai gekommen war, verkaufte sie die beiden Kälber und jagte die Kühe ins freie Feld hinaus.

Und eines Tages hatte sie selbst ihren Hof verlassen.

Peter Huber gewahrte dies in der darauffolgenden Nacht, als die Kühe nicht eingetrieben worden waren und qualvoll durch die Stille brüllten, weil ihnen die Milch wehtat. Er stellte Nachforschungen an, die jedoch ergebnislos verliefen, bis ihm der alte Kratzer berichtete, Marei befände sich in Rosenheim bei ihrer siechen Tante, die dem Tode nahe sei. Peter freute sich über diese Nachricht, weil er hoffte, Marei werde im Umgang mit Menschen, die ihr nahestanden, wieder zu einem natürlicheren Leben zurückfinden, so wie damals, als sie ihm den Hof verpachtet hatte.

Mitte Juli starb die Tante in Rosenheim. Es erschienen die Verwandten, die sich bisher kaum hatten sehen lassen, und machten ihre Erbschaftsansprüche geltend. Die paar Kleider und Möbelstücke der alten Frau waren bald mit viel Geschrei und gegenseitiger Beschimpfung aufgeteilt. Dann suchte man die Barschaft.

Und weil man keinen einzigen roten Heller fand, fielen alle gemeinsam über Marei her und bezichtigten sie des

Diebstahls; denn ein Jeder wisse haargenau, dass die liebe Verstorbene ein ganz beachtliches Sümmchen zusammengetragen und schon zu Lebzeiten hoch und heilig geschworen habe, dass dies alles einmal ihren rechtmäßigen Erben zugute kommen solle. Marei beteuerte, die Tante habe ihr hundertvierzig Gulden geschenkt mit der ausdrücklichen Bemerkung, den anderen nichts, aber auch gar nichts zu geben, weil sich niemand von denen um sie gekümmert hätte.

Da fuhren sie auf: Das sei eine Lüge und eine ganz niederträchtige Erbschaftserschleichung, und wenn das Geld nicht augenblicklich bekäme, werde man das Hohe Gericht anrufen. Daran erkenne man wieder einmal die Brut des Ertlbauern, der mit gottesfürchtiger Miene alle Welt begaunert und beschissen habe. Deshalb sei er ja auch als elender Selbstmörder vor den Richterstuhl des lebendigen Gottes getreten – und ihr möge es genau so ergehen!

Als Marei diese bösartigen Reden vernahm, zog sie die hundertvierzig Gulden hervor und warf sie ihnen ins Gesicht. Da balgten sie sich in der Stube wie die Hunde um den Knochen. Marei aber spuckte vor ihnen aus und verließ Rosenheim, ohne noch der Toten das letzte Geleit gegeben zu haben.

Es regnete in Strömen. Gewitter, wie man sie seit Menschengedenken nicht erlebt hatte, brausten über das Gebirg her und dröhnten durch die Täler. Da fuhr kein Wagen die Landstraße entlang, der die wandernde Frau ein Stück mitgenommen hätte. Sie war nass bis auf die Haut. Die Kleider klebten an ihr wie ein Harnisch. Der kalte Wind, der den Regen peitschte, entzog ihrem Körper die Wärme. Sie wankte dahin, bleich und zitternd. Der Hass, den man über sie ausgeschüttet hatte, fraß sich in ihr Gemüt hinein. Sie spürte den Regen und den Sturm nicht mehr, die Kälte nicht, noch den Schmerz in ihren Lungen. Sie kam nach Frasdorf, als es Nacht war. Da verkroch sie sich in eine Scheune. Als sie nach Bernau kam, war es wieder Nacht. Da schlüpfte sie in einen Feldstadl.

Vor Kälte und Hunger konnte sie nicht schlafen. Sie wurde von Hustenanfällen erschüttert.

In der Morgendämmerung erkannte sie, dass ihre Lungen bluteten. Da überfiel sie Angst. Angst vor dem Tode. Die letzten zerreißenden Minuten der verstorbenen Tante traten in ihre Erinnerung.

Sie sah sich selbst daliegen und blind nach etwas greifen, nach einem Halt, nach einer Klammer im Leben. Sie erhob sich stürmisch und hastete zum Stadl hinaus. Wieder packte sie der Sturm an, der Regen, und trieb sie abseits in einen Hohlweg. Doch der Hohlweg führte nicht nach Sachrang.

Sie kehrte sich um, da fuhr der Wind gegen sie – ein neuer Hustenanfall überkam sie und abermals Blut. Sie musste stehen bleiben. Dann drehte sie sich wieder ab, um Atem zu holen. Wie schwer das ging und wie weh das tat! Sie röchelte.

Mein Gott, wenn sie jetzt nicht mehr heimkäme! In vier Stunden könnte sie daheim sein, spätestens in fünf. Nur noch vier Stunden! Dann wäre sie beim Müllner-Peter. Der weiß ja, wie's um sie steht. Der kennt ihre Lungen. Der Peter könnt' ihr helfen.

Freilich, sie hatte ihm ein Gutteil seines Lebens verdorben und er hatte sich das so wenig anmerken lassen. Immer war er fein zu ihr gewesen. Viel zu fein. Er wird ihr helfen. Wenn er dieses Blut sieht, wird er sie zu sich nehmen und wird ihr helfen. Ob sie dann bei ihm bleiben muss? Vielleicht!

Wenn sie ihn nur leiden könnte! Er ist zu fein, zu gut, als dass man ihn leiden könnte. Seiner Güte fehlt etwas, die Wirbelsäule. Nun, vielleicht glückte es ihr, bei ihm zu bleiben! Er stellt ja keine Forderungen an sie. Wenn sie nur schon in Sachrang wär'!

Wieder wandte sich Marei dem Sturm entgegen. Sie gewann die Landstraße. Als sie in den Wald eingetreten war, kam sie rascher voran. Gegen Mittag gelangte sie nach Aschau. Dann ging's den ausgewaschenen Bergweg hinan. Da musste sie sich setzen. Der Husten würgte sie. Sie erlitt einen Blutsturz.

Danach fühlte sie sich freier, so viel freier, aber so unendlich müde.

Wenn sie doch jetzt sitzen bleiben und ein Stündchen schlafen dürfte! Weiß der Himmel, jetzt könnte sie schlafen! Sie lehnte sich nach rückwärts, musste sich jedoch gleich wieder erheben, weil ihr vorkam, als müsste sie ersticken. Langsam und ganz steif stand sie auf und torkelte weiter. Jetzt in den Wald hinein.

Die Straße war versperrt: Ein Windbruch versperrte sie. Sie musste über Stämme steigen und durch üppiges Geäst kriechen. Abermals setzte sie sich.

Sie spürte, wie sich ihre Lungen mit Blut anfüllten, mit Herzblut, das heraus wollte. Sie wankte. Sie fiel von einem Fuß auf den anderen. Ob sie überhaupt noch ihrer Sinne mächtig war? Sie glaubte es selbst nicht mehr. Manchmal schien ihr, als hörte sie nichts. Oder hörte sie zu viel? Das Rauschen des Waldes, das Bersten der Äste, das Geheul des Sturmes über den Wipfeln – es ist zu viel für das Ohr und wird übermächtig, wenn es zu lange währt. Dann versagt der Sinn. So versagte auch bereits das Gefühl für die Kälte.

Marei empfand ihren Körper erfroren; das Erfrorene friert nicht mehr. Glitt nun schon das Leben von ihr ab? Langsam und Stück für Stück? Ein schönes Sterben, wenn das Leben abbrökkelt! Es tut gar nicht weh. Es ist so selbstverständlich, so ganz anders als bei der Tante in Rosenheim, die um sich gegriffen hatte, nach dieser Seite und nach jener Seite. Marei braucht nach nichts zu greifen.

Wozu denn nun auch greifen? Wohin man greift, greift man ins Kalte, ins Leere. Das Kalte, das ist wohl der Tod; und das Leere, ist das etwa das Leben nach dem Tod? Was ist kalt, was ist leer? Was ist Tod, was kommt dann? Wozu diese Fragen auf dem Weg zum Müllner-Peter?

Der Sturm schien etwas nachgelassen zu haben; dafür goss der Himmel Sturzbäche herab. Hinter der nächsten Wegeskehre wird man schon die Häuser von Stein sehen. Ein leises und dumpfes Rollen verkündete bereits die Nähe der Prien; sie würde Hochwasser führen mit Steinen, losgerissenen Uferstücken und Baumstämmen.

Sobald Marei die Brücke passiert haben wird, befindet sie sich bereits auf Sachranger Anrainergrund. Dann ist's nicht mehr weit. Jetzt kommt sie in die Kehre. Du lieber Himmel, wieder ein Windbruch! Wie soll sie den umgehen? Beiderseits des Weges steht das Wasser knietief über dem Waldboden. Noch dazu ist der Grund moorig.

Marei lehnt sich an einen der vielen gekröpften Baumstämme. So sehr ihre Augen auch nach einem Umweg ausschauen, es bleibt ihr keine andere Möglichkeit, als den Windbruch zu durchsteigen. Sie hat noch keine fünf Bäume überwunden, da versagt ihr der Atem. Sie fällt zusammen und hustet eine Lache Blut aus. Wie lange sie dann liegt, weiß sie nicht. Ein undeutlicher Drang nötigt sie aufzustehen. Sie zwängt sich weiter in das Gewirr der buschigen Äste hinein. Das Herzblut braust in ihren Ohren und hämmert an den Schläfen, in der Brust tobt ein reißender Schmerz, die Hände sind zerschunden, das Gesicht zerkratzt, das Kopftuch ist irgendwo hängengeblieben, das Haar ist zerzaust – da lichtet sich das Geäst und sie steht vor der Auffahrt zur Brücke. Nur noch über die Brücke!, denkt sie, denn drüben sind die Häuser von Stein. Dort muss sie einkehren; sie schafft es nicht mehr bis Sachrang. Mühselig schleppt sie sich zum Brückenkopf hinan und erreicht das Geländer.

Nun aber scheint ihr, als träume sie. Das tragende Mitteljoch der Brücke ist weggerissen, nur noch ein paar Verstrebungen baumeln in die schäumenden Wogen hinab.

Die Brückenbahn ist zwar noch nicht geborsten, hängt aber schon durch wie ein Fischernetz. Marei sieht das Verhängnis, hat jedoch nicht mehr die Kraft sich zu entsetzen. Wie ihre Blicke so über die wankenden Querbalken der Brücke hinübergleiten, gewahrt sie am anderen Ufer unter einem Strauch stehend – den roten Franto.

Vielleicht träumt sie wirklich. Sie wischt sich über die Augen und schaut schärfer und denkt sich ganz fern: Der hatte doch schon einmal geholfen; der versteht sich aufs Heilen!

Sehnsüchtig wie ein Kind streckt sie die Arme nach ihm aus und betritt die geneigte Brücke. Sie schaut nur zu ihm hinüber, sie winkt ihm zu und versucht zu rufen, dass er warten möge, da gleitet sie auf den klitschigen Querbalken aus und prallt rücklings ans Geländer. Dieses gibt nach, es gibt durch die Erschütterung die ganze Brücke nach und donnert in das wilde Gewoge des Hochwassers …

Die Totenwache

Am Abend noch konnten sie unter der kundigen Leitung des Schusters von Stein die Leiche bergen. Es ging leicht vonstatten, denn die Brückenreste hatten sich zwischen zwei mächtigen Geröllblöcken verfangen, davor stand aufrecht die Tote. Wenn die Wogen ein Tal bildeten, hatte man ihr bleiches Gesicht gesehen, von dunklen Haarsträhnen überspült.

Der Gemeindevorstand von Sachrang ließ sie auf ihren Hof bringen und bestellte die Leichenfrau. Marei wurde aufgebahrt. Niemand kam ins Haus, um für die Tote zu beten; der Schuster von Stein hatte nämlich ausgesagt, er selbst sei vom Fenster seines Hauses aus Augenzeuge gewesen, wie sie sich mit offenen Armen auf die halbgeborstene Brücke begeben habe … Diese Aussage bekräftigte er am selben Abend noch beim Pfarrer Sänftl.

Als die Leichenfrau gegangen und die Nacht hereingebrochen war, prüfte Peter Huber den Leichnam. Aus der offensichtlichen Blutleere und erkennbaren Entkräftung gewann er die Überzeugung, dass Marei unter keinen Umständen im Vollbesitz ihrer geistigen Fähigkeiten gewesen sein konnte, als das Unglück geschah. Ja, er konnte nicht einmal verstehen, wie ein Mensch in diesem Zustand noch lebensfähig gewesen war. So schaltete für ihn die Annahme eines Selbstmordes aus.

Mit dieser Überlegung wollte er sich eben zum Pfarrer begeben, als der alte Kratzer, sein Vorgänger im Amte, durch die dunkle Nacht daherkam. Er berichtete, was seine Frau, die bei der Beerdigung in Rosenheim gewesen war, zu erzählen gewusst hatte: Von Mareis Zerwürfnis mit den Angehörigen der Tante und von ihrem jähen Aufbruch zu einem Zeitpunkt, da das Wetter am ärgsten getobt hatte. Er berichtete weiter, er habe sich bereits erkundigt, ob irgend jemand zur fraglichen Zeit die Ertlbäuerin gesehen oder ein Stück des Weges mitgenommen habe; seine Nachforschungen seien jedoch erfolglos geblieben. Marei müsse demnach volle drei Tage unterwegs gewesen sein.

»Dann wundert 's mich doch nur«, sagte Peter, »dass sie mit ihren zerstochenen Lungen überhaupt noch bis Stein gekommen ist. Jedenfalls kann man sich net gut vorstellen, dass sie alle diese Strapazen auf sich genommen hat, um ausgerechnet beim Schuster zu Stein ins Wasser zu gehen – das hätt' sie weiter talwärts schon ein oder zwei Tage vorher machen können!«

»Da hast Recht!«, pflichtete der Kratzer bei, dem das Gerücht vom Selbstmord sehr zuwider war.

Die beiden Männer unterhielten sich noch über die Regelung der Hinterlassenschaft, die ausschließlich Peter Huber als der Ehegatte zu verwalten hatte. Dann verließen sie den Noppenberg, um dem Pfarrer ihre gemeinsamen Erkenntnisse vorzutragen.

Der Pfarrer Eusebius Sänftl hörte sie an, ruhig und ohne Unterbrechung, so wie es seine Art war. Er konnte sich ihren Erwägungen nicht verschließen; freilich stand dagegen ein Augenzeugenbericht, und der Schuster hatte erklärt, seine Aussage beeiden zu können. Sie müssten verstehen, dass er gerade in diesem Falle einer kirchlichen Beerdigung nicht ohne weiteres zustimmen dürfe, weil sonst die ganze Gemeinde mit Recht sagen würde: Man braucht nur einen Mann und einen Onkel zu haben, die das Heft in der Hand halten, dann geht fast alles …! Dann kriegt auch der Selbstmörder den kirchlichen Segen! Er könne also, so leid es ihm auch sei, die Beerdigung nicht vornehmen, es sei denn, sie erbrächten ihm deutlichere Beweise.

Die zwei Männer verließen den Pfarrhof. Sie verabschiedeten sich, und zutiefst gaben sie dem Pfarrer Recht.

Der Sturzregen hatte merklich nachgelassen, dafür begann die Nacht kalt zu werden, viel zu kalt für die Jahreszeit. Der Himmel blieb immer noch verhängt. In Sachrang brannte kein Licht mehr, nur der Krautnudel in der Mühle schien beim Aufschütten zu sein, als Peter vorüberging.

Er wollte die Nacht auf dem Noppenberge verbringen; einen Toten im Haus soll man nicht allein lassen.

Als er jetzt das kreischende Gartentor zurückschob, sah er auf den Stufen vor der Haustür eine dunkle Gestalt, die nun auf ihn zukam.

»Es ist nur der Rote, Müllner-Peter! Brauchst keine Angst zu kriegen!«

Grüß dich, Franto! Wenn man sachte auf die Sechzig zugeht, ist's mit der Angst nicht mehr weit her. Dass du überhaupt noch lebst?«

»Wenn du's leben nennst, so ist das ein sehr wohlmeinender Ausdruck; gewöhnlich sagt man halt vegetieren. Leute wie unsereins wissen ja nie, wenn sie den einen Happen durch die Gurgel drücken, ob ihnen der Herrgott morgen wieder einen beschert.«

»Kommst du mit herein? Du weißt doch, wer drinnen ist?«

»Wie sollt' ich's nicht wissen! Deshalb bin ich ja hier.«

Sie traten in die Stube. Peter Huber zündete zu Häupten der Toten zwei lange Kerzen an. Marei lag mit einem weißen Linnentuch zugedeckt. Sie setzten sich ihr gegenüber an den Tisch, den die Leichenfrau ebenfalls weiß gedeckt und mit Kranz und Rosenkranz versehen hatte.

»Willst du nicht die Uhr anstoßen, Peter! Das Leben geht nämlich weiter …«

Der Müller setzte die alte Schwarzwälder Uhr in Gang.

»Du bist gleich Sechzig, ich hab nicht mehr weit auf die Achtzig, und die da war über die Vierzig. Sieht man sich das alles etwas näher an, so fühlt man sich wie ein Rabe unter silbergefiederten Reihern. Sie steigen mit ihrem Putz das Ufer entlang, als gälte es, jeden Vorbeifahrenden zu bezaubern; der Schwarze dagegen sitzt droben in einem Baum auf verdorrtem Geäst und ist froh, wenn sie keinen Stein nach ihm schmeißen. Aber sieh da, der Reiher verliert auf einmal seinen Flitter und knickt eines Tags über die Böschung – der Schwarze sieht's, krächzt zwei-, dreimal kräftig und wartet auf den Verfall der nächsten Generation.«

»Du willst doch nicht sagen, dass sie einem Reiher glich!»

»Das will ich schon sagen! Sie war nämlich nicht Weib genug, um Mutter zu sein, und darum mehr Reiher als andere Weiber. Daran trage ich freilich die erste Schuld, aber nicht die letzte. Ich habe meine Schuld verräumt, als ich sie wieder zum Weibe machte, da droben in der Kammer. Da wollte sie mir mit der Axt den Schädel spalten, ich dagegen habe ihr das Weibtum zurückgegeben. Was sie damit angefangen hat, das weißt du. Oder weißt du's nicht?«

»Ich weiß!«

»Hätte sie gewollt wie andere Weiber, und hätte sie innerlich, weißt du, ganz tief im Herzen da drin, ja gesagt zu dem Opfer der Mutterschaft, sie wär' alt und glücklich mit dir geworden.«

»Franto, jetzt ist sie nicht mehr; und einem Toten macht man keine Vorwürfe. Außerdem ist es falsch zu sagen, du hättest deine Schuld verräumt. Dreißig Jahre war sie weder Mann noch Weib. In diesen dreißig Jahren aber hat sich ihr Inneres so verbildet, dass sie nichts anderes mehr war als ein Häufchen Unrast.«

»Müllner-Peter ...«

»Ich weiß, Franto, so hast du deine Frau am Ertlbauern gerächt. Ich versteh' das, wenngleich man's als Christenmensch nicht billigen kann. Du darfst es aber ruhig auf dein Gewissen nehmen, wenn sie jetzt so daliegt! Und was ist das Resultat? Du hast eine ganze Familie zugrunde gerichtet, ohne dass deine Frau auch nur eine Sekunde lang von den Toten auferstanden wär'!«

»Müllner, vor dreißig oder wie viel Jahren habe ich dir einmal eine Erklärung darüber abgegeben. Meinst du vielleicht, es ist angenehm, den Henker zu spielen? Wir waren alle ineinander verstrickt. Du aber vermiss dich nicht, Schuld und Unschuld zu verteilen! Du müsstest dich dann selber genauso fragen, wieviel von ihrem Elend auf dein ureigenes Konto kommt.

Es leuchtet mir durchaus ein, dass du jetzt im Angesicht der Toten, um die du dein halbes Leben lang gekämpft hast, Schuldige zitieren willst. Unterlass das lieber! Denn wir alle tragen, wieviel ein jeder trägt, das mag einmal der Herrgott auseinander posamentieren. Und überhaupt, Müllner-Peter, ich bin ja nicht hergekommen, um mich von dir hier schulmeistern zu lassen. Selbst wenn du anstatt sechzig hundertsechzig Jahre alt wärest und noch zehnmal so viel studiert hättest, stündest du in der Erkenntnis gewisser Dinge und Zusammenhänge wie ein Zwerg neben mir. Merk dir das! Denn der eine muss sich's erarbeiten; dem andern wird's zugeworfen, ob er's nehmen will oder nicht, ob er's tragen kann oder nicht. Dank also deinem Herrgott, dass du nicht in der Haut des roten Franto steckst! Vielleicht hättest du diese Haut schon längst abgestreift wie eine Schlange, ich hab's auch versucht, leider wächst die Haut nach!«

»Entschuldige, Franto! Jetzt habe ich das erste Mal gemerkt, dass ich alt geworden bin.«

»Weißt du, was der Schuster von Stein erzählt?«

»Dass sie offensichtlich in den Tod gegangen sei.«

»Dafür sollte man dem Schuster jeden seiner Leisten zweimal um die Ohren hauen. Ich selber stand nämlich dabei, als es geschah; am diesseitigen Ufer stand ich.«

»Willst du das nicht dem Pfarrer sagen?«

»Dem Pfarrer nicht, aber dem Schuster werde ich etwas sagen. Der frisst nämlich Knoblauch und hat zuviel verkrampfte Dünste in seinem Leib; die machen den Geist trüb, den kleinen Rest seines Geistes, den er noch nicht versoffen hat.«

Peter Huber schwieg und verlor sich in einen Gedanken. Wenn der Franto, wie er sagte, am Ufer gestanden war, hatte er sie dann nicht etwa in den Tod gelockt?

Da lachte der Rote, sodass Peter erschrocken zusammenzuckte.

»Ob ich sie in den Tod gelockt habe? Mir scheint, ich habe ihr das Leben um eine Minute verlängert. In dem Augenblick, als sie einzuknicken drohte, erkannte sie mich auf der andern Seite. Noch einmal trotzte sie dem Tode – eine Minute lang und kam auf mich zu. Sie erreichte mich nicht mehr. Sie hätte mich auch auf einer festgefügten Brücke nicht mehr erreicht ...«

Ob dieser Worte empfand Peter Huber eine nicht geringe Genugtuung; bestätigte doch der Rote das, was er dem Pfarrer gesagt hatte.

»Du kannst ohne Sorge sein, Müllner! Der Schuster kommt noch vor morgen abends ins Widum. Dann wird der Pfarrer deiner Ertlbäuerin das Grab segnen.«

Franto erhob sich langsam und müde: »Jetzt lass' ich euch zwei allein. Vielleicht hast du ihr noch einiges zu sagen, was sie im Leben nicht hat anhören wollen. Sag ihr's ruhig! Denn alles, was man einem anderen sagt, sagt man ja in erster Linie sich selber. Und du hast dir noch manches zu sagen ... Die Uhr geht wieder. Vergiss es nicht! Bleibt sie aber einmal stehen, hier oben oder bei dir drunten, dann darfst du getrost zu den Leuten sagen: Der Franto hat soeben seinen eigenen Topf einigermaßen zusammengeflickt und ist damit unterwegs zu den ewigen Wassern! Sein Leib freilich hat sich dorthin zurückverkrochen, wo seine Bosheit anfing. So kannst du sagen! ... Dir, Müllner-Peter, danke ich! Du warst mir stets so eine Art Ruhebank. Als Sohn wärst du mir nicht lieber gewesen. Ober dir wird jetzt die Nachmittagssonne scheinen. Wenn du dich dann wie ein zahnloser Kater in ihren Strahlen wärmst, denk daran, dass der alte Franto vor vielen Jahren schon ein paar Wolken weggeschoben hat, damit sie dich besser bescheine. Gut Nacht beisammen!«

»Franto, was soll das?«

»Bleib sitzen, Peter! Es ist eh die letzte Nacht mit ihr!«

Der Rote schlurfte hinaus und zog die Tür fest ins Schloss.

Das klang nach Abschied. Zwar ohne Handdruck, doch endgültig. Und diese rätselhaften Worte! Hätte sie nicht der Franto gesprochen, könnte man meinen, es sei eben bloß das zerfahrene Gerede eines alten Mannes.

Die Totenkerzen knisterten. Peter schaute in die Flammen und auf den Leichnam. »Der Rote hat Recht, Marei! Ich trage Mitschuld daran, dass du so daliegst …«

Das Ticken der Uhr war wie ein lauter Schall. Wie eine gleichmäßige und eindringliche Bestätigung der Selbstanklage des Müllers.

Ich ließ dir keine Ruhe, Marei! Jahrelang war ich hinter dir her wie ein Wachhund. Und selbst wenn ich dich freigegeben zu haben glaubte, verfolgten dich meine Gefühle. Du warst eine bedeutende Frau. Das zog mich zu dir. Dabei übersah ich, dass die Fülle deines Herzens aus Sehnsucht bestand, nicht aus Sehnsucht nach dem Manne, sondern aus Sehnsucht nach der Ferne und Fremde, vielleicht sogar aus Sehnsucht nach einer großen Stille.

Du fandest diese Stille hier im Land nicht. Darum überfiel dich die Unruhe und nahm dich in ihren Besitz. Ein Großteil dieser Unruhe war ich – vielleicht der größte Teil! Hin- und hergeworfen zwischen Sehnsucht und Ruhelosigkeit, verlorst du alle Freude und alle Sesshaftigkeit, verlorst die Mitte deines Seins. Ausgestoßen aus der Mitte deiner selbst, irrtest du am Rand umher. Dort musstest du dich verlieren. Ohne es gewollt zu haben, habe auch ich dir deine Mitte vergällt. Das ist meine Schuld. Marei, ich bitte dich um Vergebung!

Da tickte auf einmal die Uhr leise und leiser. Peter Huber wandte sich um. Das Pendel bewegte sich lautlos noch etliche Male hin und her, kurz und immer kürzer, dann stand es still. Es war gegen zwei Uhr morgens.

»Franto!« Peter rief es laut. – »Franto!« Er eilte zu den Türen hinaus in den Hof und schrie nach allen Seiten. Jetzt besann er sich der Worte des Roten. Der Leib habe sich dorthin zurückgezogen, wo seine Bosheit begonnen. Das müsste also hier am Ertlhof sein!

Vom Schauer gejagt, sprang Peter wieder in die Stube zur Toten, suchte umher und fand über dem Geschirrkasten das Windlicht. Er zündete es schnell an und begab sich hinüber in die Scheune. Das Tor war nur leicht angelehnt. Ein kalter Hauch wehte ihm von der Tenne entgegen. Und dort auf einer Strohschütte, da lag er. Fest eingehüllt in seinen schäbigen Schafspelz, die Mütze über den geschlossenen Händen – wie wenn ihn jemand aufgebahrt hätte.

Peter kniete sich zu ihm hin. Langsam kroch die Todesstarre heran und bleichte das zerfurchte Gesicht. Peter erhob sich wieder, stöhnte laut auf und weinte dann. So verweilte er lange in der Scheune. Bis ihn das flackernde Windlicht gemahnte, zum rückwärtigen Tor der Scheune hinauszutreten.

Viel später kam der Krautnudel zum Gartentor herein. Peter erklärte ihm kurz, was geschehen war. Und dann trugen sie auch den Franto in die Stube und legten ihn auf die Bank.

»*Deux aigles, l'une et l'autre!*, zwei Adler, er wie sie!«, sagte der Franzose.

Peter erwiderte nichts. Denn er wusste, dass der Krautnudel »Adler« gesagt und »Raubvögel« gemeint hatte.

Der Pfarrer hatte seine Messe noch nicht beendet, da erschien der Schuster von Stein im Widum. Er war verstört und redete wie ein Irrer. Die Wirtschafterin fürchtete sich vor ihm und schloss sich in die Küche ein.

Dann kam der Hochwürdige Herr. Der Schuster erzählte abermals in wirren Sätzen, wobei er sich den Kopf mit beiden Händen hielt, der rote Franto sei in der Nacht zu ihm gekommen und habe ihn schändlich maltraktiert, mit den Leisten auf den Kopf geschlagen, ja sogar mit dem Dreifuß verprügelt, und das alles nur wegen der vermaledeiten Ertlbäuerin.

Er, der Schuster von Stein, wolle also nicht mehr beeiden, dass die Bäuerin freiwillig ins Wasser gegangen sei, im Gegenteil, es habe für ihn nur so den Anschein gehabt, in Wirklichkeit sei es aber sicherlich ein reiner Unglücksfall gewesen.

Der Herr Pfarrer möge denn so gut sein und die Bäuerin genau so beerdigen wie jeden anderen Christenmenschen. Er, der Schuster von Stein, nehme jedenfalls jedes Wort, das er gestern ausgesagt habe, wieder zurück und wolle mit der ganzen Sache nichts zu tun haben.

Eusebius Sänftl kannte den Schuster und wusste, dass er sehr oft betrunken war. Und diesmal schien er besonders schwer geladen zu haben. Er beruhigte ihn also und schickte ihn später mit ein paar tröstlichen Worten wieder fort.

Kaum war der Schuster raus, trat Peter Huber ein. Er schilderte getreulich den Hergang während der Nacht, auch, was der Franto über den Tod Mareis berichtet hatte.

»Weiß Gott«, sagte kopfschüttelnd der Pfarrer, »es gibt viele Dinge zwischen Himmel und Erde – und jenseits unserer Erkenntnis!« Darauf erzählte er, was sich mit dem Schuster zugetragen hatte.

Nun berieten sie hin und her. Schließlich erklärte der Pfarrer, man müsse in Zweifelsfällen immer das Bessere annehmen, und versicherte, er werde der Toten die Ruhe im geweihten Acker nicht versagen, müsse jedoch am Grabe auf die zweifelhafte Todesursache ausdrücklich hinweisen – der Kleingläubigen wegen. Was aber den roten Franto betreffe, so werde er ihn in gleicher Weise einsegnen.

So geschah es auch.

Nach der Beerdigung schrieb der Pfarrer in den zweiten Band des Totenbuches von Sachrang auf die Seite sechzehn: »Maria Huber, geborene Hell, katholisch, Bäuerin in Aschach zum ›Ertl‹, Frau des Müllers Peter Huber, ist im Jahre eintausendachthundertzwanzigundvier am neunzehnten Juli im Hochwasser beim Schuster in Stein auf dem Rückweg von Rosenheim im Alter von dreiundvierzig Jahren, sieben Monaten und acht Tagen ertrunken. ›Trotzdem‹ – (und dieses Wörtchen setzte er unter Anführungszeichen) – beerdigt in Sachrang am zweiundzwanzigsten Juli 1824, vormittags neun Uhr, von Pfarrer Eusebius Sänftl.«

Die beiden Toten waren ohne Sang und Klang zu Grabe getragen worden. Die Worte des Pfarrers hatten zwar die Missgünstigen nicht zu überzeugen vermocht, hatten aber wenigstens den Schein der Berechtigung erweckt.

Gefeiert

Memorandum des Pfarramtes Sachrang
an ein Hochlöbliches Herrschaftsgericht zu Prien,
betreffend Renovierung der Ölbergkapelle
zu Aschach nächst Sachrang

Im Jahre 1709 fand sich der dortmalige Herr Vikar Wolfgang Pauliel bewogen, oben am Ölberg – statt in der hiesigen Pfarrkirche – die heilige Messe zu lesen; vermutlich, weil ihn die andächtige Menge dazu gezwungen hatte ... Nachdem deshalb so manche Unordnung entstand, so fand sich das fürstbischöfliche Konsistorium von Chiemsee bewogen, im Jahre 1761 diesen Unfug abzuschaffen, indem dass die Kapelle weder benediciert noch consecriert war. Dadurch erhielt sie ihre sterbende Wunde, ihr Ansehen erlosch, und so drohet sie allmählich zusammenzufallen.

Mit dieser Erwägung hat sich der endesgefertigte Pfarrer an den derzeitigen Kirchenpfleger und Gemeindeamtsvorstand von Sachrang, den Müller Peter Huber, gewendet und ist Besagter dergestalt von der Notwendigkeit einer Renovierung der Ölbergkapelle überzeugt, dass er sich zu dem Verspruch veranlasst fühlte, zur Einweihung des Gotteshäuschens eine kostbare Monstranz, kirchliche Gefäße und ein Messgewand aus eigenem beizutragen. Dieses gute Exemplum dürfte auf die Bewohnerschaft gleich als ein Ansporn wirken, und könnte zu erwarten sein, dass die gesamte innere Ausgestaltung des Heiligtums von der Gemeinde selbstlosen Opfergaben bewerkstelligt wird.

Wenn demnach ein hochlöbliches Herrschaftsgericht nur die Baulichkeit zu übernehmen gedächte, wäre ein dringend Anliegen unseres Ortes zum guten End gebracht und Gott, dem Herrn, die Ehr erwiesen.

Dies mit vorzüglicher Reverenz und zu Gnaden.
Pfarrer Konrad Schmidkonz

An das Königlich-Bayerische Herrschaftsgericht Prien

Nächst Sachrang steht über dem Aschacher Grund ein Gotteshäuschen, genannt Ölbergkapelle. Wie durch mündliche Tradition überliefert, ist selbige Kapelle in urgrauen Zeiten von einem Predigermönch über einer heidnischen Opferstätte errichtet worden, was sich zurückdatieren ließe bis zur Landnahme der Bayern. Es kommt somit diesem Gebäude eine nicht gewöhnliche historische Bedeutung zu; alsodass im ganzen Chiemgau nicht leicht ein anderes Monumentum ähnlichen Alters aufgefunden werden könnte.

Seit mehr denn hundert Jahren liegt diese Kapelle dermaßen im Argen, dass ihrer völligen Vernichtung nur durch eine Generalinstandsetzung begegnet werden kann. Um sich also keiner Fahrlässikeit im Amt schuldig gemacht zu haben, gibt der unterzeichnete Gemeindevorstand zur gefälligen Kenntnisnahme, dass er mit Hilf der ortsansässigen Bevölkerung alles zur Inneneinrichtung Gehörige aufzubringen vermöchte, falls das Königlich-Bayerische Herrschaftsgericht die Renovierung der Baulichkeit zu veranlassen geruhen wolle. Nach mutmaßlicher Schätzung dürfte der dafür erforderliche Betrag die Summe von eintausendfünfhundert Gulden nicht wesentlich überschreiten, was zwar kein Pappenstiel ist, im Hinblick auf die Sache jedoch der Aufbringung wert erscheinen möge.

Mit jeglichen Unterlagen zu dienen erbietet sich ein
dem Königlich Bayerischen Herrschaftsgericht
zu Gnaden ergebener Peter Huber, Gemeindevorstand.

Diese beiden Schreiben fanden in Prien Gehör. Dem Gemeindevorstand von Sachrang wurde alsbald aufgetragen, geeignete Bauleute vorzuschlagen und die Kosten zu errechnen.

Im Frühjahr 1826 begannen sie mit dem Mauerwerk und deckten das Dach ab. Der Turm musste ein Stück abgetragen werden, weil die Steine des Kranzes verfault waren.

Es verging kein Tag, an dem Peter Huber den Gang der Arbeiten nicht überprüft hätte – zum Leidwesen der Maurer und Zimmerleute. Sie hatten Respekt vor ihm, seitdem er drei wegen Saumseligkeit kurzerhand heimgeschickt hatte.

Im gleichen Frühjahr erhielt auch der Krautnudel den Auftrag, für den Kapellenaltar die fünf Ölbergfiguren zu schnitzen: Christus, den Engel und drei schlafende Apostel. Der Franzose fühlte sich sehr geehrt und stiftete als Dank für diese Aufmerksamkeit ein langes schmales Brett mit dem Kreuzweg.

Peter Huber wusste, dass er dieses Werk guten Händen anvertraut hatte. Denn der Ruf des Krautnudel als Holzschneider war seit zwei Jahren durch das halbe Land Tirol gedrungen, seitdem nämlich das Buttermark des Bauern von Grub, oberhalb Wildbichl, allgemein bewundert wurde. Für diesen Bauern, der damals in Tirol der Scharfrichter war, hatte Krautnudel in das Buttermark die biblische Gestalt des Patriarchen Abraham geschnitten, der seinen Sohn Isaak opfern wollte.

Der Künstler ließ seinen Auftraggeber Peter Huber freilich nicht im Unklaren darüber, dass er für die fünf Figuren zwei Jahre Zeit brauche.

»Thomas, es pressiert nix! Unter zwei Jahren sind auch die Handwerker nicht fertig!«

In das Jahr 1826 hinein fiel Peter Hubers sechzigster Geburtstag.

»Es könnte möglich sein«, sagte Pfarrer Schmidkonz im März dieses Jahres zu seinem Chormeister, »dass wir heuer den Peter- und Paulstag in unserer Gemeinde besonders festlich begehen müssen. Wie wär's, wenn uns der Meister dazu eine neue Messe schenkte?«

»Eine neue Messe, sagen Sie. Wenn man, wie ich, die besten Jahr' seines Lebens hat verstreichen lassen mit lauter Hinwarten und Zuhorchen auf Nebensächliches, dann tut man sich in der vorgerückten Stund' nicht mehr ganz leicht schöpferisch zu sein. Aber Ihnen zulieb', Hochwürden, und auch ein wenig mir zulieb' versuch' ich's!«

»A propos Hinwarten! Meister Huber, ich hab bis zu meinem Vierundfünfzigsten hinwarten müssen, ehe ich hier den gottseligen Herrn Sänftl ablösen durfte und Pfarrer wurde. Das Hinwarten gehört zum Menschen, weil unser Herz immer unruhig ist und immer wieder etwas anderes erwartet, etwas mehr, etwas Besseres, etwas auf dieser Welt Unerreichbares …«

»Oft auch etwas Dummes, Herr Pfarrer!«

»Freilich, Meister Huber! Alles, was wir auf dieser Welt erwarten, erwarten wir als etwas Letztgültiges; und das ist dumm.« Und lächelnd fuhr er fort: »Wenn wir aber eine Festmesse von Ihnen erwarten, dann ist es ausnahmsweise nicht dumm!«

Es war ein sonniger Morgen gewesen, als die beiden Männer diese Worte miteinander gewechselt hatten. Vorfrühlingshaftes Blau leuchtete vom Himmel und eine lauwarme Briese strich durchs Tal. Sie lockte die ersten Primeln auf den Wiesen hervor.

Peter Huber schritt rüstig, doch schon mit der leichten Vornüberneigung des angehenden Sechzigers die Dorfstraße entlang, seiner Mühle zu. Sie grüßten ihn auf der Straße und von den nahen Gehöften her; er war ja das Oberhaupt ihrer Gemeinde, ihr Arzt und Kirchenpfleger, und in vielen Stücken der Erzieher ihrer Kinder.

Huber dankte allen und rief vielen ein freundliches Wort zu. Mein Gott, er kannte sie doch bis in die Wurzeln ihrer Haare! Er wusste mehr von ihnen, als sie je einem Beichtvater gesagt hätten. Sie verehrten ihn, ausgenommen die zwei Haunstetter Weiber; die konnten ihm den Ruin ihrer Schnapsbrennerei nicht verzeihen. Dazu kam, dass die beiden Franzosenkinder, deren Existenz Peter Huber seinerzeit nicht verhindert hatte (es waren zwei Mädchen), nun auch schon ins heiratsfähige Alter gekommen waren und keinen Mann fanden. Die Deandln waren ja nicht unrecht, doch scheute jeder willige Bursch die künftige Schwiegermutter. Denn zum Grottenbach heiraten, hieße Knecht sein, bis die zwei Alten ihren Geist aufgegeben hätten, und das waren hartnäckige Geister. Eher verreckt ein Ross, so hieß es, als eine Haunstetterin!

Peter wusste, dass sie ihm nicht gewogen waren. Manchmal empfand er sogar, dass ihm vom Grottenbach her noch irgendeine Böswilligkeit zukommen müsste. Eben diese Empfindung hatte ihn wieder erfasst, als er jetzt sein Haus betrat. Siehe, da saß die Lena, üppig und breit wie ein Heuschober. Guten Morgen und ob er nicht mitkommen wolle. Die Leonie sei schon seit etlichen Tagen bettlägerig und habe Kreuzschmerzen. »Kreuzschmerzen!« Peter Huber wiederholte das Wort und dachte blitzartig um die Hälfte seines Lebens zurück, wo er auch einmal wegen ähnlichen Leidens zur Wirts-Christl geholt worden war. Er lächelte in sich hinein:

»Kreuzschmerzen können bei einem Deandl in dem Alter eine durchaus normale Sache sein, Lena! Einmal kann's vom Blut her kommen, das heraus will; und ein andermal kann's vom Blut herkommen, das net heraus will, weil's im Leib schon eine natürliche Aufgab' übernommen hat.«

Das verstehe sie nicht, was er da meine; er solle halt mitgehen.

Peter Huber hängte sich den Fellsack über und begleitete die Haunstetterin. Sie gingen schön mitten durchs Dorf, obzwar es nicht notwendig gewesen wäre; auf einem Seitenwege wäre man rascher zum Grottenbach gelangt. Sie beabsichtigt dem Dorfe etwas zu zeigen, dachte Peter.

Am Hofe angekommen, wies Lena die Treppe hinauf und meinte, die zweite Tür linker Hand sei die Schlafkammer.

»Ist deine Schwester net im Haus?«, fragte Peter.

»Freilich, Müllner!«

»Und dös andere Deandl?«

»Is auch da!«

»I wär' schon arg froh, wann ihr alle drei dabei wärt. Weißt doch, Lena, ein gebrannt's Kind fürchtet 's Feuer!«

Da veränderte sich die Miene der Haunstetterin jäh zu einer Fratze. Wie eine Furie riss sie die Haustür auf und schrie aus Leibeskräften, so laut es ihr der Speckhals erlaubte: »Was, du willst a Arzt sein? Und hast Angst vorm Kranken? Brauchst noch Beistând dazu? Wann dös so ist, nacher geh nur gleich wieder!« Und mit Feldherrengeste zeigte sie hinaus.

Peter blieb ruhig stehen und sagte dann leise: »Lena, hör' mal, i fress einen Besen, wann in sieben oder acht Monaten net eine Tauf' ist am Grottenbach. Grüß mir das Deandl und sag' ihr: Der Müllner-Peter ist Sechzig; der ist zu alt dafür. Pfüat di, Lena!« -

Als Peter Huber aus dem Tal heraus kam und unter sich Sachrang mit Sankt Michael in der hellen Vormittagssonne liegen sah, befiel ihn der Gedanke an die Festmesse. Man müsste! Ja, man müsste eine Kirche haben so breit wie dieses liebliche Tal! Und nicht bloß fünfzig, sondern fünfmal fünfzig Sänger! Und zwanzig Basstuben und dreißig Posaunen und Hörner und Trompeten! Und dann auf einem Dirigentenpult stehen, ohne Taktstock, von dieser Morgensonne beleuchtet – eine Handbewegung – ein Septimakkord in D-Moll – und dann die demütig stille Bitte: Kyrie eleison! Herr, erbarme dich unser! Ein Gloria dann in A-Dur mit einem Laudamus te, das man bis ins Tirol hinein hören müsst'. Und am End ein Agnus Dei, das schier kein Aufhören hätt', mit der Bitte um Frieden: Frieden in der Welt, Frieden im Land, Frieden im Dorf, Frieden da drin in der eigenen Brust, Frieden auch für die, die da drunten liegen am Gottesacker, die Guten und die Bösen, und endlich Frieden fürs Marei, jenen Frieden, den sie gesucht und nirgends gefunden hat …

Missa in honorem sanctorum Apostolorum Petri et Pauli, ad me Petrum Huber.

Unter diesem Titel legte Peter acht Tage später dem Pfarrer Schmidkonz ein Compendium Notenblätter auf den Tisch.

»Wenn Sie jetzt einen finden, Herr Pfarrer, der das Zeug da sechsmal abschreibt und in unsere sechs Nachbarpfarreien bringt; der es sechsmal versteht, die Kirchenchöre dieser Pfarreien auf dem Platz vor unserer Ölbergkapelle zu versammeln, sodass sie am Peter- und Paulstag bei einer großen Feldmesse mittun – wenn Sie den finden, sag ich, dann wird es ein Fest, von dem die Kinder noch den Kindeskindern erzählen!«

Pfarrer Schmidkonz wendete Blatt um Blatt. Er war ein guter Violinspieler und verstand gelesene Noten zu hören. Als er das letzte Blatt gesehen und das Ganze wieder auf die Stirnseite gedreht hatte, sagte er: »Der, den Sie suchen, ist gefunden. Ich werde die Noten schreiben, ich werde auch meine Kollegen für Ihr Fest zu gewinnen wissen. Es soll Ihr Fest sein, lieber Meister Huber! Ein Fest Ihres Lebens und ein Fest Ihrer Kunst! Ein Dankfest auch unserer Gemeinde an Sie für Ihre vierzigjährige uneigennützige Tätigkeit!«

Peter Huber nickte ein wenig: »Herr Pfarrer, dieses Wort allein schon, das Sie eben gesagt haben, ist für mich ein Fest.«

»Sie erlauben mir aber noch eine kleine Bemerkung zu Ihrem Werk. Vielleicht verstehe ich es nicht richtig, doch finde ich hier am Ende des Agnus Dei einen wehmütigen Passus, der mir in der Harmonie des Gesamten, den Frieden zu stören scheint. Habe ich Unrecht?«

»Sie haben Recht! Ich bitte Sie jedoch, Herr Pfarrer, die Stelle zu lassen, wie sie ist. Hier gedenke ich meiner verstorbenen Frau.«

»Lieber Freund! Ich achte Ihr Gedenken!«

Solange Sachrang als Dorfgemeinschaft bestand – und das waren mehr denn fünfhundert Jahre –, hatten sich noch niemals so viele Menschen darin zusammengefunden, als an jenem Morgen des neunundzwanzigsten Juni 1826. Niemand von den Auswärtigen verstand so recht, weshalb man eigentlich nach Sachrang ging. Nur das Gefühl sagte ihnen, dass es ungehörig wäre, wenn man nicht ginge.

Dazu gesellte sich die Neugier. Freilich, man hatte den Müllner-Peter gottlob noch nicht gebraucht; die aber, bei denen er gewesen war, wussten schier Wunderbares zu berichten. Unter diesen verstiegen sich einige sogar zu der Behauptung, seine Worte seien nicht minder heilsam als seine Salben und Kräuter. Ja schon sein Hereintreten in die Krankenstube verbreite Ruhe und verscheuche die Angst. Und nicht zu vergessen: Dieser Müllner-Peter war der Mann jener seltsamen Frau gewesen, die die Tiroler damals vor Hohenaschau gestellt hatte und nachher im Hochwasser umgekommen war. Und noch eins: Da soll es einst mit einer Kindsmörderin etwas gegeben haben. Die habe er beim Gericht zwar herausgehaut, habe aber dafür auf der Festung in München gesessen. Wahrscheinlich hat sich der Kronprinz, der jetzige König Ludwig, für ihn eingesetzt. Bei dem habe der Müllner ja sowieso einen Stein im Brett. Sonst könnte man nicht verstehen, warum ein Kronprinz einen Müllner aus dem Gebirg als Tafelmusikanten zu seiner Verlobung geholt habe. Immerhin ein Zeichen, wie gut der sich aufs Musizieren verstehe ...

Und dann standen sie in dem kleinen Tal vor der Ölbergkapelle.

Sie flüsterten nur noch miteinander und schauten erwartungsvoll zum Gotteshaus hin, das rings von einem Gerüst eingestrickt war. Davor stand, von einer Wand junger Birken im Halbkreis eingerahmt, ein Feldaltar. Sechs vergoldete Kandelaber funkelten in der Frühsonne. Vier Priester wurden von eifrigen Ministranten in rote Brokatgewänder gekleidet. Ein fünfter, es war der Pfarrer von Sachrang, bestieg jetzt die notdürftig errichtete Kanzel. Er verlas das Evangelium des Festes und griff daraus das Wort: Für wen halten die Leute den Menschensohn?

»Ja, liebe Christen, für wen halten denn wir ihn? Mir scheint, als hielten wir ihn meistens bloß für einen Knecht, der so rasch als möglich das erfüllen soll, um was wir ihn angehen. Fügt er uns alles nach Wunsch, dann wissen wir gar nicht, dass er da ist. Kommt aber plötzlich etwas in die Quere, das nicht in unseren Kleinkram passt, gleich sind wir mit der fast vorwurfsvollen Frage da: Warum lässest du mir das geschehen? Was hab ich getan, dass mir solches passiert? Du hast leider nichts getan! Du hast in den Tag hineingelebt wie ein Hammel, dem der Trog und die Raufe nicht leer geworden ist! Du warst auf dem besten

Wege, das Glück deiner Tage als Selbstverständlichkeit zu betrachten; den Herrn, deinen Gott, als Zugtier vor deinem Wagen anzusehen. Da musste freilich etwas geschehen. Du musstest in die Ordnung deiner Geschöpflichkeit zurückgerufen werden. Es heißt nämlich: Bittet, klopfet an! Es heißt aber nicht: Steckt die Hände in euren Hosensack und wartet ein Weilchen; der Herr wird gleich herbeispringen und euch nach euren Wünschen befragen! Ihr seid heute aus dem ganzen Priental hier zusammengekommen, um ein seltenes Werk mitzuerleben, das uns Meister Peter Huber geschenkt hat und das von euren Anverwandten gestaltet wird. Nehmt euch hierin den Meister und eure Lieben ein wenig zum Vorbild! Niemand von ihnen wird dafür bezahlt. Das Werk, das sie vollbringen wollen, hat ihnen viel Mühe und Arbeit gekostet. Sie legen es als ein uneigennütziges Donum auf den Altar des Herrn ohne einen anderen Gedanken, als Ihm allein die Ehre zu geben, Ihn zu loben, Ihn zu preisen, der da ist und war und sein wird in alle Ewigkeit, Amen!«

Während der Predigt des Pfarrers hatte unten auf der Landstraße ein herrschaftlicher Wagen angehalten. Zwei ältere Damen waren ihm entstiegen. Jetzt kamen sie den Hang herauf, wobei sie ihre langen Kleider ein wenig raffen mussten. Sie wurden kaum von jemand bemerkt, als sie sich ganz rückwärts zur großen Menge der Gläubigen gesellten.

Ein Glockenzeichen erklang. Die vier Priester traten an den Altar. Peter Huber stieg auf die Kanzel, von der aus Pfarrer Schmidkonz eben gepredigt hatte. Vor ihm blitzte die goldene Sonne auf fast hundert Instrumenten; dahinter stand der Wall einer mehr als zweihundertköpfigen Sängerschar.

»Ist er das?«, flüsterten die, welche ihn nicht kannten, meistens Jüngere. Ein sauberer Mann! Und der soll schon sechzig Jahr' alt sein? Und das, was die da spielen und singen, hat alles er gemacht? Wie das dröhnt und schmettert! Wie das jubelt! Und wie er das alles in der Hand hat! Ein kleiner Wink, und du meinst, es singe nur einer mit halber Stimme, – und wieder ein Wink, da schwillt es an und braust auf, als käm' ein Sturmwind dahergefahren. Schaut hin, der Pfarrer dort auf der Seite des Altars, der weint gar! Weiß Gott, wann hat man je sowas erlebt! Die da drüben, die Älteren, wischen sich auch an der Nase herum. Und gar die da hinten, die Schwarze! Wer ist denn die?

Sicher eine aus der Stadt! Die bringt ja ihr Schnäuztücherl überhaupt nicht mehr vom Gesicht weg. Jetzt seid halt ruhig! Die Weiber müssen doch allweil ihre Gosch'n spazieren führen!...

Peter Huber steht auf der Kanzel und dirigiert seine Messe ohne Partitur. Die Bewegungen seiner Hände sind ruhig, präzis und kurz. Sein Gesicht, um das sich ein leichter grauer Backenbart rahmt, verrät keine Gemütserregung. Die Augen hält er fast geschlossen; ab und zu gleitet der Blick hinüber zum Altar, den Fortgang der heiligen Handlung zu verfolgen.

Nun setzt das letzte Thema ein: Lamm Gottes, du nimmst die Sünden der Welt hinweg; schenk uns den Frieden!

Die Posaunen spielen in Moll ein. Peter weiß, wie leicht hier der Chor entgleisen kann. Er fängt den letzten Akkord der Posaunen ab, hebt beide Arme hoch und wartet den Bruchteil einer Sekunde, ehe er den Einsatz gibt.

Diese kleine, unmerkliche Pause hat den Chor wach gemacht. Jetzt hat er sie allesamt in der Hand. Die Es-Trompeten geben einen Takt vor, dann schäumt der Gesang wie ein Strom ins neugegrabene Bett: dona nobis pacem! Immer wieder verebbend und immer wieder neu sich aufbäumend: dona nobis pacem! Schenk uns den

Frieden! Schenk ihr den Frieden, den ihr die Welt nicht geben konnte, den sie bei mir gesucht hat und durch meine Schuld, ja, auch durch meine Schuld nicht fand. Und Peter Huber unterlegt dem vorgeschriebenen liturgischen Text einen anderen: dona ei requiem sempiternam! Schenk ihr die ewige Ruhe!

Dann war das Werk vollbracht.

Peter stieg von der Kanzel herab. Der zelebrierende Priester segnete die große Volksschar, segnete die Fluren und die keimende Frucht, die Berge ringsum, das sonnige Tal dazwischen und das weite Land: Benedictio Dei omnipotentis descendat super vos et maneat semper!

Während die Geistlichen den Altar verließen, wurde Peter Huber von den Männern seines Chores umringt: Herrgottsakra, Müllner-Peter, dös soll dir wer nachmachen! Ja, und überhaupt, alles Gute zum Geburtstag! Nochmal sechzig, dös wär' wohl ein bisserl zuviel; aber dreißig verträgst allweil noch! … Von allen Seiten drangen Glückwünsche auf ihn.

Da, ein Trompetensignal.

Die herzudrängende Menschenmenge schaute auf. Pfarrer Schmidkonz betrat noch einmal die Kanzel: »Liebe Gäste, liebe Sachranger! Wie man sieht, wisst ihr's schon, dass wir heute das Namenstags- und das sechzigste Geburtstagsfest unseres hochverehrten Gemeindeoberhauptes begehen. Es ist müßig, die Verdienste unseres lieben Jubilars zu rühmen. Der Ruf Hubers als Musiker, Arzt, Müller und Bauer hat bereits im ganzen Priental sein Echo gefunden und ist sogar bis an das Ohr Seiner Majestät, unseres Königs Ludwig, gedrungen. So habe ich jetzt als Sprecher der von Seiner Majestät delegierten Baronesse Terry von Lilien die ehrenvolle Aufgabe, Euch folgendes Dekretum zu verkünden:

›Wir, König Ludwig der Erste von Bayern, lösen hiermit ein am Tage unserer Verlobung still gegebenes Versprechen ein und ernennen Herrn Peter Huber aus Sachrang zu Unserem Vorspieler und verleihen ihm jetzt schon den in Bälde zu gründenden Ludwigsorden. Gegeben zu Nymphenburg im Juni 1826.‹ So, meine Lieben, ehrt unser Landesvater einen Sohn unserer Heimat!«

Mächtig erhob sich unter der Menge die Begeisterung. Sie klatschten in die Hände und schrien.

Der neben dem Präparanden Stockinger eingesetzte ordentliche Lehrer Krempel hatte inzwischen die Sachranger Sänger um sich versammelt. Als sich der Beifall legte, sangen sie dieses von ihm verfasste und vertonte Lied:

Unser alter Müllner-Peter
ist uns lieber als schön Wetter!
Setzt euch nahe zu ihm hin,
er teilt frohen Mut und Sinn.

Er will mit den Frohen scherzen
und teilt mit dem Leid die Schmerzen,
nimmt sich gern der Kranken an,
Peter ist ein Biedermann.

Müllner-Peter ist so bieder,
liebet Sang und Klang und Lieder,
kreuzt im Schwung den Taktenstreich
und liebt auch das Pflanzenreich.

In dem Deutschen und Lateine
bringt er alles in das Reine:
Müllner-Peter, Biedermann,
Stoß an unsre Gläser an!

Schon während des Gesanges war der Postwirt mit seinem Mauleselgespann den Hang heraufgefahren. Er hatte einige Fässer Bier geladen. Jetzt wurden Gläser und Krüge verteilt, die Leute setzten sich in den weichen Rasen, und schon schäumte der Trunk in den Kannen. Fast alle Gäste hatten in bunten Handtüchern eine Brotzeit eingepackt, die sie jetzt auswickelten.

Es begann ein munteres Essen. Von allen Seiten wurde dem Müllner-Peter zugetrunken. Die geistlichen Herren und die Lehrer hatten sich zu ihm gesetzt. Eine Frage drängte die andere. Wann und wo er seine gewaltige Messe wieder aufzuführen gedächte? Ob er nun bald nach München an den Hof reisen werde? Er komme aber doch wieder zurück ins Gebirg? Was wäre denn das Priental ohne ihn!

Er antwortete allen in seiner bescheidenen Art. Dann fragte er den Pfarrer Schmidkonz, ob die Baronesse von Lilien schon abgereist sei. Nein, sie sei während des Gottesdienstes ganz rückwärts gestanden und habe sich dann hinunter in die Mühle begeben, wo sie auf ihn warten wolle.

Peter Huber erklärte nun laut, dass er alle Versammelten in Bezug auf den Bierverbrauch als seine Gäste betrachte, und fügte hinzu, sie müssten zwar seinen Geldbeutel nicht schonen, sollten aber auf ihren aufrechten Heimweg nicht vergessen. Dann verabschiedete er sich.

Terry saß mit der stattlich gewordenen Cathrine in der Stube des Müllerhauses. Die Magd hatte zum Essen angetragen. Als der Hausherr die Stube betrat, erhoben sich die Damen. Er schloss Terry stumm in seine Arme.

Dann saß er mit ihr in seiner Kammer.

»Freust du dich nicht, Peter, dass dir jetzt ein Sprungbrett gemacht ist für München?«

»Was soll ich in München, du Gute?«

»Deine Fähigkeiten, dein Erfolg ...«

»... reichen aus für Sachrang und seine Umgebung; zu München wäre ich zunächst eine Null mit Königlichem Orden, vor der sich etliche Hofbeamte aufgrund vorgeschriebenen Zeremoniells verbeugen, im Übrigen jedoch eine Null. Ohne Aufgaben- und Pflichtenkreis und ohne das Bewusstsein: Hier wirst du gebraucht! Terry, der Gaul ist in ein Geschirr hineingewachsen, das man ihm nicht mehr abnehmen kann, es sei denn, er stirbt.«

»Es sind über vierzig Jahre vergangen, seitdem du mir Ähnliches bei der Statue des Pan hinter der Amalienburg gesagt hast. In diesen Jahren, und namentlich seit Ludwig, hat sich vieles gewandelt.«

»Ich leugne es nicht; ich will sogar glauben, dass mir der Anschluss heute leichter gelänge als damals. Es geht aber vorab um mich selbst. Damals war ich – gestatte mir den Vergleich – eine Glocke, bereit für den, der sie richtig anschlägt. Heute bin ich das kleine Geläut einer Dorfkirche, das aus sich selber schwingt, weil es den Daseinsrhythmus derer kennt, für die es auf den Turm gehängt wurde.«

»Dann wird man dich vergessen. Und du wärest des Gegenteils würdig.«

»Ist es so schlimm vergessen zu werden, wenn man täglich gewahr wird, seiner Aufgabe – auch der kleinen – getreu geblieben zu sein? Terry, du Liebe, wir wollen nicht aneinander vorbeireden. Du allein möchtest mich in München wissen. Und glaub mir's, wie gern wär' ich um deinetwillen dort! Darf ich dir aber einen Gegenvorschlag machen? Bleib bei mir, wenn du die Kritik der Unvernünftigen nicht fürchtest!«

»Peter, ich bin eine alte Frau; wer könnte uns kritisieren? Es geht mir jedoch nicht bloß darum, mit dir zusammen zu sein, sondern, wie gesagt, um dich. Du sollst groß und an die Stelle gehoben werden, die du verdienst. Das ist nur in München möglich.«

»Das Großwerden, wie du es meinst, das habe ich verpasst. Damals bereits verpasst, als ich, eingebildeter Scholare, von München fortfloh. Freilich, ich floh auch wegen uns Zweien. Das andere hätte uns die Gesellschaft nie verziehen, – und wir selber hätten es uns nach einigen Jahren auch nicht mehr verzeihen können. Es ist mir eben nicht bestimmt, gleich manchen unserer Zeitgenossen Lorbeeren um mein noch lebendes Haupt zu schlingen. Wie geschwollen das klingt!«

»Peter, wer weiß schon, was ihm bestimmt ist?«

»Gewiss, das weiß niemand! Immerhin wirst du verstehen, dass die vielen Ketten, die mich halten, nicht von ungefähr sind. Nicht, dass du meinst, ich sehne mich nicht nach dem Erfolg der großen Welt! So ausgewogen und abgeklärt bin ich nicht! Ich stelle mir sogar vor, dass ich es unschwer mit dem oder jenem Gefeierten aufnehmen könnte. Aber die Gewöhnung, Terry, und das Alter! …«

»Wer sieht dir dein Alter an!«

»Vielleicht sieht man mir meine Sechzig noch nicht an; aber ich habe sie am Buckel, und die letzten unter ihnen wiegen besonders schwer. Ich bin nicht mehr so manövrierfähig wie einst, meine Liebe. Und da drinnen in der Brust bin ich leer. Das ist das Schlimmste!«

Darauf erwiderte Terry nichts.

»Du schweigst, Terry. Und richtig, denn das, was jetzt gesagt werden muss, kannst du nicht sagen; ich muss es sagen. Ich bitte dich also: Bleib bei mir!«

»Das ist die Stunde, die mir der einäugige Eseltreiber geweissagt hat. ›Einer wartet auf dich!‹, sagte er. Ich habe gewartet, und du hast gewartet, und jetzt, da des Wartens ein Ende sein könnte, finden wir nicht mehr zueinander.

Entweder sind wir doch schon zu alt – oder wir sind noch zu jung.«

»Vielleicht beides zugleich«, antwortete Peter lächelnd.

Terry von Lilien legte die Hand auf seinen Arm: »Peter, es ist mir nicht möglich, bei dir zu bleiben. Ich habe dafür keine Gründe, die man beim Namen nennen könnte, sondern nur meine innere Aussage. Wenn es dich aber freut, dass ich jährlich eine oder zwei Wochen zu dir komme, dann soll es gern geschehen.«

»Ja, Terry! Jährlich zwei Wochen! Und ich komme zwei Wochen zu dir nach München. Das sind dann jährlich vier Wochen, und elf Monate Vorfreude dazu. Weißt du auch, dass ich dich immer noch so lieb hab' wie damals?«

»Ich brauche dir diese Frage wohl nicht zu stellen, mein lieber, guter Freund!«

Den Sommer über hatte der Müllner-Peter alle Hände voll zu tun, besonders bei der Renovierung der Ölbergkapelle. Im späten Herbst, als die Felder abgeerntet und die Früchte eingespeichert waren, schrieb er einen Brief an den Königlichen Hof und reiste dann nach München. Er wohnte im Hause mit der Wappentür am Viktualienmarkt.

Vorspieler Seiner Majestät

»Herr Peter Huber, Vorspieler Seiner Königlichen Majestät!« Der Annonceur trat mit tiefer Verneigung zur Seite und raffte den weißblauen Brokatvorhang. Der Müllner-Peter von Sachrang stand im Türrahmen, ebenfalls tief geneigt.

»Grüß Gott, Peter Huber!«

»Erlauben Majestät, dass ich mich für die erwiesene Ehrung herzlichst bedanke!«

»Mit dem Dank allein wird's nicht abgetan sein, lieber Huber. Ist man Vorspieler, so muss man vorspielen.«

»Majestät wollen zu befehlen geruhen!«

»Peter Huber von Sachrang, was ist das für eine Rede? Wir können einem Kanonier befehlen, Uns auf seiner Kartaune etwas vorzuschießen; Künstler aber müssen auch von Königen um ein Geschenk gebeten werden. Wir bitten also darum!«

»Ich weiß die Ehre zu würdigen, Majestät!«

»Wir haben Uns von dem traurigen Ende Unserer Heldin von Hohenaschau berichten lassen. Wie wär's, wenn die Baronesse von Lilien, weiland Vorspielerin Unseres Kurfürstlichen Vorgängers Karl Theodor, die musikalische Partnerschaft übernähme? Wir denken hierbei an ein kleines besinnliches Fest in Unserer Amalienburg.«

»Ich bitte Eure Majestät, meine Freude darüber aussprechen zu dürfen!«

»Gut denn, Peter Huber! Alles Nähere wird ins Haus der Baronesse von Lilien bekannt gegeben. Wir nehmen an, dass es so richtig ist.«

»Bitte, Majestät!«

Vier Tage danach, an einem Samstag, spazierten Terry und Peter durch den Nymphenburger Park. Das Laub war von den Bäumen gefallen und deckte Weg und Rasen. Die Schlossknechte arbeiteten mit Rechen und Besen im Umkreis der Amalienburg. Der Wind, der stoßweise durch die Wipfel fuhr und jedesmal einen neuen Blätterregen verursachte, machte ihre Tätigkeit fast illusorisch.

Auf einer Bank saß im blassen Sonnenschein ein alter Mann. Er zog den Hut, als die beiden vorbeikamen. Als sie einige Schritte vorüber waren, begann er laut zu sich selbst zu reden: »Wann i net irr', nacher is dös 's Fräulein von Lilien. Herrgottsakra, die Tochter vom alten Darius von Lilien!«

Terry wandte sich um: »Stimmt, Väterchen! Und wer seid Ihr?«

»Hab i 's net erraten? Willst di net a weng hersetzen zum alten Christophorus, der wo der Oberjäger vom seligen Herrn war? Ja, da schaug her, Deandl; hast di in denen vierzig Jahr schier gar net verändert! Ist dös dein Mo, der Lange? Gell ja, du hast net geheirat't? Der selige Herr hat's immer gesagt: Die heirat't net!, hat er gesagt, die hat si den Langen eingebild't, den Müllner aus dem Gebirg, und der wird sie net heiraten! So hat er gesagt, der selige Herr, und saufen hat der können! Kruzines'n, haben wir manchmal g'soffen miteinand! Gott hab ihn selig!«

»Wie alt seid Ihr denn schon?«

»Wie alt? I hab meine fünfundneunzig genau beieinand, Deandl! Wann du mir aber heut einen Stutzen gibst, nacher treff i auf hundert Schritt allweil noch ins Schwarze. Das macht die Lebensart, Deandl, die solide Lebensart: net fressen und net weibern, net spielen und net faulenzen; dafür a weng saufen und frühzeitig aus dem Bett, dös hält jung! Merk dir dös, Langer!«

Mitten in seiner Rede stand der alte Oberjäger auf und stellte sich vor Peter Huber hin: »Und dass du mir 's Deandl net anrührst, langer Müllner! I schlag dir sonst 's Kreuz ein! I hab 's Deandl umeinand tragen draußt im Wald, und den Steiggurt hab i ihm gehalten, und immer hab i mir denkt: Deandl, du blitzsauberes, dem Bengel, der wo di heirat't, dem bin i jetzt scho feind! Hab i mir denkt! Und jetzt, wo 's Deandl grau wird, jetzt brauchst 's erst recht net heiraten, sag i! Gell?«

»Seid unbesorgt«, erwiderte Peter lächelnd, »mit sechzig ist's zum Heiraten zu spät!«

»Zu spät ist's net, sagen die Leut! Aber a Dummheit ist's! Dös sag i!«

Der Alte setzte sich wieder auf die Bank: »So, Kinder, geht nur! I werd' mi a bisserl da herumschleichen und zuhorchen, wie ihr dem Herrn was vorspielt. Und vergesst net auf ein Wiegenlied für die Königin, wegen der anderen Umständ'! Pfüat euch!«

»Er hat uns einen guten Wink gegeben«, sagte Terry im Weitergehen, »ich hätte nicht mehr daran gedacht.«

»So singen wir das Wiegenlied von Mozart.«

»Peter, wohin denkst du denn? Ich mit meiner alten Stimme!«

»Hm, dann dürfen wir's bloß spielen! Ja, Terry, die Jugend ist von uns abgebröckelt. Wo blieb die Zeit der Wiegenlieder?«

»Wir gaben, als wir noch jung waren, zu viel auf die Meinung der klugen Anderen. Hätten wir nicht besser getan, uns selbst zu gehorchen?«

»Vielleicht hast du Recht, Terry! ...«

Die Sonne hatte sich hinter den Bäumen gesenkt. In den Wiesen stand der Nebel auf, der in der Nacht die Gräser mit Reif bedecken wird.

Im Kamin des Spiegelsaales prasselten die Buchenhölzer. Die Kerzen flackerten und bewegten ihre Gesichter im weißen Porzellangedeck. Tannenzweige hingen wohlgeordnet an den Wänden und erfüllten mit ihrem Duft den runden Raum. Es war Advent.

Im Vestibül schritten Peter Huber, die Baronesse von Lilien und ein geistlicher Herr aus dem Kloster Andechs langsam auf und ab. Der Pater erzählte von Afrika, denn er war fast ein Jahrzehnt als Missionar im Kongo gewesen. Hitze, Hunger und Lebensgefahr, diese täglichen Begleiter eines Apostels der Heiden, hatten den graubärtigen Mann verwandelt. Seine Güte, die schon im Stimmfall zu erkennen war, verriet ein schier erschreckendes Ausmaß.

»Erst wenn man aufgehört hat an sich selbst zu denken«, sagte er »vermag man jene Kraft zu gewinnen, die einen vor dem Erliegen bewahrt. Man muss buchstäblich vergessen, wer man ist und woher man kommt und was man gelernt hat, mit einem Wort, man muss sich vollkommen ausschalten, man darf nur noch Leitungsrohr sein zwischen der göttlichen Gnade und der primitiven Seele des armseligen Schwarzen.«

»Wie lange dauert das, Hochwürden, bis man das kann?«, fragte Peter Huber.

»Das dauert wohl ein ganzes Menschenleben, und am End' ist dennoch niemand imstande zu sagen: Ich kann's! Man kann es immer nur so weit, als es der Himmel selber in uns da drinnen bewirkt. Da denkt man des Wortes Christi: Ohne mich könnt ihr nichts tun!«

Da trat der Kammerdiener des Königs ein und machte die drei auf die Ankunft der Majestäten aufmerksam.

Während sich Peter Huber mit der Hand den Frack glättete und Terry mit einem Riechtüchlein über ihr Gesicht fuhr, steckte der Mönch seine weiten Ärmel ineinander und senkte den Kopf. So glich er einer Statue.

Das Königliche Paar begrüßte die drei Gäste herzlich.

Gemeinsam betraten sie den Spiegelsaal und ließen sich an der Tafel nieder. Drei Livrierte trugen das Abendessen auf, ein vierter servierte Wein. Die Gesellschaft aß stillschweigend.

Dann begann Ludwig: »Das laute Leben und die Geschäftigkeit des Tages lassen Uns nunmehr wenig Zeit zu Besinnung und Einkehr. Wir haben euch in dieser Stunde zu einer kleinen Adventfeier gebeten. Pater Meinrad scheint uns berufener Sprecher. Wir ersuchen ihn um sein Wort.«

Der Mönch erhob sich, schob wiederum die Ärmel ineinander und senkte den Kopf. Ohne Verneigung und ohne Anrede fing er zu reden an:

»Wenn der Psalmist zu Beginn eines Kirchenjahres das Wort spricht: ›Tauet, Himmel, den Gerechten! Wolken, regnet ihn herab!‹, so erscheint uns das als Poesie, mit der wir in unserer rauen Wirklichkeit nicht viel anzufangen wissen. Es klänge weitaus brauchbarer, spräche er: ›Die Gerechtigkeit möge über uns kommen wie die Eruption eines Feuerberges oder wie die Brandung des sturmbewegten Meeres!‹ Nur so könnte alles Unrecht, alle Falschheit und Bosheit in dieser Welt ausradiert werden! Eine Gerechtigkeit dagegen, die still ist wie der Tau und mild wie der Regen, wird in unserer Zeit nicht viel Ersprießliches bewirken! Majestäten, liebe Freunde, hier eröffnet sich der Unterschied zwischen Gnade und Gesetz, zwischen göttlicher und menschlicher Ordnung. Seit Schöpfungsbeginn erreicht Gottes Gerechtigkeit ihre Ziele durch die Mildtätigkeit der Gnade; wir hingegen müssen tagtäglich an ein starres Inventar allgemeiner Normen appellieren, um unserem Willen Geltung zu verschaffen. Nun aber ist gemäß der Analogie des Seienden das Göttliche dem Menschlichen nicht fremd. Wir dürfen uns also am Göttlichen orientieren, an der Gerechtigkeit der Gnade! Gewiss, leichter hantiert sich's mit dem Schwerte, als mit dem Palmenzweige; nur wandeln unter dem Schwerte die Geduckten, unter der Palme die Erlösten. Lasst euch denn das Schwierige nicht verdrießen: Am Ende steht der Mensch, der nach Gottes Ebenbild gemacht ist. Niemand wird an Gott groß, er wüchse denn am Menschen! Nicht an irgendeinem Menschen, sondern am Nachbarn von gestern, heute und morgen. Majestäten, liebe Freunde! Die Ankunft Gottes vollzieht sich still und mild wie Tau und Regen; wie kommen wir im Herzen unseres Nachbarn an?«

Regungslos blieb der Mönch stehen. So ließ er seinen Zuhörern Zeit, dass sich jeder die gestellte Frage im Gewissen beantworte. Nach einer langen Pause setzte er sich ruhig nieder.

Der König erhob sich: »Segnet Uns, Pater Meinrad!«

Das Königliche Paar, Peter Huber und die Baronesse knieten nieder. Der Mönch schritt mit gefalteten Händen von einem zum anderen.

Dann schaute Ludwig auf den Müllner-Peter und gab ihm mit dem Kopf ein Zeichen.

Seitlich lagen die Musikinstrumente. Peter ergriff eine Bratsche. Terry setzte sich an die kleine Expressivorgel, die eigens für diese Stunde in die Amalienburg gebracht worden war.

»Es sei mir erlaubt«, sagte er, »einige Variationen über das Choralthema des ersten Adventsonntags zu spielen: Rorate coeli desuper, et nubes pluant justum!«

Die Baronesse intonierte in C-Moll, leicht schreitend löste sich die Melodie des gregorianischen Chorals von der Geige des Meisters: ›Tauet, Himmel, den Gerechten; Wolken, regnet ihn herab! Auf tue sich die Erde und sprosse den Erlöser hervor!‹

Das klang nicht wie konzertante Kunst, nicht überraschend, nicht pravourös; das war ein Gebet von ständig gleichem Inhalt, abgewandelt durch die Gradation der Empfindungen des stillen Glücks und einer gealterten Sehnsucht. Orgelton und Bratschenstimme fluteten ineinander über. In Entsagung eins geworden: Das war die Fermate.

Peter verneigte sich kurz und legte das Instrument auf die Orgel. Dann trat er hinter die Baronesse und nahm den Stuhl zur Seite, als sie sich erhob.

Der König winkte beide zu sich. »An euch Zweien ist dem Vaterlande etwas verlorengegangen …«

Nach einer nachdenklichen Weile erwiderte Peter Huber: »Wenn Majestät damit unsere Nachkommenschaft meinen, wäre zu bedenken, ob wir andernfalls heute hier gespielt hätten ...«

»Auch recht, Meister Huber! So danken wir denn euch und eurem Schicksal für diese Stunde!«

Peter verneigte sich tief, die Baronesse machte einen Hofknicks. »Ist es erlaubt«, sagte sie dann, »in Betracht des bevorstehenden Weihnachtsfestes Ihrer Königlichen Majestät noch ein Wiegenlied zu spielen?«

Die Königin lächelte freundlich, Ludwig klatschte leicht in die Hände und sprach: »Ausgezeichnet, Baronesse! In Betracht des bevorstehenden Weihnachtsfestes ...!«

Schlafe, mein Prinzchen, schlaf ein! Die liebliche Mozartweise jubelte aus Terry von Liliens Violine, während Peter Huber es mit dem leichtgedämpften Silberklang des Spinetts untermalte.

Als sie dann plaudernd beisammen saßen, sagte Ludwig plötzlich mitten im Gespräch: »Seltsam, dass die Leute, die Wir gern bei Uns hätten, keine Zeit für Uns haben, während sich andere nicht nahe genug herandrängen können – zu Unserem Leidwesen! Pater Meinrad reist wieder zu seinen Wilden; der Müller aus Sachrang hat bürgermeisterliche und wer weiß noch was für andere Verpflichtungen; die Baronesse von Lilien verschanzt sich in ihren vier Wänden ...«

Darauf erwiderte Pater Meinrad mild lächelnd: »Jeder muss Gott dienen und seinem König, wie es ihm bestimmt ist. Die einen genießen die Gunst des Innendienstes; andere wurden an die äußerste Peripherie gestellt. Wichtig bleibt nur, dass jeder auf seinem Posten schafft und verharrt.«

»Es grämt Uns, dass Unsere entfernten Diener meist die besseren sind.«

»Vielleicht sind sie nur deshalb besser«, meinte Peter Huber, »weil sie frei sind, frei vom Zwang der gesellschaftlichen Ordnung …«

Der Mönch nickte dem Müller bestätigend zu: »Wo ein hoher Baum ist, dort versammeln sich die Fliegen, heißt es; doch versammeln sich auch die Vögel, nur dass diese immer wieder weit fort fliegen …«

Der König wandte sich an die Baronesse: »Sollen Wir oder müssen Wir ihn gar also in seine Sachranger Freiheit ziehen lassen?«

»Seinetwegen, Majestät!«

Das letzte Kapitel

Nach den Weihnachtstagen dieses Jahres 1827 fuhr Peter Huber mit dem Schlitten nach Walchsee zu seiner Schwester Ursel, der Auerbäuerin. Sie hatte elf Kindern das Leben geschenkt, von denen die drei ältesten bereits verheiratet waren. Wie ein gebrechliches Mütterchen schlurfte sie in der großen Küche umher. Ihre Augen glänzten wie Glas. Peter schaute sich unter den Buben um, die noch daheim werkelten. Er redete mit ihnen, sah ihnen bei der Arbeit zu, stellte unvermittelte Fragen an sie.

Am Nachmittag, als er sich zur Heimfahrt rüstete, sagte er zum Schwager: »Wenn dir's recht ist, kannst mir den Joseph geben. Zu Sachrang wartet Mühl' und Hof auf einen neuen Herrn.«

Der Auer musste sich die Augen mit der Hand gegen die Wintersonne beschatten, um dem Peter recht ins Gesicht zu schauen: »Meinst du dös im Ernst?«

»War zeitlebens ein schlechter Spaßmacher, Schwager! Meinst, man lernt's auf die alten Tage?«

»Nix für ungut, Peter! Aber unsereins kommt so gschwind net mit!«

»Überlegt's euch selber und besprecht die Sach mit dem Joseph. Bis Dreikönig steht für ihn das Bett in der großen Kammer gerichtet; nachher net mehr! Pfüat di Gott, Auer!«

Am zweiten Neujahrstag brachte der Auer von Walchsee seinen Sohn Joseph, den Erben der Aschacher Mühle und des Hofes am Noppenberg, nach Sachrang.

Der Bub, vierzehn Jahre alt, ließ sich gut an, besser sogar, als Peter es zu hoffen gewagt hatte. Die harte Arbeit war ihm bekannt wie das tägliche Brot; denn der Auer verstand, seine Kinder in den Betrieb des Hofes einzusetzen. Joseph besaß aber auch Sinn für Musik. Peter Huber nahm ihn in die Chorproben mit und brachte ihm in wenigen Wochen die Noten bei. Weil sich der Bub für ein Blasinstrument interessierte, kaufte er ihm eine Es-Trompete aus Silber, die er eigens von Graslitz im Erzgebirge kommen ließ. Zu Sommers Beginn blies Joseph bereits im Kirchenorchester mit.

Zu dieser Zeit begann der Unterricht auf der Orgel. In der weihnachtlichen Mitternachtsmette begleitete der fünfzehnjährige Jungmüller schon ein Hirtenlied.

Wann der Kerl so weiter macht, sagten die Sachranger, nacher kann der Müllner-Peter bald ins Ausgedinge gehn! Sie mochten den jungen Auer gern; er war ebenso bescheiden wie sein Onkel und redete wenig. Den Mädchen gefiel sein blonder Haarschopf.

Als Peter Huber merkte, dass die jüngste Tochter der Wirts-Christl mit dem Auer-Joseph anzubandeln versuchte, nahm er sich eines sonntags den Burschen vor und klärte ihn über verschiedene Dinge und Leute vertraulich auf. Joseph fühlte sich durch diese Unterredung sehr geehrt. Seine Achtung vor dem Onkel wuchs noch mehr.

Danach richtete er auch seinen Umgang und sein Benehmen ein. Und bald meinten die Vernünftigen im Dorfe: Hätt' der Müllner einen eigenen Sohn, er könnt' net besser sein! …

So verging Jahr um Jahr, während die Mühle und der Noppenberg mit all ihren Mühen, Sorgen und Freuden in die Hände des jungen Auer hineinglitten. In dem Maße, als seine Tüchtigkeit zunahm, zog sich Peter Huber aus dem Getriebe zurück und widmete sich nur mehr der Musik und den Kranken. Jedes Jahr fuhr er eine Zeitlang nach München, jedes Jahr kam Terry einige Wochen nach Sachrang.

Auch der Krautnudel begann welk zu werden. Er werkelte wohl immer noch als Schaffer am Noppenberge und wurde auch vom Auer als solcher respektiert; doch besaß er nicht mehr den unzerbrechlichen Trieb zur Arbeit, der ihm einst Selbstverständlichkeit war. Oft saß er mit dem Peter vor der Haustür und erzählte immer wieder die gleichen Dinge: Das große Erlebnis seiner Jugend und das Erlebnis mit dem roten Franto.

Von Marei sprach er nie. Die beiden alten Männer konnten auch stundenlang miteinander spazieren gehen, ein jeder die Pfeife im Mund, ohne ein Wort zu reden; sie verstanden sich schweigend, froh darüber, dass sie noch beisammen waren.

Einmal sagte Peter: »Thomas, ich hab in meinem Testament an dich gedacht!«

Worauf ihm der Krautnudel bloß erwiderte: »*C'est bon!*«

Als im Sommer 1836 zu München die Cholera ausbrach, wurde der Müllner-Peter noch einmal aus seiner besinnlichen Ruhe gerissen. Terry war schwer erkrankt. Unverzüglich eilte er zu ihr. Und es gelang ihm in einer zweiwöchigen angespannten Tätigkeit bei Tag und bei Nacht, die Lebensgefahr von der gebrechlichen alten Dame abzuwenden. Als sie genesen war, nahm er sie nach Sachrang mit und konnte mit Freude wahrnehmen, dass sie wieder zu ihren gewohnten Kräften kam. »Du wirst mich noch überleben!«, sagte er ihr damals, worauf sie weinte.

Ob er dieses Wort aus einer Ahnung heraus gesprochen hatte, so wie sie bei alten Menschen nicht selten sind?

Peter Huber hatte die Bürgermeisterei schon längst abgegeben. Und als 1842 der neue Pfarrer Johannes Erhard installiert wurde, legte er auch den Taktstock aus der Hand. Sein Nachfolger war sein Erbe. Er klagte fortan über Herzbeschwerden, verließ auch wochenlang die Mühle nicht mehr. Weihnachten feierte er trotzdem noch mit Terry in München und verweilte auch bei ihr bis ins Jahr 1843 hinein. Beim Abschied vereinbarten sie, dass sie Anfang August, wenn die heißen Tage begännen, ins Gebirge kommen würde.

Sie kam, fand aber einen todkranken Freund vor.

Peter kannte seinen eigenen Zustand genau und wusste, dass seine Lebenskraft erschöpft war. Es verging in diesen letzten Wochen kein Tag, ohne dass er Terry nicht immer wieder seine Freude über die gemeinsam verlebte Zeit ausgesprochen hätte. »Ob's das noch einmal gibt, zwei solche Esel wie wir?« Dieses derbe Wort, das so viel Liebe und Größe verbarg, wiederholte er oft und lächelte dabei.

Am neunzehnten August endlich war seine Zeit abgelaufen. Kurz nach Mittag trat die Herzlähmung ein.

Terry verließ sofort die Mühle und bat auf Schloss Hohenaschau für drei Tage um Herberge.

Am einundzwanzigsten August wurde Peter Huber unter Anteilnahme vieler aus dem gesamten Priental beerdigt. Gegen die sonstige Gewohnheit ließ man den Sarg erst dann in die Grube hinab, als die Trauergäste an ihm vorbeigegangen waren. Unter diesen befand sich auch Terry von Lilien. Sie legte ihre zitternde Rechte auf den Sargdeckel und flüsterte: »Es war schlechter Stil, vor mir davonzulaufen!«

Am gleichen Tage noch reiste die Baronesse nach München zurück.

Eine Woche später ließ König Ludwig Terry nach Nymphenburg bitten. Am Ende der kurzen Unterredung sagte die Baronesse: »Als ich Sachrang verließ, war die Luft erfüllt vom ruhelosen Rauschen des Baches. Mir schien, dass auch noch das kleinste entlegene Tal für zwei Menschen Freude und Schmerz, Leben und Tod, ja die ganze Welt bedeuten kann. Und wenn sich dann der Kreis von Anfang und Ende geschlossen hat, haben sie vielleicht genau so viel oder genau so wenig erlebt wie die Anderen – die Vielen, die Lauten, die Tätigen, drinnen in der großen Stadt.«

Glossar

Alkoven	– Bettnische
Bastonade	– Prügelstrafe
Delinquent	– Straftäter
Drudenhaus	– Hexengefängnis
Gewährsmann	– Militärbeamter für Strafvollstreckung
Großkopferte	– Studierte
Kalesche	– Reisewagen
Kürassier	– Kavallerie
Latwerge	– Fruchtmus
Lorgnon	– Lesehilfe
Mahlmitze	– der dem Müller zustehende Lohn für das Mahlen von Getreide
Nuntius	– diplomatischer Vertreter des Papstes
Quartel	– ein Getreidemaß
Raufe	– Gestell für Heu, Gras oder Stroh
sich einen Kuppelpelz verdienen	– eine Heirat vermitteln
Söller	– Dachterrasse von Altstadtgebäuden
Wechte	– Schneeablagerungen im Gebirge an der steilen Seite eines Grats